Walk

Xichuan Forum Decade
Commemorative Collection

行走

西川论坛十年
纪念集

西川论坛同仁　组编

中国社会科学出版社

图书在版编目(CIP)数据

行走:西川论坛十年纪念集/西川论坛同仁组编. —北京：中国社会
科学出版社，2022.12
ISBN 978 - 7 - 5227 - 1103 - 4

Ⅰ.①行… Ⅱ.①西… Ⅲ.①中国文学—现代文学—文学研究—
文集 Ⅳ.①I206.6 - 53

中国版本图书馆 CIP 数据核字(2022)第 230795 号

出 版 人　赵剑英
责任编辑　郭晓鸿
特约编辑　杜若佳
责任校对　师敏革
责任印制　戴　宽

出　　　版　中国社会科学出版社
社　　　址　北京鼓楼西大街甲 158 号
邮　　　编　100720
网　　　址　http://www.csspw.cn
发 行 部　010 - 84083685
门 市 部　010 - 84029450
经　　　销　新华书店及其他书店

印　　　刷　北京明恒达印务有限公司
装　　　订　廊坊市广阳区广增装订厂
版　　　次　2022 年 12 月第 1 版
印　　　次　2022 年 12 月第 1 次印刷

开　　　本　710 × 1000　1/16
印　　　张　31.75
字　　　数　479 千字
定　　　价　168.00 元

西川论坛标志

2011 年第一届西川读书会

2011 年第一届西川论坛

2012 年第二届西川读书会在成都西南的平乐古镇举行

2013 年第三届西川论坛

2015 日本福冈九州大学"清末民初中国留学生与现代中国文学"

日中学术研讨会（第五届西川论坛）

2016 年《民国文学珍稀文献集成·第一辑新诗旧集影印丛编》出版发布会

2016 年第六届西川读书会

2017 年李怡教授、钱晓宇老师赴美演讲

2018 年"刘福春中国新诗文献馆"成立

2018 年四川大学中国诗歌研究院成立揭幕式暨中国新诗高峰论坛

2019 年"艾芜与文化中国·第一届国际学术研讨会"于成都市新都区举行

2019 年李怡教授赴日本大学访问

2019 年"走进艾芜文学小镇"读书会在艾芜故乡成都市清流镇举办

2019 年美国弗吉尼亚大学东亚语言文学系教授罗福林
（Charles A. Laughin）教授参观"刘福春新诗文献馆"

2019 年意大利汉学家朱西女士来访我校中国诗歌研究院

2019 年王德威教授、季进教授、宋明炜教授,到访川大文学与新闻学院

2021 年"中国新诗百年珍稀文献展"

2021 年《民国文学珍稀文献集成新诗旧集影印丛编》、《民国文化与文学丛书》、
《人民共和国文化与文学丛书》展

编委会

目　　录

西川精神

李　怡

西川，本属唐时四川的行政区划，全名剑南西川，又称益州。今天，我们通常以"西川"指称成都平原以及四川西部的巍峨高原。所谓"天府之国"当属"西川"之一部分。

但是，还有另外一重意义的"西川"，它不属于小富即安的成都市民，具有特殊的时空意义。

这意义生成于空间地理。正是西川，孕育了黄河、长江两个主干水系，北注黄河，南泻长江，润泽中国大地的生命之泉因此源源不绝。

这意义更来自时间的深处。西川的历史长长地伸进神秘的远古，并在那里酝酿了远远超越于特定地域的文化意义。一般认为，中国文明缘起于中原。在黄河中下游，豫西伊、洛、河、济之间，诞生了"三代之首"的夏文明，时间为公元前 4000 年到公元前 3500 年。然而，众多的典籍却引导我们关注更为久远的史前，在中国神话的原乡——昆仑山，耸立着充满想象力的文化的高原。

昆仑山，天帝的下都，诸神的乐园，东方的奥林匹斯。这个不断见于《山海经》、《禹贡》与《水经注》的神圣的名字，这个上帝、西王母、伏羲、女娲、嫘祖、共工、开明兽来往如织的所在，瑶池浩渺、天柱中峙、"建木"嵘然。

当然，这"昆仑"并不位于气候寒冷、空气稀薄、冻土终年的青藏高原，据历史学者的考证，它其实就是雄居西川的岷山。

现代经史大师蒙文通先生早在 1960 年代就指出：考《海内西经》

说："河水出（昆仑）东北隅以行其北。"这说明昆仑当在黄河之南。又考《大荒北经》说："若木生昆仑西。"（据《水经·若水注》引）《海内经》说："黑水、青水之间有木名曰若木，若水出焉。"这说明了昆仑不仅是在黄河之南，而且是在若水上源之东。若水即今雅砻江，雅砻江上源之东、黄河之南的大山——昆仑，当然就非岷山莫属了。①

民族史大家邓少琴先生亦认为："岷即昆仑也，古代地名人名有复音，有单音，昆仑一辞由复音变为单音，而为岷。"②

1935 年 10 月，行走于人生低谷的毛泽东仰望岷山，不禁心游万仞、精骛八极："横空出世，莽昆仑，阅尽人间春色。飞起玉龙三百万，搅得周天寒彻。夏日消溶，江河横溢，人或为鱼鳖。千秋功罪，谁人曾与评说？"昆仑的雄奇一扫失败的阴霾，令他激情澎湃，超越世俗的羁绊，获得了再生的想象。

昆仑，众神之乡；昆仑，原始文化的发祥地。它不仅是巴蜀，更是整个中华民族最早的家园。由岷山而西川高原而成都平原，这里绝非"中原偏见"下的荒远蛮夷之地，三星堆、金沙遗址和平原古城的考古，逐渐揭开了一个神秘的世界，众多造型奇异、匪夷所思的青铜器、玉器和祭祀用具纷纷浮出地面，无可辩驳地证明了一个重要的事实：就是在这片土地上，曾经诞生了我们远古先祖中极具文明智慧的一族——氐羌民族。孟子曰："禹生于石纽，西夷人。"黄帝和炎帝也都是氐羌人，炎帝属氐，黄帝属羌。黄帝和炎帝联合击败蚩尤，迁往中原，与中原民族融合，成为华夏族的主体。第一个蜀王蚕丛，也是氐人。其世系为：黄帝—昌意—颛顼—鲧—禹—蚕丛—柏濩—鱼凫—杜宇—开明。至开明王十二世，终为秦国所灭，蜀族从此融入华夏民族之中。

青阳，黄帝的另一个儿子，亦生于岷山。青阳之子帝喾一支则往中原发展。尧、契和后稷都是帝喾的后代，契和后稷分别成为商与周

---

①《略论〈山海经〉的写作时代及其产生地域》，见蒙文通《巴蜀古史论述》，四川人民出版社 1981 年版，第 161—162 页。

② 邓少琴：《巴蜀史迹探索》，四川人民出版社 1983 年版，第 119 页。

的祖先。

这不就是中华文明的发展演变历史吗？来自西川的剽悍而智慧的民族，沿着岷山之脉络及四周奔腾的河流，把文明的基因从高原带到了平原，最后进入未来中华的腹心地带——中原大地，由此传遍了四面八方。

在这个意义上，西川从来就不属于巴蜀一隅，而是整个中华文明的始基，其创造生发之力，穿越亘古蛮荒，在由西向东的时空走廊上书写下绚丽的华章。

西川，创造之川。

西川，生命之乡。

然而，自西川顺流而下的文明并非一路东进，直奔大海。高山阻挡，深谷淤塞，跌宕、转折、回旋、消歇……大江大海，大浪淘沙，夏商周，秦汉唐，宋元明，王国易代，中心位移。古典的"人文"荡涤了创世的神秘，实用的儒弱消解了剽悍的生命，至有清民国，乾坤旋转，天朝倒悬，维新，革命，改革，运动，专政，集权，科学，民主，启蒙，救亡，国家，民族，个人，体制，西化，国学……在无数的悲情、无数的挫败和无数的沉沦之外，最令人沮丧的是我们创造力的萎缩，是我们人格的卑琐。在"别求新声于异邦"的世纪，一个古老的民族可有能力确立我们自己的"现代"？

在信仰的虚无中，在体制的异化中，在威权的挤压中，西川，还有生命跳动的脉搏吗？血性的氐羌人子，还能昂起昆仑般高贵的头颅吗？大江断流、神州陆沉，我们的灵魂在何处安顿？我们的精神当怎样成长？

王国维自沉昆明湖，那是不愿目睹一种文化的最后的沦陷。

闻一多孤坟夜歌，那是抚摩着传统的墓碑失声痛哭。

但鲁迅，依然铁塔般矗立于漫漫长夜，摩罗诗力的抗击唤起我们对"文化昆仑"的崭新的缅想。

当中心位移，西川，一个边缘的存在不正拥有腾挪的自由，当中原因繁复的耕耘而枯槁，西川，一块休耕已久的土地，不也蕴藏着膏腴和葱茏？

返回西川，不是思古，不是恋旧，更不是退守，而是追溯，是自省，是自我的反思和发掘，是生命源泉的激活，是创造能量的焕发。

西川昆仑，起死回生之乡。《蜀王本纪》载："蚕丛始居岷山石室中。""蜀王之先名蚕丛，后代名柏濩，后者名鱼凫。此三代各数百岁，皆神化不死，其民亦颇随王化去。"《山海经·大荒西经》记："有氐人之国。……有鱼偏枯，名曰鱼妇。颛顼死既复苏。"《华阳国志》云："灵死，其尸溯流而上，至汶山，忽复生。"《淮南子·坠形训》称："后稷垄在建木西，其人死复苏。"

告别枯竭的体制性生存，返回西川，返回足以令万千生灵起死回生的神话的原乡。到那时，也许，我们可以重新出发。

论文选

作为方法的"民国"

李　怡

内容提要："作为方法的亚洲"与"作为方法的中国"是日本汉学发出的汉学研究的破局之声，意在强调研究者的主体意识，这对中国自己的学术研究无疑也具有极大的启示意义。对于中国的现代文学研究而言，更能反映我们立场和问题意识的其实还不是笼统的"中国"，而是作为具体历史表征的"民国"。中国现代文学研究如果要在历史化的努力中推进和深化，就应该从"现代性""20世纪"这些宏大的概括中解放出来，返回到如"民国""人民共和国"这样更加具体的历史场景。这就是"作为方法的民国"的含义。

"作为方法"的命题首先来自日本著名汉学家竹内好，从竹内好1961年"作为方法的亚洲"到沟口雄三1989年"作为方法的中国"，其中展示的当然不仅仅是有关学术"方法"的技术性问题，重要的是学术思想的主体性追求。日本学人通过中国这样一个"他者"的参照进行自我的反省和批判，实现从"西方"话语突围，重新确立自己的主体性，这对同样深陷"西方"话语围困的中国学界而言也无疑具有特殊的刺激和启发。20世纪90年代中期以后，中国（华人）学人如孙歌、李冬木、汪晖、陈光兴、葛兆光等陆续介绍和评述了他们的学说，① 特别是最近 10 年的中国思想文化与文学批评界，可以说出现了一股竹内—沟口的"作为方法"热，"作为方法的日本""作为方法的竹内好""亚洲"作为方法，② 以及"作为方法的 80 年代"等在我们学术话语中流行开来，体现了一种难能可贵的自我反思、重建学术主体性的努力。竹内好借镜中国的重要对象是文学家鲁迅，近年来，对这一反思投入最多的也是从事中国现当代文学研究的学者，因此，对这一反思本身做出反思，进而探索真正作为中国现代文学的"方法"的可能，便显得必不可少。

在"亚洲""中国"先后成为确立中国学术主体性的话语选择之后，我觉得，更能够反映中国现代文学立场和问题意识的话语是"民国"。作为方法的民国，具体贴切地揭示了中国现代文学的生存发展语境，较之于抽象的"亚洲"或者笼统的"中国"，更能体现我们返回中国文学历史情境，探寻学术主体性的努力。

一　作为方法：亚洲与中国

日本战败，促成了一批日本知识分子的自我反省，竹内好（1908—1977）就是其中之一。在他看来，"脱亚入欧"的日本"什么也不是"，反倒是曾经不断失败的中国在抵抗中产生了非西方的、超越近代的"东洋"。通常我们是说鲁迅等现代中国知识分子从"东洋"日本发现了现代文明的启示，竹内好却反过来从中国这个"东洋"发现了一条区别于西欧现代化的独特之路：借助日本所没有的社会革命完

---

① 如 Kuang-ming Wu 和 Chun-chieh Huang（吴光明、黄俊杰）《关于〈方法としての中国〉的英文书评》（《清华学报》1990 年新 20 卷第 2 期），沟口雄三、汪晖《没有中国的中国学》（《读书》1994 年第 4 期），孙歌《作为方法的日本》（《读书》1995 年第 3 期），李长莉《沟口雄三的中国思想史研究》（《国外社会科学》1998 年第 1 期），葛兆光《重评九十年代日本中国学的新观念——读沟口雄三〈方法としての中国〉》（《二十一世纪》2002 年 12 月号），吴震《十六世纪中国儒学思想的近代意涵——以日本学者岛田虔次、沟口雄三的相关讨论为中心》（《东亚文明研究学刊》2004 年第 1 卷第 2 期）等。

② 刊发于《台湾社会研究季刊》2004 年第 56 期。2005 年 6 月，陈光兴参加了在华东师范大学举行的"全球化与东亚现代性——中国现代文学的视角"暑期高级研讨班，将论文《"亚洲"作为方法》提交会议，引起了与会者的浓厚兴趣。

成了自我更新，如果说日本文化是"转向型"的，那么中国文化则可以被称作是"回心型"，而鲁迅的姿态和精神气质就是这一"回心型"的极具创造价值的体现。"他不退让，也不追从。首先让自己和新时代对阵，以'挣扎'来涤荡自己，涤荡之后，再把自己从里边拉将出来。这种态度，给人留下一个强韧的生活者的印象。像鲁迅那样强韧的生活者，在日本恐怕是找不到的。""在他身上没有思想进步这种东西。他当初是作为进化论宇宙观的信奉者登场的，后来却告白顿悟到了进化论的谬误；他晚年反悔早期作品中的虚无倾向。这些都被人解释为鲁迅的思想进步。但相对于他顽强地恪守自我来说，思想进步实在仅仅是第二义的。"① 就此，他认为自己发现了与西方视角相区别的"作为方法的亚洲"，这里的"亚洲"主要指中国。沟口雄三（1932—2010）是当代中国思想史学家，他并不同意竹内好将日本的近代描述为"什么也不是"，试图在一种更加平等而平和的文化观念中读解中国近代的独特性："事实上，中国的近代既没有超越欧洲，也没有落后于欧洲，中国的近代从一开始走的就是一条和欧洲、日本不同的独自的历史道路，一直到今天。"② 作为方法的中国，意味着对"中国学"现状的深入的反省，这就是要根本改变那种"没有中国的中国学"，"把世界作为方法来研究中国，这是试图向世界主张中国的地位所带来的必然结果……这样的'世界'归根结底就是欧洲"。"以中国为方法的世界，就是把中国作为构成要素之一，把欧洲也作为构成要素之一的多元的世界。"③

　　海外汉学（中国学）长期生存于强势的欧美文明的边缘地带，因而难以改变作为欧美文化思想附庸的地位，这一局面在海外华人的中国研究中更加明显。而日本知识分子的反省却将近现代中国作为了反

---

① ［日］竹内好：《近代的超克》，李冬木、赵京华、孙歌译，生活·读书·新知三联书店2005年版，第11—12页。

② ［日］沟口雄三：《作为方法的中国》，孙军悦译，生活·读书·新知三联书店2011年版，第12页。

③ ［日］沟口雄三：《作为方法的中国》，孙军悦译，生活·读书·新知三联书店2011年版，第130—131页。

观自身的"他者",第一次将中国问题与自我的重建、主体性的寻找紧密联系,强调一种与欧美文明相平等的文化意识,这无疑是"中国学"研究的重要破局,具有重要的学术启示意义,同时,对中国自己的学术研究也产生了极大的冲击效应。

在逐步走出传统的感悟式文学批评,建立现代知识的理性框架的过程中,中国的学术研究显然从西方获益甚多,当然也受制甚多,甚至被后者裹挟了我们的基本思维与立场,于是质疑之声继之而起,对所谓"中国化"和保留"传统"的诉求一直连绵不绝,至最近20余年,更在国内清算"西化"的主流意识形态及西方后现代主义、西方马克思主义的自我批判的双重鼓励下,进一步明确提出了诸如中国立场、中国问题、中国话语等系统性的要求。来自日本学者的这一类概括——在中国发现"亚洲"近代化的独特性,回归中国自己的方法——显然对我们当下的学术诉求有明晰准确的描绘,予我们的"中国道路"莫大的鼓励,我们难以确定这样的判断究竟会对海外的"中国学"研究产生多大的改变,但是它对中国学术界本身的启示和作用却早已经一目了然。

我高度评价中国学界"回归中国"的努力与亚洲—中国"作为方法"的启示意义。但是,与此同时,我也想提醒大家注意一个重要的现实,所谓的"作为方法"如果不经过严格的勘定和区分,其实并不容易明了其中的含义,而无论是"亚洲"还是"中国",作为一个区域的指称原本也有不少的游移性与随意性。比如竹内好将"亚洲"简化为"中国",将"东洋"转称为"中国",台湾学人陈光兴也在这样的"亚洲"论述中加入了印度与中国台湾地区,这都与论述人自己的关注、兴趣和理解相互联系,换句话说,仅仅有"作为方法"的"亚洲"概念与"中国"概念远远不够,甚至,有了竹内与沟口的充满智慧的"以中国为方法"的种种判断也还不够,因为这究竟还是"中国之外"的"他者"从他们自己的需要出发提出的观察,这里的"中国"不过是"日本内部的中国",而非"中国人的中国",正如沟口雄三对竹内好评述的那样:"这种憧憬的对象并不是客观的中国,而是在自身内部主观成像的'我们内部的中国'。"① 那么，沟口雄三本人的"中国方法"又如何呢？另一位深受竹内好影响的日本学者子安宣邦认为，沟口雄三"以中国为方法，以世界为目的"的"超越中国的中国学"与日本战前"没有中国的中国学"依然具有亲近性，难以真正展示自己的"作为方法"的中国视点。② 所以葛兆光就提醒我们，对于这样"超越中国的中国学"，我们也不能直接平移到中国自己的中国学之中，一切都应当三思而行。③

　　问题是，中国学界在寻找"中国独特性"的时候格外需要那么一些支撑性的论述与证据，而来自域外的论述与证据就更显珍贵了。在这个时候，域外学说的"方法"本身也就无暇追问和反思了。例如竹内好与沟口雄三都将近现代中国的独特性描述为社会革命："中国的近代化走的是自下而上的反帝反封建社会革命、即人民共和主义的道路。"④ 在他们看来，太平天国至社会主义中国的"革命史"呈现的就是中国自力更生的道路。这的确道出了现代中国的重要事实，因而得到许多中国现代文学研究者的认同，当然，一些中国学者对现代中国革命的重新认同还深刻地联系着西方后现代主义对西方文化的自我批判，联系着西方马克思主义及其他左派对资本主义的严厉批判，在这里，"西洋"的自我批判和"东洋"的自我寻找共同加强了中国学者对"中国现代史＝革命史"的认识，如下话语所表述的学术理念以及这一理念的形成过程无疑具有某种典型意义：

　　　　从 1993 年起，我逐步地对以往的研究做了两点调整：第一是

---

　　① ［日］沟口雄三：《作为方法的中国》，孙军悦译，生活·读书·新知三联书店 2011 年版，第 6 页。

　　② 参看张昆将《关于东亚的思考方法：以竹内好、沟口雄三、子安宣邦为中心》，《台湾东亚文明研究学刊》2004 年第 1 卷第 2 期。

　　③ 葛兆光：《重评九十年代日本中国学的新观念——读沟口雄三〈方法としての中国〉》，《二十一世纪》2002 年 12 月号。

　　④ ［日］沟口雄三：《作为方法的中国》，孙军悦译，生活·读书·新知三联书店 2011 年版，第 11 页。

将自己的历史研究放置在"反思现代性"的理论框架中进行综合的分析和思考；第二是力图将社会史的视野与思想史研究结合起来。在中国 1980 年代的文化运动和 1990 年代的思想潮流之中，对于近代革命和社会主义历史的批判和拒绝经常被放置在对资本主义的全面的肯定之上；我试图将近代革命和社会主义历史的悲剧放置在对现代性的批判性反思的视野中，动机之一是为了将这一过程与当代的现实进程一道纳入批判性反思的范围。……而沟口雄三教授对日本中国研究的批判性的看法和对明清思想的解释都给我以启发。也是在上述阅读、交往和研究的过程中，我逐渐地形成了自己的一个研究视野，即将思想的内在视野与历史社会学的方法有机地结合起来。①

东洋与西洋的有机结合，鼓励我们对现代性的西方传统展开质疑和批判，同时对我们自身的现代价值加以发掘和肯定，在中国现代文学研究领域中，这些"我们的现代价值"常常也指向革命文学、左翼文学、延安文学与中华人民共和国成立至新时期以前的文学，有学者将之概括为新左派的现代文学史观。姑且不论"新左派"之说是否准确，但是其描述出来的学术事实却是有目共睹的："以现代性反思的名义将左翼文学纳入现代性范畴，并称之为'反现代的现代主义文学'、'反现代的现代先锋派文学'，高度肯定其历史合理性，并认为改革前的毛泽东时代可以定位为'反现代的现代性'，其合法性来自于对西方资本主义现代性的批判。"② 为了肯定这些中国现代文化追求的合理性，人们有意忽略其中的种种失误，包括众所周知的极"左"政治对现代文学发展的伤害和扭曲，甚至"文革"的思维也一再被美化。

理性而论，前述的"反思现代性"论述显然问题重重："那种忽略了具体历史语境中强大的以封建专制主义文化意识为主体的特殊性，

---

① 汪晖、张曦：《在历史中思考——汪晖教授访谈》，《学术月刊》2005 年第 7 期。
② 郑润良：《"反现代的现代性"：新左派文学史观萌发的语境及其问题》，《福建论坛》2010 年第 4 期。

忽略了那时文学作品巨大的政治社会属性与人文精神被颠覆、现代化追求被阻断的历史内涵，而只把文本当作一个脱离了社会时空的、仅仅只有自然意义的单细胞来进行所谓审美解剖。这显然不是历史主义的客观审美态度。"①

值得注意的现实是，为了急于标示中国也可以有自己的"现代性"，我国学界急切寻找着能够支持自己的他人的结论和观点，至于对方究竟把什么"作为方法"倒不是特别重要了。

"悖论"是中国学者对竹内好等学者处境与思维的理解，有意思的是，当我们不再追问"作为方法"的缘由和形式之时，自己也可能最终陷入某种"悖论"。比如，在肯定我们自己的现代价值之际，诞生了一个影响甚大的观点：反现代的现代性。中国革命史被称作"反现代的现代性"，中国的左翼文学史也被描述为"反现代性的现代性"，姑且不问这种表述来源于西方现代性话语的繁复关系，使用者至少没有推敲："反"的思维其实还是以西方现代性为"正方"的，也就是说，是以它的"现代"为基本内容来决定我们"反"的目标和形式，这是真正的多元世界观呢还是继续延续了我们所熟悉的"二元对立"的格局呢？这样一种正/反模式与他们所要克服的思维中国/西方的二元模式如出一辙：把世界认定为某两种力量对立斗争的结果，肯定不是对真正的多元文化的认可，依旧属于对历史事实的简化式的理解。

二　作为方法的"民国"

"中国作为方法"不是学术研究大功告成之际的自得的总结，甚至也还不是理所当然的研究的开始，更准确地说，它可能还是学术思想调整的准备活动。在这个意义上，真正的"中国"问题在哪里，"中国"视角是什么，"中国"的方法有哪些，都亟待中国自己的学人在自己的历史文化语境中开展新的探讨。对于中国现代文学研究而言，

---

① 董健、丁帆、王彬彬：《我们应该怎样重写当代文学史》，《江苏行政学院学报》2003 年第 1 期。

我觉得，与其追随"他者"的眼界，取法笼统的"中国"，还不如真正返回历史的现场加以勘察，进入"民国"的视野。"作为方法的中国"是来自他者的启示，它提醒我们寻找学术主体性的必要，"作为方法的民国"，则是我们重拾自我体验的开始，是我们自我认识、自我表达的真正的需要。

海外中国学研究，在进入"作为方法的中国"之后，无疑产生了不少启发性的成果，即便如此，其结论也有别于自"民国"历史走来的中国人，只有我们自己的"民国"感受能够校正他者的异见，完成自我的表述。包括竹内好与沟口雄三这样的智慧之论也是如此。对此，沟口雄三自己就有过真诚的反思，他说包括竹内好在内他们对中国的观察都充满了憧憬式的误读，包括对"文化大革命"的礼赞等。① 因为研究"所使用的基本范畴完全来自中国思想内部"，而且"对思想的研究不是纯粹的观念史的研究，而是考虑整个中国社会历史"，沟口雄三的中国研究曾经为中国学者所认同，② 例如他借助中国思想传统的内部资源解释孙中山开始的现代革命，的确就令人耳目一新，跳出了西方现代性东移的固有解说：

> "实际上大同思想不仅影响了孙文，而且还构成了中国共和思想的核心。"
>
> "就民权来看，中国的这种大同式近代的特征也体现在民权所主张的与其说是个人权利，不如说国民、人民的全体权利这一点上。"
>
> "大同式的近代不是通过'个'而是通过'共'把民生和民权联结在一起，构成一个同心圆，所以从一开始便是中国独特的、带有社会主义性质的近代。"③

---

① ［日］沟口雄三：《作为方法的中国》，孙军悦译，生活·读书·新知三联书店 2011 年版，第 12 页。

② ［日］沟口雄三、汪晖：《没有中国的中国学》，《读书》1994 年第 4 期。

③ ［日］沟口雄三：《作为方法的中国》，孙军悦译，生活·读书·新知三联书店 2011 年版，第 12、16、18 页。

　　虽然这道出了中国现代历史的重要事实，但却只是一部分事实，很明显，"民国"的共和与宪政理想本身是一个丰富而复杂的思想系统，而且还可以说是一个动态的有许多政治家、思想家和知识分子共同参与、共同推进的系统。例如在五四新文化运动前夕，出于对民初政治的失望，《甲寅》的知识分子群体就展开了"国权"与"民权"的讨论辨析，并且关注"民权"也从"公权"转向"私权"，至《新青年》更是大张个人自由、个人情感与欲望，这才有了五四新文学运动，有了郁达夫的切身感受："五四运动的最大成功，第一要算'个人'的发现。从前的人是为君而存在，为道而存在，为父母而存在的，现在的人才晓得为自我而存在了。"① 不仅是五四新文学思潮，后来的自由主义者也一直以"个人权利""个人自由"与左、右两种政治主张相抗衡，虽然这些"个人"与"自由"的内涵严格说来与西方文化有所区别，但也不是"大同"理想与"社会主义性质"能够涵盖的，它们的发展在不同的历史时期各有限制，但依然一路坎坷向前，并在20世纪80年代的海峡两岸各有成效，成为现代中国文化建设所不能忽略的一种重要元素，不回到民国重新梳理、重新谈论，我们历史的独特性如何能够呈现呢？

　　治中国社会历史研究多年的秦晖曾经提出了一个耐人寻味的观点：当前中国学术一方面在反对西方的所谓"文化殖民"，另外一方面却又常常陷入外来的"问题"圈套之中，形成有趣的"问题殖民"现象。② 我理解，这里的"问题殖民"就是脱离开我们自己的历史文化环境，将他者研讨中国提出来的问题（包括某些赞赏中国"特殊价值"的问题）当作我们自己的问题，从而在竭力挣脱西方话语的过程中再一次落入他者思维的窠臼。如何才能打破这种反反复复、层层叠叠的他者的圈套呢？我以为唯一的出路便是敢于抛开一些令人眼花缭乱的解释框架，面对我们自己的历史处境，感受我们自己的问题，对中国现代文学的研究而言，就是要在"民国"的社会历史框架中酝酿

---

① 郁达夫：《〈中国新文学大系·散文二集〉导言》，上海良友图书印刷公司1935年版。

② http：//www.360doc.com/content/10/0626/01/875791_35273755.shtml.

和提炼我们的学术感觉，这当然不是说从此故步自封，拒绝外来的思想和方法，而是说所有的思想和方法都必须在民国历史的事实中接受检验，只有最丰富地对应于民国历史事实的理论和方法才足以成为我们研究的路径，才能最后为我所用。在中国现代文学研究领域，并没有异域学者所总结完成的"中国方法"，而只有在民国"作为方法"取得成效之后的具体的认知，也就是说，是"作为方法的民国"真正保证了"作为方法的中国"。下述几个中国现代文学研究中影响较大且争论较大的理论框架，莫不如此。

例如，在描述中国历史从封建帝国转入现代国家的时候，人们常常使用"民族国家"这一概念，中国现代文学也因此被视作"现代民族国家文学"，不断放大"民族国家"主题之于中国现代文学的意义："在抗战文学中，由于抗日民族统一战线的建立，民族国家成为了一个集中表达的核心的、甚至唯一的主题。"[1] 甚至称："'五四'以来被称之为'现代文学'的东西其实是一种民族国家文学。"[2] 这显然都不符合中国现代文学在"民国"的历史事实，不必说五四新文学运动恰恰质疑了无条件的"国家认同"，民国时期文学前十年"国家主题"并不占主导地位，出现了所谓"民族国家意识的延宕与缺席"现象。[3] 第二个十年间的"民族主义"观念也一再受到左翼文学阵营的抨击，就是抗日战争时期的文学，也不像过去文学史所描绘的那么主题单一，相反，多主题的出现，文学在丰富中走向成熟才是基本的事实。不充

---

① 旷新年：《民族国家想象与中国现代文学》，《文学评论》2003 年第 1 期。

② 刘禾：《文本、批评与民族国家文学——〈生死场〉的启示》，北京大学出版社 2007 年版，第 1 页。对中国现代文学研究中民族国家理论的检讨，已有学者提出过重要的论述，如张中良《中国现代文学的"民族国家"问题》，花木兰文化出版社 2012 年版。

③ 李道新在剖析民国电影文化时指出："南京国民政府成立以前，亦即从电影传入中国至1927 年之间，中国电影传播主要诉诸道德与风化，基本无关民族与国家。民族国家意识的延宕与缺席，与落后保守的价值导向及混乱无序的官方介入结合在一起，使这一时期的中国电影几乎处在一种特殊的无政府状态，并导致中国电影从一开始就陷入目标/效果的错位与传者/受众的分裂之境。"（李道新：《民族国家意识的延宕与缺席：南京国民政府成立前中国电影的传播制度及其空间拓展》，《上海大学学报》2011 年第 3 期）这样的观察其实同样可以启发我们的文学研究。

分重视"民国"的丰富意义就会用外来概念直接"认定"历史的性质，从而形成对我们自身历史的误读。

　　文学的"民国"含义丰富，不适合于被称作"想象的共同体"。近年来，美国著名学者本尼迪克特·安德森关于民族国家的概括——"想象的共同体"广获运用，借助于这一思路，我们描绘出了这样一个国家认同的图景：中国知识分子从晚清开始，利用报纸、杂志、小说等媒体空间展开政治的文化的批判，通过这一空间，中国人展开了对"民族国家"的建构，使国民获得了最初的民族国家认同。诚然，这道出了"帝国"式微，"民国"塑形过程之中，民众与国家观念形成的某些状况，但却既不是中华民族历史演变的真相，[①] 也不是现实意义的民国的主要的实情，当然更不是"文学民国"的重要事实。现实意义的民国，在一个相当长的时间里，依然处于残留的"帝国"意识与新生的"民国"意识的矛盾斗争之中，专制集权与民主自由此消彼长，党国观念与公民社会相互博弈，也就是说，"国家与民族"经常成为统治者巩固自身权力的重要的意识形态选择，与知识分子所要展开的公众想象既相关又矛盾。在现实世界上，我们的国家民族观念常常来自政治强权的强势推行，这也造成了知识分子国家民族认同的诸多矛盾与尴尬，他们不时陷落于个人理想与政治强权的对立之中，既不能接受强权的思想干预，又无法完全另立门户，总之，"想象"并不足以独立自主，"共同体"的形成步履艰难，"文学的民国"对此表述生动。这里既有胡适"只指望快快亡国"的情绪性决绝，[②] 有鲁迅对于民族国家自我压迫的理性认识："用笔和舌，将沦为异族的奴隶之苦告诉大家，自然是不错的，但要十分小心，不可使大家得着这样

---

　　① 关于中华民族及统一国家的形成如何超越"想象"，进入"实践"等情形，近来已有多位学者加以论证，如杨义、邵宁宁《描绘中国文学地图——杨义访谈录》（《甘肃社会科学》2004 年第 5 期），郝庆军《反思两个热门话题："公共领域"与"想象的共同体"》（《中国现代文学研究丛刊》2005 年第 5 期），吴晓东《"想象的共同体"理论与中国理论创新问题》（《学术月刊》2007 年第 2 期）等。

　　② 胡适《你莫忘记》有云："你莫忘记：/你老子临死时只指望快快亡国：/亡给'哥萨克'，/亡给'普鲁士'/都可以。"

的结论:'那么,到底还不如我们似的做自己人的奴隶好。'"① 也有闻一多辗转反侧,难以抉择的苦痛:"我来了,我喊一声,迸着血泪,/'这不是我的中华,不对,不对!'""我来了,不知道是一场空喜。/我会见的是噩梦,那里是你?/那是恐怖,是噩梦挂着悬崖,/那不是你,那不是我的心爱!"②

总之,进入文学的民国,概念的迷信就土崩瓦解了。

也有学者试图对外来概念进行改造式的使用,这显然有别于那种不加选择的盲目,不过,作为"民国"实际的深入的检验工作也并没有完成,例如近年来同样在现代文学研究界流行的"公共空间"("公共领域")理论。在西欧历史的近现代发展中,先后出现了贵族文艺沙龙、咖啡馆、俱乐部一类公共聚落,然后推延至整个社会,最终形成了不隶属于国家官僚机构的民间的新型公共社区,这对理解西方近代社会历史与精神生产环境都是重要的视角。不过,真正"公共空间"的形成必须有赖于比较坚实的市民社会的基础,尚未形成真正的市民社会的民国,当然也就没有真正的公共空间。③ 可能正是考虑到了民国历史的特殊性,李欧梵先生试图对这一概念加以改造,他以"批判空间"替换之,试图说明中国近现代知识分子也正在形成自己的"公共性"的舆论环境,他以《申报·自由谈》为例,说明:"这个半公开的园地更属开创的新空间,它至少为社会提供了一块可以用滑稽的形式发表言论的地方。"鲁迅为《自由谈》栏目所撰文稿也成为李欧梵先生考辨的对象,并有精彩的分析,然而,论者突然话锋一转:"因为当年的上海文坛上个人恩怨太多,而鲁迅花在这

① 鲁迅:《且介亭杂文末编·半夏小集》,《鲁迅全集》6 卷,人民文学出版社 2005 年版,第 617 页。

② 闻一多:《发现》,《闻一多全集》第一卷,湖北人民出版社 1994 年版,第 153 页。

③ 对此,哈贝马斯具有清醒的认识,他认为,不能把"公共领域"这个概念与欧洲中世纪市民社会的特殊性隔离开,也不能随意将其运用到其他具有相似形态的历史语境中。(参见〔德〕哈贝马斯《公共领域的结构转型》初版序言,曹卫东等译,学林出版社 1999 年版。)中国学者关于"公共领域"理论在中国运用的反思可以参见张鸿声《中国的"公共领域"及其它——兼论现代城市文学研究的本土化》,《首都师范大学学报》(社会科学版)2006 年第 6 期。

方面的笔墨也太重，骂人有时也太过刻薄。问题是：骂完国民党文人之后，是否能在其压制下争取到多一点言论的空间？就《伪自由书》中的文章而言，我觉得鲁迅在这方面反而没有太大的贡献。如果从负面的角度而论，这些杂文显得有些'小气'。我从文中所见到的鲁迅形象是一个心眼狭窄的老文人，他拿了一把剪刀，在报纸上找寻'作论'的材料，然后'以小窥大'，把拼凑以后的材料作为他立论的根据。事实上他并不珍惜——也不注意——报纸本身的社会文化功用和价值，而且对于言论自由这个问题，他认为根本不存在。""《伪自由书》中没有仔细论到自由的问题，对于国民党政府的对日本妥协政策虽诸多非议，但又和新闻报道的失实连在一起。也许，他觉得真实也是道德上的真理，但是他从报屁股看到的真实，是否能够足以负荷道德真理的真相？"[①] 其实，鲁迅对"自由"的一些理论和他是否参与了现代中国"批判空间"的言论自由的开拓完全是两码事。实际的情况是，在民国时代的专制统治下，任何自由空间的开拓都不可能完全是"舆论"本身的功效，舆论的背后，是民国政治的高压力量，鲁迅的敏感，鲁迅的多疑，鲁迅杂文的曲笔和隐晦，乃至与现实人事的种种纠缠，莫不与对这高压环境的见缝插针般的戳击有关。当生存的不自由已经转化成为"日常生活"的一部分（所谓"报屁股看到的真实"），成为各色人等的"无意识"，点滴行为的反抗可能比长篇大论的自由讨论更具有"自由"的意味。这就是现代中国的基本现实，这就是民国舆论环境与文学空间所具有的历史特征。对比晚清和北洋军阀时代，李欧梵先生认为，1930年代虽然"在物质上较晚清民初发达，都市中的中产阶级读者可能也更多，咖啡馆、戏院等公共场所也都具备"，但公共空间的言论自由却反而更小了。原因何在呢？他认为在于像鲁迅这样的左翼"把语言不作为'中介'性的媒体而作为政治宣传或个人攻击的武器和工具，逐渐导致政治上的偏激文化（radicalization），而偏激之后也只有革

---

① 李欧梵：《"批评空间"的开创——从〈申报〉"自由谈"谈起》，见《现代性的追求》，生活·读书·新知三联书店2000年版，第19—20页。

命一途"。① 这里涉及对左翼文化的反思，自有其准确深刻之处，但是，就像现代中国社会的诸多"公共"从来都不是完全的民间力量所打造一样，言论空间的存废也与政府的强力介入直接关联，左翼文化的锋芒所指首先是专制政府，而对政府专制的攻击，本身不也是一种扩大言论自由的有效方式吗？

作为方法的民国，意味着持续不断地返回中国历史的过程，意味着对我们自身问题和思维方式的永远的反省和批判，只有这样，我们的中国现代文学研究才是真正属于自己的。

三　"民国"如何成为"方法"

"民国作为方法"既然是在自觉寻找中国现代文学研究"自己的方法"的意义上提出来的，那么，它究竟如何才能成为一种与众不同的"方法"呢？或者说，它对中国现代文学研究具体有哪些着力点与可能开拓之处呢？我认为至少有这样几个方面的工作可以开展。

首先，为"中国"的学术研究设立具体的"时间轴"。也就是说，所谓学术研究的"中国问题"不应该是笼统的，它必须置放在具体的时间维度中加以追问，是"民国"时期的中国问题还是"人民共和国"时期的中国问题？当然，我们曾经试图以"现代化""现代性"这样的概念来统一描述，但事实是，两个不同的历史阶段有着相当多的差异性，特别是作为精神现象的文学，在生产方式、传播接受方式及作家的生存环境、写作环境、文学制度等方面都更适合分段讨论。新时期文学曾经被类比为五四新文学，这虽然一度唤起了人们的"新启蒙"的热情，但是新时期究竟不是"五四"，新时期的中国知识分子也不是"五四"一代的陈独秀、胡适与周氏兄弟，到后来，人们质疑 1980 年代，质疑"新启蒙"，连带五四新文化运动一起质疑，问题是经过一系列风起云涌的体制变革和社会演变，"五四"怎么能够为新时期背书？就像民国不可能与人民共和国相提并论一样；也有将

---

① 李欧梵：《"批评空间"的开创——从〈申报〉"自由谈"谈起》，见《现代性的追求》，生活·读书·新知三联书店 2000 年版，第 21 页。

"文化大革命"追溯到"五四"的，这同样是完全混淆了两个根本不同的历史文化情境。在我看来，今天的中国现当代文学研究，尚需要在已有的"新文学一体化"格局中（包括影响巨大的"20世纪中国文学"）重新区隔，让所谓的"现代"和"当代"各自归位，回到自己的历史情境中去，这不是要否认它们的历史联系，而是要重新厘清究竟什么才是它们真正的历史联系。研究中国现代文学，就必须首先回到民国历史，将中国现代文学作为民国时期的精神现象。晚清尽头是民国，民国尽头是人民共和国，各自的历史场景讲述着不同的文学故事。

其次，"中国"的学术研究也必须落实到具体的"空间场景"。"空间和时间是一切实在与之相关联的架构。我们只有在空间和时间的条件下才能设想任何真实的事物。"① 民国及其复杂的空间分布恰恰为我们重新认识中国问题的复杂性提供了基础。在过去一个相当长的时期内，我们习惯将中国的问题置放在种种巨大的背景之上，诸如"文艺复兴""启蒙与救亡""中外文化冲撞与融合""中国传统文化""现代化""走向世界文学""全球化""现代民族国家进程"等，这固然确有其事，但来自同样背景的冲击，却在不同的区域产生了并不相同的效果，甚至有些区域性的文学现象未必就与这些宏大主题相关。诗人何其芳在四川万县的偏远山区成长，直到1930年代"还不知道五四运动，还不知道新文化，新文学，连白话文也还被视为异端"。② 这对我们文学史上的五四叙述无疑是一大挑战：中国的现代文化进程是不是同一个知识系统的不断演绎？另外一个例证也可谓典型：我们一般把白话新文学的产生归结到外来文化深深的冲击，归结到一批留美留日学生的新式教育与人生体验，所以"走异路，逃异地"的鲁迅于1918年完成了《狂人日记》，留下了中国现代文学史上第一篇白话小说，但跳出这样的中/西大叙事，我们却可以发现，远在内部腹地的成都作家李劼人早在尚未跨出国门的1915年就完成了多篇新式白话小

---

① ［德］恩斯特·卡西尔：《人论》，甘阳译，西苑出版社2003年版，第73页。
② 方敬、何频伽：《何其芳散记》，四川教育出版社1990年版，第22页。

说，这里的文化资源又是什么？

中国的学术问题并不产生自抽象笼统的大中国，它本身就来自各个具体的生活场景，具体的生存地域。有学者对民国文学研究不无疑虑，因为民国不同于"一体化"的人民共和国，各个不同的政治派别、各个不同的区域差异比较明显，更不要说如抗战时期的巨大的政权分割（国统区、解放区及沦陷区）了，这样一个"破碎的国家"能否方便于我们的研究呢？在我看来，破碎正是民国的特点，是这一历史时期生存其间的中国人（包括中国知识分子）的体验空间，只要我们不预设一些先验的结论，那么针对不同地域、不同生存环境的文学叙述加以考察，恰恰可以丰富我们的历史认识。一个生存共同体，它的魅力并不是它对外来冲击的传播速度，而是内部范式的多样性和丰富性，这就是我们所谓的"地方性知识"。民国时期的"山河破碎"，正好为各种地方性知识的生长创造了条件，如果能够充分尊重和发掘这些地方性知识视野中的精神活动与文学创作，那么中国的现代文学研究也将再添不少新的话题、新的意趣。

"破碎"的民国给我们的进一步的启发可能还在于：区域的破碎同时也表现为个人体验的分离与精神趣味的多样化。当代中国的大众文化曾经出现了所谓的"民国热"，在我看来，这种以时尚为诱导、以大众消费为旨归，充满夸张和想象的"热"需要我们深加警惕，绝不能与严肃的历史探询相混淆。其中唯一值得肯定的便是某种不满于颓靡现状，试图在过去发掘精神资源的愿望。今天的人们也或多或少地感佩于民国时代知识分子精神状态的多样性，如鲁迅、陈独秀、胡适一代新文化创造者般的不完全受缚于某种体制的压力或公众的流俗的精神风貌。[①] 的确，中国现代作家精神风貌的多姿多彩与文学作品意义的多样化迄今堪称典范，还包括新/旧、雅/俗文学的多元并存。对应于这样的文学形态，我们也需要调整我们固有的思维模式，未来，

---

　① 丁帆先生另有"民国文学风范"一说可以参考，他说："我所指的'民国文学风范'就是五四新文学传统，特指五四前后包括俗文学在内的'人的文学'内涵。"见丁帆《"民国文学风范"的再思考》，《文艺争鸣》2011 年第 7 期。

如果可能完成一部新的文学发展史的话，其内容、关注点和叙述方式都可能与当今的文学史大为不同。

最后，"作为方法的民国"的研究并不同于过去一般的历史文化与文学关系的研究，有着自己独立的历史观与文学观。中国现代文学研究不乏从历史背景入手的学术传统，包括传统文学批评中所谓的"知人论世"，包括中国式马克思主义的社会历史批评，也包括新时期以后的文化视角的文学研究。应该说，这三种批评都是有前提的，也就是说，都有比较明确、清晰的对历史性质的认定，而文学现象在某种意义上都必须经过这一历史认识的筛选。"知人论世"往往转化为某种形式的道德批评，伦理道德观是它筛选历史现象的工具；中国式马克思主义的社会历史批评在中华人民共和国成立后相当长的时间里表现为马克思主义普遍原理的运用，有时难免以论带史的弊端；文化视角的文学研究曾经为我们的研究打开了许多扇门与窗，但是这样的文化研究常常是用文学现象来证明"文化"的特点，有时候是"牺牲"了文学的独特性来迁就文化的整体属性，有时候是忽略了作家的主观复杂性来迁就社会文化的历史客观性——总之，在这个时候，作为历史现象的文学本身往往并不是我们呈现的对象，我们的工作不过是借助文学说明其他"文化"理念，如通过不同地域的文学创作证明中国区域文化的特点，从现代作家的宗教情趣中展示各大宗教文化在中国的传播，利用文学作品的政治倾向挖掘现代政治文化在文学中的深刻印记等。

"作为方法的民国"就是要尊重民国历史现象自身的完整性、丰富性、复杂性，提倡文学研究的历史化态度。既往的中国现代文学研究充斥着一系列的预设性判断，从最早的"中国新文学是反帝反封建的文学""五四新文学运动实施了对旧文学摧枯拉朽般的打击""中国现代文学的发展与历史的进步方向相一致"，到新时期以后"中国现代文学是走向世界的文学""中国现代文学是现代性的文学""20世纪中国文学的总主题是改造民族灵魂，审美风格的核心是悲凉"等。在特定的时代，这些判断都实现过它们的学术价值，但是，对历史细节的进一步追问却让我们的研究不能再停留于此，比如回到民国语境，我们就会发现，所谓"封建"一说根本就存在"名实不符"的巨大尴尬，文学批评界对"封建"的界定与历史学界的"封建"含义大相径庭，"反封建"在不同阶段的真实意义可能各各不同；已经习用多年的"进步作家""进步文学"究竟指的是什么，越来越不清楚，在包括抗战这样的时期，左右作家是否泾渭分明？所谓"右翼文学"包括接近国民党的知识分子的写作是不是一切都以左翼为敌，它有没有自己独立的文学理想？国民党专制文化是否铁板一块，其内部（例如对文学的控制与管理）有无矛盾与裂痕？共产党的革命文学是否就是为反对国民党和"旧社会"而存在，它和国民党的文学观念有无某些联通之处？被新文学"横扫"之后的旧派文学是不是一蹶不振，渐趋消歇？因为，事实恰恰相反，它们在民国时代获得了长足的发展，并演化出更为丰富的形态，这是不是都告诉我们，我们先前设定的文学格局与文学道路都充满了太多的主观性，不回到民国历史的语境，心平气和地重新观察，文学中国（文学民国）的实际状况依然混沌。

这就是我们主张文学研究"历史化"，反对观念"预设"的意义。当然，反对"预设"理念并不等于我们自己不需要任何理论视角，而是强调新的研究应该比以往任何时候都尊重民国社会历史本身的实际情形，研究必须以充分的历史材料为基础，而不应当让后来的历史判断（特别是极左年代的民国批判概念）先入为主，同时，时刻保持一种自我反思、自我警醒的姿态。回到民国，我们的研究将继续在历史中关注文学，政治、经济、法律、教育等议题都应当再次提出，但是与既往的研究相比，新的研究不是对过去的拾遗补阙，不是如先前那样将文学当作种种社会文化现象的例证，相反，是为了呈现文学与文化的复杂纠葛，不再执着于概念转而注重细节的挖掘与展示。例如"经济"不是一般的政治经济学原理，而是具体的经济政策、经济模式与影响文学文化活动的经济行为，如出版业的运作、经济结算方式；"政治"也不仅仅是整体的政治氛围概括，而是民国时期具体的政治形态与政治行为，宪政、政党组织形式，官方的社会控制政策等；在文学一方面，也不是抽取其中的例证附着于相应的文化现象，而是新的创作细节、文本细节的全新发现。回到文学民国的现场，不仅是重新理解了民国的文化现象，也是深入把握了文学的细节，这是一种"双向互犁"的研究，而非比附性的论证说明。例如茅盾创作《子夜》，就绝非一个简单的"中国道路"的文学说明，它是 20 世纪 30 年代中国经济危机、社会思想冲突与茅盾个人的复杂情怀的综合结果。解析《子夜》决不能单凭小说中的理性表述与茅盾后来的自我说明，也不能套用新民主主义论的现成历史判断，而必须回到"民国历史情境"。在这里，国家的基本经济状况究竟如何，世界经济危机与民国政府的应对措施，各种经济形态（外资经济、民营经济、买办经济等）的真实运行情况是什么，社会阶层的生存状况与关系究竟怎样，中国现实与知识界思想讨论的关系是什么，文学家茅盾与思想界、政治界的交往，茅盾的深层心理有哪些，他的创作经历了怎样的复杂过程，接受了什么外来信息和干预，而这些干预又在多大程度上改变了茅盾，茅盾是否完全接受这些干预，或者说在哪一个层次上接受了、又在哪一个层次上抵制了转化了，作家的意识与无意识在文本中构成怎样的关系等，这样的"矛盾综合体"才是《子夜》，"回到民国历史"才能完整呈现《子夜》的复杂意义。

民国作为方法，当然不会拒绝外来的其他文学理论与批评视角，但是，正如前文所说，这些新的理论与批评不能理所当然就进入中国现代文学研究之中，它必须能够与文学中国——民国时期的文学状况相适应，并不断接受研究者的质疑和调整。例如，就我们阐述的历史与文学互通、互证的方法而言，似乎与欧美近半个世纪以来的"文化研究"颇多相近，因此不妨从中有所借鉴，但是，在另外一方面，我们必须认识到，欧美的"文化研究"的具体问题——如阶级研究、亚文化研究、种族研究、性别研究、大众传媒研究等——都来自与中国不同的环境，自然不能简单移用。对我们而言，更重要的可能就是一种态度的启示：打破了文学与各种社会文化之间的间隔，在社会文化关系版图中把握文学的意义，文学的审美个性与其中的"文化意义"交相辉映。

作为方法的民国，昭示的是中国现代文学研究"学术自主"

的新可能，它不是漂亮的口号，而是迫切的学术愿望；不是招摇的旗帜，而是治学的态度；不是排斥性的宣示，而是自我反思的真诚邀请，一句话，还期待更多的研究者投入其中，以自己尊重历史的精神。

经济·文学·历史

——《春蚕》文本的三个维度

李　哲

　　内容提要： 20 世纪 30 年代波及中国的"经济危机"使得作家创作转向了经济题材，而正是由于从"经济"的层面展开，茅盾在《春蚕》中才有可能将"都市"、"城镇"和"乡村"这三个相互迥异的空间关联在一起，完成对中国社会的全景呈现。在《春蚕》中，茅盾通过对经济主题的"隐匿"处理，将一个社会学命题转换成具有审美意义的文学文本，而续作《秋收》和《残冬》虽然带有更强烈的政治意味，但经济主题的存在最终使得"农村三部曲"的革命叙事淡化了"乌托邦"色彩，从而获得了历史纵深和现实依据。

　　在茅盾题材众多的小说作品中，写于 20 世纪 30 年代初的"农村三部曲"具有极为特殊的意义。王西彦先生认为，茅盾本时期的短篇小说"达到了他自己的高峰"——"作者不再把自己的关心囿限于城市小资产阶级知识分子的苦闷和哀愁，而是大大地扩张了视野——在描写范围上，从城市转向农村；在描写对象上，从知识分子转向小商人和农民。"① 对评论者而言，茅盾的写作由"城市"转向"农村"，并不仅仅是简单的题材更迭，而是"必然地伴随着社会分析的更加深

---

① 王西彦：《论茅盾的短篇小说》，《文学评论》1981 年第 4 期。

刻，主题思想的更加广阔和提高"①。众所周知，"中国革命在历史上通常被认为是最伟大的农民革命，甚至被称作农民革命的典型"②。毛泽东在《新民主主义论》中指出："中国有百分之八十的人口是农民，这是小学生的常识。因此农民问题，就成了中国革命的基本问题，农民的力量，是中国革命的主要力量。"③ 正是因为这样，以此为基础建构的新民主主义文化话语中，"文学是否注意反映这一重大问题，是衡量作品价值的重要尺度，也是衡量作家能否成为人民代言人的重要标志"，而"茅盾在当时客观条件非常困难的情况下，自觉地去描写农民，正可以看出他所达到的思想高度"④。事实上，对那些秉持着无产阶级文学批评话语的评论者而言，"农村"不可能是一个纯粹的物理空间，而是"革命"本身发生和进行的政治场域。正是这一点，使得《春蚕》更容易被纳入无产阶级文学的主流意识形态，也为评论者们的正统化解读提供了更大的可能性——"《春蚕》是共产党对当时中国形势的注释：它披露在帝国主义的侵凌及旧式社会的剥削下农村经济崩溃的面貌，而这故事之屡获好评，也正为此缘故。"⑤

可以说，大陆学界长久以来对《春蚕》等作品的解读，从来就没有脱离这一作为"政治场域"的"农村"范畴。正因为此，《春蚕》乃至整个"农村三部曲"成为"农村题材小说"的典范——"'农村三部曲'《春蚕》《秋收》《残冬》是彼此有机地联系着，而又可以各自独立的一组描写农村生活的短篇小说"⑥，"这是茅盾第一次较大规模地正面反映农村生活的作品。小说生动地描写了三十年代中国农村'丰收成灾'的奇特的社会现象，创造了具有深刻典型意义的老一代农民的形象"⑦。在新时期以后，随着中国大陆政治意识形态的逐渐松

---

① 王西彦：《论茅盾的短篇小说》，《文学评论》1981 年第 4 期。
② 费正清主编：《剑桥中华民国史》第二部，上海人民出版社 1992 年版，第 283 页。
③ 毛泽东：《新民主主义论》，《毛泽东选集》，人民出版社 1991 年版，第 692 页。
④ 王嘉良：《茅盾农村题材小说的独特价值》，《杭州师院学报》1982 年第 3 期。
⑤ 夏志清：《中国现代小说史》，复旦大学出版社 2005 年版，第 114—115 页。
⑥ 丁尔纲：《试论茅盾的"农村三部曲"》，《处女地》1957 年第 6 期。
⑦ 黄侯兴：《试论茅盾的短篇小说创作》，《北京大学学报》1964 年第 1 期。

动，学界对茅盾笔下的"农村"解读出现了新的变化——"政治场域"逐渐为"文化空间"所取代。评论者们纷纷开始对《春蚕》等作品进行地域性、民俗化的解读，如此一来，以《春蚕》为代表的"农村三部曲"又被拉入了"乡土文学"的范畴："富有特色的江南水乡的风俗画，带有泥土芳香的栩栩如生的人物形象，有浓郁生活气息的场景渲染，运用包括江南土语、俗谚的娴熟语言，都表明他是一位擅长写农村题材的小说大家。"① 事实上，这样一种解读范式在海外学者那里已经存在，如夏志清就认为，以政治为标准的解释"并没有真正道出这故事成功的地方和它吸引人的地方"。在他看来，"茅盾几乎不自觉地歌颂劳动分子的尊严。用中国传统的方法来殖蚕，是一个古老而粗陋的方法，需要爱心、忍耐和虔诚，整个过程就像一种宗教的仪式。茅盾很巧妙地表达出这股虔诚，并将这种精神注入那一家人的身上"②。通过这样一种解读，海内外的学者们试图淡化或回避 30 年代左翼文学理念的既定框架，于是，《春蚕》"这篇原意似在宣扬共产主义的小说，反变而为人性尊严的赞美诗了"③。但问题在于，对茅盾这个"中国最伟大的共产作家"而言，政治意识在作品中是客观存在的，而这种带有"纯文学"意味的乡土化解读却有意无意遮蔽了这一点。事实上，茅盾对"乡土"的看法从来没有超出其政治意识形态的范畴，诚如有学者指出的那样："茅盾要求的是作家应该站在一定的历史高度，在先进理论的指导下观察乡土，表现乡土，也就是说，当感受与理智发生冲突时，必须用先进的理性认识去矫正对生活的直接感受，以便使作品能够符合政治革命的需要。"④

事实上，无论政治意义上的"革命场域"还是乡土意义上的"文化场域"，评论者们对"农村"这一概念的理解并没有什么根本分歧，对他们而言，"农村"是一个独立、自在的空间，"政治"和"文化"

---

① 黄侯兴：《试论茅盾的短篇小说创作》，《北京大学学报》1964 年第 1 期。

② 夏志清：《中国现代小说史》，复旦大学出版社 2005 年版，第 114—115 页。

③ 夏志清：《中国现代小说史》，复旦大学出版社 2005 年版，第 114—115 页。

④ 余海鹰：《〈农村三部曲〉乡土文学品格初探》，《韩山师范学院学报》1997 年第 1 期。

都只是作为这一空间的"填充物"存在。但与这两者不同，茅盾小说《春蚕》中的"农村"这一叙事空间既不是先在性的"革命场域"，也不是全整性的"文化场域"。茅盾对"农村"有着极为独特的看法，在他的笔下，"农村"并不是作为一个独立、自在的空间存在。他曾在回忆录中写道："'一·二八'战争时，母亲正在上海，等到战争结束，我又怕乡下不安宁，一直拖到五月份。才把母亲送回乌镇。……回上海后，我连续写的三篇《故乡杂记》，就是想要把农村的这种变化反映出来。"① 茅盾将《故乡杂记》视为对"农村"的"反映"，这里透露出一个极为重要的信息，即他笔下的"农村"也包括了家乡乌镇这个"五六万人口""繁华不下于一个中等的县城"② 的城镇。谈到在"返乡之旅"刺激下的"农村题材"创作，他回忆道："一九三二年，我在写《子夜》的同时，也写了几篇关于农村题材的短篇，这就是二月份写的《小巫》，五六月间写的三篇连续的速写《故乡杂记》，六月下旬写成的《林家铺子》，和十一月发表的《春蚕》。"③ 显然，以城镇为背景的《故乡杂记》和《林家铺子》都被茅盾列入了"农村题材"作品。由此可见，茅盾笔下"城镇"与"农村"之间的界限是模糊的，两者根本不具有独立、自在的空间意义。《春蚕》的"农村"、《林家铺子》的"城镇"以及《子夜》中的"都市"是如此紧密地联系在一起，诚如吴组缃先生所说："上述这一系列的作品，主题是同一的，或者说是彼此密切关连着的，因为它们是从一个整体中分割出来的。作者企图通过这些作品对二十世纪三十年代中国社会性质作大规模的全面分析，从而指出社会发展及革命斗争的方向。"④ 茅盾自己也坦承，"春蚕"本意要写入《子夜》，"但在《子夜》中，由

---

① 茅盾：《〈春蚕〉、〈林家铺子〉及农村题材的作品——回忆录十四》，《新文学史料》1982 年第 1 期。

② 茅盾：《故乡杂记》，《茅盾全集》第 11 卷，人民文学出版社 1986 年版，第 88 页。

③ 茅盾：《〈春蚕〉、〈林家铺子〉及农村题材的作品——回忆录十四》，《新文学史料》1982 年第 1 期。

④ 吴组缃：《谈〈春蚕〉——兼谈茅盾的创作方法及其艺术特点》，《中国现代文学研究丛刊》1984 年第 4 期。

于决定只写都市，却写不进去。这次奔丧回乡的见闻，又加深了我对'丰收灾'的感性认识，于是我就决定用这题材写一短篇小说。十月份写成，取名《春蚕》"①。从这个意义上来说，"《春蚕》所描写的是破产中的农村生活，正是《子夜》企图表现而未尽兴的一个方面"②。

由此可知，对茅盾而言，都市、城镇、农村三者是一体同构的，无论《子夜》、《林家铺子》还是《春蚕》，它们的初衷都不是为了表现某个局部的时空场域，而是对中国社会这一整体进行全景式的呈现。如果我们参看《春蚕》文本，就会发现茅盾笔下的"农村"带有极大的开放性：

> 汽笛的叫声突然从那边远远的河身的弯曲地方传了来。就在那边，蹲着又一个茧厂，远望去隐约可见那整齐的石"帮岸"。一条柴油引擎的小轮船很威严地从那茧厂后驶出来，拖着三条大船，迎面向老通宝来了。满河平静的水立刻激起泼剌剌的波浪，一齐向两旁的泥岸卷过来。一条乡下"赤膊船"赶快拢岸，船上人揪住了泥岸上的树根，船和人都好像在那里打秋千。轧轧轧的轮机声和洋油臭，飞散在这和平的绿的田野。

都市的现代工业文明已伴随着"小轮船"纷至沓来，它消解了农村原生态的乡野风貌，也模糊了城市、城镇与乡村之间的泾渭分明的畛域。在这里，都市、城镇和农村已然建立起错综复杂、难以分割的关联，也正是在这个意义上，"老通宝相信自己一家和'陈老爷家'虽则一边是高门大户，而一边不过是种田人，然而两家的运命好像是一条线儿牵着"。诚如黄侯兴先生所说："短篇集《春蚕》、《烟云》等所展现的丰富多样的生活画风所深刻揭示的主题思想，在这个意义上

---

① 茅盾：《〈春蚕〉、〈林家铺子〉及农村题材的作品——回忆录十四》，《新文学史料》1982 年第 1 期。

② 吴组缃：《谈〈春蚕〉——兼谈茅盾的创作方法及其艺术特点》，《中国现代文学研究丛刊》1984 年第 4 期。

都可以看做是作者'大规模地描写中国社会现象'的一部分，是黎明前的旧中国社会生活的真实写照。这些短篇和《子夜》一起，构成了茅盾创作活动中最重要的时期。"① 因此，就像《子夜》不是都市小说，《林家铺子》不是城镇小说，而《春蚕》也无法被视为纯粹的"农村题材小说"，这三部作品的叙事空间互相渗透、彼此关联，它们共同构成了一个动态、统一的社会全景镜头，一首"'都市—农村'交响曲"②。

一　经济：社会全景呈现的可能

由前文可知，以《春蚕》为代表的"农村三部曲"并不是严格意义上的农村题材小说，它所反映的历史容量远远超出了"农村"这一有限的空间场域。诚如王嘉良先生所说："读茅盾的农村题材小说，我们感觉往往是这样：它描写的生活画面并不很大，或者只是写一个家庭的遭遇，或者只是一个场景的描绘，但包含的容量却很大，做到了透过生活的一角，反映出社会的面貌，借助一事一物，勾画出时代的轮廓。"③ 那么，究竟在怎样一种层面上，"乡村"才能与"都市""城镇"这些完全迥异于自身的空间场域关联在一起，进而勾勒出一幅社会全景图呢？

首先要强调的是，"社会全景"对茅盾而言绝不意味着包罗万象的缤纷驳杂，他非常明确地指出："选择小说题材的时候，应该'有计划'地选择，不能抱了'宇宙间尽是文章材料，俯拾即是'那样名士派的态度。"④ 他对创作题材的选择有着极为明确的标准："用什么标准来抉择呢？当然不能凭你个人的好恶。应当凭那题材的社会意义来抉择。这就是说，你所选取的题材，第一须有普遍性，第二须和一

①　黄侯兴：《试论茅盾的短篇小说创作》，《北京大学学报》1964 年第 1 期。

②　茅盾：《〈子夜〉写作的前前后后》，《茅盾全集》第 34 卷，人民文学出版社 1986 年版，第 482 页。

③　王嘉良：《茅盾农村题材小说的独特价值》，《杭州师院学报》1982 年第 3 期。

④　茅盾：《创作与题材》，《茅盾全集》第 19 卷，人民文学出版社 1986 年版，第 358、366 页。

般人生有重大的关系。"①　在这个意义上审视《春蚕》，老通宝一家"育蚕缫丝"就不可能是纯粹意义上的农事活动——如果"春蚕"是一种乡土田园的文学意象，那么《春蚕》文本也就仅仅是一首现代的"农事诗"而已，根本无法与"都市"和"城镇"相互关联。

　　事实上，现代社会学理论对"育蚕缫丝"有着更为明确的划分标准，它是一种与纯粹"农事活动"有所区别的"乡土工业"，是"农村家庭副业生产的一个重要部门"②。诚如费孝通先生所说："中国从来不是一个纯粹的农业国。早在孟子时代，农民被要求在他们的宅地附近种上桑树以养蚕织丝。中国早期对发展与西方的商业联系缺乏兴趣，部分原因是在原材料和生活必需的制成品方面实现了自给自足。"③　在传统的乡村经济生活中，以"育蚕缫丝"为代表的"乡土工业"如此重要，它不仅构成了"农业的附加收入"，更有效地"防止了地主和佃农之间矛盾的恶化"——"从家庭工业中得到的额外收入使得土地不足的农家足以生存下来"④。

　　"时至近代，缫丝业生产——长江流域及珠江流域最为发达"，而茅盾所在的江浙地区"尤为全国之冠"。⑤　而在 19 世纪下半叶以来，随着工业化进程在中国的启动和帝国主义在全球范围内的资本扩张，"育蚕缫丝"这一关涉乡村生计的"乡土工业"日益被纳入整个社会经济运行的机制和资本流通的过程。据资料载，光绪四年（1878 年），法国人在上海开办宝昌丝厂，光绪七年，黄佐卿在上海北苏州河岸设立公永和丝厂，自此以后，"江浙地区近代缫丝工业逐渐发达，1895年，上海一地已有丝厂 12 家，1911 年发展为 48 家，到 1927 年已达93 家。无锡从 1904 年开始设厂，1911 年已有丝厂 6 家，1927 年也达25 家。发展不可谓不速"⑥。而"近代缫丝工业兴起后，机缫丝就开始

① 茅盾：《创作与题材》，《茅盾全集》第 19 卷，人民文学出版社 1986 年版，第 358、366 页。
② 汪敬虞主编：《中国近代经济史（1895—1927）》下册，人民出版社 2000 年版，第 1902 页。
③ 费孝通：《中国士绅——城乡关系论集》，外语教学与研究出版社 2011 年版，第 131 页。
④ 费孝通：《中国士绅——城乡关系论集》，外语教学与研究出版社 2011 年版，第 137 页。
⑤ 汪敬虞主编：《中国近代经济史（1895—1927）》下册，人民出版社 2000 年版，第 1904 页。
⑥ 汪敬虞主编：《中国近代经济史（1895—1927）》下册，人民出版社 2000 年版，第 1906 页。

排挤手缫丝"①，这种排挤主要体现在对外贸易上，"19 世纪 90 年代后，土丝在生丝出口构成中所占比重的逐年退缩就已经十分明显"，"到 1927 年时，土丝尚占生丝出口量的不到 23%，出口值的不到 15%"②。但是，机器缫丝业的发达并没有从根本上撼动"育蚕缫丝"这一以家庭为生产单位的"乡土工业"："在一段较长的时间内，土丝始终是传统丝织手工业的主要原料之一，在国际贸易中退落下来的土丝回到了国内市场，发挥着重要作用。"③ 所以，"尽管缫丝工业是近代中国发展较早、较有成效的机器工业，但是缫丝业中的手工业生产仍一直占据着主要的地位，直到 1930 年，桑蚕丝生产中仍是手工业占优势"④。在这样一种情形之下，"手工缫丝业"甚至保持了长期的繁荣，就此来说，《春蚕》中所写的"老陈老爷做丝生意'发'起来"和"老通宝家养蚕也是年年都好"的情节并非文学虚构，而是接近历史真实的"反映"。

但是，这样一种"繁荣"与"发展"既遮蔽了经济运行机制的诸多问题，也在很大程度上遮蔽了这一机制本身，"1920 年以前，几乎没有任何农业观察家发出农业正面临危机的警告。……人们都会感到，尽管有时收成不好迫使发展速度放慢，但总体看来农业是在逐步向前发展"⑤。在当时，没有人意识到"乡土工业"乃至整个农村经济都已经卷入了"市场"这一经济运行的场域之中，而"国家和私有经济组织已没有能力，也没有足够的时间从一次又一次突如其来的市场动荡中解脱出来"⑥。

所以在 20 世纪 30 年代，资本主义世界的经济危机波及中国，国际市场那只"看不见的手"终于呈现出自己清晰而狰狞的轮廓，中国蓬勃发展的民族工业遭到了前所未有的重创，且以丝织业为例，据史

① 汪敬虞主编：《中国近代经济史（1895—1927）》下册，人民出版社 2000 年版，第 1907 页。
② 汪敬虞主编：《中国近代经济史（1895—1927）》下册，人民出版社 2000 年版，第 1907 页。
③ 汪敬虞主编：《中国近代经济史（1895—1927）》下册，人民出版社 2000 年版，第 1912 页。
④ 汪敬虞主编：《中国近代经济史（1895—1927）》下册，人民出版社 2000 年版，第 1912 页。
⑤ 费正清主编：《剑桥中华民国史》第二部，上海人民出版社 1992 年版，第 284 页。
⑥ 费正清主编：《剑桥中华民国史》第二部，上海人民出版社 1992 年版，第 288 页。

料载:"丝织工业在 1927—1930 年发展相当大,但从 1931 年起,却因受到世界经济危机的影响而转入逆境。全行业工厂由 1930 年的 107 家减为 1931 年 5—7 月的 70 家,丝车也由 25,000 余台降至 18,000 余台。1932 年 5—7 月,丝厂又进一步减少为 46 家,丝车也降到 12,000 余台。1933 年情况更趋困难,工厂又倒闭了 36 家,只剩十家,丝车开工的减至只有 2,500 台了。"① 按经济史研究者的说法,"到 30 年代初,在世界性经济危机冲击下,特别是日本缫丝工业在世界市场频频发动对华倾轧,中国缫丝工业的产销从 1931 年后步入了下坡路。上海的缫丝工厂也在严重不景气中落入普遍的经营亏蚀局面,成为 20 世纪 30 年代经济萧条期中一个十分突出的现象"②。在这种惨烈的经济衰退中,中国在国际市场的劣势地位才得以凸显,而随着民族资本家将危机向小商人和农民的转嫁,国家内部"乡村—城镇—都市"这一社会经济链条中潜隐的等级结构也如此鲜明地呈现出来。

拜"经济危机"所赐,一种潜隐的、原本只能靠理性把握的经济运行机制终于成为具体可感的社会经济现象,它所引发的一系列轰动性事件(如"丰收成灾""抢米风潮"等)也开始作为"题材"为作家所关注和选择。可以说,茅盾本人受到了"经济危机"极深的影响,他在《都市文学》一文中就提到了丝织工业的衰落:"两年前上海有一百零六家丝厂,现在开工的只有十来家。'五卅'那时候,据说上海工人总数三十万左右,现在据社会局的详细调查,也还是三十万挂点儿零。"③ 他尖锐地指出:"虽然畸形发展的上海是生产缩小,消费膨胀,但是我们的都市文学如果想作全面的表现,那么,这缩小的'生产'也不应该遗落。"④ 可以说,正是"经济危机"促使极具社会责任感的作家群体拒绝沿着"消费"的向度堕入个人身体欲望的表达,而是要"从这缩小的生产方面"更有力地表现"都市的畸形发

① 黄苇:《中国民族资本主义经济的发展和破产问题》,《学术月刊》1982 年第 2 期。
② 汪敬虞主编:《中国近代经济史(1895—1927)》下册,人民出版社 2000 年版,第 1639 页。
③ 茅盾:《都市文学》,《茅盾全集》第 19 卷,人民文学出版社 1986 年版,第 422 页。
④ 茅盾:《都市文学》,《茅盾全集》第 19 卷,人民文学出版社 1986 年版,第 422 页。

展",这也是茅盾小说创作"题材转向"的根本原因。按照这样一种路径,茅盾关注"农村经济问题"也就成为一种必然,因为丝织工业的重创,直接导致了极度依赖国内市场的家庭缫丝业的破产,正如茅盾在《故乡杂记》中悲叹的那样:"东南富饶之区的乡下人生命线的蚕丝,现在是整个儿断了!"①

由此可知,茅盾在《春蚕》文本中所表现的并不是作为农事活动的"育蚕缫丝"本身,而是它背后一整套的经济运行机制,也只有从这个社会经济角度去解读《春蚕》,我们才能够理解"春蚕"这一题材的"普遍性"的以及"和一般人生有重大的关系"的现实意义。可以说,"经济危机"使得茅盾以《春蚕》为代表的"农村三部曲"获得了远比"农村"广阔得多的社会视野,也正是通过"经济危机"及其所引发的一系列社会事件,农村、城镇和都市这三个迥异的物理空间才得以紧密地关联在一起。诚如汉娜·阿伦特在论述帝国主义时所指出的那样,"帝国主义的扩张以经济危机作为奇特的开始方式"②。她认为,"帝国主义"实际上"根本不是政治概念,而是从商业考虑的范围里产生的,其中所说的扩张意味着工业生产和经济业务的永久性拓展","它的逻辑结果是摧毁一切现存的社群,包括被征服的民族,也包括自己国内的民族"③。事实上,这样一种帝国主义扩张所冲击的对象并不仅仅局限在民族、国家的宏观层面,它也必然波及一个国家内部的各个部分,"乡村"自然也不例外:"驱逐乡村工业的力量既有力又深入,它的背后是战舰和枪炮,是组织良好的工业国家的'帝国主义'。"④ 从这个意义上来说,只有将都市、城镇和乡村视为经济意义上的组织单位,并将其纳入整个经济运行机制之中予以审视,它们三者才有可能在一幅社会全景图中达成相互的一致性。

---

① 茅盾:《故乡杂记》,《茅盾全集》第 11 卷,人民文学出版社 1986 年版,第 119 页。

② [美]汉娜·阿伦特:《极权主义的起源》,林骧华译,生活·读书·新知三联书店 2008 年版,第 197 页。

③ [美]汉娜·阿伦特:《极权主义的起源》,林骧华译,生活·读书·新知三联书店 2008 年版,第 197 页。

④ 费孝通:《中国士绅——城乡关系论集》,外语教学与研究出版社 2011 年版,第 137 页。

事实上，1932—1933 年是茅盾"农村题材"创作的丰收年——"可以说，这两年是我写农村题材的'丰收年'。这些作品都是反映农村生活：或写农村经济破产；或写天灾加深了农村的各种矛盾，使之尖锐化；或写农村的知识分子的灰色而无聊的生活；也写新的科学成果（肥田粉和改良蚕种）进入农村而不能改变农民的日益贫困；也写洋货（人造丝）倾销农村对蚕农和缫丝业的打击"①。由此可知，茅盾所关注的"农村题材"具有极大的限定性，与其说他是在反映"农村生活"，倒不如说是在反映"农村经济生活"。而具体到《春蚕》中更是如此，茅盾并没有对老通宝所在的村庄做事无巨细的"自然主义"描述，它所呈现的仅仅是乡村生活的一个侧面，这个侧面依然是茅盾一直津津乐道的"经济生活"。在《春蚕》中，茅盾浓墨重彩地描述了老通宝这一户家庭，但是在这户家庭内部，老通宝与四大娘、多多头之间的争吵总是围绕蚕种选择、银钱借贷、荷花偷蚕、肥田粉使用等展开，归根结底，它们无一例外地都属于经济事务。因此，与其说这是一个传统的农民家庭，倒不如说是一个经济单位。更重要的是，老通宝家这一户家庭成了整个村子的"代表"和"典型"，他们与其他家庭之间并不是通过错综复杂的宗法关系缔结在一起，相反，"养蚕缫丝"这一活动使得"村里二三十人家"与老通宝一家在经济层面同质化了，可以说，整个村子就是在此基础上将各个家庭"合并同类项"的结果。但对农村而言，"家庭远不止是单纯的经济单位，它是农民赖以发生互动的最主要的社会群体。它的成员通过各种复杂的纽带联系起来，以完成播种、照看庄稼、收获、做饭、满足性欲、生养后代等等大量的功能"②。而在中国更是如此，"中国农民不是各自独居的，而是聚居在村落里。这种模式的形成有两个特别重要的原因，就是亲属的联系和互相保护的需要。在中国，兄弟平均继承父亲的土

---

① 茅盾：《〈春蚕〉、〈林家铺子〉及农村题材的作品——回忆录十四》，《新文学史料》1982 年第 1 期。

② ［美］J. 米格代尔：《农民、政治与革命——第三世界政治与社会变革的压力》，李玉琪、袁宁译，中央编译出版社 1996 年版，第 53 页。

地，家庭就会开垦扩展土地，几代之后就可以发展成一个小的同姓村落。亲属的联系也使他们住在同一个地方"。① 显然，茅盾《春蚕》所描绘的村庄不具有任何宗法意义，它与老通宝的家庭一样，都被处理为一个经济组织，在这里，全村所有人都不是作为个体生命存在，也不是作为家族成员而存在，他们只是同质化的经济个体，他们有着几乎完全相同的喜怒哀乐，进而拼合为一个整体承载着共同的命运。唯其如此，茅盾才有可能做到"全面着眼，重点深入，以老通宝家为典型，从个别达到一般，使其主题具有广泛的典型概括意义"②。

　　同样，就老通宝这个具体人物而言，他也不可能是一个纯粹的农民形象，尤其是不是乡土文学意义上的农民形象，"一般农民不会那样冒险，借债买叶，企图大捞一把，好似投机商人干的那样。老通宝尤其不会如此。因为他只是受自发资本主义思想的引导，不可能有金融资本主义投机商人的思想"③。如果我们在整个经济运行的机制中重新审视文本，那么老通宝这一形象与其说是个乡土意义上的农民，倒不如说是一个"经济法人"。茅盾曾谈及家乡的"叶市"活动，他认为"交易所中的买卖与我乡的一年一度的叶（桑叶）市有相像之处"，"约在蚕汛前三、四个月，开叶行的人们对即将来到的蚕汛有不同的猜度。猜想春蚕不会好的人就向他所认识的农民卖出若干担桑叶，这像是交易所中的空头；猜想春蚕会大熟的，就向镇上甚至临镇拥有大片桑地而自己不养蚕的地主们预购若干担桑叶，这就像是交易所中做多头的"④。从这个意义上说，老通宝在养蚕过程中那种"大紧张，大决心，大奋斗，同时又是大希望"的情绪，更多是一种盈亏难卜的投机心理，而

---

　　① 费孝通：《中国士绅——城乡关系论集》，外语教学与研究出版社2011年版，第131、137、139、141页。

　　② 吴组缃：《谈〈春蚕〉——兼谈茅盾的创作方法及其艺术特点》，《中国现代文学研究丛刊》1984年第4期。

　　③ 吴组缃：《谈〈春蚕〉——兼谈茅盾的创作方法及其艺术特点》，《中国现代文学研究丛刊》1984年第4期。

　　④ 茅盾：《〈子夜〉写作的前前后后》，《茅盾全集》第34卷，人民文学出版社1986年版，第482、507页。

不是夏志清先生所赞美的"爱心、忍耐和虔诚"①。续作《秋收》就提及,"老通宝所信仰的菩萨就是'财神'。每逢旧历朔望,老通宝一定要到村外小桥头那座简陋不堪的'财神堂'跟前磕几个响头,四十年如一日"。因此,尽管老通宝对经济问题没有明确认知,尽管他无法对市场信号作出及时反应,但是他含辛茹苦所从事的"桑蚕"活动终究是一种商业意味浓厚的经济行为,其本身也纳入了经济运行的机制之中。同样,在论述茅盾人物形象塑造时,吴组缃指出:"这样的概括手法,是将几十人,甚至无数人的特点集中到一个个别的人物身上,是一般的,同时又是个别的,这概括是内在的。"② 显然,也只有作为一个"经济人"而非自生命个体意义上自然人,这种"概括"才能够实现。

因此,茅盾《春蚕》所指涉"农村"的独特之处既不来自政治场域的"独立性",也不源于文化空间的"自足性",它是通过一套贯穿整个社会的经济链条与"城镇"乃至"都市"经济发生了关联。"农村"作为一个经济体并无法自外于这个链条,"从镇上有了洋纱,洋布,洋油,——这一类洋货,而且河里更有了小火轮船以后,他自己田里生出来的东西就一天一天不值钱,而镇上的东西却一天一天贵起来"。同样,老通宝尽管作为"落后农民"倔强地拒斥着工业文明,但是他自己"发家致富"理想实现的标志不再是五谷丰登、仓廪丰实,他孜孜以求的财富只能是"货币"这一现代商品经济符号。显然,他陷入了一个悖论中:"老糊涂的听得带一个洋字就好像见了七世冤家! 洋钱,也是洋,他倒要了!"在"农村"与"城镇""都市"之间,没有任何壁垒能够阻挡货币资本汹涌澎湃的流通过程,老通宝以及他所居住的"农村"都已经无可避免地纳入了社会经济运行的机制当中。正是在这个意义上,茅盾全景式地反映社会现实才有了巨大的可能性。

---

① 夏志清:《中国现代小说史》,复旦大学出版社 2005 年版,第 114—115 页。
② 吴组缃:《谈〈春蚕〉——兼谈茅盾的创作方法及其艺术特点》,《中国现代文学研究丛刊》1984 年第 4 期。

二 文学：经济主题的"隐匿"和艺术呈现

贯穿整个社会的经济运行机制将"农村"、"城镇"和"都市"勾连在一起，也正是它作为一个"社会科学的命题"在小说《春蚕》文本中成为叙事对象的本体。从这个意义上来说，正统评论家从社会经济方面对《春蚕》的种种阐释也并非牵强附会。但是问题在于，这一主题在茅盾自己那里也已经予以足够的表达，他如此直白地写出了自己构思《春蚕》的理性思维过程："先是看到了帝国主义的经济侵略以及国内政治的混乱造成了那时的农村破产……。从这一认识出发，算是《春蚕》的主题已经有了，其次便是处理人物，构造故事。"① 因此，如果评论仅限于此，那么它就成为对茅盾自身"创作谈"的语义重复。关键的问题在于，茅盾的"社会科学的命题"从来都不是一种教条式的理论阐释，它毕竟是在通过文学这一感性形态表达自身。诚如唐弢先生所说："作家有责任去反映人民生活中迫切的问题，却没有理由把自己束缚在一个狭隘的主题里面，随俗浮沉。茅盾先生在艺术构思上，保持着独特的风格。"② 因此，真正将茅盾与其他作家区分开来的，并不是"经济"这一在30年代左翼文学中普遍的主题，而是茅盾与众不同的艺术构思。因此，"社会科学的命题"与"文学文本"之间有着怎样错综复杂的关系，而上文所阐述的经济运行机制究竟如何进入了小说文本的叙事过程，这才是我们文学研究者最应该关注的问题。

茅盾在《〈地泉〉读后感》中提出了自己基本的创作理念："一部作品在产生时必须具备两个必要条件：（一）社会现象全部的（非片面的）认识，（二）感情地去影响读者的艺术手腕。"③ 因此，在强调文学创作主题的同时，茅盾对作品的艺术性也给予充分的重视，他"要用形象的言语、艺术的手腕来表现社会现象的各方面"。尽管这种对艺术的重视甚至遭到了某些左翼人士的批评，有人就认为他"看轻

① 茅盾：《我怎样写〈春蚕〉》，《青年知识》1945年第10期。
② 唐弢：《且说〈春蚕〉》，《茅盾研究资料》，知识产权出版社2010年版，第355页。
③ 茅盾：《〈地泉〉读后感》，《茅盾全集》第19卷，人民文学出版社1986年版，第331页。

了作品的内容"，"只片面的从作品的结构上，手法上，技巧上，即整个的形式上去着眼"①，但实际上，也正是这种对形式的强调，才使得茅盾的小说远比"概念化"的"普罗文学"更具艺术生命力。

就《春蚕》而言，尽管茅盾所表现的是社会经济的运行机制，但是这一机制本身并不直接在文本中构成小说叙事，就像茅盾自己说的那样，"作者从社会生活摄取题材的时候，必须自制故事"②。事实上，茅盾本人生长于乌镇，并长期居住在大都市上海，自幼对"茧行""叶市"的产业运作可谓耳濡目染，因此，他对"育蚕缫丝"的经济学知识是极为熟悉的。在《我怎样写〈春蚕〉》中，他坦承："我家的亲戚世交有不少人是'叶市'的要角。一年一度的紧张悲荣，我是耳闻目睹的。"③同样，"茧行"对他而言也并不陌生："我认识不少干'茧行'的，其中也有若干是亲戚故旧。"④茅盾甚至声称："这一方面的知识的获得，就引起了我写《春蚕》的意思。"⑤但令人诧异的是，茅盾如此熟悉的"叶市"和"茧行"在进入《春蚕》的小说文本后几乎被屏蔽掉了，而他在《我怎样写〈春蚕〉》中娓娓道来的产业运作过程，在小说叙事中也显得晦暗不明，在这里，一向强调"生活实感"的茅盾，竟然在创作中刻意规避了自小"耳闻目睹"的商业知识，转而将自己并不熟悉的"农村"生活列为叙事对象。这样的写法使得茅盾遭到了来自两个方面的批评，一方面，强调政治意义的左翼人士批评他"如此严重的经济恐慌，犹未提起一笔追溯恐慌之成因，这里依旧成为一篇浮面的东西"⑥，另一方面，有人批评他"离开了生活真实来做文章"的写法，导致了《春蚕》"故事情节的发展与人物

---

① 阳翰笙：《〈地泉〉重版自序》，《中国新文学大系 1927—1937·文学理论集一》，上海文艺出版社 1987 年版，第 882—883 页。

② 茅盾：《创作与题材》，《茅盾全集》第 19 卷，人民文学出版社 1986 年版，第 366 页。

③ 茅盾：《我怎样写〈春蚕〉》，《青年知识》1945 年第 10 期。

④ 茅盾：《我怎样写〈春蚕〉》，《青年知识》1945 年第 10 期。

⑤ 茅盾：《我怎样写〈春蚕〉》，《青年知识》1945 年第 10 期。

⑥ 茅盾：《〈春蚕〉、〈林家铺子〉及农村题材的作品——回忆录十四》，《新文学史料》1982 年第 1 期。

性格一定程度的游离，以及架空生活的不真实情况的出现"①。

但就整个小说的构思而言，对"经济"主题的隐匿，对"农村"场域的观照，乃至以老通宝这一"落后农民"作为小说的叙事视角，正是茅盾在创作中匠心独具的精妙处理。首先要指出的是，对"经济"主题的隐匿并非使其在文本中缺席，相反，茅盾在小说开头就写到了"茧厂"："离老通宝坐处不远，一所灰白的楼房蹲在'塘路'边，那是茧厂。"对外在于文本的读者而言，"茧厂"意象有着如此鲜明的经济意味。只有对老通宝这个"落后农民"而言，"茧厂"才不具有任何经济学上的意义——"那座茧厂依旧空关在那里，等候春茧上市的时候再热闹一番。老通宝也听得镇上小陈老爷的儿子——陈大少爷说过，今年上海不太平，丝厂都关门，恐怕这里的茧厂也不能开；但老通宝是不肯相信的。"在这里，正是通过老通宝的眼光审视，"经济主题"才被隐匿起来，老通宝对"春蚕"背后的"经济运行机制"一无所知，而"茧厂"所释放的经济信号在老通宝那里也得不到任何反应。因此在《春蚕》文本中，老通宝这一形象出现了一种身份上的错位，一方面，他是一个被卷入经济运行机制的"经济主体"，但另一方面，他本人对这一身份以及整个机制一无所知，他对农事活动丰富的经验在面对经济问题时是完全失效的。在现实中，经济运行机制将他及其整个农村卷入了资本运作的流程，但是在老通宝自己的意识中，"经济活动"却是按照"农事活动"的形态呈现在他面前。当他听到陈大少爷说"今年上海不太平，丝厂都关门，恐怕这里的茧厂也不能开"的消息时，并没有将其视为一个市场信号，因为"他活了六十岁，反乱年头也经过好几个，从没见过绿油油的桑叶白养在树上等成了'枯叶'去喂羊吃"。他按照自己的经验推断，"茧厂"一定会按时开业，这就像地里的农作物会按时开花结实一样。显然，他是按照农业时令的方式理解商业的周期。事实上，按照这种方式理解经济运行机制的当然不只老通宝一人，而是整个村子的"落后农民"整体：

----

① 吴组缃：《谈〈春蚕〉——兼谈茅盾的创作方法及其艺术特点》，《中国现代文学研究丛刊》1984 年第 4 期。

"他们有很大的忍耐力，又有很大的幻想。虽然他们都负了天天在增大的债，可是他们那简单的头脑老是这么想：只要蚕花熟，就好了！"在他们的想象中，"那些绿油油的桑叶就会变成雪白的茧子，于是又变成丁丁当当响的洋钱"，显然，"茧子"变"洋钱"这一商业贸易过程已经被纳入农事活动的范畴之中。对他们而言，农业上的丰收反倒成了还清商业债务、挽救家道没落的"救命稻草"！正因为如此，"他们想像到一个月以后他们虽然肚子里饿得咕咕地叫，却也忍不住要笑了"。

而由老通宝等村民这种错位的身份认知所引发，《春蚕》文本的叙事其实出现了两条不同的路径：一条是按照农业时令延伸的"农事活动"，而另一条则是按照商业周期运行的资本流通过程。显然，农业时令是一种线性延伸的时间轨迹，洗团匾，糊"蚕箪"，收蚕，窝种，守蚕房，直到蚕宝宝"上山"，《春蚕》文本由此形成了一条完整而连贯的叙事脉络。可以说，这样一种叙事风格可以追溯至《诗经》时代以《七月》为代表的赋体农事诗，因此它更具传统意义上的审美价值，夏志清等人对《春蚕》乡土民俗视角的文化解读也是集中在这一条叙事路径上。事实上，茅盾在此对"农事"的铺排几乎达到了"琐屑啰嗦"的程度，诚如吴组缃先生所说，"第二节写'收蚕'的手续，提到灯芯草、野花片、布子共四次；提到秤杆、鹅毛、蚕革有三次；提到蚕花也有两次"，在他看来，"这显然是以好奇心看乡下事，同时也是以此来满足读者的好奇心，超出了表现主题和描写人物的需要"。[1] 吴组缃是如此慧眼如炬，他以一个作家的眼光敏锐地捕捉到这些"偏离"主题的细节描写。但是，这些显性叙事中的"乡下事"本身并不构成对隐性结构上"经济运行机制"的消解，这样一条叙事路径中呈现出更为丰富的细节和更为生动的生活场景，而它的目的与其说是为了支撑主题，倒不如说是在隐匿主题，正是它使得"经济运行机制"在隐匿中避免了理念化表达的倾向。而与农业时令不同，按照

① 吴组缃：《谈〈春蚕〉——兼谈茅盾的创作方法及其艺术特点》，《中国现代文学研究丛刊》1984 年第 4 期。

商业周期展开的资本运作却不具有连贯性，资金的借贷、商品的买卖都是瞬时性的动作，它无法呈现为一条线性的时间轨迹，更重要的是，对传统观念依然根深蒂固的中国现代作家而言，像"借贷""买卖"这类充满了"铜臭味"的叙事的确很难产生"诗性"的审美形态。因此，茅盾如果像对农事活动那样，不厌其烦地描述老通宝的经济行为，就会导致叙事难以推进，且大大削弱小说的审美意义。茅盾的高明之处就在于，他没有将"叶市""茧行"这类极为熟悉的商业行为在文本中大规模的铺展，相反，他对经济行为的描写极为节制，在点到为止中将它们处理成若隐若现的隐性叙事。这种叙事显然收到了很好的效果，"经济运行机制"恰恰是在"隐匿"中呈现出了一种独特的样貌，并取得了直白描写难以企及的审美效果。因此，正是通过对这种"经济"主题的隐性表达，茅盾才能够将"社会科学的命题"演绎成《春蚕》这一具有文学意义的小说文本。

　　但这里要指出的是，以上两条叙事路径并不是平行的，从叙事框架上讲，后者实际上套嵌了前者，"农事活动"仅仅是"经济运行"中一个不具决定性的环节而已。而真正推动文本情节发展的，是经济这只"看不见的手"，老通宝一家总是要不时通过一些借贷、赊购的行为，才能保证"蚕桑"活动的持续开展。因此，"农事活动"形成了《春蚕》的叙事连贯的脉络，那些点到为止的经济行为则如钉子般楔入了这些脉络一个个的关节点上，从而保证了"农事活动"脉络的连贯性。可以说，"农事活动"本身就完全裹挟在"资本运作"的过程之中，因此，"农事活动"从根本上讲仍然是商业性的。而"丰收成灾"这一令人震撼的悲剧性效果也正是通过《春蚕》两种叙事路径的叠合得以实现。如果我们按照一般社会学的常识来理性地阐释《春蚕》所表现的社会经济现象，那么农事活动是一回事，而商业运作是另一回事，两者之间并无纠葛。按照这样一种逻辑推断，农民辛勤劳作获得丰收，这是一个传统的生活常识；同样，市场供过于求导致商品价格下跌，农民对市场信号的无知导致了破产，这也是一个经济学常识。给予这样一种理性的社会经济学解释以后，"丰灾"显然就没有那么令人震撼了。但是在《春蚕》这一小说文本中，茅盾却将两者套嵌在一起，形成了一个单维的叙事链条。在这样一个叙事链条中，"农事活动"成了显性的表层结构被大肆铺排，而"经济行为"这些具有解释意义的部分则若隐若现，几乎难觅踪影。甚至可以说，《春蚕》根本就不是在为"丰灾"提供社会意义上的解释，相反，它实际上淡化了"经济运行机制"这一主因，从而营造出了一个"虚假"的因果关系链条："浙东今年蚕茧丰收，蚕农相继破产！"[1] 在这里，经济学意义上的解释被抽离了，这才使得"丰收"与"破产"这分属两个范畴的社会现象拼合在一起，从而形成了触目惊心的参照，而最终激发了"强烈的愤怒感情"的正是"丰收导致灾难"这样一个完全不符合现实逻辑的文学"逻辑"。而当那些为这一股无名之火激怒的读者反顾那些散落在《春蚕》文本关节处的"经济行为"描写时，一切都变了：此时，"经济运行机制"已经不再是对社会的理性把握和客观描述，它已经成为一套阴谋——老通宝的无知，是被这套统治阶级蒙蔽的结果；而他的破产，则是被帝国主义操纵的国际市场作弄摆布中国农民的必然结局。因此，尽管《春蚕》文本自始至终没有出现一个清晰的"地主"或"资本家"形象，但茅盾对"资本"的批判却是极其有力的，与那些声嘶力竭的"普罗文学"相比，它的悲剧意义更为深广，而其所诉求的政治理想显然也更具可信度和说服力。

最后要补充的是，《春蚕》文本对"经济"主题的隐匿使茅盾丰富的经济学知识无法进入创作实践，而自己并不熟悉的"农村"生活尽管形成了他别具一格的艺术构思，也必然导致了细节上的"失真"现象。茅盾对这种情形也做了最大程度的弥补，尽管这种弥补是极为笨拙的，但仍然显示出茅盾小说创作思维的严谨。在前文所述的两条叙事路径中，"农事活动"的显性脉络显然更具有包容性，也正是在这个脉络上，茅盾不动声色地将"荷花"这一人物平顺地嵌入文本。在诸多方面，"荷花"都与老通宝等大多数村民不同，如"紧张的快乐弥漫了全村庄，似那小溪里淙淙的流水也像是朗朗的笑声了。只有荷花家是例外"。如兵法上讲究"围师必阙"一般，这种"例外"尽

---

① 李准：《从生活中提炼》，《文学知识》1959 年第 4 期。

管有些刻意，但确实在很大程度上消解了人物行为整齐划一的概念化图景。荷花这个"例外"独自呈现着"农村"的乡野气息，她与六宝的吵闹、与多多头的调情构成了经济范畴之外的"丰富"生活图景，她对老通宝家"蚕神"的冲撞使得小说情节跌宕起伏。从这一点看，茅盾的小说尽管没能完全摆脱他批评过的"概念化""公式化"的倾向，但他的"公式"毕竟复杂灵活一些，已经演变了一套"高级方程式"。因此，与普罗小说相比，《春蚕》这类作品有着更为丰满的文学意义和更为充实的审美内涵。

三　历史："乌托邦"革命的现实依据

在《春蚕》之后，茅盾又连续写出《秋收》和《残冬》，即所谓的"农村三部曲"。由茅盾回忆可知，"'农村三部曲'则原来没有写三部曲的计划，是写了《春蚕》之后，得到了鼓舞，才续写《秋收》和《残冬》，并考虑使三篇的人物和故事连贯起来。所以'农村三部曲'的称呼也是别人给我加上的"①。事实上，在《春蚕》发表后，茅盾遭到了诸多批评，如有人就认为："一九二七年以来，各处农民已到了觉醒，斗争到处爆发着。在《春蚕》一篇中写的，只是落后的农民，这落后的农民对于这些印象是一点没有的。他只写到老通宝的失败，而对于现代农民的斗争，完全不闻不问，连一点感想也没有。"②而在《秋收》《残冬》中，这些问题显然得到了有意的矫正。夏志清就认为："茅盾似乎不满《春蚕》主题的模糊，故接着又写了一续篇《秋收》来强调他的马克思主义思想。"③

客观地说，《秋收》《残冬》所凸显的时代主题、阶级观念乃至革命前途，在《春蚕》中都已有所表露："作者处处从侧面入手，用强有力的衬托，将帝国主义经济侵略深入到农村，以及数年来一切兵祸、

---

① 茅盾：《〈春蚕〉、〈林家铺子〉及农村题材的作品——回忆录十四》，《新文学史料》1982 年第 1 期。

② 茅盾：《〈春蚕〉、〈林家铺子〉及农村题材的作品——回忆录十四》，《新文学史料》1982 年第 1 期。

③ 夏志清：《中国现代小说史》，复旦大学出版社 2005 年版，第 115 页。

苛捐……种种剥削后的农村的惨酷图景，尽量暴露无余。"① 但是，由于茅盾"不肯直接叙述，却用强有力的手法，从反面衬出"，② 所以当时那些"拿辩证唯物主义当作一支标尺，以此衡量作品"③ 的评论者们未必能参透其中的微言大义。从这个意义上来看，与其说《秋收》《残冬》是《春蚕》的续篇，倒不如说是对《春蚕》的"注疏"与"索隐"。可以说，《秋收》与《残冬》正是由《春蚕》中被"隐匿"的经济主题延伸而来，且政治意识形态的意味越发凸显。而正是在这种"经济—政治"主题使得茅盾不仅从更深的层次上契合了马克思主义的社会学理论，更使其能在宏阔的历史坐标系中重新审视左翼"革命"政治理想。

如果仅仅就政治诉求而言，茅盾与他所极力批评的"普罗文学"作家并没有根本区别："他们并没有针锋相对地就那些激进者的革命文学原则而提出另外一种理论。茅盾已经是一位中共党员，他与他的那些党员同仁们不同的是，他对革命的前景有着更为清醒的估计。"④ 只是相比蒋光慈、阳翰笙等人来说，茅盾对"革命文学"的看法显然更为客观和冷静——"本来，预言农村革命得到成功，是左翼作家的惯调，茅盾也不能例外。所不同者是：由于他对事实及历史认识较深，故相较起来，他没有一般左派作家浅薄，也没有象他们一样陶醉于革命必胜的自我催眠调子中"⑤。事实上，茅盾本人对左翼早期的"普罗文学"也持严厉的批判态度，在他看来："一九二八到一九三零这一时期所产生的作品，现在差不多公认是失败。"⑥ 如果我们参看"普罗小说"文本，就会发现茅盾的批评确实切中肯綮。普罗小说作品一味

① 茅盾：《〈春蚕〉、〈林家铺子〉及农村题材的作品——回忆录十四》，《新文学史料》1982 年第 1 期。
② 茅盾：《〈春蚕〉、〈林家铺子〉及农村题材的作品——回忆录十四》，《新文学史料》1982 年第 1 期。
③ 茅盾：《〈春蚕〉、〈林家铺子〉及农村题材的作品——回忆录十四》，《新文学史料》1982 年第 1 期。
④ 费正清主编：《剑桥中华民国史》第二部，上海人民出版社 1992 年版，第 299 页。
⑤ 夏志清：《中国现代小说史》，复旦大学出版社 2005 年版，第 115 页。
⑥ 茅盾：《〈地泉〉读后感》，《茅盾全集》第 19 卷，人民文学出版社 1986 年版，第 332 页。

追求狂热的革命情绪和僵化的政治概念，从而丧失了更开阔的社会视野、更深刻的历史洞察、更冷静的创作态度，以至"那样地单纯的书呆子气而表示不出一点革命的经验与教训"①。在蒋光慈的《咆哮了的土地》、洪灵菲的《大海》以及阳翰笙的《地泉》等作品中，"农村"都是一个先在的、天然封闭的政治场域，是"革命罗曼蒂克"式的乌托邦想象。而在这样一个理想的"革命"空间里，"我们只看见一个'革命家'怎样飞将军似的从天而降，怎样一席演说就使得农民恍然大悟——'非要打倒地主不可！'但是我们却不见农民们从事实上认得了辛苦一年只是替地主白做牛马"②。这些"革命家"以"小资产阶级浪漫的革命情绪"宣讲着艰深的革命理论，漫天飞舞的"标语口号"向人们呈现出一场用嘴和声带发动的革命——在这里，对农民的政治启蒙效果与对革命道理的理解和接受无关，而是与"革命家"嗓门音量的大小成正比。

　　茅盾显然对"革命罗曼蒂克"的文学深恶痛绝，但是他反对的不是"革命"的主题，而是"罗曼蒂克"的浪漫色彩——"我们的作品一定不能仅仅是一枝吗啡针，给工农大众以一时的兴奋刺戟；我们的作品一定要成为工农大众的教科书！"③ 因此，茅盾的小说是对"革命"的"去罗曼蒂克化"，将"普罗小说"演绎的"革命传奇故事"重新拉回历史范畴。因此，《春蚕》乃至整个"农村三部曲"并非对"革命"主观、浪漫的想象，而是对它合法性、可能性的追问与反思：农民为什么要"革命"？农民"革命"能否取得成功？又需要怎样的条件？在这里，茅盾已不再将"革命"作为知识分子情绪发泄的管道，而是以一种严肃历史态度审视"革命"。在《春蚕》中，老通宝对"家史"的回顾使文本叙事获得了"普罗小说"匮乏的历史纵深，

---

　　① 茅盾：《中国苏维埃革命与普罗文学之建设》，《茅盾全集》第 19 卷，人民文学出版社 1986 年版，第 308 页。

　　② 茅盾：《关于〈禾场上〉》，《茅盾全集》第 19 卷，人民文学出版社 1986 年版，第 464—465 页。

　　③ 茅盾：《中国苏维埃革命与普罗文学之建设》，《茅盾全集》第 19 卷，人民文学出版社 1986 年版，第 308 页。

茅盾写道:"老陈老爷做丝生意'发'起来的时候,老通宝家养蚕也是年年都好,十年中间挣得了二十亩的稻田和十多亩的桑地,还有三开间两进的一座平屋。这时候,老通宝家在东村庄上被人人所妒羡,也正像'陈老爷家'在镇上是数一数二的大户人家。可是以后,两家都不行了;老通宝现在已经没有自己的田地,反欠出三百多块钱的债,'陈老爷家'也早已完结。""老陈老爷做丝生意'发'起来的时候",也正是江浙手工缫丝业繁荣时期;而老通宝的家道中落,也正暗示着中国在 20 世纪 20 年代遭遇的"农村危机",在这个时候,"农业市场动荡"导致"农村贫困迅速加剧,农民大量逃亡,饥荒不断。……农户因债务缠身被迫出卖土地"①。可以说,老通宝和陈老爷家运的盛衰并非小说家的纯然虚构,而是有着坚实的历史依据,茅盾几乎以此勾勒出了一部近代江浙地区经济史的轮廓。这样一来,"农村"这一被"普罗小说"悬置的空间,在历史中定位了自己清晰的坐标系,而"革命"由一个静态的乌托邦图景,纳入了动态的历史演进过程。

　　如前文所述,30 年代波及中国的"经济危机"导致了茅盾创作题材的转向,而在茅盾将"革命"理念予以历史化处理的过程中,"经济危机"也扮演了极为重要的角色,可以说,茅盾所擅长的那种带有强烈历史观照的"现实主义"创作风格到《春蚕》时期才得以完美实践。前文曾提到,茅盾创作《春蚕》最早是受到"丰收成灾"这一新闻的影响,据李准回忆:"茅盾同志说,他最早产生写这篇短篇小说的动机,是因为看了当时报纸上一则消息,那个消息大概意思是:'浙东今年蚕茧丰收,蚕农相继破产!'看了这则消息后,思想上就产生了强烈的愤怒感情。茅盾同志就根据他所熟悉的浙东农民生活,以及帝国主义在中国残酷盘剥农民的历史事实,写成了那篇在当时具有极大政治意义的短篇小说。"② 其实不仅仅是《春蚕》,《秋收》中的"抢米风潮"也是 30 年代由"经济危机"引发的、波及范围极广的社会性事件。据资料载,在"受蚕业危机影响的浙江和江苏","吃大

---

① 费正清主编:《剑桥中华民国史》第二部,上海人民出版社 1992 年版,第 463 页。

② 李准:《从生活中提炼》,《文学知识》1959 年第 4 期。

户"和"向富民坐吃"的现象极为普遍，20 世纪 30 年代上半期，"抢米"风潮席卷全国，据中国经济情报社的统计，仅 1934 年"抢米吃大户风潮已经蔓延到七省三十八县，计有六十四次"，其中"号称'天堂'的江、浙两省发生的抢米次数达四十七次，遍布二十四县，雄居其他各省之首"①。而茅盾家乡乌镇所在的浙江嘉兴更是"发生了浙江省 26 起事件中的 6 起"②。其实，"丰收成灾"也好，"抢米风潮"也罢，在茅盾看来都不仅仅是新闻学事件，而是具有重大意义的"历史事件"，他敏锐地抓住了两者，并由此推演出了《残冬》中的"农民暴动"——"从为着'生'的努力到丰收的饥饿，从饥饿中的自觉到'吃大户'、'抢米囤'，从'吃大户'、'抢米囤'到逐渐的组织化、'缴枪械'，是逐一的描写了它的过程。"③ 由此可知，茅盾的历史观照并不只是"回溯"式记忆清理，而是包括对社会现实迅速客观的反映，并"从繁复的社会现象中分析出它的动律和动向"④。在这样一种架构中，"新闻事件"建立起历史意义上的关联，而"普罗小说"中虚无缥缈的革命想象也就纳入了社会历史的演进过程。

从这个意义上讲，茅盾不是在描述历史，而是在对历史进行带有明确主题性、目的性、道德倾向性的架构。在"农村三部曲"的文本中，茅盾对历史动律和动向的把握体现了他对中国国情深刻的体察，这种体察完全僭越了他作为一个小说家的身份。他认识到，在中国，尽管乡村、城镇和都市被纳入了一个统一的经济体系之中，这三者在体系中却有着梯次分明的不平等地位。费孝通指出："中国的城市和大镇没有建立一个坚实的生产基础，只是外国商品的分发地"，"从最近的中国历史来看，中国都市的发展似乎并没有促进乡村的繁荣。相反，都市兴起和乡村经济衰落并行"⑤。茅盾对此显然有着深刻的体悟

---

① 汪效驷：《20 世纪 30 年代无锡乡村抢米风潮的历史解读》，《中国农史》2009 年第 1 期。

② 费正清主编：《剑桥中华民国史》第二部，上海人民出版社 1992 年版，第 462 页。

③ 茅盾：《〈春蚕〉、〈林家铺子〉及农村题材的作品——回忆录十四》，《新文学史料》1982 年第 1 期。

④ 茅盾：《〈地泉〉读后感》，《茅盾全集》第 19 卷，人民文学出版社 1986 年版，第 332 页。

⑤ 费孝通：《中国士绅——城乡关系论集》，外语教学与研究出版社 2011 年版，第 141 页。

和洞察，正因为如此，在《春蚕》以至整个"农村三部曲"中，这种"城乡对立"得到了最大程度的凸显。老通宝和他所在村子是通过借贷、买卖这类商业关系与城镇关联在一起的，但这种商业关系式是在一种"入不敷出"的单向维度上——"农民无从获利，乡村仍支撑着消费现代工业品的食利阶层，但自身却不能从现代工业中得到任何益处"①。贯穿小说始终的是村中男女老少辛苦恣睢的生产活动，而消费对他们而言几乎仅仅是在梦想中存在："她们的眼前便时时现出一堆堆雪白的洋钱，她们那快乐的心里便时时闪过了这样的盘算：夹衣和夏衣都在当铺里，这可先得赎出来；过端阳节也许可以吃一条黄鱼。"而另一方面，村民的整个生产活动，都是靠向城镇富人的借贷得以维持。在《春蚕》中，老通宝一家两次借钱买桑叶，而作抵押的竟然是自己的蚕丝收成和"他家那块出产十五担叶的桑地"。由此可知，在与"城镇"乃至"都市"共存的经济运行机制中，农村入不敷出的经济地位，不仅仅是影响农民的生活水准，而是极大程度上威胁到了他们基本的生存。在《秋收》中，老通宝惊叹："眼前这村庄的荒凉景象多么像那'长毛打过先风'的村庄呀！"自己的孙子小宝则"只剩了皮包骨头，简直像一只猴子"，而到了《残冬》，"全个村庄就同死了的一样。全个村庄，一望只是死样的灰白"。这种对人物的外貌描写以及乡村景物描写无不昭示着，中国遭遇的"经济危机"在农村已经成为农民的"生存危机"。

在整个经济运行的链条中，"农村"和"农民"已经成为整个经济链条中最为敏感的末梢神经，如果我们将"农村三部曲"与《林家铺子》和《子夜》对读，就可以明确地看出这一点：投机失败的吴荪甫依然可以带着林佩瑶"避暑去"，《林家铺子》里的林老板踏上了亡命生涯，而老通宝在经历了"春蚕"和"秋收"的双重打击之后，却只有死路一条。当农民的基本生存遭到威胁，那么经济的周期律就全然失效了，因为经济的复苏能够使得穷人重新富裕，但却无法使得死人复活——"只要这种配合能使人们过上'不饥不寒'的生活，传统

---

① 费孝通：《中国士绅——城乡关系论集》，外语教学与研究出版社 2011 年版，第 141 页。

的中国社会就能维持。任何一种无法维持这种最低限度民生的经济制度都不能长久。"①。正因为此，茅盾笔下的"大萧条"不再是西方经济运转的周期性表现，它成了资本主义的末世景观，也成为"农民革命"的起点。面临生存威胁的农民不可能等待"残冬"过去，在多多头那里，"暴力反抗"代替了"经济调整"，一种阶级斗争意义上的历史路径凸显了出来。

当经济危机威胁到农民的基本生存，"革命"的合法性也就确立起来。而这种"合法性"的确立是在革命道德对传统宗法道德的置换中实现的。前文曾经论及，《春蚕》中的整个村庄是按照经济关系而非宗法关系缔结在一起。因此在文本中，宗法不是一个弥漫整个乡村的关系网（这个网已经被经济关系取代），而是作为一种"私德"集中在老通宝这一个体人物身上。在《秋收》中，"虽则一个多月来他的'威望'很受损伤，但现在是又要'种田'而不是'抢米'，老通宝便像乱世后的前朝遗老似的，自命为重整残局的老马"。事实上，老通宝以强势的家长地位维系宗法道德（对多多头"吃大户"的斥骂）的同时，也恰恰维护了那个将他自己的家庭置于"破产"境地的"经济制度"。此时，宗法道德仅仅是一个残留的"观念"而已，而作为一个道德个体，老通宝在作为"经济单位"的村子里显然被孤立了——他成了令乡邻侧目的"老怪物"。

《秋收》中所写的"吃大户"则成为一次道德重组的历史事件，而在对"吃大户"这一行为的道德评判中，"革命"话语的合法性被最终确立起来。事实上，随着生存危机在农村的加重，老通宝秉持的道德已经丧失了对家人的约束力，在饥饿面前，连孙子小宝都"觉得他的祖父，他的爷，娘，都是硬心肠的人"，他显然更喜欢被老通宝称为"长毛"转世的多多头，因为，只有这个"野马似的好汉叔叔"能够"带几个小烧饼来偷偷地给他香一香嘴巴"。小宝吃着"白虎星"荷花给的烧饼，得出了"仇人"荷花"是好人"的悖逆看法，老通宝则已然无能为力。在这里，老通宝和他力图维系的宗法道德已经在生

---

① 费孝通：《中国士绅——城乡关系论集》，外语教学与研究出版社 2011 年版，第 141 页。

存危机面前土崩瓦解：他在蚕房和田亩之间的辛苦劳作只能使得家庭债台高筑，而"仰仗那风潮，这一响来天天是一顿饭，两顿粥，而且除了风潮前阿四赊来的三斗米是冤枉债而外，竟也没有添什么新债"。所以，伴随着老通宝死亡的，不仅仅是经济破产，也是一种道德崩溃，正因为如此，他才在临死前承认多多头"是对的"。因为被称为"'小长毛'冤鬼投胎"的多多头，正是宗法道德的破坏者，在他看来"规规矩矩做人就活不了命"，他在催促兄嫂进城时说："田，地，都卖得精光，又欠了一身的债，这三间破屋也不是自己的，还死守在这里干么？依我说，你们两个到镇上去'吃人家饭'，老头子借的债，他妈的，不管！"在这里，"久已成为他们的信仰"的"家"成了苦难的渊薮，兄长阿四意识到："使他只想照老样子种田，即使是种的租田，使他总觉得'吃人家饭'不是路，使他老是哭丧着脸打不起主意的那块东西……原来就是'不肯拆散他那个家'！"而"家"被拆散，也就意味着农村残留的最后一丝宗法观念已经彻底消解，由传统道德所维系的人与人之间基于血亲的伦常关系被撕裂了，而一种带有"阶级"意味的关系在"农村"这一场域中被确立起来。

从这个意义上看，茅盾的"农村三部曲"并没有僭越左翼文学的政治意识形态，而《残冬》作为"农村三部曲"的末篇实际已经重新落入"普罗小说"普遍的"公式化"之中。一方面，在《春蚕》中被隐匿的"经济主题"到了《残冬》中已经"人格化"为一个较为明晰的人物形象，在荷花的言谈中，一个"土豪劣绅"已经呼之欲出："张剥皮自己才是贼呢！他坐地分赃。"而另一方面，"村里少了几个青年人：六宝的哥哥福庆，和镇上张剥皮闹过的李老虎，还有多多头，忽然都不知去向"。六宝也不在村里了，"有人说她到上海去'进厂'了，也有人说她就在镇上"。事实上，这样一种叙述并不是一种从乡村到城镇（或城市）的空间位移，而只是将原来隐秘的经济关联明确化而已，农民挣脱了宗法道德的约束，也就能够对"经济制度"整体重新进行道德判断。多多头这匹野马终于安上了政治意识形态的辔头，他对偷树事件的评判，以及关于欠债不还的言论等，都使他成了一个无产阶级革命者的"毛坯"形象。于此，"农村"与"城市"（"城镇")已经构成了尖锐对立的二元关系,"农民"与"地主"也成为阶级斗争的敌我双方。在《残冬》中,"一天一天更加冷了,也下过雪。菜蔬冻坏了许多。村里人再没有东西送到镇上去换米了,有好多天,村和镇断绝了交通。全村的人都在饥饿中"。"农村"被城市主导的世界彻底抛弃了,而与此同时,城市的统治力量在农村也成了强弩之末,正是在这样一个最终被封闭起来的场域之中,"传统的特权阶层与拒绝执行传统义务的人们之间的斗争"① 拉开了帷幕。

原载《文学评论》2012 年第 3 期

---

① 费孝通:《中国士绅——城乡关系论集》,外语教学与研究出版社 2011 年版,第 141 页。

"红与黑"交织中的"摩登"

——1928 上海《中央日报》文艺副刊之考察

张武军

内容提要：革命文学和国民大革命息息相关，可是以往研究界基于单一的立场把复杂的国民大革命简单化，进而把丰富的革命文学狭窄化。从多维的革命视野出发，考察 1928 年国民党中央在上海创办的《中央日报》及其文艺副刊，就可以发现大革命文学中的"红与黑""摩登"等诸多有意义的命题。胡也频、沈从文、丁玲创办的《红与黑》及其他文艺副刊，再现了革命与反革命、红与黑交织下的革命文学的丰富性、复杂性。田汉等主导的《摩登》副刊，带给我们对于革命和摩登新的理解，又给我们提供了认知中国文学现代性、摩登性的新思路。对 1928 年上海《中央日报》文艺副刊的考察，既是对革命文学谱系的历史还原和重新梳理，也是在民国历史语境中对中国文学"现代性""摩登性"的重新探究。

继法国大革命之后，被冠以"大革命"称谓的是中国的国民大革命，这的确是一场由国共合作，广泛动员各级民众参与的轰轰烈烈的大革命。然而，随着 1927 年上海及武汉一系列事件的发生，对这场革命的评判出现了前所未有的分歧。从国民党方面来说，1927 年 4 月 12 日，上海清党及其查禁国民党左派和共产党人的军事活动，避免了中国革命沦为苏俄的附庸以及无序的工农专制暴力运动，这是国民党在危难时刻挽救了革命，是对革命的维护；就共产党人来说，四一二政变及其后武汉事件是国民党背弃了"联俄、联共、扶助农工"三大政策，致使中国革命背离了由苏联引领的世界革命潮流，这是对革命的公然背叛，是不折不扣的"反革命"行为。直至今日，这种巨大的分歧和各自针锋相对的判定依然主导着各界对国民大革命的阐释。

1927年以后国共双方都继续高举着革命的大纛，把自己视为革命的唯一代理人，而斥责对方为"反革命"。"革命"和"反革命"之间看似没有任何妥协的空间，没有任何的中间地带和第三种的可能，不是革命就是反革命，但"革命"和"反革命"又是如此交错混乱且不断相互转变，恰如一枚硬币的两面，既截然不同，又同为一体，一体两面。然而，这种"革命"本身所具有的复杂性在我们谈论"革命文学"时却往往被有意无意地忽略，我们只注意到了其中的一面，并由此来理解和阐述革命文学。例如我们常常把1928年视为革命文学的开端，把后期创造社和太阳社视为革命文学的倡导者，即便有研究者把革命文学向前追溯，也仅仅只是寻找到早期共产党人邓中夏、恽代英、萧楚女、沈泽民等人的相关论述。很显然，这只是注意到大革命中的一面，忽略了其一体两面中的另一面，在此基础上的革命文学建构无疑是把丰富的革命文学谱系简单化、狭窄化，而由此做出的所谓从"文学革命"到"革命文学"的相关论述就更经不起推敲和质疑。所谓的"红色三十年代文学"既不是那一时期文学的全部，也不是"革命文学"的全部，有一个和红色相对而又相近的颜色——黑色，"红"与"黑"正如"革命"与"反革命"一样一体两面。"红与黑"是关涉大革命的最佳文学题目，在法国的文学史上已有这样一部巨著，对于大革命时代的中国作家们来说，不可能不注意到"红与黑"这么一个好名称。

事实上，1928年上海创办的《中央日报》曾有一个非常重要的副刊，就是《红与黑》，主编和参与这一副刊的三个人在后来文学史上都鼎鼎大名——被国民党杀害作为革命烈士而载入史册的作家胡也频，获有从"文小姐"到"武将军"殊荣的左翼女作家丁玲，文学成就斐然却对革命文学不以为然的沈从文。但是我们后来只看到了《中央日报》及其副刊的"黑"而无视其"红"，或者说只是把其视为"反革命"的思想钳制和舆论管控。所谓的"大革命失败"不过是"红"与"黑"、"革命"与"反革命"纷繁交错中的一种描述,至少我们任意翻检1928年上海《中央日报》就会发现,不论是其主刊还是副刊,压倒一切的核心词汇只有"革命",文艺副刊的主题同样是"革命"和"革命文艺"。由此可见,考察包括《红与黑》在内的《中央日报》副刊,是我们认知1928年革命文学复杂性的重要切入点,也意味着对革命文学谱系的历史还原和重新梳理。

(一) 多维革命视域下的《中央日报》及其副刊

1928年2月1日,上海《中央日报》创刊,编列"第一号",后来台湾的新闻史大都以这一天作为国民党中央党报的开端。中央日报社也把这一天作为社庆创刊日,1978年的2月1日和1988年的2月1日,台湾相关机构都有隆重的《中央日报》50周年、60周年庆祝活动,中央日报社特别编撰了《中央日报五十年来社论选集》《中央日报与我》《六十年来的中央日报》,其中收录了不少当事人的回忆文章。这为我们了解《中央日报》的历史变迁提供了宝贵的资料,但其中有关1928年上海《中央日报》的具体内容却很少。台湾学界虽然强调1928年《中央日报》作为党报的开创意义,但具体阐述和研究几乎无人涉及,即便在学者徐咏平的《中国国民党中央直属党报发展史略》专文论述中,上海《中央日报》时期也都只是一笔带过,"是年杪中央决在上海创办中央日报,于十七年元月一日创刊,日出两大张。旋中央颁布'设置党报办法',规定首都设中央日报,决定将上海中央日报迁京,是年十一月一日该报停刊。翌年二月一日《南京中央日报》创刊"①。而就在这一笔带过的论述中,作者还把创刊时间误作1928年元月1日。

相比较而言,大陆新闻史和学界似乎更看重上海《中央日报》,并把其视为国民党新闻统制的重要一环来强调,这一部分甚至已经成为新闻专业学生学习和考研的重要知识点。然而,在各大教材和各种

① 徐咏平:《中国国民党中央直属党报发展史略》,李瞻主编《中国新闻史》,台湾学生书局1979年版,第324页。

著述中有关上海《中央日报》的具体论述却错漏百出，例如上海《中央日报》社长这么关键的内容，各种教材和著述几乎都表述有误。从较早复旦大学新闻系新闻史教研室编写的《简明中国新闻史》，到最近的各种《中国新闻史》的精品教材和规划教材①，包括极富特色、摆脱以往革命斗争史观的《中国新闻事业史》② 等，这些教材都一致认为，"丁惟汾任社长"，"宣传部长丁惟汾兼任社长"。其实，不少教材的这一错误表述是从著名学者方汉奇编写的《中国新闻事业编年史》③ 而来，唯一以《中央日报》副刊作为主旨的专著《民国官营体制与话语空间——〈中央日报〉副刊研究（1928—1949）》，作者也错误地把宣传部长丁惟汾视为社长。"1927 年底上海《商报》停刊，国民党南京政府收购《商报》的设备，于 1928 年 2 月 1 日在上海创办《中央日报》。国民党宣传部长丁惟汾担任社长，东路军前敌总指挥部政治部主任潘宜之任总经理，彭学沛任总编辑。"④ 事实上，根据上官美博编撰的有关《中央日报》的《六十年大事记》和《本报历任重要人事一览表》，上海《中央日报》创办时"社长由东路军前敌总指挥部政治部主任潘宜之兼任"⑤，同样曾担任社长的陶百川、程沧波等人的回忆中明确指出第一任社长是潘宜之⑥。和上海《中央日报》创刊关系非常密切的陈布雷在回忆录中也明确提到潘宜之社长，陈布雷的撰述是更可靠之证据，因为上海《中央日报》就是收购了和他渊源密

---

① 复旦大学新闻系新闻史教研室编：《简明中国新闻史》，福建人民出版社 1985 年版，第244 页；最近的新闻史教材见刘家林《中国新闻史》（武汉大学出版社 2012 年版）、方晓红《中国新闻史》（北京师范大学出版社 2013 年版），这些教材中都认为丁惟汾兼任上海《中央日报》社长一职。

② 吴廷俊主编：《中国新闻事业史》，武汉大学出版社 2009 年版，第 190 页。

③ 方汉奇主编：《中国新闻事业编年史》（中），福建人民出版社 2009 年版，第 1095 页。

④ 赵丽华：《民国官营体制与话语空间——〈中央日报〉副刊研究（1928—1949）》，中国传媒大学出版社 2011 年版，第 18 页。

⑤ 上官美博：《六十年大事记》，《本报历任重要人事一览表》，胡有瑞主编《六十年来的中央日报》，台北中央日报社 1988 年版，第 268、246 页。

⑥ 见陶百川《最长的一年》，胡有瑞主编《六十年来的中央日报》，台北中央日报社 1988 年版，第 36 页。

切的《商报》而创办，有志于报业的他也为蒋介石所赏识，被视为担任《中央日报》主编主笔的第一人选。陈布雷曾这样记载道："已而《中央日报》社长潘宜之（字祖义）来京，蒋公告潘约余为《中央日报》主笔，然《中央日报》有彭浩徐（学沛）任编辑部事，成绩甚佳，何可以余代之，遂亦坚辞焉。"①

之所以有很多教材和研究者认为宣传部部长丁惟汾兼任《中央日报》社长，是因为大家有了一个先入为主的观点，即蒋介石的重新上台和南京国民政府开始进行思想和舆论管控，或是从第二任社长叶楚伧是中宣部部长兼任推及而来，并把这些都纳入国民党中央新闻事业统制的建构中。但实际上，不仅丁惟汾兼任《中央日报》社长有误，宣传部部长丁惟汾的说法更是错上加错。查阅有关丁惟汾的传记和记事，包括台湾政治大学有关该校重要创始人丁惟汾的介绍以及国民党的党史资料，从未有1928年丁担任国民党中宣部部长的材料。1928年2月2日国民党二届四中全会召开之前，宁汉两方在党务上并未达成一致，有关各方的党部党务活动基本处于停滞状态。正是在这次大会上，丁惟汾当选为国民党中常委，他和蒋介石、陈果夫提议改组中央党部案，会议通过的最终改组方案是只设组织、宣传、训练三部，蒋介石任组织部长，戴季陶任宣传部部长，丁惟汾任训练部长②。很显然，把1928年2月1日创刊的《中央日报》描述为由宣传部部长兼任的话，那也不该是丁惟汾，而应是确定要担任中宣部部长的戴季陶。丁惟汾确曾有短暂兼任中宣部部长，但时间是1933年任职中央党部秘书长时③。由此可见，不仅丁惟汾没有兼任《中央日报》社长，1928年的中宣部部长丁惟汾更是子虚乌有，中宣部部长兼任上海《中央日报》社长体现国民党集团控制新闻事业，这更是后来者主观立场投射下的事项呈现。

---

① 陈布雷：《陈布雷回忆录》，东方出版社2009年版，第115页。

② 荣孟源主编，孙彩霞编辑：《中国国民党历次代表大会及中央全会资料》，光明日报出版社1985年版，第531页。

③ 有关论述参见杨仲揆《刚毅木讷的学者革命家——丁惟汾传》中《丁鼎丞先生记事年表》部分，近代中国杂志社1983年版，第228—235页。

　　桂系主要人物东路军前敌总指挥部政治部主任潘宜之兼任上海《中央日报》社长，这更能说明这份报纸及其副刊是如何颠簸在大革命的浪潮中。尽管作为社长的潘宜之并不能干涉主编彭学沛的具体工作，但整个报刊的命运多少和政治革命者潘宜之在大革命中的起伏相关联。潘宜之既是上海清党工作的主要负责人，也曾私自释放被捕的共产党首脑周恩来，更是娶了怀有身孕待决的女共产党员刘尊一为妻，难怪后来有通俗类读物记叙潘宜之题目为《扑朔迷离的爱国将领》①，其实扑朔迷离的革命家更为适宜，这也一再说明，我们需要在扑朔迷离的革命浪潮中探析《中央日报》及其副刊。1928 年下半年，随着蒋桂之间矛盾越来越突出，而身为桂系主要人物的潘宜之则难逃旋涡，1928 年底上海《中央日报》的停办直至在首都南京接续复刊，和蒋桂之间的纷争多少有关联。正是基于这样的史实，有论者谈及这一时期《中央日报》为桂系所掌控，"掌控"同样把民国时期《中央日报》运行机制简单化，但至少说明，《中央日报》及其副刊绝不是什么蒋介石和南京中央政府舆论控制的体现，这也是上海《中央日报》不同于后来南京《中央日报》的复杂性、多维性的体现。

　　我们不仅要正视上海《中央日报》和之后南京《中央日报》的差异，同时也需要关注它和之前武汉《中央日报》及副刊的关联。在重新编号的上海《中央日报》之前，1927 年 3 月国民党中央曾在武汉创设《中央日报》，著名的副刊大王孙伏园主编其副刊。但是正如上文所提及，台湾新闻史论者有意回避武汉《中央日报》的存在，"民国十六年三月，汉口曾有中央日报之发刊，自三月二十二日起至九月十五日停刊，计共发行一百七十六号，因为当时武汉政治局势，甚为混淆，报纸亦无保存可供查考，故本报仍以十七年二月一日为正式创刊之期"②。很显然，"报纸亦无保存可供查考"只是个说辞，而"政治局势，甚为混淆"则是史实，更明确说，当时宁汉双方正展开革命与

---

　　①　参见西江月《扑朔迷离的爱国将领》，《东方养生》2010 年第 12 期。
　　②　上官美博：《六十年大事记》，胡有瑞主编《六十年来的中央日报》，台北"中央"日报社 1988 年版，第 246 页。

反革命的相互攻讦。武汉《中央日报》及其副刊基本上展示出武汉中央极其激进的革命态度，就副刊来说，孙伏园主编的《中央副刊》创刊不久就刊登了毛泽东的《湖南农民运动考察报告》，也曾登载郭沫若的《脱离蒋介石以后》，还包含了鲁迅的演讲和一些文章。这些极其激进的革命理念和旗帜鲜明的反蒋姿态正是后来台湾史家无视武汉《中央日报》的原因，而武汉政府后来的"反革命"转向也成了大陆学界回避的理由。事实上，武汉《中央副刊》同样是我们了解"革命文学"谱系的重要一环，而迄今为止学界少有人论及。上海《中央日报》固然不像武汉《中央日报》及其副刊那样激进，不过，宁汉合作后各方虽然在北伐和"反共"的名义下党政趋于统一，但有关革命理论的阐述和建构却并未走向一致，反倒呈现出更加多元化、多维化的特征。

上海《中央日报》的主编彭学沛在政治派系被认定为是不折不扣的汪精卫改组派核心人物，事实上，彭学沛真正追随汪精卫是 1929 年之后的事了，所以有很多评论认为上海《中央日报》为汪派改组派所把持，这显然不符合史实，但也并非没有道理。因为改组派一直都是一个较为松散的政治团体，从政治理念和革命理念上来说，彭学沛在 1928 年主编《中央日报》时较为接近改组派。改组派之所以成为一个拥有广泛群众基础的政治团体，也得益于陈公博、顾孟余等人的革命理论宣传。陈公博的两篇重要理论文章《国民党所代表的是什么?》《国民革命的危机和我们的错误》以及创办的刊物《革命评论》，顾孟余创办的刊物《前进》等，在当时掀起了革命思想的巨潮，在国民党党员和革命青年群体中广受追捧，风行一时。陈公博在其一系列文章中指出"中国最终革命的鹄的在民生，并主张国民革命应该以农、工和小资产阶级为基础"[①]，国民党所代表的也应该是农、工、小资产阶级、商人以及学生群体；顾孟余在《前进》上则积极倡导加强国民党党权，力推党内外民主。

虽然彭学沛曾经在《中央日报》上撰文《国民党所代表的是什

---

① 陈公博：《苦笑录》，现代史料编刊社 1981 年版，第 132 页。

么？——对陈公博氏理论的商榷》，与陈公博进行辩论，但彭文与其说是对陈公博的理论提出商榷，不如说是在其基础上进一步补充和完善。彭学沛提出国民党的革命基础还应添加资产阶级，而党和国家政府会在平均地权和节制资本的方针下限制大地主和大资产阶级，因此国民党是代表工农商资产阶级全体国民的全民革命[1]。彭学沛担任主编期间，《中央日报》一直努力建构和阐述国民革命理论，当然是不同于无产阶级专政的革命理论，但不少论述和陈公博一样，在具体分析中多少受到阶级理论的影响。因此，在《中央日报》上我们很容易看到有关农民运动、工人运动、社会主义革命理论、苏联制度介绍的文章，其中不少就是彭学沛所撰写。与此同时，彭学沛在《中央日报》上推进国民党和政府的民主化，探讨党员的言论自由，这和曾经的武汉《中央日报》主编、后来的改组派中坚顾孟余观念较为接近。《中央日报》创刊当天彭学沛发表了政论散文《射进窗子的一线太阳光》，文章写道："从此以后，在党的内部，在国民革命政府的范围内，一切政治活动应该采取一种完全不同的方法，应当走上新的途径。那些老法门：阴谋，暴动，武力，再也不应采用了；……在同一党里，在民主主义的国家里，要贯彻自己的政见，要克服自己的政敌，只有和平的讨论，剀切的说明。"[2] 既倡议国民党内外民主，反对暴力无序，又号召改组国民党尤其是基层党组织，防止国民党腐化堕落，丧失革命精神。在《中央日报》上，曾刊登有一封浙江天台基层同志对全国党员的恳切呼吁，题为《在下层工作同志的伤心惨绝的呼声》，文章激烈批评了清党之后贪污豪劣、腐化分子趁机混入国民党内，致使革命精神失落。来信中甚至激愤谈道："如果说如此便是革命，谁不愿反革命？如果说如此便是国民党，谁不愿退出国民党？如果说如此便是总理主义，则从今之后，谁不愿由总理之信徒，一变而为总理

---

① 彭学沛：《国民党所代表的是什么？——对陈公博氏理论的商榷》，《中央日报》1928 年 6 月 2、3、4、6 日。

② 彭学沛：《射进窗子的一线太阳光》，《中央日报》1928 年 2 月 1 日。

之叛徒?"①

　　彭学沛在主编《中央日报》时是不是改组派并不重要，也不是本文考察的重点，但彭学沛和上海《中央日报》对革命理论的建构和提倡，对国民党民主和自由运动的推进，强化和重塑国民党的革命精神以抵制腐化，甚至在《中央日报》上出现"反革命"式的革命呼声。这种不满现实而对革命理想的执着，这种极其赤诚而又激进的革命姿态，无疑和改组派一样吸引了正在迷茫彷徨的革命青年和基层国民党员。虽然没有《中央日报》具体发行数量的统计，但是从报纸上不断扩充的行销处、代售点告示以及最后报纸终刊时财务报告的大量盈余来看，《中央日报》在接受少量党部经费支持的情况下获得了良好的市场效益。市场机制也是我们考察上海《中央日报》多维性的重要因素，迎合青年心声的"革命"远比所谓的思想钳制更符合当时的市场原则。这也就是为什么在老牌党报《民国日报》成为西山会议派保守言论阵地时，国民党中央要另外设立《中央日报》，并以极其革命的姿态压过了曾经积极倡导革命和革命文学的《民国日报》。可以说，曾经左派、革命文学的阵地在1928年从《民国日报》转移到《中央日报》，正是因为上海《中央日报》的"革命"和"左"的色彩，1928年10月底《中央日报》才会在所谓"需在国都所在地"的名义下停刊，并在数月后才在南京复刊。接替南京《中央日报》社长的则是中宣部部长叶楚伧，而此人正是先前已经非常保守的《民国日报》主编。

　　总之，我们只有回到大革命的复杂历史中，重新检视革命与反革命的含混交织，以多维革命视域才能进入对上海《中央日报》及文艺副刊的研究，并由此展开对其"革命性"的考察和分析，因为这份报纸最主要的两个副刊《红与黑》《摩登》的编者或参与人胡也频、丁玲、田汉，毕竟都是我们后来所公认的左翼经典作家。

　　（二）大革命中的"红"与"黑"

　　副刊《红与黑》并非上海《中央日报》创立的第一个副刊，但它

---

① 《在下层工作同志的伤心惨绝的呼声》，《中央日报》1928年4月10、11、13日。

是最后一个副刊，也是最重要的一个副刊。从期数上来说，共出刊49期的《红与黑》远远多于上海《中央日报》其他副刊，如出刊38期的《艺术运动》、31期的《文艺思想特刊》、24期的《摩登》等；就是放眼民国时期所有的《中央日报》副刊，《红与黑》在期数上也是排列前名。更值得我们注意的是，编辑或参与《红与黑》副刊的胡也频、沈从文、丁玲在后来的文学史上都赫赫有名，《红与黑》副刊对三人之后的文学走向和文学史定位都有重要影响。可这么重要的一个文艺副刊，学界除了一篇论文《从〈红与黑〉到〈红黑〉》①稍有涉及之外，其他也大都是在论述沈从文、丁玲时简单提及。颇有意味的是，后来不管是沈从文还是丁玲，都有意淡化和回避他们与《中央日报》及《红与黑》的关联。

丁玲特别强调胡也频编辑《中央日报》副刊是由于沈从文的原因，"正好彭学沛在上海的《中央日报》当主编，是'现代评论派'，沈从文认识他，由沈从文推荐胡也频去编副刊。也频当时不了解《中央日报》是国民党的。只以为是'现代评论派'，……胡也频不属于'现代评论派'，但因沈从文的关系，便答应到《中央日报》去当副刊编辑，编了两三个月的《红与黑》副刊。每月大致可以拿七八十元的编辑费和稿费。以我们一向的生活水平，这简直是难以想象的。但不久，我们逐渐懂得要从政治上看问题，处理问题，这个副刊是不应继续编下去的（虽然副刊的日常编辑工作，彭学沛从不参与意见）。这样，也频便辞掉了这待遇优厚的工作"②。在沈从文的记述中，彭学沛和胡也频原本相熟，是彭直接找的胡也频，"恰恰上海的《中央日报》总编辑浩徐，是前《现代评论》的熟人，副刊需要一个人办理，这海军学生就做了这件事。我那时正从南方陪了母亲到北方去养病，又从北方回到南方来就食（计算日子大约是秋天），这副刊，由我们商定

① 黄蓉：《从〈红与黑〉到〈红黑〉》，《湖南人文科技学院学报》2005年第4期。这篇文章的重心也是在《红黑》杂志的市场因素，对《红与黑》副刊的论述并不十分深入。
② 丁玲：《胡也频》，《胡也频选集》，福建人民出版社1981年版，第25—26页。

名就叫《红与黑》"①。"上海的《中央日报》总编辑彭浩徐，找海军学生去编辑那报纸副刊，每月有二百元以上稿费，足供支配。三个人商量了一阵，答应了这件事后，就把刊物名为《红与黑》。"②

到底真相是什么？因为没有直接而明确的材料，所以也许我们很难给出一个确切的说法。但是后来各方对此事的描述尤其是充满缝隙的描述，恰恰是我们分析的重点，据此我们才可能真正理解《红与黑》副刊的复杂性及其意义。

在丁玲后来的记叙中，胡也频编辑《红与黑》包括她参与此事是碍于沈从文情面，并有一种上当受骗的感觉，甚至说他们完全不了解这个报纸是国民党创办的。这基本不合乎情理，对当时的胡也频和丁玲来说，参编《中央日报》副刊不仅意味着丰厚的收入来源，也是他们长久以来的文学梦想的实现，这么重要的事情他们不可能就糊里糊涂参与进去，也不可能不了解《中央日报》的党派背景。胡也频他们编辑副刊以及发稿时，曾有友人提醒他们注意政党、党派和颜色。胡也频在副刊上明确答复："又有过朋友来向我说，要我不要乱投稿，有些地方是带着某种色彩，投不得的。我默然：——的的确确，对于眼前的国内各种党呀派呀的区别，我是一点也弄不清楚，这事实，正像那卖茶食和蜜饯的'稻香村'，'老稻香村'，'真稻香村'和'止此一家'的'真正稻香村'，一样的使人要感觉到糊涂了。我想，单在要生活的这一点上，把写好的文艺之类的东西去卖钱，纵然是投到了什么染有颜色的处所，该不至于便有了'非置之死地不可'的砍头之罪吧。"③ 很显然，胡也频这话是明显针对当时各党各派都争相把自己塑造为革命的正统，并由此影射当时火热的革命文学论争。

8月14日《红与黑》刊登了《一个观念》，文章未署名，一般认为是编者胡也频，这篇文章是《红与黑》创刊将近一个月后首次亮出编者的文学理念和办刊宗旨。"凡能把时代脉搏，位置在艺术上，同

---

① 沈从文：《记胡也频》，《沈从文全集》13 卷，北岳文艺出版社 2002 年版，第 28 页。

② 沈从文：《记丁玲》，《沈从文全集》13 卷，北岳文艺出版社 2002 年版，第 112—113 页。

③ 胡也频：《写在〈诗稿〉前面》，《中央日报》1928 年 9 月 18 日。

时忘不了艺术的极致，是真，美，善，是真实，自由，平等的拥护，是可以达到超乎政治形势以上更完全的东西，看不出势力，阶级，以及其他骇世骗人工具的理由，有了这样感觉而在无望无助中独自努力者，我们是同道。"①　文章中更是讥讽了"阶级""盛名的战士""革命作者"等名目，认为这都不过是"竞争，叫卖，推挤，揪打，辱骂，广告，说谎，诅咒"的体现，而他们甘做"愚人一群"的"呆子"，踏踏实实写作。很显然，以后来者眼光看来，这些观念——对革命文学的讥讽和针砭，绝不像是胡也频的，倒是完全符合沈从文，在凌宇的《沈从文传》中，"呆子"是出现频率最高的一个词。

《一个观念》没有署名，或许是三人共同的主张，但悖论之处在于，胡也频所编副刊本就隶属《中央日报》，而胡也频却在自己副刊中宣告超越党派和颜色之纠缠，更有意味的是副刊本身就是鲜明的颜色命名——"红与黑"。胡也频对"颜色""色彩"的在意，对色彩之下革命的关注，并非从 1928 年《红与黑》副刊时开始，早在北京孙中山去世时，胡也频就明确谈到了颜色和革命。"抱着真正革命的志向是不在乎得了个国民党党员的徽章。因此，我到现今还不是国民党的党员。正因为不是国民党的党员，所以对于中国之一般民众的思想，要沉痛的说几句话，大约不至于竟犯上'色彩'的嫌疑罢！"②　文中胡也频更表达了对一般民众和有些大学生排斥革命的"那颜色"的强烈愤慨。

胡也频的这种矛盾恰恰是"红与黑"的最好注解，他一边讲着对颜色和革命的超越，一边注目着革命和各种颜色。他所谓的超越阶级、政治势力的艺术极致追求，确有长久以来他身上唯美主义因素的影响，但并非以此来否定革命和革命文学，而更多体现着他对拉大旗作虎皮风潮的不满，这一点倒与当时和后来的鲁迅相同。胡也频曾借鉴鲁迅

---

①　《一个观念》，《中央日报》1928 年 8 月 14 日。

②　胡崇轩（胡也频）：《鸣呼中国之一般民众》，《民众文艺周刊》第 15 号，1925 年 3 月 31 日。

的《药》在《中央日报》上发表小说《坟》①，讲述一个青年革命者
被枪决后，负责处理尸体的四个工人认识到青年是为了他们才被无辜
杀害，不忍把青年扔在乱坟岗，为其修坟立碑并常来看他。四个工人
常常感叹青年牺牲后的孤单，除了一只乌鸦停驻过坟头，居然没有任
何人类来到，后来这四个工人也被警察抓走并杀害，墓碑被捣毁，只
剩下孤零零的坟。小说甚至在结尾描绘到未来很多年，这坟在新时代
成为跳舞的乐园。这篇小说除了受到鲁迅《药》明显影响之外，革命
青年的无端被杀，工人意识的觉醒等，毫无疑问展现出作者对时代的
激愤批判和革命情怀。诗歌《一个时代》刊登在 10 月 11 日的《红与
黑》副刊上，前一天《中央日报》刚刚举行隆重的双十庆祝专刊活
动，国民党党政要人纷纷寄语献词美好革命时代，第二天胡也频在其
诗作中描述了他眼中的这个时代，"刀枪因杀人而显贵，法律乃权威
的奴隶，净地变了屠场，但人尸难与猪羊比价""人心如惊弓的小鸟，
全战栗于危惧""铁窗之冷狱于是热闹，勇敢的青年成了囚犯"②。从
思想和艺术两方面来说，像《坟》和《一个时代》这样的作品绝对是
革命文学的佳作，红彤彤的色彩非常鲜明，情绪饱满而又激烈。不过，
在《中央日报》的《红与黑》副刊上，胡也频类似这样鲜红之色的作
品实在太少，他的绝大部分作品是另一种色调，极其压抑的苦闷、孤
独、徘徊、幻灭、颓废，像诗作《遗嘱》《寒夜的哀思》《死了和活
着》《空梦》《生活的麻木》……这一类的暗黑色的作品实在太多了，
小说《约会》《那个人》《八天（一个男子的日记）》等也大都呈现同
样的色调，主题基本是三角恋爱、恋爱的白日梦之类。

　　正是由于胡也频在《红与黑》副刊上作品的黑色基调，他的很多
作品除了几部鲜明色彩作品之外，都没有被选入《胡也频选集》中，
很显然这是后来的编选者刻意要过滤掉"红与黑"中的黑色。丁玲后
来也为胡也频的黑色做了很多遮掩，并极力塑造胡也频的积极一面，
甚至说他们逐渐学会了从政治立场上看问题，毅然放弃了待遇优厚的

---

① 胡也频：《坟》，《中央日报》1928 年 9 月 26 日。

② 胡也频：《一个时代》，《中央日报》1928 年 10 月 11 日。

《红与黑》编辑工作。但这种大义凛然的气节很显然是后来的叙述，而非事实，《红与黑》的停刊并不是胡也频、丁玲他们的主动选择，而是正如我们前面所提及，是整个报社所有编辑的集体辞呈，是上海《中央日报》整体停办并要迁往南京。在胡也频事务性启事宣布《红与黑》停刊的同时，报纸还在醒目位置刊登了《本报停刊迁宁启事》《本社工作同人启事》《停刊的前夜》，以及主编彭学沛的《今后努力的方针》等。这些启事和文章一再表达了对停办上海《中央日报》的某种不满，甚至在回顾和对今后的建议中表明上海《中央日报》办报的整体原则，是通过揭露、批评、监督党和政府以图促进革命，不是炫耀功绩或遮掩问题。因此，我们与其认为是胡也频他们因革命的选择而主动放弃编辑《红与黑》，毋宁说这是上海《中央日报》全体同人的"革命姿态"展示。但在后来，大家都理所当然地认定国民党党报是红色胡也频身上的一个黑点，所以要极力去遮掩、去回避，完全无视当时红与黑交织的复杂革命现实。

　　如果说丁玲等人回避胡也频和《中央日报》的关联，这是怕《中央日报》的"黑"有损于胡也频的"红"，而沈从文有意拉开自己和《中央日报》的距离，则是为了回避他极为"鲜红"的一面，回避他曾有过的革命情怀和对革命政治的积极介入。沈从文提到这份报纸是彭学沛直接联系胡也频编辑，还有最明显的证据是他说此时陪母亲在北京看病，但也有不少研究者认为 1928 年 7 月沈从文在上海。的确，有关沈从文 1928 年在上海的史料非常混乱，各家的描述也很不一致[①]，沈从文自己说回到上海的日子大约是秋天，《吴宓日记》中则记载了 7 月 30 日他在从天津往上海船上和沈从文的初次会面[②]。而《红与黑》创刊于 1928 年 7 月 19 日，此时沈从文确实未在上海，可是沈从文又确凿无疑记载"红与黑"的名称是三人商定结果，这一副刊也是三人

---

　　① 参见吴世勇编《沈从文年谱（1902—1988）》的 55 页注释部分，天津人民出版社 2006 年版。

　　② 参见吴宓《吴宓日记Ⅳ·1928—1929》，吴学昭整理，生活·读书·新知三联书店 1998 年版，第 98 页。

共同参与。唯一合理解释就是在沈从文去北京之前，他们三人已经商谈了编辑《红与黑》副刊之事。从《中央日报》和其副刊的设置来看，沈从文先和《中央日报》有联系，1928年2月23、27、28日及3月1日，沈从文的《爹爹》刊载于《中央日报》的《摩登》副刊，3月12、20、22、24日《卒伍》在《艺术运动》第4号和《文艺思想特刊》第1—3号发表。更值得注意的是，3月13日《摩登》副刊因田汉小说《亚娜》影射事件而匆忙停刊，沈从文的小说《卒伍》转移到新创刊的《文艺思想特刊》，《文艺思想特刊》没有明确的编者，基本上是处理了《摩登》副刊的遗留稿件以及《艺术运动》的一些分流稿件，《卒伍》则是这一副刊上为数不多的原创作品。很显然，临时的《文艺思想特刊》是由主编或其他艺术类副刊编辑代管，寻找一个文学家开设一个真正的文学副刊是彭学沛的当务之急，而沈从文此时发稿在《中央日报》上，且变换副刊阵地，怕也不是偶然巧合，彭学沛理应在这个时间动员熟人沈从文支持或者加入《中央日报》副刊。这个时候即三四月间也就是胡也频和丁玲来上海的时间，沈从文又拉好友胡、丁，他们商议了"红与黑"副刊的事情，只是胡也频、丁玲匆忙去往杭州，所以编辑副刊之事才未有结果。正因为胡也频和丁玲在上海短暂停留就去了杭州，外人也难以了解其行踪，所以沈从文是《红与黑》副刊核心或联系人就更说得通，当然胡也频和彭学沛在北京时早已相熟也应该是事实，否则彭也不会放心把副刊交予胡也频出面来主持。

沈从文之于《红与黑》副刊的重要性还体现在他回到上海后副刊的变化，他的作品《上城里来的人》重新出现在《中央日报》前两天，即8月14日起《中央日报》连续刊发《本报副刊启事》："本刊原有之特刊，除国际，一周间大事，及艺术运动外，其他如文艺思想，文艺战线，海啸，经济四种，改出《红与黑》。"① 也是在这一天，《红与黑》副刊刊登未署名的《一个观念》和编者的《写在篇末》，这才是《红与黑》副刊理念的公开宣告，也是《红与黑》副刊大干一场的

---

① 《本报副刊启事》，《中央日报》1928年8月14、15、16、17日。

宣言，正如我们前文所论述《一个观念》中的观念更像是出自沈从文，自此之后沈从文在《中央日报》上发表了一系列重要作品，《上城里来的人》《不死日记》《有学问的人》《屠户》《某夫妇》，这些作品中对"湘西下层人民现实与都市社会的形形色色"的描绘，在著名沈从文研究专家凌宇看来，"预示着沈从文创作渐趋成熟"①。

　　另一著名学者金介甫也注意到这一时期沈从文创作的变化，认为"沈从文作品中政治意识逐渐浓厚"②，从他在《红与黑》副刊发表的最早的两篇作品《上城里来的人》《不死日记》很明显能够看出变化的苗头。前者是对军阀侵害和掠夺乡村、奸淫妇女的控诉，作品已经隐约从社会制度方面来看待问题，沿着这一路数一直到 1929 年《红黑》杂志，沈从文又大量控诉不合理社会甚至从阶级对立来分析社会，如《大城中的小事情》，就写了工人受剥削和阶级对抗，这些作品的阶级意识和革命情怀比胡也频和丁玲要鲜明得多，比当时以及之后的诸多左翼作品要真切。《不死日记》似乎继续延续北京时代的自我书写，也有类似胡也频个人书写的苦闷、孤独与昏暗，但是更有一种强烈的不平和控诉，困苦、贫穷、受到书商的盘剥，第一人称的叙述者似乎要么彻底的崩溃，要么绝望的抗争，包括 1929 年《红黑》杂志上的《一个天才的通信》，这些作品已经是个人书写的极致，下一步很自然上升到制度的控诉，也就是说我们在沈从文这一类极其暗黑的个人书写中，也总能感受到红色的革命情绪，比胡也频和丁玲更强的革命情绪。难怪金介甫这样评介《红与黑》《红黑》时期的沈从文作品，"从这些小说一眼就能看出，不论就主题和题材方面看，都属于二十年代末和三十年代初期中国左翼文学主流的范畴"③。可是，左翼文学主流从来没有接纳过沈从文，我们后来对于沈从文的"红"总是视而不见，即便是"红与黑"中的沈从文比胡也频还要更革命些，相反，我们还把他作为革命文学的对立面、黑的一面而不断强化，

① 凌宇：《沈从文选集·编后记》，《沈从文选集》第 5 卷，四川人民出版社 1983 年版。
② 金介甫：《凤凰之子：沈从文传》，符家钦译，中国友谊出版公司 1999 年版，第 153 页。
③ 金介甫：《凤凰之子：沈从文传》，符家钦译，中国友谊出版公司 1999 年版，第 153 页。

因为他总是讥讽和非议革命文学。事实上，沈从文嘲讽和非议的并不是革命文学观念，他反感的是那些不如他穷困也没有真实革命情感的人却大打革命文学招牌。并未在《中央日报》副刊刊登完的《不死日记》后边部分，沈从文记述了他和胡也频、丁玲 8 月 14 日步入上海文豪开的咖啡店，见到一些"光芒万丈的人物"，"全是那么体面，那么风流，与那么潇洒"，畅谈革命文学，沈从文"自己只能用'落伍'嘲笑自己，还来玩弄这被嘲笑的心情"①，也就是这一天《红与黑》上刊登了《一个观念》，表达了对"革命文学"的不以为然。沈从文几天对此事都未能释怀，就像阿 Q 被假洋鬼子抢走革命且不许自己革命的委屈和不满，他接连在日记中诉说真假思想前进和革命。"向前若说是社会制度崩溃的根原，可悲处不是因向前而难免横祸，却是这向前的力也是假装的烘托而成的，无力的易变的吧。真的向前也许反而被人指为落后吧，这有例子了。然而真的前进者，我们仍然见到他悲惨的结果。"② 一面是自命的革命家，一面是真正孤独的革命者，结果就是"一群自命向前的人物"，"制这类俨然落伍者的死命"，并宣告自己的胜利。毫无疑问，沈从文对革命认知相当深刻，对革命文学论争也是一针见血，1928 年的沈从文也坚信自己才是孤独的、真正的革命者，甚至宁愿以"黑"的一面、落伍的姿态来展示自己的革命和前进。

"红与黑"的确是大革命中最适合不过的题目，正如胡也频、沈从文、丁玲他们在《红黑》创刊释名时说的那样，"红黑两个字是可以象征光明与黑暗，或激烈与悲哀，或血与铁，现代那勃兴的民族就利用这两种颜色去表现他们的思想——这红和黑，的确是恰恰适当于动摇时代之中的人性的活动，并且也正合宜于文艺上的标题"③。尽管在这篇《释名》中作者说他们只是把红黑作湖南方言横竖、横直的意思，但作者煞费苦心的阐述恰恰表明了"红与黑"的真实寓意。光

---

① 沈从文：《中年》，《不死日记》，人家书店 1928 年版，第 72—73、75—76 页。

② 沈从文：《中年》，《不死日记》，人家书店 1928 年版，第 72—73、75—76 页。

③ 胡也频：《释名》，《胡也频选集》（下），福建人民出版社 1981 年版，第 1075 页。

明与黑暗、激烈与悲哀、血与铁既是交织在个人胡也频、沈从文的文学思想和文学创作中，也是整个《红与黑》副刊、整个《中央日报》文艺副刊的最好注解，在其他副刊如《摩登》，既有柏心《叛逆的儿子》吞食反动恶霸势力心肝的赤裸裸暴力诉诸，也有王礼锡《国风冤词》的含蓄表达，林文铮《艺术运动》《文艺思想特刊》既有对西方唯美艺术的推崇，也有在翻译《恶之花》的告白中对撒旦式革命精神的呼唤。

正视大革命中的"红与黑"交织，我们发现了与过去不一样的胡也频、丁玲，也看到了更加复杂的沈从文，更是透过包括《红与黑》在内的《中央日报》副刊洞悉了1928年革命文学的丰富与多面。

（三）革命与摩登

《摩登》是上海《中央日报》创设的第一个副刊，从报纸创刊的第二天即1928年2月2日起，到3月13日突然停刊，共发刊24号。如果说通过《红与黑》这一最后副刊，我们能看出《中央日报》文艺副刊在革命与反革命交织中的复杂性和含混性，那么通过《摩登》这第一个创设的副刊，我们可以洞悉《中央日报》文艺副刊的主导方向，至少是创办者所期待的方向。

关于《摩登》的主编，学界一般认为是王礼锡或田汉，或者是王礼锡和田汉共同主编，不过，根据田汉在《摩登》副刊上所作的《黄花岗》序言部分记述，"黄花岗一直没有写完，中央日报出版邓以蛰先生主编《摩登》又以写完此篇为嘱"①，这明确无误表明主编是邓以蛰。但在《摩登》副刊中，最关键之人还是田汉，从整个《摩登》24期上发表的作品来看，田汉一个人超过总篇目半数之多，署名"记者"的《摩登宣言》就是田汉所写，后收入《田汉文集》。

近些年来，研究界对"现代"和"现代性"的关注持续不断，可不少研究者都是从西方理论预设出发，寻找文学作品和文学现象来印证，很少有人真正深入历史现场中考察国人对"modern"的认知理解。《中央日报》的《摩登》副刊为我们提供了中国作家如何阐述现

---

① 田汉：《黄花岗（长篇革命史剧)》，《中央日报》1928年2月4日。

代，如何探索摩登文艺的建构，可是学界对此却一直缺乏应有的关注。

早在留日期间，田汉就和郭沫若、宗白华在信中畅谈他有关"Modern Drama"构想，感叹中国研究和关注这一命题的人太少，田汉在有的地方把它翻译为"近代剧"，即把 Modern 译为近代，思考中国传统戏曲的摩登转换①。上海《中央日报》创立之初，田汉和一群志同道合者继续思考和探索中国传统艺术的"摩登"转换，如邓以蛰之前也曾涉及戏曲转化这一命题；王礼锡在《摩登》上发表《国风冤词》，反复提到"摩登"和"摩登精神"，他要做的就是揭示中国传统文学如《国风》中被遮蔽的抗争的摩登精神②；常乃德也是用摩登精神来重新审视被当时统治者所排斥的柳子厚③；其他文艺副刊如《艺术运动》《中央画报》的编者林文铮、林风眠也是探讨中国画和艺术的摩登化命题。《中央日报》文艺副刊上的诸多理论文章、批评、创作以及翻译作品，都展示了中国文艺界探索和实践现代性的复杂历程，也体现出《中央日报》文艺副刊的活力与开放。

更值得我们注意的是，田汉等通过《摩登》副刊塑造了一个关键词——"摩登"，1934 年，"摩登"已经广泛出现在上海社会文化的方方面面，《申报月刊》对这一词的词源考察指向了田汉，"即为田汉氏所译的英语 Modern 一辞之音译解"④。摩登看似只是一个简单的音译，正是由于田汉以及《摩登》副刊的赋予，使得这一语词有了比"近代""现代"更复杂的历史内涵和理论维度。

首先，从田汉的《摩登宣言》及这一副刊上的文艺理论和创作来看，田汉他们是明确把摩登和革命关联起来，和国民党主导的国民大革命联系起来。《摩登宣言》中明确提到："中国国民党者摩登国民运动，摩登革命精神之产物也。国民党之存亡亦观其能摩登与否为断。励精图治真能以国民之痛痒为痛痒，所谓摩登之国民党也。反此则谓

---

① 田汉：《田汉致郭沫若函》，宗白华、田汉、郭沫若《三叶集》，安徽教育出版社 2006 年版，第 56—71 页。

② 王礼锡：《国风冤词》，《中央日报》1928 年 2 月 11 日。

③ 常乃德：《柳子厚思想之研究》，《中央日报》1928 年 2 月 18 日。

④ 《新辞源·摩登》，《申报月刊》第 3 卷第 3 号，1934 年 3 月 15 日。

之'不摩登',或谓之腐化恶化,自速其亡耳。"① 由此可以看出,田汉包括王礼锡、邓以蛰、徐悲鸿、林文铮等《摩登》参与者,大家有一个共识,即摩登和革命、抗争相辅相成,革命精神产生摩登,摩登与否亦与不断革命相关,否则"腐化恶化""自速其亡"。前文曾有提及学界对现代性的火热关注,可在这些"现代"探讨热背后隐含了用"现代观"取代"革命观"的逻辑,显然这未必是当时的知识分子思维逻辑,至少和《摩登》副刊所展示的不相符合。摩登这一语词远比"现代"更加符合历史的本来面目,更加传神,更加丰富和复杂。学界的确有关注"摩登",尤其自从李欧梵的《上海摩登——一种新都市文化在中国(1930—1945)》② 出来之后,摩登这个词语就迅速被热炒,为研究者广泛使用。但是不少研究者并没有厘清摩登和现代之间的区别,包括李欧梵自己都是在混用这两个语词,更值得注意的是,李欧梵和不少研究者把革命和摩登对立起来,认为革命话语压制了摩登,这显然是比较片面的。与此同时,摩登越来越被赋予一种欲望和消费的含义,甚至是庸俗化的意义,例如学者解志熙提出了摩登主义的说法,"这样一种复制'现代'所以貌似'现代'、但不免使'现代'时尚化以至于庸俗化的文化消费和文学行为方式,就是'摩登主义'"。③ 张勇在对"摩登"的考辨中也指出:"其逐渐偏向于'时髦'的意思,开始与'现代'分野。"④

　　事实上,不论是把现代观和革命观对立起来,还是认为革命压制了作为消费的摩登,都并不符合"摩登"的本意。从《中央日报》的《摩登》副刊及当时文艺创作来看,革命和摩登是如此紧密相连,在《摩登》副刊上,大都是因为其"革命"而彰显摩登价值的作品。徐

---

① 记者(田汉):《摩登宣言》,《中央日报》1928 年 2 月 2 日,另见《田汉文集》第 11 卷,中国戏剧出版社 1984 年版,第 464 页。

② 李欧梵:《上海摩登——一种新都市文化在中国(1930—1945)》,北京大学出版社 2001 年版。

③ 解志熙:《现代文学研究论衡》,河南大学出版社 2005 年版。

④ 张勇:《"摩登"考辨——1930 年代上海文化关键词之一》,《中国现代文学研究丛刊》2007 年第 6 期。

悲鸿的《革命歌词》为革命呐喊，田汉的重要作品《黄花岗》，是他革命戏剧的一部大作，林觉民等人的革命精神曾引起广大青年的共鸣。田汉原本在《摩登》副刊上要完成革命三部曲"三黄"系列，除了《黄花岗》，其他两部并未完成，写武昌起义的《黄鹤楼》，写南京抗帝的《黄浦江》，都因《摩登》副刊的停刊而终止了写作计划，后来和计划大不同的《顾正红之死》算是《黄浦江》的一个小片段。在田汉等人看来，这些弘扬和表现革命精神的文学作品才是真正的摩登文学。

其次，有关摩登和革命何以能结合而不是相悖，田汉和《中央日报》文艺副刊提供了重要的思路，革命之魔和摩登之摩的契合。创刊号《摩登宣言》中田汉开篇就昌明，"欧洲现代语中以摩登一语之涵义最为伟大广泛而富于魔力"①，也是在《摩登》创刊的第一天，田汉发表《蔷薇与荆棘》来表达自己的文学理念，他援引厨川白村论文《恶魔的宗教》中的观点，"经典和武器，宗教和征服，本是难兄难弟，正和寺院的法典与银行账簿，说教僧与奸淫妇女是跟着走的一样"②，他提出"荆棘"也随着"蔷薇"。文学要从荆棘之路的反抗与挣扎中走出，化为蔷薇，田汉甚至还引用了《浮士德》中魔与神来喻示奋进。《摩登》停刊之后继而创办的《文艺思想特刊》最重要的作品就是林文铮翻译的《恶之华》，在译者自己看来，波德莱尔的作品是对传统希伯来神的艺术传统和希腊美的艺术传统的恶魔式反叛。无独有偶，田汉舍弃"近代""现代"的称谓而选择把 modern 音译为"摩登"，也因为"摩登"这一词天然蕴含着"魔鬼性"，当时词典在解释摩登时都会提到首要意义即"作梵典中的摩登伽解，系一身毒魔妇之名"③，后来上海流行的摩登女郎，尤其是革命文学中大量出现摩登女郎，既承载着魔鬼式的诱惑、欲望，又最终归依革命真理正道，

① 记者（田汉）：《摩登宣言》，《中央日报》1928 年 2 月 2 日，另见《田汉文集》第 11卷，中国戏剧出版社 1984 年版，第 464 页。

② 田汉：《蔷薇与荆棘》，《中央日报》1928 年 2 月 2 日。

③ 记者（田汉）：《摩登宣言》，《中央日报》1928 年 2 月 2 日，另见《田汉文集》第 11卷，中国戏剧出版社 1984 年版，第 464 页。

这些我们似乎都能在阿难和摩登伽女的典故中找到原型，后来田汉的名作《三个摩登女性》是再好不过的说明。

革命和摩登基于魔性的结合带来了前所未有的魔力，这种魔力也因中国缺乏西方那样的宗教传统而变得无可遏制，比如像弥尔顿巨著《失乐园》那样探究革命之魔和宗教之圣的关系，像雨果和狄更斯那样思考革命。事实上，田汉所引用和乐道的《浮士德》就有对魔的力和神的力的复杂探索，而田汉在《蔷薇与荆棘》中对神的力并无多少感触，更感兴趣那促使人前进的魔力。如田汉所宣称，"居摩登之世而摩登者无不昌，不摩登者无不亡，伟哉摩登之威力也"①，革命和摩登的魔力一旦开启，就势不可挡，永无止境，不断向前，甚至把曾经的倡导者田汉落在后面。田汉在《摩登》副刊大谈国民党革命和摩登，陈明等一群南国社的青年们独立出来另组摩登社，批评田汉的落伍和不够摩登，开始"转向普罗文学靠拢了"②，不久之后又有更摩登的"摩登青年社"宣告成立，发起人就有著名诗人白莽。没有什么可以替代摩登和革命，只有更摩登，最摩登，更革命，最革命，一场伟大的革命总是另一场伟大革命的驿站，摩登总在孕育着更摩登的出现，革命和摩登的潮流永不停息，滚滚向前。甚至革命和摩登的理念和内容是什么都不重要，重要的是追随革命的潮流。随着国民党政权的日益稳固，当权者挂着革命尚未成功的口头禅却在执行稳定的文化理念，田汉弘扬革命精神的《孙中山之死》被戴季陶批判，最后乃至禁演，正如上海《中央日报》因为其激进革命而被停刊。但革命和摩登的潮流却无法停止，青年们继续追随和寻找，只要能继续革命就是摩登，否则就是落伍。《中央日报》文艺副刊及其编者也自此有了分野，田汉选择迎头赶上，完成"我们的自己批判"；沈从文坚守自己的"落伍"，选择了不摩登，尽管他坚信自己是真革命但却被视为革命的对立面，时髦姑娘丁玲和胡也频选择摩登，也就选择了继续的革命。当

---

① 记者（田汉）：《摩登宣言》，《中央日报》1928 年 2 月 2 日，另见《田汉文集》第 11 卷，中国戏剧出版社 1984 年版，第 464 页。

② 赵铭彝：《关于摩登社的补充和说明》，《新文学史料》1980 年第 2 期。

南京复刊后《中央日报》和其文艺副刊不再"摩登",不再有各式各样革命理论的探讨争鸣,不再有像《恶之华》这样的法国文学作品译介,它也自然被视为革命和革命文学的对立面。但无论如何,上海《中央日报》及其《摩登》《红与黑》等副刊,为我们留下了红与黑交织下的摩登,实在值得我们细细探究和分析。

　　总之,从多维的革命视野出发,我们就可发现,1928年上海《中央日报》文艺副刊革命性毋庸置疑,而且无比丰富和复杂,是革命文学谱系中的重要一环,红与黑交织,既展示了革命中血与火的鲜红,也提供了革命中幻灭的暗黑,这才是完整的革命文学,也是极具意味的摩登文学。可是在革命和摩登的魔力推动下,后来者总是以更革命和更摩登的姿态轻易否定曾经的革命和摩登,最后只能把1928年革命文学描述成突变,对1928年上海《中央日报》文艺副刊的重新考察,既是对革命文学谱系的重新梳理,也是在历史语境中对中国文学"现代性""摩登性"的重新探究。

原载《文学评论》2015 年第 1 期

解放区的天是明朗的天

——延安时期的移民运动与"穷人乐"叙事

周维东

内容提要："穷人乐"叙事是延安文学中"翻身"主题中的一种叙事范型，主要表现边区人民"翻身"后的幸福生活。"穷人乐"叙事的形成，与延安时期大规模的移民运动有深刻关联："穷人乐"叙事出现的重要目的是为了吸引和鼓励群众移民；"穷人乐"叙事的现实基础，是在近代乡村社会逐渐衰败的背景下，边区政府对乡村社会的重建和改造；"穷人乐"叙事的重要功能，是边区民众在高强度生产之余的娱乐活动。"穷人乐"叙事出现的背景和功能决定了其作品形式短小、叙事功能弱化、多采用大团圆结局等叙事特征。

美国作家韩丁（William Hinton）在其关于中国革命的纪实文学作品《翻身——中国一个村庄的革命纪实》中说："每一次革命都创造了一些新的词汇。中国革命创造了一整套新的词汇，其中一个重要的词就是'翻身'。"① 这种说法十分准确，在中国革命创造的若干新词汇中，"翻身"可能是最有代表性的一个。在现实生活中，"翻身"意味着中国几亿无地和少地的农民站了起来："打碎地主的枷锁，获得土地、牲畜、农具和房屋"；"破除迷信，学习科学"；"扫除文盲，读书识字"；"不再把妇女视为男人的财产，而建立男女平等关系"；"废

---

① ［美］韩丁：《翻身——中国一个村庄的革命纪实》，北京出版社 1980 年版，"说明"页。

除委派村吏，代之以选举产生的乡村政权机构"等。① 通过这样的革命实践，新的生产关系和社会面貌在中国被建立起来，群众的革命热情也得到极大的鼓舞和空前的释放。"翻身"的重要意义，使其成为延安时期（及新中国成立后初期）文学的重要主题，几乎延安时期的所有文学作品都或多或少地涉及这一主题。不仅如此，在《白毛女》《血泪仇》《太阳照在桑干河上》《暴风骤雨》等经典作品出现之后，"翻身"还成了一种成熟的叙事范型。不过，从深化认识延安文学内在发展脉络的角度，将"翻身"理解成一种叙事并不十分科学，至少从创作的动机上，它包含了两种出发点——"乐"与"恨"，前者主要表现穷人翻身后的喜悦，后者侧重表现翻身前的仇恨，两种不同出发点上的"翻身"叙事出现的时间和背景并不一致，在边区承担的功能也不相同。而由于承担的功能不尽相同，两种"翻身"叙事在叙事手法、技巧等诸多环节也体现出很大的差异性。这些问题的存在，迫使我们在使用"翻身"叙事时应该保持警惕。正是因为这些原因，本文将"翻身"仅仅视为一种主题，并不将其视为一种叙事范型。

　　从研究的角度，两种不同出发点的"翻身"主题书写可以直接区分成两种不同的叙事范型，它们可以用延安文学中两部经典作品的名字进行命名——"穷人乐"和"穷人恨"②。本节着重探讨的"穷人乐"叙事，主要表现在一些具有民间特色的秧歌剧和歌曲中，如秧歌剧作品《兄妹开荒》《十二把镰刀》《小放牛》《夫妻识字》《儿媳妇纺线》等，歌曲《二月里来》《南泥湾》《歌唱解放区》《绣金匾》等。延安后期出现的叙事作品，如《太阳照在桑干河上》、《暴风骤雨》等，也大量采用了"穷人乐"叙事的很多手法。"穷人乐"叙事

---

① ［美］韩丁：《翻身——中国一个村庄的革命纪实》，北京出版社 1980 年版，"说明"页。
② 《穷人乐》，晋察冀边区高街村剧团集体创作的戏剧，全剧共十二场，反映了边区人民在中国共产党的领导下翻身的过程和幸福生活。《穷人乐》演出后，受到中共中央晋察冀分局的高度重视，要求边区的文艺创作"沿着'穷人乐'的方向发展群众文艺运动"。《穷人恨》，马健翎编剧的秦腔现代戏，反映了未解放的中国人民在旧势力压榨下水深火热的生活和他们渴望"翻身"和"解放"的欲求。戏剧演出后，收到强烈反响，成为当时阶级教育的重要剧目。两部戏剧一部倾向于"乐"，一部倾向于"恨"，代表了边区翻身主题的两种叙事范型。

大多采用了"民族形式",生动活泼地表现了解放区人民"翻身"后的幸福生活,风格鲜明,由于传播广、影响大,因此给人留下"解放区的天是明朗的天"的牢固印象——解放区就是穷人的乐园——与抗战的另一个中心"雾重庆"形象形成鲜明对比。

"穷人乐"叙事形成原因很多,其中一个重要的背景原因是延安时期的移民运动。从延安移民运动的角度审视"穷人乐"叙事,可以窥见这种叙事产生的现实土壤,而通过边区经济和移民安置的具体史实,可以更具体分析这种"叙事"的特色:"穷人乐"的现实依据何在?哪些"乐"来自现实生活的改善,哪些"乐"是人为制造的幻境?而在这种考察之下,"穷人乐"对民间形式如何借鉴的脉络也会逐渐清晰。

一 延安时期的移民运动

抗战时期的抗日革命根据地,始终存在着大量的移民运动。这也是抗战时期全中国普遍的现象,战争、自然灾害、饥荒等诸多原因,使中国人民在这一时期进行了大规模频繁的迁徙,涉及的阶层也十分广泛,基本包括了城乡各个行业的人口。延安时期的移民运动,主要包括两个板块,一是知识分子和青年学生的内流,这是延安文化史上的佳话;一是大量移、难民(主要是下层劳动者)的移入和内部流动,此类移民运动在人口数量上占优,但并不为大多数人知晓和重视。本文所要探讨的移民运动,主要集中在后一种类型上,探讨它们与"穷人乐"叙事的内在关联。

从时间上看,延安时期下层劳动者的移民运动可以分为两个时期。1937—1940年是第一个时期,这一时期的移民基本属于自流状态,主要来源是边区之外的一些贫民和难民,为了躲避饥荒和贫困迁移到边区来。虽然是自流状态,但移民人数占边区移民的绝大多数,以陕甘宁为例,1937—1940年共接受移民170172人,占移民总人数的63.8%(见陕甘宁边区1937—1945年移入移难民统计表)。这一时期,边区政府对于这些移民,也没有采取过多干预的政策,在安置上,"除了对我军和友军抗日家属进行安置外,其余自谋出路";而面对移、难民到来后对社会正常秩序造成的压力，边区还采取将沦陷区域的难民加以政治的、军事的训练，组织回乡到沦陷区发展游击战争，"不时地打击敌人，以准备配合全国力量来驱逐日寇出中国，此为积极中的积极办法"① ——不过这种手段并不能形成大批的移民回流。

陕甘宁边区 1937—1945 年移入难民统计表②

年份	1937—1940	1941	1942	1943	1944	1945	合计
移入户数（户）	33735	7855	5056	8570	7823	811	63850
移入人口（人）	170172	20740	12431	30447	26629	6200	266619 人

1940 年之后，是边区移民运动的第二个时期。与第一个时期相比，这一时期边区加强了对移民运动的干预、组织和安置，不再属于完全自流状态。就这一时期而言，1940—1942 年的移民运动，属于从自流状态向干预状态的过渡时期。"边区的移民工作，从一九四〇年起，开始有了注意，但是在四三年以前，只是局部地区注意移民，主要还是自流状态。在四二年十月高干会后，移民工作，就从自流状态进到了全边区各分区有计划、有组织的阶段了。"③ 边区在 1942 年之后开始有组织、有计划地开展移民工作，主要有两个原因：首先是外界（特别是国民党）加强了对边区的经济封锁，边区由原来多种财政收入变成主要依赖农业，在自力更生的大生产运动后，需要大量劳动力和农户充实边区的农业生产力量；其次，在对边区进行经济封锁的同时，反动势力加强了外界向边区移民的阻挠，通过负面宣传造谣惑众，煽动人心，使移民人数明显降低（见陕甘宁边区 1937—1945 年移入移难民统计表）。在这种情况下，边区颁布了种种安抚、优待移民的政策，如《陕甘宁边区移民垦殖暂行办法》（1940 年）、《陕甘宁边

---

① 甘肃社会科学院历史研究所：《关于边区赈济难民的刍议》，《陕甘宁革命根据地史料选集》（第二辑），甘肃人民出版社 1980 年版，第 67 页。

② 边区民政厅：《陕甘宁边区社会救济事业概述》1946 年 4 月，转引自《抗日战争时期陕甘宁边区财政经济史料摘编》（人民生活），陕西人民出版社 1981 年版，第 400 页。

③ 中国西北局调查研究室：《边区的移民工作》（1944 年），转引自《抗日战争时期陕甘宁边区财政经济史料摘编》（农业），陕西人民出版社 1981 年版，第 643 页。

区优待外来难民和贫民之决定》（1940年3月1日）、《陕甘宁边区政府报告》（附《优待难民办法》）（1941年4月10日）、《陕甘宁边区优待移民实施办法》（1942年3月6日）、《陕甘宁边区优待移民实施办法补充要项》（1942年4月5日）、《陕甘宁边区优待移民难民垦荒办法》（1943年3月1日）等，对移、难民的安置给予全面而细致的优惠条件。在这些政策的鼓励下，边区的移民人数又开始呈现上升的趋势。

在移民运动的类型上，边区的移民运动可分为两类：一类是外来移民，主要是从国统区、沦陷区流向边区，这在边区移民人数的总量上占多数。值得注意的是，延安还有一类移民是内部流动，是边区政府控制内有组织的移民。这类移民的目的是将边区的劳动力资源和土地资源进行更加有效的配置，从而扩大农业生产的效率和总量①。以陕甘宁边区为例，这种人口迁移主要是从人口多（劳动力剩余）土地较少的绥德分区向土地剩余但劳动力缺乏的延属分区迁移。内部迁移的规模也十分宏大，譬如绥德分区移出的人口，1942年就移出471户，计1483人，1943年又移出1836户，计4961人。② 在1943年之后，由于边区之外的移民数量减少且不易组织，边区政府对区内人口的迁移还一度成为工作重心，边区宣传的移民英雄如马丕恩父女，就属于区内移民致富的典范。

延安文学中有许多文学作品，都直接反映了移民运动。譬如艾青

---

① 在中国西北局调查研究室编印的《边区的移民工作》中，编者还通过数据详细地分析这种迁移的意义：在边区的五个分区内，绥德分区是土地缺少，劳动力剩余。其他延属，关中、陇东、三边四分区，则或多或少都有荒地没有开垦。譬如：绥德分区五县，只有耕地面积一百二十万九千七百零二垧，但人口即有五十一万二千零七十一人。每人平均有地两垧多些。再拿劳动力来说：据统计有十万六千七百九十五个全劳动力；有三万四千八百一十九个半劳动力；合计则有十二万四千二百零九个全劳动力。……按边区的农作条件，农业技术论，一个全劳动力，至少可耕种十五垧土地，再加上畜力的补助，即可耕种到三十垧左右。由此推论，纯以人力论，绥德分区，即有三分之一约四万个劳动力可以移出。[《抗日战争时期陕甘宁边区财政经济史料摘编》（农业），陕西人民出版社1981年版，第634页]

② 《陕甘宁边区农业》1945年，转引自《抗日战争时期陕甘宁边区财政经济史料摘编》（农业），陕西人民出版社1981年版，第644页。

创作的长诗《吴满有》，其主人公吴满有便是从横山逃难到延安枣园的移民；唱遍边区脍炙人口的《东方红》，便是由佳县移民英雄李增正和李有源改编创作，内容也与"移民"有很大的关系：

　　　　太阳升，东方红，/中国出了个毛泽东，/他为人民谋生存，/他是人民的大救星。/
　　　　山川秀，天地平，/毛主席领导陕甘宁，/迎接移民开山林，/咱们边区满地红。①

　　原文共九段，这里择取了前两段，看得出正是"移民"的背景和身份让他燃起创造的热情，让他将普通的"白马调"改造成经典红歌。再如成为晋察冀边区创作方向的《穷人乐》戏剧，主要人物和背景也都是移民；秧歌剧作品中，《十二把镰刀》中的主人公王二，《二媳妇纺线》中的张大嫂等也都是移民。除此之外，还有很多文学作品都与移民有这样那样的关联。

　　本文要探讨的"穷人乐"叙事，虽然不是所有作品与移民都有直接联系，但其表现的内容和表现出的风格都与移民有很大关联。边区在有计划规模化吸引和组织移民后，遇到了政治、经济、文化上的种种困难。从政治的角度来说，为了封锁边区，国统区和沦陷区一度制止移、难民向边区迁移，很多移民到了边区的边境但不能顺利进入边区；而且，为了阻碍移民涌向边区，他们还制造种种谣言，譬如移民便会被抓丁、被征收高额赋税等。在经济上，很多移、难民进入边区仅仅是为了逃荒，灾情过后便会返流，这样的移民并不能形成稳定的生产力，而且还可能破坏一个地区的经济平衡。在文化上，农耕文化的特点便是喜爱定居和稳定，一旦被组织移民便会产生很多的抵触情绪。这些原因的存在，要使移民在非灾难时期下大量出现，必须坚定他们迁移的信念，让他们愿意克服种种困难前往边区。为此，边区宣传部门采取了种种宣传策略，其中大力宣传移民后获得的优待和"翻

---

① 陈伯林：《移民歌手》，《解放日报》1944 年 3 月 11 日。

身"后的幸福生活是重要的手段之一,《解放日报》《晋察冀日报》等边区报纸就大量刊登了移民后获得幸福生活的真人真事,同时渲染国统区、沦陷区人民的苦难生活。为了提升宣传效果,有些地区还采用了文艺的形式,譬如绥德分区曾把马丕恩到延安翻身的故事,画成连环画到警区广为宣传,取得了很大的成绩。在这种宣传的过程中,"穷人乐"的内容和形式也慢慢成型。边区秧歌剧中表现的很多内容,如开荒(其中还涉及地权问题)、帮助生产(涉及优待政策)、致富(涉及经济制度)等内容,都是移民关心的重要问题,如果这些顾虑都被打消了,即使再有多大的困难,也会有移民义无反顾地来到边区。

二　"乐"的现实依据

作为"翻身"主题下的一种叙事范型,"穷人乐"叙事在本质上是一种对比叙事,即通过时间差异(革命前—革命后)或地区差异(解放区—非解放区),揭示穷人"翻身"后的"乐"。在具体的作品中,很多"穷人乐"叙事可能并没有表现差异,只是描写了革命后边区的生活——但这种对比关系还是潜在的存在。在阅读作品当中,也只有联系了这种潜在的对比关系,"穷人乐"也才体会得到,因为许多作品中的边区农民既不十分富裕也不十分闲适,有的只是沉重的劳动——只是精神显得愉悦,如果没有边区之外的参照,很难相信这些人真的过得很快乐。所以要了解"穷人乐",首先要了解边区之外的"穷人苦"。

从很多反映边区之外农民生活的作品看,边区之外农民生活的苦,主要根源为两个方面:一是杜赞奇所说的"掠夺性经济"的存在①,二是黄宗智所讲"农村经济的内卷化"②。所谓"掠夺性经济",其产生的前提是近代社会县级以下行政单位的自治化,由于政权无力将自

---

① 见〔美〕杜赞奇《文化、权力与国家——1900—1942年的华北农村》,王福明译,江苏人民出版社1996年版。对近代中国乡村"经济统治"的论述。

② 见黄宗智《华北的小农经济与社会变迁》,中华书局1986年版。对农村经济"内卷化"的论述。

己的力量深入到县级以下的区域，为了加强统治，必须大量依赖不拿薪水的基层乡绅和地方恶棍。这些不拿薪水的基层乡绅和地方恶棍便是"掠夺性经纪"，他们不可能无条件协助处理行政事务，中饱私囊便成为政权默许获得的日常收入。"掠夺性经纪"在战争贫乏的近代成为乡村社会的绝对主宰，由于各种赋税、摊派、劳役增加，他们敛财机会大大增加，并最终导致农民贫民阶层的破产。边区文艺作品对"掠夺性经纪"描述最多的是那些在兵役制度中敛财的保长、联保主任，他们借助拉壮丁拼命敛财、欺男霸女，最终导致很多农民倾家荡产、家破人亡。农村经济的"内卷化"是黄宗智对近代中国农村经济的判断，"内卷化"即"停滞不前"，其说明的问题是中国农村经济进入近代后，在生产力和生产关系上都没有向更高模式发展，规模化生产始终未能大量出现。"内卷化"使农村过剩劳动力和可以挖掘的土地资源无法得到充分利用，最终导致乡村经济的整体衰落。在边区很多反映国统区农民生活的作品中，"高利贷"是很多贫民家庭家破人亡的重要根源，而"高利贷"正是农村经济"内卷化"出现的副产品。由于农村经济没有发展的空间，很多地主为了保证收入的增长，便开始向贫民发放高利贷，这种残酷的剥削方式导致大量贫民破产，就出现了类似"白毛女"的悲剧。

"穷人乐"叙事中，"乐"的第一个根源是乡村秩序的变化。这种变化体现在很多方面。首先是"掠夺性经纪"消失了。在"穷人乐"叙事作品中，虽然也出现了如"村长""村主任""妇联主任"等基层自治人员，但他们的权力十分有限，多数只是承担劝诫、协调的功能，并没有决策和行政执法的权力。实际上，由于边区地域相对狭窄，政权对基层的领导已经十分深入，很多基层事务都是"区长"这样的"公家人"来执行，因此中饱私囊、私自加重农民负担的事情便不可能再发生。其次是租佃关系发生了很大的变化。不管是国统区或沦陷区，乡村社会最基本的社会关系都是地主和农民的租佃关系，这种关系在边区正逐渐趋于瓦解。抗战时期的边区，土地关系大致分为两类，一类是抗战前经过了土地革命的地区，这些地区的地主已经消失；一类是未经过土地革命的区域，这些地区实行地主"减租减息"，农民

"交租交息"的政策。但不管哪一类地区，土地绝对私有的现实已被打破，虽然边区承认土地私有，但一切变更都必须经过边区政府批准。这实际将传统农民——地主的租佃关系，变成了农民——边区政府的租佃关系。"穷人乐"叙事作品中，有大量描写农民积极垦荒的情节，而垦荒的背后便涉及地权关系的问题。话剧《阶级仇》（谭碧波编剧，1947 年）中，讲到老黑叔受不住地主的气，搬到北上开荒地，结果庄稼长出来后，来了一个财东，说地是他的，还是要纳租子。这就说明为什么"开荒"只在边区出现。在国统区，多数荒地都属于私人，因此即使开荒也无法改变被剥削的命运——农民也没有积极性进行开荒。而在边区，大量荒地被定为"公荒"，"公荒"开垦出来也属于公地，农民进行耕种也不必害怕地主的剥削。边区在大生产运动中大量垦荒，新增土地面积巨大，这使即使没有进行土地革命的地区，传统的租佃关系也被打破，农民与政权之间新的租赁关系成为边区最基本的生产关系。

边区为了吸引移民，制定了许多优待政策。譬如在开荒上，规定"公荒谁开归谁，私荒本人不开，让难民开。三年不出租，以资鼓励"，"吃粮在农民中进行调剂"，"籽种发动农民调剂"，"举办难民农具贷款，解决开荒工具"等。① 如果没有乡村秩序的改变，这些政策就不可能很好地执行，自然也难以得到移民的认可。

除了农业生产条件的改变，穷人"乐"的第二个原因是劳动价值得到了尊重，特别是一批劳动英雄的树立，使农民的政治地位得到空前提高。为了鼓励农民积极生产，边区树立了一大批生产英雄，譬如在移民运动中出现的马丕恩父女，享誉边区的农民英雄吴满有，其实其他行业中的英雄，如工人英雄赵占魁、部队生产英雄张治国等，也都是通过劳动获得崇高的政治地位。边区劳动英雄有的实名出现在"穷人乐"叙事中，还有一些虚构人物被塑造成基层劳动英雄，无论在虚构或现实中，这些人都获得了崇高的政治礼遇，譬如像战斗英雄

---

① 毛泽东：《经济问题与财政问题——一九四二年十二月在陕甘宁边区高干会上的报告》，《抗日战争时期陕甘宁边区财政经济史料摘编》（农业），第 664—665 页。

一样被广泛宣传；在群众大会上光荣亮相；受到领导人的亲切接见等，这无疑唤起了农民的劳动热情。与之相对应，在近代中国旧农村，朴实劳动并没有得到尊重。在边区"二流子改造"工作中，"二流子"的大量出现，已经说明了这个事实。"二流子"之所以会出现，正是因为在农村经济内卷化和掠夺性经纪大量存在的局面下，依靠诚实劳动已很难改变自身的命运，更不用说自身的地位。通过诚实劳动发家致富并获得崇高政治地位，这样的地区无疑成为农民的乌托邦。

　　"穷人乐"能够"乐"的第三个方面原因是边区这一时期的经济制度，这也是一个重要的因素。认真阅读"穷人乐"叙事的经典作品，就会发现这些作品所反映的经济制度与土地革命及社会主义革命时期有很大不同。这种差别并不能简单地用"统一战线"或"新民主主义经济"来概括，它包含了很多与农民心理更加贴近的要素。具体来说，这种差别表现为两个方面：第一，"穷人乐"叙事没有刻意强调农村的阶级斗争，虽然在实际生活中，边区在"减租"过程中鼓吹并使用了阶级斗争的方式，但在作品当中并没有太多反映出来。第二，"穷人乐"反映农村的生产关系，只描述了通过开荒生产发家致富，并没有进行大规模农村生产模式的转换。实际上，边区在抗战时期发展的经济形式，可以用"富农经济"来形容，即通过土地调整和政府鼓励，在乡村培育出数量巨大的富农和中农，并促使他们成为农村经济的主宰[1]。富农经济对于务实保守的中国农民来说，具有巨大的吸引力：他们渴望通过勤劳节俭创下一份基业，但他们并不具有为实现这一目标所必要的冒险精神，因此有一处地方借助政权的庇护，通过

---

　　[1]　可以参见边区对吴满有的态度。作为边区树立的劳动英雄，吴满有在经济上属于富农，而且还存在雇用关系，这引起了很多人的不解。为此，《解放日报》特刊发《关于吴满有的方向》（1943 年 3 月 15 日）一文表明边区态度，文章创造性地提出了"吴满有式的富农经济"的概念，认为其本质是"资本主义性的发展"，"是边区革命后的必然产物"。进而认为，"明白了以上各节，对于吴满有的方向是边区全体农民的方向，就再用不着怀疑了。总而言之，这种方向，就是要全边区农民都能努力劳动发展生产，使雇农升为贫农，贫农升为中农，中农升为富农，虽然不会有多数农民升为富农，但会比现在有更多的农民上升却是无问题的，是必然的，必要的，对边区经济发展与革命发展有利无害的"。由此可见，当时边区的经济可用"富农经济"来概括。

开荒、勤劳最终实现"创业梦",就必然具有了吸引力。

三 非理性的"乐"

值得注意的是,在延安的移民潮中,也存在着人口外流的情况。1937—1945 年,还乡移民数目为 5 万人。① 相对陕甘宁边区近 30 万的移入人口,这个数目可以忽略不计,但从绝对数字来看,5 万人也不是个小数字。边区曾经还专门对人口外移做过调查和研究,当时移民外流已经较为突出:延属分区在 1943 年、1944 年冬春之际,都曾发生过移、难民搬走的现象。如延安县在 1943 年搬走 1000 多户,4850 多人,约 1300 多个劳动力,安塞、甘泉、延川等其他县也或多或少都发生搬走的现象。② 边区分析移民外流的原因有四个方面:(一)破坏分子的造谣惑众,煽动人心,使社会不宁;(二)对优待移、难民政策的执行不彻底;(三)老户和新户的关系问题;(四)关于地权和佃权的问题。③ 这些问题都十分具体,任何一个环节都可能导致移民丧失对边区的信任。不过,就移民外流的根本原因来说,边区沉重的赋税和近军事化的生活方式,也是必须正视的现实。

我们可以将陕甘宁边区 1938—1944 年救国公粮的数量进行比较④:

1938 年	1939 年	1940 年	1941 年	1942 年	1943 年	1944 年
1 万石	5 万石	9 万石	20 万石	16 万石	18 万石	16 万石

救国公粮的额度与边区户数和人口数有直接关系,从 1938 年的 1 万石到 1940 年的 9 万石,增幅虽然不小,但考虑到这一时期是边区移民最高峰的时期,这种增长可以认为是正常的"人口红利"。但

---

① 《抗日战争时期陕甘宁边区财政经济史料摘编》(人民生活),陕西人民出版社 1981 年版,第 400 页。

② 中共中央西北局调查研究室编:《边区的移民工作》,《抗日战争时期陕甘宁边区财政经济史料摘编》(农业),陕西人民出版社 1981 年版,第 659 页。

③ 中共中央西北局调查研究室编:《边区的移民工作》,《抗日战争时期陕甘宁边区财政经济史料摘编》(农业),陕西人民出版社 1981 年版,第 660—661 页。

④ 资料来源:《陕甘宁边区政府文件选编》(第 10 辑),档案出版社 1991 年版,第 26 页。

1940—1941 年的增长速度就显得过于突兀，从 1940 年开始自流移民进入边区的数量已开始减少，但救国公粮却成倍增长，唯一的结果便是增加了征收的税率。1942—1944 年，公粮数量有所减少，但减幅很小，边区农户的负担并不可能有太多改善。

不过，在抗战时期，全中国普遍税率较高，边区的税率即使比国统区和沦陷区高，但只要没有"掠夺经济"，在"减租减息"的环境下，实际负担也不可能高于这些地区。所以赋税重只能说是移民外流的原因之一，并不是全部原因。除此之外，边区农民近军事化的生活方式和高强度的劳作，估计也是很多人选择离开的原因。从"穷人乐"反映的边区的人际关系看，传统的人伦关系已经完全为革命生产关系所取代。

"穷人乐"叙事的作品有很多描写了边区的家庭关系状况，如《兄妹开荒》描写的兄妹关系；《夫妻识字》《十二把镰刀》等作品描写了夫妻关系；《模范妯娌》《二媳妇纺线》描写了妯娌关系，还有很多其他作品描写了母子关系、姑嫂关系等，因为边区的经济形式还依赖于以家庭为单位的"富农经济"，因此必然有许多作家将视野集中到边区的新家庭上。不过，边区家庭的基本关系已经发生改变，简单地讲，它已经由各种不同的私人关系变成普遍相同的公共关系——工作伙伴关系，将之落实到边区的实际，原本复杂的人情关系简化成"竞争"和"监督"两种关系。在《兄妹开荒》中兄妹之间是监督关系，妹妹发现哥哥偷懒，便要开始训诫哥哥，丝毫不顾及兄妹之情。《夫妻识字》《十二把镰刀》中的夫妻关系，一方面是竞争关系，另一方面又相互监督。《模范妯娌》中的妯娌之间，也是这两种关系。《动员起来》等作品中的母子、姑嫂包括邻里关系，也变成了竞争和监督的关系。

普通人情关系在边区被简化成"竞争"和"监督"的关系，根源是边区政府为提高效率的考虑。边区人员、物资缺乏，多数地区自然环境十分恶劣，在这样的环境下求生存，且还要与相对强大的日寇和国民党政权争夺中国未来的主动权，不努力提高工作效率是不可能完成任务的。在提高效率的技术环节，"竞争"和"监督"是边区两种最基本的手段。竞争可以提高工作者的积极性，促使他们提高效率；监督则可以让工作者全身心地投入生产当中。在这两种手段的作用下，边区的"自立更生"才可能成为现实。不过，将"竞争"和"监督"引入家庭当中，着实十分恐怖，它意味着个人私生活的消失，当一个人完全没有了私生活，天天全身心高强度地进行生产和劳动，身心疲惫可想而知。关键在于，在边区的移、难民并不一定都对边区的现实处境给予充分的理解和同情，当一个只是避难的移民进入边区，面对如此辛苦的生活，在解决了生计之后，离开可能并不偶然。

不过，任何事物都是辩证存在。简化了的家庭关系让边区的劳动者失去了"私生活"，彻底被束缚在沉重的劳动生产当中，但同时也让他们感受到家庭关系被简化的轻松和快乐。在阅读"穷人乐"叙事作品时，快乐的重要来源恰恰是生活的简单和单纯。其实，即使用现代的眼光来看待"穷人乐"作品，作品中人物单纯而简单的生活，依然能让人感受到快乐的存在，毕竟没有家庭的负累和不必为个人的前途、命运太多考虑的生活，不管在什么时代，都有令人向往的一面。在抗战时期，边区简化了的家庭关系更值得普通民众向往，对那个时期的人来说，家庭更多的时候意味着沉重的负担，家庭亲情早已被贫穷和苦难侵蚀得千疮百孔，边区简单的家庭生活虽然意味着繁重的劳动，但何尝不是卸下精神的重负呢？

"穷人乐"叙事在渲染穷人的快乐时，也有意渲染这种简化的家庭生活。一个值得注意的现象是：在这些作品中，对"乐"产生破坏力量的因素便是"私"的观念，如追求个人的安逸，考虑家庭得失等想法和做法。譬如在《兄妹开荒》中，哥哥佯装偷懒，让原本和谐的兄妹关系产生裂痕，好在哥哥只是佯装，如果真的为了个人安逸不积极生产，兄妹感情说不定还会破灭。再譬如在《十二把镰刀》中，王二夫妻的感情会因为王妻的不觉悟——其实也是正常的私心，便发生了冲突，只有在她转变过来之后，两人的感情才重归于好。由此可见，"穷人乐"叙事对家庭关系的处理，并非无心插柳柳成荫，其目的是要个人观念在边区消失，渲染不计得失、为大家舍小家的快乐。不过，当快乐与个人需要的"私"成为对立物，"快乐"便不再健康和正常，它成为非理性的狂欢。

让个人抛弃"私念"进入非理性的狂欢状态，并不是容易的事情，毕竟"私生活"对于个人息息相关。正是因为如此，政府意志与个人私念的冲突在"穷人乐"叙事中常常被设计成最主要的矛盾冲突。如果将政府意志与个人私念平等地摆在一起说理，在日常叙事中，很难认为个人私念是一种"错误"。譬如边区对"二流子"的改造中，有很多二流子的习气，如不顾家、爱串门、贪玩等，只能说他们不够上进，绝对不能认为是一种错误——毕竟在底层社会，我们不能对他们的行为用太高的道德标准来要求。"穷人乐"叙事在处理这些矛盾时，回避了大量的说理，采用了一种最简单的办法——多数压倒少数——使个人私念失去了反驳的可能。"穷人乐"叙事在处理这一矛盾时，我们很明显感受到，政府的意志得到了多数人的认可，存在个人私念的落后分子只是个别的少数，在多数的帮助下，这些少数最终会抛弃"不良"想法。譬如在秧歌剧《刘二起家》中，面对这位"二流子"的种种习惯，家人劝说、政府劝说，所有人都在帮助他转变，在这种"多数压倒少数"的格局中，"个人私念"即使再有道理，也变成了"错误"。

"多数压倒少数"的手法不仅表现在戏剧中，还表现在如歌曲等抒情文学当中，譬如在塞克作词的歌曲《二月里来》中，我们也能感受到这一点：

> 二月里来好春光，/家家户户种田忙。/指望着今年的收成好，/多捐些五谷充军粮。/二月里来好春光，/家家户户种田忙。/种瓜的得瓜，/种豆的收豆，/谁种下的仇恨他自己遭殃！/加紧生产呦加紧生产，/努力苦干呦努力苦干！/我们能熬过这最苦的现阶段，/反攻的胜利就在眼前！/年老的年少的在后方，/多出点劳力也是抗战！①

---

① 《延安文艺丛书·音乐卷》，湖南文艺出版社 1988 年版，第 425 页。

歌词表现的意图是让边区所有的人都努力积极生产,为了达到这种效果,歌曲不仅直接呼吁:"加紧生产呦加紧生产,/努力苦干呦努力苦干!"还制造了所有人都已经在积极生产的幻想:"二月里来好春光,/家家户户种田忙。""家家户户"四字便制造了"多数压倒少数"的效果,所有人都在努力生产,所有人都在为抗战出力,如果接受者有其他想法,自己便把自己归于"少数"的行列。在任何时候,"少数"都意味着孤独和沉重压力。

"多数压倒少数"的有效性,根本原因是利用了大众的从众心理(conformist mentality)。对于大多数中国农民来说,他们要么并不具有独立思考的能力,要么并没有勇气对于"少数"有持久的坚持。其实,这也是康德所认为的"不成熟状态",他认为人类不利用理智,"当其原因不在于缺乏理智,而在于不经别人的引导就缺乏勇气与决心去加以运用时,那么这种不成熟状态就是自己所加之于自己的了"。① 大多数的中国农民自然处在"不成熟的状态",当"穷人乐"叙事用"多数压倒少数"的办法来宣传主张时,他们自然难以抵抗,而且很多人因为自己不再是少数而变得十分愉悦。

四 作为"娱乐"的叙事

在《讲话》之后延安形成的若干叙事范式中,"穷人乐"叙事与民间形式结合最为紧密,这种叙事的主要形式是秧歌剧、地方小戏、叙事诗和一些音乐作品,要么本身就是民间形式,要么采取了民间形式的诸多要素。在与民间形式稍远的话剧、歌剧等形式中,"穷人乐"叙事并没有过多采用。对这种现象进一步分析就会发现,"穷人乐"叙事的经典作品(或者说代表作品)多数是在民间娱乐中传播,譬如"秧歌剧"是在闹秧歌过程中表演的一种剧目,"地方小戏"也是民间剧团在民间集会时表演;具有民间形式的歌曲,要么在边区举行歌咏活动时演出,要么是民间传唱的歌曲,这种传播的方式,使"穷人

---

① 康德:《答复这个问题:"什么是启蒙运动?"》,何兆武译,《历史理性批判文集》,商务印书馆1990年版,第22页。

乐"作品在接受方式上与一般意义上的"文艺"略有不同——它在本质上是一种"娱乐"。以"娱乐"形式存在的穷人乐叙事，又影响到其叙事方式的建构。

在"文学"边界日益模糊化的今天，从理论上分离"文艺"与"娱乐"的差别十分困难，但在具体语境中，两者的差别其实可以更加具体的说明。在这里，本文仅从传播场所的变化，分析"穷人乐"叙事某些特征——以"秧歌剧"为例。

"秧歌剧"表演的场所不是一般戏剧出现的剧场，而是在"闹秧歌"的群众聚会上。边区闹秧歌的场面嘈杂而热闹，观众根本无法集中精力去完整欣赏一部"秧歌剧"；而且，秧歌剧演出的对象都是观剧经验并不十分丰富的农民，他们也欣赏不了结构十分复杂的戏剧。在这种境况下演出的戏剧，注定具有以下的特征。

第一，剧情简单，形式短小，便于理解。秧歌剧的剧情一般十分简单，基本只包含一个事件（有的还构不成一个事件）、一个场景，主要人物也只有2—3个，形式十分短小。我们可以对"穷人乐"叙事中经典秧歌剧作品的形式作一简单的统计：

剧作	事件	主要人物	场次
《兄妹开荒》	开荒中的误会	兄、妹	1场
《十二把镰刀》	打制十二把镰刀中的插曲	王二、桂兰	1场
《刘二起家》	二流子转变	刘二、刘妻	1场
《夫妻识字》	夫妻识字中的小插曲	刘二、刘妻	1场
《军爱民、民拥军》	军民互助	王二、王二嫂、王班长	1场
《货郎担》	货郎担卖货的场面	货郎、刘二嫂、李大嫂	1场
《二媳妇纺线》	二流子转变	高老婆、二媳妇、大媳妇、张二嫂	4场
《模范姐娌》	拥军做军鞋	张大嫂、张二嫂、李三嫂	3场

第二，叙事功能弱化，烘托氛围的歌舞场面成为戏剧的重心。这一点，与中国传统戏曲有相似之处。秧歌剧叙事功能弱化的表现之一，是剧情的展开和推动都不是依靠剧中人物的行为和冲突，而主要依靠剧中人物的说唱。譬如，在每一部秧歌剧中，主要人物出场多数都有一段自我介绍的唱词，唱词说明了人物的背景和特征，同时也基本介

绍了戏剧可能出现的戏剧冲突。如在《兄妹开荒》中，哥哥出场后用"练子嘴"唱道：

> 我小子，本姓王，家住在本县南区第二乡。兄妹二人都成长，父亲、母亲也健康。自从三五年革命后，咱们的生活是一年更比一年强。种地种了三十垧，还有两条耕牛吃得胖。吃的、穿的都不用愁，一家四口喜洋洋来么喜洋洋。今年政府号召生产，加紧开荒莫迟缓，别看咱们是庄稼汉，生产也能当状元。人人赶上劳动英雄，个个都要加油干来么加油干。这件事情本来大，道理我都知道啦，只有我那个妹妹太麻达，一天到晚啰里啰唆说不完的话，碰上我这个牛脾气，偏要跟她讨论讨论，说着说着就吵一架。噫！说着人，人就到，待我跟她开个玩笑，开个玩笑。①

通过这段"练子嘴"，"哥哥"的性格特征被介绍，"妹妹"的性格特征也被介绍，甚至戏剧基本的内容也被介绍了。接下来的情节，"哥哥"和"妹妹"都按照这个既定性格特征在剧情中出现，而基本剧情也按介绍的进行。这种一开场便将人物性格和故事梗概全部介绍的方式，在现代戏剧中基本不可能出现，可见"叙事"在秧歌剧总的地位已退居非常次要的位置。不仅在一开场，戏剧的基本情节已经被介绍，在戏剧的剧情发展过程中，秧歌剧中也会有唱词作为过门，其道理也是这样。秧歌剧叙事弱化的第二个方面的表现是戏剧冲突的虚拟化。所谓"戏剧冲突的虚拟化"，是秧歌剧实际并没有真正的戏剧冲突，虽然每一部戏剧中都会出现矛盾的双方，但这种矛盾在发生之前就已经被道德评判，这样的结果使矛盾冲突变成了先进与落后、庄与谐的并陈结构。戏剧冲突之所以叫"冲突"，是因为矛盾双方大致处于平等的地位，而且冲突的结果并不能确定，只有如此"冲突"才具有存在的意义。如果"冲突"的双方已经被道德评判，在一定的背景下实际也预示了冲突的结果，这样"冲突"的意义就消失了。此时

_____

① 《延安文艺丛书·秧歌剧卷》，湖南文艺出版社1985年版，第2页。

冲突的双方就成了一种表演。

实际上，秧歌剧突出的便是以说唱为根本的民间趣味。秧歌剧唱词使用的"岗调""十里堆""西京调""山茶花调""练子嘴""快板"都是西北流传甚广的民间音乐，当地农民听到这样的音乐，看到剧中的人物扭着秧歌出现，就已经产生了很大的兴趣。如果更进一步分析剧情，秧歌剧中经常出现的男女调笑结构、夸张表演的喜剧效果等，对辛苦劳作的边区农民来说，绝对是绝好的放松和娱乐。

第三，大团圆的结局。"穷人乐"叙事的秧歌剧，结局一定是"大团圆"。落实到具体剧情中，便是"落后"分子要么被成功改造，要么思想发生了转变，于是"先进"与"落后"及所有众人便会齐心协力唱一段说明主题的歌曲，表明整个戏剧的意图和立场。其实，在秧歌剧中，"大团圆"结局时的演唱是戏剧所要传递的主要内容，观众可以不注重前面的剧情，但只要注意到最后的内容，戏剧意图就已经达到，很多边区所要传达的观念就会潜移默化到观众的心中。

"穷人乐"叙事的"娱乐"本质，其实对其叙事产生了消解的作用。这种消解，并不是解构了叙事的内容，而是弱化了叙事在传播中的功能和意义，也就是说，在实际传播过程中，"穷人乐"的"乐"并不在于讲述了什么故事，而纯粹在于"形式"。就"秧歌剧"表演来说，它本身就是边区民众的娱乐活动，类似西方的"狂欢节"，在这种氛围下，只要采用了他们熟悉的形式，就自然会衍生出无限的乐趣。而在"娱乐"的过程中，类似"翻身""解放"和对边区和共产党的歌颂便潜移默化地进入他们的记忆当中。

原载《文学评论》2013 年第 4 期

法外权势的失落与村落秩序的重建

——以赵树理四十年代小说为例

颜同林

内容提要：来自晋东南的"山药蛋派"作家赵树理，在 1940 年代的小说创作中围绕当地村落民众婚姻、土地、减租、清债、反霸等各类"问题"而写作，其"问题小说"背后无一不是法治问题。聚焦于民国乡村法律的形态，既有助于凸显赵树理 1940 年代小说的内容与意义，也有利于还原赵树理小说地理书写的艺术个性与风格。在不同自然村落的人与人、人与土地之间，法律的缺失与失衡既让地方权要长期势大于法，又让虚脱的法治精神无法落地生根。共产党执政的边区政府之建立以及一系列维护村落底层民众权益之政策法规的宣传与贯彻，迫使固有的法外权势失落，相应导致新的村落秩序进行重建。

出身于晋东南底层贫苦农民兼手工业者家庭，四十年代在山西不同村落与农家辗转生活；既具有丰富的农副业生产经验，又对当地农民生活、习性、情趣、民俗抱有深刻了解之同情，这是农民作家赵树理固有的本色。对来自偏远村落的赵树理而言，在庞大而繁杂的现代作家群体中，他更类似于一个"土里土气"的"地道的老民"。[①] 他的

[①] 陈艾：《关于赵树理》，黄修己编：《赵树理研究资料》，北岳文艺出版社 1985 年版（下同），第 14 页。

身份首先是一个平凡而又普通的基层农村工作者，长期在素以文化积淀深厚著称的上党地区做农村抗日组织与宣传等实际工作。由于偶尔的机缘，他在从事群众文化工作时走上了化俗为雅的文学创作之路，像太行山区常见的山药蛋一样长出了自己的芽。按他自己的说法则是"转业"，是"配合当前政治宣传任务"① 的分内工作，这个"山药蛋派"的开创者像熟悉当地民众日常所食的山药蛋一样，对笔下那些旧人物"每个人的环境、思想和那思想所支配的生活方式、前途打算"，可谓"无所不晓"。② 在被迫谈到写作的经验时，他这样躲闪着说："我的材料大部分是拾来的，而且往往是和材料走得碰了头，想不拾也躲不开。"③ 当然，赵树理是有目的性和选择性地"拾来"材料，敏感于独特的村落题材，弃文坛文学而奔"文摊"④ 文学，披荆斩棘地踏出了一条贴有个性化标签的坦途。

　　素以地大物博相称许的中国，农村、农民与农业问题重复延续着，满足了赵树理心灵深处的创作诉求。作为一个千百年来始终保持着农耕文明社会形态的国家，中国直到 20 世纪上半叶的民国时期，农村人口仍占整个国家人口 90% 左右的比例。亿万农民被束缚在不同地域的土地上，在千万个以自然村落为主的小天地里栖息、生存，铺展开各自一角的生活。从社会组织机制来说，统治模式则主要是封建统治制度下的人治，是等级森严、尊卑有序的专制统治；基于正义、平等、公平的法制观念与民权思想极其淡薄，法治的缺失最为典型。在现代文学史习见的书写中，以农村阶级斗争主题来概括赵树理四十年代的小说，是既定的答案。如从乡村法治的视角来看，赵树理小说中农民与地主斗争的复杂阶级关系，不但建立在畸形而复杂的经济基础之上，而且建立在法治的缺失以及失而复得之上，贯通着"冤有头债有主"般的复仇范式，"法律根植于复仇在一些法律原则和程序上留下了印

---

① 赵树理：《〈三里湾〉写作前后》，董大中主编：《赵树理全集》（第四卷），大众文艺出版社 2006 年版，第 383 页。以下凡引自该全集，只注明卷数与页数。

② 赵树理：《决心到群众中去》，《人民日报》1952 年 5 月 22 日。

③ 赵树理：《也算经验》，《赵树理全集》（第三卷），349 页。

④ 李普：《赵树理印象记》，黄修己编：《赵树理研究资料》，第 19 页。

记，也表现在类似于校正正义和罪罚相适应这些贯穿法律始终的原则上。即使在今天，复仇的感情仍然在法律的运作中扮演着重要角色"。①整体而言，赵树理 1940 年代的小说，以山西地区自然村落为描写对象的故事序列中，权势大于法律的现象十分突出，真实而深刻地记录了不同村落底层百姓卑贱屈辱的生活。另一方面，出于服务当时政治的需要，其小说结尾往往又扭转了这一局势，在复仇与申冤为旨归的叙事模式中，法外权势的衰败与失落成为必然，村落秩序的重建也在大团圆结局中悄然启动。

一

整个 1940 年代，赵树理创作的小说数量并不太多，仅仅三十余个。虽然在为赵树理暴得大名的短篇小说《小二黑结婚》之前，还有《变了》《探女》《再生录》《吸烟执照》《照像》《匪在那里？》《红绸裤》等十多个小作品，但从小说文体、叙事艺术等角度看均属幼稚的练笔之作，大多数篇幅十分短小，人物较为模糊，艺术性明显不足，与他在 1930 年代屈指可数的几个小说习作相差无几。以山西武乡县一桩迫害农村青年恋爱的刑事案件为素材的《小二黑结婚》之后，并非专门从事小说创作的赵树理，逐渐从业余写手向专业作家过渡、"转业"。代表作家艺术成就的小说清单中，便包括中短篇小说《李有才板话》《来来往往》《孟祥英翻身》《地板》《催粮差》《福贵》《刘二和与王继圣》《小经理》《邪不压正》《传家宝》《田寡妇看瓜》等，中长篇则只有《李家庄的变迁》。小说作品数量不多，似乎与赵树理创作的初衷略有关联，其小说归属于"问题小说"，也源于作家几处自述的演绎。四十年代末，赵树理针对作品主题曾说："我在作群众工作的过程中，遇到了非解决不可而又不是轻易能解决了的问题，往往就变成所要写的主题。"② 十年磨剑之后，跨入新时代的赵树理更加理直气壮了："我的作品，我自己常常叫它是'问题小说'。为什么叫

---

① ［美］波斯纳：《法律与文学》，李国庆译，中国政法大学出版社 2002 年版，第 63 页。
② 赵树理：《也算经验》，《赵树理全集》（第三卷），第 350 页。

这个名字，就是因为我写的小说，都是我下乡工作时在工作中所碰到的问题，感到那个问题不解决会妨碍我们工作的进展，应该把它提出来。"①像五十年代为配合《婚姻法》的颁布而写《登记》一样，赵树理创作小说讲究创作目的与政治时效，侧重"问题意识"：如为了热心的青年同事，不了解农村中的实际情况，易为表面的工作成绩所迷惑，便写了《李有才板话》；农村习惯上误以为出租土地也不纯是剥削，便写了《地板》；想写出当时当地土改全部过程中的各种经验教训，使土改中的干部和群众读了知所趋避，便写了《邪不压正》；为了配合上党战役写了《李家庄的变迁》；针对某些基层干部瞧不起一些过去在地主压迫下被逼做过下等事的农民，便写了《福贵》……作家的着眼点是"具体的实际的小问题"，"绝少对重大斗争、重大场面的描绘，并且也绝不直接关系到对重大理论问题的探讨"。②"问题小说"于是成了赵树理小说的标志，也成了研究赵树理小说的一个切入口，有研究者还归纳过他的三大问题："改造家庭的问题、改造旧习惯势力的问题、解决革命胜利时的'翻得高'问题。"③表面来看，赵树理对"问题小说"旗帜鲜明地提出来了，但对小说中包含的农村问题之归纳却较为简约，而在他的上述小说中，其中既有广义的延伸，也有狭义的阐释，与赵树理的自述出入甚大，文本中与此不甚相关的其他大小问题却恰恰被遮蔽了。"赵树理小说的缓释性特点，必然使作品与政治的联系显得松散而多向。因此，尽管我们承认赵树理小说的政治性内涵，却无法将作品中这一类大量的细节条分缕析地归入某一个明确的政治或政策的范畴。"④突破作家自述来反观赵树理四十年代小说，我们便能"松散而多向"地打量赵树理小说独特而复杂的文本世界。

首先，赵树理这十余个小说力作，几乎都是写农村自然村落的，

---

① 赵树理：《当前创作中的几个问题》，《赵树理全集》（第五卷），第303页。

② 朱晓进：《"山药蛋派"与三晋文化》，湖南教育出版社1995年版，第260页。

③ 黄修己：《赵树理评传》，江苏人民出版社1981年版，第284页。

④ 董之林：《关于"十七年"文学研究的历史反思——以赵树理小说为例》，《中国社会科学》2006年第4期。

即数十户人家、由某一姓为主，辅以少数杂姓或外来逃荒户组成的自
然村落。晋东南以山区为主，村落都不算大，村落里以家族势力统治
居多，譬如一般是二三百人，杂夹数户从河南等地逃荒过来的杂姓，
称外来户为"草灰"的现象比较普遍。通往村外的空间，对绝大多数
村民来说，都比较陌生；自然村落之间很少联系，因此显得偏僻而闭
塞。在具体写法上，赵树理每一个小说差不多都只集中写一个自然村
落，村落本身又是自足的。马克思在论述法国以小农为主的波拿巴王
朝时，认为"小农人数众多，他们的生活条件相同，但是彼此间并没
有发生多式多样的关系。他们的生产方式不是使他们互相交往，而是
使他们互相隔离"，"一批这样的单位就形成一个村子，一批这样的村
子就形成一个省。这样，法国国民的广大群众，便是由一些同名数相
加形成的，好像一袋马铃薯是由袋中的一个个马铃薯所集成那样"。①
1940 年代的中国农村，像马克思所说的 19 世纪的法国农村一样，不
但农民的个体、家庭像一个个马铃薯一样，就是由这些家庭组成的自
然村落也像一个个马铃薯一样，是孤立而隔离的。自晚清和民国初年
以来，作为"新政"的一部分，民国政府在广大乡村设置村制行政机
构，设立村长或村正一职予以管理，加强对村落的控制和统治。山西
是较早推行村制的省份，1917 年 9 月，曾经留学日本学军事的阎锡
山，仿效日本的做法，在山西 105 个县的版图里推行阎锡山式的"村
制"，作为垂直专制统治的末端。具体做法是，设置编村，每一编村
管三百户，不足三百户的联合设置编村（后来编村规模也有变动）。
阎锡山确定村制是乡村政治的起点，"积户成间，积间成村，积村成
区，区统于县，上下贯注，如身使臂，臂使指，一县之治，以此为基
础"。② 每一编村设村长或村副各一，二十五家为一间，有间长一人，
五家为邻，设邻长一人，村副、间邻长在村里代行警察、司法职权。

---

① 马克思：《路易·波拿巴的雾月十八日》，《马克思恩格斯全集》（第八卷），人民出版社
1961 年版，第 217 页。

② 山西省政协文史资料研究委员会：《阎锡山统治山西史实》，山西人民出版社 1981 年版，
第 80—87 页。

阎锡山实行的"村本政治"，主要目的一是利于政令畅通，二是利于征税，将自然村落改造成适合于征税的单位，便于要粮、要款与要差。但从赵树理小说来看，虽有"编村"这一行政村的建制，但自然村落仍保持其独立性与完整性，除《李有才板话》涉及阎家山与柿子洼编村的现象外，其他各篇都是以自然村落来作典型环境的。延伸开来梳理一番，《小二黑结婚》里讲的是刘家峧，其中有前庄与后庄之别，村里的活动中心是三仙姑家。《地板》写的是王家庄，《催粮差》写的是南乡与红沙岭，《孟祥英翻身》写的是西峧口；《刘二和与王继圣》中是黄沙沟村，《邪不压正》里是下河村，《田寡妇看瓜》里则是南坡庄。《福贵》《小经理》《传家宝》中虽然没有具体的村名，但同样是写一个自然村落里的故事。《李家庄的变迁》顾名思义是以题目中"李家庄"为背景，因作品篇幅与叙述时间较长，李家庄之外的空间相对开阔许多，诸如远到张铁锁去过的县城乃至省府太原，近至二妞、王安福等人因战乱而避难的岭后、一家庄等周边村庄。这虽然只是一个个自然村落的人事变迁与历史沧桑，却都像《李家庄的变迁》一样，"历史的波澜都激荡到一个小小的村庄"，"虽然是一个村庄的变迁为小说的背景，然而实际上却是一幅中国农村的缩影"。[①] 周扬在四十年代也敏锐地指出，《小二黑结婚》《李有才板话》《李家庄的变迁》是"三幅农村中发生的伟大变革的庄严美妙的图画"。[②] 一村一幅画，有同也有异。

其次，在以上大小不一的自然村落"图画"里，维系并决定人与人关系的是除物质实利之外的血缘、姻亲与家族，起支配作用的是除财富、人丁等硬杠杠之外的封建文化软实力。普通村民面对要粮要差的巧取豪夺，以及处理邻里日常纠纷的原则是懦弱、忍耐与退让，农民与农民之间的关系，更多的是涣散的个体"马铃薯"总和，其中又以外来杂户所受的欺凌最重，逃荒户及其穷二代如张铁锁、李有才、孙甲午、王聚财、刘二和便是。赵树理这批小说或者以阶级对立的你

---

① 荃麟、葛琴：《李家庄的变迁》，黄修己编：《赵树理研究资料》，第204—205页。

② 周扬：《论赵树理的创作》，《周扬文集》（第一卷），人民文学出版社1984年版，第487页。

死我活为主线，或者以剥削与反剥削、压迫与反压迫为题旨，或者以诉讼、官司为片段材料，村里诸多民事、刑事问题依然是根据传下来的规矩来应对，像李家庄这个村落里，几十年之中在老村长李如珍手下不论社会怎样变，只是"旧规添上新规"而已，而李如珍承其父亲村长一职，父子俩统治李家庄几乎长达半个世纪。在阎家山，阎恒元退而不休，先后让侄子与干儿掌权，他在背后仍然发号施令。金旺父子之于刘家峧，王光祖之于黄沙沟村，也大体如此……我们在赵树理小说中不难发现主题的设置，贫富的分化、权力的转移、人物的命运，都随着情节的推动而不断面临权势的盛衰、法律的有无等社会问题。村落里大小事务虽然不能用法律来权衡，但处处涉及法治难题。换言之，在每一个自然村落，在每一个问题的背后，其实都有法律问题存在。聚族而居、农耕为本的自然村落布局与农民自足性生存，没有建立起一套适用而公正的法律体系，法治的不足严重制约着乡村的秩序生成与运转。从法律分支而言，赵树理小说反映的民法事项则远远超过了刑法问题，"在传统中国社会，法律制度的概念基本上局限于刑事法律和行政法律；被现代学者通常视为民法的户婚田土律其实主要是作为行政法进入各种法典的，更多涉及官府对这类问题的管理和处置"。① 比如与妇女问题相关的婚姻法律，与土地分配相关的土地法，都是解放区建立之后，随着边区政府的执政在广大村落陆续推进的。不过，这些看似是围绕民事的琐闻，也可能蜕变为刑事案件。比如妇女婚姻题材，大多数看似是婆媳关系处理不好、丈夫虐待妻子、妇女权益得不到保障等问题，但现实中并非如此：在赵树理写传记小说《孟祥英翻身》前后，1943 年 8 月，据《新华日报》（太行版）报道，左权县在两个月内连续发生了六起残害妇女案件；1945 年 10 月，在孟祥英的家乡涉县，虐杀妇女的案件一年中多达十六起。② 至于土地法，"边区政府"的"管理与处置"就带有法律源于行政的特征了。

---

① 苏力：《法律与文学：以中国传统戏剧为材料》，生活·读书·新知三联书店 2006 年版，第 84 页。

② 转引自戴光中《赵树理传》，北京十月文艺出版社 1987 年版，第 185—186 页。

赵树理在创作此类主题的小说时，还在《新大众》报上发表了不少短论，譬如《我们执行土地法，不许地主富农管》《休想钻法令空子》《土地法的来路》《不要误解行政命令》《从寡妇改嫁说到扭正村风》等，都是为了鼓吹行政执法而着笔。至于农家邻里纠纷，乡间偷盗之类的民事问题，虽然次要一些，但也十分醒目。

　　民国法律在村落的存在形态如何，村民的法律观念怎样，赵树理借助小说艺术形式形象地演绎了一番，在这些小说中大体可归纳出两类范式。第一，宪法、刑法、民法等国家基本法律的缺失十分显著，作品中呈现的往往是村落之中无"法"的无序状态。不可否认，清末民初启动了立宪、法治的现代化进程，法政专业人才的培养与日俱增，与此前漫长的封建朝代相比，民国时期社会的法治意识有所好转。但相对于城镇而言，在广袤的农村里却很少能够摊到那些熟悉法律的人才来服务一方，又很少有机会能把法律的条例、原则、精神在不同村落进行宣传与贯彻。在分散的村落里，识文断字的主要人群是占统治地位的地富及其子弟，这一群体无不承继父辈权势，横行乡里。在赵树理小说中，他们一般读到中学阶段而且几乎以反面人物出现，如简易师范毕业的阎家祥，中学毕业的春喜、王继圣等便是。绝大多数农民生活处于赤贫状态，无缘于识字念书，自然是最为弱势的群体。因此普通民众一方面是继续处于麻木与愚昧之中，一方面则是遵从现实的教训，尽量少惹事，缩起头来过日子。"惹不起""得罪不得""怕事"便是赵树理笔下农民面对邻里纠纷与村长闾长、地主军阀、散兵游勇的恶行时最普遍的心态；一旦有不幸落在自己头上，小到被捆绑、被讹诈、被故意伤害，大到被强奸、被虐杀等人命关天的大事，也只能听天由命。从司法制度层面考虑，山西省有山西省高等法院，在太原、大同、临汾三地有地方法院各一个，每一个县设有司法科，并附设一个看守所。虽然名义上机构健全、司法独立，但实际运作中是官官相卫、贪赃枉法居多。司法机关不能秉公执法，司法警察又是崔九孩一类人物，一有官司又需要搭进金钱与时间，法律近权贵而远穷汉便成为不争的事实。像小喜一样的李家庄浪子依附权贵，到处揽官司、"挑词讼"便是吃这碗松活饭的例子——这点类似于当今法学界归纳出来的自然乡村普遍而常见的厌诉、厌讼现象，其背后是底层农民的权利因为法律缺失不能予以有力保护，法律是虚而空的。至于赵树理小说中剖析的"息讼会"现象，即将村落的司法问题在村落内部解决，无形中留下了诸多法律空隙。

第二，源自不同政体的法律依附于不同政权，政权是其合法性基础；边区政府以政令代替法律成为当时服务民众的常态。共产党政权颁布的法令慢慢在广大新旧解放区宣传与贯彻执行，偏远村落村民慢慢被唤醒，他们幼稚而笨拙地与法律打交道，用法律来维权，"犯不犯法"成为铁屋中最先醒来者的呐喊。1940 年代，当时共产党领导的武装以陕甘宁一带开辟的边区政府为中心，不断扩大解放区的疆域，包括赵树理笔下的太行山区。当时在晋东南一带的军事力量，既有共产党领导的八路军总部等机关，又有八路军第一二九师，以及决死三纵队等武装力量。这样的正义之师在直面日寇的侵袭与驻防之外，还要应对南京政府的中央军、阎锡山的地方武装。虽然他们或者鞭长莫及，或者退守晋西自顾不暇，但仍然构成犬牙交错的拉锯态势。这一切让普适意义上的法律得不到政权的保障，战乱下的法律更是首尾不能相顾。法随时势与时俱进，不能依附于原有主子的地主阶层，在村落里发现自己原有的合法性统治逐渐衰弱下来，这自然在赵树理小说创作中有形象而集中的反映。与此主题密切相关的是边区政府的行政法规陆续出台，产生法律效力：1942 年 1 月，中共中央公布《关于抗日根据地土地政策的决定》，执行减租减息的新政，并辅以改制而成的三三制村政权相配合。同月，《晋冀鲁豫边区婚姻暂行条例》共七章二十五条颁行，此法系根据平等自愿一夫一妻制原则制定，就婚姻形式、条件、年龄、过程等作出明确规定。1943 年 1 月，晋冀鲁豫边区政府配套颁布《妨害婚姻治罪法》。1945 年冬，太行区开展反奸清算斗争，大部分地主土地被合法没收，收归农民再分配。1946 年 5 月，中共中央发布《关于土地问题的指示》，改变抗战时期土地政策，规定没收地主土地分配给农民，从根本上消灭封建剥削，实现耕者有其田的政策。1947 年，中共中央召开全国土地会议，制定《中国土地法大纲》，附带制定出《破坏土地改革治罪条例》进行规约，土改工

作在广大村落势如破竹。这一切，既源自抗日战争与后来的国共内战
的胜利，又是推动武装斗争不断走向新的胜利的法宝。不论在老解放
区还是新解放区，农村工作的主旋律就是通过这些基本政策、法规来
推动划时代的变革，充分调动广大村民的热情与智慧。因此，宣传、
解释、执行这些关于土地、婚姻的法律既是当时赵树理在地方工作的
内容之一，也是他在工作总结中所遇到的诸多不得不硬碰的所谓"问
题"。比如，《邪不压正》便"一方面是党在农村中的中农政策的反映，
另一方面是党在农村中的婚姻政策的反映"①。《李家庄的变迁》则写出
了这种反复拉锯状态，法律的摇摆性相当典型。边区政府颁布实施的新
法令，在面对强势的封建地主与家族统治时，在不同村落里如同水火。
赵树理小说村落叙事虽然是正义必将战胜邪恶，类似于"压抑豪强"的
公案模式，但违法与护法之间的曲折，追求正义所付出的血的代价却触
目惊心。

　　以"问题小说"著称的赵树理，切切实实面对了那个时代的村
落，反反复复面临着当时的法律瓶颈。虚化法律的条文而彰显法的平
等、正义之精神，是赵树理的选择结果。在弱肉强食的生存法则中揭
露乡村地主的残暴与丑陋面孔，张扬法律的公正本义与惩罚机制，反
对压迫与歌颂抗争，便成为赵树理小说的共同特征。作家有时候执着
于摆证据、重情理来铺陈开燎原之势，有时候也对司法、审判的场面
进行特写，绘声绘色地穿插在地主与农民的斗争故事中。比如，从对
簿龙王庙公堂的民事官司开始，赵树理慢慢揭开了李家庄丑恶的一角，
正如苏联学者所言，在小说开头"地主李如珍，他的食客和一群富农
和高利贷者都坐在法官的位子审判着被告农民张铁锁"②，结尾则以公
审李如珍这一背反方式而落幕。在《福贵》最后，远走他乡的福贵临
行前把村务会当成民事法庭，洗刷了自己的污点。在下河村的村支部
会上，腐化的农会主席小昌遭到党纪的惩处，作恶善变的流氓小旦则

---

① 竹可羽：《评〈邪不压正〉和〈传家宝〉》，黄修己编：《赵树理研究资料》，第215页。
② ［苏］西维特洛夫、乌克伦节夫：《关于中国农村的小说》，金陵译，《赵树理研究文集》
（下卷），中国文联出版公司1996年版，第228页。

被震慑有成为被告之虞……

二

　　村落中法律的缺失，差不多是赵树理提出"问题"的内核，也是造成村落各种悲剧的源头。值得追问的是，在村落之间人伦与社会的既有秩序系于何处？扼杀老百姓心中天理的又究竟是什么呢？事实上，统治阶层为统治之需所制定的律典不少，但是诉诸人间正义的法律却并不多见，特别是在执行法律的过程中，它又往往被扭曲或架空。这一切可归结为"势"，即赵树理小说中屡次跃入读者眼球的"势力""势头"。什么是势？有地、有粮就是势，有势、有钱就是法。与其说问题的根源在阶级矛盾，不如说是在势的左右下脱离了法的轨道。

　　"谁给他住长工还讨得了他的便宜？反正账是由人家算啦！……说什么理？势力就是理！"《邪不压正》中借刘锡元家长工小昌之嘴，戳破了这层窗户纸。"事情实在多！三爷也是不想管，可是大家找得不行！凡是县政府管不了的事，差不多都找到三爷那里去了。"《李家庄的变迁》中借乡村地痞小喜夸耀三爷势力之口，揭开了地方权势者势压政府的内幕。以金钱、家族、土地、粮食为后盾，有"势"者当然会抢占村落里的行政权力，把持村长等位置，然后将势力嫁接在法律上。在赵树理 1940 年代的这批小说中，几乎都涉及地主抓权、占位的现象，村级政权反正把握在自己或自己人手里，为树立权势与行政执法正名。村公所便是司法所，村落的大小事务，经过村公所的审理与裁定，并不停留在口头或案卷上，而是具有法律的强制性力量。为了一棵小桑树而两次输掉官司的张铁锁，承担巨额赔偿与诉讼费用，"不讨保"还出不了庙，将失去人身自由。保释的当然是自己的亲友，但必须具保执行村公所的裁决。

　　以势为基础的类似裁断在赵树理的小说中比比皆是。在阎家山，年轻小伙取个官名被视为非法行径而遭划掉，评议村事的老汉被扫地出"村"，永远不许回来，否则以汉奸论处。更有甚者，外来户兼本地富户亲戚马凤鸣，砍了阎五坟地里伸进自己地里的荆条，本是合情合法之举，结果除永远不准砍伐之外，还杀了一口猪给阎五祭祖，又出了二百斤面叫所有的阎家人大吃一顿，罚了五百块钱。又比如在《李家庄的变迁》里，张铁锁一家被李如珍、春喜叔侄肆无忌惮地讹诈后，被告与亲友商量想倾尽身家去县里打官司，李如珍一方说不可叫铁锁们开这个端，说被一个林县草灰告过一状。第二天便设计叫"当人贩、卖寡妇、贩金丹、挑词讼"的侄子小喜装神弄鬼，以谋害村长的莫须有罪名拘捕铁锁夫妇等人，连村民受了冤枉去县上告状的路都被堵得严严实实。至于巧取豪夺、见势催粮的崔九孩（《催粮差》），陷人于高利贷苦海、差点活埋福贵的族长王老万（《福贵》），随意毒打放牛娃、想捆人就捆人的王光祖（《王二和与王继圣》），哪一个不像阎恒元一样"一手遮住天"呢？哪一个不是以法自居呢？这种自居于法的非法行为，是法外权势的恶性膨胀，是权势大于法的具体表现。

以上村落法庭是否具有合法、正义的特点，权势大于法是否有益于村落秩序呢？答案是否定的，而造成这一现象的原因却相当复杂：首先，权势的基础是金钱，权势压人导致恶势力盘踞在村民头上无"法"无天。阎锡山统治山西时，就明文规定当村长、村副分别需有不动产一千银元和五百银元。村落里地主阶层依附县上或当地反动势力，用金钱、利害来编织一张关系势力网，犹如现实生活中以沁水端氏镇贾家为中心的地主统治网一样，密不透风。比如在阎家山，阎恒元在村里摆不平的事，便钱可通神，把钱使到旧衙门里去；在南乡，二先生凭借哥哥在县财政局任局长，可以儿戏拘票，包揽诉讼。在李家庄，春喜、小喜抱住三爷、六太爷等人的粗腿，更是无人不怕；后来春喜、小喜等频繁更换主子，或是中央军，或是晋绥军，或是日军，有奶就是娘，谁得势就投靠谁，直到小说最后仍然逍遥法外。其次，地主剥削阶层的利己性、食利性与精于权术融为一体，软硬兼施，处处维护并巩固自己的地位。掌握司法审判权的地主豪绅，擅长封建统治的权术，熟悉那种世代相传的统治经验，实行的是人治，人治的背后是礼治。"所谓人治和法治之别，不在人和法这两个字上，而是在维持秩序时所用的力量，和所根据的规范的性质。"[1] 在中国乡土社

---

[1] 费孝通：《乡土中国　生育制度》，北京大学出版社1998年版，第49页。

会，就是封建传统、礼教化为"势"潜在地起作用，让底层百姓驯化。阎恒元在阎家山对老槐树底下的村民以"小"字辈和"老"字辈进行编码；李如珍呵斥刚强的铁锁等外来户"来了两三辈了还是不服教化"，捏弄手码断案，均是如此。另一方面，地主乡绅在经济上精于算计，通过高利贷、租佃关系来束缚困境中的村民。村民一旦想起来维权，地主们便来一个釜底抽薪，让经不起磕碰的人家活不下去。在黄沙沟村，放牛娃刘二和替村长王光祖放牛，吃的饭还没吃得打多，二和的爹老刘说："说什么理？咱没有找人家说理人家就找咱算账啦！有理没理且不论，这账怎么敢跟人家算呀？"比此更苛刻的还有《福贵》，福贵因为与童养媳圆房，母亲去世，万不得已借了族长王老万三十块钱，却抵给了他三间房、四亩地，还给他住过五年长工，最后仍没有抽出身来。最后，在村里最高权势者周围，往往聚集了一群帮闲者，比如在阎家山，奔走于阎家门下讨些剩菜残渣的张得贵，"跟着恒元舌头转"而乐此不疲；在李家庄，间长小毛在李如珍家里讨些烟土喝，得些烙饼等小利，助纣为虐，村里人几乎没有谁没有挨过他的毒打。

乡土社会本来就十分缺乏法律，底层民众像大黑、二妞心中仅有杀人偿命的框框一样，不知法为何物。底层百姓都是按本分生存，小农耕作的自足性也在一定程度上满足了这一要求。因此，普通村民基本上不能通过法律手段来维护自身权益。"一个文盲，在理解高深的事物方面固然有很大的限制，但文盲不一定是'理盲'、'事盲'，因而也不一定是'艺'盲。"[1] 乡村法制的滞后，让不能以法律为武器的百姓，却成为事实上的法律睁眼瞎，是"法盲"，虽然内心明白一些事理，但慑于权势不敢公然对抗，哪怕权势者失势时也不敢向前，怕自己被秋后算账。在刘家峧，村民对金旺兄弟"虽是恨得入骨，可是谁也不敢说半句话，都恐怕扳不倒他们，自己吃亏"；在阎家山，"老槐树底这些人，进了村公所，谁也不敢走到桌边"；在下河村，王聚财、安发他们的教训是"咱越怕得罪人，人家就越不怕得罪咱"。村落里的统治

---

① 赵树理：《供应群众更多、更好的文艺作品》，《赵树理全集》（第四卷），第483—484页。

者确实知己知彼，懂得怎样让自己的指令变为直接而有效的法令。譬如，李如珍主事处理春喜与铁锁二家纠纷时，弃铁锁拿出的茅厕契约这一最佳物证于不顾，一开始就偏向春喜，参加调解的陪审团明知真相，可谁也不敢做人证，名为陪审实际是李如珍独揽司法权。于是乎，风随势走，久而久之便形成习惯，依次传递，形成惯性束缚村民的思维，变不合理为合理，变不合法为合法。"一般农民，对地主阶级的压迫、剥削尽管有极其浓厚的反抗思想，可是对久已形成的文化、制度、风俗、习惯，又多是习以为常的，有的甚而是拥护的。"① 被捆人也就被捆了，被讹诈了就被讹诈了，有村户倾家荡产就倾家荡产了，甚至于村民被逼上吊、被无形虐杀，都风平浪静，无损于权势者一毛。穷苦百姓幻想以法维权，改变此一格局，便只剩下靠自己一途了。但穷人队伍中偶尔冒出一个人物，随时有可能被拉入权势者行列，蔚蓝天空的缺口马上就会闭合。这样，没有外来巨大力量的冲击，在自然村落同此凉热，这一格局便不会破局，也绝对不会变天。

三

　　权势大于法，成为当时大小村落的恶性肿瘤，吞噬着一个个灰暗的生命。但可喜的是，在赵树理每篇小说的后半部分，都终结了权势大于法的惯性运行，法外权势的衰落与去"势"成为一种理想蓝图。金旺兴旺兄弟在刘家峧"好像铁桶江山"最后烟消云散了；在阎家山当阎喜富的村长被撤差时，李有才喻之为"这饭碗是铁箍箍住了"的局面也破局了；在李家庄，恶人尽除，保卫胜利果实风起云涌……既有格局的纷纷解体，说明法外权势开始土崩瓦解，走向衰亡。

　　在贯彻执行土地法的农村工作中，赵树理主张"谁也不能有法外的特别权利"②。只有剥离"法外"的特别权利，千百年来的旧有机制才会失灵，地主与村长合二为一的权势才可能真正终结。形象地说，也就是正面回答了张铁锁之问——张铁锁外出到太原做工碰到共产党

---

　　① 赵树理：《随〈下乡集〉寄给农村读者》，《赵树理全集》（第六卷），第164页。

　　② 赵树理：《谁也不能有特权》，《赵树理全集》（第三卷），第245页。

员小常，是这样焦急地带出自己的疑惑："我有这么些事不明白：李如珍怎么能永远不倒？三爷那样胡行怎么除不办罪还能作官？小喜春喜那些人怎么永远吃得开？别人卖料子要杀头，五爷公馆怎么没关系？土匪头子来了怎么也没人捉还要当上等客人看待？师长怎么能去拉土匪？……"回答并解决张铁锁这些看不透世界的问题，需要借助新的政治力量——边区政府——以便合法性地为民作主、替民申冤，无情打击着法外的权势，为重建公平、正义与和谐的村落新秩序而努力。

共产党领导的边区政府有力介入，打破了千百年来势大于法的局面。边区各级政府，以及驻村蹲点的外派干部，以人民政府的纯洁性和工作人员的党性，通过新的法律与人民法庭为底层百姓撑腰打气，维护了村民的利益和权利。在《抗日根据地的打官司》散文中，赵树理以王老汉的经历介绍了新旧政府的司法情形，不论是写状、出差、过堂、下判决、诉费分担等都判若云泥。在小说中，自然更加生动而丰富，比如《李有才板话》中，阎恒元逐渐玩不转了，尽管绞尽脑汁，但仍然险象环生。关键的原因在于新政府不比旧衙门，有钱也使不进去，只能干着急。结果是"老恒元，泄了气，/退租退款又退地。/刘广聚，大舞弊，/犯了罪，没人替"。与阎家山相比，李家庄本来是一潭死水，但张铁锁被逼得走投无路时碰到了小常，遇到了主张抗日的牺盟会同志，有了新的信心与力量。尽管小常后来被活埋，但千个小常已成长起来了。在小二黑家乡，区政府先扣押犯法的金旺兄弟，再派人到村调查其犯罪事实，最终判案除赔偿经济损失外均处十五年徒刑。小二黑和于小芹也喜结连理，他们"成了太行山农民反对封建思想，追求自由幸福婚姻的化身了"。[①] 在下河村，当小旦、小昌胁迫逼婚软英之际，上级派来了工作团，调查村干部贪腐案件，村政所在地刘家前院成了村民真正说理的地方。

边区政府是行政机关，其颁布的政策便是法律，新政合法性地压过了旧势，如婚姻条例，如土地法令，如减租清债指示，如反奸反霸政策，都逐渐进入寻常百姓家，新的法治精神与气象开始在偏远闭塞

---

① 苗培时：《〈小二黑结婚〉在太行山》，《北京日报》1957年5月23日。

的广大村落出现，村落里年轻的庄户人开始有了法的意识，尝试以法律为武器进行生死抗争。旁观的村民们有幸能听到成长的年轻农民、身边的小人物对"犯法与否"的直接表述。自己犯法与否，执政者犯法与否，成为一个十分尖锐对立的问题。小二黑与他的父辈相比，已不再跪地磕头，竟能反问兴旺"无故捆人犯法不犯"的话来。当区上派来的助理员到刘家峧调查案情时，村民一共呈供出了五六十款违法事例。老杨同志领导群众斗争阎恒元时，鼓动民众"现在的政府可不像从前的衙门，不论他是多么厉害的人，犯了法都敢治他的罪!"阎家山村民一旦吃了这颗定心丸，也就不怕事了，声讨阎恒元的群众大会开了两天，阎恒元的违法证据堆积如山，足够做成铁案。乡村丫头软英"谁不怕得罪我，我就不怕得罪他"，当她明白男子要到十七岁才能订婚，将计就计化解小昌家的逼婚。此外如小顺、聚宝、冷元、孟祥英、福贵、刘二和、金桂诸位，一旦掌握了法律，有法可依，也就无畏于各种旧势力了。

　　暴力叙事出现，最终让人民之法与旧有之势的冲突达到顶点，让村民所受冤屈的宣泄达到最高潮。剥夺势大于法的丑恶现象，不是挪动一张桌子那般容易，如以血腥情节而论，典型的是在下河村、刘家峧与李家庄，死的人越来越多。譬如李如珍折腾几年之后，李家庄剩下的村民都不到一半了，光是有证可查死于其手的村民便达四十二人。当李家庄的村民再次翻身作主时，全村最大的一件事就是如何让李如珍伏法，缉拿李如珍以及他的帮凶小毛后，县长把司法审判挪到现场办公："龙王庙的拜亭上设起了公堂，县长坐了正位，村里公举了十个代表陪审。公举了白狗和王安福老汉代表全村作控告人，村里的全体民众站在庙院里旁听。"当公审县长判定李如珍已够死罪时，村里人一拥而上，不一会已活活把他打死。随后，有这样几句话：

　　　　庙里又像才开审时候那个样子了。县长道："你们再不要亲自动手了!本来这两个人都够判死罪了，你们许他们悔过，才能叫他们悔;实在要要求枪毙，我也只好执行，大家千万不要亲自动手。现在的法律，再大的罪也只是个枪决;那样活活打死，就太，太不文明了。"王安福道："县长！他们当日在庙里杀人时候，比这残忍得多——有剜眼的，有剁手的，有剥皮的……我都差一点叫人家这样杀了！"县长道："那是他们，我们不学他们那样子！"

代表黑恶势力的村霸终结于自己之手，附带民事赔偿又让村民经济上翻了身，李家庄重见青日。李家庄的天是明朗的天，李家庄的人扬眉吐气，换来了崭新的村落面貌，后来屡经战乱、自然灾害，再也没有垮掉过。

四

伴随着法外权势的衰败与失落，新的村落秩序重建也悄然开始了自己的使命。建立一个什么样的村落新秩序，能否顺利建立起来，赵树理以一个农民作家的朴实与深刻，给出了自己的答案。

只有组织起来，才能建立一个新的村落世界。为了打倒一贯反动的地主，要组织起来；为了防止坏人钻空子，也要组织起来。组织是有力量的，阎家山一开始是在李有才的窑洞里自发组织起来，后来又是在老杨的帮助下自觉地组织农会，彻底改写了阎家山的历史。在太原，小常教给张铁锁的方法也是组织起来，这是年轻者的世界，也是抗争者的世界。组织起来力量才能大，最为直接而重要的当然是公正、合法的村政权之建立。但是，村政权要握在正直、吃苦人身上，这似乎要有两个必要条件，一要有头脑，二要有素质，按今天的话来说，便是德才兼备。"只有多数的正派人都被发动起来、组织起来，都有了民主权利，有了组织力量，那才能有效。"[1] 村落的新秩序才能有勃勃生机，新的村风村貌才会真正实现。

赵树理的小说结尾以大团圆式告终，贡献之一是新的、合法的村政权出来了，导致法外权势的衰落，以及村落秩序的重建。但如何重建，重建得怎么样，赵树理的独特之处是仍在观望与犹豫，潜在写出

---

① 赵树理：《发动贫雇要靠民主》，《赵树理全集》（第三卷），第253页。

了村落秩序重建的艰难与曲折。第一，基层政权不纯的问题，当时就被阶级斗争的主题遮蔽了。周扬晚年承认了这一点："赵树理在作品中描绘了农村基层党组织的严重不纯，描绘了有些基层干部是混入党内的坏分子，是化装的地主恶霸。这是赵树理同志深入生活的发现，表现了一个作家的卓见和勇敢。而我的文章却没有着重指出这点，是一个不足之处。"① 从"小字辈"走出来的小元，本来是槐树底下出身，没有花费几天工夫，一身制服一支水笔就被团弄住，"借着一点小势头就来压迫旧日的患难朋友"；反抗刘锡元的长工小旦，当农会主席后也不亚于刘锡元。小元有头脑、能干，但无德；二长工小昌，刚刚当上农会主席，就私欲膨胀，其妻儿得势后在跟邻居安发一家争吵时也曾显出蛛丝马迹。可见，农民一旦掌权，能执行法律，就很容易沾染封建特权思想而腐化变质，换上自己当官做老爷。还好，让人放心的是，这批小说中政府派出的工作干部都没有大的问题，基本上定格于传统的清官形象，虽然个别干部有工作不深入之嫌。不过，我们不能把赵树理的乐观当成自己的乐观，新的村政权干部、各级地方政府工作人员假如也像赵树理笔下埋葬的反动人物一样，村落秩序的重建之路就会变得更加不可捉摸，具有未确定性。联系五六十年代赵树理执着于新的"问题"，像赵树理这样本色的农民作家，也许还刚刚感受到法律的温情，把一只脚伸进官场文学的大门。第二，传统的礼治糟粕，不可能一下子就剔除干净，社会仍长期处于过渡阶段之中。赵树理小说在中间部分一般会写到这一点，如黄沙沟翻身的老刘们也"只展了展腿"，如刘家峧、阎家山、李家庄的看客群体，依然暮气沉沉，如瞧不起穷人的老驴、老秦们，仍然数量不少。

　　赵树理四十年代末说到宣传工作时有一个估计，"我们的宣传工作，从上下级的关系看来，好像一系列用沙土做成的水渠，越到下边水越细，中央的意图与村支部的了解对得上头的地方太细了……封建思想之海的农村，近十余年来只是冲淡了一点，尚须花很大的气力才能使它根

---

① 周扬：《赵树理文集序》，《赵树理文集》（第一卷），工人出版社 1980 年版，第 2 页。

本变转了颜色"。① 是的，从宣传工作扩展开去，乡村法外权势的衰退与失落，并不能一劳永逸地予以解决，赵树理小说式的打黑除恶、重建法治之路，以及村落秩序的重建，仍然十分美好而艰难，光明而曲折。

原载《文学评论》2012 年第 6 期

---

① 赵树理：《致周扬》，《赵树理全集》（第三卷），第 327—328 页。

《新青年》前期国家文化的建构与
新文学的发生

王永祥

内容提要：《新青年》前期的国家文化建构一改主导民初思想界的国权主义思想潮流。新文化倡导者对现代国家的性质、个人与国家的关系、个体的权利与自由、现代文化生产空间的内涵以及礼法分离后个体的道德实践与现代生活做出全面的阐释。正是在建构国家文化的整体性诉求中，文学革命的倡导者在国家文化表意系统的转换中确立新文学产生与发展的正统地位，从而促发了中国文学表意系统的深刻转换，无论是从文学形式的变革还是从文学精神的确立上，赋予新文学建构中国现代文化与文学的深刻内涵。

一

民国建立之初，国权主义思想是主导。辛亥革命的成功，很大程度上是革命派的仓促行动点燃了对清政府不满的导火线，革命派联合地方势力迫使清帝逊位，中华民国在南北议和的基础上成立。整个国家的建构无论是意识形态的确立，还是政治体制的运作，都缺乏稳定的基础。革命之后如何建设民国、国家权力如何运作，成为各派势力论争的焦点。当时地方势力倾向于建立联邦体制，"言论界颇有主张联邦说者"①，江苏、浙江、山东、湖北等省则公开要求建立联邦制政

---

① 伧父：《中华民国之前途》，《东方杂志》1912 年第 8 卷第 10 号。

府，以弱化中央政府权力，增强省的自治权①。但是面对分裂倾向，无论是革命派还是立宪派、以及袁世凯势力，都反对地方分裂，强调国家集权的重要，认为只有建立强固政府，才能实现国家的富强统一与个人的独立自由，如蔡锷在统一共和党云南支部会议上就阐述了这样的思想：

> 天赋人权之说，只能有效于强国之人民，吾侪焉得而享受之。故欲谋人民之自由，须先谋国家之自由；欲谋个人之平等，须先谋国家之平等。国权为拥护人权之保障。故吾党主义，勿徒鹜共和之虚名，长国民凌嚚无秩序之风，反令国家衰弱也。苟国家能跻于强盛之林，得与各大国齐驱并驾，虽牺牲一部（分）之利益，忍受暂时之痛苦，亦所非恤。国权大张，何患人权之不伸。②

其他各党派在集权强国上有一致的共识："非特进步、民主、共和诸党同倡中央集权主义，即素以民党自命之国民党，其大多数亦莫不晓然于为国乃为民之意，而欣然和之。"③面对国家日趋分裂、列强侵略加剧的局面，如俄国鼓动蒙古独立，英国鼓动西藏分裂。再加上中国国家文化中大一统思想的影响，各派势力都渴望通过加强中央权力而实现社会稳定，并把国家引入和平建设中。

但这种国权主义思想，随着袁世凯的称帝活动日趋明显，逐渐暴露出其借国家统一为幌子而行专制独裁的真面目。经过二次革命，1914年1月，国会被解散，国民党想以政党内阁限制袁世凯的策略彻底失败，而进步党想借助袁世凯以打击国民党激进势力，并想把袁世凯带上宪政轨道的努力也宣告失败。特别是在袁世凯支持的"筹安会"等一帮御用文人的鼓动下，以共和国体不适应中国、民智低下难

---

① 参见胡春惠《民初的地方主义与联省自治》，（台北）正中书局1983年版，第117—126页。

② 蔡锷：《在统一共和党云南支部会议上的演讲》（1912年），毛注青等编《蔡锷集》，湖南人民出版社1983年版，第237页。

③ 曼公：《大统一论》，《新中华》1915年第1卷第1号。

以实行民主共和为由，为袁世凯的独裁统治造势。在袁世凯主导的《中华民国约法》中，袁世凯就以"救国但出于至诚，毁誉实不敢计及"为由，对《中华民国临时约法》大加修改，"凡可以掣行政之肘……皆予删除。凡可以为行政之助者……悉予增加"①。其后又是张勋复辟，人们终于看到辛亥革命所建立的民国形式虽新，但思想照旧的残酷事实。康有为曾不无尖刻地批评道："名为共和，而实为共争共乱，日称博爱，而益事残贼虐杀，口唱平等，而贵族之阶级暗增，高谈自由，而小民之压困日甚，不过与多数暴民以恣睢放荡，破法律，弃礼教而已。"②

　　面对残酷的现实，曾经为共和国付出极大心血的各派力量并不甘心革命的失败，他们重新寻找变革现实的思路。整个社会开始反思民初宪政实践失败的原因，政治革命背后思想和社会革命准备不足的弊端开始成为人们思考的重心。除了以孙中山为代表的革命派继续坚持武装斗争外，很多人开始转向社会改造，谋求在思想文化领域实现变革并为政治改造打下社会基础。"向之以政治改造为唯一之希望者，今则以改造社会为唯一之鹄的矣。"③ 对这一转变的反思最为沉痛而深刻的当属著名记者黄远庸："以外势之急，满政之昏，安得而不致革命"；"以民国之无根底"，"则革命之后，安得有善果"。④ "民国无根"可以说不止是表现在穷乡僻壤的乡村，如鲁迅小说《风波》《阿Q正传》中所表现的，辛亥革命无非是汉人又坐"龙庭"，民众见到长官还是像阿Q一样双腿不由自主地跪下去。像钱玄同这样的高级知识分子，也认为辛亥革命是将满人赶走，恢复中华国粹的种族革命。民元后专门写过一篇《深衣冠服考》，考证《礼记》中的朝祭之服，并仿制一套穿在身上，配以古冠，以为"汉冠威仪"，因此才有他后

---

　　① 白蕉：《袁世凯与中华民国》，荣孟源主编《近代稗海》（3），四川人民出版社1985年版，第94—95页。

　　② 康有为：《复教育部书》，汤志钧编《康有为政论集》（下册），中华书局1981年版，第862页。

　　③ 伧父：《命运说》，《东方杂志》1915年第12卷第7号。

　　④ 黄远庸：《黄远生遗著》卷1，上海书店出版社1990年版，第137页。

来对自己民国初期思想的反思："曾经提倡保存国粹，写过黄帝纪元，孔子纪元；主张穿斜领古衣"，"发昏做梦者整整十八年，自洪宪纪元，始如一个响霹雳震醒迷梦，始知国粹之万不可保存"①。李大钊也有类似的反思："我总觉得中国圣人与皇帝有些关系。洪宪皇帝出现以前，先有尊孔祭天的事；南海圣人与辫子大帅同时来京，就发生皇帝回任的事。"② 那么必须重新为共和国"立根"，这个根必须深深扎在社会的深处，才能保证民主共和的理想不随社会形势的恶化而死亡。

可以说民初政治实践的失败，首先是人民并不清楚民国的建立到底意味着什么，和自己有怎样的关系，这样一种新的政治体制需要什么样的思想文化作为基础。1917 年陈独秀曾在北京"神州学会"的演讲中这样描述和反思当时的社会现实："袁氏病殁，帝制取消……我们中国多数国民口里虽然不是反对共和，脑子里实在装满了帝制时代的旧思想，欧美社会国家的文明制度，连影儿也没有"，因此他才有办杂志来洗刷人心的社会改造行动，"所以我们要诚心巩固共和国体，非将这班反对共和的伦理文学等等旧思想，完全洗刷得干干净净不可。否则不但共和政治不能进行，就是这块共和招牌，也是挂不住的"③。陈独秀创办《青年杂志》，首先针对新的群体——新青年——灌输属于民主共和国真正的立国精神，通过报纸杂志，在社会上掀起一场思想革命，补政治革命的不足。坚信只要共和精神在国民心理中不灭，共和国家就不会灭亡："可知立国精神，端在人民心理。……吾辈青年责任，在发扬立国之精神，固当急起直追，毋以政治变迁而顿生挫折，令吾人最贵之精神，转役于曲折循环之时势，而为其奴隶焉，则庶几欤！"④ 热心政治活动的梁启超，也在 1915 年初，表示要不谈政治，认识到"政治之基础恒在社会"，发愿由政治改造转向人的改造：

---

① 钱玄同：《通信·致陈大齐》，《新青年》1918 年第 5 卷第 6 号。
② 李大钊：《圣人与皇帝》，《李大钊文集》（下），人民出版社 1984 年版，第 95 页。
③ 陈独秀：《旧思想与国体问题》，《新青年》1917 年第 3 卷第 3 号。
④ 高一涵：《共和国家与青年之自觉》（二），《青年杂志》1915 年第 1 卷第 2 号。

"吾思之，吾重思之，吾犹有一莫大之天职焉。夫吾固人也，吾将讲求人之所以为人者而与吾人商榷之。吾固中国国民也，吾将讲求国民之所以为国民者而与吾民商榷之。"① 而 1917 年夏从美国学成归国的青年胡适，恰逢张勋复辟闹剧上演，即有了这样的感受和志向："到了上海，看了出版界的孤陋，教育界的沉寂，我方才知道张勋的复辟乃是极自然的现象。我方才打定二十年不谈政治的决心，要想在思想文艺上替中国政治建筑一个革新的基础。"② 整个社会的思想文化开始出现转型，《青年杂志》的创办恰逢在思想危机的关键时刻，引导变革的新方向，而新文学正是在国家文化的重新建构中浮出历史地表。

二

中国传统观念中没有民族国家这一概念，儒家意识形态所强调的是天下观，国家和天下是不同的，顾炎武对此概括得非常准确："有亡国，有亡天下。亡国与亡天下奚辨？曰易姓改号，谓之亡国；仁义充塞，而至于率兽食人，人将相食，谓之亡天下。"③ 人们对政治空间的接受以是否涵盖儒家意识形态为标准，因此夷夏之辨就是人们认识不同族群的根据。近代中国被西方的坚船利炮打开国门，面对一个陌生的世界秩序，人们不知如何应对，从用"夷""万国""列强"到"世界"来指称西方的概念变化中，标志着中国对自身所处的世界秩序的理解和对民族国家观念的接受。辛亥革命猝然成功，要人们一下接受西方经过漫长历史演变所形成的民主共和国家观念，显然不现实。陈独秀创办《青年杂志》，以实现对青年群体的政治启蒙，为建立民族国家而推行民主共和的目的与意义，首先必须进行学理阐释：即我们为什么要建立一个这样的国家，这样的国家和每个人有什么样

---

① 梁启超：《吾今后所以报国者》，《饮冰室合集·文集之三十三》，中华书局 1989 年影印本，第 53、54 页。

② 胡适：《我的歧路》，《胡适文存》第 2 集卷 3，亚东图书馆 1925 年版，第 96 页。

③ 顾炎武：《日知录集释·正始》（卷十三），黄汝成集释，栾保群、吕宗力校点，上海古籍出版社 2006 年版，第 756 页。

的关联？

《青年杂志》创办的时候，正值"一战"爆发，国与国之间激烈的军事残杀，让人们意识到现代民族国家之间实力竞争的残酷性。刘叔雅认为，从星云到地球的形成，再到人类社会的出现，其背后的动力是普遍存在于世界的"求生意志"，"盖众生由求生意志而生，互争其所需之空间、时间、物质，而竟存争生之事遂起。……国家者，求生意志所构成"。但是因为专制束缚以及人们短浅的目光，并未意识到国家所具有的军国主义性质。更为严重的是，国家作为求生意志的结合体，本当将每个人的求生意志激发起来合成一个整体，但中国当时面临的问题是，从政治体制到道德意识，对个人的求生意志构成了严重的压抑。刘叔雅以德国的强盛及日本的变法图强证明求生意志并不以种族为决定前提，而是普遍存在于人性中的本源力量，"不知好战乃人类之本性，进取实立国之原则。……本能纵麻痹于一时，决非泪灭已尽"①。只要解除了束缚在人们身上的专制压迫，发扬国民的求生意识，强国梦想则可实现。

显然刘叔雅以生存意志为出发点的国家建构思路是较为简单的，但其中却包含着当时国家文化建构的重要思路，即如何形成一个有效的国家体制，将国民的自由创造力发挥出来建设强大的民族国家。近代中国要完成从传统到现代的转化，必须完成这样两大目标：一是将个体从专制体制下解放出来，在社会层面实现民主自由以激发个人的创造力；二是完成民族国家的建构，在国族竞争中实现国家的独立富强。梁启超早在戊戌变法失败后就曾这样概括这两大目标："其在于本国也，人之独立，其在于世界，国之独立。"② 但是民初的国权主义显然将侧重点放在了国家权力的集中上，结果民主共和国刚建立不久即被旧势力拖入皇权复辟的泥潭。那么如何调整个人独立与国家富强之间的关系，就是当时人们思考的核心问题。

---

① 刘叔雅：《军国主义》，《新青年》1916 年第 2 卷第 3 号。

② 梁启超：《国家思想变迁异同论》（1901 年 10 月），李华兴、吴嘉勋编：《梁启超选集》，上海人民出版社 1984 年版，第 191 页。

　　高一涵是在《新青年》前两卷中发表文章最多的人，也是《新青年》同人中阐释国家文化建构最具学理性的一位。高一涵1913年入日本东京明治大学政治经济科学习，1916年7月毕业，获政治学士学位。在日本时与章士钊、李大钊、陈独秀等交往密切，"留学异邦，频遭激刺。……每日课余，必检读此邦新闻三数种。凡记载之关吾国事者，必尽览而不遗"①。此时的日本已经基本完成明治维新的现代转型，一跃而成与西方列强并峙的强国，趁"一战"爆发列强无暇东顾的时机，侵占青岛，向袁世凯政府提出"二十一条"。同样是在西方列强的压迫下开启现代转型的东亚国家，日本却远远超出中国，强烈的对比使得高一涵思考如何将中国建设成一个现代强国，早在1914年《甲寅》上发表《民福》一文时，就已初步提出了自己的现代国家理念。鉴于日本的快速强盛，从晚清新政的预备立宪到袁世凯的集权专制，中国一直在借鉴日本模式，试图效法日本的中央集权模式来完成现代转型，但在中日两国却有不同的结果。日本以天皇的集权建国消灭了幕藩割据对发展资本主义政治经济的影响。而中国要完成的却是如何将集权专制下的个体解放出来完成现代转型。高一涵在《新青年》前期所阐释的国家文化建构思想，正是基于中日不同的东亚经验对现代国家文化的建构阐释，并由此赋予了中国新文化不同于日本的品格和使命。

　　高一涵首先认为国家是人类创造发明的人造物，是人本身意志和目的的体现。那么高一涵在追问国家存在的目的和意义的时候，并不是像刘叔雅一样，从国家的强盛为出发点，而是基于个体的自由和幸福，国家强盛是人本身强健的结果而非目的，"所建者国家，而所以建者则为人生自身之问题。故国家蕲向，即与人生之蕲向同归"。国家不仅是个人希望和意志的体现，形成之后，其职责就是帮助个人实现各自的人生追求，"盖国家为人类所部勒，利用之为求人生归宿之资，其职务之均配，必视所建设者当时之缺憾所在，合为群力，以弥缝而补救之也"。而且从根本意义上讲，个人可以脱离国家，而国家

---

①　高一涵：《读梁任公革命相续之原理论》，《青年杂志》1915年第1卷第4号。

则不能脱离个人,"然则国家为人而设,非人为国家而生,离外国家,尚得为人类;离外人类,则无所谓国家"①。因此在高一涵的国家文化建构思想中,首先从根本上廓清了近代以来效法日本建构国家文化的思想误区,个人不是为国家的成立而存活的,国家是为了保护和发扬人的价值而设立的。

近代国家的形成,是人民基于自觉的个人权利意识,在契约的基础上建立国家,"夫立国之始,必基于人民之自觉。且具有契合一致之感情、意志,居中以为之主,制作典章制度,以表识而显扬之,国家乃于是立"。基于国民意志在契约精神下建立的国家还只是抽象意义上的国家,与国家观念相伴而生的是发挥国家职能的政府机关的建立,"故国家本体,亦抽象而无成形,非凭一机关,则不克行其职务,此机关之设,必与国家同时并生"。但体现国家本体的政府一旦建立,在"执行国家之职务"时,"其势常易于攘国家权力,据为己有也"。为了防止国权对个人权利的侵害,必须以宪法悬置于国家之上。这样以"人民总意"形成宪法,国家权利来自宪法,政府执行国家意志。"人民总意"、宪法、政府就形成了国家的整体,其间关系是:"政府之设,在国家宪法之下;国家之起,见于人民总意之中。政府施设,认为违反国家意思时,得由人民总意改毁之,别设一适合于国家意思之政府,以执行国家职务。政府之权力,乃畀托而非固有。固有之主,厥惟人民,是之谓人民主权(popular sovereignty)。"② 在人民、国家、政府三者之中,人民是核心,国家和政府的权利都是本源于人民的意志。因此建立现代国家的关键,在于国民具有明确的权利意识。

可以说正是在建构国家文化的整体性视野中,《新青年》才建立了具有法权意义上的个体权利自主的个人主义观念。在中国传统文化资源中,没有个体权利自主的观念,个体只是家族、国家的依附性存在。借鉴欧美宪政思想,重新界定个体和国家不同的职责和权限,在古代和现代的区分中,《新青年》同人认识到个人自由的法权内涵:

---

① 高一涵:《国家非人生之归宿》,《青年杂志》1915 年第 1 卷第 4 号。
② 高一涵:《民约与邦本》,《青年杂志》1915 年第 1 卷第 3 号。

"自由有表里两面，自消极方面言之，为不羁；而自积极方面言之，
为权利。自由思想即权利思想，由人格主义而来，人格者即法律上能
享权利尽义务之主体也。"① 这种在国家文化的整体视野中所建构的
"自由思想即权利思想"的个人主义观念，正是《新青年》中最富学
理性的个人主义思想，这一个人主义思想显然和学界以往所侧重的陈
独秀、鲁迅、胡适、周作人等人所建构的个人主义思想不同。鲁迅的
个人主义思想，是在破除国人对西方文明中"物质"与"众数"的迷
信中建构的，认为学习"物质"与"众数"所代表的科技与政治文明
并不能触及西方文明的根底。在鲁迅看来，真正能产生这些文明的根
源在个人，即承传于拜伦至尼采的"摩罗诗人"和"新神思宗徒"。
这两派力量在反抗专制政治和理性文明对感性实存的扼杀中，注重人
的"心声"和"内曜"②，提出"掊物质而张灵明，任个人而排众数"③，
个人应该做到"惟声发自心，朕归于我"，"天下皆唱而不与之和"，
实现"人各有己"的个人主义"④，才能将个人的创造力发挥出来，推
动中国文化的变革，并实现民族的独立强盛。显然鲁迅的个人主义更
具有文学性和哲学意味，显得深刻而和自己所处的时代拉大了思想距
离。而陈独秀的个人主义在传统和现代二元对立的思路中以批评性的
议论来建构，显得空泛而缺乏现实针对性。其后周作人的《人的文
学》和胡适的《易卜生主义》是在世界主义的视野中，在人类性和个
人性、神性和兽性的对立统一中确立个人主义，并不是在政治权利和
法律权限中建构个人自主的权利正当性，其个人主义的建构更多体现
在对理想人性的文学想象，虽然这种想象对现实批判有很大的号召力，
但因缺乏对个人自由权利正当性的来源论证，因而在和现实的对接上
表现出很大的悬浮性。

　　高一涵在国家文化建构的整体性视野中，以政法思想来建构个人

---

① 光升：《中国国民性及其弱点》，《新青年》1917 年第 2 卷第 6 号。

② 鲁迅：《破恶声论》，《鲁迅全集·集外集拾遗补编》，人民文学出版社 2005 年版，第 25 页。

③ 鲁迅：《文化偏至论》，《鲁迅全集·坟》，人民文学出版社 2005 年版，第 47 页。

④ 鲁迅：《破恶声论》，《鲁迅全集·集外集拾遗补编》，人民文学出版社 2005 年版，第 25—
26 页。

主义观念，这一思路在《新青年》倡导的新文化变革中具有非常重要的价值，因为只有在政法意义上确立个人权利的正当性，个人主义才能落到实处。显然这样一种个人主义不是文学性的想象所能完成的，但却对新文学中个人主义的表现具有非常深远的学理性影响。

既然国家的立国之本在个体，如何将个体的自由创造力在国家文化的建构中激发并持续发展，就成为高一涵国家文化建构的核心。高一涵认为个人的自由创造性从本源来讲，是天赋于人的内在本性中的，"不佞以为，道德为人心之标准，本心之物，惟有还证自心，以求直觉，则所谓求之天性是已。所谓天性，乃得诸宣降之自然"。这一点高一涵和刘叔雅是相一致的，只不过刘叔雅强调的是人性中的生存意志，高一涵则强调的是自由创造性。在个人自由权利的建构中，高一涵首先廓清了专制制度对人的压制与束缚的非正义性："顾王由天亶，故道德渊源，亦由天出。于是有天命、天罚、天幸之词见焉。"不论是神权政治还是圣王政治，都是剥夺个体独立自由的合理性，用外在权威压制个人，所谓"惩忿窒欲"，就是压制和剥夺人的自由意志和反抗能力："专制之朝，多取消极道德，以弃智黜聪，为臣民之本。……故往古道德之训，不佞敢断言，其多负而寡正，有消积（极）而少积极者。"那么根源于人本性的独立意志和巨大创造力如何实现呢？从个人层面来讲，个体首先要对自我本性中的自由意志有高度的生命自觉，"道德之基，既根于天性，不受一群习惯所拘，不为宗教势力所囿矣。顾启沦之机，将谁是赖？则自由尚焉"。一旦自觉到人本身的自由本性，那么遵从这样的自由本性就是个人对自己和国家的最大道德，反之压制个性，不发扬自己的生命意志力，依违于他人和习俗，则是最大的不道德；从国家层面来讲，就是保护个人自由："定自由之范围，建自由之境界，而又为之保护其享受自由之乐，皆国家之责。"有了个人对自由的自觉和国家对自由的保护，整个国家文化将会形成一种自由平等的竞争态势："以尊重一己之心，推而施诸人人，以养成互相尊重自由权利之习惯，此谓之平等的自由也。"①

---

① 高一涵：《共和国家与青年之自觉》（一），《青年杂志》1915 年第 1 卷第 1 号。

在落实个人自由权利的过程中实现自利和利他相统一的个人主义。

在以个人主义完善自我人格和幸福的过程中，国家始终是辅助的，必须反对以慈惠和牺牲为借口而对个人独立性的损害。慈惠主义表现在个人放弃对自我幸福的追求，而让别人以施舍和恩惠来实现个人幸福，首先是违背了独立人格所设定的道德价值："人生幸福，首贵自谋，呼蹴而与，乞人不屑，奚况其他。故保重人格之道，第一即在有自求幸福之能力。"其次，既然个人幸福是自我能力和自由的证明，那么必须以此为出发点夺回立法权："近世立法之权，所以操之群众者，亦以吾人一群之苦乐，惟吾人本身自感自觉自享自受之耳。"如果立法权在别人手中，则"是故望他人体量吾身之苦乐，任其代定标准者，是奴隶牛马之事，非人类之事也。……近世深爱自由幸福之民族，所以断脰焚身以争民政而踣专制，收回立法之大权者，其用心正在此耳"。因此国家和法律的根本目的，不是替代个体来订立幸福的准则，而是保护和激励人们获得自我幸福的能力："故国家职务，即在调和群类，拥护机宜，俾人各于法律范围之中，谋得其相当之幸福而已。幸福之求，专恃人民之自觉自动，国家之责，惟在鼓舞其发越之机，振兴夫激扬之路。"[1] 与慈善主义相对应的，则是牺牲主义。奉行此种主义的人，打着国家的旗号，强调牺牲和奉献，这种片面的道德，既违背人生而求幸福的本性，"使我尽受勤劳之苦，而勤劳结果之乐，乃尽让他人享之"[2]。更为严重的是这种不合理的道德，易导致国家万能主义，并导致专制的复活："多宗数千年前之古义，而以损己利国为主。……人生离外国家，绝无毫黍之价值。国家行为茫然无限制之标准，小己对于国家绝无并立之资格，而国家万能主义，实为此种思想所酿成。"[3]

高一涵在国家职能与个人发展、政权权限与个人自由的关系中确立个人独立自由的合法性，那么具有自由权利的个人是如何将自己的

---

[1]　高一涵：《乐利主义与人生》，《新青年》1916 年第 2 卷第 1 号。

[2]　高一涵：《共和国家与青年之自觉》（二），《青年杂志》1915 年第 1 卷第 2 号。

[3]　高一涵：《国家非人生之归宿》，《青年杂志》1915 年第 1 卷第 4 号。

创造力与国家联系起来的？高一涵认为独立自由的个人是通过舆论和国家结合成为一个整体。民国建立之初，各政党纷纷建立自己的报刊，但这些报刊舆论往往沦落为各党派指摘攻击对方的工具，并未能成为表达民意与发挥自由创造精神的喉舌。舆论在整个国家体制中，并不是工具性的存在，是共和国的立国之本。"执行国家意思，为政府之责；而发表国家意思，则为人民之任"，舆论即是"人民总意"的体现，也是人民对国家应尽的职责。舆论不必纠缠于对错，而在于是否有独立见解、是否遵从个人真实的心声。只有这样的舆论，才能"以独立之见相呼，必有他人以独立之见相应。相应不已，而舆论成焉。舆论在共和国家，实为指道政府、引诱社会之具"①。通过媒体，人民以舆论的方式结合为一个整体，在舆论的上通下达中，人民的智慧和力量就变成了国家的智慧和力量。由此在个人与国家相统一的层次上确立个人言说的合法性。

　　在高一涵的国家文化建构的整体框架中，有三个政治要素："国民总意"、政府、国家。三者中以"国民总意"为核心，所谓"国民总意"即是指个人自由创造精神的汇聚。"国民总意"体现在个体上，即表现为这样的三个方面：自由、权力、舆论。自由是人性中的本源性力量，这种力量被专制神权和王权压迫束缚在人性深处，在历史演进中形成了依附性的被动道德。在现代国家文化中，必须重新通过启蒙，让人民意识到个体的自由本性，只有自由本性被激发，国民的创造力才能发挥出来。但人民的自由在现实中必须获得权利保证，如何保证人民的权利不受破坏和压制，则是政府的职责。政府必须依据法律的形式赋予人民权利。人民以舆论的形式表达自由创造力，并通过舆论将这种力量注入政府的管理体制中，这样人民和政府在互动中就获得了高度的统一，国家成为全体国民自由意志和创造力的结合体，从而实现个体自由与国家富强的双重目的。因此在《新青年》前期探讨立国之本的思路中，建构出了现代宪政意义上的具有法律权利的个人主义，其意义正如李新宇先生评价高一涵国家理念时所言："他把

---

① 高一涵：《共和国家与青年之自觉》（一），《青年杂志》1915 年第 1 卷第 1 号。

'自由'、'民主'、'个人'放到自由主义的国家政治理论中论说，表达了一系列比较准确的见解，……从这个意义上说，是高一涵的文章为《新青年》集团弥补了诸多不足，也使新文化运动具有了坚实的学理基础，而且留下了更经得起时间检验的价值。"①

在影响新文学发生的社会思潮中，个人主义思想和新文学的发生关系最为密切，新文学之所以新，就在于以新的眼光发现了个人，并重新确立个人与社会、国家的关系，即郁达夫所言的"五四运动的最大的成功，第一要算'个人'的发见"。在"人性的解放"视角下重新确立个体的存在价值，不再像"从前的人，是为君而存在，为道而存在，为父母而存在的"②。这一发现背后的意义，正如刘纳所言："那时代先进的人们突破了传统观念中国家与个体之间不可缺少的中间层次——家族，而直接以'国民'的概念将个体生命与国家联系起来。这样，他们心目中的国家已不是传统意义上君主的专制国家，而是近代意义上国民的民主国家。"③在新文学表现和想象人的背后，有着高一涵在国家文化建构中所确立的个人权利自由自主的观念，正是因为重新确立了个体与国家的关系，有了国家为个人而存在的信念，才使得新文学在表现个人主义时有了非常自信的历史信念。新文学兴起时"问题小说"的流行，正是这种历史自信的表征，解放了的个体，可以大胆质疑家族伦理道德，可以反抗社会和国家的压迫，在婚恋自主中，勇敢地为个人的权利进行辩护。因此"问题小说"不止是对个人权利正当性的辩护，也包含着对整个社会体制和民族国家的改造与重建的历史诉求，由此在现代民族国家的文化空间中开启了新文学想象与叙述的现实性与可能性，从根本上促动了中国文学由传统到现代的深刻变革。

---

① 李新宇：《高一涵与五四新文化运动的国家理念》，《湘潭大学学报》（哲学社会科学版）2009 年第 33 卷第 3 期。

② 郁达夫：《中国新文学大系·散文二集·导言》（影印本），上海文艺出版社 2003 年版，第 5 页。

③ 刘纳：《嬗变》（修订版），中国人民大学出版社 2010 年版，第 214 页。

三

新文化（新文学）作为一种新的文化力量要获得发展，必须要有适应其产生和发展的文化生产空间。在新文化兴起的时候，传统文化、西方文化、新文化三种文化力量展开复杂的博弈，如何让各种文化的博弈获得适合的文化生产空间，就必须对新建的民主共和国的国家文化做出新的阐释，即在这样一种新建的政治体制之下，各种文化力量和整个国家的建构应该是一种什么样的关系，以及在国家文化的整体中各自有什么样的地位和作用。这一问题是以围绕"孔教"问题的辩论而展开的。

对于新文化倡导者所发动的批孔运动，必须分清楚两个层面的问题，一是反对孔教会立孔教为国教。新文化倡导者和孔教会的辩论有很强的现实针对性，双方的分歧并不在孔子自身，症结在对现代国家的理解上产生了严重分歧。通过论辩，我们可以看到新文化倡导者对现代国家的文化空间场域的捍卫。二是如何评判以孔子为代表的儒学。这一问题引发出人们对传统社会向现代社会转型的讨论，即传统政教合一的社会向现代法治社会的转型，这一转型涉及的是礼和法的分离问题。可以说两个层面的问题互为表里，共同推动了中国文化和社会的深刻变革，由此确立了个人言说的自由空间与社会活动的自由属性。

继清政府停止科举考试，北洋政府废除了中小学读经，以孔子为代表的道德权威失去了曾经在传统社会中的崇高地位，人们面临一个道德重建的价值空缺时代，而袁世凯的败亡，进一步失去了维系社会统一的政治权威。道德和政治的变革一起加剧了人们的不稳定感，再加上当时南北分裂的趋向，以及与民主共和相适应的新道德信念并未深入人心。一些士绅阶层转向传统，企图重新恢复孔子的社会地位，以传统道德挽救世态人心。这些士绅阶层，建孔教会，办杂志，倡导传统伦理道德的重建，并试图寻求政府和国家的支持，在社会上形成一股尊孔复古的思潮。民国初年的孔教运动是一股有相当社会影响力的社会运动。据张卫波统计："截至 1913 年年底，孔教会的各地方分会共有 130 个，其范围涉及上海、北京、山东……等 21 个省市，并在海外的纽约、横滨、东京、费城等地设有分支。宗圣会仅在山西一省就有70多个分会。孔道会则在直隶、河南、山西、山东等省份有数十个分会。同时，这些社团也有相应的入会程序和宣传刊物。其规模之大和组织之完备，即使是民初一些政党也无法比拟。"① 参与者既有偏僻小县的旧式文人，也有上层军政要人如阎锡山、黎元洪、陆荣廷等，既有曾经领导社会变革的激进人物如康有为、梁启超，也有深受西学影响的严复、陈焕章、张东荪等。1913年9月，孔教会在山东曲阜召开了第一次全国代表大会，参会的人除了有孔教会和其他尊孔社团的代表外，还有副总统、国会、内务部、大理院和19省市以及港、澳地区的代表，人数多达3000。②

孔教会的活动之所以有如此大的影响力，除了他们想用孔子来重新树立传统伦理道德的权威，以挽救民初社会的道德滑坡与重建社会秩序的努力切合了民众变乱为治的社会心理外，更为重要的是他们意识到传统儒学在急剧的社会变革中，逐渐失去了号召人心的力量。特别是废除科举和新式教育的推广，从根本上取消了儒学作为国家文化代表的正统地位。千百万受新学教育的读书人——陈独秀们所要启蒙的"新青年"，再也不会把代表儒学的四书五经作为谋生和晋升的必读书。那么如何恢复曾经作为他们立身与治世之本的儒学在国家中的地位，就是孔教会所要完成的目标。从康有为以经文经学改造儒学为变法图强寻求传统的支持，对孔子的改造就在近代重新启动，可以说，民初的孔教会活动把对孔子的复活运动推向了高潮。如果说皇权未倒的时候，儒学本身就是代表国家意识形态教化的正统，但是民国一建立，儒学作为代表整个国家文化的象征地位已经不复存在，而教育领域儒家经典又逐渐丧失了正统地位。孔教会转而通过新建共和国的国会，以民意的形式迫使代表国家的宪法重新确立儒学的正统地位，由此来发挥儒学的社会影响力。1913年8月15日，陈焕章、严复、梁启超等人联名上书请愿，要求在宪法草案中规定孔教为国教，请愿书被

---

① 张卫波：《民国初期尊孔思潮研究》，人民出版社2006年版，第35页。
② 张卫波：《民国初期尊孔思潮研究》，人民出版社2006年版，第78页。

公布后，遭到其他教派的反对。① 最后在《天坛宪法草案》中折中为："国民教育以孔子之道为修身大本。"② 在孔教会不断地向国会施压、请立孔教为国教的同时，他们反复重新定义"中国"作为一个国家的文化属性。在前面的论述中，我们看到高一涵明确认定国家是为了个体的自由与幸福而建立的人造物。"国家为事而非物，一事之起，必有其所以起之因。事客而所以起之因乃为主，至于物则不然，一物之生长，其有所以生长之因乎？其生其长，乃因其自然，无所谓当然。"③ 孔教会则认为国家不是人造物，是自然生长物，国家仿佛如一棵大树，是在民族文化（孔教会认为主要是儒家文化）的滋养下生长、发育、壮大的。因此他们不断地用"国魂""国本""国性"等概念反复论证国家作为一个文化共同体的意义。如康有为就以国魂为概念论证孔子之道对立国的重要意义：

> 凡为国者，必有以自立也，其自立之道，自其政治教化风俗，深入其人民之心，化成其神思，融冶其肌肤，铸冶其群俗，久而固结，习而相忘，谓之国魂。国无大小久暂，苟舍此乎，国不能立，以弱以凶，以夭以折。人失魂乎，非狂则死；国失魂乎，非狂则亡。此立国之公理，未有能外之者也。④

"国魂"既然如此重要，那么代表"国魂"的孔子之道如果死亡，那么也就意味着国家的灭亡，"诸君子无意于保中国则已也，诸君子而有意保中国，则不可不先保中国国魂也，中国之魂维何？孔子之教是也"⑤。孔子之道不但是维系国家生命的灵魂，也是发挥政教作用的

① 张卫波：《民国初期尊孔思潮研究》，人民出版社 2006 年版，第 40 页。
② 谷丽娟、袁香甫：《中华民国国会史》，中华书局 2012 年版，第 717 页。
③ 高一涵：《国家非人生之归宿》，《青年杂志》1915 年第 1 卷第 4 号。
④ 康有为：《中国颠危误在全法欧美而尽弃国粹说》（1913 年 7 月），汤志钧编：《康有为政论集》下册，中华书局 1981 年版，第 890 页。
⑤ 康有为：《中国学会报题词》（1913 年 2 月 11 日），汤志钧编：《康有为政论集》下册，中华书局 1981 年版，第 797—798 页。

国本:"孔教者,我中国所以立国之本也。我中国人所以相维相系,历数千年而不灭者,系惟孔教之故。"① 应该说孔教会对国家的理解并没有超出顾炎武对"亡国"与"亡天下"所做的界定。在他们心目中,最能代表国家、凝聚认同力的因素不是这个国家的政治体制所发挥的职能如何,而是在其中所灌注的文化精神。当把以孔子为代表的儒学推至如此之高的地位后,他们得出国家灭亡并不可怕的结论,可怕的是代表"国魂""国本""国性"的孔子之道的死亡才意味着国家的真正灭亡:"孔教为吾国根本命脉之所存,其教义之入人也,深效力等于无形之宪法,其教旨之及人也,普势力广于学校之教育,故孔教与吾国为存亡,孔教存吾国万无灭亡之理,孔教亡,吾国万无生存之理。"② 因此现实中的政治体制如何并不是他们关心的重点,而且孔子自身的学术思想也不是他们探讨的核心,他们最为关心的是中国将要建立一个什么性质的民族共同体——国家,在他们眼中,孔子只不过是他们完成这一历史诉求的一个工具性人物。在这一点上,他们延续了从晚清开始的"中体西用"的思路,而且和章太炎、刘师培等国粹派没根本区别。孔教会认为代表"国魂""国本""国性""国粹"的只孔子一家,而国粹派则认为孔子只是代表"国魂""国本""国性"先秦诸子中的一家。也就说两者所言的"国魂""国本""国性"只有广狭不同,而无实质不同。但是新文化的倡导者则从根本上推翻了这一国家看法,在他们看来,国家只是人们为了保护自己的自由权利而制造的人造物,只是一个工具性的存在。因此孔教会和新文化倡导者就如何建立一个什么样的现代国家产生了难以弥合的分歧。

新文化倡导者之所以极力反对以孔教来维系所谓的"国魂""国性""国本",是担心如此一来容易将国家变成一个凌驾于个人之上的精神专制工具。因此他们要祛除附着在国家之上的神圣光环,将国家

① 陈焕章:《论废弃孔教与政局之关系》,《民国经世文编》第 39 册,上海经世文社 1914 年版,第 38 页。

② 尘厂:《孔教救亡议》(1913 年),《孔教十年大事》第 1 卷,太原宗圣会 1924 年印,第 26 页。

的职权限定在宪法所允许的范围之内。高一涵批驳国家非人生之归宿，国家只是人们在追求幸福之路上的一个辅助工具："人生归宿，既在于乐，国家者，以人生之归宿为归宿者也。"① 高一涵进一步将人的行为分为两个层面：无形的精神层面和有形的行为层面。认为国家职能负责有形的行为层面，而不能涉及无形的精神层面：

> 凡人为之发见于外者，国家可加以制裁。至蕴于心意中之思想、情感、信仰，虽国家亦无如之何。以国家之权力，仅及于形式，而不能及于精神。国家可颁布一切制度，以奖励人民之行为，不能代人民自行、自为之；国家可以权力鼓舞文化、学术之动机，不能自行进展文化、学术之事。盖精神上之事，国家仅能鼓其发动之因，不能自收其动作之果。②

这种有形和无形的划分，其根据就在于国家是以法律理性管理人民的机构，还是被作为道德化的精神象征。显然在新文化倡导者看来，过分抬高孔子在国家中的位置，突出以"国魂""国性""国本"的形式表现出来的孔子之道，容易引导国家走向以精神权威压制个人自由的专制老路："人类之所以形成国家者，乃以保安全长幸福，与增进道德之目的，殆不相关。故曰：国家者，形式的强制组织也，即国家强制作用只能为形式上之干涉，而不能为精神上之干涉也。"③

显然在新文化倡导者看来，相对于精神权威的人格化的国家，以法律理性运作的工具化的国家，给人更多的自由空间。由此引发出新文化倡导者和孔教会之争背后的另一个核心问题，即如何在国家文化的建构中，开辟出一个富有生产性的文化空间的问题。新文化倡导者正是抓住这一点，在反复阐述自己的现代国家理念的同时，表达了他们所理解的现代国家之下的文化生产空间。陈独秀立足现代国家理念

---

① 高一涵：《乐利主义与人生》，《新青年》1916 年第 2 卷第 1 号。
② 高一涵：《国家非人生之归宿》，《青年杂志》1915 年第 1 卷第 4 号。
③ 光升：《中国国民性及其弱点》，《新青年》1917 年第 2 卷第 6 号。

批驳立孔教为国教对文化生产空间的破坏性。认为"盖宪法者，全国人民权利之保证书也，决不可杂以优待一族一教一党一派人之作用"①。参照西方政教分离的建国历史，陈独秀阐释了宪政国家的文化生产空间内涵。在宪法所允许的自由文化空间中，不但孔子之道不能在宪法中定于一尊，就是新文化倡导者自己的文化信念也不能定于一尊："宪法中不能规定以何人之道为修身大本，固不择孔子与卢梭也，岂独反对民权共和之孔道，不能定入宪法以为修身之大本。即提倡民权共和之学派，亦不能定入宪法以为修身治大本。盖法律与宗教教育，义务有畔，不可相乱也。"② 所以与其说陈独秀等新文化倡导者在反孔教，不如说他们是在维护现代国家之下自由平等的文化空间。如果孔教不以独尊的面目出现，而是以民间化的一家之学出现，新文化的倡导者们并不反对："使孔教会仅以私人团体，立教于社会，国家固应予以与各教同等之自由，使仅以'孔学会'号召于国中，尤吾人所赞许。（西人于前代大哲，率有学会以祀之）"③

人们往往将所谓传统文化的中断指责为新文化倡导者"以西代中"的激进变革，还不如说他们以西方宪政国家的发展历史为参照，开辟出了真正复活传统的全新的文化空间场域。他们和孔教会的论辩，就是要让世人明白："使国人知独夫民贼利用孔子，实大悖孔子之精神，孔子宏愿，诚欲统一学术，统一政治，不料为独夫民贼作百世之傀儡。"④ 像儒学这样的思想文化，已经因国家的过渡征用而日趋政治化和僵硬化，而要恢复其生机，只有将其解放在一个真正的自由文化空间中，才能像其曾经在先秦时代那样获得焕发思想活力的历史契机，真正以民间化的姿态，发挥了建构中国文化的作用，才能和个体生命的历史诉求获得精神的共鸣。这个时候的孔子，正如李大钊所言，就不是国家化的孔子，而是个人化的孔子：

---

① 陈独秀：《宪法与孔教》，《新青年》1916 年第 2 卷第 3 号。

② 陈独秀：《再论孔教问题》，《新青年》1917 年第 2 卷第 5 号。

③ 陈独秀：《宪法与孔教》，《新青年》1916 年第 2 卷第 3 号。

④ 易白沙：《孔子评议》，《新青年》1916 年第 2 卷第 1 号。

惟取孔子之说以助益其自我之修养，俾孔子为我之孔子可也。奉其自我以贡献于孔子偶像之前，使其自我为孔子之我不可也。使孔子为青年之孔子可也，使青年尽为孔子之青年不可也。……诸公不此之务，而惟日輦其偶像以锢青年之神智，阂国民之思潮，孔子固有之精华，将无由以发挥光大之，而清新活泼之新思潮，亦未浚启其渊源。①

在对这样一种文化空间的维护中，他们希望为中国重建一种更具包容性的国家文化——国学。将居于国家文化独尊地位的孔学降格为众多学派中的一派，孔学与传统的"九家之学"、域外之学共同合成了国家文化的整体，即所谓的"国学"，特别是他们将域外之学，纳入"国学"建构中的时候，赋予变革中国文化的重要意义，认为只有"以东方之古文明，与西土之新思想，行正式结婚礼，神州国学，规模愈宏"。而不像"闭户时代之董仲舒，用强权手段，罢黜百家，独尊儒术"，"用牢笼手段，附会百家，归宗孔氏，其悖于名实，摧沮学术之进化"②。那么现代国家文化的建构，就是赋予各派学术以平等地位，在百家争鸣中，以进化淘汰的方式实现现代文化的建构。不是百家纳入一家，而是百家合成一家，这才是真正意义上的传统复活，才是现代意义上的国学建构。

在新文化倡导者与孔教会围绕国家性质就现代文化空间场域的维护展开争论的同时，进一步将孔教问题引入更为深入的层面，在现代法治社会与传统礼教社会的对照中，提出一个对中国社会转型更为迫切的核心问题：在社会生活层面如何实现礼法分离。吴虞在《家族制度为专制主义之根据论》中，提出古代社会以礼教维系社会稳定统一，而现代社会则是以法律来规范和管理社会，礼教必须从维系人心的社会层面退出。无论是忠孝说，还是荀子的"三本"说，在个人的社会生活实践中，传统社会都是以源自亲情伦理的"孝道"为核心，

---

① 李大钊：《宪法与自由思想》，《李大钊文集》上册，人民出版社1984年版，第246—247页。
② 易白沙：《孔子评议》，《新青年》1916年第2卷第1号。

将家庭伦理道德在社会生活的各个层面延伸，"详考孔氏之学说，既认孝为百行之本，故其立教莫不以孝为起点"。正是这种忠孝同构的社会，使得家族和家庭的礼教教化具有维系社会稳定的法律效力。在忠孝同构的伦理建构中，家国不分，从而形成了"儒家以孝弟二字为二千年专制政治、家族制度联结之根干，贯彻始终而不可动摇"①。那么要完成传统的礼教社会向现代的法制社会的转化，则必须斩断家庭伦理向社会政治衍生的链条，将束缚在三纲五常伦理秩序之下的个体解放出来。因为在传统礼教社会中，以伦理等级来形成一种身份政治，但是在现代法治社会中，则是个体之间在理性自觉下形成一种契约关系。道德不再负担维系社会秩序的政治功能，道德只是个人生活中有关自由意志是否真诚的问题。显然近代中国要完成现代转化，礼与法的分离就不仅仅是个人道德实践的问题，更关涉整个中国社会体制的现代转型问题，礼教退出社会生活的同时，如何以法的精神来维系个人的独立自由与社会秩序的稳定，成为近代中国完成社会转型的重要历史任务。正是因为意识到礼法分离之下中国社会转型的历史趋势，才有陈独秀以现代生活和传统生活相对照，以进化论的观点对孔子的评判。陈独秀意识到现代社会生活不再以礼教维系社会秩序和个体价值，"现代生活，以经济为之命脉，而个人独立主义，乃为经济学生产之大则，其影响遂及于伦理学。故现代伦理学上之个人人格独立，与经济学上之个人财产独立，互相证明，其说遂至不可摇动；而社会风纪、物质文明，因此大进"。一旦个体获得经济独立，那么依附性的人际关系将不复存在，而且在现代社会的法治理念之下，个体将以个性独立的面目出现："现代立宪国家，无论君主、共和，皆有政党。其投身政党生活者，莫不发挥个人独立信仰之精神，各行其是。子不必同于父，妻不必同于夫。"对于政治权利和道德人格独立的个体，社会的评判尺度也将随之改变，对个体的社会活动，"不甚责善，一任诸国法与社会之制裁"。②

---

① 吴虞：《家族制度为专制主义之根据论》，《新青年》1917 年第 2 卷第 6 号。
② 陈独秀：《孔子之道与现代生活》，《新青年》1916 年第 2 卷第 4 号。

在礼法分离中将个体从政教伦理秩序下解放出来之后，个人社会活动的合法性不但得到了肯定，而且被传统伦理道德束缚之下的个体生命欲望也获得了肯定，文学想象和认知人的方式也将随之改变。传统文学在想象和认知人的范式上难以摆脱政教伦理的规约，从孔子的"诗无邪""兴观群怨"到汉儒的"经夫妇、成孝敬、厚人伦、美教化、移风俗""发乎情，止乎礼义"①的伦理规约，再到宋儒的"文以载道"，个体生命欲求必须获得政教伦理的肯定才能成为审美对象，一旦礼法分离完成之后，个体的生命欲望既可以是科学认知的对象，也可以是审美观照的对象，由此而形成了新文学想象和表达人的现代认知范式。

四

在《新青年》前期的国家文化建构中，如上所论，涉及国家现代意义的阐释、个人与国家的关系、现代政法意义上的个人主义、文化生产空间的确立，以及个体在现实生活层面上完成礼法分离后的道德实践与法律认同。如果说所有这些文化建构为新文学的发生奠定了思想和社会基础的话，那么借助由晚清开始的汉语拼音化运动而来的国语运动，特别是中华民国建立之后开始确立国家文化的正统表意系统——国语，使得新文学的发生在国家文化建构的整体性视野中获得有力支撑。从晚清开始的寻找新的表意系统的历史努力，在《新青年》中获得了新的突破，即将语言文字的变革和文学书写联系起来。近代以来的语言文字变革在民初几乎陷入死胡同而难以产生推动历史发展的思想能量，根本的症结所在，就是这种语言文字变革难以突破工具意识，正是胡适和陈独秀将文学书写的变革和国家文化的建构结合起来，在确立代表新的国家文化的表意系统——国语——的过程中，真正促发文学由传统向现代的转化。

从晚清开始，作为国家文化象征的表意系统——文言文系统，已经开始受到人们的质疑。在西方的压迫之下，人们逐渐认识到文言文的难懂难写，与口语长时间的分离造成文言文这一表意系统的封闭性，

---

① 阮元：《十三经注疏·毛诗正义》（清嘉庆刊本），中华书局2009年版，第565、567页。

使得异质性的新文化很难融入，这一表意系统显然难以实现全民现代
意识的普及。如何找到一种更为方便快捷的表意系统来改变这种状况，
实现教育普及、民智开通的目的，成为很多变法图强者思考和努力的
重点。受传教士以拼音化的方言来翻译《圣经》的启发，人们试图寻
求一种能够便捷读写的工具，将汉语拼音化，以解决大多数人不识字
的困境。从 1892 年卢戆章的中国第一份拼音方案《一目了然初阶》，
到 1900 年王照的《官话合声字母》，汉语拼音化越来越受到人们的重
视。汉语拼音化的目标是实现"言文合一"，强调为不识字的民众提
供一套拼音化的读写工具。但在推行拼音化方案的时候，遇到一个更
为棘手的问题，就是如何解决方言的差异性问题，如果在特定的方言
区域内实现了拼音化，但不同区域之间的人还是无法交流。所以紧接
汉语拼音化而来的另一个问题就是如何形成全国性的"语言统一"。
"语言统一"是国家统一之后权力意志的表征，没有国家权力做后盾
是难以推行实践的，所以汉语拼音化发展的最终结果只形成了几套如
何注音的音标工具。而且汉语拼音化的倡导者一开始设定的目标并不
是要将文言这一表意系统取而代之，只是补充它的不足。当时倡导汉
语拼音化最力的两个人王照和劳乃宣，就说得很清楚，王照说："今
余私制此字母，纯为多数愚稚便利之计，非敢用之于读书临文。"[1] 而
劳乃宣干脆认为推行汉语拼音化不但不危及文言的正统地位，并且是
为了更好地维护文言表意系统的正统性，"非惟不足湮古学，而且可
以羽翼古学、光辉古学、昌明古学"[2]。

　　但晚清的汉语拼音化运动却为民国建立之后的国语统一打下了基
础。1913 年召开的读音统一会上，将章太炎为汉语注音所设计的
"'纽文'、'韵文'略加改动，作为审定字音时的'记音字母'"[3]。蔡

---

　　① 王照：《〈官话合声字母〉原序》，转引自王风《晚清拼音化与白话文催发的国语思潮》，
《文学语言与文章体式——从晚清到"五四"》，安徽教育出版社 2006 年版，第 33 页。

　　② 劳乃宣：《江宁简字半日学堂师范班开学说文》，转引自王风《晚清拼音化与白话文催发的国
语思潮》，《文学语言与文章体式——从晚清到"五四"》，安徽教育出版社 2006 年版，第 34 页。

　　③ 王风：《晚清拼音化与白话文催发的国语思潮》，《文学语言与文章体式——从晚清到
"五四"》，安徽教育出版社 2006 年版，第 43 页。

元培 1916 年返国就任北大校长途中，与吴稚晖、黎锦熙等人发起成立"中华民国国语研究会"。1917 年 2 月 18 日，中华民国国语研究会获得北洋政府的支持，在北京正式成立，推选已就任北大校长的蔡元培任会长，确定以"研究本国语言，选定标准，以备教育界之采用"为该会宗旨①。1917 年 12 月 11 日，由蔡元培主持，中华民国国语研究会与北大国文门研究所国语部举行联合会议，讨论"国语一事所应分工合作之办法"，北大负责"一切关于此问题之学术上之研究"，而"国语研究会及教育部之国语编纂处则惟办理一切关于国语教育所急须进行之诸事"②。1919 年 4 月 25 日，教育部国语统一筹备委员会召开成立大会，由国语的研究开始推进到具体的实践③。"统一会"成立后的第一次会议，胡适、钱玄同、刘半农等有《国语统一进行方法》的提案，这一提案得到迅速落实。1920 年 1 月教育部颁令："自本年秋季起，凡民国学校一二年级，先改国文为语体文，以期收文言一致之效。"同年 4 月，教育部又通告全国，规定到 1922 年止，文言文教科书一律废止，要求各学校逐步采用经审定的语体文教科书。④

从晚清拼音化运动到民初对"国音"的制定，再到 1918 年教育部正式公布注音字母，1920 年改初等教育"国文科"为"国语科"。一直在寻求一种能统一全国方言、且又为全民共同接受的读音标准和语言规范的"国语"。但是从晚清到民初，这种国语运动并未自觉地和文学变革联系起来，只是工具层面的变革，"国语"的正统地位虽然以行政的手段获得确立，但作为代表整个国家文化的"国语"如何建构，当时大家并不明确。"'国语'的范本从何而来？白话尽管有一千多年的历史，但历代变迁，方言渗透，文体的惯性影响了语言表达的扩展；再加上近代以来社会转型、新事物、新的表达需求不断出现，

①　《中华民国国语研究会暂定简章》，《新青年》1917 年第 3 卷第 1 号。
②　见《北京大学日刊》1917 年 12 月 13 日。
③　陈鸣树主编：《二十世纪中国文学大典》（1897—1927），上海教育出版社 1994 年版，第 459—450 页。
④　王建军：《近代教科书发展研究》，广东教育出版社 1996 年版，第 252—253 页。

根本就不敷使用。"① 正是在"国语"建构的这一困境中，胡适敏锐地意识到，要真正完成整个国家文化表意系统的转化，必须和他们所倡导的文学革命联系起来，通过新文学的创作实践，才能真正完成国家文化表意系统的转换。正是将寻求代表国家文化表意系统的努力与"新青年"的文学革命结合起来的过程中，才有黎锦熙所言的"'文学革命'与'国语统一'遂呈双潮合一之观"，"轰腾澎湃之势不可遏"②。新文学开始突破文学变革的限度，被放置到国家表意系统确立的高度上来审视新文学的价值。从而有了胡适所发表的《建设的文学革命论》，将他在《文学改良刍议》中的"八不主义"提炼概括为"国语的文学，文学的国语"③。

从晚清裘廷梁等人倡导白话文来开通明智，普及教育，到胡适确立白话文在中国文学中的正统地位，但白话文学一直受到作为代表中国文学正统地位的文言文学的强大压迫，认为是引车卖浆者流的话，只能通行于民间，难登国家上层文化的大雅之堂。在国家文化建构的层面上审视新文学所应用的白话，由此也改变了新文学在人们心目中的地位。1930 年代胡适在写《中国新文学大系·理论建设集》的导言时，曾这样总结他将新文学的变革和国语运动联系起来的意义："我们当时抬出'国语的文学，文学的国语'的作战口号，做到了两件事：一是把当日那半死不活的国语运动救活了；一是把'白话文学'正名为'国语文学'，也减少了一般人对于'俗语''俚语'的厌恶轻视的成见。"④ 将新文学由"白话文学"改称为"国语文学"，表现出胡适敏锐的历史洞察力。这一命名意味着新文学不仅是文学自身的变

---

① 王风：《文学革命与国语运动之关系》，《文学语言与文章体式——从晚清到"五四"》，安徽教育出版社 2006 年版，第 51 页。

② 黎锦熙：《国语运动史纲》卷 2，转引自陈方竞《多重对话：中国新文学的发生》，人民文学出版社 2003 年版，第 371 页。

③ 胡适：《建设的文学革命论》，《中国新文学大系·建设理论集》（影印本），上海文艺出版社 2003 年版，第 128 页。

④ 胡适：《中国新文学大系·建设理论集·导言》（影印本），上海文艺出版社 2003 年版，第 24 页。

革，而且也肩负着国家文化变革的重要使命。胡适在他的《建设的文学革命论》中，就是参照欧洲民族文学的兴起在建构现代民族国家中所发挥的重要意义来为新文学正名。他参照意大利民族文学的发展史，将拉丁文比作中国的文言文，"在意大利提倡用白话文代拉丁文，真正和在中国提倡用白话代汉文，有同样的艰难"①。认为正是但丁等人的伟大文学作品，才建构了意大利的"国语"。那么中国的白话新文学创作同样也是建构"国语"的必经之路。一旦把新文学放置到改变整个国家文化表意系统的变革中，新文学的地位和意义就不一样了，这时候对新文学的倡导，就不仅仅像他在《文学改良刍议》中所说"八不主义"那样，只局限在文学表达规范和审美价值转换的层面上，担负再造"国语"的新文学，本身在建构国家文化的层面上具有更为深远的影响力。因此才有胡适对新文学的这般自信："国语不是单靠几位言语学的专门家就能造得成的；也不是单靠几本国语教科书和几部国语字典就能成的。若要造国语，先须造国语的文学。有了国语的文学，自然有国语。"② 继 1920 年教育部规定低年级国文课教学统一运用国语之后，到 1923 年，初高中国文课也改为"国语科"，鲁迅的《故乡》也进入了中学教材。正如王风所言"以周氏兄弟的作品为代表的新的书写语言已经成为雅文学而非俗文学的文学语言。……这一事实既意味着一个新的文学传统的建立，同时也意味着一个新的书写语言体制的产生"③。

程巍先生认为，胡适对新文学发生的历史叙述是基于对欧洲语言文化史的误读和对北洋政府主导力量的忽略来建构新文学的发生史④。

---

① 胡适：《建设的文学革命论》，《中国新文学大系·建设理论集》（影印本），上海文艺出版社 2003 年版，第 132 页。

② 胡适：《建设的文学革命论》，《中国新文学大系·建设理论集》（影印本），上海文艺出版社 2003 年版，第 130 页。

③ 王风：《文学革命与国语运动之关系》，《文学语言与文章体式——从晚清到"五四"》，安徽教育出版社 2006 年版，第 69 页。

④ 程巍：《胡适版的"欧洲各国国语史"：作为旁证的伪证》，《北京第二外国语学院学报》2009 年第 6 期。

程先生详细考证了胡适对英国女学者薛谢儿的《文艺复兴》的误读以及所受的国语变革思路的启发。意大利、英国、德国等欧洲国家，确实在国语建构中强调的是国家的民族文化属性，以摆脱罗马天主教的政治文化控制，以民族文化的独特性凝聚国人成为一个文化共同体以实现民族国家的独立。但胡适所倡导的国语建构根本目的和意大利等国的建国目标不同，不是强调国家的民族文化属性，相反，以文言为代表的民族文化在胡适的国家建构思路中是被批判的对象，在文言和白话的对立背后，不是如何复兴中国传统文化的民族性问题，而是如何打破文言所代表的民族文化的封闭性问题。显然在胡适来看，能完成这一使命的只能是白话，而且这一白话也不是传统的白话，毋宁说必须经过欧化的白话。胡适、陈独秀们变革语言的根本目的在于打破传统文化的封闭性，显然能打破这一封闭性的语言系统不单是政府的主导力量所能完成的，必须经过新文学的创作实践以提供经典文学文本，才能完成这一使命。这一思路和北洋政府主导的国语建构中"强南就北"以实现国家统一的语言政治意味不同。在胡适所区别的语言活性与死性中，语言所代表的政治意味在于：将传统的臣民变为国民之后，身处现代国家之下的个体不再是被教化的臣民。在传统社会的等级序列中，处于社会等级下端的臣民，只要按规定的等级属性活动即可，"是故君者，出令者也；臣者，行君之令而致之民者也；民者，出粟米麻丝，作器皿，通货财，以事其上者"①。识字与否，是否有国家观念是无关重要的问题，但变为国民之后，个体必须识字，必须有统一语言的使用并理解这一语言背后的政治文化意义。因此胡适的国语建构思想中有着和北洋政府不一样的政治性，即现代思想文化启蒙的政治性，这才是胡适倡导国语文学的语言政治学的意味所在。

由此我们可以看到，《新青年》倡导的新文学承担着两个重要使命：一是这种文学必须表达个性化的思想情感，二是在个性化的文学书写中形成统一的国语。因此新文学既是个人自由意志和情感的表达，

---

① 韩愈：《原道》，《韩愈全集校注》，屈守元、常思春主编，四川大学出版社 1996 年版，第 2663—2664 页。

也是现代民族国家统一的象征。但新文学以国语所体现出的国家文化的统一性和文言所代表的统一性不同：文言系统强调的是语言文字所代表的民族文化的统一性，如章太炎所言："盖小学者，国故之本，王教之端，上以推校先典，下以宜民便俗。"[①] 白话新文学所代表的统一性则不是文化性的认同，而是现代国家制度管理中的一种理性认同，即在国家制度所设定的政治空间内，个体既有自由权利、个性意志，又在制度规范中以理性精神结合成政治共同体。显然这种统一不是一种固定文化模式所能完成的，是在新文学的创作流变中，语言经过文学化的提纯和加工，逐渐形成一种风格性和文化性统一的语言。那么胡适们所预想的文学，就不是简单意义的表情达意，同样也承担着民族国家重建的使命。在新文学的倡导者看来，文学是激发和肯定人们感性存在的最好方式，而且文学也能通过艺术的创造性，将这些分散的、个体化的感性存在，在国语文学的读写交流中联结成紧密的现代政治共同体。即如胡适在 1926 年所言：

> 当然我们希望将来我们能做到全国的人都能认识一种共同的音标文字。但在这个我们的国家疆土被分割侵占的时候，……我们必须充分利用"国语、汉字、国语文这三样东西"来做联络整个民族的感情思想的工具。这三件其实只是"用汉字写国语的国语文学"一件东西。这确是今日联络全国南北东西和海内海外的中国民族的唯一工具。[②]

在以新文学的创作实践所完成的"国语"这一新的表意系统中，和传统文言表意系统最大的不同，就是胡适由文字的"死活"上升到文学的"死活"的不同。旧的文言表意系统之所以是死的，是因为这一表意系统严重脱离了口语的发展流变而造成了这一系统难以突破的

---

① 章太炎：《小学略说》，《国故论衡》，上海古籍出版社 2003 年版，第 10 页。
② 胡适：《国语与汉字——复周作人书》，姜义华主编：《胡适学术文集·语言文字研究》，中华书局 1993 年版，第 330 页。

封闭性。传统文言系统是以汉字的稳定性和统一性来解决方言的差异性和分散性的，这一系统在维系秦始皇所设定的"书同文"的大一统国家文化的建构中发挥着非常重要的作用。但新文学的表意系统彻底改变了这种文言的封闭性，不但个体化的生命体验能够自由表达，而且新白话本身面对活泼的口语、古典语汇及西方的欧化语言一并保持着足够的开放性，傅斯年在《怎样做白话文》中对活人"口语"和翻译中欧化语言的借重，与在《文言合一草议》中对新白话融会古典语汇的强调，都是在与文言系统封闭性的比较中，彰显白话国语系统的开放性和活性。以这样的思路所建构的国语表意系统，和高一涵、光升、陈独秀等人所建构的国家文化在精神上是相融通的，这时候新文学就是后来周作人所言的"人的文学"，而不是某种固定文化模式和审美范式的体现，从而使各种个人化的文学表达方式成为可能，为中国文学的发展设定更为开阔的表意空间。

正是有了这样两种表意系统的对照，才延伸出陈独秀在《文学革命论》中所强调的国民性批判的新文学主题。在陈独秀看来，其所概括的"贵族文学"、"古典文学"和"山林文学"，"此种文学，盖与吾阿谀夸张虚伪迂阔之国民性，互为因果"①。所谓国民性文学即是将新旧文学在国族意义上来审视，文学不再是遣性怡情的小摆设，是整个国家、民族和人性状况的表征，这是一种非常现代而具有革命性的文学观，对传统文学的变革和批判将在更为宏阔的基础上展开，伴随政治现代性的展开，文学必然要脱离固定文化价值体系和表意系统的束缚，不再仅仅局限在古典文学所承担的教化使命而侧重它的道德属性，即所谓的"文以载道"，高度规范化的审美范式开始被打破。新文学在开放的表意系统中确立个体感性生存的正当性，并以表达个人心声的文学语言突破传统文化对个体的束缚。正是在这种对传统表意系统寻求突破的强烈渴求中，以彻底摆脱传统表意系统对人性的束缚，才有了钱玄同更为激进的主张——"废汉字""废汉文"而以"世界语"代之。陈独秀在回答钱玄同这一观点时，进一步把文学表意系统

---

① 陈独秀：《文学革命论》，《新青年》1917年第2卷第6号。

与"国家""民族""家族""婚姻"等观念捆在一起,视为"皆野蛮时代狭隘之偏见所遗留",提出"废国语"可"先废汉文,且存汉语,而改用罗马字母书之"①。在这看似激进的主张背后,其实包含传统文学以及文言表意系统对新文学初创者所形成的巨大历史压力,他们不仅将传统的表意系统作为批判和反驳的对象,同时也将这一表意系统背后的国民性作为反思和批判的对象。因此才有新文学的开山之作——鲁迅的《狂人日记》——对家族制度和封建伦理道德"吃人"的全新表达。《狂人日记》以复杂的叙述设计,以新的表意系统将个体内心的幻觉和心理错位非常准确地表达出来。在小说结尾强烈呼唤的"救救孩子"的历史诉求中,包含将个体从传统的家国同构的政教伦理体系和表意系统中彻底解放出来的历史寓言,从而真正拉开了新文学重建整个现代国家文化的历史序幕。

原载《文学评论》2013 年第 5 期

---

① 陈独秀:《通信·致钱玄同》,《新青年》1918 年第 4 卷第 4 号。

论鸳鸯蝴蝶派的形象谱系与自我认同

胡安定

内容提要：针对目前学界对鸳鸯蝴蝶派的研究大多没有跳出二元对立的僵化框架，难以摆脱本质主义思维的束缚，从而不能真正地洞识其与新文学深层辩证关系之局限，论者将鸳鸯蝴蝶派视为一个被建构出来的范畴或话语实践，将其置放到新文学"指认"与自我"认同"的双重视野中进行较全面的考察；通过对作为斗争、分化与聚合平台的传播空间的勾勒，以及对一个超越了新旧对立而互动、互渗的"第三度"文学空间——"蝙蝠派"的发掘，从而彰显鸳鸯蝴蝶派在文学争斗场景与自我想象中暧昧游移的面容。从而力图较为客观公正地看待鸳鸯蝴蝶派之于中国近现代文学的价值与意义，进而重审中国近现代文学中新/旧、雅/俗文学之间深层的复杂关联，及其呈现出来的繁复的文学生态图景。

一

在中国近现代文学史上，"鸳鸯蝴蝶派"[①] 无疑是一个充满贬义的

---

① 目前学界对鸳鸯蝴蝶派的名称多种多样，有人以他们的老牌杂志《礼拜六》而称之为"礼拜六派"；又有人称之为"民国旧派"（如范烟桥、郑逸梅等人均采用此名称）；"民国通俗小说"（张赣生：《民国通俗小说论稿》，重庆出版社 1991 年版）；或者称为"现代传统风格的都市通俗小说"（林培瑞：《论一二十年代传统样式的都市通俗小说》，收入贾植芳编《中国现代文学的主潮》，复旦大学出版社 1990 年版；良珍：《中国现代传统风格的都市通俗小说》，载《齐鲁学刊》1990 年第 3 期）；还有人认为采用"鸳鸯蝴蝶派——礼拜六派"最为妥当（范伯群：《中国近现代通俗文学史》，江苏教育出版社 1999 年版）。本论文还是采用"鸳鸯蝴蝶派"这一名称，因为一则在新文学的长期批判中，使用较多的还是"鸳鸯蝴蝶派"；再则唯有"鸳鸯蝴蝶派"这一名称能凸显问题的复杂性与其特质的多元性。

名称，它已然成了对所有低级、庸俗文学作品的一个概括，是戴在那些非新文学的作家头上"一顶美丽的帽子"。① 鸳鸯蝴蝶派的名称可谓多种多样，如"礼拜六派""民国旧派"等，不同的名称也导致范围界定的众说纷纭、标准不一，目前学界主要有三种界定方法：一种是将之当成一个文学流派，视其为一个"流变中的流派"，② 主张从题材、体裁、阵地和团体等四方面考察这一流派，认为这一派的文艺目的是供饭后工余的消闲和消遣，为达到这一职能，作品要有趣味性和娱乐性。因此，他们惯用的题材是言情、社会、黑幕、历史、宫闱、武侠、侦探、滑稽等。体裁是长篇小说，主要采用章回体，短篇不少承袭传奇文学及笔记小说的体例，还有花样翻新的"集锦小说"。阵地有报纸副刊和大量杂志、小报。团体主要是青社和星社。③ 另外，还有视之为一个庞大而复杂、历时近半个世纪的文学现象，或带批判眼光以"封建余孽"的鸳鸯蝴蝶派文人创作的反现实主义"逆流"来概括它；④ 或客观地勾勒出它发展的各个阶段。⑤ 也有研究者注意到，鸳鸯蝴蝶派这一概念的形成其实是新文学阵营长期批判指认的结果，炮口所及的对象逐渐增多，这一名称下所涵盖的内容也在扩大。因此，鸳鸯蝴蝶派并不是一个有组织的文学团体或流派，它被定义的真正内涵是 20 世纪 50 年代前除了"新文学阵营"外的所有文学文本。⑥

对于这样一个"非新文学"的庞然大物，文学史对它的容纳也经历了一个从遮蔽到呈现的过程。中华人民共和国成立后的几部文学史均以"逆流"来定位鸳鸯蝴蝶派，如北京大学 1955 级的《中国文学史》，视鸳鸯蝴蝶派为小说中的"逆流"，指斥其为"追求色情、追求

① 魏绍昌：《我看鸳鸯蝴蝶派》，台湾商务印书馆 1992 年版。

② 刘扬体：《流变中的流派——"鸳鸯蝴蝶派"新论》，中国文联出版公司 1997 年版。

③ 范伯群：《礼拜六的蝴蝶梦》，人民文学出版社 1989 年版，第 5 页。

④ 赵遐秋、曾庆瑞：《中国现代小说史》上卷，中国人民大学出版社 1984 年版，第 38 页。

⑤ 杨义：《中国现代小说史》下卷，人民出版社 1998 年版，第 717 页。

⑥ 赵孝萱：《"鸳鸯蝴蝶派"新论》，兰州大学出版社 2004 年版，第 5 页。

刺激的典型的半封建半殖民地的文学"。① 复旦大学中文系学生编写的
《中国文学史》《中国近代文学史稿》也采取类似定性，斥责鸳鸯蝴蝶
派"迎合商人与其他小市民庸俗的心理和需要，毒害了青年人纯洁的
心灵，鼓励他们走上堕落和毁灭的道路"。② 在这种强调"政治正确"
的文学史叙述中，鸳鸯蝴蝶派作为"封建文学"的代表，是新文学的
斗争对象，自然被加以种种恶谥。随着中国现代文学史政治意识形态
叙述模式的逐渐形成，鸳鸯蝴蝶派作为"反动逆流"，只能退出历史
舞台，长期被文学史所遗忘和湮没。

　　时至 20 世纪 80 年代，政治意识形态的松动带来了中国现代文学
史写作范式的转变。黄修己曾这样描述"文革"后文学史写作的变
化，"入史范围的扩大，打破了革命文学的一统天下，打破了现代文
学的纯粹性……受批判的通俗小说，被视为市民文学，旧体诗词被视
为仍有重大成就的部门，都喊叫着要挤进现代文学史"。③ 随着现代文
学入史范围的扩大，一些文学史对鸳鸯蝴蝶派采取了部分容纳的方法。
有些文学史开始肯定如张恨水这样的鸳蝴作家，将之视为在新文学大
旗引导下，皈依到现实主义门下的进步代表。④ 而有些文学史则设通
俗文学专章论述鸳鸯蝴蝶派。如钱理群等著的《中国现代文学三十
年》和杨义的《中国现代小说史》皆是如此。这些文学史都站在新文
学的立场上，接纳那些比较符合新文学标准的鸳鸯蝴蝶派作家作品。
与此同时，一些学者认为以往的文学史因忽略了通俗文学流派，只是
"半部中国现代文学史"。出于对雅俗"两个翅膀"⑤ 的平衡，他们开
始对通俗文学的演进过程进行勾勒。这就导致了独立的通俗小说/文学
史的繁荣。范伯群的《中国近现代通俗文学史》无疑是这一方面的力

① 北京大学中文系文学专门化 1955 级集体编著：《中国文学史》下册，人民文学出版社
1959 年版，第 572 页。

② 复旦大学中文系古典文学组学生集体编著：《中国文学史》下册，中华书局 1959 年版，
第 509 页。

③ 黄修己：《中国现代文学史研究的"势大于人"》，《东方文化》2002 年第 5 期。

④ 赵遐秋、曾庆瑞：《中国现代小说史》上卷，中国人民大学出版社 1984 年版，第 100 页。

⑤ 范伯群主编：《中国近现代通俗文学史》上卷，江苏教育出版社 1999 年版，第 35 页。

作，还有张赣生的《民国通俗小说论稿》等，均对鸳鸯蝴蝶派的文学主张和创作实践进行了细致的梳理。当时这类独立的通俗文学史多以雅俗各自独立的方式看待中国现代文学的格局，将五四新文学与鸳鸯蝴蝶派看成两个几乎不相干的系统。

在文学史接纳的同时，学界也开始了对鸳鸯蝴蝶派的关注与研究，最初多是以资料整理工作为主的翻案式研究，能对鸳鸯蝴蝶派的发生发展做较为翔实的资料清理工作。八九十年代出现了几部具有开拓意义的著作与资料汇编，比较具有代表性的有：范伯群、芮和师等人编写的《鸳鸯蝴蝶派文学资料》，魏绍昌等编撰的《鸳鸯蝴蝶派研究资料》，范伯群的《礼拜六的蝴蝶梦》，魏绍昌的《我看鸳鸯蝴蝶派》，袁进的《鸳鸯蝴蝶派》，刘扬体的《流变中的流派——“鸳鸯蝴蝶派”新论》等，这些研究对鸳鸯蝴蝶派的文学主张和创作实践进行了细致的梳理。尤其是范伯群，长期致力于鸳鸯蝴蝶派史料发掘工作，他主编的《中国近现代通俗文学史》和著作《中国现代通俗文学史（插图本）》，对鸳鸯蝴蝶派面貌的勾勒与价值的发现作出了巨大贡献。但八九十年代以来的这些奠基性论著，大多难以摆脱以新文学为主导的价值标准，习惯于在新文学与鸳鸯蝴蝶派雅俗天然二分的格局中看取问题，台湾学者赵孝萱对此存在的局限进行了批判性反思，她的《“鸳鸯蝴蝶派”新论》通过一系列的个案研究，透视了中国现代文学史中新旧、雅俗标准背后形成的机制。

随着研究的不断推进，理论方法与视角也多种多样。作为通俗文学代表的鸳蝴，受众在其发生、发展过程中自然扮演着至关重要的角色，因此有不少研究者从接受美学的角度对鸳鸯蝴蝶派的独特价值进行了肯定。马以鑫的《中国现代文学接受史》对鸳鸯蝴蝶派尊重读者反应给予了很高的评价。① 刘扬体从读者的情感需要角度分析言情与武侠小说走俏的原因。② 汤哲声则提出，由于新文学与中国现代通俗文学的文化观念和创作各有侧重，于是新文学与中国现代通俗文学在现代文学

---

① 马以鑫：《中国现代文学接受史》，华东师范大学出版社1998年版。
② 刘扬体：《流变中的流派——“鸳鸯蝴蝶派”新论》，中国文联出版公司1997年版。

史中的位置各有侧重。新文学更多的人生思考，提出很多的人生理念和思想理念，它的读者主要是新式知识分子，由于这些新式知识分子往往代表着时代的思考，所以新文学是"阅读先导"。中国现代通俗文学更多追求阅读效应，更加关注社会事件和身边事件，于是它的读者主要是广大市民，由于市民人口众多，所以通俗文学是中国现代文学的"阅读主体"。①

也有从知识分子的社会文化史角度，注意到鸳鸯蝴蝶派文学不是一开始就是通俗文学，它本身的发展道路还包括了传统精英知识分子向市场经济转换，建立现代出版制度的文学现代化的社会实践。以鸳蝴派为集中代表的旧文学从精英知识分子立场向通俗文学的真正转型应是在"五四"新文学兴起以后才最后完成的。正因为"五四"新文学占领了精英知识分子的制高点（大学教堂、权威刊物、大型出版机构以及一部分权力），他们才逐渐退出精英的立场，转移到大都市的新的媒介——电影电台、报纸副刊、小报连载、连环画等，开拓了新的领域——都市通俗领域的空间。② 郝庆军的《论鸳鸯蝴蝶派的兴起》，考察了晚清社会改革，尤其是废除科举以后，鸳鸯蝴蝶派作为一个职业化的社群如何进入口岸城市社会，成为一个结构性的社会共同体，解释了它兴起的历史必然和经济基础。③

其他还有如用比较文学思路，将鸳鸯蝴蝶派与日本砚友社进行对比，发现二者之间的相似性。④ 或发掘鸳鸯蝴蝶派小说所受西方文学影响。⑤ 或回顾鸳鸯蝴蝶派作家在清末民初之际对翻译西方文学作品所作的努力。⑥ 另有从叙事学角度考察鸳蝴的文体特征和话语修辞，从形式上追踪窥探鸳蝴小说的文本潜流。⑦ 还有从地域文化角度，探

---

① 汤哲声：《中国现代通俗文学的"现代性"和入史问题》，《文学评论》2008 年第 2 期。

② 陈思和：《我们的学科还很年轻》，《文学评论》2008 年第 2 期。

③ 郝庆军：《论鸳鸯蝴蝶派的兴起》，《文学评论》2006 年第 2 期。

④ 王向远：《中日现代文学比较论》，湖北教育出版社 1998 年版。

⑤ 袁荻涌：《鸳鸯蝴蝶派小说与西方文学》，《贵州社会科学》1997 年第 1 期。

⑥ 李德超、邓静：《近代翻译文学史上不该遗忘的角落——鸳鸯蝴蝶派作家的翻译活动及其影响》，《四川外语学院学报》2004 年第 1 期。

⑦ 姚玳玫：《极致"言情"鸳鸯蝴蝶派小说的叙事策略与修辞效应》，《广东社会科学》2004 年第 1 期；黄丽珍：《鸳鸯蝴蝶派小说叙事模式的新变》，《理论学刊》2002 年第 2 期。

寻吴文化对鸳鸯蝴蝶派的影响。① 或从民族文化传统的角度看待鸳鸯
蝴蝶派，如认为鸳鸯蝴蝶派小说的出现及兴盛有着深刻的历史渊源，
其现代性的市民意识的发达正是晚明以来"以情抗理"人学思潮发展
的一个结果或一种呼应，是一种在民族文化传统基础之上的现代性追
求。② 另外，余夏云的硕士学位论文《新文学与鸳鸯蝴蝶派的场域占
位斗争考察（1896—1949）》运用布迪厄的文化社会学理论，勾勒了
新文学与鸳鸯蝴蝶派场域斗争的线索。③

　　90 年代以来，大众文化逐渐走进研究界的视野，而鸳鸯蝴蝶派因
标榜"娱乐""消闲"，与"满足普通市民的日常感性愉悦需要的大众
文化"④ 有着相当的一致。于是一些研究者将它作为一种通俗大众的
文化形态，从都市形成、媒体发达、市民意识、本土形态等多种要素
对它进行分析。例如从传播学角度，不再把文学活动作为作家的单纯
创作行为，而是将其置放到传播、消费与接受活动之中进行较为全面
的考察。目前有不少研究者认为鸳鸯蝴蝶派作为一种通俗大众文化形
态，其兴盛与近世大众传媒的发展密不可分，蒋晓丽在《中国近代大
众传媒与中国近代文学》中对鸳鸯蝴蝶派与大众传媒关系进行探索，
对中国近现代"雅文学"与"俗文学"的转换机制中的传媒因素给予
关注。⑤ 王利涛在《鸳鸯蝴蝶派与大众传媒关系探微》一文中，则认
为大众传媒犹如一把双刃剑，影响了鸳鸯蝴蝶派的作家与创作。⑥ 诸
如此类的研究成果还有不少。

　　总体上，鸳鸯蝴蝶派的研究，主要还是集中在中国大陆，港台和
海外相对较少。但是，随着研究范式的转变，一些海外汉学家也逐渐

---

① 徐采石、金燕玉：《鸳鸯蝴蝶派与吴文化》，《中国文化研究》2001 年第 4 期；王木青：
《吴地柔美之风的文学表达——论鸳鸯蝴蝶派哀情小说》，《苏州教育学院学报》2007 年第 1 期。

② 张光芒：《从"鸳派"小说看中国启蒙文学思潮的民族性》，《学术界》2001 年第 4 期。

③ 余夏云：《新文学与鸳鸯蝴蝶派的场域占位斗争考察（1896—1949）》，硕士学位论文，
西南交通大学，2008 年。

④ 王一川主编：《大众文化导论》，高等教育出版社 2004 年版，第 9 页。

⑤ 蒋晓丽：《中国近代大众传媒与中国近代文学》，巴蜀书社 2005 年版。

⑥ 王利涛：《鸳鸯蝴蝶派与大众传媒关系探微》，《重庆师范学院学报》2003 年第 1 期。

将目光转向这一长期被歧视的文学形态。正如有人所指出的"自夏志清与普实克的著作之后，西方对五四文学最具雄心的研究已转而集中于该段文学史其他较为边缘性的取向"。① 林培瑞的《鸳鸯蝴蝶派》与夏志清的《〈玉梨魂〉新论》是西方较早研究鸳鸯蝴蝶派的论著。随着中国现代性问题的讨论，一些研究者认为鸳鸯蝴蝶派代表的是另一种欲望与日常生活的现代性。如王德威以"被压抑的现代性"泛指"晚清、'五四'及 30 年代以来，种种不入（主）流的文艺实验。主要指从科幻到狎邪、从鸳鸯蝴蝶到新感觉派、从沈从文到张爱玲等文艺实验"。② 周蕾的《妇女与中国现代性：西方与东方之间的阅读政治》则以女性主义观点分析了鸳鸯蝴蝶派小说。③ 唐小兵的《蝶魂花影惜分飞》，提出鸳鸯蝴蝶派这种文化形态，其实代表现代城市文化中对日常生活世俗性欲望的肯定，与五四新文学注重"人生飞扬"，不断走向政治化的一面形成对比，鸳鸯蝴蝶派的所谓"现代的恶趣味"，便是现代都市平民的日常生活所肯定的世俗性和平庸性。④ 这些成果往往为鸳鸯蝴蝶派的研究提供了一个全新的视角，给大陆学界以重要的启发。

二

　　理论方法的翻新与学术范式的转型带来了鸳鸯蝴蝶派研究的繁荣，但从总体上看，迄今为止的研究大多没有跳出新/旧、雅/俗等二元对立的僵化框架，因而上述研究成果多数还是摆脱不了本质主义思维的束缚，从而不能真正地洞识鸳蝴与新文学的深层辩证关系。在这样的思维惯习宰控下，学界对鸳鸯蝴蝶派这样一个庞杂、繁复的对象，动辄加以统一的概括，往往视其为一个静态的整体，而去努力寻找其所

---

　　① 安敏成：《现实主义的限制：革命时代的中国小说》，姜涛译，江苏人民出版社 2001 年版，第 5 页。

　　② 王德威：《被压抑的现代性——晚清小说新论》，北京大学出版社 2005 年版，第 11 页。

　　③ 周蕾：《妇女与中国现代性：西方与东方之间的阅读政治》，蔡青松译，上海三联书店 2008 年版。

　　④ 唐小兵：《蝶魂花影惜分飞》，《读书》1993 年第 3 期。

谓的共同特征。但由于鸳鸯蝴蝶派恰恰是一个被建构出来的范畴或话语实践，所谓共同特征其实随着论争对象所定标准的变化而有所不同，因而对所谓共同特征的追求极易陷入盲人摸象式的偏见。鸳鸯蝴蝶派作为非新文学知识群体的泛称，由于在新文学建构自身的历程中长期以一种负面性的"他者"角色而呈现，同时它随着新文学的发展而不断地建构自身，进而在新文学的指认与自我想象中形成了一个相对固定的知识群体。因此对于这样一个中国近现代文学史上游移变动的重要知识群体，我们就必须要将其置放到新文学"指认"与自我"认同"的双重视野中进行较全面的考察。不过，认同（identity）这个作为自我心理学的中心概念，它客观上表示人格、团体或共同体的统合和一贯性，主观上是指个体、团体或共同体对自身的确信（或感觉），这个确信中包含着周围人对于自身不变性和连续性的承认的确信（或感觉）。① 因此，鸳鸯蝴蝶派在自我认同过程中，本来就包含来自"周围人"主要是新文学阵营对于他们身份的"确信"和"指认"。如此一来，从鸳鸯蝴蝶派的自我认同角度出发，就自然可以把新文学的"指认"视野纳入其中。只有把鸳鸯蝴蝶派作为一个被建构出来的范畴或话语实践来看取，才能拆解研究中长期存在着的新/旧、雅/俗等二元对立的思维旧习，从而彰显鸳鸯蝴蝶派在文学争斗场景与自我想象中暧昧游移的面容，在此基础上才能较为客观公正地看取鸳蝴之于中国近现代文学的价值与意义，进而重审中国近现代文学中新/旧、雅/俗文学之间深层的复杂关联，及其呈现出来的繁复的文学生态图景。

我们知道，"鸳鸯蝴蝶派"这一名称始于五四新文学作家的批判与指认。五四新文学登上文坛，为了确定自己迥异于现存文学样态的特征，首先进行了一系列的命名行为，"鸳鸯蝴蝶派"即是他们赠予民初文学的一个名号。② 新文学的"命名"是为了与旧文学区别开来，

---

① 陈映芳：《在角色与非角色之见》，江苏人民出版社 2002 年版，第 97—98 页。
② 按魏绍昌的考证，"鸳鸯蝴蝶派"的得名源于周作人 1918 年在北大文科研究所讲演《日本近三十年小说之发达》，其中提及 "《玉梨魂》派的鸳鸯蝴蝶体"。魏绍昌：《我看鸳鸯蝴蝶派》，台湾商务印书馆 1992 年版，第 5 页。

试图通过对"假想敌"的归类与指认等策略，完成自身的理论建设，从而确立自身的主体性与合法性。通过"文学革命""白话文学""人的文学"等提法，新文学初步厘定了自己的目标，并对民初文坛进行了颇具批判意味的现象描述，这些现象都被他们归入"旧文学""旧文化"的名号之下，成了他们所提倡的"新文学""新文化"的对立面。新文学的批判所及对象，有一个逐渐清晰的过程，从局部到整体，从现象到观念。从 20 年代到 30 年代，虽然新文学的目标不断变化，群体内部也在发生分化，但鸳鸯蝴蝶派一直是其共同的对立物，批判范围也在扩大，一些后起之秀被累加进鸳鸯蝴蝶派这一旗帜之下。而且，随着新文学逐渐成为一种新的"雅"文学，与之相对，鸳鸯蝴蝶派就成了通俗文学的指称。

正因为鸳鸯蝴蝶派是作为新文学的对立物而被命名和界定。因此，自五四以来，新文学群体的攻讦之辞诸如"趣味""消闲""金钱""游戏""封建意识"等，就一直与鸳鸯蝴蝶派如影随形，影响至今。尽管文学史对它的容纳经历了一个从遮蔽、歧视到视之为现代文学不可缺少的"另半部"的过程，但总体上，目前一些主流文学史与研究论著仍然难以摆脱新文学与鸳鸯蝴蝶派二元对立的僵化模式，在新/旧、雅/俗二分的格局中描述鸳鸯蝴蝶派，一味地强调二者在诸如审美风格、文学观念等方面的不同。

但我们必须注意到，首先，鸳鸯蝴蝶派与新文学之间多样与复杂的纠葛、争斗被简化为二元对立的关系，无疑忽视了二者之间因互动与互渗而呈现的斑驳色彩。正如有研究者论及新文学倡导者的二元对立立场时指出："几乎新文学倡导者以简捷方式提出的每一对命题，都会落在其他命题的复杂纠缠中。孤立地看每一组二元对立，确是你死我活，水火不容，但多组二元对立之间，却绞缠着冲突与参照、排斥与融汇。这样，虽然新文学倡导者确曾试图构筑黑白分明的森严壁垒，而分明的'黑'与'白'却因交叉与错位而呈现出斑驳的色彩。"① 新

---

① 刘纳：《二元对立与矛盾绞缠：中国现代文学发难理论以及历史流变的复杂性》，《中国现代文学研究丛刊》2003 年第 4 期。

文学与鸳鸯蝴蝶派之间也是如此，二者并非泾渭分明的两种文学形态，其实存在着斗争中的纠缠与交叉，所谓新/旧、雅/俗二分与对立的勾勒，其实包含着研究者自己的价值评判。在这种主观臆断中，它们之间还有一个驳杂、含混的灰色地带被长期忽视了，这个超越了二元对立互动、互渗的"第三度"文学空间，无疑为重审新/旧、雅/俗文学之间的关系提供了重要契机。

其次，鸳鸯蝴蝶派并不天然的就与"旧""俗"有联系，它之所以被目为"旧文学""通俗文学"，其实是处于同一文化空间中不同知识群体、文学形态争斗与整合的结果。诚如研究者所言："通俗文学领域的出现是以下两种情况的产物，独占排他的机制，通俗文学由此而成为文学的'另类'；大众传播和大众教育机构的发展，这为象征形式的大规模生产和广泛流通创造了条件。"[1] 鸳鸯蝴蝶派之被视为通俗文学即是如此。新文学与鸳鸯蝴蝶派之所以能够新旧、雅俗二分，恰恰是因为他们拥有一个几乎共同的文学平台、文化传播空间。在近现代中国，随着科举制的废除、传统秩序的崩塌，知识分子必须重新寻求自己的位置，而都市大众传媒的兴盛与学校等教育机构的发展，造就了一个新的社会文化空间，为知识分子提供了谋生与实现自己价值的平台。鸳鸯蝴蝶派与新文学作为不同的知识群体，他们其实同处于这个社会文化空间，因此都有在这个文化空间中占据位置、争夺资源的要求。所谓新旧、雅俗的区分正是这文化空间中占位、争斗的手段与结果。

那么，处于同一文化空间中鸳鸯蝴蝶派与新文学之间的争斗是如何进行的呢？它们对立中的交叉与互动又是如何体现的？它们之间新旧、雅俗的二元对立与等级制度又是如何被制造出来并广为接纳，成为一种常识的？鸳鸯蝴蝶派的形象又是如何建构出来的？我们唯有查阅大量的原始相关文献，力图回到新、旧文学论争的历史鲜活现场，才能考察这一复杂的过程。所以，我们关注的重点不能仅仅执着于鸳

---

[1]　[英] 约翰·B. 汤普森：《意识形态与现代文化》，高銛等译，译林出版社 2005 年版，第 162 页。

鸯蝴蝶派本来面目如何，哪些作家作品可以放入这一流派，而更应该探讨为什么一些作家作品被认为是鸳鸯蝴蝶派，在它的生产、传播、阅读、社会评价中，它的文学、文化空间是如何形成的，以及它是如何进行形象建构与身份认同的。

可以说，"鸳鸯蝴蝶派"并非一个本质主义的概念或范畴，而是一种话语实践，即它是由创造主体基于不同的立场来专门应对特定的社会文化与意识形态情境而行使的言语行为，它具体表现为"一系列的清晰的招式与姿态"。[①] 因此，作为一个群体，它是一个由建构、想象而生成的动态群体；就个体而言，被纳入其中的作家对自己的身份也经历了一个不断寻求、认同的过程。通过彰显这一建构、追寻的历程以及其间的种种细节，可以更好地理解"鸳鸯蝴蝶派"究竟是如何生成的。应该说，在鸳鸯蝴蝶派的群体想象与自我认同中，新文学界的外在区隔、指认是基本机制，而其自我确认则是主要策略，传播空间又是它们之间斗争、分化与聚合的重要平台。

首先，就群体而言，区分化（或区隔）机制是鸳鸯蝴蝶派划分与形成的基础。新文学对鸳鸯蝴蝶派的指认与批判，就是通过命名，制造区分和差异。诚如研究者所指出的："差异是客观的，但在人们表征这个世界的过程中，不断被主观地挑选、制造、掩盖等。在人们认识事物的过程中，差异的功能在于为特定事物构成'边界'。'边界'是将不同事物或对立事物双方截然分开的关键，我们无法准确定义没有边界的事物，所以由差异所建构的边界在事物能为人们所认识方面是至关重要的，而一事物的边界就是它与其他事物的相异之处。"[②] 新文学与鸳鸯蝴蝶派之间的差异与区别即是如此，自五四初期一直到三十年代，在"新文学"／"旧文学"、"人的文学"／"游戏的消遣的金钱主义的文学观念"、"进步的大众文艺"／"封建的小市民文艺"

---

① 王斑：《历史的崇高形象——二十世纪中国的美学与政治》，孟祥春译，上海三联书店2008年版，"引言"第11页。

② 徐连明：《差异化表征：当代中国时尚杂志"书写白领"研究》，社会科学文献出版社2008年版，第41页。

的一系列对立中，新文学与鸳鸯蝴蝶派被一次次加以区分，新文学与鸳鸯蝴蝶派的界线逐步划分出来。于是，一个"非新文学"的鸳鸯蝴蝶派群体就此形成，在新文学长期的批判与指认下，一切非新文学的作家往往都被归入鸳鸯蝴蝶派这一阵营。这是一个外延与内涵均相对模糊的群体，这个群体中既有一些由晚清而来的老作家、老报人，他们又活跃于民初文坛，到五四时被冠以"压阵老将"的称号，也有活动于新旧文学空间尚未区分之际，与新文学有着诸多牵缠的"鸳鸯蝴蝶派大师"，另外还有在新文学兴起以后才崛起，作为通俗小说家而被累加进的一批人。

鸳蝴某种程度上是新文学界对"非我族类"的一个概括，只能作为新文学的一个负面"他者"而存在。因此，那些被划入这一名号之下的鸳蝴名家如包天笑、周瘦鹃、张恨水等人，为了辨明自身在新的文学空间中存在的合法性，他们采取以"区分"回应"区分"的策略，努力辨析"鸳鸯蝴蝶派""礼拜六派""民国旧派"等概念之间的差别。于是，在他们的再次区分之下，在这个庞杂的鸳蝴群体之中又单独划分出一个正宗鸳鸯蝴蝶派，专指民初围绕在《民权报》《民权素》周围，创作骈体言情小说的徐枕亚、李定夷、吴双热等人。而实则所谓正宗鸳蝴也只是一个因报纸杂志的聚合而形成的"全无派别"之组合，哀情名家同样有另一副笔墨，而且这个正宗鸳蝴群体其实和其他鸳蝴作家们多有牵连。同时，鸳鸯蝴蝶派是新文学区分、划界的产物，然而，实际上，不同文学形态之间不可能泾渭分明，在新文学与鸳鸯蝴蝶派之间同样存在着跨越边界的灰色地带，也就是在二者之间还有一个超越新/旧、雅/俗二元对立的"蝙蝠派"群体。在新文学发生初期，这些"蝙蝠派"作家试图积极参与新文学，但最终却被新文学界认为是"非新""伪新"，因而还是难以摆脱鸳蝴身份。这反映出在特定的文学斗争格局中，新文学群体力图对命名权与自身合法性的维护。"蝙蝠派"欲新未能新的尴尬，其实正给了我们一个审视鸳鸯蝴蝶派形成机制的契机。

其次，由于不断区分的机制，形成了鸳鸯蝴蝶派这样"派中有派"的格局。而这一格局的形成，其实离不开大众传播空间的开创与变迁。自晚清以来，大众传媒不仅是文学载体，承载着作品发表、传播的功能，同时也是各种文学样态进行区分的重要平台。新文学与鸳鸯蝴蝶派群体之间的区别，导致了二者的生产、传播、消费的差异，而这种生产、传播、消费之间的不同，又反过来促进了各自群体的形成。自晚清以来，鸳鸯蝴蝶派传媒经历了一个调整的过程，创办于1910年的《小说月报》，承晚清启蒙维新思潮而来，虽屡经调整版面，但始终在趣味与新知之间试图取得一个平衡，体现了过渡兼容的特征；1914年创办于成都的《娱闲录》，在民初杂志中较有代表性，既有"娱"和"闲"的特征，同样也有传播新知的一面，蕴涵着多重言说空间，体现了文化空间尚未区分之际的多种可能性；五四新文化运动以后的鸳鸯蝴蝶派杂志期刊则又呈现另一副面目，它们主要着重于日常生活领域的言说。对于"先锋"的新文学，他们将之作为时尚的文化符号加以利用，《半月》《紫罗兰》即是例证。报纸杂志宗旨与形态的调整其实也反映了读者群体的变迁与分化，这些报纸的读者群体构成相当复杂，而新文学群体将这些读者加以"封建小市民"等污名，其实也是一种斗争策略。正宗鸳鸯蝴蝶派是再次区分的产物，他们的代表报刊历来与民初哀情骈体小说联系在一起，而实则这些报刊与同时期的其他杂志一样也具有多重面目，如《民权报》与《小说丛报》。同时，正宗鸳鸯蝴蝶派之所以给人单独"一群"的印象，还离不开民权出版部的策划、运营，以及因版权之争而起的文化事件。

　　无论是鸳鸯蝴蝶派的多元、模糊，还是正宗鸳鸯蝴蝶派的再次被加以区分，贯穿于其中的就是传播空间的分化。然而，在新文学发生初期，尽管新文学与鸳鸯蝴蝶派群体往往各自拥有自己的发表阵地，新文学刊物与鸳蝶报刊宗旨、形态迥异。而实际上，还有一些"蝙蝠派"报纸杂志，如泰东书局的《新人》《新的小说》，商务印书馆的《小说世界》，这些杂志或以新文学、新文化刊物自命，或标榜融合新旧，但却被新文学群体视为"伪新"与"非新"。而读者对这些杂志的阅读状态与期许也同样显得多种多样，各有差别，并不仅仅停留于单纯的"消遣"。因此，在读者评价与新文学界批判之间形成了一种耐人寻味的差异。可以说，在中国近现代文学发展历程中，大众传媒作为生产、传播中的重要一环，也是作者与读者群体集结、区分的平台，因此在新文学与鸳鸯蝴蝶派的斗争与纠葛中发挥了重要作用。

最后，鸳鸯蝴蝶派群体的划分与传播空间的变迁，是其派别形成、形象建构的基础。而如此庞杂参差的群体能以一个"派"命名，人生形态各异的作家们能接受一个共同的身份指认，还离不开他们的自我确认。在此过程中，群体意识的形成、身份认同的完成、与新文学区分中的周旋，无疑都是相当关键的环节。在鸳鸯蝴蝶派群体意识形成中，私谊网络、会社网络和传播网络显然发挥着相当重要的作用，三个彼此重叠之处的人际网络，不仅决定了那些那些鸳蝴文人在都市中的生存与发展，影响了他们生活形态的过渡和转型，而且使得他们以一个群体的形象而展示于世人。就身份而言，鸳鸯蝴蝶派给人们的印象往往是一群深具传统情趣的旧派才子，之所以形成这样的形象，不仅是缘于新文学的指认，他们自身的认同也是如此，在这个追寻身份、建构形象的过程中，由生存处境所决定的职业、文化裂变中的精神取向，以及面向新文学的策略性定位无疑都发挥着重要作用。对于鸳鸯蝴蝶派而言，新文学始终是一个强大的"他者"。面对这个"他者"，鸳鸯蝴蝶派的回应策略相当灵活，既接受新文学的区分，坚持一条"玫瑰之路"，标榜趣味与消闲；又不乏对新文学话语进行戏仿，颠覆权威与神圣；同时也有着消解边界与等级的同一性策略，在"新旧原本一家"的口号下一边揭新文学家老底，一边自己又积极逐新，扩展自身生存空间。正是在这样灵活复杂的应对、周旋中，形成了鸳鸯蝴蝶派丰富、驳杂的形态，从而让它历经新文学的屡次批判而不衰，在中国近现代文化、文学空间中占据着重要的一席之地。

原载《文学评论》2011 年第 4 期

吴虞与《新青年》:意义如何相互生成

——以反孔非儒为中心的考察

杨华丽

内容提要: 在《新青年》第 2 卷第 1 号至第 3 卷第 6 号上,以陈独秀、吴虞为首的知识分子,通过写作论文和回复信件等方式,对洪宪帝制背景下尊孔读经、定孔教为国教的思想潮流进行了较为集中的批判。《新青年》、陈独秀在现代思想史、文化史上的地位由此得以初步奠基,而吴虞正是因为在《新青年》上接连发表六篇论文,才真正走上反孔非儒的第一线。就反孔非儒而言,吴虞与《新青年》的意义是相互生成的:对于吴虞来说,《新青年》是一个他历经十余年的反孔探索而终于找到的重要舞台;对于《新青年》来说,吴虞与陈独秀的相关文字在时间和思想上形成互补。

民国初期有两次试图将孔教立为国教的运动:1913—1914 年为第一次,主要围绕"天坛宪法草案"的制定而展开;1916—1917 年为第二次,主要围绕第一届国会制宪问题而展开①。第一次运动中持批评意见的重要杂志是《甲寅》月刊,第二次运动中持批评意见的重要杂志是《新青年》。如果说《甲寅》月刊登载的批驳之文隶属于章士钊的思想与言说系统尚有一定局限的话,那么,在 1916 年 9 月至 1917 年 8 月期间发行的《新青年》(第 2 卷第 1 号至第 3 卷第 6 号)上,陈

---

① 参见韩华《民初孔教会与国教运动研究》,北京图书馆出版社 2007 年版,第 87 页。

独秀等边缘知识分子通过写作论文和回复信件等方式，对洪宪帝制背景下尊孔读经、定孔教为国教的思想潮流进行的集中批判，则开启了民国思想史上更为澎湃的反孔非儒潮流，对我们考量现代中国思想革命的发生具有重要的价值。

经统计发现，《新青年》专门讨论孔教问题的论文及通信总数高达四十三篇（平均每期接近四篇），而这些反孔文章的作者构成情况如表一所示。

表一

作者	论文数	论文名	信件数	文章总数
陈独秀	8	《驳康有为致总统总理书》《宪法与孔教》《孔子之道与现代生活》《袁世凯复活》《再论孔教问题》《旧思想与国体问题》《道德之概念及其学说之派别》①《复辟与尊孔》	17	25
吴虞	6	《家族制度为专制主义之根据论》《读〈荀子〉书后》《消极革命之老庄》《礼论》《儒家主张阶级制度之害》《儒家大同之义本于老子说》	2	8
常乃惪②	1	《我之孔道观》	4	5
易白沙	2	《孔子平议（下）》、《述墨》（下）	0	2
蔡元培	1	《蔡孑民先生在信教自由会之演说》	1	2
钱玄同	0		1	1
总数	18		25	43

可见，在这一时段里，主要的反孔非儒者除了陈独秀，就当数吴虞。如果再对吴虞此期几篇论文的发表情况做一个统计，可得表二。

---

① 该文为常乃惪凭回忆记下的演讲词，在《新青年》第 3 卷第 3 号发表时，目录中标题为《记陈独秀君演说词》，正文中标题变为《纪陈独秀君演讲辞》；在任建树、张统模、吴信忠编《陈独秀著作选》第一卷（上海人民出版社 1984 年版）中，题目更改为《道德之概念及其学说之派别》。

② 其第一封信发表于《新青年》第 2 卷第 4 号。写作这些信时，常乃惪还是北京高等师范预科生。值得注意的是，他在《新青年》上发表的信件，体现出他对孔教有一个日渐趋同于陈独秀的过程，笔者统计时将他转变过程中的言论也算作反孔。

表二

论文名	卷号	刊发位置	发表时间
《家族制度为专制主义之根据论》	第 2 卷第 6 号	该期第二篇,仅次于《文学革命论》(陈独秀)	1917 年 2 月 1 日
《读〈荀子〉书后》	第 3 卷第 1 号	该期第二篇,仅次于《对德外交》(陈独秀)	1917 年 3 月 1 日
《消极革命之老庄》	第 3 卷第 2 号	该期第二篇,仅次于《俄罗斯革命与我国民之觉悟》(陈独秀)	1917 年 4 月 1 日
《礼论》	第 3 卷第 3 号	该期第二篇,仅次于《旧思想与国体问题》(陈独秀)	1917 年 5 月 1 日
《儒家主张阶级制度之害》	第 3 卷第 4 号	该期第二篇,仅次于《时局杂感》(陈独秀)	1917 年 6 月 1 日
《儒家大同之义本于老子说》	第 3 卷第 5 号	该期第三篇,仅次于《近代西洋教育》(陈独秀)、《诗与小说精神之革新》(刘半农)	1917 年 7 月 1 日

由表二可知,吴虞的这六篇论文中,有五篇均尾随在主撰陈独秀之文后,其位置不可谓不显眼;而这六篇论文以每月每期一篇的速度发表,不可谓不集中。这样显眼的位置和这样集中的发表,使得吴虞一时间成了《新青年》反孔非儒最重要的言论大家,仅次于陈独秀。对于陈独秀与吴虞此时的关系,胡适 1921 年时曾这样描述:

> 吴又陵先生是中国思想界的一个清道夫,……有时候,他洒的疲乏了,失望了,忽然远远的觑见那望不(原文如此,引者注)尽头的大路的那一头好像也有几个人在那里洒水清道,他的心里又高兴起来了,他的精神又鼓舞起来了。于是他仍旧挑了水来,一勺一勺的洒向那旋洒旋干的长街上去。
>
> 吴先生和我的朋友陈独秀是近年来攻击孔教最有力的两位健将。他们两人,一个在上海,一个在成都,相隔那么远,但精神上很有相同之点。①

---

① 胡适:《〈吴虞文录〉序》,吴虞:《吴虞文录》,亚东图书馆 1921 年版。

　　可以说，大路"这一头"的吴虞，和大路"那一头"的陈独秀等，尤其是陈独秀，正是在"攻击孔教""打扫孔渣孔滓"，为中国思想界清道的意义上，成了同调、形成了联盟。在他们以及其他同人的共同努力下，反孔非儒成为此期的一种新思潮，《新青年》成为此期新的思想核心，拥有了越来越多的赞成者，也形塑了越来越多的"新青年"。《新青年》、陈独秀在现代思想史、文化史上的地位与意义，由此得以初步奠基，而吴虞，正是因为这几篇手榴弹似的论文的集中发表，才真正走上了反孔非儒的第一线，以至后来博得了"中国思想界的一个清道夫""'四川省只手打孔家店'的老英雄"① 这两个极具标识性的称号。如果说反孔非儒是吴虞一生的主要标志，那么，其最高峰，恰恰就是在《新青年》发表上述论文的 1917 年。从反孔非儒这一点上说，吴虞与《新青年》的意义是相互生成的。

一　《新青年》之于吴虞：一个舞台

　　吴虞因反孔非儒而在现代思想、文化史上所具有的巨大意义，与其文在《新青年》上面世密切相关。"可以不夸张地说，《新青年》奠定了吴虞在新文化运动中的名声和地位。"② "陈氏请求他底论说来登《新青年》上，……如此，他底言论就由四川底乡下而跳上舞台上来，介绍满天下底青年。"③ 而在吴虞自己眼里，在《新青年》上发表《家族制度为专制主义之根据论》，乃是使得其之"非儒及攻家族制两种学说""播于天下"的，让他"私愿甚慰"④ 的结果。当下学人的论说、时人的品评与吴虞的自陈，都无一例外地指出了《新青年》这个"舞台"之于吴虞的重要意义。

　　其实，此前吴虞已在学理上进行了十余年的艰辛探索。简单说来，

---

　　① 胡适：《〈吴虞文录〉序》，吴虞：《吴虞文录》，亚东图书馆 1921 年版。

　　② 冉云飞：《吴虞和他生活的民国时代》，山东人民出版社 2009 年版，第 115—116 页。

　　③ ［日］青木正儿：《吴虞底儒教破坏论》，王悦之译，赵清、郑城编《吴虞集》，四川人民出版社 1985 年版，第 479—480 页。

　　④ 中国革命博物馆整理，荣孟源审校：《吴虞日记》上册，四川人民出版社 1984 年版，第 295 页。

吴虞的反孔非儒思想经历了萌芽期（1900—1909）、初步形成期（1910—1912）以及正式形成期（1913—1917）这三个阶段。在正式形成期，1915年是吴虞写作论文最多的年头，1916年次之。现据《吴虞集》与《吴虞日记》（上），将这两年内吴虞所写相关文章及发表情况等整理如表三。

表三

时间	论文名	首次发表、是否收入《吴虞文录》 （1921 年亚东图书馆版）
1915 年 1 月	《复某君书》	《四川公报》之《娱闲录》第 14 册
1915 年 3 月	《复王光基论韩文书》	《四川公报》之《娱闲录》第 23 册
1915 年三月初九①	《〈圆明语〉序》	《四川公报》之《娱闲录》第 17 册、《吴虞文录》卷下
1915 年六月初八②	《书某氏〈社会恶劣状况论〉后》	《会报》（1916 年六月初十），未收入《吴虞文录》
1915 年 7 月 10 日③	《读邵振青教育论》	《西蜀新闻》（1915 年 7 月 13—14 日），未收入《吴虞文录》
1915 年 7 月 26 日前④	《家族制度与专制主义之关系》⑤	《新青年》第 2 卷第 6 号、《吴虞文录》卷上
1915 年八月初六⑥	《〈松冈小史〉序》	《小说月报》12 号、《吴虞文录》卷下
1915 年 9 月 13、14 日⑦	《明李卓吾别传》	《进步》9 卷 3 期、4 期（1916 年）、《吴虞文录》卷下

①　吴虞在 1915 年三月初九的日记中说："看范蕊生《圆明语》，莫名其妙，因范请余作序，故不能不一阅也。饭后作《圆明语序》，专就《凝神篇》范自记医案立论，其他玄黄之说概置不及，凡六百余字，午刻脱稿。"（参见《吴虞日记》上册，第 178 页）

②　吴虞 1915 年六月初八的日记中说："阅《会报》登壮悔《社会恶劣状况》一篇，理有未尽，为引申之，作《书后》一篇，约一千数百字。"（参见《吴虞日记》上册，第 192 页）

③　《吴虞日记》上册，第 198 页。《吴虞集》中所标该文写作时间为"一九一五年七月"（参见《吴虞集》，第 67 页）。

④　《吴虞集》中所标该文写作时间为"一九一五年七月"。吴虞在其 1915 年 7 月 26 日的日记中说："饭后桓女抄余所作《家族制度与专制主义之关系》文一首，凡四篇半二千余字，令王嫂交邮局与进步杂志社寄去。"见《吴虞日记》上册，第 200 页。由此可知该文写成于 7 月 26 日前。

⑤　即后来发表的《家族制度为专制主义之根据论》。

⑥　据吴虞 1915 年八月初六的日记。《吴虞集》中所标该文写作时间为"一九一五年八月"。吴虞日记中说该文"于正史、小说，皆为人君而作，辨之颇创见"。

⑦　《吴虞日记》上册，第 214—215 页。《吴虞集》中所标该文写作时间为"一九一五年九月"（参见《吴虞集》，第 75 页）。

续表

时间	论文名	首次发表、是否收入《吴虞文录》（1921年亚东图书馆版）
1915年10月12日前①	《儒家主张阶级制度之害》	《新青年》第3卷第4号（1917年6月1日）、《吴虞文录》卷上
1915年10月12日前②	《儒家大同之义本于老子说》	《蜀报》（1916年8月）、《新青年》第3卷第5号、《吴虞文录》卷下
1915年10月12日前③	《儒家重礼之作用》（《礼论》）	《新青年》第3卷第3号、《吴虞文录》卷上
1916年④	《经疑》	未在报刊上发表，未收入《吴虞文录》
1916年4月	《读〈荀子〉书后》	《蜀报》（1916年8月初四）、《新青年》第3卷第1号、《吴虞文录》卷下
1916年五月初八⑤	《情势法》	《四川群报》（1916年5月初十），未收入《吴虞文录》
1916年5月27日⑥	《人才》	《四川群报》（1916年6月初一），未收入《吴虞文录》
1916年十二月初六前⑦	《消极革命之老庄》	《新青年》第3卷第2号、《吴虞文录》卷下

———————————

①　吴虞在其1915年10月12日的日记中说："发甲寅杂志社函，计寄：《儒家重礼之作用》一首，《儒家主张阶级制度之害》一首，《儒家大同之义本于老子说》一首，五言律诗五首，凡十一纸。"（参见《吴虞日记》上册，第221页）可知，这几篇文章完成于10月12日前。《吴虞集》说《儒家主张阶级制度之害》写于1916年1月，《儒家大同之义本于老子说》写于1916年8月，有误。

②　吴虞1916年八月初七的日记中说："《大同主（原文如此，引者注）义本老子说》《蜀报》今日登完。"

③　据吴虞1915年10月12日日记可知，《儒家重礼之作用》写于此前，查《吴虞集》，未见以《儒家重礼之作用》命名的文章，查《吴虞日记》，未见该文发表的记录。吴虞1917年3月25日日记中有"晚将《礼论》脱稿，计九页零数行"。（《吴虞日记》上册，295页）读《礼论》可知，该文重在研究制礼之心。所以笔者以为，《礼论》就是《儒家重礼之作用》的修改本。

④　吴虞1916年正月初一的日记中说："桓抄《经疑》三页。"1916年3月9日的日记中说："桓女抄余《经疑篇》毕，凡十一页，付邮与范丽海寄去。"1917年2月4日日记中说："将《经疑》篇校出，与培甫交去。"（参见《吴虞日记》上册，第234、248、284页）综上可见，该文定稿完成于1916年。《吴虞集》收录该文时，据《吴虞文续录》中吴虞在该文之末所署的时间而将其写作时间定为1917年3月，有误。另，此处所言"范丽海"应为"范莳诲"，疑《吴虞日记》整理者因二者形近而误。

⑤　吴虞1916年五月初八的日记中说："饭后作情势法论文。午后归家续做论文，掌灯后脱稿，约千余字。"并于次日将文稿寄给了《群报》（参见《吴虞日记》上册，第257页）。

⑥　吴虞1916年5月27日日记："今日报载胡谔公有求人才于在野之议，乃作《人才》一篇，约千字。"（参见《吴虞日记》上册，第259页）

⑦　吴虞1916年12月6日日记中记载了抄给陈独秀的稿子（参见《吴虞日记》上册，第273页），第一篇即此。故该文写成于该日之前。

　　由表三可知，1915 年吴虞至少写作了十一篇、1916 年至少写作了
五篇反孔非儒论文①，其思考不可谓不勤，用功不可谓不深。吴虞最
重要的反孔非儒观点，也在这些论文中展露无遗，故而在编辑《吴虞
文录》时，表三中最重要的九篇均被收入。这些在当时的四川堪称惊
世骇俗的文稿②，九篇首发于川内报刊，两篇发于上海杂志，四篇首发
于《新青年》，还有一篇从未公开发表过。其中的几篇重头文章——
《儒家重礼之作用》《儒家主张阶级制度之害》《儒家大同之义本于老
子说》虽早在 1915 年 10 月 12 日之前、《家族制度为专制主义之根据
论》更早在 1915 年 7 月 26 日前就已经完成，但发表之路却并不平坦：
无论是当时思想激进的《进步》杂志还是《甲寅》杂志，都没有发表
吴虞的上述文章③。所以，尽管吴虞在 1915 年 12 月 11、12 日日记中
——罗列自己文章所发之地，而且在日记中还有谢绝《益州日报》毛
济群为其辟专栏的邀请、回绝《蜀报》邀请其做主笔的邀请等记载，
但吴虞显然并未因此而满足。部分原因是其发表的文章中有一大部分
是川外人叫好而川内人不那么认同的诗④，而最主要的，我以为是他
自己最看重的那几篇反孔非儒之文并未公开发表，他自觉其反孔非儒
思想并未播于天下。

　　吴虞思想播于天下的契机，出现于 1916 年十二月初三这一天。该

---

　　①　据此段时间的《吴虞日记》可知，吴虞此期尚写有其他相关论文，有的曾发表过，但目
前未找到原稿或发表的报刊，无从准确统计。

　　②　吴虞 1915 年 8 月 24 日日记中谈及他看《西蜀新闻》："今日'论说'有《影响录》攻
旧说，主张吴贯因家族改良论。成都有此见解，真难得也。"（参见《吴虞日记》上册，第 207
页）由此可见当时四川舆论风气之一斑。

　　③　吴虞 1915 年 7 月 26 日日记中说："饭后桓女抄余所作《家族制度与专制主义之关系》
文一首，凡四篇半二千余字，令王嫂交邮局与进步杂志社寄去。"1915 年 10 月 12 日日记中说：
"发甲寅杂志社函，计寄：《儒家重礼之作用》一首，《儒家主张阶级制度之害》一首，《儒家大
同之义本于老子说》一首，五言律诗五首，凡十一纸。"1916 年正月初六日记中说："发范丽诲
信，寄《儒家主张阶级制度之害》一首"。最终，无论是《进步》还是《甲寅》，都没有发表他
寄去的这些文章。

　　④　吴虞 1917 年 2 月 2 日日记中引了苍一的言论："外省人赞美余诗者甚多，川人中则多不
以为然。"（参见《吴虞日记》上册，第 284 页）

日日记中，吴虞记下了"《新青年》，上海棋盘中街群益书社"这条信息，以及自己"饭后发新青年主任陈独秀信"①。两天后，吴虞又在日记中记下了将《消极革命之老庄》《家族制度为专制主义之根据论》《儒家大同之义本于老子说》《读〈荀子〉书后》这四篇文章挂号寄给陈独秀的信息②。随后，陈独秀将吴虞的来信登在了《新青年》第2卷第5号的"通信"栏中，并做了正式回复。当年反孔非儒的两员大将正式相识时碰撞出的思想火花，由此得到呈现。

细读吴虞的去信可以发现，他层次井然地表达了三层意思。第一，他由《孔子平议》中"谓自王充李卓吾数君外，多抱孔子万能思想"起笔，追溯了自己从丙午游东京至当时的艰苦探索，说自己"十年以来，粗有所见"，其已发表的《辛亥杂诗》和《李卓吾别传》以及另外写就的《家族制度为专制主义之根据论》，《儒家大同之义本于老子说》《儒家重礼之作用》《儒家主张阶级制度之害》《消极革命之老庄》《读荀子》等篇，"其主张皆出王充、李卓吾之外"。为了证明，他说："暇当依次录上，以求印证。"第二，吴虞说明了自己反孔的原因："不佞常谓孔子自是当时之伟人，然欲坚执其学，以笼罩天下后世，阻碍文化之发展，以扬专制之余焰，则不得不攻之者，势也。梁任公曰：'吾爱孔子，吾尤爱真理'，区区之意，亦犹是耳，岂好辩哉？"即他本爱孔子，但不得不攻击当时将被推向独尊地位的孔学，这是"势"而非他"好辩"。第三，吴虞说明自己反孔非儒的文章虽受到章行严的赞誉，然而同调甚少（成都报纸不敢登载），反而是如陈恨我③之见解，"几塞宇内"。因此，当他见到《新青年》上的大论，"为之欣然"，所以"不揣冒昧，寄尘清监"。无疑，吴虞的自荐是成功的：他不仅在几百字内表明了自己反孔的因由，还提及自己所写论文的主张已超出王充、李卓吾之外，而其价值受到了时贤如章行严等的赞誉。这种成功，不仅体现在陈独秀将吴虞来信刊发

① 《吴虞日记》上册，第272页。
② 吴虞1916年十二月初六的日记，《吴虞日记》上册，第273页。
③ 陈恨我是曾写信给《新青年》编者的一读者。

于最新一期《新青年》的举措上，而且体现在他回复时诸多的赞誉
之词上：

> 久于章行严、谢无量二君许，闻知先生为蜀中名宿。《甲寅》
> 所录大作，即是仆所选载，且妄加圈识。钦仰久矣！兹获读手教
> 并大文，荣幸无似。《甲寅》拟即续刊；尊著倘全数寄赐，分载
> 《青年》、《甲寅》，嘉惠后学，诚盛事也。窃以无论何种流派，均
> 不能定于一尊，以阻碍思想文化之自由发展。况儒术孔道，非无
> 优点，而缺点则正多。尤与近世文明社会不相容者，其一贯伦理
> 政治之纲常阶级说也。此不攻破，吾国之政治、法律、社会道德，
> 俱无由出黑暗而入光明。神州大气，腐秽蚀人，西望峨眉，远在
> 天外，瞻仰弗及，我劳如何！①

"蜀中名宿"、令陈独秀"瞻仰弗及"的"天外""峨眉"，这两
个吴虞从未听闻过的，而且来自上海的赞誉之词，极大地满足了吴虞
的心理需求，而陈独秀对必须攻击儒术孔道的论述，极大地契合了吴
虞的反孔主张。二人找到了"同调"后的"欣然"之情，从这些字里
行间可以体会到。

然而吴虞当年在发信、寄出文稿之后，并不知道陈独秀会作何反
应，于是在其日记中，有不少关心《新青年》、关心文稿发表情况的
记录②。直到 1917 年 3 月 15 日，《新青年》第 2 卷第 5 号寄到吴虞手
中，他悬着的心才放下了。欣喜之余，他在日记中全文照录了陈独秀的
复信。3 月 18 日，吴虞就"发陈独秀《书〈女权评议〉》稿挂号信"，
再次寄去文稿。而在 3 月 25 日的日记中，吴虞慎重地写道："……上

---

① 载《新青年》1917 年第 2 卷第 5 号。

② 吴虞 1917 年 1 月 19 日日记中说："令老唐与陈岳安交去订《新青年》全年二元"；1917
年 1 月 21 日，吴虞记下了潘力山所说的陈独秀的有关信息；1917 年 2 月 25 日，吴虞给存孙写
信，请他查阅《新青年》是否已经登录他的稿子；1917 年 3 月 5 日，听陈岳安说陈独秀任北京
大学文科学长这个消息后，他担心的是"《新青年》其能继续乎"（参见《吴虞日记》上册，第
281、288、291 页）。

登有《新青年》六号要目，余之《家族制度为专制主义之根据论》在上……余之非儒及攻家族制两种学说，今得播于天下，私愿甚慰矣。"其欣喜程度，以及他对《新青年》这个舞台重要性的认知，由此可见一斑。紧接着，吴虞修改出了《礼论》，并将其寄给陈独秀①。此后吴虞的日记中，还有不少与发表文章有关的条目。比如，1917 年 4 月 29 日的日记中，吴虞记下了"岳安来言，《新青年》三卷一号要目登余文一首，仍在第二篇"。当他收到该号后，还因其目录上的广告语而发表了以下感慨：

> 《新青年》三卷一号将一、二卷目录特列一页，上署大名家数十名执笔，不意成都一布衣亦预海内大名家之列，惭愧之至。然不经辛亥之事，余学说不成，经辛亥之事而余或不免，四川人亦无预大名家之列者矣，一叹。美人嘉莱儿曰：文人亦英雄之一种。余正不可妄自菲薄，以为逊于世之伟人也。②

这里面充满了他由四川成都跻入他眼中的"主流"视野之后的欣喜之情，也充满了身世之慨。此后，关于《新青年》第 3 卷第 2 号发表其《消极革命之老庄》、第 3 卷第 3 号发表其《礼论》、第 3 卷第 4 号发表其《儒家主张阶级制度之害》与香祖的《女权平议》、第 3 卷第 5 号发表其《儒家大同之义本于老子说》的信息，都一一记录在案。收到第 3 卷第 5 号的 1917 年 10 月 18 日，吴虞说："余寄去之文登毕矣。"至此，他与《新青年》的因缘告了一个段落。

吴虞发表的这六篇论文以及另外的两封信，集中展示了他的反孔非儒思想。他自身也因此而获得了"大名家""蜀中名宿"等称号，一时间声誉鹊起。在此期间，柳亚子在驳斥朱鸳雏诗话时，将吴虞称

---

① 就在 1917 年 3 月 25 日晚，他修改了《儒家重礼之作用》，命名为《礼论》，"将《礼论》脱稿，计九页零数行"；第二天，他请胡景文抄了《礼论》；第三天，胡景文将《礼论》稿子送回，他当天即看完文稿，确定其信息准确无误；第四天，"发陈独秀挂号信"，将该文寄出（参见《吴虞日记》上册，第 294—295 页）。

② 《吴虞日记》上册，第 310 页。

为"西蜀大儒",说他"博通古今中外之学,其言非孔,自王充、李卓吾以来,一人而已"。① 此后,其弟吴君毅在信中也称赞他"积学多年,每为四川开新风气"②。1921 年,在成都已经获得众多"新"青年敬佩、爱戴的吴虞更上层楼,被北大特聘为教授,与胡适、钱玄同、周作人、马幼渔等一起讲学。就在这年,他出版了《吴虞文录》,被胡适称为"中国思想界的一个清道夫""'四川省只手打孔家店'的老英雄"③,被青木正儿指为"在破坏礼教迷信军阵头恶战甚力"④ 者。至此,吴虞在《新青年》这个舞台上获得的光环达到至高点。在吴虞后来的人生旅程中,这种光环始终是他非常珍视的⑤。

二 吴虞之于《新青年》:又一个清道夫

《新青年》为吴虞提供了发表反孔非儒主张的舞台,使得吴虞走上了其人生的巅峰。那么,为什么是《新青年》而非其他杂志接纳了吴虞那些惊世骇俗的论文?终其一生都未谋面的主编陈独秀与投稿者吴虞之间,到底在何种意义上达成了思想的契合?由于对吴虞的接纳,《新青年》具有了何种新品质?回答这三个相互关联的问题,无疑有助于我们理解吴虞之于《新青年》的意义所在。

要回答第一个问题,我们得注意到《孔子平议》一文的重要意义,因为吴虞去信中的第一句话就是:"读贵报《孔子平议》,谓自王充、李卓吾数君外,多抱孔子万能思想。"⑥ 发表于《新青年》第 1 卷第 6 号、第 2 卷第 1 号上的《孔子平议》,一方面是该刊第 1 卷第 1 号至第 5 号期间,陈独秀等反对文化专制思想的自然发展,另一方面也是第 2 卷第 2 号至第 6 号期间,陈独秀反袁世凯尊孔读经、立孔教为

---

① 吴虞 1917 年 9 月 21 日日记,《吴虞日记》上册,第 345 页。

② 吴虞 1919 年 7 月 11 日日记,《吴虞日记》上册,第 471 页。

③ 胡适:《〈吴虞文录〉序》,吴虞:《吴虞文录》,亚东图书馆 1921 年版。

④ 《青木正儿致吴虞》,《吴虞集》,第 394 页。

⑤ 参见拙文《吴虞与"'只手打孔家店'的老英雄之称"——以"艳体诗"事件中吴虞的"八条"为中心的辨析》,《宜宾学院学报》2012 年第 7 期。

⑥ 《吴虞致陈独秀》,《吴虞集》,第 385 页。

国教的思想前驱。在吴虞之文寄给《新青年》之前，以陈独秀、高一涵为主导的一批知识分子，已经在反孔非儒的思想之路上锐意行进了很长一段时间。

我们知道，《新青年》创刊之际，袁世凯打着尊孔幌子的洪宪闹剧正沸沸扬扬地展开。这时的陈独秀致力于青年人格的塑造，在张扬个人本位的基础上，以西方近代文明中的民主、自由、平等诸概念工具对中国传统文化进行反思，并日渐达到对传统道德伦理的批判，终于以对墨家哲学等的阐释，施行了对儒学、孔子独尊地位的部分解构。此期《述墨》《孔子平议》等文的发表，表明陈独秀在慢慢将批判的焦点集中于儒家、孔子。

到了《新青年》第2卷第1号发行的1916年9月，袁世凯已病死两个多月，黎元洪与段祺瑞之间的"府院之争"上演。伴随着的，是吴佩孚成立孔教会并推孔泗澶为会长、教育部长范源濂提倡"祭孔读经"、国会重新审议1913年的《天坛宪法草案》应否删去"国民教育以孔子之道为修身大本"等局势。就在此时，康有为发表了一封致黎元洪和段祺瑞的公开信，不仅坚称"国民教育以孔子之道为修身大本"这一条不能删去，而且重提1913年就提出过的"定孔教为国教"的主张。一时间，"参、众两院中坚持定孔教为'国教'的一百多议员，在北京组成'国教维持会'，通电'吁请'各省督军支持。在此前后，各地尊孔会、社和军阀、政客，函电交驰，上书请愿，一时成风。"[1] 张勋等十三省督军、省长等致电黎元洪，认为中国"千年之历史风俗，举动行为，人伦日用，皆受之于孔教，与之相化为国魂，从之则治，去之则乱。……若弃孔教，是弃国魂"，呼吁"保存郡县学宫及学田祀田，设奉祀生，行跪拜礼，编入宪法，永不得再议"[2]。在此语境下，陈独秀在《新青年》先后发表了《驳康有为致总统总理书》（第2卷第2号）、《宪法与孔教》（第2卷第3号）、《孔子之道与现代生活》（第2卷第4号）、《袁世凯复活》（第2卷第4号）、《再论

---

[1] 转引自韩达编《评孔纪年（1911—1949）》，山东教育出版社1985年版，第45—46页。

[2] 转引自韩达编《评孔纪年（1911—1949）》，山东教育出版社1985年版，第47、49页。

孔教问题》（第2卷第5号）、《复辟与尊孔》（第3卷第6号）这六篇论文。从这六篇论文发表的情况来看，第2卷第6号至第3卷第5号是陈独秀言说的空档。而据表二可知，吴虞的六篇文章恰恰分别刊发于这六期刊物中：吴虞与陈独秀的反孔非儒之文，在时间上正好互补。换句话说，《新青年》之所以吸引吴虞，是因为其《孔子平议》中透出的反孔非儒信息，而该刊物之所以接纳吴虞之文并高调发表，是基于其进一步反孔非儒的需要。

　　思考第二个问题时，我们会发现，吴虞与陈独秀此期发表的反孔非儒之文，在思想上也正好形成了一种互补关系：终其一生都未曾谋面的这两人，在反孔非儒层面存在一定程度的契合。

　　首先，陈独秀在六篇论文中表达的核心观点有三：孔教与帝制有不可离散之因缘，故而复辟与尊孔密切相关；独尊孔氏会造成思想专制，而独尊孔教会阻碍信教自由；孔氏之道是封建时代之产物，以别尊卑、明贵贱为特征，而这与人人自由平等的民国精神相悖，不符合现代生活。比较吴虞1915—1916年所写的论文可知，他们反孔非儒的立足点，都在孔教的专制主义不适合共和国体这一点。只是陈独秀更多地从社会文化与伦理道德角度立论，而吴虞则从法律的角度立论；陈独秀所依据的理论武器是西方伦理学、宗教史、近代文明史与政治史，吴虞的思想武器则来自中国传统文化中那些有悖于儒家正统的经典，以及他经由日本留学所接触到的西方法律经典。这种与陈独秀存在较大差异的论述思路，使得其言论成为陈独秀关于孔教与国教、孔教与宪法、孔教与复辟等方面论辩的学理性补充。《新青年》之所以接纳吴虞的论文并且急切地发表之，原因正在于这种补充性观点的可贵。"没有……急欲壮大新文化运动力量的需要，吴虞的观点不可能有更多的知音。"[1] 这一论断无疑是有其合理性的。

　　其次，1916年十二月初六，即吴虞初次给陈独秀写信后的第三天，吴虞就将《消极革命之老庄》《家族制度为专制主义之根据论》《儒家大同之义本于老子说》《读〈荀子〉书后》这四篇论文挂号寄

---

　　① 冉云飞：《吴虞和他生活的民国时代》，山东人民出版社2009年版，第115页。

给了陈独秀，此后又寄上了早已写就的《儒家主张阶级制度之害》①。
加上 1917 年 3 月 25 日写就、3 月 27 日寄给陈独秀的《礼论》，吴虞
后来在《新青年》上发表的全部文章已齐集于陈独秀手中。那么，陈
独秀是怎样安排这几篇论文的呢？从表二可知，他选出来发表的第一
篇，是吴虞系列论文中最见功力的《家族制度为专制主义之根据论》，
后来依次选的是《读〈荀子〉书后》《消极革命之老庄》《礼论》《儒
家主张阶级制度之害》《儒家大同之义本于老子说》。仔细阅读这些文
章可知，陈独秀对发表顺序的择取，构成了他理解吴虞思想的系列。

　　《家族制度为专制主义之根据论》找准了孝、家族制度与专制主
义之间的关联，相当于吴虞反孔非儒的总纲。《读〈荀子〉书后》一
文，是对孔教形成过程的一次探究。对荀卿在这个专制制度形成过程
中所起作用的论述，尤其发人深省：正是有了他，中国的专制之局才
由"孔子教之"，到了"李斯助之"，最后"始皇成之"，这是侧重于
专制之局的论说。《消极革命之老庄》一文继续追究儒家与专制之关
系，但其论述，是从道家与儒家之比较入手的，他认可道家超过了儒
家，但又指出老庄之学毕竟是消极革命的。《礼论》一文，侧重对礼
制本身效用的探究，这牵涉专制及专制者利用礼教的目的。《儒家主
张阶级制度之害》则正面论述了儒家主张别尊卑贵贱的危害，《儒家
大同之义本于老子说》则抽去了一个假设，就是儒家经典《礼运》中
的大同说可以证明儒家并不是主张专制的。这六篇文章，各有侧重而
又构成了一个有机整体。

　　此外，陈独秀对这几篇文章的顺序安排，也体现出他对其文章价
值的判断。我们知道，吴虞第一次给他寄去的四篇论文，在第 2 卷第
5 号印行前已经送达陈独秀手中，所以他在回信中说的是"兹获读手
教并大文，荣幸无似"，但在第 2 卷第 6 号上，陈独秀刊登的是《家族
制度为专制主义之根据论》而非其他，这表明了他对吴虞思想之闪光
点的理解。此后，当《礼论》以及《儒家主张阶级制度之害》分别补

　　①　1917 年 5 月 3 日吴虞日记："饭后发陈独秀信，附去《儒家主张阶级制度之害》一首。"
（参见《吴虞日记》上册，第 306 页）

寄至陈独秀手中，他把二者与吴虞最早寄去的《儒家大同之义本于老子说》做了个颠倒，将后者放至最后刊出。这暗示我们，陈独秀对《儒家大同之义本于老子说》中的观点及其价值持有保留意见，而这正与随该文刊发的陈独秀之复信的立场相吻合①。

那么，《新青年》因接纳了吴虞而具有了何种新品质呢？

《新青年》第2卷第1号上曾刊发陈独秀的感慨："本志出版半载，持论多与时俗相左，然亦罕受驳论，此本志之不幸，亦社会之不幸，盖以真理愈辩而愈明也。"② 可见，批孔前的这份杂志不特没有多少人赞同，连反对者也没有，这多少让陈独秀感到了类似鲁迅所言的"寂寞"③。基于袁世凯死后的政治乱局，尤其是康有为致黎元洪和段祺瑞的那封公开信，陈独秀首先旗帜鲜明地开始反叛，而继起者则是吴虞。正是吴虞的适时加入，以及迥异于陈独秀的论析理路，将此期的反孔非儒推向了深入。可以说，吴虞是当时中国思想界的另一个清道夫。

这种深入所产生的影响，从第2卷第1号至第3卷第6号通信栏所发提及孔教问题的诸多信件也可以看出。在这十多封来信里，有赞同陈独秀等反孔非儒行径者，如"久诵大著，知先生于孔教问题，多所论列。崇论宏议，鞭策人心，钦仰无似！"④ "贵志……于反对孔教，

---

① 吴虞1917年5月2日日记中说："写吕东莱、朱元晦、李邦直论《礼运》三条与陈独秀先生，请列入通讯与余前说互证。"（参见《吴虞日记》上册，第306页）此处"前说"，即指其《儒家大同之义本于老子说》中的观点。该信后随《儒家大同之义本于老子说》一文一起刊出。陈独秀在复信中认为，孔教徒为求容于共和国体而将以前抛弃的《礼运》大同说作为证据，本身就是丑陋至极的，即使《礼运》出于孔子，也与当时之共和民选政制不同，也应该批判。"'大同'之异于'小康'者，仅传贤传子之不同；其为君私相授受，则一也。若据此以为合于今之共和民选政制，是完全不识共和为何物，曷足与辨哉？"（参见《新青年》第3卷第5号，1917年7月1日）可见，陈独秀并不赞同吴虞在该文中的说法。

② 陈独秀：《致陈恨我》，《新青年》1916年第2卷第1号。

③ 鲁迅在《〈呐喊〉自序》中说："凡有一人的主张，得了赞和，是促其前进的，得了反对，是促其奋斗的，独有叫喊于生人中，而生人并无反应，既非赞同，也无反对，如置身毫无边际的荒原，无可措手的了，这是怎样的悲哀呵，我于是以我所感到者为寂寞。"（参见《鲁迅全集》第一卷，人民文学出版社2005年版，第439页）

④ 傅桂馨：《致陈独秀》，《新青年》1917年第3卷第1号。

尤能发扬至理，足使一般中国国教之迷者，作当头棒喝也。"① "吾国万般之不进化，莫不缘孔老为之厉阶，至今缙绅先生中，尚不乏非议共和国体者，即其验也。……今孔教之声盈天下，余素腹诽之，而倾心于庄墨耶稣之流。夫以庄严之国宪，定孔道为修身大本，则将来之教育方针可知。余为共和国体危。"② 也有先表示赞赏，再提出异议者，如俞颂华就先说"偶在书肆购得《新青年》第四、第五两号……所论孔教问题二篇，尤具卓识"，紧接着就说"惟其中有与鄙见刺谬者"③。不管是明确反对的陈恨我，还是赞同的毕云程、顾克刚、皞，以及由有歧见到赞同的常乃悳，他们的积极反应说明，陈独秀等人此期的反孔在当时的读者心里投入了一颗炸弹，形成了一个有一定裹挟力量的旋涡。《新青年》已经受到了关注，这本身就是一种成功。

三　吴虞与《新青年》：意义相互生成的有限性

对吴虞而言，《新青年》是一个他历经十余年的反孔探索而终于找到的重要舞台，对他走上反孔非儒第一线具有关键意义，也为其博得思想界同人的欣赏提供了重要契机；对《新青年》而言，吴虞与陈独秀的反孔非儒之文，在时间以及思想上都正好形成了互补，因而，吴虞是《新青年》所开展的思想革命的重要参与者，此时段《新青年》在思想史上的意义离不开吴虞的贡献。重返 1916—1917 年的历史语境，详细考察吴虞与《新青年》的关系，无疑有助于我们破除对吴虞的偏见，深化对吴虞反孔非儒思想的研究，重新还原吴虞在中国现代思想史乃至文化史上的地位。但我们应该保持警惕的，是吴虞并未参与《新青年》发动的文学革命这一事实，并由此认识到吴虞与《新青年》的意义相互生成的有限性问题。

发表于《新青年》第 2 卷第 5 号的《文学改良刍议》、第 2 卷第 6 号的《文学革命论》开启了五四时期的文学革命，这是我们早已熟知

---

①　褚葆衡：《致陈独秀》，《新青年》1917 年第 2 卷第 5 号。

②　皞：《致陈独秀》，《新青年》1917 年第 2 卷第 5 号。

③　俞颂华：《致陈独秀》，《新青年》1917 年第 3 卷第 1 号。

的史实。但我们以前没有注意到，此前的论述、通信中，文学是文学、反孔是反孔，二者并不密切相关。正是从第 2 卷第 5 号开始，文学革命与反孔非儒这两个问题开始明显地融会、扭结在一起，而且似乎越来越成了陈独秀等为"新"青年设计的重要两翼。从常乃惪致陈独秀的通信中，我们已经能发现这种扭结的端倪：常乃惪不仅关注了胡适论改革文学一书，而且重点关注了陈独秀驳康南海之文①。陈独秀的回复中，也涉及这两方面，但明显略于文学革命而详于思想革命。到了陈独秀去北京，并且答应蔡元培就任北大文科学长之后，程演生写有一封信给陈独秀，表示了他对"文科教授，必大有改革"的期许，陈独秀的回复如下：

> 仆对于吾国国学及国文之主张，曰百家平等，不尚一尊；曰提倡通俗国民文学。誓将此二义遍播国中，不独主张于大学文科也②。

由此可以看出，此时的陈独秀，已经将反孔非儒和文学革命作为重要的两个问题来思考，而这显然已超出了改革大学文科的范畴。

此后，"通信"栏中关于文学革命的讨论日渐热烈，关于孔教问题的讨论日渐深入。反孔非儒与文学革命，在这些读者眼里，日渐成为《新青年》的两个标志。不仅如此，鲁迅、周作人、钱玄同也以非常积极的姿态加入思想革命和文学革命的行列中。周作人的《人的文学》《平民文学》《小河》等，钱玄同这一时期的随感录，鲁迅这一时期的《我之节烈观》《我们现在怎样做父亲》等，都身负两种革命的重任。在这里，"思想革命既是文学革命的前提，又是文学革命的结果；反过来也一样"。③反孔非儒的思想革命，正是在与文学革命的相互扭结中被推向了意义的纵深。

---

① 常乃惪：《致陈独秀》，《新青年》1916 年第 2 卷第 4 号。
② 陈独秀：《答程演生》，《新青年》1917 年第 2 卷第 6 号。
③ 欧阳军喜：《五四新文化运动与儒学》，陕西人民出版社 2000 年版，第 69 页。

　　有意思的是，吴虞在《新青年》上的第一次亮相，是《文学改良刍议》发表的第 2 卷第 5 号，而其第一篇反孔论文的登场，正是《文学革命论》发表的第 2 卷第 6 号，而且恰恰就在陈独秀该文之后。所以，我们有充足的理由相信，胡、陈二位提倡文学革命的文章，他一定阅读并且思考过。事实上，柳亚子在写给吴虞的信中，说了"独秀亦旧相识，第未入社，其驳孔教论篇，可谓绝作。唯近信胡适之言，倡言文学革命，则弟未敢赞同"之后，紧接着问的就是"尊意如何，倘能示我否也"?[①] 我们现在已看不到吴虞因此而写的《论文学革命驳胡适说》，但从柳亚子回信所言"《论文学革命驳胡适说》，先得我心之所同，然而言之有物，酣快淋漓，尤足令弟拍案叫绝，先生真吾师也"[②]，我们可以大致推知，这篇文章一定对文学革命和胡适多有批驳，而且可能比柳亚子的简短议论更成系统，更具杀伤力。也即是说，反孔者吴虞并不赞同文学革命。而且他的这种态度，较之柳亚子后来"涣然冰解"的转变[③]，显然更为顽固：1918 年 4 月 13 日，吴虞在收到《新青年》第 4 卷第 2 号后还说"言新文学者太多"[④]，可见他依然不喜欢新文学。当看到鲁迅的《狂人日记》之后，吴虞所写的《吃人与礼教》一文，只引申、证明"礼教吃人"这一思想洞见，而并未注意到鲁迅该文在文学革命史上的开创性价值，而其表述文字，也仅走到了文白间杂这一步。1921 年 12 月 6 日，吴虞在日记中记下了《墨子的劳农主义》的写法："归家草《墨子的劳农主义》，改成白话文，撰就六篇。"可见，他到 1921 年依然不习惯用白话文写作。1924 年 12 月 1 日，他在日记中说，"在北大上课，买《语丝》一张，阅《礼的

---

　　① 柳亚子致吴虞信中所言，见吴虞 1917 年 4 月 13 日日记，《吴虞日记》上册，第 300 页。

　　② 柳亚子回复吴虞的信，见吴虞 1917 年 5 月 17 日日记，《吴虞日记》上册，第 309 页。

　　③ 1923 年柳亚子重组新南社，目的在于适应新形势和加入新文化运动的潮流。"不过，我应该用怎样的方法，才可以参加这一个运动呢？于是就有改组南社为新南社的计划出来"，"新南社的成立，是旧南社中一部分的旧朋友，和新文化运动中的一部分新朋友，联合起来，共同组织的"，可知，此时的柳亚子对文学革命的态度已经发生转变。见柳无忌编《南社纪略》，上海人民出版社 1983 年版，第 90、100 页。

　　④ 吴虞 1918 年 4 月 13 日日记，《吴虞日记》上册，第 384 页。

问题》，空洞已极，不愧新文化大家之作也。"这种嘲讽语调，表明他离新文化运动已越来越远。1925年3月24日，吴虞日记记载他观"女师大生演《娜拉》"后的评价是"味淡声希"，这多少与他反孔斗士的身份存在抵牾之处。可以说，"对新文学中反孔排儒，吴虞自是赞同的，但在语言的运用形式上，却并没有与'新文学运动'保持同步"[1] 这个论断是合理的。吴虞未能更有效地参与《新青年》发动的文学革命，在一定程度上影响了他参与《新青年》发动的思想革命的深度及力度。今日的我们一方面应该承认吴虞与《新青年》在反孔非儒的意义上相互生成的事实，但另一方面也必须正视吴虞当年参与思想革命的有限性，从而更为深入地考量吴虞反孔非儒的特质、文学革命发生过程的复杂性等问题。

原载《文艺研究》2014年第11期

---

① 冉云飞：《吴虞和他生活的民国时代》，山东人民出版社2009年版，第177页。

晚清"诗"与"歌"中的句法和意象

——以传统诗歌的句法原理为分析基础

谢君兰

内容提要：句法在语言层面的罗列直接关系到内在意象的生成。对中国传统诗歌来说，这主要包括了"独立性句法"所带来的简单与静态意象；以及"推论性句法"所带来的复杂和动态意象。以此为分析基础来看待晚清的"诗"与"歌"，其中近体诗的句法有将新异的语言元素归束到独立性句法与静态意象中的倾向，主要起到了"涵化"作用；但在五七言古体诗、杂言诗、民间歌谣等其他文体中，则因为增加了推论性句法与动态意象的运用而有向散文化靠拢的态势，也在不同程度上体现出对独立性句法的"挣脱"力量。

诗歌的表情达意要建立在词汇与句子的运用之上，因此需要遵循相应语言的基本语法规则，受到语言秩序的约束；但它作为文学体裁中最灵动恣肆的种类，又不断在既定规律的罅隙里寻求着表述方式的变异和创新。这种新变，除了词汇本身意义的变动之外，更多是依靠词与词之间的组合和结构方式的调整来完成，比如改变一些语序以达到陌生化效果，以及虚词在诗歌中的出场与入场等。这些词语的组合方式，牵引着诗歌意象的组叠与变幻，这就涉及了诗歌最为重要的组成部分之一：句法。

"句法"这一概念因为分别来自西方语言学理论和中国古代诗学理论，所以有狭义和广义的区分：从西方语言学的角度来说，主要指句子的成分、排列顺序以及它们之间的相互关系。这是单纯从语法角度进行的定义，不包括诗学意义，因此是相对狭义的理解，需要人们用精准严密的层次分析法来加以研究；从中国古代诗学的角度来看，"句法"的意义就要模糊和宽泛得多，其不仅包括了语法，还涉及修辞、声律、风格、题材内容等方方面面的含义①，显得内容驳杂、指涉过广。反倒是苏珊·朗格用感性的表达方式来诠释诗歌句法的含义更让人易于抓住它的另一重点："尽管诗的材料是语言，但是重要的不是词所表达的内容，而是这些内容的构成方式，它包括声音、快慢节奏、词的联系所产生的氛围、或长或短的意念序列、包含这些意念的瞬间意象的多寡、由纯事实引起的幻觉或与由刹那幻觉联想到的熟悉事实所造成的意外吸引、一种有待于期待已久的关键词加以解决的持续歧义所造成的字面意义的悬而未决以及统一的包罗万象的节奏技巧。"② 虽然苏珊·朗格也罗列了有关于句法的诸多技巧，但同时重点提出了意念序列所引发的"意象组合"这一在语法分析背后更核心的诗歌要素。也就是说，这一提法不仅涉及语言学的语法层面，还强调了其背后更为重要的诗歌美学意义，兼顾了诗歌的表层语言与内里意象的双重构造，是更为全面又重点突出的"句法"含义。以此视角来观照中国传统诗歌的句法，并将其运用到对晚清"诗"与"歌"③的分析中，将有助于我们在抓住诗歌本质的同时，也厘清句法力量对晚清诗歌变革的影响。

---

① "句法"概括起来有四个层面的含义：一是诗句的语言组合模式，主要是指诗句中运用相同和相似的词和词组；二是指诗句的内容，比如朝会、怀古等诗歌题材；三是指具体的技法、手法、方法，包括拟人、比喻等修辞手法的使用，节奏声律的安排，词序与词语的搭配组合等层面；四是指综合运用这一切手法的造句方式。参见王德明《中国古代诗歌句法理论的发展》，广西师范大学出版社 2000 年版，第 5—8 页。

② ［美］高友工、梅祖麟：《唐诗的句法、用字与意象》，李世耀译，《唐诗的魅力：诗语的结构主义批评》，上海古籍出版社 1989 年版，第 37 页。其中注释②为转引。

③ 在本文中，"诗"指"古典诗"，即完全脱离音乐而依靠汉字声韵系统的诗歌形态，主要包括近体诗与古体诗；"歌"则指有乐调可依的诗歌形态，主要指时调小曲。它们在文中统称为中国的"传统诗歌"。

一 "独立性"与"推论性":传统诗歌中的句法原理

中国传统诗歌(尤其是近体诗)的句法基础是特定语言的语法规则,作为一整套具抽象规律的稳固系统,它有很多原则历经数百年仍未有改变。所以传统诗歌虽历经文人雕琢,字词组合看似千变万化,不乏创新之处,但一旦发展成一种成熟的形态,也就相应沉淀出了独特的句法形式。因为句法在语言层面的罗列直接关系到内在意象的生成,所以也会相应衍生出一些共同而典型的意象生成机制——这主要包括了"独立性句法"所带来的简单与静态意象以及"推论性句法"所带来的复杂和动态意象。

所谓"独立性句法",在高友工、梅祖麟的《唐诗的句法、用字与意象》中有结构主义式的详尽论述,但简单概括起来,就是在诗句中避免使用线性逻辑的叙述方式。这类句法有"歧义""错置""不连续"三种类型①,主要以"成分省略""语序变换"等手段来切断诗句原有的流畅性,在带来语言陌生化效应的同时也使得诗歌意象获得更大的独立性。其中,"不连续"是最简单但典型的形态,也最能体现句法的独立性,在中外诗歌中都有所涉及②。最直观的例子是"鸡声茅店月,人迹板桥霜"(温庭筠《商山早行》):首先,这一对仗句全部由名词或偏正性名词短语构成。因为对于汉语来说,词汇的意义很少指向一个特定的具体事物(一般都泛指此事物的"类型"),所以"月""霜"等词作为"类名",也就更多的带有种类的普遍性而不是单个的具体性:月可以是冷清新月,也可是模糊圆月;霜可以厚重,

---

① [美]高友工、梅祖麟:《唐诗的句法、用字与意象》,李世耀译,《唐诗的魅力:诗语的结构主义批评》,上海古籍出版社1989年版,第45页注释④涉及的解释如下:"当一个名词或名词短语紧接另一个名词或名词短语时,这是不连续的情况;当一句诗中并存了两种或更多的语法结构时,这是歧义的情况。不连续是由于语法因素太少,而歧义则因为语法因素太多,两者都妨碍了诗中的前趋运动。第三类称之为错置——当一句诗中的词序被打乱,或者在本来应是自然流动的诗句中插入一个短语,这些都是错置。我们将看到,这些句法条件可以通过不同的组合方式并存在一句诗中,但它们往往互相交错,界限并不清楚。"

② 以西方诗歌来讲,庞德著名的"In a station of the Metro"(《在地铁站》)就很能反映这种形式。

也不妨单薄。于是能最大限度地延展意象所承载的想象空间。其次，这句诗缺乏主语与述语——这意味着人，以及人主动发出的与这个世界产生联系的行为动作都已经消失，每一个简单意象的独立性与平等性也得以充分呈现，这等于诗人在泯灭自我意识的同时彻底还原了"物态化"世界的客观本相，从而达到了"天人合一"的虚静之态。所以"不连续"句法就构成了诗句极静与极动状态中的一个端点——指向了传统诗歌"静态性"的这一端。

　　相对于"独立性句法"，所谓"推论性句法"是指诗句尽量使用常规语序的方式以表明逻辑与意义，更侧重于凸显诗歌"以推理来表达人的思维方式"的属性。从中国古代诗学的角度来概括，就是对散文句法的借鉴，是"以文为诗"的倾向。因为重点落在了"表达"而非"呈现"上，所以它展示出了诗句意象动态性的一面。按照费诺罗萨的观点，"所有的真实都必须在句子中表达，因为它们都是力的转移（transference of power）。……其过程可以这样表示：从某物 传递到某物。如果把这种转移看做某个施动者自觉或不自觉的动作，那么上述公式可改为：施动者 动作 动作对象。在这当中，动作是整个过程的关键，施动者和动作对象仅仅是限制因素"。① 因为动作的施事需要时间与过程，其流动性使得施动者和动作对象彼此之间发生联系，从而起到串联静置意象并打破句法独立性的作用，所以推论性句法首先就体现在动词的铸炼上，即诗人对作为"诗眼"的核心动词的揣摩（如"推敲"）。其余还包括了诗人对主语的充当、词类的活用（如"春风又绿江南岸"中的"绿"）、虚词的增加等形式。它们的共同目的都是在静态意象中融入复杂的行为过程，以增加诗句的动态和连贯性。所以一些形式极为自由流畅的时调歌谣，如《湘江郎调》《送郎君》等，因为加入了大量的人称、虚词和连续的动词，也就成了传统诗歌极静与极动天秤中的另一个端点——指向了"动态性"的这一端。不过在一般情况下，推论性句法越是能够清晰罗列字词间的关系，

---

　　① ［美］高友工、梅祖麟：《唐诗的句法、用字与意象》，李世耀译，《唐诗的魅力：诗语的结构主义批评》，上海古籍出版社1989年版，第35页。

就越会削弱其构成意象的能力。所以这些歌谣通常也显得诗味寡淡、缺欠意蕴。

总体说来，尽管中国传统诗歌的句法形态可从细部进行多种分类，显得繁复琐碎、千变万化，但原理大体逃脱不了"独立性"与"推论性"两种。它们贯穿在中国诗歌千百年的发展脉络中，也延伸进晚清时期的创作。而极具变动的社会与历史格局，造成人思维方式的震荡与改观，在从思维到语言的转换过程中，晚清诗歌虽然也脱离不了这两类句法的使用，自然也就显示出了不同的侧重与倾向。

二 涵化与挣脱：晚清"诗"与"歌"中的句法力量

对于晚清的文人来说，在动荡时局中不断产生的"新体验"以及由此衍生而出的激烈情感和丰富认知，已经无法仅局限在"呈现"而急需"表达"，这反映到句法上，就是对"推论性"语言的大量运用。但传统诗歌，尤其是尊为"诗歌正统"的近体诗，其"体裁传统"对推论性语言的有限容纳却是强大的惯性。因此，文人的诗歌创作既要进行局部调节以体现新意，又要本着严明的"文体意识"遵循基本的句法边界，就必然会在创造"新形式"与满足"旧体例"之间产生冲突。从句法的角度来看，其在独立性和推论性语言之间的游移也就表现为了既有"涵化"也有"挣脱"的矛盾性力量。在从谭嗣同等人提倡的"新学诗"到《新民丛报》的"诗集潮音集"，再到《安徽俗话报》等方言报刊中的歌谣栏目，我们可以看到，因为"近体诗"、"五七言古体诗"、"杂言诗"乃至"民间歌谣"的文体差异，它们在句法方面显示出不同的牵引倾向，从而也对意象的生成机制产生了影响。

1. 涵化：晚清"近体诗"的句法力量

近体诗的句法传统对晚清文人表达的束缚是显而易见的，它虽然经过了一定句法力量的斗争，但最后仍然归于了"涵化"。那么这种约束性具体是怎样形成的？笔者将以谭嗣同《留别湘中同志八篇》的前四首为例来进行剖析。

梁启超认为谭嗣同称得上"新学之诗"的作品中，除了《感旧四首》中"沉郁哀艳"的后三首之外，就是他的七言律诗《留别湘中同志八篇》了。对此他曾评价道："此八章即所谓'三十以后新学'之初唱矣，沉雄俊远，诚在《莽苍苍斋》之上。但篇中语语有寄托，而其词瑰玮连犿，断非寻常所能索解。"① 谭嗣同精于佛理，通于仁学，因此诗歌中常含密集隐晦的典故，导致其诗渊深难解。因此后人在提及这组诗时，通常引用的都是第三首，因为其中的"毕士马"作为音译词镶嵌进规整传统的律诗里显得极为引人注目，是新学诗之所以能称为"新"的直观体现，而其余的几首律诗因为相对缺乏明显的"新意"又深奥难懂，所以遭到了忽视。但当我们回过头来，将这些诗作也纳入考察范畴，并结合王力《汉语诗律学》对近体诗句式的分类，从句法结构的角度加以仔细分析时，我们还是能够发现一些有趣的地方。

　　王力在《汉语诗律学》中将近体诗的句式大致分为三种：简单句、复杂句和不完全句。这三者最关键的区分要点是谓词的使用与否与多寡问题。其中，简单句只有一个谓语②，复杂句有两个或以上③，不完全句即"如果是复杂句，其中有一部分是没有谓词的；如果是简单句，就全句没有谓词"④（正体现"不连续句法"的特点）。它们因为谓语的递增而以不同的活跃程度次第显示出句式从静态到动态的变化，可看作是独立性句法到推论性句法的层级过渡。让我们以这三种句式为基础，以《留别湘中同志八篇》的前四首为例来进行分析。这组诗的前四首分别为：

　　　　睡触屏风是此头，也会开绢向荆州。生随李广真奇数，死傍要离实壮游。洛下埋名王货畚，芦中托命伍操舟。东家书剑同累狗，南国衣冠借沐猴。

　　①　梁启超：《饮冰室诗话》第 59 则，《梁启超全集》，北京出版社 1999 年版，第 5326 页。
　　②　比如李颀《送人归》"旧国云山在，新年风景余"两句，前四字都为名词语，末字为不及物动词。
　　③　王力：《汉语诗律学》，上海教育出版社 2002 年版，第 205 页。解释如下："其中有一个句子形式或谓语形式是完整的，再加上或包孕这另一句子形式或谓语形式。"比如杜甫《萤火》"随风隔幔小，带雨傍林微"两句，前四字都是谓语形式，末字则是谓语。
　　④　王力：《汉语诗律学》，上海教育出版社 2002 年版，第 222 页。

白龙鱼腹办轻装，紫凤天吴旧业荒。尽有乾坤容电笑，断无雅颂出云章。传观怕造金楼子，落寞兼思水部郎。去马来舟多岁月，北山翻觉稚圭狂。

寰海惟倾毕士马，逢时差喜卫哀骀。风云烟鸟堂堂阵，河洛龟龙的的才。秦粟拟因三晋泛，蜀山虚遣五丁开。禅心剑气相思骨，并作樊南一寸灰。

射虎谁言都饮羽，辟蛟何处好文身。种来天上榆将老，赋到江南草不春，为抚铜驼寻洛社，更骑银马降涛神。袁公弦上堪容我，温尉桃中别有人。①

第一首中，首联"睡触屏风是此头"前四字是动词带目的语，后三字是谓语形式以动词"是"构成判断句式，是复杂句；"也会开绢向荆州"中"会"是能愿动词，包含"开绢向荆州"的谓语形式，是复杂句。颔联"生随李广真奇数，死傍要离实壮游"词性两两相对，"随"与"傍"都是动词，被前面的"生"与"死"修饰，后带"李广"与"要离"两个名词性质的目的语，而后三字都是形容性质的谓语形式，皆构成复杂句。颈联都是用典："王货畚"与"伍操舟"即"王猛贩卖箕畚"与"伍子胥驾驭小船"，都是完整的句子形式，因此全句是复杂句。尾联前四字都是名词，只有"同"与"借"是谓语动词，构成简单句。也就是说诗中共有六个复杂句，两个简单句。以此方式进行类推式分析，可以得出第二首诗有一个不完全句，三个简单句，四个复杂句；第三首有三个不完全句，三个简单句与两个复杂句；第四首则有四句简单句，四句复杂句。概括起来即：

组诗序列	不完全句	简单句	复杂句
第一首	0	2	6
第二首	1	3	4

① 梁启超：《饮冰室诗话》第 59 则，《梁启超全集》，北京出版社 1999 年版，第 5325—5326 页。

续表

组诗序列	不完全句	简单句	复杂句
第三首	3	3	2
第四首	0	4	4
共计	4	12	16

这组诗本是谭嗣同赴任浙江候补时候的感怀之作,是在时局动荡中的对苦闷悲愤、忧国忧民心情的曲折表达。按照思维——语言的转换过程来看,这种复杂纠结的情绪当然也会反映到句法的运用中:一方面,诗人无法直书内心愤懑,只能在借古喻今的基础上,选择性地使用独立句法,以增强意指的含混与隐晦;另一方面,他又无法隐忍内心情绪的激荡,会主动跳出意象的并置,频繁使用推论性句法来增强倾吐的力度;所以在这种心态的影响下,这组诗恰也可以成为分析晚清近体诗句法"既有涌动,又趋涵化"的范本。

一方面,我们可以通过对四首诗句式的分析与归纳,看到其内部结构充溢着的一些涌动性力量。

在列表中,数据体现最明显的一点是:复杂句在三种句式类型中所占数量是最多的,达到了 16 句;而简单句也不少,共 12 句,不完全句则只有 4 句。这说明这组诗里有一半的句子是包含了起码两个谓语的,而不管是动词还是形容词来充当谓语,它都是对主语的陈述与说明,阐述了主体"做什么"、"是什么"或"怎么样"的各种情状。这就意味着在这些诗句中,诗人起码从两个认知角度来对语言进行了编码,而这两个角度之间又要存在内在的逻辑联系性。比如"赋到江南草不春"一句,本是两个句子形式:"赋到江南"与"草不春"并置构成,一方面阐述了有文人在江南作赋的情形,另一方面又表现了草木枯黄的状态,这本是诗人创作诗句的两个切入视角,看似互不相干,但是因为其中暗含了庾信的典故①,所以就交代了这两个独立意象之间的时空因果关系,强化了片段之间的联系性,使之产生了动态

---

① 梁朝的庾信出使北周,但因梁灭亡而被囚禁,因此作《哀江南》赋,文句哀婉凄凉,据说读之草木亦了无生气。

连续过程——从思维角度来讲，这体现了诗人逻辑链的精密与清晰，反映出"自我"参与诗歌的程度；而从物象的表现力来讲，这也带来了动态性意象衔接的密集与紧凑。

但从另一方面来说，我们透过第三首诗又可窥见近体诗句法强大"涵化"力量的运作。

尽管第三首诗在表面上以音译词"毕士马"的镶嵌直观体现了"新学诗"的"自异"倾向，但通过列表我们却发现，当真正落实到"句法"这一更为根本的语言结构因素时，它在四首诗中所占"不完全句"却是最多的，而"复杂句"是最少的，也就是说，其独立性句法应用较多，而推论性句法较少——特别是"禅心剑气相思骨"，句法几同于"人迹板桥霜"，更多的呈现出的还是名词并置的静态意象。这说明，在一些具象出现在脑海中的一刹那，诗人还是会本能地回到近体诗的典型句法，还是会下意识地选择混沌印象来表达自我感知——这在独立性句法的惯性背后，更多体现的是传统思维方式，尤其是将人投射于物态而隐藏自我的心理倾向。

句法本无优劣高下之分，它更多体现出的是诗人的心理动因，但如果从出"新"的角度来讲，因为独立性句法的简单与稳固，它显然是最容易"守旧"的近体诗叙述方式。诚然，"毕士马"的出现在"烟鸟""龟龙"等传统意象中让人眼前一亮，但它如同一块镶嵌不够牢靠的宝石，很容易从整体结构中脱落下来，如果我们将其换作"寰海惟倾秦始皇"，那么整个新意就会在瞬间被消解掉。所以，如果我们只凭借在诗中出现了看似新意的外来词就夸大这一诗作的更新力量，显然是不恰当的。而抛开这个次要因素不看，从《留别湘中同志八篇》四首诗的整体句法构成来观察，那么第三首反而是最为"守旧"和"典型"的七言律诗。

实际上，因为音译名词多为三音节，甚至四音节，所以当其出现在字数有限的近体诗中时，反而占据了很多动词与虚词的位置，使得近体诗在句式上被迫往简单句与不完全句靠拢。比如"密士失必与尼罗，比较安流两若何"（蒋智由《长江》）的上句就只能采取不完全句法，将音译词进行并置；又如"缅想哥伦波，航海麦西坤"（蒋智由

《历史》）一联就只能采取简单句式，每句只加入一个动词，而无法进一步运用复杂句融合更密集的意象与更多推论性思维。而句法显然又是更根本与"顽固"的结构因素，以至于诗人只能采取其他方式对句法做出让步，以规避音译词所带来的负面效果。曾有学者论述道，在百期《清议报》的"诗文辞随录"栏目中共刊载过约 860 首诗歌，其中约有 140 首诗作出现了"新名词"，累计百余个。① 经笔者进一步统计，则有"自由""共和"等双音节词 89 个，"自主权""微生物"等三音节词 12 个，而"释迦牟尼""谟罕默德"等四音节词只有 5 个——这其中固然有词语演变受到民族用语习惯影响的因素，但对诗歌，尤其是近体诗来讲，双音节词的使用数量远远胜于三音节与四音节词的事实，也是近体诗句法涵化力量的曲折表现方式之一。梁启超曾在《夏威夷游记》中盛赞过郑藻常创作的《奉题星洲寓公风月琴尊图》一诗，全文如下：

> 太息神州不陆浮，浪从星海狎盟鸥。共和风月推君主，代表琴樽唱自由。
> 物我平权皆偶国，天人团体一孤舟。此身归纳知何处，出世无机兴化游。②

梁当时称赞的焦点，在于这首诗"皆用日本西书之语句，如共和、代表、自由、平权、团体、归纳、无机诸语，皆是也"。接着详细评价道："吾近好以日本语句入文，见者已诧赞其新异。而西乡乃更以入诗，如天衣无缝，'天人团体一孤舟'，亦几于诗人之诗矣。"③ 也就是说，梁启超认为新名词的巧用是这首诗最大的长处，但为何他会进一步产生一种"天衣无缝"的阅读感受，并直觉地挑选出"天人团

---

① 参见荣光启《现代汉诗的发生：从晚清到五四》，博士学位论文，首都师范大学，2005 年，第 104 页。

② 梁启超：《夏威夷游记》，《梁启超全集》，北京出版社 1999 年版，第 1219 页。

③ 梁启超：《夏威夷游记》，《梁启超全集》，北京出版社 1999 年版，第 1219 页。

体—孤舟"一句，认为是最接近于"诗人之诗"的句子呢？这背后更为隐秘的因素，其实是诗人在恰当放置意译词汇的基础上，对句法结构的合理运用。

在这首诗中，首联上句的"太息神州"是谓语形式，"陆浮"是句子形式，构成复杂句；下句"浪从星海"是句子形式，"狎盟鸥"则是谓语形式，构成复杂句。额联上句以名词"共和"修饰名词"风月"，动词只有"推"字，是典型的简单句，下句"代表琴樽"与"唱自由"是谓语形式并置，构成复杂句。颈联上句，动词落在"皆"上，是简单句，而"天人团体—孤舟"则是三个名词并置，是典型的不完全句。尾联上句的"此身归纳"是动词倒置，还原为"归纳此身"后，同"知何处"一样，都是谓语形式，因此是复杂句，下句"出世无机"与"兴化游"都是谓语形式，构成复杂句。以句式归纳即是：

复杂——复杂

简单——复杂

简单——不完全

复杂——复杂

因为音译名词字数过多，会迫使近体诗在句式上向简单句与不完全句靠拢，所以郑藻常全诗使用双音节意译词，也就能较为自如地进一步使用动态程度较高的复杂句，在总体上呈现出更为波澜起伏的意象链接。同时，诗歌的整体句式结构，呈现出"对称中有变化"的样态——简单句与不完全句的恰当插入，使得诗歌在句法上显得繁简有度。而在更详细的剖析中，我们还会发现，整首诗除了"天人团体—孤舟"一句不带动词之外，每一句诗的第五字，即"不""狎""推""唱""皆""知""兴"都是动词形式，也就是说，几乎在每个诗句的同一位置都固定了词性。这就等于在句法的张弛变化中，又相对保留了不变性，加强了诗歌在句法上形成的节奏感，能满足阅读者在诗句此位置的一种心理期待。在这种句法安排下，我们再来看诗人对"天人团体—孤舟"的评判，就能明白为何他独称此句为"几于诗人之诗"了：在其余所有诗句都倾向于使用推论性句法的前提下，唯有这句诗是运用了独立性句法并制造了不完全句式的——"天人""团体""孤舟"作为并置名词，构成了一幅大片留白的写意水墨画，在一瞬间接通了那个唐诗之所以让人仰望的核心要素，完满地铸造了近体诗最典型的静态物象，再次回到诗人们最为赞赏的混沌性印象世界当中，完成了近体诗最为擅长的意境形态。因此梁启超直觉性地对其大加赞赏。但是这种赏识的前提，一是诗句本身使用了"团体"这一新词，二是此句包裹在其余动态性的句式中，显得独树一帜。总的说来，这首诗能成为梁启超在"旧风格"与"新意境"之间最为满意的作品，是词汇运用、句法构造、音韵协调以及意境营造各种因素恰当融合在一起的结果，但句法无疑起到了更关键的作用——只是这种作用更多的倾向于将新元素归束到传统句式中，满足诗人们对"旧风格"的结构需求，而不是促使诗歌产生更深入的新变。以此而论，无论是"遥夜苦难明，他洲日方午"（文廷式《夜坐向晓》），还是"黄人尚昧合群义，诗界差争自主权"（丘逢甲《题无惧居士独立图》），抑或"以太同胞关痛痒，自由万物竞争存"（邱炜萱《寄怀梁任公》）……这些但凡能在"新意境"与"旧风格"中找到平衡点的诗句，首先都是成全了近体诗的句法要求，满足了文人"预设"的鉴赏期待，而这种"预设性"的心理动因，就是近体诗句法上强大的秩序力量——它最终阻挡了语言符号意欲更新的脚步——而要满足诗人对句法结构的新需求，就只能从"文体分类"的角度寻找突破口，将言说的诉求转换到更宽松的诗歌体例中来。

2. 挣脱：晚清"诗"与"歌"中的句法力量

在"诗界潮音集"中，出现了大量古体诗性质（特别是歌行体）的诗作，比如《二十世纪太平洋歌》《广诗中八贤歌》《游印度舍卫城访佛迹》《读新民丛报感而作歌》《六哀诗》《度辽将军歌》《番客篇》《咏西史》等。字数从三言、五言、七言到杂言不等，句数也无所限制，可随心所遣，汪洋恣肆，在句法与章法上都明显呈现出对"近体诗"的挣脱，突破性是不言而喻的。但我们不禁也要问：在这种突破的内部，句法呈现的变化是匀质而毫无区别的么？显然也不是。如果我们次第从五七言古体诗—杂言诗—民间歌谣等不同的诗歌体裁中仔细进行分析，仍能从中看到句法变化的不同层次。

首先，从五七言古体诗来看。这一诗体因为不受篇幅限制，押韵要求也较为松散，所以能扩宽诗人的倾吐空间，有利于叙事或抒情的表达。这无疑能释放诗人蜷缩的诗情，能极大缓解近体诗"言不尽意"的缺陷。从句法上讲，这种"释放性"主要体现在哪些方面呢？我们可以以康有为的《六哀诗》① 与黄遵宪的《番客篇》②《度辽将军歌》③ 等诗为例来加以对比和观察。《六哀诗》是康有为以"更生"为笔名在《新民丛报》上发表的一组古体诗，目的是悼念在戊戌政变中牺牲的"六君子"。其中，悼念杨深秀的开篇是：

> 山西杨夫子，霜毛整羽鹤。神童擢早秀，大师领晋铎。琨玉照苍旻，劲翮刷秋鹗。嗜痂癖鄙言，论学起岳岳。（《故山东道监察御史闻喜杨工深秀》）

虽然它是古体诗的句式，但直觉上总使人联想到近体诗，似乎缺乏一种能牵引阅读者情绪往下延展的动力性因素。究其原因，是句首多使用名词的缘故，也等于沿用了近体诗"上下句内容独立，句间意象相互叠应"的惯用句法形态。《六哀诗》本是悼亡作品，康有为又与六君子肝胆相照，互相视若知己。他也曾在诗序中称自己对此事"呕血痛心""哀不成文"，所以本该在诗里行间体现出思绪上的淋漓沉痛。但这种对句式与用语的铸炼，哪怕使用了古体形式，也阻碍了诗人情绪的真正表达。反观黄遵宪的五古《番客篇》，虽开篇使用了"山鸡爱舞镜，海燕贪栖梁"这样传统的比兴手法，看似仍以物象入诗，但他不像康有为那样执着于铺陈对仗，随之出现了"插门桃柳枝，叶叶何相当。锤红结彩球，绯绯数尺长。上书大夫第，照耀门楣光"这样着重在句首使用动词与叠词的诗句，使得整首诗显得缕述有

---

① 梁启超编：《诗界潮音集》，《新民丛报》1902 年第 17 号。
② 梁启超编：《诗界潮音集》，《新民丛报》1902 年第 20 号。
③ 梁启超编：《诗界潮音集》，《新民丛报》1902 年第 20 号。

致，细密生动。而他的许多诗作在开篇就干脆弃用了起兴手法，直接以事件情节入诗，比如《度辽将军歌》：

> 将军慷慨来度辽，挥鞭跃马夸人豪。平时蒐集得汉印，今作将印悬在腰。将军乡者曾乘传，高下句骊踪迹遍，铜柱铭功白马盟，邻国传闻犹胆颤。

就用人称主语"将军"作为诗句往复的区分点，就等于将一句诗的内容拓展到了四句诗中从容加以表述，将八句诗分作了两个流动的层面来叙述，在散文化之外又不显得冗长，使得诗人在流线型的思维与语言的协调一致中达到情感淋漓尽致的发挥，体现了黄遵宪在《人境庐诗草·自序》中所言的"以单行之神，运排偶之体"与"用古文家的伸缩离合之法"入诗①的句法主张。

这些句子之所以能相对容易地将读者代入既定情境，主要因为在句首采用了人称主语或动词、副词等具连接功能的词汇。也就是说，古体诗在句法上的最大长处，是在加强使用推论性语言的基础上，对人称主语、动词等的"句首性应用"。因为汉语"开头的位置是主题，不管它在语法上是主语作用还是宾语作用"。② 所以句首表达会醒目于主语位置。汉语的这种"主题性"特征又在诗歌中表现得尤为明显：古典诗大多形式整饬，并形成了稳固的节奏模式，所以阅读者在浏览完五言或七言的一句诗后，会稍加停顿，并在停顿之后对句首词汇加以特别留意。对于近体诗来讲，虽然宋诗也宣扬"以文为诗"，倡导散文句法的化用，但大多数诗句，尤其是对仗句式，仍多以物态名词作为开头。比如"野寺残僧少，山园细路高"（杜甫《山寺》），"秋

---

① 黄遵宪：《前言》，钱仲联笺注《人境庐诗草笺注》，上海古籍出版社1981年版，第8页。

② W. P. 莱曼曾在《描写语言学引论》中将汉语的类型归结为"主题性"："直到最近我们还认为主体化是语言中的一种特殊手段，而主语才是语法上的正宗。但是研究了更多的语言，才清楚主语不过是几种语言的特征。在许多别的语言里，例如汉语，居于突出地位的是主题而不是主语。"参见〔美〕W. P. 莱曼《描写语言学引论》，金兆骥、陈秀珠译，上海外语教育出版社1985年版，第240页。

虫声不去，暮雀意何如？"（杜甫《除架》）等——这也是中国古典诗
为什么容易呈现静置意象的原因之一：物态名词放置在句首，成为语
言表达的"主题"。但是在晚清五七言的古体诗中，除了名词，诗歌
句首还更频繁地出现了人称主语与动词的交替使用。这也是因为近体
诗一句话的内容被古体诗用虚词或修饰性词语稀释后，拉伸至两句甚
至多句的结果。当然，也与不同诗人的诗歌风格与诗学理念有很大关
系。这使得古体诗内部因为诗人使用句法的"松紧"问题，而呈现出
不同感觉。从前例来讲，康有为的诗作虽采用了五言古诗的体式来进
行创作，但看得出还是偏于雕琢，离近体诗的句法程式较近。而黄遵
宪的诗作则显得更为浅显舒展，向句法的动态性又迈进了一步。

其次，相对于五七言古体诗来讲，杂言诗在句法上的延展性又显
得更为明显。其对"伸缩离合"的自如运用算是古典诗中的"自由
体"了。实际上，在诗歌历史上，乐府歌辞是早已出现过"自由体"
的，这主要来自那些未能依照既有曲调或按字填辞方式来进行创作的
"徒歌曲辞"。因为创制即兴随性，所以体式也表现得自由无拘。比如
《将进酒》，最初形态是"将进酒，乘大白。辨加哉，诗审搏。放故
歌，心所作……"① 李白的《将进酒》虽然没有照搬古题的既定程式，
但是在句法上也部分沿用了原诗中"三七言相杂"与"三言连用"的
模式。而在李白的"自由体瑶歌辞"中也的确能发现某些句式的编排
格式反复出现，近于形成一种固定的表达，即所谓的"排句套式"，
包括"三七七""三三七""三三七七"等不同类型。② 这说明哪怕杂
言乐府总体在句式上显得错落有致、变化多端，它也在发展当中沉淀
了一部分固定的基本构架，有对句法"规则"的模拟与遵守——但对
晚清的杂言诗来讲，这些隐形的构架也被打破了，诗人完全依照自己
情绪的舒展变化来对诗句结构进行组织。最明显的就是梁启超的《二

---

① 郭茂倩编：《鼓吹曲辞一·汉铙歌十八首》，《乐府诗集》第十六卷，中华书局 1979 年
版，第 229 页。

② 参见吉文斌《李白乐辞述论》，凤凰出版社 2011 年版，第 211 页。

十世纪太平洋歌》①，诗中出现了三言、四言、七言、十一言，乃至十九言之多的诗句，比如：

> 噫嚱吁！太平洋！太平洋！
> 逝将适彼世界共和政体之祖国，问政求学观其光。乃于西历一千八百九十九年腊月晦日之夜半，扁舟横渡太平洋。
> 海底蛟龙睡初起，欲嘘未嘘欲舞未舞深潜藏。
> 尔时太平洋中二十世纪之天地，悲剧喜剧壮剧惨剧齐鞳鞺。
> 吾曹生此岂非福，饱看世界一度两度为沧桑。

因为兼顾音译词，这些诗句中，超过七言的大多含有译介词，但也有部分没有受到新名词的影响，诗句的扩展纯粹是为了更好地抒发诗人的情绪，比如"欲嘘未嘘欲舞未舞深潜藏""悲剧喜剧壮剧惨剧齐鞳鞺"两句，接连罗列相似的动词或者名词，增强了语言气势与表达效果。而将杂言诗的散文性质推至最高的，恐怕是黄遵宪的《赤穗四十七义士歌》②了。从字数上讲，在"一时惊叹争歌呕，观者拜者吊者贺者万花绕冢每日香烟浮，一裙一屐一甲一胄一刀一矛一杖一笠一歌一画手泽珍宝如天球"一段中，单个诗句竟然达到了二十七言，几乎撑破了诗歌句子的边界。

但以上诗句都只是无限趋近于散文句式，还并不是真正地使用散文句入诗。最根本的原因在于：不管句子再长，动态意象再密集，它们仍然恪守着古典诗最基本也最固定的节奏模式。受到"单音节字可独立表意成词"的语言模式影响，汉语最少两字即可构成句子形式。因此，以"二"为节奏的根本，古典诗逐渐形成了单一稳定的模式，其中四言诗为"二/二"形式，五言诗为"二/三"或"二/二/一"形式，七言诗则为"二/二/二/一"或"二/二/三"（粗略也可划分为"四/三"形式）。这是古典诗趋于稳固的核心因子。所以"在中国古

---

① 梁启超编：《诗界潮音集》，《新民丛报》1902 年第 1 号。
② 梁启超编：《诗界潮音集》，《新民丛报》1903 年第 35 号。

典诗歌音律'协畅'的追求中，……居于轴心地位的应当是节奏。从《诗经》、《楚辞》到古诗、律诗、词、字的声调搭配、句子的押韵方式皆各有变化，但保持节奏（音节）的和谐匀称这一趋势却始终如一"。① 而诗句字数的多寡，也不过是在遵循节奏基础上的缩减或扩张。杂言诗当然也是如此，比如"欲嘘未嘘欲舞未舞深潜藏""悲剧喜剧壮剧惨剧齐鞈鞈"两句，简化为"欲舞未舞深潜藏""壮剧惨剧齐鞈鞈"也并无任何不适之处。反倒在《赤穗四十七义士歌》中一些短句里，我们发现了不同的节奏划分方式：

> 四十七士人同仇，四十七士心同谋。一盘中供仇人头，哀哀燕雀鸣啁啾。

其中第三句"一盘中/供/仇人头"只能按照意义划为"三/一/三"模式，是真正的散文句。诗歌稳定节奏的打破，在晚清时期主要因为音译词的介入，比如"米北亚拉士加人，面貌酷似中原胎"（康有为《考验太平洋东岸南北美洲皆吾种旧地》）的上句就不得不划分为"六/一"节奏。但这并非文人所真正习惯的，一旦转入文言体系的用词，他们就会重新回到传统的节奏感中，外来词带来的异质性通常就会消失。这是诗和散文一个关键的区分点，字数的多少反而不是最重要的。但是黄遵宪在没有外在语言力量介入的情况下，仍然不自觉地打破了传统节奏，虽是零星语句，也具备了重要的句法意义。

最后，从民间歌谣来讲，其在沿袭了原本套词俚俗性的同时，也保留了比古体诗更多的动态性因子。比如《安徽俗话报》的《戒吸鸦片歌》（仿梳妆台五更体）②：

> 一更儿里，望妆台，手扶着栏杆叹了一声咳，悔不该上了鸦片烟的瘾，想起黑籍人好不苦哉。贪玩耍，恋裙钗，吃两口，助

---

① 李怡：《中国现代新诗与古典诗歌传统》，西南师范大学出版社1999年版，第158页。
② 陈独秀编：《戒吸鸦片歌》，《安徽俗话报》1904年第9期。

精神，好把心开。看良朋来相劝，反说道，上不了瘾，偶尔怕何来。

　　二更儿里，瘾上来，也在那烟馆里把灯开，漫漫的抽小土不能过瘾，于是抽陈广土别的抽不来。买老枪，烟铺开，一两八钱，渐渐长起来。也不知误了多少正事，消磨了有用身，花费些有用的财。

　　……

　　作为小调唱词，其已经完全以句法之松散，语言之俚俗与古典诗拉开了明显的距离：从虚词上讲，语气词"哉"，动态助词"着""了"，结构助词"的"，连词"和""又"的使用增强了语言的逻辑关联；从动词上讲，大多数停顿后，连接的是动词，增加了句子的动态与连贯性；从节奏上讲，不再以古典诗的基础模式为准则。可见诗人在创作这些歌谣唱词时，因为"文类体系"分属的明确，已经在心里抛弃了对古典诗句法程式的"预设"，所以能够随心所欲地使用散文句式。但在这种散文化的背后，其实又有着其他的"稳定程式"来做支撑，即时调小曲对"常备片语"和固定音乐模式的化用。

　　以上例而言，"五更体"本是"时序体"民歌中的一种，以时间作为叙事抒情的起兴句。"从歌辞上看是一种结构体裁，往往是从一更唱到五更，每一更文字长短由音乐曲调和说白长短而定。"[①] "五更体"几经发展之后，到明清年间，体式虽有更散文化的句式倾向，但依然保持了起兴句的稳固模式。正如美国的口头诗学家弗里所说："一个不会书写的诗人，在口头表演中是必定会采用'常备片语'（stock phrases）和习用场景（conventional scenes）来调遣词语创编他的诗作，既然当时没有我们认为的理当如此的书写记述，表演者就需要掌握一种预制的诗歌语言，以支撑在表演中进行的创编压力，方能在即兴演唱中成功地构建长篇叙事诗歌。"[②] 虽然弗里的理论只是针对

---

① 秦耕：《草根文化散论》，复旦大学出版社 2011 年版，第 216 页。

② ［美］约翰·迈尔斯·弗里：《晚近的学术走势》，《民族文学研究》2000 年第 1 期。

民间口头叙事诗，但是这种创作心理机制其实也同样适用于其他依靠即兴口头吟咏的民间歌谣。就五更体来说，虽然每首小调的内容不尽相同，但从"一更儿里"到"五更儿里"的构建形式却始终如一。而且，时曲小调除了起兴词，还有另一个更基本的辅助形式，即音乐旋律的固定。那些在民众中间广为流传又朗朗上口的唱腔，等于给作为"歌词"的文字搭建了完整的"骨架"，一旦这些歌谣能够根据音乐的婉转延伸来决定句子长短，也就能较少顾及语言层面的节奏，而可趋于动态性与散文化。

从另一方面来说，虽然时曲小调的俗白流畅使得诗歌充溢着活跃的句法力量，但它也不可避免地带来了新的问题，即对诗歌更为本质的意象世界造成了损毁。因为意象主要通过语言的精致与凝练来获取，但时曲小调却因为过于口语化而无法营造精美意蕴，所以难免显得诗味寡淡。这也是其作为民间文化不可避免的缺陷。实际上，越是形式自由的诗歌句法，越是因为掺杂了过多的动词、虚词或拉长了句子长度而稀释了意象的密度。即使单从句法而论，时曲小调稳固的起兴句（乃至固定的音乐模式）都使得它无法真正摆脱"拐杖"而找到全新的突破口，无法成为单纯语言层面的"新诗"。因此，对于清末民初一直苦苦挣扎的诗歌变革来说，如何在对句法有所创新的同时还保有充盈意象，是亟待解决的本体问题。——这还需要其他语言资源的介入与支撑——而五四之后，当"白话"受到大量译介作品的影响，吸收了部分西方语言质素，成为既不同于文言文，也与民间口语拉开距离的新语言模式。诗人们用其创作诗歌，才在欧化句法与传统句法不断的交互磨合之下，找寻到了一种更适宜于新诗表达的句法秩序，才逐渐对传统的意象生成机制进行了转换与更新。

原载《文学评论》2015 年第 3 期

作为《子夜》"左翼"创作视野的黄色工会

妥佳宁

内容提要：《子夜》中工人运动的描绘涉及了长期未获关注的黄色工会问题，其中黄色工会内部国民党改组派的作用尤为重要。茅盾的一再改写经历了与瞿秋白指导意见的"讨价还价"，但终不完全吻合意识形态要求，原因在于茅盾还有更为广阔的"左翼"创作视野。国民革命时期毛泽东对中国社会各阶级革命性的分析，与汪精卫等国民党左派对实业与金融关系的认识，都曾对茅盾产生直接影响。构成《子夜》创作视野的各种"左翼"理论资源，远远超出了回答"托派"与纠正"立三路线"等传统左翼研究视野。

《子夜》自诞生以来，就被认为是左翼文学的代表成就，甚至被鲁迅与瞿秋白评为"中国第一部写实主义的成功的长篇小说"[1]。可 1949 年以后茅盾却反复评价这部备受肯定的代表作是"半肢瘫痪"的："这样的题材来源，就使这部小说的描写买办资产阶级与民族资产阶级的部分比较生动真实，而描写革命运动者及工人群众的部分差得多了。"[2] 一

---

[1] 乐雯：《〈子夜〉与国货年》，引自瞿秋白著，朱正编《论〈子夜〉及其他》，百花文艺出版社 1985 年版，第 115 页。1933 年 4 月 3 日瞿秋白与鲁迅在《申报·自由谈》上以笔名"乐雯"发表该文，相关考证见丁景唐、王保林《谈瞿秋白和鲁迅合作的杂文——〈《子夜》和国货年〉》，《学术月刊》1984 年第 4 期。

[2] 茅盾：《再来补充几句》，载《子夜》，人民文学出版社 1977 年版，第 576 页。茅盾1952 年就有过相似的表述，见茅盾《自序》，《茅盾选集》，开明书店 1952 年版，第 9 页。

方面《子夜》被认为成功地表现了"半殖民地半封建的中国民族工业，在帝国主义侵略和压迫下，不仅不可能得到发展，并且要受到帝国主义的摧残和控制"[①]。另一方面小说中的罢工运动就真写得"差"吗？茅盾如此否定这部分内容的成就，是否仅仅出于写作水平层面的评价，而无其他层面原因？这"差得多了"的罢工运动，又是在怎样的"左翼"视角下完成的？

无论是作者后来的自我表白与辩解，还是研究者的考察探究，都曾指出"这部小说的写作意图同当时颇为热闹的中国社会性质论战有关"，其中"托派"认为国民革命后"中国已经走上资本主义道路"[②]，《子夜》被认为"给了托派这种谬论以有力的回答"[③]。然而，包括这一视野在内，既往研究已经关注到的各种"传统"左翼视野，恐怕仍不足以对构成《子夜》创作视野的所有"左翼"理论资源，进行完全有效的阐释。

事实上，自小说诞生的第二年就被国民党中央宣传委员会判定"十五章描写工潮，应删改"，即以各种删节版的面貌出现[④]。而1939年茅盾在相对较为"赤色"的新疆学院[⑤]演讲时坦言："因为当时检查的太厉害，假使把革命者方面的活动写得太明显或者是强调起来，就不能出版。为了使这本书能公开的出版，有些地方则不得不用暗示和侧面的衬托了。不过读者在字里行间也可以看出革命者的活动来。比如同黄色工会斗争等事实，黄色工会几个字是不能提的。"[⑥] 尽管

---

① 丁易：《中国现代文学史略》，作家出版社1955年版，第301页。

② 茅盾：《再来补充几句》，载《子夜》，人民文学出版社1977年版，第576页。

③ 唐弢主编：《中国现代文学史（二）》，人民文学出版社1979年版，第177页。

④ 金宏宇：《〈子夜〉版本变迁与版本本性》，《中州学刊》2003年第1期。同时判定应删去的还有描绘农村斗争的第四章。陈思广考证民国时期《子夜》删节版并未删净，见陈思广《〈子夜〉的删节本》，载毛迅、李怡主编《现代中国文化与文学》，巴蜀书社2013年版。

⑤ 演讲地点当为新疆日报社，妥佳宁原文错误，此次收录时为保留原文原貌，未作改动，作者特在此更正。

⑥ 茅盾：《〈子夜〉是怎样写成的》，《战时青年月刊》1939年第3期。该文最初发表于1939年6月1日《新疆时报·绿洲》，原题为《茅盾谈〈子夜〉是怎样写成的》。

《子夜》中极少直接出现"黄色工会"这样的敏感字句①，但相应的罢工章节还是引发了审查者的删改要求。究竟何谓"黄色工会"，茅盾所说的"同黄色工会斗争"又与《子夜》中罢工构成怎样的关系？除了黄色工会及相关问题外，《子夜》创作的广义"左翼"视野中，究竟还有哪些理论资源一直未得到正视，又何以如此？

一　黄色工会与工人运动

茅盾并非1939年才第一次提及《子夜》与黄色工会问题的关系。事实上早在1931年，当茅盾决定"不写三部曲而写以城市为中心的长篇"，"重新构思写出了一个《提要》和一个简单的提纲"时，这份"奇迹般地保存了下来"②的《提要》当中，就已经设计了大量与黄色工会有复杂纠葛的人物关系。

这份《提要》首先列出了小说的主要人物，"两大资产阶级的团体""介于此两大团体间的资产阶级分子""在此两大资产阶级团体之外独立者"，接着是"政客，失意军人，流氓，工贼之群"、"叛逆者之群"和"小资产阶级之群"。其中的"工贼"分为五种：

> 属于黄色工会中之蒋系者。
> 属于黄色工会中之改组派者。
> 属于改组派而不在黄色工会中。
> 属于资本家方面所雇用者。
> 属于取消派者。③

《提要》所列的这些"工贼"，涉及了国民党内部"蒋系"和

---

①　小说中只有第十三章中共罢工领导人玛金提到"黄色工会里的两派互相斗争"，而执行"立三路线"的蔡真批评玛金："你还以为黄色工会的工具能够领导群众，你这是右倾的观点！"小说中罢工工人打碎玻璃窗，虽未出现黄色窗纸，却可视为对黄色工会典故的某种隐喻。见茅盾《子夜》，开明书店1933年2月再版。

②　茅盾：《〈子夜〉写作的前前后后——回忆录［十三］》，《新文学史料》1981年第4期。

③　茅盾：《提要》，载茅盾《子夜（手迹本）》，中国青年出版社1996年版，第445—449页。

"改组派"的对立，甚至与中共中央分离的"取消派"也被并置于此。而其中各派政治力量又与黄色工会相互纠缠。若不逐一厘清，很难准确地把握茅盾创作这部小说时的社会视角。

黄色工会，英文为 Yellow Union，又翻译为黄色组合。据 1929 年陈绶荪《社会问题辞典》，可知当时汉语中这个词的用法与意义："黄色组合，一般的用作软派组合、御用组合的意义。这组合底成立，完全靠资本家底帮助，一切资金，都仰给于资本家，但在同盟罢业的时候，做资本家的走狗，竭力防止罢业的继续。这组合在英、法、德等国颇有势力：英国最足代表的有自由劳动协会；德国这种组合有十六七万会员；但法国底黄色组合与这样露骨的御用组合完全不同：即对于富有革命精神的工团主义称赤色组合，而含有软派思想的改良主义则称黄色组合。黄色组合底命意，因为黄底色彩，不赤不白恰在中间很暧昧的，故有是名。"① 而对中国近代以来"黄色"一词进行概念史考辨的学者，亦援引当下《辞海》的释义："黄色工会，一般是指被资本家收买、控制的工会。据传说，1877 年法国蒙索莱米讷市一厂主收买工会，以破坏罢工；罢工工人打碎工会的玻璃窗，资方用黄纸糊补，故被称为'黄色工会'。"并指出"'黄色'一词在西方普遍渗透到政治运动之中，并程度不同地带有右翼、妥协、改良意味。该词还由此衍生出'黄色国际'（指第二国际）、'黄色组合'（指第二国际及改良派等的联合组织）等一系列政治色彩浓厚的词汇和概念，它们在民国时期，也都曾得到一定的传播。"② 无论词义来源是红白之间的暧昧颜色还是黄色窗纸的传说，黄色工会都用于指一种与赤色工会相对的组织，既有对资本家的妥协性与合作关系，又可具有中间派的改良主义立场。

在中国近现代历史，尤其是上海的工人运动史上，黄色工会也是相关研究无法绕开的重要环节。"黄色工会的主要特征有两点：一是政治上接受国民党党纲和三民主义的领导，奉行'阶级调和，劳资合

---

① 陈绶荪：《社会问题辞典》，民智书局 1929 年版，第 648—649 页。
② 黄兴涛、陈鹏：《近代中国"黄色"词义变异考析》，《历史研究》2010 年第 6 期。

作，反对阶级斗争'；二是工会的活动接受资方的经济补助。"上海自20世纪诞生现代工会以来，国共两党都在工会的发展沿革不同阶段发挥过各自作用。工会组织经"五卅运动"和1927年国民革命上海工人三次武装起义而壮大，"四一二"后受重创。中共领导的上海总工会被解散，国民党军方和上海市党部工农部先后成立了"上海工人组织统一委员会"和"上海工人总会"，此后又历经整合重组。在国民革命后，赤色工会很难以合法组织形态存在于南京国民政府掌控的上海华界及各国租界中。"据上海工厂企业党史工运史丛书所列的近20种工运史的介绍，在1927年至1949年的22年间，纯粹由共产党组织领导的赤色工会是不多的，党组织大多是通过打入黄色工会，在一段时间里控制黄色工会，来发动罢工斗争，改善工人待遇，扩大党组织的影响。"①

　　《子夜》的小说文本中出现了三次工人运动。第一次因削减工钱产生的怠工小说中并未正面描写，只由吴荪甫与屠维岳的会面引出，工人要求开除打人者，并发米贴。第二次工潮其实是第一次的发展，黄色工会中的两派——蒋派的钱葆生和改组派的桂长林矛盾激化，屠维岳利用改组派打击蒋派，同时以端阳节赏工等小恩惠秘设阴谋分化工人，罢工最终未能形成。第三次罢工则成为中共"立三路线"指导下，上海各行业同盟总罢工的一部分，屠维岳和黄色工会中桂长林等分化工人的阴谋虽然失败，但最终采用武力镇压了罢工，并逮捕了工人中的全部共产党员甚至厂外的革命领导者玛金。

　　1930年代初的上海历史中，黄色工会参与的各种工人运动恰与小说描绘的颇为一致。1928年冬到1930年夏，上海有名的黄色工会"法商电车电灯公司"工会，就领导了三次大罢工。第一次因电车司机被法兵杀害，工人恢复了工会组织，工会的16条要求被拒绝后引发大罢工。工人被骗复工后，资方却未在"劳资调解委员会决定书"上签字，罢工失败。随后共产党员徐阿梅"打入黄色工会"当选机务部

---

　　① 宋钻友、张秀莉、张生：《上海工人生活研究（1843—1949）》，上海辞书出版社2011年版，第220—231页。

工会委员，领导第二次罢工，争取米贴成功。"米价在 16 元以内，每月增发米贴一元半，超过 16 元时增发三元。"第三次则是在 1930 年中共"立三路线"指导下上海各行业同盟总罢工的一部分，同《子夜》中写的"自从三月份以来，公共租界电车罢工，公共汽车罢工，法界水电罢工"相仿①。不同的是，这次罢工在"马浪路惨案"后获得全市声援，罢工 57 天终获胜利，达成了涨薪、抚恤金和 8 小时工作制等协议。但工会中的共产党员徐阿梅于 1932 年被捕，工人运动受损②。

与《子夜》描绘更相近的上海丝厂女工罢工，同样受黄色工会控制。据民国时期《上海产业与上海职工》记载，当时丝厂工资以每日计算，车工 0.30—0.46 元，盆工 0.28 元，选茧 0.4 元，复摇 0.45 元，扯丝 0.4 元；一月不停工者另有升工二工。"自世界经济恐慌发生，丝市不振，营业衰落，各厂将工人工资，一律折减，并取消蚕蛾津贴及礼拜赏工。"1933 年 7 月 5 日，"振丰丝厂首先罢工，更大批冲至其他各厂，要求一致行动"，发展至 27 家丝厂两万余人，上海市社会局召集调解委员会，签订恢复四角五分常薪、礼拜赏工、升工、蚕蛾津贴等四项条件，但工人上工后资方并未完全执行。"此时丝业虽有工会，然系官办性质，未能代表工人利益，其呈社会局呈文，甚至谓工人此次罢工，事前未提正式理由，是被人煽惑，有意扰乱。"③ 无论是小说中还是现实中，黄色工会都在工人运动中扮演重要角色。一方面以工人代表的身份同资方争取工人权益，另一方面协助资方安抚甚至欺骗工人，反对暴力冲突和阶级对立，具有很强的暧昧性。

问题的关键并不在于茅盾的小说是否写到了现实中存在的黄色工会，而在于《子夜》对黄色工会的呈现，究竟是在怎样的"左翼"理论视野下展开的，又为何在后来的研究中无法获得正面的关注。

---

① 茅盾：《子夜（手迹本）》，中国青年出版社 1996 年版，第 307 页；宋钻友、张秀莉、张生：《上海工人生活研究（1843—1949）》，上海辞书出版社 2011 年版，第 223—225 页。

② 宋钻友、张秀莉、张生：《上海工人生活研究（1843—1949）》，上海辞书出版社 2011 年版，第 223—225 页。

③ 胡林阁、朱邦兴、徐声合编：《上海产业与上海职工》，远东出版社 1939 年版，第 170—171 页。

二　黄色工会中的国民党改组派

《子夜》中的罢工运动与黄色工会问题，始终围绕着工会中蒋派与改组派的尖锐冲突展开。小说文本虽未像《提要》那样，直接出现对工会中钱葆生和桂长林"蒋系"和"改组派"身份的文字表述，但多有暗示。屠维岳向资本家吴荪甫报告说这两人背景不同。屠维岳拉拢桂长林时，桂长林骂钱葆生"不过狗仗官势！"暗示了钱葆生与南京国民政府的关系。而屠维岳对桂长林指出："就是这一点你吃了亏。你们的汪先生又远在香港。"为了让桂长林放心，屠维岳又说："吴老板也和汪先生的朋友来往。"① 小说以"汪先生"来说明桂长林属于改组派，不直接出现"改组派"的字样，因为"改组派"也曾经是敏感字句，须顾忌当时的图书出版审查。那么"改组派"是什么，又为何成为敏感话题？

所谓改组派，其实是"中国国民党改组同志会"。1927 年 4 月国民革命时期，蒋介石和汪精卫一度出现了宁汉对立的局面，蒋介石率先在上海发动"四一二"事变屠杀共产党，汪精卫则在武汉继续国共合作直至"七一五"才开始"和平分共"。其后宁汉合流，政局几经动荡，蒋终获南京政府正统，汪则先赴广东再引退海外。长期支持汪精卫的陈公博、顾孟余和王乐平 1928 年创办《革命评论》和《前进》等杂志，宣扬恢复 1924 年国民党"一大"时的改组精神②，奉汪精卫为孙中山遗志的正统继承者，在全国范围内分化国民党，以对抗南京国民政府的蒋派势力。正是由于改组派在国民党内反蒋，并不断联合各地军阀如唐生智等起兵倒蒋，尤其是改组派在中原大战期间联合冯、阎、桂系反蒋，故而"改组派"才成为当时非常敏感的话题。

1929 年 2 月的《中国国民党改组同志会第一次全国代表大会宣言及决议案》，不仅宣告其正式成立，还在"民众运动决议案"的第三条专设了"工人运动决议案"。提出了工人运动最低的具体要求：

---

① 茅盾：《子夜（手迹本）》，中国青年出版社 1996 年版，第 162 页。

② 存统：《恢复十三年国民党改组的精神》，《革命评论》1928 年第 5 期。

　　a. 健全工会的组织。

　　b. 制定劳工法，工厂法，工会法，劳资争议处置法。

　　c. 制定劳工保护法（尤其注意女工童工）。

　　d. 制定劳工保险法（产病保险，灾荒救济，伤害赔偿，死亡抚恤，年老恤金等）。

　　e. 在不妨害国民革命的范围中，工人有罢工自由权。

　　f. 实行八小时工作制。

　　g. 取消包工制。

　　h. 确定工人最低工资额。

　　i. 切实赞助工人生产消费合作事业。

　　j. 设立工人补习学校与俱乐部，增进工人技能，及精神上之修养。

　　k. 改良工厂之设备和工人之待遇。

　　l. 工人在休假日应照给工资。

　　m. 援助华工在居留地之政治经济斗争。①

　　国民党改组派的许多政策，由于其反对派地位而未能作为国家政策执行。但改组派积极组织黄色工会，获得极大的成效。上海七大工会之首的邮务工会，就是典型的黄色工会，领导了 1932 年 5 月的大罢工，甚至引发了全国邮务同盟总罢工，最后出面调停的市政府特派代表正是陈公博。该工会不仅争取劳工利益，后还建立消费合作社及函授学校等②。黄色工会成了改组派上述工人运动决议的直接执行者。尽管改组派在后来的政治格局中风流云散，其所掌控的黄色工会却在工人运动中长期发挥重要作用。

　　对于如何展现罢工中黄色工会与改组派的作用，茅盾经历了几次

---

　　① 《中国国民党改组同志会第一次全国代表大会宣言及决议案》，出版者不详，1929 年版，第 25—26 页。

　　② 宋钻友、张秀莉、张生：《上海工人生活研究（1843—1949）》，上海辞书出版社 2011 年版，第 228—231 页。

改写。《子夜》最初构想为都市与农村的"交响曲"。1930 年 10 月，茅盾写了三个记事珠《棉纱》、《证券》和《标金》，作为交响曲中的"都市三部曲"，手迹存留至今①；而另一半即农村部分当时并未详细设计。《棉纱》虽未直接出现黄色工会，却已详细设计了由竞争者煽动的罢工和女工领袖在第二次罢工中遭厂方离间而被群众怀疑的情节。茅盾为此还专门研读了井村薰雄的《中国之纺织业及其出品》，该书认为日商在华棉纱纺织厂"今日强烈罢工运动之背后，除共产主义者之煽动外，又有华商纱厂之策画"②。而"五卅"前夕茅盾与杨之华、张秋琴等亲历的上海日商纱厂工人联合罢工③，同样为小说创作提供了潜在视野。

　　1931 年茅盾"重新构思写出了一个《提要》和一个简单的提纲"。《提要》不仅在主要人物中介绍了"工贼"与黄色工会的纠葛，还在"总结构之下"写了吴荪甫与劳动者的三次冲突。其中第二次罢工"有赵派在中鼓动"。"工贼中间，亦有蒋派，改组，取消，及资本家雇佣工贼四者之间的暗斗"，同时"工人中分裂"。"第三次为赵派所鼓起"，"黄色工会企图夺取群众，则欺骗，造谣，恐吓，无所不至"④。到《提要》当中，黄色工会已经成为罢工运动中资方利益的代表；工人的分裂也与黄色工会的欺骗造谣等不无关系，且夹杂在蒋派与改组派的暗斗中，为资方所操纵。

　　1931 年 4 月小说写成四章后⑤，瞿秋白对前四章手稿和原大纲"谈得最多的是写农民暴动的一章，也谈到后来的工人罢工。写农民

---

　　①　这三个记事珠辑录有部分文字认读错误，见茅盾《茅盾作品经典》第 1 卷，中国华侨出版社 1996 年版，第 499—513 页。三个记事珠手迹首页的照片见孙仲田《图本茅盾传》，长春出版社 2011 年版，第 128 页。

　　②　［日］井村薰雄：《中国之纺织业及其出品》，周培兰译，商务印书馆 1928 年版，第 318 页。

　　③　茅盾：《五卅运动与商务印书馆罢工——回忆录〔七〕》，《新文学史料》1980 年第 2 期。

　　④　茅盾：《提要》，载茅盾《子夜（手稿本）》，中国青年出版社 1996 年版，第 452—453 页。

　　⑤　汉学家冯铁考证，现存手稿的前四章是未经瞿秋白建议修改的原写作稿，与瞿秋白提出建议后才写出的后面几章手稿，不是同一时间层面完成的。见［瑞士］冯铁《由"福特"到"雪铁笼"——关于茅盾小说〈子夜〉（1933 年）谱系之思考》，李萍译，载［瑞士］冯铁《在拿波里的胡同里》，火源、史建国等译，南京大学出版社 2011 年版，第 456—479 页。

暴动的一章没有提到土地革命，写工人罢工，就大纲看，第三次罢工由赵伯韬挑动起来也不合理，把工人阶级的觉悟降低了"①。之后茅盾按瞿秋白的意见重新写了详细分章大纲即现存大纲，但仍保留了原大纲中的部分设计。其中"钱派不防屠派在工人中间面指其为走狗"，以及钱派拦厂生事等处，现存大纲手迹上都清晰标明采用"原大纲"。尽管原大纲已佚，却可由《子夜》小说文本得知，这些保留原大纲设计之处，恰与瞿秋白的修改意见并不一致。茅盾在瞿秋白指导修改后，仍然让黄色工会的派系内斗成为罢工持续的原因之一。

在现存大纲的第十三章中，虽然不再明确写第三次罢工由赵伯韬煽动起来，却将罢工设计为黄色工会中蒋派钱葆生煽动起来的。吴荪甫的干将屠维岳则"计划在扶持桂长林等在工人间的势力而借工人以打倒钱葆生，然后用武力解决罢工"。现存大纲里蒋派最终打倒了黄色工会中的改组派，即屠维岳"政权"之倒坍："钱葆生他们又引军警到工人住区捕了许多人。少数工人就此进厂上工。"② 蒋派武力平息罢工，改组派的调和策略一败涂地，经瞿秋白指导新大纲似乎将阶级斗争的尖锐性突出了一下。

然而在与现存大纲对应的小说章节中，茅盾却又将罢工的最终结局写成黄色工会中改组派的胜利。蒋派在资本家平息罢工的活动中扮演了"反面"角色，钱葆生不仅挑动罢工，当屠维岳和改组派成功使工人回厂时，钱葆生还支使流氓在厂门口殴打工会中的改组派手下，阻碍工人上工。但最终屠维岳改用铁腕手段，叫警察捕捉了蒋派流氓，并在最危急关头让桂长林带警察开枪镇压了上海各地前来冲厂的总罢工。改组派逮捕了共产党员陈月娥和女工朱桂英，甚至共产党领导玛金。领袖损失殆尽，半年之内很难再形成工潮，

---

① 茅盾：《〈子夜〉写作的前前后后——回忆录〔十三〕》，《新文学史料》1981年第4期。
② 茅盾：《大纲》，载茅盾《子夜（手迹本）》，中国青年出版社1996年版，第477—478页。很少有人注意到的是，《子夜》现存大纲手稿后几章的序号经过涂改，将较长的第十三章分为了三部分，相当于各为一章（即十三、十四、十五），并把后面接续的章节序号改为第十六章，依次顺延。把详写裕华丝厂罢工的第十三章扩充成三个章，无疑会增大工人与资本家的阶级斗争在小说内容中所占的比重。

完成了屠维岳对吴荪甫的许诺。罢工最终由改组派软硬兼施而"成功"平息。

1930年在中共"立三路线"指导下的上海各行业同盟总罢工大多以失败告终，茅盾固不能改写历史，却在小说创作过程中几次改写具体的工潮走向。茅盾仿佛是在与瞿秋白的指导意见"讨价还价"，每次"屈从"之后又总是想方设法改回来。虽然《子夜》对"立三路线"和所谓"取消派"观点都有所批判，但最终结局还是无法符合这位结束了"立三路线"并与"取消派"斗争的共产党领袖的意识形态要求。1933年8月瞿秋白发表《读〈子夜〉》，一方面在"立三路线"问题上为茅盾辩护，另一方面提出五点意见，最后一条指出："在《子夜》的收笔，我老是感觉得太突然，我想假使作者从吴荪甫宣布'停工'上，再写一段工人的罢工和示威，这不但可挽回在意识上的歪曲，同时更可增加《子夜》的影响与力量。"[1] 罢工斗争最终由改组派取得胜利的结局，并非瞿秋白所希望看到的，更不是其左翼理论指导的直接效果。显然，除了瞿秋白的指导，《子夜》的创作还有着多维度的理论资源。

三　"黄色国际"与工人阶级的"变质"

黄色工会，尤其是黄色工会中国民党改组派对罢工运动的领导与控制，在1949年以后的一段时期难以获得正面关注。但在民国时期，却是中共领导工人运动的工作中极为重要的一题。1929年11月，中共领导的中华全国总工会在上海秘密召开第五次全国劳动大会，通过了《对黄色工会问题决议案》，提出赤色工会"反对黄色工会及其领袖们，应当依靠群众的力量来斗争"。这样的决议，同"立三路线"指导的各行业同盟总罢工，使上海赤色工会损失惨重。"第五次全国劳动大会召开时，约有会员27000余人，由于会后'左'倾错误的影响，到1930年6月则减为2012人，发展到1931年1月，上海赤色工

---

① 施蒂尔:《读〈子夜〉》,《中华日报·小贡献》1933年8月13—14日,引自瞿秋白著,朱正编《论〈子夜〉及其它》,百花文艺出版社1985年版,第123—124页。

会会员还剩下 700 人。"① 事实上，1929 年 10 月共产国际执委会给中共中央的信中已指出："赤色工会的大多数，还不是群众的组织。国民党黄色工会的影响还是很大。国民党改组派在（北方）黄色工会里尤其有影响，共产党在国民党黄色工会里的工作，还没有认真的实行。"② 当 1930 年夏刘少奇赴莫斯科出席赤色职工国际第五次代表大会时，由共产国际创立的国际赤色工会组织——职工国际，最终通过了"在中国黄色工会中也要搞公开的赤色反对派，把黄色工会变为赤色工会的决议案"③。无论 1930 年代初这种斗争是否一度"左倾"并得到纠正④，对黄色工会的斗争或联合，都是共产国际和中共领导工人运动的重要工作。这虽构成茅盾关注黄色工会的原因，却不足以解释《子夜》为何如此呈现黄色工会对工潮的"成功"控制。

《子夜》中黄色工会的改组派之所以能够"成功"地瓦解三次工潮，除了与蒋派明争暗斗之外，一个重要的因素就是女工当中分化出许多"工贼"。也正是因为茅盾注意到了工人的"变质"，《子夜》才无法像瞿秋白希望的那样写出"理想状态"的罢工图景。在所有女工中变质最为突出的一个，就是第一次工潮的领袖姚金凤，最终成为屠维岳安插在工人中的"黄色"代表。小说中最先出现的罢工者就是姚金凤，莫干丞对资本家吴荪甫报告，女工姚金凤不服管理，和管车薛宝珠发生肢体冲突，女工们停工支持姚金凤，要求开除管车薛宝珠并要求发米贴。吴荪甫意识到资方管理人员在工人眼中无异于走狗，这才开始留意职员中的屠维岳。而屠维岳第一次见吴荪甫提出的建议，就是答应工会的请求"每月的赏工加半成，端阳节另外每人二元的特

---

①　赵金鹏：《评第五次全国劳动大会关于黄色工会问题的策略》，《石油大学学报》（社会科学版）1991 年第 1 期。

②　《共产国际执委至中共中央委员会的信——论国民党改组派和中国共产党的任务（一九二九年十月二十六日国际政治秘书处通过）》（据《红旗》第 76 期，1930 年 2 月 15 日刊印），引自中央档案馆编《中共中央文件选集第五册（一九二九）》，中共中央党校出版社 1990 年版，第 791—799 页。

③　云本、宋侠：《1930 年前后刘少奇在白区工运中反对左倾错误的斗争》，《历史教学》1982 年第 5 期。

④　仲篪（刘少奇）：《在黄色工会里面建立什么》，《红旗周报》1932 年第 30 期。

别奖"。吴荪甫虽然答应，却怀疑"共产主义的'邪说'已经风魔了这班英俊少年"①。黄色工会尚未正式出场，其在资方与工人之间游走的暧昧特性已初步显现。更厉害的其实是黄色工会软化工人领袖的手段，但屠维岳刚刚买通姚金凤，黄色工会内部的蒋派薛宝珠就向工人们泄密，导致姚金凤被工人们骂作走狗。蒋派破坏了改组派的软化调解，不料屠维岳用反间计，开除姚金凤，反而提拔薛宝珠作稽查。自此，曾被开除过的姚金凤，成为工人们信任的领袖，蒋派薛宝珠则难再打入工人内部。而真正的共产党女工何秀妹，却遭到黄色工会改组派的有意离间。屠维岳派李麻子带流氓去骚扰恐吓何秀妹，再让账房先生莫干丞前去"拯救"，然后在工人中放风说何秀妹被莫先生请去看戏了。

在第三次罢工中，姚金凤听命于屠维岳，煽动罢工以打击黄色工会中的蒋派。而黄色工会中的改组派桂长林，也在屠维岳的授意下公开反对扣减工资。女工在姚金凤家中开会商量罢工，蒋派工贼都被姚金凤揭穿，无法获得工人信任。尽管遭到中共罢工领导玛金的怀疑，姚金凤还是在第二天罢工中转移了工人的目标，使得屠维岳和桂长林能够以黄色工会来代表工人，与资方交涉上工条件。但姚金凤随即因屠维岳在草棚与女工发生冲突，而被女工中的党员陈月娥揭穿其走狗身份，遭到罢工者的驱逐。改组派企图借黄色工会代表工人的阴谋随即败露。

与少数"变质"的工人个体不同，小说中真正"变质"的工人阶级，并未出现在吴荪甫的工厂里，而是出现在杜氏叔侄的争论中。吴荪甫被罢工女工拦在厂门受惊而归，亲友们纷纷前来探望。杜新箨以英美鞋厂为例，认为工人入股成为股东，就不会再有工潮。杜学诗则认可意大利的情形，要资方和工人都肯牺牲。范博文指出工人入股的法子虽好，却不符合中国实情："就可惜荪甫厂里的女工已经穷到只剩一张要饭吃的嘴！"② 这场看似无关紧要的争辩，其实是茅盾对该问

---

① 茅盾：《子夜（手迹本）》，中国青年出版社 1996 年版，第 119—123 页。
② 茅盾：《子夜（手迹本）》，中国青年出版社 1996 年版，第 330 页。

题不同解答方式的点睛之笔。正如小说开始时在吴老太爷葬礼上关于实业与金融的争辩一样，这些争辩直接道出了当时某些派别的重要观点。一旦工人入股成为所谓股东，就不完全是纯粹的无产阶级，不再具有天然的革命诉求。作为股东的工人，能够与资本家之间达成某种和解的可能性，成为工人当中分化出来的一种新阶层。

对于这种新出现的工人贵族，共产国际和中共方面的讨论不多。然而当时第二国际对此问题却有深入的分析。与黄色工会中"黄色"一词的用法相仿，一战后重建的第二国际，也由于其改良主义的调和立场，被称为黄色国际。列宁将第二国际视为中产阶级的代表，认为其与代表大资产阶级利益的国际联盟（国联）妥协，因而处于赤色和白色之间。中国共产党也沿袭了共产国际的观点和词汇。"早在1921年中共驻共产国际代表团的俄文文件《中国共产党第一个纲领》里，就提到：'中国共产党彻底断绝同黄色知识分子阶层及其他类似党派的一切联系。'这里的'黄色'带有阶级调和、改良之意，同时也表明这一语义承袭了苏俄的理解。在1922年的《中国共产党加入第三国际决议案》和1925年《对于中央执行委员会报告之议决案》等文件里，又用到'黄色国际'、'黄色工会'等词，也都是沿袭苏俄的用法。"[1]

战前第二国际的左、中、右三派，在一战中彻底分裂。战后，1919年成立于莫斯科的共产国际自命第三国际，右派于1920年重建的伯尔尼国际仍自命第二国际。而作为中派（温和派）的"奥地利社会民主党是'一战'后唯一没有分裂的第二国际政党，它把维持国际国内社会主义运动的统一视为自己的传统使命"。其加入共产国际的意愿受挫后，1921年在维也纳建立了社会党国际联合会。"它成立之后除了继续和伯尔尼国际联系以外，也努力争取共产国际的支持。"[2]但有别于上述两个国际组织的左右分歧，被列宁称作"第二半国际"。1922年4月，三个国际在柏林举行执行委员会联席会议，通过联合宣

---

① 黄兴涛、陈鹏：《近代中国"黄色"词义变异考析》，《历史研究》2010年第6期。
② 陈林：《试论奥地利马克思主义在社会主义工人国际中的作用和影响》，《国际政治研究》1992年第1期。

言。但最终维也纳国际和伯尔尼国际于 1923 年 5 月合并，仍作为"第二国际"，共产国际则作为"第三国际"与之彻底分道扬镳。奥地利社会民主党成为合并后第二国际的主导力量。作为奥地利马克思主义重要代表人物，麦克斯·阿德勒在他 1933 年依然主张第二国际与第三国际联合的《工人阶级的变质》这篇重要文献中，细致分析了上述工人阶级的分化问题。尤其是对新产生的所谓"工人贵族"，阿德勒认为这一阶层主要由那些在技术部门的劳动者、高级工人与办公室职员构成。他们"在生活方式与思考、感受等方面都与其他无产阶级深度分离"。"从无产阶级的社会革命立场转变为基本保守的倾向。"他们中一部分显出小资产阶级特征，另一部分如办公室职员则具有官僚特权集团的特征①。正因这些对工人阶级分化的讨论，自命马克思主义正统的第二国际，一面与所谓代表资产阶级的国际联盟相抗衡，另一面却被第三国际指责为不赤不白的"黄色国际"。

就在阿德勒发表《工人阶级的变质》这年年初，《子夜》已在上海出版。茅盾没有机会在写作过程中见到阿德勒的这些分析，也没有证据表明茅盾对奥地利马克思主义有何了解。但阿德勒对工人特权阶层的分析，却为理解《子夜》更为广阔的"左翼"创作视野提供了一种可能。黄色工会依靠账房里的高级职员屠维岳和众多管车、稽查以及被收买的"工贼"来平息工人运动。这些人虽然还不像《子夜》中谈到的工人股东那样，足以构成阿德勒所讨论的一个分化而成的阶层，却同样具有官僚特权集团的特征，丧失了革命性而在罢工中协助资本家。被指责为改良主义的"黄色国际"的某些理论视野，在几乎完全隔绝的情况下，与茅盾小说创作对中国当时社会问题的某些认识如此相通。那么真正为茅盾直接提供这些思考维度的理论，又来自哪里？这样的"左翼"创作视野究竟在多大程度上符合第三国际的左派立场？

《子夜》完成之后，1934 年苏联"国际文学社"就十月革命、苏

---

① Max Adler, "Metamorphosis of the Working Class", in Austro-Marxism, tr. & ed. *Tom Bottomore and Patrick Goode*, Oxford：Clarendon Press, 1978, pp. 217 – 248.

维埃文学，及资本主义各国事件对作家的影响等问题向世界著名作家提问。茅盾答复中说：

> 一九二七年中国大革命失败以后，我开始写小说。对于布尔乔亚的文学理论，我曾经有过相当的研究，可是我知道这些旧理论不能指导我的工作，我竭力想从"十月革命"及其文学收获中学习；我困苦地然而坚决地要脱下我的旧外套。①

究竟是哪些"布尔乔亚的文学理论"与十月革命后的苏维埃文学之间发生了冲突，茅盾又是否完全成功地在这种冲突中脱下了"旧外套"？创作《子夜》时，已经"脱党"却担任左联行政书记的茅盾，是否做到"彻底断绝同黄色知识分子阶层及其他类似党派的一切联系"？

四 夹在赤白之间的"实业党"

值得注意的是，国民党改组派既反帝又反苏的立场，恰与"黄色的"第二国际中间立场相仿，都是中产阶级的代言者，被认为具有暧昧性与进一步分化的可能。改组派最著名的口号之一"夹攻中之奋斗"，就是这种中间立场的典型表述。这一口号来源于国民革命时期汪精卫在武汉分共之前发表的同名文章②。其后又在 1928 年由张北海将一系列改组派言论以《夹攻中之奋斗》为题编辑成册，详细阐述了改组派既反共又反蒋的中间派立场，并与第三党、西山会议派等其他派别划清界限。该书扉页上就题有汪精卫手书的"从共产党与腐化分子的夹攻中，悉力奋斗，为国民革命求一出路"③。这句话是 1927 年双十节《申报》国庆纪念增刊汪精卫的题词，正成为改组派反蒋反共的宣言，秉承了汪既反帝（英美）又不附庸于共产国际

---

① 茅盾：《答"国际文学社"问》，引自孙中田、查国华编《茅盾研究资料》（上），知识产权出版社 2010 年版，第 66—67 页。

② 汪精卫：《夹攻中之奋斗》，载恂如《汪精卫集》第三卷，光明书局 1930 年版，第 164—168 页。

③ 张北海编：《夹攻中之奋斗》，难花书店 1928 年版，扉页。

（苏联）的"不左不右"路线。《夹攻周刊》更成为改组派赵惠谟主编的刊物名称，标榜"左手打倒共产党，右手打倒西山会议派"①。处于赤色与白色之间的改组派一再寻求的，正是"打破赤白帝国主义者夹攻势力的方法"②。

自"七一五"分共以来汪派一直标榜的这种立场，在《子夜》当中有最奇妙的展现。茅盾所写《提要》当中，"工业资本家倾向改组派（即汪精卫派）"，"银行资本家中，赵伯韬是蒋派"③。既然《子夜》成功表现的主题，是民族资产阶级能否发展民族工业从而战胜买办与帝国主义，那么代表民族资产阶级利益的改组派与代表大资产阶级利益的蒋派的斗争，自然成为小说对这种主题的重要呈现方式。甚至比工潮中改组派与中共领导的斗争更为激烈。

小说中改组派工业资本家吴荪甫在三条战线展开斗争，首先是与蒋派赵伯韬直接在交易所斗法，其次则是一轮又一轮的罢工风潮，再次就是益中公司面临着赵伯韬的金融封锁和吞并企图。小说第七章就让吴荪甫同时"夹在三条火线中"，在银行公会遇到李玉亭告诉他赵伯韬的阴谋："他们想学美国的榜样，金融资本支配工业资本。"这一消息令吴荪甫心情极度阴暗，想到一战后美国资本渗入德国工业的道威斯计划和杨格计划。"只要中国有一个统一政府，而且是一把抓在Yankee的手里，第二道威斯计画怕是难免罢？"④ 这一章结尾吴荪甫"在两条战线上都得了胜利"，心情豁然开朗，唯独对付赵伯韬这个阴谋仍胜负未卜。如果说《子夜》中工业资本家面临的罢工风潮是来自共产党方面，那么金融资本吞并工业资本的威胁则是来自蒋派的金融界巨头，而两者背后又是苏联主导的共产国际对工人运动的领导，与美国金融资本的对华输出与控制。尽管小说文本中只有提示而从未出

---

① 《夹攻周刊》广告介绍赵惠谟说："他在黄埔因公开反对本党受第三国际指导曾被共产党赠给他一个国家主义派的头衔，他在去年因为反对腐化分子与国家主义派勾结又曾被西山会议派送给他一顶红帽儿"，恰是被左右两派夹攻。见《夹攻周刊》1928年第8期。

② 周之舞：《打破赤白帝国主义者夹攻势力的方法》，《感化》1929年第24期。

③ 茅盾：《提要》，载茅盾《子夜（手迹本）》，中国青年出版社1996年版，第448页。

④ 茅盾：《子夜（手迹本）》，中国青年出版社1996年版，第167—169页。

现一句明确说吴荪甫是改组派①，却将吴荪甫置于汪精卫所谓左右"夹攻"之中而写其"悉力奋斗"。

正因为小说中吴赵分属汪蒋两派，他们对中原大战的态度也就相反。1930年冯、阎、桂、粤军阀联合起来与蒋派中央军展开空前大战，改组派及汪精卫成为各派反蒋军事力量拉拢的最重要政治力量。而赵伯韬"他们希望此次战事的结果，中央能够胜利，能够真正统一全国。自然美国人也是这样希望的"。蒋派自"四一二"前后获得江浙金融财团支持而成立南京政府以来，与美国金融资本的关系向来密切。蒋派占据中央政府财政，以"关税收入"等为担保发行巨额公债以资军费。战势胜败难料导致公债偿还风险大增，涨跌态势遂随战争形势急剧变化。另一方面被称为实业党的改组派，中原大战期间在北平召开"中国国民党中央党部扩大会议"，另立国民党中央，拟订的《经济政策及财政政策草案》中提出诸多振兴实业而严格管控金融投机的经济政策②。事实上早在改组派成立之初，就在其《经济建设决议案》中指出："中国目前还是一个国际资本帝国主义所支配的半殖民地，一切都市和农村的经济，都直接和间接受国际资本帝国主义吸收和操纵。"③小说中吴荪甫"有发展民族工业的伟大志愿"，"他是盼望民主政治真正实现，所以他盼望'北方扩大会议'的军事行动赶快成功"④。小说的结局固然不能违背中原大战蒋派取胜的历史事实，但吴荪甫与赵伯韬斗法的胜败，却同样经历了重要的改写。正由于瞿秋白的意见对小说结局改写产生了决定性的影响⑤，茅盾创作视野中原

---

① 小说第三章写唐云山的汪派主张："我们汪先生就是竭力主张实现民主政治，真心要开发中国的工业；中国不是没有钱办工业，就可惜所有的钱都花在军政费上了。"同时道出吴荪甫的政治倾向，"也是在这一点上，唐云山和吴荪甫新近就成了莫逆之交"。见茅盾《子夜（手迹本）》，中国青年出版社1996年版，第63页。

② 汪精卫：《经济政策及财政政策草案》，《国闻周报》1930年第35期。

③ 《中国国民党改组同志会第一次全国代表大会宣言及决议案》，出版者不详，1929年版，第19页。

④ 茅盾：《子夜（手迹本）》，中国青年出版社1996年版，第270页。

⑤ 刘小中甚至认为1931年4月茅盾拜访瞿秋白之前四五个月两人的几次会面，已经对《提要》产生了间接的影响。见刘小中《瞿秋白与〈子夜〉》，《扬州职业大学学报》1999年第1期。

有的一些左翼理论来源，从此被长期掩盖。

若回顾茅盾在国民革命时期与汪精卫等国民党左派的密切工作关系①，再将吴荪甫发展民族工业的改组派倾向，和中国国民党改组同志会的《工人运动决议案》，甚至"变质"的工人等问题联系起来，就会发现《子夜》从改组派理论中汲取的，绝不仅仅是对某个单一的阶级（如所谓的民族资产阶级），进行立场上的简单肯定或否定。而是在更广阔层面上把握某种对中国社会的认识。

五　《子夜》创作的多重左翼理论资源

尽管有批评者认为"茅盾的问题未必来自他揭发中国经济与工业发展中的矛盾，更多来自他有赖解释这些矛盾的那套左翼理论"②。却罕有学者意识到茅盾创作《子夜》的多重"左翼"理论资源，其实超出了传统左翼研究视野。除了常谈到的对"立三路线"和所谓"取消派"观点的批判之外，最富见地的文学史经典也只能引述毛泽东《星星之火，可以燎原》对中国社会的分析③，而未能在《子夜》的创作与更为确切的理论资源之间找到联系。国民革命时期曾与茅盾有密切工作关系的毛泽东，究竟为《子夜》提供了什么理论资源，很少获得有效关注。

日本学者桑岛由美子提出"《子夜》的问题是大革命时期的矛盾的延长"，并注意到"在1926年1月的中国国民党第二届全国代表大会上，茅盾担任宣传部秘书，是宣传部长汪精卫的直属部下（当时的代理部长是毛泽东）"④。国民党"一大"首次改组之后，"二大"上汪精卫当选国民政府主席兼宣传部长，宣传部长由毛泽东代理。毛泽东正在筹备第六届农民运动讲习所，茅盾作为秘书住在毛泽东寓所，

---

① 茅盾：《一九二七年大革命——回忆录［九］》，《新文学史料》1980年第4期。

② 王德威：《写实主义小说的虚构：茅盾，老舍，沈从文》，复旦大学出版社2011年版，第119—120页。

③ 唐弢主编：《中国现代文学史（二）》，人民文学出版社1979年版，第169—170页。

④ ［日］桑岛由美子：《茅盾的政治与文学的侧面观——〈子夜〉的国际环境背景》，袁暎译，《中国现代文学研究丛刊》1995年第3期。

替毛泽东编辑国民党政治委员会机关报《政治周报》。1926 年 2 月 16 日，毛泽东称病，"实际上他是秘密往韶关（在湘、粤边界）去视察那里的农民运动"①，由茅盾替毛泽东代理宣传部各项事务。

就在 1926 年 3 月，共青团中央机关刊物《中国青年》上再次发表了毛泽东最初写于 1925 年 12 月后又做过修订的《中国社会各阶级的分析》一文。将中国社会分为五大阶级：大资产阶级、中产阶级、小资产阶级、半无产阶级、无产阶级。其中的中产阶级"即所谓民族资产阶级"，"但这个阶级的企图——实现民族资产阶级统治的国家，是完全不行的。因为现在世界上局面，乃革命反革命的两个大势力作最后争斗的局面。这两大势力竖起两面大旗：一面是赤色的革命的大旗，第三国际高举着，号召全世界被压迫阶级集合于其旗帜之下！一面是白色的反革命的大旗，国际联盟高举着，号召全世界反革命份子都集于其旗帜之下。那些中间阶级，在西洋如所谓第二国际等类，在中国如所谓国家主义派国民党右派等类，必须赶快的分化，或者向左跑入革命派，或者向右跑入反革命派，没有他们'独立'的余地"。毛泽东划分十分简明：共产国际代表赤色革命，国际联盟代表白色反革命，处于中间的第二国际则是黄色的动摇者。毛泽东还列举了北京《晨报》上一篇文章的说法："举起你的左手，打倒帝国主义！举起你的右手打倒共产党！"② 以此来描述中产阶级的政治立场。

就在同一时间，茅盾在《政治周报》上发表了一篇《国家主义者的"左排"与"右排"》，针对《醒狮周报》上一位国家主义者自命"右排英日帝国主义，左排苏俄帝国主义"，茅盾发现这所谓的"中"并不真的右排英日帝国主义③。对比毛泽东与茅盾的文章，即可发现两人此刻社会分析视野的一致。而此后国民党改组派在左右"夹攻中之奋斗"的姿态，又验证了毛泽东在国民革命之初对动摇立场的预言。

曾与毛泽东共事的茅盾，自然十分熟悉这种对中国社会各阶级的

① 茅盾：《中山舰事件前后——回忆录［八］》，《新文学史料》1980 年第 3 期。

② 毛泽东：《中国社会各阶级的分析》，《中国青年》1926 年第 116 期。

③ 雁冰：《国家主义者的"左排"与"右排"》，《政治周报》1926 年第 5 期。

分析。甚至当茅盾以小说描绘国民革命却遭到阿英等人质疑其立场时，他在《从牯岭到东京》中曾为自己的文艺观颇为自信地辩解道："中国革命是否竟可抛开小资产阶级，也还是一个费人研究的问题。我就觉得中国革命的前途还不能全然抛开小资产阶级。说这是落伍的思想，我也不愿多辩；将来的历史会有公道的证明。"[1] 而毛泽东这篇《中国社会各阶级的分析》谈小资产阶级革命性时说"这种人在革命运动中颇要紧，颇有推动革命的力量"[2]，恰印证了茅盾的理解。中共领导人大谈第二国际与第三国际分歧的文章所在多有，很难说哪一篇是茅盾思想来源的切实证据。然而如此细致分析中国社会各阶级，并对各自革命性加以考察，又能对茅盾日后左翼小说创作产生直接影响的，恐怕就连毛泽东本人在工农武装割据时期给林彪写的私人信件《时局估量和红军行动问题》（即后来著名的《星星之火，可以燎原》），也不及这篇国民革命时期公开发表的文献更能有效说明问题。与其套用毛泽东日后的意识形态话语体系去图解《子夜》的创作，不如寻找当年毛泽东革命理论文献对茅盾创作视野产生的直接作用。

更重要的在于，毛泽东对民族资产阶级"黄色"动摇本性的分析，恰与《子夜》当中描述的情形高度一致。在这篇后来被修订收入"毛选"的重要文章中，毛泽东进一步指出中产阶级的右翼"只要国民革命的争斗加紧，这种人一定很快的跑入帝国主义军阀的队伍里和买办阶级作很好的伙伴"。而中产阶级的左翼"在某种时候，（如抵制外货潮流高涨时）颇有革命性"，但"对于革命极易妥协，不能久持"。[3] 这正是《子夜》中民族资产阶级吴荪甫、周仲伟等的所为，起初支持国货和发展民族工业的论调不离口，后来工厂的抵押使他们"终于买办化"。所谓的民族工业，终为外资所掌控。

茅盾在《提要》中设计的结局并非民族资产阶级被买办彻底击败，而是红军占领长沙"促成了此两派之团结，共谋抵抗无产革命"。

---

① 茅盾：《从牯岭到东京》，《小说月报》1928 年第 10 号。
② 毛泽东：《中国社会各阶级的分析》，《中国青年》1926 年第 116 期。
③ 毛泽东：《中国社会各阶级的分析》，《中国青年》1926 年第 116 期。

正如毛泽东的判断，"只要国民革命的争斗加紧，这种人一定很快的跑入帝国主义军阀的队伍里和买办阶级作很好的伙伴"。但茅盾后来在写作中按照瞿秋白的建议"改变吴荪甫、赵伯韬两大集团最后握手言和的结尾，改为一胜一败。这样更能强烈地突出工业资本家斗不过金融买办资本家，中国民族资产阶级是没有出路的"①。此刻瞿秋白要求小说突出民族资产阶级的惨败，更多的是针对国民革命"失败"后中国社会性质问题的讨论，来批驳当时所谓"取消派"的观点。却由此遮蔽了毛泽东此前论述对《子夜》的某种影响。

如果说毛泽东的这篇文章将共产党视为无产阶级的代权者，来分析民族资产阶级分化及其革命的可能性，那么茅盾的《子夜》则将改组派置于民族资本家位置上，来写其黄色工会对工人的分化与诱导，从而与毛泽东的文章形成某种奇妙的对应关系。汪精卫或毛泽东当年固不曾言及黄色工会，然而自国民革命以来与茅盾革命活动与文学实践产生重要联系的一些理论资源，如毛泽东对中国社会各阶级革命性的分析，汪精卫及改组派对中国经济问题的认识，甚至瞿秋白本人与茅盾的早期共同经历与思考等，或许比瞿秋白30年代从苏联归来后对"立三路线"和所谓"托派"问题的批判，以及茅盾弟弟沈泽民在中国社会性质论战中的看法，更早地进入了茅盾广阔的左翼创作视野当中。茅盾在新旧观念的冲突中，终究还是未能"困苦地然而坚决地"完全脱掉这些"旧外套"。

余　论

1931 年 10 月，时任左联行政书记的茅盾，在发表于左联的机关刊物《文学导报》的《中国苏维埃革命与普罗文学之建设》中指出："我们要宝贵我们过去的斗争经验，然而我们要奋然一脚踢开我们所有过去的号称普罗列塔利亚文学作品以及那些浅薄疏漏的分析，单调薄弱的题材，以及闭门造车的描写！"

---

① 茅盾：《〈子夜〉写作的前前后后——回忆录［十三］》，《新文学史料》1981 年第 4 期。

我们必须从工厂中赤色工会的斗争，——左倾与右倾的机会主义，两条战线上的斗争，黄色工会的欺骗以及黄色走狗个人权利的冲突，改组派的活动，取消派的出卖劳工利益，——在这样复杂的机械，这样提示了斗争中的严重的问题，这样透视的观察与辩证法的分析上，建立起我们作品的题材！①

茅盾后来在回忆录中承认："这篇文章与《子夜》的创作有一定的关系。《子夜》的酝酿、构思始于一九三〇年秋，中间几经变动和耽搁，到一九三一年十月已经'瓜熟蒂落'，我正准备摆脱一切杂务来写《子夜》。这篇文章中提出的一些问题，就是我在构思《子夜》时反复想到的；而且，我也企图过通《子夜》的创作实践来检验我在文章中提出的'理论'，即使只是其中的一部分。"②

由此可见，《子夜》写工人运动的部分，未必真的是写得"差"，恐怕倒是不完全符合"我们所有过去的号称普罗列塔利亚文学作品以及那些浅薄疏漏的分析，单调薄弱的题材，以及闭门造车的描写"，以致1949年以后不再为作者自己所称道；而《子夜》写民族资产阶级与买办斗法的成就可以获得公认，除了写作水平之外，对当时所谓"托派"观点的批判，恐怕也是重要原因。茅盾的创作视野是否超出了其写作才华而影响作品优劣，或许可以从另一个层面再展开讨论；但其创作视野超出了研究者曾一度固化的狭义左翼视角，则是众多文本碎片和历史情境共同证实了的。

正如有学者指出的，解析《子夜》必须回到民国历史情境。"在这里，国家的基本经济状况究竟如何，世界经济危机与国民政府的应对措施，各种经济形态（外资经济、民营经济、买办经济等）的真实运行情况是什么，社会阶层的生存状况与关系究竟怎样，中国现实与知识界思想讨论的关系是什么，文学家茅盾与思想界、政治界的交往，茅盾的深层心理有哪些，他的创作经历了怎样的复杂过程，接受了什

---

① 施华洛：《中国苏维埃革命与普罗文学之建设》，《文学导报》1931年第8期。
② 茅盾：《"左联"前期——回忆录［十二］》，《新文学史料》1981年第3期。

么外来信息和干预，而这些干预又在多大程度上改变了茅盾，茅盾是否完全接受这些干预，或者说在哪一个层次上接受了、又在哪一个层次上抵制了转化了，作家的意识与无意识在文本中构成怎样的关系等等，这样的'矛盾综合体'才是《子夜》，'回到民国历史'才能完整呈现《子夜》的复杂意义。"①

无论是黄色工会、黄色国际，还是国民党改组派，以及瞿秋白、毛泽东或汪精卫与茅盾共同的革命经历，抑或早已被研究者讨论过的"立三路线"和所谓"托派"问题，甚至尚无人关注的茅盾、瞿秋白早期与研究系的关系等，都只是进入《子夜》广阔"左翼"创作视野的某一条路径，不应取代其他维度的观察与思考。而所有这些广阔"左翼"创作视野的逐步打开，正为理解《子夜》提供了更多新的可能。

原载《文学评论》2015 年第 3 期

---

① 李怡：《作为方法的"民国"》，《文学评论》2014 年第 1 期。

"绅"的嬗变

——《动摇》的一种解读

罗维斯

内容提要：《动摇》以一个小县城为缩影，刻画了民国初年，激烈分化演变后的传统绅士阶层，在国民革命洪流中不同的人生样态。小说中，传统绅士阶层上层的陆氏一门，虽依旧保有诗礼人家的品格，却因不能适应新的社会体制，而失落了既有的权力和地位；传统绅士家庭子弟革命者方罗兰通过接受新式教育完成了向现代知识分子的转换，却囿于与基层社会的隔阂，而在县城展开革命工作时举措无当；出身于传统绅士阶层的胡国光，在辛亥革命爆发后通过各种投机钻营，成为继续控制地方社会的民国绅士，并逐步劣质化。《动摇》中这些对传统绅士阶层嬗变的书写蕴含了茅盾对传统绅士阶层的独特情结。这种情结也对茅盾毕生的文学创作和现实生活产生了重要影响。

茅盾的首部长篇小说《蚀》三部曲之一的《动摇》，是鲜有的及时反映国民革命风貌的文学创作。这部小说触及了"他人所不敢而又是人们所关注的重大题材"①，又恰恰发表于国民革命失败这样敏感的时间段。因此，作品问世以后，饱受左翼阵营内文艺人士的激

---

① 茅盾：《英文版〈茅盾选集〉序》，丁尔纲编：《茅盾序跋集》，生活·读书·新知三联书店 1994 年版，第 218 页。

烈批判。面对革命文学派的攻击，茅盾的自我辩解，依然陷于阶级观念的定则。① 这便进一步坐实了《动摇》反映阶级矛盾与阶级斗争的事实。

中华人民共和国成立后，大陆学界对《动摇》等作品的解读，承继了左翼文艺批评的基本观念，并进一步强化了阶级斗争与阶级对立的色彩。小说中的方罗兰等革命者往往被视为小资产阶级的代表，甚至还对接上了国民党左派这样的党派立场。他们在革命中的举措失当也被视为阶级缺陷和党派弱点的体现。② 而小说中的反面人物代表劣绅胡国光则被视作"集中了定向灭亡路上的封建地主阶级的种种不可告人的恶德"③，是与革命力量相对立的封建势力。

新时期以后，学界对于曾经"唯此独尊"的阶级视角与分析方法进行了深入反思和全面否定。茅盾的小说创作一度被视为生动展现社会各阶级斗争风貌的力作。然而，随着"阶级论"在文学研究阵地中的失守，文学研究回归审美成为新的主潮，茅盾作品也逐渐遇冷，甚至曾被一些研究者剔除出现代文学经典之列。

近年来，随着海外汉学对国内现代文学研究影响的增强，茅盾笔下旖旎艳丽的时代女性所体现出的"现代性"，取代了民国社会激烈变革、冲突中显现的"阶级性"，成为国内茅盾研究的新特点。有学者开始关注小说中"女性指符"与男性作家"革命想象"及"时代性"意蕴之间的关系。④

诚然，对《动摇》充满阶级对立和党派色彩的解读是以政治属

①　茅盾在回应文坛对《蚀》的攻击时，承认自己所描写的对象是小资产阶级，但又指出面对大革命失败的动摇，幻灭情绪并非小资产阶级所独有。此外，他还强调"中国革命的前途还不能全然抛开小资产阶级"，并反驳了革命文学派对小资产阶级文艺的否定态度，进而为文艺描写小资产阶级正名。参见茅盾《从牯岭到东京》，《小说月报》1928年第19卷第10号；茅盾《读〈读倪焕之〉》，《文学周报》1929年第8卷。

②　参见庄钟庆《茅盾的创作历程》，人民文学出版社1982年版，第56—58页。

③　刘绶松：《论茅盾的〈蚀〉和〈虹〉》（原载《文学评论》1963年第2期），孙中田、查国华编：《茅盾研究资料》（下），知识产权出版社2010年版，第547页。

④　参见陈建华《革命与形式——茅盾早期小说的现代性展开1927—1930》，复旦大学出版社2007年版。

性代替了小说人物形象的丰富性，陷入了政治窠臼而流于刻板；而对《动摇》中现代性的阐释却因对外来批评概念的放大化使用而往往流于片面，这都在不同程度上模糊了茅盾呈现社会历史演变的执着努力。

这两种对整个现代文学研究影响至深的解读模式，都遮蔽了《动摇》呈现的"动乱中国的最复杂的人生的一幕"①，脱离了现代文学发生发展的具体历史情境。单一的"阶级论"和概念式的"现代性"这样的"舶来品"都不能准确解读茅盾刻画的民国时期人物形象。以美国汉学文论的新标签取代苏俄社会政治话语的旧标签，并不能对茅盾研究有实质性的推进，而只是使我们的研究从政治高压下的学术失语走到学术自身的失语。

一

正如有学者所指出的那样："几乎全部的茅盾小说，都有这么一个自觉意识到的政治革命或社会变动的背景。"②《动摇》正是这一特征的集中体现。因此，我们有必要回到《动摇》中茅盾所着力呈现的国民革命时期的社会风貌中去，重新认识和解读小说中的人物形象，深化对这部小说及茅盾整体创作的认识。

那么，茅盾究竟是从什么样的角度来揭示这一社会变动的？如果不是简单的阶级论，又是什么呢？

尽管新时期以后，学界逐渐摒弃了秉持阶级论的文学研究范式，但曾大行其道的小资产阶级、封建地主阶级这样的概念却没有得到足够的清理。至今还有不少研究受到这些概念的影响，甚至还在一定范围内继续使用这些概念。这些外来概念在描述《动摇》等现代文学作品时，却往往无法与当时的社会历史情境相契合。

小资产阶级（petty bourgeoisie）这个在现代文学研究中占有重要地位的概念，是一个经过日语、法语、俄语、英语等多种语言媒介传

① 茅盾：《从牯岭到东京》，《小说月报》1928 年第 19 卷第 10 号。
② 王富仁：《现代作家新论》，山西教育出版社 1998 年版，第 53 页。

入的外来词汇，① 其内涵经历了由模糊、多义到概念固化的过程。在革命文学兴起之时，小资产阶级这一概念更多的指向对经济地位的描述，其所指也十分宽泛。不仅作为文艺工作者的茅盾称"几乎全国的十分之六是属于小资产阶级"②，政治家毛泽东也认为："如自耕农、手工业主，小知识阶层——学生界、中小学教员、小员司、小事务员，小律师，小商人等"③ 都属于小资产阶级。

中华人民共和国成立后相关研究所使用的"小资产阶级"这一概念，则更偏向于一种意识形态上的划分。其含义与毛泽东同志四十年代发表的《在延安文艺座谈会上的讲话》中的观念密切相连。即将小资产阶级视为无产阶级的对立面，并直接与知识分子身份相等同。可见，现有相关研究中使用的"小资产阶级"这一概念和茅盾与革命文学派论争时的"小资产阶级"，在内涵和外延上都存在差异。这也就使得现有研究的许多结论变得十分可疑。因而将《动摇》中以方罗兰为代表的革命者归入小资产阶级范畴加以讨论，显然并不可取。

至于所谓的封建地主阶级，虽然我国早就存在地主这样的称谓和与之相关的经济生产形式，但封建地主阶级作为对经济属性和阶级属性的划分，还是马克思主义传入中国以后才出现的。封建地主阶级作为一个经济学概念，指的是"占有土地，自己不劳动或只有附带劳动，而靠剥削农民为生的阶级"④。然而，《动摇》中反面人物胡国光的塑造大都是通过他的政治活动来完成的。关于他的叙述中并没有任何经营土地、剥削农民的表述。封建地主阶级这样的概念显然无法阐释这个活跃于民国初年地方政界的人物。

事实上，我们对于封建地主阶级的认知大多来自中华人民共和国成立后马克思主义史学研究对中国社会历史发展演变的阐释和建构。

---

① 参见 ［德］ 李博《汉语中的马克思主义术语的起源与作用》，赵倩等译，中国社会科学出版社 2003 年版，第 350—359 页。

② 茅盾：《从牯岭到东京》，《小说月报》1928 年第 19 卷第 10 号。

③ 毛泽东：《中国社会各阶层的分析》，《毛泽东选集》（第 1 卷），人民出版社 1991 年版，第 5 页。

④ 金炳华主编：《马克思主义哲学大辞典》，上海辞书出版社 2003 年版，第 330 页。

而我国传统社会长期以来早已形成了一套自身的社会政治结构描述体系。而身处民国社会的茅盾显然对后者有更真切的体察和认识。《动摇》所表现的也正是民国初年和国民革命的特殊时期传统社会政治结构的转变。因此，我们有必要返回当时的具体历史情境，以中国社会自身形成的社会阶层概念重新描述小说中的人物形象。

在《动摇》中，茅盾对主要人物的身世背景做了明确的交代和细致的暗示。而这些身世背景的叙述正揭示了作者对于人物身份属性的认识。这些对不同人物的身份叙述共同指向了一个在中国传统社会中延续千年，中华人民共和国成立后逐渐消失的阶层——"绅士"。

绅士是中国现代文学中一类常见的人物形象，乡绅、士绅等称谓也常被用来指称这类人。而长期以来，学界一直缺乏对绅士阶层人物形象谱系的认识，绅士总是被简单地与地主阶级画上等号，而对"绅士"的内涵却一直缺乏基本的了解。

在"绅"的身份认定上，史学界和社会学界存在不同的观点，对这一阶层也有绅士、士绅、乡绅等不同称谓。但中外学者基本上一致认为传统的"绅"这一阶层，是由退居乡里的官员、拥有科举功名者及其亲眷构成。[①] 鉴于国内外学者的相关专著、国民革命时期的各类文献以及茅盾自己的小说文本和回忆录等都采用了"绅士"这一称谓，下文将统一使用"绅士"来指称这一阶层。

在科举制度废除之前，下层的绅士是由以"正途"的科举考试或者"异途"的捐纳获得较低等级功名者组成。上层的绅士阶层则由在科举正途中递升至较高功名，或者是有仕宦生涯者充任。[②] 在传统四民社会，绅士阶层是中央政权与地方社会的中介。绅士阶层一方面是国家官员的后备力量，以国家意志管理地方事务；一方面又代表地方

① 参见吴晗、费孝通《皇权与绅权》，天津人民出版社 1988 年版，第 8、66、131 页；张仲礼《中国绅士——关于其在 19 世纪中国社会中作用的研究》，上海社会科学院出版社 1991 年版，第 1—20 页；王先明《近代绅士——一个封建阶层的历史命运》，天津人民出版社 1997 年版，第 6—10 页；谢俊贵《中国绅士研究述评》，《史学月刊》2002 年第 7 期。

② 参见张仲礼《中国绅士——关于其在 19 世纪中国社会中作用的研究》，上海社会科学院出版社 1991 年版，第 6—21 页。

和平民阶层与国家官僚机构沟通。"绅"与"民"之间界限明确，是一个有着有独特政治地位和社会地位的特权阶层。①

尽管绅士阶层往往占有相当数量的土地，但是"绅士之所以为绅士，并不是由于其必然的占有多少土地，而是由于其具有独特的政治地位和社会地位"②。单纯依靠占有土地剥削农民的封建地主阶层，无法享有绅士阶层的地位和特权，不能参与地方行政，在社会实际生活和户籍制度中，不过与庶民同列。③ 将绅士定性为封建地主阶级显然与当时特定社会历史背景不符。

在清季民初的现代化进程中，绅士阶层随着政治权力结构的转型发生了剧烈的演变分化。《动摇》中的人物形象所展现的正是国民革命背景下，传统绅士阶层的嬗变。

二

绅士作为国家官员后备军和平民意见领袖，是中国传统社会所特有的政治精英阶层。在中国的现代化进程中，绅士阶层往往处于时代变革的风口浪尖。在清末的改良革新运动中，"兴绅权"被视作"兴民权"的重要内容和救亡图存的中坚力量。④ 辛亥革命爆发以后，绅士阶层又成了各地光复的主要参与者。而在国民革命这场政治权力再分配的大规模政治军事行动中，与政治权力密切相关的绅士阶层又再次被推到了历史前台。国民革命初期，社会上就出现了关于绅士阶层的广泛讨论。在国民革命的整个过程中，绅士阶层更是成了革命政府所必须面对的既有政治势力。"在是否需要征税，是否需要建立政权机关等问题上，这些绅士都是活跃分子。军阀离了他们就办不成事。应当指出，青年学生也都出身于这个阶层。其实任何想上台执政的人必然有求于这些绅士。绅士在国民党里当然也占很大比例。……甚至

---

① 杨小辉：《传统士绅与知识阶层的近代转型》，《学术界》2007 年第 6 期。
② 王先明：《近代绅士——一个封建阶层的历史命运》，天津人民出版社 1997 年版，第 18 页。
③ 瞿同祖：《清代地方政府》，范忠信、晏锋译，法律出版社 2003 年版，第 282—290 页。
④ 王先明：《历史记忆与社会重构——以清末民初"绅权"变异为中心的考察》，《历史研究》2010 年第 3 期。

在劳工界也有一定的影响和势力。……在出头露面的地方，到处都有绅士在活动……"①

茅盾作为深入参与国民革命工作的政治家，绅士阶级显然是他必然关注的革命对象。而对于小说家茅盾来说，要实现以《动摇》展现国民革命整体风貌的创作初衷，绅士阶层则同样是其中不可或缺的人物形象。小说中国民革命时期的社会乱象也正是在传统绅士阶层嬗变的底色上铺展开来的。

传统绅士阶层在民国时期的嬗变所体现的是传统与现代两种不同社会结构之间的冲突与对话。在茅盾笔下，这种嬗变表现为三种不同的样态：一部分传统绅士在新兴的国家政治体制下，虽谨守正派绅士的道德节操，却丧失了参与现代政治的能力，失落了以往的特权和地位；一部分传统绅士家庭子弟则通过接受符合时代需求的新式教育，完成了向现代知识分子的转换，但这一新兴的社会精英阶层却疏离了先辈曾牢牢把控的基层社会；一部分传统绅士在辛亥革命和民国初年的政治变革中投机获利，继续充当地方政治的实际掌控者，并逐步劣质化。茅盾所亲历的社会风貌也正是在传统绅士阶层嬗变的三种样态中得到了生动的呈现。

在清季民初社会政治的剧烈震荡中，传统绅士阶层上层的一部分正派绅士疏远地方政务，其身处的旧式望族也因之逐渐衰颓。《动摇》中对县城陆氏一门的叙述正是对当时传统正绅隐退，旧式贵族失落的真实反映。国民革命背景下的小县城，除了革命者与劣绅的对阵之外，作者用了有别于整部小说的语言风格和叙事节奏来描述这支没落的贵族。这些对陆氏一门精雕细琢的叙述，蕴含了许多值得玩味的细节。

陆家在小说中一出场就显出高门大宅、名门望族的气势。陆府位于"县城内唯一热闹的所在"②，坐落在以陆家姓氏命名的陆巷。陆府

---

① 《华南时局》（张国焘的报告，1927 年 1 月 31 日于汉口），转引自［苏］A. B. 巴库林《中国大革命武汉时期见闻录》，郑厚安、刘功勋、刘佐汉译，中国社会科学出版社 1985 年版，第 314 页。

② 茅盾：《蚀》，开明书店 1941 年版，第 21 页。

门前挂着"翰林第"的匾额，府内则是个三进的大厦。陆氏先人在前清极为显赫："陆家可说是世代簪缨的旧族。陆慕游的曾祖是翰林出身，做过藩台，祖父也做过实缺府县。"① 清代，在科举殿试中获得一甲的状元、榜眼、探花可直接进入翰林院。"翰林作为科举制度所产生的金字塔形人才排列的顶类层次，备受世人的青睐与推崇，对明清两代尤其是清代的社会生活产生不可忽视的影响。"② 顶级科场功名和高层仕宦生涯使陆氏一门获得了绅士阶层上层的尊崇地位。

此外，有学者曾测算，19 世纪晚期，绅士加上直系亲属，约占当时全国总人口的 2%，但却获得了国民生产总值的 24%；绅士人均收入为普通百姓的 16 倍。③ 陆氏一门这样的绅士阶层上层，不但拥有极高的政治地位和社会地位，而且持有大量的社会财富。陆家就在县城最繁华地段有显赫府邸。小说处处在细节上凸显陆氏高门巨族的旧式繁华。我们大可想见这曾经是一个怎样富贵双全的望族。

《动摇》中的陆氏一门被塑造成充满旧式风雅气息的贵族之家，是过去一个时代的缩影。茅盾以典丽古朴的语言风格和舒缓绵长的叙事节奏，塑造起一个正派传统上层绅士温文尔雅、正直豁达的形象，建立起高门巨族诗礼美德的传统氛围。

陆三爹之父在任时"着实做了些兴学茂才的盛世"④。秉持圣人之徒理念的陆三爹也一直恪守祖业，不慕荣利，怡情诗词，有着旷达豪放的名士风流。他身为词章学大家，多有门生是县里颇有势力的正派人士。在面对诸如婚姻自由这样的新派观念时，他也体现出了传统正派绅士阶层的开明姿态。在对待穷苦民众方面，陆家的大宅让乡下贫苦的本家住着，陆三爹也曾帮助过穷无所归的乡下女子。他的女儿陆慕云孝养老父，操持家业，有着世家闺秀的温婉与才情。面对革命乱象和自身危急处境时，这位出身于上层绅士家庭的闺秀，表现出了较

① 茅盾：《蚀》，开明书店 1941 年版，第 21 页。
② 邸永君：《清代翰林院制度》，社会科学文献出版社 2007 年版，第 6 页。
③ 张仲礼：《中国绅士的收入——中国绅士续篇》，费成康、王寅通译，上海社会科学院出版社 2001 年版，第 324—326 页。
④ 茅盾：《蚀》，开明书店 1941 年版，第 24 页。

之接受过新式教育的时代女性更理性沉稳的气度和从容不迫的胆识。即便是陆家的不孝子陆慕游与一脸奸猾的胡国光和满身俗气的王荣昌并站一处时，"到底是温雅韶秀得多"①。小说中还多次借他人之口，说陆慕游的胡作非为只是受人愚弄，而他的本性还是到底不坏。足见作者对这个名门子弟的偏袒。

然而，小说在彰显陆府簪缨之家的贵族气质时，又不断暗示绅士阶层上层现下的落寞。小说中，陆府的一草一木、一人一事，都蕴含着值得玩味的喻指。陆府的古色古香是充满"伤感"的。"折桂"有科举高中之喻。而陆府"正厅前大院子里的两株桂树，只剩的老干"②，无花堪折。陆府中的蜡梅"开着寂寞的黄花，在残冬的夕阳光下，迎风打战"③，显出明日黄花一般时过境迁的怅惘。因东汉大儒郑玄而扬名的书带草，本为后学儒生仰慕先贤的信物。但陆府的阶前书带草"虽有活意，却毫无姿态了"。④ 陆府的景象正暗示出陆三爹这样出身上层绅士家庭的读书人只能苟活乱世，而无力作为。陆府的人丁单薄更显出传统绅士阶层上层的衰退凋零。

晚清的变革与中华民国的建立，使如陆三爹一般身处时代骤变的传统正派绅士由于种种主、客观原因失去了掌控地方的地位和能力。"辛亥革命后，传统绅士藉以安身立命的功名、学历和身份等级失去了制度支持和'合法性'。"⑤ "民国建立，倡民权平等，绅士曾经拥有的传统特权和利益不复存在。"⑥ 出身翰林之家的陆慕游，虽然幼承庭训，却连一篇就职讲话稿也要假手于人。陆三爹本人也早已沉溺旧学，不问世事。出身于传统绅士阶层而缺乏现代教育背景的世家子弟，在

---

① 茅盾：《蚀》，开明书店 1941 年版，第 25 页。

② 茅盾：《蚀》，开明书店 1941 年版，第 23 页。

③ 茅盾：《蚀》，开明书店 1941 年版，第 23 页。

④ 茅盾：《蚀》，开明书店 1941 年版，第 7、23 页。

⑤ 王先明：《历史记忆与社会重构——以清末民初"绅权"变异为中心的考察》，《历史研究》2010 年第 3 期。

⑥ 肖宗志：《清末民初的绅士"劣质化"》，《贵州师范大学学报》（社会科学版）2004 年第 6 期。

民国的政治体制下，已不具备基本的政治技能。传统绅士阶层政治地位的丧失，使陆家这样的簪缨望族也不得不面临着家计逐渐拮据的窘况。曾处于绅士阶层上层的陆氏一门在新的国家政治体制下可谓富贵皆失。

在国民革命中经历了种种反绅浪潮和政治运动的茅盾，在《动摇》中，以明显带有偏袒与溢美的笔调塑造了与"劣绅"相对的"正绅"形象。从中我们可一窥出身于中下层绅士家庭的茅盾，对簪缨世家的正派绅士挥之不去的尊崇与敬畏。

在传统社会中，"正绅是社会秩序的维护者"，"又是百姓的楷模"，对传统基层社会发挥着领导、教化的作用。[1] 伴随着清季民初的社会变革，陆三爹这样的传统正派绅士虽恪守道义，却在客观上失去了参与地方政治的条件，且在主观上也完全隐退于故家旧宅，无心世事。这也正是当时的湖北省"士绅阶级乃退于无能。公正人士，高蹈邱园"[2] 历史局面的缩影。当正绅退出了基层管理以后，一些品行低劣者开始填补这些空缺。于是，有了胡国光这样假公济私、钻营奔走、危害地方的劣绅充斥于基层社会。

《动摇》中刻画的曾煊赫一时的陆家，在新时代中虽失落萧条，却仍充满旧式贵族的才情道德。但陆三爹所代表的传统正派绅士已失落了过往的济世精神与能力。小说对传统绅士阶层上层的细腻刻画，隐隐透露出亲历国民革命动荡局势的茅盾对正绅隐退的叹惋以及对正绅主事的怀想。同时，这部分叙述也避免了作为革命者的现代知识分子和作为反革命者的劣绅之间简单的二元对立局面。陆府这一门隐退的正绅，失落的贵族，构成了《动摇》所展现的国民革命时期基层社会乱象中一道深邃幽隐的背景，赋予了整部小说历史的纵深感。

当传统正派绅士在现代国家政体下逐渐隐退时，新兴政治力量也

---

① 肖宗志：《清末民初的绅士"劣质化"》，《贵州师范大学学报》（社会科学版）2004 年第 6 期。

② 湖北省民政厅编：《湖北县政概况》，第 1039 页，转引自王先明《历史记忆与社会重构——以清末民初"绅权"变异为中心的考察》，《历史研究》2010 年第 3 期。

在其中暗暗生长。其实，《动摇》中作为革命"新贵"的现代知识分子，就正是从传统绅士阶层中蜕变而生的现代政治精英。然而，小说中这种民国时期特有的新旧社会精英阶层衍生关系，却长期为阶级立场和党派对立所遮蔽。

《动摇》发表之初，就被左翼文艺阵营批为尽是落后小资产阶级的种种阶级局限。茅盾当时的自我辩护及中华人民共和国成立后对《动摇》的陈述，似乎确证了其中人物小资产阶级的身份属性。中华人民共和国成立后的很长一段时期，将《动摇》对革命者的叙述解读为小资产阶级由于自身弱点而面对封建势力反扑时的动摇、懦弱几乎成为一种常识。小说中的主要人物方罗兰更是历来被指为带有先天阶级缺陷的小资产阶级革命者之典型。这位就职于县党部的革命者还被指为国民党左派，他在革命工作中的失误也被归于国民党左派的右倾动摇。而众所周知，国民革命时期，在国共合作的背景下，许多共产党员也在以国民党党员的身份参与政治工作。民国时期，也几乎仅有《动摇》俄文版译者在序言中将主人公方罗兰视作国民党左派。① 中华人民共和国成立后，将方罗兰这样在国民革命中懦弱、动摇的青年革命者归入国民党左派，不免有规避政治风险之嫌。党派或阶级的身份定性，在很大程度上掩盖了方罗兰这一国民革命时期青年革命者典型形象丰富的层次性，也干扰了我们对这一小说主要人物的全面解读。

《动摇》中对方罗兰的家世背景有明确交代。时任县党部商民部部长的方罗兰是县城本地人，出身世家。世家即"旧时泛指门第高，世代做官的人家"②。他的家族与县城内簪缨望族陆家是世交，他的妻子是和他门当户对的贵族小姐。由此可知，这位青年革命者其实也出身于传统绅士阶层。

然而，小说中一方面暗示出方罗兰的家庭背景与属传统绅士阶层

---

① 〔苏联〕鲍里斯：《俄文本〈动摇〉序》，王希礼、戈宝权译（俄译本《动摇》，辛君译，苏联国家文学出版社。1935 年序文作者王希礼俄文原名为瓦西里耶夫），见李岫编《茅盾研究在国外》，湖南人民出版社 1984 年版，第 228 页。

② 夏征农等编：《辞海》（第三卷），上海辞书出版社 2009 年版，第 2070 页。

上层的陆府相当,一方面又在书写他与陆氏这样没落贵族的区别。方罗兰出场之前,小说就借劣绅胡国光之口描述了他家的府邸。同样是世家,他的住宅已经没有了古色古香,家居摆设一应是新派气象。他的妻子是新式女性,他的家庭是新式家庭,他的职位是在新式政权。在个人生活和革命工作两条平行的叙事线索中,我们所看到的已然是一个现代知识分子。若不是作者刻意点明他的传统绅士阶层出身,我们已经很难把他与纯然旧学背景的绅士联系在一起。这位出身于传统绅士家庭的革命者,已然完成了由传统向现代的转换。而实现这一转换的最重要环节就是方罗兰所接受的现代新式教育。

在清季民初的千年未有之大变局中,接受符合时代需求的新式教育,是传统绅士阶层向现代知识分子转变最重要和最根本途径。清季种种变革催生了"社会结构变动中新知识青年群体取代士绅主导话语的历史进程"。① "至民国时代废除科举制度后,那些具有科举功名的士大夫则很快被排挤出政府,并被新式学校出身的官吏所替代。在正式的行政权力体制中,新学人士是主体构成。"② 对于方罗兰这样出身于传统绅士阶层的青年知识分子而言,接受新式教育为他们提供了参与现代国家政治的基本资格。在国民革命时期,接受了新式教育的现代知识分子更是以社会精英阶层的身份成了革命政府的中坚力量。

从小说中我们不难发现,现代教育赋予了方罗兰进步的政治观念和现代政治技能。与传统绅士阶层分化出的劣绅将政治变革视为投机营私的契机不同,方罗兰这样作为传统绅士阶层接受了新式教育的知识分子,对于革命和现代政治理念有着较为深刻的理解与认同。方罗兰对于自己的革命工作,真心地信仰并愿意为之奋斗。他虽然困扰于个人情感纠纷,但却诚恳地为自己沉溺恋爱、抛荒党国大事感到羞愧。小说虽然表现过他在革命工作中的种种失误,但却从没有叙述过他在

---

① 王先明:《历史记忆与社会重构——以清末民初"绅权"变异为中心的考察》,《历史研究》2010 年第 3 期。

② 王先明:《乡绅权势消退的历史轨迹——世纪前期的制度变迁、革命话语与乡绅权力》,《南开学报》(哲学社会科学版) 2009 年第 1 期。

主观上对革命事业的背弃。与纯粹旧学背景的传统绅士阶层缺乏应对新兴政治体制能力的情况不同，方罗兰已经能够在新政体下熟练地完成集会、演讲等一系列现代政治的日常工作，成为县城里有政治实力的正派人士。

在政治活动之外，小说对人物情感生活细腻、生动的表现也历来受到较多关注。方罗兰的婚外情也常被视作除革命工作外，小资产阶级革命者空虚、动摇的又一力证。① 但抛开单一的阶级观念来看，这一情节本身其实体现了青年革命者方罗兰在思想观念上的进步意义。

在传统社会中，若丈夫对妻子之外的女子动情，则并不须要产生方罗兰那样的纠结。即便是民国初年，法律也并没有禁止纳妾。然而，小说中方罗兰却无法坦然地直面自己对妻子之外的女人萌生爱意。相比之下，劣绅胡国光却能自然地游走于妻妾之间，左右逢源。这并不是一个反面人物卑劣之处的体现，而是旧有生活模式使然。方罗兰虽出身传统绅士家庭，却已没有一夫一妻多妾的意识和习惯。现代新式教育和现代社会思潮使世家出身的他，摆脱传统旧习，接受了进步的现代婚恋观念。

无论是从职业技能还是从思想意识来看，方罗兰这样出身于传统绅士家庭且接受了高等教育和进步思潮洗礼的现代知识分子，都堪称现代意义上的社会精英阶层。若是抛开民国初年和国民革命时期的混乱无序局面，方罗兰这样的现代知识分子是能够成为常态社会中合格的地方管理者。阶级或党派的弱点和缺陷，显然无法解释这类人物在国民革命中的失败。

诚然，现代新式教育赋予了这些革命青年参与政治的"合法"身份。国民革命的深入和发展，更让他们获得了取代传统绅士阶层，管理地方事务的机会。但是，当革命深入至基层社会时，小说中又透露出这些革命青年所依傍的现代教育背景构成了他们在处理地方事务时的严重局限。

---

① 参见樊骏等《茅盾的〈蚀〉》（节选自 1955 年《文学研究集刊》，第四辑《茅盾的〈蚀〉和〈虹〉》），见孙中田、查国华编《茅盾研究资料》，知识产权出版社 2010 年版，第 529 页。

在传统四民社会中，"即使最低微的生员，也会在社会生活中拥有普通人没有的威慑力。士绅与平民不断在日常生活的各种细节中区分彼此，从而共同维护各自在权力关系中的身份"①。可是，民国初年，接受了新式教育的现代知识分子，却失去了通过自身拥有的知识文化资本在基层社会中获得政治资本的条件。"乡间子弟得一秀才，初次到家，不特一家人欢忭异常，即一村和邻村人皆欢迎数里外。从此每一事项，惟先生之命是从。……即先生有不法事项，亦无敢与抗者。……至一般新界人，其自命亦颇与旧功名人相抗，然其敬心终不若。盖一般乡民皆不知其读书与否，故其心常不信服也。"② 相对于传统的科举功名而言，新式现代教育在普通民众中极为缺乏认可和敬畏。

《动摇》中即便是目不识丁的钱寡妇都对前朝簪缨之家的陆氏一门抱有溢于言表的艳羡之情。但方罗兰这样的现代知识分子，在民众中却得不到基本的尊重和认同。他虽出身世家，但是住处已经没有了传统绅士家庭高门大户的气势。从小说对他日常生活的叙述中，我们看不到他与平民阶层的区别。在政治工作中，他也只能依靠激进的革命言论来获得狂热民众的欢呼，且时时有被民众摒弃唾骂的危机。完成了传统绅士阶层向现代知识分子转换的方罗兰，尽管具备参与现代政治的能力，却已经丧失了传统绅士阶层在民众中的特殊地位与崇高威信。

另一方面，与传统的经学教育不同。这类现代学科教育旨在赋予新一代知识分子适应现代化工业社会的职业技能，使他们能够成长为新的社会体制和经济形态下的精英阶层。但这种新的教育背景却使他们疏远了蕴含在传统经学教育中的世情人伦。此外，与分散于乡镇的传统教育不同，新式学校大多集中于城市，特别是大都市。"集中于大城市的高等学校吸引着走向分化的一批批绅士世家的子弟，因为近

① 李涛：《士绅阶层衰落过程中的乡村政治——以 20 世纪二三十年代的浙江省为例》，《南京师大学报》（社会科学版）2010 年第 1 期。

② 《霸县新志·礼俗志》，转引自魏光奇《官治与自治——20 世纪上半期的中国县制》，商务印书馆 2004 年版，第 36 页。

代社会变迁之后，通都大邑较多地接受了西洋文化，造成了城乡社会生活的极大差异。"① 出身世家的方罗兰，其生活方式和观念已经在接受城市现代教育的过程中发生了极大的转变。

以耕读为标榜的传统知识分子基本上遵循着在乡间读书，到城市为官，退任后还乡这样的人生轨迹。② 有着这种人生轨迹的传统绅士阶层，与基层社会和普通民众是有着紧密联系与接触的，所以在管理地方事务时具有很大的天然优势。但是新式教育下的知识分子毕业后就在城市居住工作，而大多不再回到地处基层社会的家乡。他们在城市中大可凭借自身的教育背景成为工业、学术、政治等领域的精英阶层，但却难以如传统绅士阶层一样自如地管理基层社会。③ 即便是从原先基层社会的实际控制者——传统绅士阶层中分化出来的现代知识分子方罗兰，也表现出了因长期的城市教育而脱离基层社会生活实际的特征。在清季民初的一系列社会变动中，这些接受了新式教育的现代知识分子已经不再具有与基层社会的"血脉关系"，"失却了传统士绅和百姓之间不可分割的联系"。④

知识背景和生活轨迹的巨大差异，使方罗兰这样出身于本县绅士家庭的革命者在基层社会中极度缺乏群众基础。连在地方政界经营多年的绅士胡国光也一直与他没有交往。在县城发生剧烈变动时，他仍一无所知地走在街道上，可见其在县城人脉关系的缺失。方罗兰在县城中的革命工作几乎都是通过集会演讲、开会讨论、投票表决、发电请示上级这几项程序完成的。而这些程序实质上也只在革命者内部发生作用。从小说对方罗兰在县城革命工作的叙述中，我们几乎看不到民众的身影，民众仅仅是各种革命风潮下的抽象背景。

可以说，新式现代教育与传统社会顽固观念之间的矛盾，是传统绅士阶层分化出的现代知识分子在基层社会开展革命工作时手足无措

---

① 王先明：《近代士绅阶层的分化与基层政权的蜕化》，《浙江社会科学》1998 年第 4 期。
② 罗志田：《清季科举制改革的社会影响》，《中国社会科学》1998 年第 4 期。
③ ［美］孔飞力（Kuhn, P. A.）：《中华帝国晚期的叛乱及其敌人：1796—1864 年的军事化与社会结构》，谢亮生等译，中国社会科学出版社 1990 年版，第 237—238 页。
④ 王先明：《近代士绅阶层的分化与基层政权的蜕化》，《浙江社会科学》1998 年第 4 期。

的重要原因。小说中流露出了对国民革命中这些现代知识分子现实困境的真诚同情与深切理解。这种情感也使《动摇》在发表之初饱受左翼阵营的攻击。但是，正因茅盾没有以刻板的阶级立场来规约自己的文学创作，才使得这部意在客观呈现社会历史的小说，展现出了社会历史本源的真实性与复杂性。

过去秉持阶级立场和党派观念对方罗兰这个人物的解读，漠视了清季民初社会骤变的特殊局面，也忽略了国民革命期间的具体社会形势。因而不免对《动摇》中塑造的方罗兰这一革命者形象造成误解。事实上，《动摇》中方罗兰这样的青年革命者，在国民革命中所犯的错误并不是小资产阶级这样的阶级属性和国民党左派这样的政治派别造成的。国民革命失败后陷入悲观、失望情绪的茅盾没有落入之后革命现实主义的窠臼将革命者神化，而是真实描绘了他们在陌生鄙陋的基层社会展开革命工作时的无措与迷茫。同样出身于绅士阶层又接受了新式现代教育，并在国民革命中有深入实践的茅盾，以自己切实的生命体验与生动笔触，塑造了方罗兰这样一个出身传统绅士阶层，又通过新式现代教育完成身份转化的典型新兴精英阶层的形象，细致、真切地呈现出了这一类革命者在取代传统绅士阶层治理基层社会时的困局。

在中国由传统社会向现代社会的转换中，缺乏现代政治技能的正派绅士在国家体制激变的湍流中退居自守，接受了新式教育的绅士家庭子弟又在业已陌生的基层社会中水土不服。在这新旧交替之间，一些半新半旧的人物开始在政治权力再分配的乱局中通过投机钻营，逐渐填补了基层社会的权力真空。《动摇》中劣绅胡国光就是这一类人物的典型代表。

尽管茅盾自己否认胡国光是《动摇》的主人公，并声称"这篇小说里没有主人公"[1]。但胡国光却被评论者认作小说中"作者最着力的人物"[2]，他的活动也占据了大量篇幅。即便是严厉的批评者也承认，

---

[1] 茅盾：《从牯岭到东京》，《小说月报》1928 年第 19 卷第 10 号。

[2] 钱杏邨：《〈动摇〉书评》，《太阳月刊》1928 年停刊号。

胡国光这一人物形象是国民革命中的典型。

小说在胡国光一出场就点明了他是本县的一个绅士。民国时期《动摇》的相关评论中，也都未将胡国光归入封建地主阶级。即便是左翼批评家也只将胡国光定性为"豪绅阶级的投机分子"①。

事实上，小说对胡国光的身份属性有着明确的交代，并一直对其"家世背景"做了种种细致微妙的暗示与描述。但可惜的是，小说对此人身份的叙述一直未能引起研究者的足够重视。在人物出场不久，作者就谈道："这胡国光原是本县的一个绅士。……辛亥那年……他就是本县内首先剪去辫子的一个。那时，他只得三十四岁，正做着县里育婴堂董事的父亲还没死……他仗着一块镀银的什么党的襟章，居然在县里开始充当绅士。"② 这寥寥几笔的交代，提示了一些十分重要的信息。

小说介绍胡国光身世时，其实暗示了他与传统绅士阶层的密切关联——当他借辛亥革命之机发迹时，他的父亲正做着县里育婴堂的董事。育婴堂在我们看来是个陌生的名词，但在清代却是地方常设的慈善机构，其主要功能是收养弃婴。③ 清嘉道以降，中央政府财政见绌，地方绅士力量兴起，育婴堂的建设管理逐渐由地方绅士掌握。④ 育婴堂的董事是"'孝廉方正'、'老成有德'的一人或数人……由正派士绅接办"。董事作为育婴堂的管理者，都是"品行端方，老成好善，家道殷实之士"，且"只尽义务，不拿薪俸"。⑤ 由胡国光的父亲出任育婴堂董事这一细节，我们可想见，胡国光大抵出自一方乐善好施的正派绅士之家，而非一般的地主。

在传统社会中，无论是客观实际还是法律规定，绅士的声望与特权都是能与家人分享的。⑥ 但胡国光却并非依靠父辈的传统绅士地位

---

①　钱杏邨：《〈动摇〉书评》，《太阳月刊》1928 年停刊号。

②　茅盾：《蚀》，开明书店 1941 年版，第 4 页。

③　万朝林：《清代育婴堂的经营实态探析》，《社会科学研究》2003 年第 3 期。

④　参见常建华《清代的国家与社会研究》，人民出版社 2006 年版，第 316—324 页。

⑤　万朝林：《清代育婴堂的经营实态探析》，《社会科学研究》2003 年第 3 期。

⑥　瞿同祖：《清代地方政府》，范忠信、晏锋译，法律出版社 2003 年版，第 301 页。

参与基层社会政治事务，而是通过在辛亥革命中的投机行为获得在地方充当绅士的资格。

在辛亥革命的风暴中，大多数以谘议局为中心的各省绅士，加入革命行动。"在各州县的独立活动中，地方士绅们的作用更为明显。""在新组成的地方政府中，士绅们也占有一定地位。因而，地方士绅阶层不仅仅是革命光复的主角，也是各地光复的最大获益者。"①胡国光在小县城的发迹经历，正是地方绅士借辛亥光复之机牟利的真实写照。

与传统绅士阶层凭借声望影响地方社会的情况不同，清末新政及民国以后的绅士阶层主要依靠合法设立的自治组织机构获取权力。②旧制向新制的转变使原本只站在幕后的绅士阶层在地方获得了更为广阔的权力空间，公开且合法地走上了政治舞台。中华民国的建立，更是为胡国光这样的地方绅士参与基层政治提供了法律和政治体制上的保障与便利。

出身于传统绅士家庭，发迹于辛亥革命的胡国光，在民国初年的地方自治中确立了自身地位，完成了从旧式绅士阶层到掌控地方局面的新式绅士的演变。动荡时局下，胡国光这类地方绅士拥有比政府官员更强的稳固性："省当局是平均两年一换，县当局是平均半年一换，但他这绅士的地位，居然始终没有动摇过。他是看准了的，既然还要县官，一定还是少不来他们这夥绅士；没有绅就不成其为官。"③

而《动摇》中全然没有胡国光从事土地生产经营或与农民接触的叙述。反倒是用了相当的篇幅叙述这只"积年老狐狸"在国民革命动乱局势下的政治活动。可见封建地主阶级对于胡国光这类人物是极不适用的。胡国光这一人物所要展现的，是民国初年及国民革命时期，绅士阶层操控地方这一突出的社会特征。

---

① 王先明：《近代士绅阶层的分化与基层政权的蜕化》，《浙江社会科学》1998 年第 4 期。

② 魏光奇：《清末民初地方自治下的"绅权"膨胀》，《河北学刊》2005 年第 6 期。

③ 茅盾：《蚀》，开明书店 1941 年版，第 4 页。

　　当国民革命的风潮席卷县城,"新县官竟不睬他,而多年的老绅士反偷偷地跑走了几个"①。他仍因张铁嘴算卦称他要大发,有委员之分而沾沾自喜,故不惧打倒土豪劣绅的风潮,留在本地,继续自己的"事业"。在国民革命中,他政治活动的起点是参选商民协会委员。面对县党部要商人参加商民协会的通知,胡国光的姨表弟、王泰记京货店店东——王荣昌因只会做生意,最怕进会走官场而一筹莫展。可胡国光却仅从他的三言两语中看到机遇,而代替他以店东身份参会。待到当晚,胡国光"已经做了商民协会的会员,有选举权和被选举权。只要稍微运动一下,委员是拿得稳的"②。之后,他迅速拉拢望族子弟陆慕游,以结交本县有势力的正派人士,刺探消息。仅仅经过几天的奔走,他依靠情面和许以金钱,与自己的"抬轿人"约定好选票投向,拉到了大量选票。

　　虽然,胡国光终因县党部商民部的调查而被取消资格。但他在此过程中对政治规则的充分了解、娴熟运用,已使我们真切感受到当时地方绅士操控选举的成熟现代政治技能。以土地经营和剥削农民为生的封建地主阶级与操控政治的绅士相比,显然不可同日而语。胡国光参与政治活动的基础——选举权、被选举权及民主选举制度也从来就不是封建社会的特征,而为现代民主社会所特有。

　　胡国光这位饱经民国初年动荡政局锻炼的地方绅士,其高超的从政"综合素质"还远不止操纵民主选举这样的常规技艺。在革命者们为店员工会与店东的冲突左右为难,局势剑拔弩张的紧要关头,胡国光借着一番迎合过激群众运动的革命言论迅速"蹿红"。他这段自称为了革命利益愿意牺牲一切的豪言壮语,不仅赢得了青年革命者的交口称赞,也让他在围观群众的热烈掌声与欢呼中成了众人拥戴的革命家。

　　凭借着一次次紧跟革命风向的政治演说,胡国光成了革命新贵。靠着这样的名声和口才,胡国光在县党部改选中被选为执行委员兼常

---

　　① 茅盾:《蚀》,开明书店1941年版,第5页。
　　② 茅盾:《蚀》,开明书店1941年版,第12页。

务。他通过民主选举这样合乎现代政治体制的方式，进入了县一级国民革命政府的核心组织。靠着纯熟老练的政治手腕，胡国光不但摆脱了"劣绅"的罪名，还成了"激烈派要人，全县的要人"①。

《动摇》生动呈现了地方绅士的政治运作能力、公众演说技巧，及其对地方民众心理和革命运动走势的准确把握。小说中胡国光的政治活动，正是民国初年地方绅士对新兴国家和现代政治体制具有极强适应性和控制力的生动体现。

然而，胡国光这样出身于传统绅士阶层，并在辛亥革命中完成身份转化的民国绅士，实际上并非一个"新式"的人物。在个人生活上，他依旧畜养妾室，不懂得与新式女性打交道。在政治观念上，他也并不认同民国建立后民主与宪政的意义。新的政体不过是新的钻营游戏规则而已："从前兴的是大人老爷，现在兴委员了!"② 他的一切政治运作都旨在为自己牟利。《动摇》中塑造的这个半新半旧的地方社会实际掌控者，并不是单纯的封建地主，而是民国初年典型的地方绅士。

胡国光这一绅士形象的典型意义不仅体现在他的政治能力，还在于他展示了民国初年地方绅士的突出特征——"劣质化"。"作为社会恶势力，土豪劣绅历代皆有，但成为一个庞大社会群体，却是民国时期特定历史环境下的畸形产物。"③ 民国初年，地方劣绅假公济私、作恶多端成了一种普遍现象。各地广泛存在的劣绅是国民革命的主要对象。旨在表现国民革命现实的小说《动摇》全篇都贯穿着劣绅胡国光在革命中的投机与破坏。

传统社会对于绅士阶层的言行品德有严格规范。绅士阶层受到自身群体思想文化取向的影响，在品行方面需要为平民阶层做出正面的示范。除了道德上的约束外，绅士阶层还会受到制度上的管

① 茅盾：《蚀》，开明书店1941年版，第113页。
② 茅盾：《蚀》，开明书店1941年版，第7页。
③ 李涛：《士绅阶层衰落化过程中的乡村政治——以20世纪二三十年代的浙江省为例》，《南京师大学报》（社会科学版）2010年第1期。

控。"地方官员对有功名身份的在籍绅士，负有督查之责。通过约束机制，考核、监督各级地方绅士，以保证绅士的正统性和纯洁性。绅士如果违反法律或品德低下，将被褫夺斥革，受到严厉制裁。"① 即便胡国光本人心术不正，但在传统绅士家庭氛围和传统社会地方规约之下，他也很难以大奸大恶的劣绅身份长期在地方生存发展。

然而，"民国时期，绅民之间的界限不复存在，法律和制度也不再对绅士阶层的行为作特别的约束"。② 在小说中，绅士胡国光在国民革命之前就有种种劣迹。国民革命期间，进入县党部的胡国光更是从南乡共妻运动中受到启发，策划将城里的多余女子没收充公以便自己择肥而噬。在他的运作下，名为革命的解放妇女保管所很快在县育婴堂旧址成立，成了供他秽乱的淫妇保管所。他公然地在育婴堂这个父辈传统正派绅士从事慈善事业的地方干起了罪恶勾当。而这一假公济私的恶行却是通过县党部召开委员会议、提出议案、投票表决这样的现代民主政治模式来实现的。之后，他煽动民众情绪，"想趁机会鼓起暴动，赶走了县长，就自己做民选县长"③。"民选"二字更是刺眼而讽刺。民国劣绅作恶多端所依仗的却是民主选举这样的现代政治制度。小说结尾部分，他投靠反动军阀，攻打县城机关的血腥暴行，又是民国初年常见的乱象——军绅勾结。

从小说中关于胡国光的叙述来看，我们显然无法用"地主"指称他的身份。胡国光劣绅形象的塑造完全是通过他的政治活动来完成的，其中并没有经营土地、剥削农民的任何表述。国民革命时期的文件和其他公开出版物，也将土豪劣绅和不法地主作为两个概念在使用。所以，我们不能将劣质化的民国绅士阶层与封建地主阶级进行简单的身份对接。《动摇》中，胡国光赖以生存的现代民主自治体制和现代政

---

① 肖宗志：《清末民初的绅士"劣质化"》，《贵州师范大学学报》（社会科学版）2004 年第 6 期。

② 肖宗志：《清末民初的绅士"劣质化"》，《贵州师范大学学报》（社会科学版）2004 年第 6 期。

③ 茅盾：《蚀》，开明书店 1941 年版，第 129 页。

治技能都不属于封建社会的范畴。实质上，他是民国特殊社会运行机制中，由传统地方绅士阶层演变分化出来的劣绅典型。

三

通过回归民国社会的具体历史情境，我们不难发现，无论是秉持阶级论和党派立场对《动摇》中人物形象的解读，还是以"现代性"对"时代女性"形象与"革命"历史语境之间关系的阐释，都极大地曲解或简化了小说所极力呈现的社会历史图景。实际上，茅盾在《动摇》中以小县城为时代缩影，生动而深刻地展现了民国初年，激烈分化演变后的传统绅士阶层，在国民革命洪流中不同的人生样态，勾勒出了"绅"的嬗变——这一民国初年典型的社会风貌。传统绅士阶层中一部分像陆三爹一般的正派传统绅士因无法适应新的社会体制，而沉溺旧学、不问世事。而一部分如方罗兰这样的传统绅士阶层子弟，通过接受新式教育完成了向现代知识分子的转换。但却由于社会激变，旧辙已坏，新轨未立，无法如先辈那样成为基层社会的有力控制者。同时，还有一部分似胡国光者，通过各种投机行为，摇身变为继续控制地方的民国绅士，并逐步劣质化。

20世纪80年代以后，国内社会科学研究界承继四五十年代昙花一现的"绅士"研究并借鉴国外相关理论成果，开始以中国社会固有的"绅士"这一概念取代"封建地主阶级"来考察清季民初的中国社会。一些历史学家与社会学家理性地洞察到清季民初传统绅士阶层的演变分化及其深刻的社会影响。而出身绅缙之家的茅盾，则在20世纪20年代末通过自己真切的人生体验，对绅士阶层的聚变有了丰富而敏锐的体察。可以说，茅盾以文学家的感性认知，呈现了史学家理性分析所阐释的民国初年尤其是国民革命这样特定历史阶段，传统绅士阶层嬗变的社会图景。

而茅盾对绅士阶层的兴趣和关注也并没有止步于《动摇》这部早期创作。之后的《子夜》《霜叶红似二月花》等小说创作也不同程度地展现着传统绅士阶层在民国社会中的演化、转型与坚守。

《子夜》中吴荪甫的舅父曾沧海就是当地"土皇帝"一般的老乡

绅。公债市场投机者冯云卿也是"前清时代半个举人"①，属于有正途科举功名在身的绅士②。瓦解工潮的精干工厂管理人员屠维岳，其父是吴家祖辈老侍郎的门生③，故他也属于传统绅士阶层子弟。而因着吴老太爷的"祖若父两代侍郎，皇家的恩泽不可谓不厚"④。就连吴荪甫这位二十世纪机械工业时代的英雄骑士和"王子"也有着传统绅士阶层上层的身世背景。在《霜叶红似二月花》中，茅盾虽已不在人物出场时介绍他的出身。但结合文本细节及其所反映的历史时期来看，却更是地方绅缙阶层的故事了。

　　茅盾小说中有不少这样具有传统绅士身份的人物，即便是接受了新学教育的现代知识分子或是民族企业家也免不了要加上一个传统绅士阶层的出身。其实，不仅是茅盾，许多现代作家也都在自己的文学创作中，展示了民国社会中绅士阶层有别于以往时代的生活面貌和心理样态。

　　鲁迅的小说中就常常直接以秀才、举人、绅士来指称其中的人物。这些小说以平淡的日常细节勾勒出了"绅""民"格局之下的风土人情。生长于前清高门巨族的张爱玲更是毫不避讳地揭着簪缨旧族华服之下的疮疤，展现出传统绅士阶层在皇权倾覆后家族生活的种种畸形。此外，京派作家中的沈从文、师陀，左翼作家中的艾芜、沙汀等人也都在自己的创作中对绅士阶层有细致、独特的表现。

　　可以说，现代文学作品中的许多人物形象都可以借助绅士这一概念加以重新解读。如果我们对传统社会绅士阶层的行为模式、心理样态和社会地位有一定的认识，那么我们就不能简单地用顽固、迂腐来

---

① 茅盾：《子夜》，开明书店1947年版，第209页。

② 乡试中副榜者，俗称为半个举人。清代乡试除正榜外，另取一定名额的"副榜"，又称副贡。虽然，中副榜者一般不能如正榜者一般直接参加会试，但也算获得了正途的科举出身。参见刘成禺著，钱实甫点校《世载堂杂忆》，中华书局1960年版，第9页；徐一士著，徐禾选编《亦佳庐小品》，北京出版社1998年版，第341页；李树《中国科举史话》，齐鲁书社2004年版，第284页。

③ 科举时代考试中试者对主考官自称门生，主考官则为座主。参见颜品忠等主编《中华文化制度辞典》，中国国际广播出版社1998年版，第530—531页。

④ 茅盾：《子夜》，开明书店1947年版，第7页。

描述那些现代文学中被归类为封建地主阶级的人物。如果我们能对民国时期，传统绅士阶层的衰败有更深入的体认，那么我们也就能更细致地感受到现代文学中那些高门望族逐渐走向破落的苍凉。如果我们能对民国时期传统绅士阶层向现代知识分子的转向有更充分的洞察，那么我们将更能领悟那些出身于旧家故宅的所谓小资产阶级知识分子对新旧社会交织的种种或迷茫或暧昧的感受。

对现代文学作品中绅士形象谱系的发掘与阐释，能让我们重新描绘现代文学的人物形象谱系。只有放弃过去以阶级为中心的人物形象界定，寻找民国时期自身的社会分层来观察现代文学，我们才能克服固有政治观念和西方文艺理论对中国现代文学研究的误导，从而切实地感受现代文学作品所展现的丰富而复杂的历史风貌。也只有进入民国时期的具体社会图景，众多现代作家不为人知的精神世界才有机会得以展现。

虽然，茅盾在文论中惯于使用小资产阶级、无产阶级这样的概念。但他的小说创作却常常精细刻画他在理论上不曾涉及的绅士阶层。即便是写到工商业者等"现代"人物时，他也总惯于加之以传统绅士阶层的出身。从茅盾小说中对劣绅这样负面形象的精细刻画，对传统正派绅士执事的美化与怀想，以及对现代知识分子传统绅士阶层背景的刻意暗示中，我们会发现茅盾对绅士阶层有着满怀兴趣的把握和难以自拔的偏好。

无论是从家族渊源还是个人发展经历上看，茅盾都与绅士阶层密不可分。在他的回忆录中对家世叙述部分与绅士有关的情节比比皆是。茅盾的外祖父为当地名医，但"要求正途出身的愿望依旧强烈。五十岁以前，每逢乡试，必然去考"，收门生也要求必须是秀才。[①] 茅盾的曾祖父经商之余也抽空读书，还曾靠着捐纳的异途谋得官职。他的祖父虽乡试屡考不中，但也有秀才的功名。茅盾的父亲十六岁时也考中了秀才。[②] 回忆录中，茅盾多次提及自己的曾祖父希望儿孙辈能够从

① 茅盾、韦韬：《茅盾回忆录》（上），华文出版社 2013 年版，第 5 页。
② 茅盾、韦韬：《茅盾回忆录》（上），华文出版社 2013 年版，第 10—21 页。

科场发迹，改换门庭。其中，茅盾还不时透露出对祖辈父辈极富才学，却不肯用心备考而未能高中的惋惜。

从茅盾自己的叙述来看，虽祖辈父辈致力科考而终未中试，但他和他的家人却也未曾从中遭遇身心戕害。他既无中道之家破落后对旧有传统制度的切肤之痛，也无高门巨族在大厦倾覆后的遗老遗少气味。相反，茅盾的家庭和他个人不仅都在情感上如当时的大多数民众一样对绅士充满敬意，也在实际生活中承受了传统绅士的恩惠。

茅盾父母的媒人是镇上名望极高的绅缙卢小菊。茅盾幼年就读的乌镇第一所初级小学也为卢小菊创办。① 茅盾的姑母嫁与卢小菊的儿子秀才卢蓉裳续弦后，卢小菊的孙子卢鉴泉也就成了茅盾的表哥。卢鉴泉与茅盾的父亲同年应考，有着前清举人的科举功名。在茅盾从幼年到青少年的求学经历中，卢鉴泉给予了各种方式的支持和帮助。茅盾进入商务印书馆编译所也得益于卢鉴泉的举荐。② 此后，卢鉴泉在民国初年商界、政界取得的地位和成就，也在无形中为茅盾树立了传统正绅在现代社会成功转型的范例。茅盾在回忆录中多次谈到卢家的绅士们时，总是充满感激和敬重。这种对传统正派绅士的好感和尊崇不仅常常在茅盾的文学创作中有所体现，更在一定程度上发展为茅盾对传统绅士行为模式和心理观念的一种近乎无意识的认同和效法。

而传统社会向现代社会转型过程中的独特氛围又进一步强化了茅盾对传统绅士阶层的情结。尽管民国以后，逐步形成的现代政治制度，已经阻断了学而优则仕的进阶道路。但是，传统绅士阶层参与政治权力的强烈济世精神和致力于将知识资本转换为政治资本的热情却依旧在现代知识分子群体中余温不减。茅盾在回忆录中就谈道："前清末年废科举办学校时，普遍流传，中学毕业算是秀才，高等学校毕业算是举人，京师大学堂毕业算是进士，还赐翰林。"③ 这种借助科举功名来理解现代新式教育的背后，无疑蕴含着对文官考试制度的怀恋。而

① 茅盾、韦韬:《茅盾回忆录》（上），华文出版社 2013 年版，第 55—56 页。
② 茅盾、韦韬:《茅盾回忆录》（上），华文出版社 2013 年版，第 56—61 页。
③ 茅盾、韦韬:《茅盾回忆录》（上），华文出版社 2013 年版，第 90 页。

民国建立以后，新学人士逐渐成为政权主体的趋势，似乎又为接受了新式现代教育者展开了"学而优则仕"的前景。

"科举制废除本使道治二统分离，学术独立的观念从清季起便颇有士人鼓吹，到民国更成为主流；但民国教育反而呈现出比以前更政治化的倾向：知识界议政不断，也不乏直接参政者。"① 而茅盾不但长期以文议政，而且在具体政治活动方面也有深入的实践。

茅盾自 1920 年 10 月间加入上海共产主义小组以后，就长期从事党的工作。② 在国民革命中他担任过国民党中央宣传部秘书、③ 国民党湖北省党部机关报《汉口民国日报》主笔④。有学者从台湾地区搜集的"国民党特种档案"也显示，茅盾对国共两党党务的参与情况，远比学界目前掌握的更多。⑤ 可以说作为中国共产党的最早一批党员，茅盾参与政治活动的深度和广度是大多数现代作家难以企及的。而从建国后茅盾所担任的政治职务上看，似乎可以说，他以科举仕途之外的道路实现了祖辈几代人改换门庭的愿望。

然而，茅盾终究是传统绅士阶层中接受了新式教育的现代知识分子，而无法如传统绅士一般圆融知识与政治于一身。茅盾的长篇小说处女作《蚀》一经发表，就被中共视为"退党宣言"⑥。此后，茅盾积极主动地将政治意识渗透于文学创作的努力几乎从未停步。他的文学作品中满溢而出的政治思考总是与抑制不住的感性认识相互撕扯。传统绅士阶层参政济世的愿望使他自觉致力于政治思想的表达。现代知识分子独立思考的特性又让他不自觉地偏离政治意识形态预设的轨道。这种政治家与文学家的双重身份使茅盾的文学创作呈现出了政治理念与感性认识的此起彼伏、错综纷扰，也导致了茅盾纠缠一生的矛盾。

当然，茅盾身上体现出的政治与文艺的交错纠葛在现代作家中并

---

① 罗志田：《清季科举制改革的社会影响》，《中国社会科学》1998 年第 4 期。

② 茅盾、韦韬：《茅盾回忆录》（上），华文出版社 2013 年版，第 156 页。

③ 茅盾、韦韬：《茅盾回忆录》（上），华文出版社 2013 年版，第 261 页。

④ 茅盾、韦韬：《茅盾回忆录》（上），华文出版社 2013 年版，第 280 页。

⑤ 杨扬：《台湾所见"国民党特种档案"中有关茅盾的材料》，《新文学史料》2012 年第 3 期。

⑥ 陆定一：《大文学家茅盾》，见《陆定一文集》，人民文学出版社 1992 年版，第 867 页。

非其所独有。一些新文化运动的提倡者本身就有科考功名在身，接受新学教育的知识分子也大多来源于传统绅士家庭，现代作家中出身传统绅士阶层的亦不在少数。国民革命爆发以后，大批新学知识分子投奔革命政府、参与政治军事行动，其中就有包括茅盾在内的大批现代作家。20年代末革命文学运动的发生也正肇始于北伐这一政治事件。20世纪30年代，文学群体的"亚政治文化"形态、政治文化与作家的文学选择等文艺与政治的纠缠①，也与民国时期绅士嬗变的实体过程和精神形态有关。

　　只有返回到民国时期中国社会独特的现代化进程中，我们才能相对贴近茅盾等现代作家的精神世界，发现之前研究所没有关注的信息。也只有尽可能地返回现代作家对自身所处时代的原初感受，我们才能从现代作家微妙心理的蛛丝马迹中探寻其文学创作对人生和世界的观察与解读。因此，我们有必要跳出既有社会政治理论的樊篱，回归民国的具体历史事实和社会运行机制②，体认现代作家纷繁交错的内心世界，切实推进我们对茅盾这样的现代作家更深层次的研究。

原载《文学评论》2014年第2期

---

　　①　参见朱晓进《政治文化与中国二十世纪三十年代文学》，人民出版社2006年版。

　　②　关于中国现代文学研究注意返回民国历史情境，发掘其中的"机制"，参见李怡《中国现代文学史研究的叙述范式》（《中国社会科学》2012年第1期）、《民国机制：中国现代文学的一种阐释框架》（《广东社会科学》2010年第6期）等文。

左翼文学发生语境下的鲁迅批判吴稚晖问题

熊 权

内容提要：鲁迅何以"左倾"，原因多且复杂。在已有研究中，鲁迅对吴稚晖从认同到批判的变化，是一个尚未说得清楚、充分的问题，它影响并塑造了"左翼鲁迅"。本文从鲁迅批判吴稚晖说开去，考察20世纪20年代中后期无政府主义、三民主义、共产主义等多重思潮的交锋和对话，还原左翼文学发生发展的历史语境。对照相关研究已成典范的"影响研究"思路，本文强调一个不同于马克思主义单一主潮演化的"网状"左翼文学图景，它的突出特征是对话他者、多元竞发。

"左转"作为鲁迅研究中的重要问题，已经存在诸多理解和阐释。在鲁迅同时代，主要有以周作人、苏雪林为代表的"突变说"和以瞿秋白为代表的"发展说"。前者评价鲁迅"左转"，或为老年人的胡闹，或受中共名利蛊惑，完全是讽刺、否定态度。后者运用"从进化论到阶级论"的思路，把鲁迅"左转"理解为一种符合历史发展的行为逻辑，给予高度的肯定和赞扬。后代的研究者则伸展为细致的历史、思想研究，如丸山昇认为鲁迅转变基于对中国革命认知及判断的变化[1]、张宁论述鲁迅的"转而不变"[2]、邱焕星追溯鲁迅之变源自对

---

[1] ［日］丸山昇：《鲁迅·革命·历史——丸山昇现代中国文学论集》，王俊文译，北京大学出版社2005年版。

[2] 张宁：《无数人们与无穷远方：鲁迅与左翼》，复旦大学出版社2006年版。

"国民革命"的反思①……

鲁迅"左转"前后，对吴稚晖进行批判是一段值得重视和追究的历史。鲁迅与吴稚晖都曾留学日本，又都是新文化运动中的明星人物。20 世纪 20 年代中后期鲁迅逐渐"左倾"，被推崇为"左联"领袖。吴稚晖则积极支持蒋介石"清党"，沦为"被指挥刀指挥"的堕落文人，并成为主流历史中的"失踪者"。吴稚晖的"失踪"让鲁迅的相关评价已成定论，但进一步的追究不多。本文一方面追问尚未说得清楚、充分的鲁迅批判吴稚晖问题；另一方面，尝试将这一问题植入中国现代思潮分化的历史文化图景。以国民政府"清党"为分水岭，五四新文化走向不可避免的分化，从主义之争到"以理杀人"则构成了左翼文学发生的重要历史语境，"左翼鲁迅"深受这一语境的影响与塑造。

一　鲁迅批判吴稚晖的"公仇""私怨"

同为新文化运动的著名人物，鲁迅与吴稚晖有交往也受其影响。很明显，鲁迅是从吴稚晖支持南京国民政府"清党"开始对他批判，此前态度如何却各有说法。有的认为那个时候的鲁迅对吴"非常尊重，甚至是仰慕的"②，有的却认为"并未表现出多少崇敬之情"③。实际上，鲁迅一度视吴稚晖为"同道"，虽不满其人其文却按捺不言；直到"清党"发生，他对吴彻底丧失认同感，则先前埋藏的异见加上后来激发的愤懑一起爆发出来。细究鲁迅批判吴稚晖问题，尤其可见"五四"知识群体的分裂不为"私怨"，而是"公仇"。

在清末民初的历史中，吴稚晖因排满、激烈反传统而闻名。他原本走科考之路，后受甲午战败刺激、康梁变法影响，做了一名"维新派小卒"。1902 年，赴日留学的吴稚晖与驻日公使蔡钧发生争执，愤而自杀未遂，最终被遣送回国。吴稚晖从此认定"立宪之不可成，皆

---

①　邱焕星：《国民革命时期的鲁迅》，博士学位论文，南京大学，2011 年。

②　邱焕星：《鲁迅 1927 年"国民革命文学"否定论》，《中国现代文学研究丛刊》2012 年第 2 期。

③　张全之：《吴稚晖与〈新青年〉》，《中国现代文学研究丛刊》2016 年第 6 期。

知革命之不可已"，后来更卷入宣传反清而引发的"苏报案"，加入以"驱逐鞑虏"为首义的同盟会。在文化立场上，吴稚晖属激烈的反传统派。早在新文化运动之前，他就提出"中国文字必废"的惊人之论。在20世纪20年代的"科玄论战"中，他发表《一个新信仰的宇宙观及人生观》，倡言科学至上，抨击推崇主观、直觉的传统思维。差不多同时，他又批判梁启超、胡适等鼓动"整理国故"风潮；撰写《箴洋八股化之理学》，号召青年"不看中国书""要把国故和线装书丢在茅厕里三十年"。在五四新文化运动中，吴稚晖的文学意义尤其得到彰显。他行文泼辣，不避俗字俗语，时时夹杂"放屁"等秽亵语。新文坛看重他追求文体解放的勃勃生气，又佩服那种敢对孔老二神位翻筋斗的魄力，誉之为"吴老爹之道统"①。各种赞语也堆积到吴稚晖身上，周作人说："他在《新世纪》上发表的妙文凡读过的人是谁也不会忘记的。"② 钱玄同说："古今谈做文章的，我最佩服吴稚晖老先生啦。"③ 曹聚仁认为吴稚晖不忌村俗粗话，"替白话文学开出最宽阔的门庭"④。

无论"排满"还是反传统，鲁迅本是吴稚晖的同道。然而相较"五四"知识人普遍的借重推崇，他很少直接谈论吴，更没有出言称赞。⑤ 这种"不参与"颇有意味。1927年以后，鲁迅有多篇文章批判吴稚晖，如斥之为"大观园的人才""药渣"等，非常辛辣，这自然夹杂了对吴"清党"以来所作所为的愤怒。但他去世不久之前写的《因太炎先生而想起的二三事》，涉及早年、晚年不同时期的吴稚晖印

---

① 可参考袁一丹《"吴老爹之道统"——新文学家的游戏笔墨与思想资源》，《中国现代研究丛刊》2017年第2期。

② 周作人：《〈中国新文学大系散文一集〉导言》，《中国新文学大系散文一集》，上海良友图书印刷公司1935年版，第12页。

③ 钱玄同：《废话的废话》，《疑古玄同：钱玄同随笔》，北京大学出版社2010年版，第108页。

④ 曹聚仁：《一个刘姥姥的话》，《文坛五十年》，东方出版中心1997年版，第14页。

⑤ 据统计，《鲁迅全集》提及吴稚晖有20余处，绝大部分是在1927年之后的杂文中。此前，除提到某些具体交往外，所言极少。参见孙海军《鲁迅笔下吴稚晖形象之变迁及缘由》，"2016年鲁迅文化论坛"暨国际学术研讨会会议论文集。

象，值得重视和细读。鲁迅忆及在日本初见吴稚晖，称他是登台演讲的"排满"先锋，又与驻日公使大战，颇有佩服的意思。然而笔锋一转，逐字记录吴稚晖的演讲：

> 但听下去，到得他说："我在这里骂老太婆，老太婆也一定在那里骂吴稚晖"，听者一阵大笑的时候，就感到没趣，觉得留学生好像也不外乎嬉皮笑脸。"老太婆"者，指清朝的"西太后"。吴稚晖在东京开会骂西太后，是眼前的事实无疑，但要说这时西太后也正在北京开会骂吴稚晖，我可不相信。①

接下来一句作为收束和总结，则是更尖锐的批评："讲演固然不妨夹着笑骂，但无聊的打诨，是非徒无益，而且有害的。"

指摘吴稚晖的演讲词，隐含了鲁迅自己的文章理想。按周作人的说法，鲁迅偏好"用字的古雅和认真"。青年时代的鲁迅深受章太炎影响，相当重视遣词用字，这份认真到晚年不改。周作人又特别提到，初版《域外小说集》讲究文字"古雅"，后来的翻印本为配合白话文运动，才改得通俗许多。② 结合鲁迅自评初版《域外小说集》"佶屈聱牙"，可见他确有偏好"古雅"的初衷。鲁迅当然会自我调整以迎合新文学的通俗化趋势，但个人趣味积重难返，"古"要克制，"雅"不可尽弃。何况以俗为美特别需要小心把握，否则很容易滑入"肉麻当有趣"的境地。鲁迅批吴稚晖的演讲词"无聊"，正是不屑他讲得痛快、失了尺度。当外界纷纷鼓吹吴稚晖是白话文代表，鲁迅对他的肯定格外谨慎："不在于文辞的滂沱，只是将所说所写，作为改革道中的桥梁。"③ 吴稚晖的笔墨言辞，终究不是鲁迅心中的好文章。

鲁迅在"骂之为战"的层面上认可吴稚晖，内心却并不欣赏所谓

---

① 鲁迅：《因太炎先生而想起的二三事》，《鲁迅全集》（6），人民文学出版社2005年版，第578页。其他出自此版本，不另注。

② 周作人：《鲁迅的国学与西学》，《周作人自编文集·鲁迅的青年时代》，河北教育出版社2002年版，第44页。其他出自此版本，不另注。

③ 鲁迅：《古书与白话》，《鲁迅全集》（3），第228页。

"放屁文章"。在他看来，文字不妨戏谑俗化但必须加以限度。了解鲁迅针对"油滑"的矛盾，也可以一探他对吴稚晖的真实态度。一方面，鲁迅觉得不该在写《不周山》时给女娲双腿间加上一个古衣冠的小丈夫，由此陷入了"油滑"；另一方面，写作《故事新编》的其他篇目还是不自禁地继续"油滑"，他为此自责多年以来并无长进。① 针对这种"自相矛盾"，研究者就艺术技巧、思想方法等诸方面做过精彩分析。② 其实，这也体现了个人趣味/反叛传统的不同路向。鲁迅在趣味上喜好"认真""古雅"，但为了"把那些坏种的祖坟刨一下"③，他看重俚俗、戏谑的破坏力。当然，俚俗也好戏谑也好，还是需要划定限度。鲁迅对"油滑"有所辩解："因为自己的对于古人，不及对今人的诚敬，所以仍不免有油滑之处。"言下之意"油滑"并非滥用，实有解构历史的一番苦心。而吴稚晖"打诨"哗众取宠、一俗到底，消解了认真/戏谑、雅/俗之间的张力，为鲁迅不喜。正如他又一次指摘吴稚晖的言辞："（吴稚晖）说中国人'起码要学狗'，倘是小学生的作文，是会遭先生的板子的，但大了几十年，新闻上就大登特登，还用方体字标题道：'皤然一老莅故都，吴稚晖妙语天下'。"④

　　鲁迅不喜吴稚晖的文辞，对其人也殊无好感，后者则主要与章太炎相关。章太炎和吴稚晖在"苏报案"之前就因学术观点、人事纠纷等多有龃龉，之后更为了吴稚晖是否出卖苏报同人一事发生激烈笔战。⑤ 作为章门弟子的钱玄同，曾表示深恶吴稚晖："八九年前初读《新世纪》，恶其文章鄙俚，颇不要看，后又以其报主张用世界语及吴、章嫌隙之事，尤深恶之。"⑥ 还有更直接的表态："前此因章师疑

---

① 鲁迅：《故事新编·序》，《鲁迅全集》（2），第353页。

② 代表研究如王瑶《〈故事新编〉散论》，《王瑶全集》（6），河北教育出版社1999年版；刘玉凯《"油滑"的定位——鲁迅〈故事新编〉艺术新论》，《社会科学战线》1998年第4期；郑家建《"油滑"新解——〈故事新编〉新论之一》，《鲁迅研究月刊》1997年第1期等。

③ 鲁迅1935年1月4日致萧军、萧红信，《鲁迅全集》（13），第330页。

④ 鲁迅：《六论"文人相轻"》，《鲁迅全集》（6），第414页。

⑤ 杨涛：《章太炎与吴稚晖交恶始末》，《文史杂志》2005年第4期。

⑥ 1916年9月19日钱玄同日记，杨天石主编：《钱玄同日记》（上），北京大学出版社2014年版，第291页。

吴君为'苏报案'之告密者,遂乃薄其为人。"① 这里提及吴、章冲突完全是维护老师的立场,至于斥吴稚晖"文章鄙俗",正与鲁迅不满无聊的"打诨"接近。直到新文化运动中,钱玄同从复古转向疑古,才一百八十度大转弯盛赞吴稚晖。晚年鲁迅对吴稚晖的评价,则呼应了钱玄同曾有的"深恶之"。鲁迅称赞章太炎最大的功绩是战斗的文字,与吴稚晖笔战则被列为重要战绩,他如此评价:

> 这笔战(指章太炎斥吴稚晖献策而引发的笔战——引者注)
> 愈来愈凶,终至于夹着毒詈,今年吴先生讥刺太炎先生受国民政
> 府优遇时,还提起这件事,这是三十余年前的旧账,至今不忘,
> 可见怨毒之深了。②

既然大赞章太炎有"所向披靡、令人神往"的战斗风范,吴稚晖的翻"旧账""怨毒之深",尤其显得可恶。

一个值得注意的细节是,鲁迅追忆章太炎提及吴稚晖,添加了"献策"二字作为定语。③ 针对章太炎斥骂出卖《苏报》同人一事,吴稚晖数次辩驳。经反复自证以及当事人旁证,罪名得以澄清。④ 连钱玄同都承认"告密之事,早经多人证明其无,则吴君之行自无可议"⑤。然而,鲁迅依旧沿用章太炎之说。客观来看,鲁迅斥为"翻旧账"的《回忆蒋竹庄先生之回忆》一文,当属吴稚晖对"苏报案"最有说服力的辩护。其中引用了蔡元培、章士钊两个亲历者和知情者的言辞。蔡元培直言章太炎《邹容传》中提到告密是"想当然语",章

---

① 1917 年 1 月 11 日钱玄同日记,杨天石主编:《钱玄同日记》(上),第 300 页。

② 鲁迅:《因太炎先生而想起的二三事》,《鲁迅全集》(6),人民文学出版社 2005 年版,第 578 页。其他出自此版本,不另注。

③ 《关于太炎先生二三事》中"××的×××",据《鲁迅全集》注释当为"献策的吴稚晖",《鲁迅全集》(6),第 569 页。

④ 可参考唐振常《苏报案中一公案——吴稚晖献策辩》,《上海社会科学院学术季刊》1986 年第 3 期。

⑤ 1917 年 1 月 11 日钱玄同日记,杨天石主编:《钱玄同日记》(上),第 300 页。

士钊则说明革命党人与处理苏报案的清廷大员俞明震早有交道,是俞故意放走包括自己在内的《苏报》一干人。鲁迅却搁置文章的辩诬意义,只强调吴稚晖积怨不忘旧事,满满都是对"吾师太炎先生"的维护。不能不说,吴稚晖一生可批评处固然很多,"献策"却实在莫须有。

探讨鲁迅评价章吴公案,主要说明即使"清党"之前,鲁迅也绝不可能仰慕吴稚晖。值得强调的是,鲁迅把个人态度与社会批评区别得很开,他说自己的杂感文"实为公仇,绝非私怨",并不虚言。对于吴稚晖,鲁迅即使早因个人趣味、私人情感萌生"私怨",但考虑到新文化阵线联合的大局还是选择了能容则忍。直到吴杀人称快制造"公仇",他才终于公开批判。

二 主义之争时代的吴稚晖逆行溯因

吴稚晖在清末民初的知识界积累了很高声誉,却因支持国民政府"清党"走向拐点。不仅鲁迅批判,众多"五四"同人也纷纷表示不耻。由于吴稚晖顽固反共,所作所为基本被归结为醉心权力、丧心病狂。然而,新民主主义革命史观毕竟属于"后设"。如果返回各种思潮交锋、对话的历史语境,吴氏逆行将获得丰富、深入一些的解读,更有助于了解鲁迅批判吴稚晖的关键落在"以理杀人"。

吴稚晖是著名国民党元老,先后辅佐孙中山、蒋介石、蒋经国三代领导人。值得注意的是,他还有一个重要身份,即中国最早的一批无政府主义者。1907 年 6 月,吴稚晖与李石曾在巴黎创办《新世纪》,这份杂志与刘师培何震夫妇在日本东京创办《天义》差不多同时问世,被视为中国无政府主义思想的源头。吴稚晖自己也宣称:"把我吴稚晖烧成了灰,我也是一个国民党党员,我同时又是一个相信无政府主义者。"① 在他的思想意识中,无政府主义、三民主义以及共产主义的关联与区别究竟是什么?

---

① 吴稚晖:《致华林书——无政府党人进国民党的理由》,《吴稚晖全集》(8),九州出版社 2013 年版,第 468 页。其他出自此版本,不另注。

吴稚晖"反共"涉及各种复杂因素①，也自有一套思想层面的逻辑。概言之，他秉信无政府主义的"互助""合作"观，反对马克思主义阶级斗争学说。早在1905年，吴稚晖面见孙中山而同情反清，但主要接受"反清"作为手段，至于革命之后的"理想国"并不服从美式民主共和制。无政府主义设计的人人平等、无国家政府约束的乌托邦长期占据了他的头脑。吴稚晖流亡法国之际，正值当地无政府主义思想活跃，他不仅阅读大量相关书籍和报刊，也与国际无政府主义者往来互动。可见一斑的是，吴稚晖和李石曾深受邵可侣、格拉弗等影响，创办刊物甚至沿用了他们的法文杂志"新世纪"之名。吴稚晖还曾亲往欧洲无政府主义实验营地"鹰山村殖民地"参观，对那里人人平等、无外在制度约束的集体生活留下深刻印象。他认为鹰山村按无政府主义设想而建，却深刻契合着中国文化中的大同社会、桃花源理想。

中国近现代的知识分子普遍对无政府主义报以莫大的热情，吴稚晖只是其中一员。被"迷"住的众多知识分子中，甚至包括日后著名的共产党人瞿秋白、丁玲、张闻天、陈延年、赵世炎、周恩来、毛泽东……如果追问无政府主义魅力何在，克鲁泡特金的"互助论"纠偏社会达尔文主义的"天演论"是重要原因之一。②自严复译著《天演论》呼喊"弱肉强食，优胜劣汰"，不仅警醒国人看见自身的闭塞落后，也造成了前所未有的心理危机。社会达尔文主义的"丛林法则"不仅彻底悖逆传统性善、仁爱论，而且逼迫弱小者承认必将遭遇被淘汰的命运。国人不能甘心束手待毙，却也无法认同历史之恶："人虽是个动物，一定要说与虎豹豺狼同类，只知道生存，不知道善恶是非，这句话如何叫人承认得下去？"③相比较之下，"互助论"重文明轻兽性，强调生物进化有赖相互合作关系，显然更照顾受众心理。更有说服力的是，"互助论"不靠占据道德高点煽情，而以客观科学来立论。克

① 可参考陈清茹《试析吴稚晖反对共产主义的原因》，《吉林省教育学院学报》2015年第6期。

② 可参考吴浪波《互助论在近代中国的传播与影响》，《西方思想在近代中国》，社会科学文献出版社2005年版。

③ 乙：《内外时报：终了的老世纪与德国学者》，《东方杂志》1919年第4期。

鲁泡特金通过考察动物界、原始人群、中世纪以及现代的人类生活，实证"互助是一种生物的本能，互助法则是一切生物包括人类在内的进化法则"，大大迎合了"五四"科学主义潮流，令吴稚晖等追随者心悦诚服。毫不夸张地说，突破"弱肉强食"准则、提供一种与"生存竞争"截然不同的理论范式，是无政府主义最契合并鼓舞中国弱小民族心理之处。

克鲁泡特金的不少作品在《新世纪》杂志上被翻译、连载，吴稚晖对"互助论"心领神会。他批评国人理解"进化论"没有看到"互助"的一面：

> 然汉译所谓竞争，尤未足以尽西文之原义。西文 Concurrence（竞争）之原义，实即"共同发脚"之谓；……至于万物共同于世界，各向优点，此各行其是，更无竞争之可言。虽竞争之解说，华字亦含勤勉之义，不必尽属欺诈；惟失之毫厘，差以千里，以词害志，译事不可不慎。依同人之意，必当译做"共同"，则胜败之恶名词，亦当弃去。①

他甚至认为"互助"比"竞争"更重要："人谓世界是无竞争则无进步，吾更言曰：无互助则更无进步，所以赖生存而有进步者，在互助而不在竞争。"② 基于力排"竞争"，吴稚晖反马克思主义尤反"阶级斗争"。在他的理解中，马克思鼓励人群内部互相夺取，虽改变社会分配却不能从根本上解决贫穷，反而大大激发了人性恶。针对中国社会现实，吴稚晖更具体地批判：

> 欲求中国经济之平等，断不能鼓吹阶级仇视，而必须劳资合作。欲求中国政治之平等，断不能鼓吹农工专政，而必须全民联合。欲求中国国际之平等，断不能妄称国际主义，而必须有民族

---

① 吴稚晖：《书自由营业管见后》，《吴稚晖全集》（1），第 182 页。

② 无政府主义分子（吴稚晖）：《答问疑君》，《新世纪》1908 年第 36 号。

主义为基础。……乃共产党极力鼓吹阶级仇视，致工商各业破坏净尽。极力鼓吹农工专政，致流氓土痞横行无忌。极力鼓吹世界革命，导致国民革命大受打击。①

上述"劳资合作""全民联合"等措辞固然专门针对阶级斗争、农工专政，却分明留下"互助论"的烙印。

在吴稚晖看来，三民主义与无政府主义有不少相通相融之处，这是二者联合的基础。首先，三民主义之父孙中山相当重视"互助论"，他的《建国方略》明确主张"物种以竞争为原则，人类则以互助为原则。社会国家，互助之体也，道德仁义者，互助之用也"。② 其次，吴稚晖最看重三民主义的"民生"一项，也脱不了无政府主义思想的底子。民生主义主张把整个民族、人群联合起来，来追求大力发展物质经济、追求温饱富足，在方式和目标上，正与无政府主义以互助协作求发展、以自由和谐求生存不谋而合。

援引三民主义修正无政府主义，吴稚晖思想为之一变。他 1908 年发表《无政府主义可以坚决革命党人之责任心》，提出与党派联合的必要。相对那些理想化的、认为乌托邦可以一蹴而就者，吴稚晖强调"凡新旧主义之相代，期间必有过渡之一物"。为促成理想"落地"，他认定三民主义是通向无政府主义的"过渡"：

> 纵阶级斗争之狭隘行动，而造一时之突变，却不合进化之正常。进化之正常，则既入社会民政时代，当以三民主义为今后人类自治若干世纪之一阶段。由三民主义，蜕入真共产，以至于大同；人类实受渐变之福，不受突变之殃——不必受之殃。③

------

① 吴稚晖：《三以忠告之言警告汪精卫书——党国存亡的关系》，《吴稚晖全集》（7），第352 页。
② 孙中山：《建国方略》，《孙中山全集》（6），中华书局1981 年版，第195—196 页。
③ 吴稚晖：《精神物质应当并重说》，《吴稚晖全集》（1），第218 页。

　　一战结束后，眼见各帝国主义分赃相争并历经赴法勤工俭学运动的挫折，吴稚晖更确认无政府主义短时间内无望："三民主义三十年成功，共产主义三百年成功，无政府主义三千年成功。"① 据历史学家考究，吴稚晖等之所以下决心推动"清党"，最直接的刺激就是听到陈独秀宣称"二十年内实行共产主义"。② 如此飞跃、突进式的革命，完全打破了渐变进化论、循序革命观，令他们深深忧惧。

　　吴稚晖欲借助国民党施行教育、修德等渐进法改造中国。为"清党"效力后，他还干劲十足地办劳动大学，宣称要"无政府化中国的劳工"。然而，他的主义已经蜕变。胡适嘲讽如此这般无异"脚踏两船"："然今日之劳动大学果成为无政府党的中心，以政府而提倡无政府，用政府的经费来造无政府党，天下事的矛盾与滑稽，还有更甚于此的吗？"③ 从其他无政府主义者看来，吴稚晖更是有违初衷。顾名思义，无政府主义否定一切制度和机构，主张人按照互助、契约原则毫无约束地自由生活，特别反感任何的权威以及组织。眼见吴稚晖、李石曾等与国民党合谋，曾参加赴法勤工俭学的华林谴责："李、吴先生与贵党（指国民党——引者注）发生关系之时，即不啻与无政府党宣布脱离关系。……将两不相容之主义而强和之，岂非宣布李、吴人格破产乎。"④ 另一著名无政府主义者刘师复也痛骂吴稚晖言行不符，要求他退出无政府者创办的进德会。⑤

　　可以看到，是否与政党合作成了 1920 年代无政府主义者分歧的关节点。且不论吴稚晖被斥"人格破产"，当时信仰无政府主义、后来

---

① 钟宁羽、陈登才访问：《袁振英的回忆》，陈登才整理，袁振英审阅修改，载高军、王桧林、杨树标主编《无政府主义在中国·中国现代政治思想史资料丛书（第一辑）》，湖南人民出版社 1984 年版，第 539 页。

② 杨天石：《四·一二政变前夕的吴稚晖——近世名人未刊函电过眼录》，《历史研究》2003 年第 6 期。

③ 1927 年 10 月 24 日胡适致蔡元培，《胡适来往书信选》（上），社会科学文献出版社 2013 年版，第 321 页。其他出自此版本，不另注。

④ 吴稚晖：《致华林书——无政府党人进国民党的理由》，《吴稚晖全集》（8），九州出版社 2013 年版，第 468 页。其他出自此版本，不另注。

⑤ 刘师复：《师复文存》，革新书局 1928 年版，第 131、141 页。

成为著名作家的巴金仅仅提议无政府主义应当参与国民革命，也被视为与政党合流的"叛徒"。① 无政府主义的内部分歧，折射出随国民革命的发动与扩张，一个"多党竞革"时代的来临。无政府"正统派"还在苦苦支撑不与任何党派合作，但众多现代政党的陆续成立和发力，让经受过个性主义洗礼的"五四"知识人必然面临一个新问题——如何处理自身与政党组织的关系。借用有的研究者描述："五四"培养的知识精英们"在'党化'与'化党'的事实推演中，逐步寻找改革中国的有效途径"。②

在无政府主义分化之外，彼时更多的主义之争落在选择、偏向何种政党之上。随着国民党、青年党、共产党各自壮大，鼎足之势渐成，各党无论在政治组织还是思想言论方面都竞相角逐、一较高下。在这样的时代洪流中，吴稚晖的"偏向"算是一种常态。曾经崇敬他的陈延年、赵世炎，在赴法勤工俭学运动中痛感经济欺压，由无政府主义转而追随共产主义，他们参与组建旅欧中国少年共产党。曾是少年中国会骨干的曾琦、李璜，一度热衷"工读互助"、追随无政府主义。因惊叹德国崛起之迅速，转而强调凝聚一国族之力量与精神的国家主义，在巴黎悄然组建青年党。新兴政党的涌现和崛起，改变了民初以来革命由国民党一党独导的局势，也令主义之言盈天下。"五四"新知识群体不同程度地受到主义之争影响，并在各种主义的对话、交锋中寻找自身的位置。

三　反思"以理杀人"与鲁迅"左倾"

吴稚晖倡"互助"反"天演"，亲三民主义远马克思主义自有一套学理逻辑，在众声喧嚣中维护自家主义也无可厚非。然而，主义之争发生在思想文化层面有利于真理越辩越明，一旦与权力结合就变得异常狰狞。吴稚晖借政权强推主义，从新文化先锋急速降落为"以理

---

① 参见巴金《无政府主义与现实问题》《答诬我者书》，《巴金全集》（18），人民文学出版社 1986 年版。

② 周良书：《"五四"精英与近代中国政党政治》，《北京师范大学学报》2012 年第 1 期。

杀人"的刽子手。鲁迅可以容忍文章趣味、私人交往等方面的"私怨",却不能坐视主义与权力合谋杀人的"公仇"。"左翼鲁迅"的基本出发点,就是批判吴稚晖式施暴,义无反顾地站到被镇压、被残害者一边。相较鲁迅,胡适、周作人反思"以理杀人"的侧重点各有不同,新文化人不可避免地走向分化。

吴稚晖在国民政府的"清党"中发挥了重要效用,作为国民党监察委员会委员,他不仅最早提出纠察共产党"谋叛",还亲自草拟《吴敬恒致中央监察委员会请查办共产党函》,又与一众反共右派联名发表"护党救国"通电,竭力为"清党"制造舆论。尽管蒋氏"清党"事实上"开创了中国现代史上、甚至多半也是两千年中国历史上新生政权结合群众检举的办法,用武力在全国范围残酷清除异己的先例"①,吴稚晖等却以"共图匡济""扶难定倾"一类的言论为之披挂堂皇外衣。为此,他获得了蒋介石盖棺定论的表彰:"首主清党,扫荡奸邪。为国民革命之导师、实反共抗俄之先党。"②

"清党"从江浙迅速蔓延到广东。鲁迅身处革命策源地,自言经历了"从来没有经验过"的恐怖,"被血吓得目瞪口呆"③。广州"清党"起始于 4 月 15 日凌晨,先是全城紧急戒严,实施突然抓捕,共计逮捕 2100 余人,以工人占多数,其次是学生。黄埔军校成了清查重点,按名单逮捕了近 500 人。鲁迅担任教务长的中山大学,则有 40 多个学生被捕。接下来的数日间,许多共产党人陆续被杀。颇触动鲁迅的,是一直往来较多的共产党人毕磊之死。鲁迅初来乍到广州,毕磊为之引见陈延年。他被逮捕后很快被秘密枪毙,鲁迅起先疑惑"常常来谈天的,而今不来了",了解事态严峻之后,才忍不住叹息:"据我的推测,他一定早已不在这世上了,这看去很是瘦小精干的湖南的青年。"④

---

① 杨奎松:《一九二七年南京国民党"清党"运动研究》,《历史研究》2005 年第 6 期。
② 杨恺龄编:《吴稚晖先生纪念集》,(台湾)文海出版社 1975 年版,第 86 页。
③ 鲁迅:《三闲集·序言》,《鲁迅全集》(4),第 4 页。
④ 鲁迅:《怎么写——夜记之一》,《鲁迅全集》(4),第 21 页。

随着运动扩张，鲁迅自认与政党无干也难逃监控和侦查。他的往来信件遭检查，又顶着"激进""亲共"的嫌疑不敢贸然离穗，期间时时目睹捕人、杀戮的残酷与任意。例如弄得风声鹤唳、人人自危的"瓜蔓抄"："常听到因为捕甲，从甲这里看到乙的信，于是捕乙，有从乙家搜得丙的信，于是连丙也捕去了，都不知道下落。"① 又有毫无道理却杀伤力极大的"可恶罪"："要说他是 CP 或 CY，没有证据，则可以指为'亲共派'。那么，清党委员会自然会说他'反革命'，有罪。再不得已，则只好寻些别的事由，诉诸法律了。"②

吴稚晖与国民党合谋细节一时不被外界确知，他对屠杀的冷漠甚至叫好却足以激发众怒。鉴于"清党"扩张造成惨剧，曾是主要推动者之一的蔡元培转而反思，劝谏当局加以收束。吴稚晖不仅不为所动，还出言嘲讽被杀者"毫无杀身成仁的模样，都是叩头乞命，毕瑟可怜"③。他公然为陈延年被杀喝彩，尤其令人齿冷。陈延年是陈独秀长子，在江浙"清党"中牺牲时年仅 29 岁。他当时担任江苏省委书记，因拒绝下跪就刑被乱刀砍死，而且暴尸不许收殓，场面异常惨烈。吴稚晖与陈独秀原是旧交，与陈延年也早已相识，还出力帮助他赴法留学。那个时候，追随无政府主义的陈延年以及众多赴法勤工俭学的学生们尊吴稚晖为导师、圣人，与之多有交道。后来，勤工俭学学生群体与吴主持的华法教育会发生经济纠纷，又发动了占领里昂中法大学的运动，逐渐成长成熟，其中一部分人受共产主义吸引。陈延年更成为中国少年共产党的中央委员、宣传部长，在思想上与吴稚晖彻底分道扬镳。

吴稚晖听闻"主义之敌"陈延年被捕大喜，他写信给上海警备司令杨虎，一边恭贺他抓获逆党奸恶，一边恭维他"先生真天人"。虽然陈延年的生死未必能由吴稚晖定夺，但信中提及这位故人之子、昔日小友，有咬牙切齿之状，可见怂恿杀人之心：

① 鲁迅：《两地书·序言》，《鲁迅全集》（11），第 3 页。
② 鲁迅：《可恶罪》，《鲁迅全集》（3），第 516 页。
③ 周作人：《偶感（四）》，《周作人自编文集·谈虎集》，第 182 页。

恃智肆恶，过于其父百倍。所有今日之共产党之巨头，若李立三，若蔡鹤孙，若罗亦农，皆陈延年在法国所造成。彼在中国之势力地位，恐与其父相埒，……尤属恶中之恶！……故此人审判已定，必当宣布罪状，明正典刑。[①]

陈延年死后，吴杨往来信件被《申报》刊登，读者哗然。与吴稚晖相识相交的新文化人最是心惊，他们和这位"中国稀有的文学天才"一起经历"个人的发现"，转眼见他恭维屠夫、杀人称快。这不仅仅是主义之争，而已经触犯现代人的良知底线。

吴稚晖在新文化界形象跌落，各种批评之声涌来："吴先生我是素来所拜服的，但最近一年来的行径与前大不相同。如关于陈延年被杀后的所云，……大大的损其人格，我深替他可惜。"[②]"（吴稚晖）言行相违，成为社会革命的叛徒，太使我们失望了！"[③]一片唏嘘当中，胡适尤其震惊。陈延年被捕之初辗转求救，胡适得讯后托付吴稚晖，岂料吴不施援手反而落井下石，胡适不能释然。他写信给吴稚晖，特意提及陈延年案，先说理解吴支持"清党"是看不得共产分子投机，但接着一句"便可以养成'以理杀人'的冷酷风气而有余……"[④]，分明谴责吴稚晖凶狠。相比胡适绵里藏针，周作人就说得很直接了："吴君在南方不但鼓吹杀人，还要摇动他的毒舌，侮辱死者，此种残忍行为盖与漆髑髅为饮器无甚差异。"[⑤]他还把"清党"比喻为文字狱的故鬼重来，一针见血地指出"所问的并不都是行为罪而是思想罪"，所谓"护党救国"不过恐怖的"以思想杀人"[⑥]。

鲁迅与胡适、周作人的不同，在于亲历广州"清党"的血腥恐

①　1929年3月13日《胡适日记》附吴稚晖致杨虎信原文，曹伯言整理：《胡适日记（1928—1930）》，安徽教育出版社2001年版，第364页。

②　1928年8月23日高君珊致胡适，《胡适来往书信选》（上），第353页。

③　曹聚仁：《我与我的世界》，生活·读书·新知三联书店1983年版，第315页。

④　1928年3月6日胡适致吴稚晖，《胡适来往书信选》（上），第338页。

⑤　周作人：《偶感（四）》，《周作人自编文集·谈虎集》，第182页。

⑥　周作人：《谈虎集·后记》，《周作人自编文集》，第394页。

怖，所以尤其愤怒悲哀。他抨击吴稚晖直呼其名："吴稚晖先生不也有一种主义的么？而他不但不被普天同愤，且可以大呼'打倒……严办'者。"① 鲁迅向来擅长从具象归结类型，又从类型直达本质，假如只面对个体的吴稚晖不至于格外激愤。令他格外失望的是，发现权力居然如此有效："世间大抵只知道指挥刀可以指挥武士，而不想到也可以指挥文人。"② 身为"五四"偶像者居然依仗强权践踏人命，真极大嘲讽了高倡独立人格、批判精神的新文化运动。

在鲁迅这里，还有一个更重要的转变，那就是透过吴稚晖对眼前的国民革命发生了新认识。他认清了所谓"革命文学""革命文学家"不过貌似公允、恃强凌弱：

> 从指挥刀下骂出去，从裁判席上骂下去，从官营的报上骂出去，真是伟哉一世之雄，妙在被骂者不敢开口……所可惜者，只在这文学并非对于强暴者的革命，而是对于失败者的革命。③

鲁迅也认清了吴稚晖背后政权的强横，国民政府借"革命"之名行清洗之实，令"革命"变成了"革命，革革命，革革革命，革革……"的循环杀戮。增田涉曾记录鲁迅表示非常憎恶国民党的一段话：

> 旧式军阀为人还老实点，他们一开始就不容共产党，始终坚守他们的主义。他们的主义是不招人喜欢的，所以只要你不靠近它、反抗它就行了。而国民党所采取的办法简直是欺骗；杀人的方法更加狠毒。……打那来，对于骗人做屠杀材料的国民党，我怎么也感到厌恶，总是觉得可恨。他们杀了我的许多学生。④

---

① 鲁迅：《答有恒先生》，《鲁迅全集》(3)，第477页。
② 鲁迅：《小杂感》，《鲁迅全集》(3)，第554页。
③ 鲁迅：《革命文学》，《鲁迅全集》(3)，第567页。
④ ［日］增田涉：《鲁迅传》，卞立强译，《鲁迅研究资料》(2)，文物出版社1977年版，第391页。

　　日本学者丸山昇曾强调中国革命的具体境遇对鲁迅的激发和改造，颇有启发性。他以为鲁迅"左转"，并不意味从进化论到阶级论或者从非革命到革命的变化，而是对中国革命、变革的承担者和实现过程的认识发生了变化。① 的确，相比北洋军阀，鲁迅一度寄希望于国民政府。段祺瑞政府最令新文化人失望的，莫过于制造屠杀民众和学生的"三一八"惨案。这个"民国最黑暗的一天"引发了京城知识人的集体南下风潮，鲁迅也正是此后不久离京另觅生路。国民政府一手炮制的"清党"，又一次在鲁迅内心激发风暴——这个以"革命"为号召的政权原来一样杀人、一样"革"人之命。鲁迅向来视生命为第一要义，主张"在尊重生命的根本之上，去发现一切人生工作的意义"②。基于基本的人道主义，他迅速倾向了遭到清洗镇压的共产党一方，对后来遭遇查禁的"无产阶级文学"也报以同情。就像《二心集·序言》所说："只是原先是憎恶这熟识的本阶级，毫不可惜它的毁灭。后来又由于事实的教训，以为惟新兴的无产阶级才有将来，却是的确的。"当然，鲁迅差不多同时也说过"革命无止境"③，世上没有什么止于至善，他对"中国革命、变革的承担者和实现过程的认识"还将随现实状况发生变化。但就当时的鲁迅而言，反抗、批判一个杀人的政府却是毫无疑问的。

　　是否反思以及如何反思杀人，曾经的"五四"同人各持己见。吴稚晖一意拥护政府杀人，站到了与鲁迅截然的对立面。他与大多数新文化人的区别在于，认为"杀人"不是底线只是手段。对于胡适指责处理陈延年案冷酷残忍，他以退为进："到了二十世纪，还得仗杀人放火，烧杀出一个人类世界来，那世界到底是什么世界呢？……所以我是狂易了，也破产了，怂恿杀朋友，开口骂朋友，也同那班畜类是一丘之貉罢了，还敢在先生面前忏悔么？……但马格斯煽出来那班恶

　　①　［日］丸山昇：《"革命文学论战"中的鲁迅》，载［日］丸山昇《鲁迅·革命·历史——丸山昇现代中国文学论集》，王俊文译，北京大学出版社2005年版，第42页。

　　②　［日］增田涉：《鲁迅为什么主张人的生存和温饱》，载［日］增田涉《鲁迅的印象》，钟敬文译，湖南人民出版社1980年版，第63页。

　　③　鲁迅：《黄花节的杂感》，《鲁迅全集》（3），第428页。

魔，是会归天的。"① 这是自嘲，又何尝不是自辩！吴稚晖口头上的
"不敢忏悔"，行动上的不忏悔，因所谓"烧杀出一个人类世界"，显
得理直气壮。在胡适方面，虽然对国民政府有所不满，但终究以承认
它的合法性为前提。基于观察吴稚晖一类"政要"的所作所为，他选
择与之保持距离，以"诤友"身份走参政议政之道。而身在北京的周
作人不履险境，远观南方政府辖下的杀人之祸，他一边痛感吴稚晖身
上潜伏着永乐、乾隆的鬼，一边自觉对"党化"时代无力。与其对政
治指手画脚，不如求自我的启蒙和修养，周作人走向"自己的园地"。

余　论

鲁迅批判吴稚晖，反映了"后五四"时期新文化内部的分化。随
着国民革命的展开，曾为"同道"的新文化人遭遇各种后起、具有党
化意味的主义的冲击，渐行渐远分道扬镳。鲁迅"左倾"、吴稚晖政
客化、胡适做政府的"诤友"、周作人向往"自己的园地"……都是
置身主义之争时代而呈现的倾向。

从上述思路讨论"左翼鲁迅"的生成，则得以窥见左翼文学发生
的复杂历史语境。在相关研究领域，"影响研究"堪称经典范式，研
究者细致考察马克思主义的传播、接受，主要把中国左翼文学视作外
来思潮影响的产物。② 此类学术论著以扎实的资料梳理、放眼世界的
视野，大大启发并开拓了已有研究。然而，一种学术思路带来极大创
造性的同时，也留下其他推进空间。"影响研究"在单一主潮演化的
框架内描绘左翼文学图景，远远不能说尽其发生发展。中国近现代许
多知识分子之所以"左倾"，往往来自具体境遇的激发，有的甚至还
追随过他种"主义"；而曾经追随、同情马克思主义，却转向他种
"主义"者也不在少数。例如"以理杀人"的历史语境是鲁迅"左倾"
的直接推动力；吴稚晖鼓吹"清党"前，一度对共产革命有同情之

---

① 1928 年 3 月 4 日吴稚晖致胡适，《胡适来往书信选》（上），第 336—337 页。
② 艾晓明：《中国左翼文学思潮探源》，湖南文艺出版社 1991 年版；李今：《三四十年代
苏俄汉译文学论》，人民文学出版社 2006 年版等，为此类研究代表作。

心、合作之意；被他视为"主义之敌"的中共江苏党首陈延年，最早追随的则是无政府主义……这样的细节和层次，在新民主主义革命史叙述中或语焉不详，或讳莫如深。在远去刀光剑影的当下时代，不妨以兼容思维替代斗争思维，去发掘不一样的文学史图景——左翼文学的发生发展由多元线索竞发。它们之间或有主次大小之分，但体现为丰富交迭的层次；它们之间或有分歧冲突，同时展开互动对话。本文探究鲁迅批判吴稚晖问题、还原鲁迅左转的历史语境，意在发掘那些围绕马克思主义、与之交锋对话的"次线索"（无政府主义、三民主义）。这是考古一个"网状"左翼文学图景的尝试，也是提醒"另一种"文学史的可能。

原载《文学评论》2018 年第 3 期

何为启蒙

——中国现代文学启蒙内涵及其演变新论

黎保荣

内容提要： 鉴于学界对于中国现代文学"启蒙"思潮概念内涵的解释无法令人满意，存在着一种浮躁、泛滥、随意的倾向，故此，本文从词源学角度，从中西文化比较角度，对"启蒙"进行重新审视得出如下结论：西方的"启蒙"具有信仰运动与思想运动的双重含义，强调理性与自我启蒙；而中国现代文学的"启蒙"则更多是智者对愚者的教化，饱含中国传统的教化意识。究其原因，是信仰维度、理性维度、语言维度和时间维度的差异所造成的。这种"启蒙"内涵在中国现代文学史上影响深远，体现为教化身份、教化心态、教化方式等方面，折射了中国现代文学与传统的深层联系。

历史已经证明，西方意识在翻译或传播的过程中，会受到中国文化的独特阐释。例如鲁迅早在《热风·随感录四十三》中一针见血地指出："外国事物，一到中国，便如落在黑色染缸里似的，无不失了颜色。美术也是其一：学了体格还未匀称的裸体画，便画猥亵画；学了明暗还未分明的静物画，只能画招牌。皮毛改新，心思仍旧，结果便是如此。至于讽刺画之变为人身攻击的器具，更是无足深怪了。"后在《花边文学·偶感》中痛心疾首："每一新制度，新学术，新名词，传入中国，便如落入黑色染缸，立刻乌黑一团，化为济私助焰之具，科学，亦不过其一而已。"语虽偏颇，但不无道理：首先，西方文化（意识）进入中国，肯定会受到中国文化环境（染缸）的熏染或影响，这是接受的必然程序，即碰撞摩擦；其次，"皮毛改新，心思仍旧"，具有中国传统文化意识的中国人在运用西方的新文化的时候，有意无意地将其归化，所谓中学为本，西学为用，此乃几千年的经世致用、实用理性思想所决定的，难以摆脱；再次，"皮毛改新，心思仍旧"，即中学为里（心思），西学为表（皮毛），以西方遮蔽中国传统，导致传统观念的被西方遮蔽的现代化，从而使西方获得了合理化的生存表象；最后，将西方意识"化为济私助焰之具"，成为"晋身之阶"或"谋私之具"，这是功利化的心态，却也是典型的中国文化心态。

就"启蒙"而言，众所周知，中国现代文学启蒙思潮是炙手可热的研究领域，但是学界对于"启蒙"概念内涵的解释却无法令人满意，存在着一种浮躁、泛滥、随意的倾向。在中国期刊网上输入"启蒙"，按照篇名查询，资料显示1911—2012年的诸多文章中，以西方意义上的"启蒙"为基础的概念将近一百个，可谓泛滥。而西方的《启蒙运动百科全书》和《启蒙运动与现代性》等书籍，所收入的包含"启蒙"字眼的概念不多，只有启蒙运动、启蒙世纪、启蒙哲学、启蒙学说等少数术语，比较严谨。一直以来，学界有几个问题都未能厘清，如西语的 Enlightenment 被翻译为汉语"启蒙"，它们的概念内涵是否相同？"启蒙"一词被中国现代作家运用的轨迹如何？中国现代作家在运用"启蒙"的过程中，该概念和西方的原意有何区别？是否反映了中国现代作家与传统文化的联系？鉴于此，很有必要从词源学角度，从中西文化比较角度，对此进行重新审视。以求正本清源，使得中国现代文学的启蒙思潮研究能够真正深入进去。

一　中西"启蒙"词源、内涵及蕴含的文化差异

何谓"启蒙"？"启蒙"按《辞源》的解释是开导蒙昧，使之明白贯通。如汉应劭《风俗通·皇霸·六国》："每辄挫衄，亦足以祛蔽启蒙矣。"后来内容浅近示人门径的书，多取启蒙为名。如《隋书·经籍志·小学》有晋顾恺之《启蒙记》三卷，宋朱熹有《易学启蒙》四

卷。此外，教导初学亦称启蒙。而按《辞海》的解释则为开发蒙昧；教育童蒙，使初学的人得到基本、入门的知识，如现在出版的一大堆名为"儿童启蒙"的书（如《三字经》《百家姓》《千字文》《幼学琼林》《增广贤文》《弟子规》《笠翁对韵》等）就取此义；该词也指通过宣传教育，使后进的人们接受新事物而得到进步。按《现代汉语词典》的解释，"启蒙"则具有两种基本词义，一是使初学的人得到基本的、入门的知识；二是普及新知识，使人们摆脱蒙昧和迷信，如"启蒙运动"。而《说文解字》则将"启蒙"在文字学上的原初意义解释为"启，教也，从攴，启声。论语曰，不愤不启"。而"蒙"则指"蒙昧"。"启""蒙"二字联系起来则意味着对蒙昧者进行教化。以上词义，除了《辞海》和《现代汉语词典》的最后一条释义与特指的西方"启蒙"有关外，其余皆是泛指的"启蒙"，而这正是汉语"启蒙"的本色。按上述词典，"启蒙"一词的总词义是"教导蒙昧""开导蒙昧"，它具有两个鲜明的特点，一是强烈的教育他人的意味，所谓"教育童蒙"，"教导初学"；而另一个则带有工具、功用性质，所谓"示人门径"。而这正体现了汉语文化思维的特征。另外从中国古代的童蒙教育也可略窥"启蒙"一词的堂奥。按传统说法，"蒙学"即属"小学"，系指8—15岁少儿的启蒙教育，故古人有云"古者八岁入小学，十五岁入大学"。但是"二十岁以上的成人在农闲时节，到私塾或村学中接受启蒙教育的极其普遍"①。换言之，启蒙教育的对象既包括年龄上的"童"（儿童），也包括知识上的"童"（未掌握文化知识的成人）。总之，除了已经受过相当教育的知识阶层，其他人皆属于"被启蒙"之列，由前者来"启蒙"后者，此之为启蒙主体（谁在启蒙）和启蒙对象（启谁之蒙）问题，此其一。而从内容来说，启蒙教育一方面倾向于知识性，包括识字、历史知识、生活习惯等，"小学，教之以洒扫应对进退之节，礼乐射御书数之文"，即"教之以事"；另一面注重伦理性，包括人生与道德训诫，如"孝弟忠信之事"，古代启蒙教育往往偏重于后者，"蒙学的核心内容和主要目的是向人们灌

---

① 徐梓、王雪梅：《蒙学须知》，山西教育出版社1991年版，第2页。

输儒家的价值观念，传播道德伦理"，只有在"大学"（十五岁入大学）阶段才"教之以理"，"小学是事，如事君、事父兄等事，大学是发明此事之理"①。换言之是重道德而轻科学，重精神而轻物质，重集体而轻个人，此为启蒙内容或功用（启什么蒙）问题，此其二。

　　日本福泽谕吉用古代汉语"启蒙"来对译英语 Enlightenment，以此介绍西洋文明②，一说 1895 年日本大西祝在《西洋哲学史》中以"启蒙时代"来翻译德文 Aufklaerungsperiode 是目前看到的最早的定译③。但其实此词的中西文含义相距甚远。"启蒙"的法语是 Lumières，原义是"光明"，这是一个由 17 世纪法国知识分子从古代借用来的象征，每个人都有权拥有光明；德语中与 Lumières 对应的单词是 Aufkla-rung；而英文的"启蒙"词汇是 Enlightenment，它是法语 Lumières 的英文翻译。简言之，几个西文词语都关乎"光明"④。就英文 Enlight-enment 而言，它的词根是 light，名词为"光"，动词为"点燃"和"照亮"，无论词性如何，都与光明有关。它的词源不是一般的"光"，也不是智慧之光，而应溯源至《圣经》法典⑤，应看作"上帝之光"或"信仰之光"。《旧约》首篇《创世记》开章明义："起初，神创造天地。地是空虚混沌，渊面黑暗……神说：'要有光'，就有了光。神看光是好的，就把光暗分开了。……这是头一日。"全书以极具启示的开头吸引了历代人们的眼光，尤其是信仰基督教的西方社会的眼光，从此亦可推断法语与英语"启蒙"的词源与上帝之光的隐秘联系；正因此，当时的启蒙思想家如伏尔泰等才攻击教会而不否定宗教。而《新约·约翰福音》第 8 章有云：耶稣又对众人说："我是世界的光。跟从我的，就不在黑暗里走，必要得着生命的光。"第 1 章有云："生

---

①　徐梓、王雪梅：《蒙学须知》，山西教育出版社 1991 年版，第 3—6 页。

②　冯天瑜：《新语探源》，中华书局 2004 年版，第 329 页。根据谕吉精通英文，其所办家塾是当时江户唯一的英文学塾推断"启蒙"为其对英文的翻译。

③　资中筠：《启蒙与中国社会转型》，社会科学文献出版社 2011 年版，第 135 页。

④　[美] 赖尔、威尔逊：《启蒙运动百科全书》，刘北成、王皖强编译，上海人民出版社 2004年版，第 11 页。

⑤　宋剑华、张冀：《启蒙主义与中国现代文学》，《贵州社会科学》2007 年第 1 期。

命在他（上帝、神）里头，这生命就是人的光。光照在黑暗里，黑暗却不接受光。……这人来，为要作见证，就是为光作见证，叫众人因他可以信。他不是那光，乃是要为光作见证。那光是真光，照亮一切生在世上的人。……道成了肉身，住在我们中间，充充满满地有恩典，有真理。"因此，1985 年出版的《简明不列颠百科全书》对"启蒙运动"的解释是"17 和 18 世纪在欧洲知识界获得广泛拥护的一种思想运动和信仰运动，它所研究的是上帝、理性、自然、人类等各种互相关联的概念"。1999 年，翻译更为完整、更为权威的《不列颠百科全书》（国际中文版）则将"启蒙运动"解释为"17、18 世纪欧洲的一次思想运动，把有关上帝、理性、自然和人等诸种概念综合为一种世界观，得到广泛的赞同，由此引起艺术、哲学及政治等方面的各种革命性的发展变化"。简言之，无论是前者还是后者，"启蒙"一词都与信仰（上帝之光）密切相关。在中国现代文学史中，能把英文"启蒙"（Enlightenment）追根溯源到"上帝之光"或者"光"，并且据此做翻译基础的，除了留学美国和德国的陈铨似乎并无第二人（德国更信奉《旧约》）。他于 1936 年由商务印书馆初版的《中德文学研究》一书中提到"孔子哲学在十八世纪'光明时期'受欧洲人崇拜"，"光明时期德国最有名的哲学家莱布尼慈"，"光明运动时期的人"[1]。另外，他在 1943 年写作的《五四运动与狂飙运动》一文中则更为明确地指出"十七世纪以来，欧洲有一种思想潮流，叫做'光明运动'"。[2]综上所述，陈铨从词源学意义上把"启蒙运动"翻译为"光明运动"，把"启蒙"翻译为"光明"，无疑是一种甚为正确、甚为高明的做法。

　　正是鉴于"启蒙运动"（Enlightenment）的词根"光"（light）与《圣经》的"上帝之光"的深层联系，以及对"启蒙运动"追源溯流的历史的、理性的分析，《不列颠百科全书》把"启蒙运动"定义为"信仰运动"（或与"上帝"相关的世界观）与"思想运动"。首先是

---

　　① 陈铨：《中德文学研究》，辽宁教育出版社 1997 年版，第 5—7 页。
　　② 温儒敏、丁晓萍：《时代之波——战国策派文化论著辑要》，中国广播电视出版社 1995 年版，第 346 页。

信仰运动。在古罗马帝国混乱年代，基督教思想家们逐渐发现了他们的希腊罗马遗产的可用之处。被称为经院哲学的思想体系重新把理性作为一种了解世界的工具来使用，但只把理性从属于灵性的启示以及基督教各种得到天启的真理之下，在托马斯·阿奎那的著作中，这种用法达到极点。在中世纪的欧洲，基督教作为知识和政治的心灵大厦，虽然受到了文艺复兴运动以及基督教新教改革运动诸思潮的冲击，但仍未倾倒，如文艺复兴的大多数先驱们鼓吹人文主义的同时，保持基督教信仰；而宗教改革运动也只是直接向罗马天主教会的一统权威挑战，反教会而不反宗教，主张以《圣经》为唯一权威[①]。马丁·路德的宗教改革思想认为信仰是一切道德生活的唯一源泉，个人应以信仰直面上帝，宗教改革即个人主义的张扬，为后来的启蒙准备了条件[②]。宗教信仰的心理图式，使得以理性冲击宗教的启蒙运动时期的思想家、科学家牛顿等人后来皈依基督教，伏尔泰等反抗教会但不反对宗教，甚至认为即使没有上帝，也要造出一个上帝；认为世界的秩序与条理就是上帝存在的象征。而后来的理神论则认为只有少数宗教真理是合理的：那就是存在着一个常被视为造物主的上帝，存在着由这个上帝所实施的一套赏惩制度，存在着人们对道德和虔诚所承担的义务，故应倡导自然宗教[③]。无论是古希腊的泛神，旧基督教的信仰还是新教的宗教伦理、自然宗教，都与"信仰"相沟通。事实上，宗教问题是启蒙运动时期的核心问题，启蒙运动时期"人们热切地从各个层面来审视宗教信仰。……宗教引发的问题在启蒙话语中占据了核心地位"。"启蒙运动与宗教之间的实际关系表明，那种认为这个时代倾向于支持无神论或怀疑主义的陈旧看法是站不住脚的。"抨击宗教的态度只是启蒙人士所持的多种宗教观中的一种，事实上，启蒙人士或者转向《圣经》寻求答案，或者维护自身信仰的同时寻求以创造性的方式解决新发展提出的问题，或者为宗教信仰寻求新的基础，甚至创立新的

---

① 《不列颠百科全书》（国际中文版），中国大百科全书出版社 1999 年版，第 76 页。
② 卢风：《启蒙之后》，湖南大学出版社 2003 年版，第 48—64 页。
③ 《不列颠百科全书》（国际中文版），中国大百科全书出版社 1999 年版，第 76 页。

宗教仪式和教义，简言之，"对宗教的抨击相对较少"，对宗教的"激进主义立场完全不能代表欧洲启蒙运动更为广泛的普遍状况"，"基督教无论受到何种挑战和批判，却依然繁荣稳定"，启蒙运动对宗教的各种反应与世俗化世界观，"无不充实着传统的宗教"①。

其次是思想运动，或曰理性运动，这是"上帝之光""信仰之光"启发下的"理性之光"发生作用所致（如柏拉图的洞穴之喻，在黑暗中的人们被光所引导摸索着走出了黑洞，就是理性之光的很好证明）。"启蒙运动的思想重点是对理性的运用和赞扬，理性是人类了解宇宙和改善自身条件的一种力量。具有理性的人把知识、自由与幸福看作三大目标。"在这种重视理性的思潮冲击之下，一般承认的权威，无论是科学领域的学说，还是教会方面有关精神世界的问题，都要置于独立自由的心智的深入探查之下，有些无神论者就借助理性抨击一切宗教。理性甚至侵入宗教领域，如德国宗教改革的发动者马丁·路德就认为探求真理之途就在于人类理性之运用；而理神论者以推理方法应用于宗教，追求自然而合乎理性的宗教伦理②。换言之，"理性为自然神论者提出普遍的自然宗教"，把理性概念作为信仰的支柱；"理性也推动人们批判宗教狂热，呼吁政教分离，理性还刺激某些人捍卫正统的基督教，或是从心理学角度解释上帝的起源"，"以理性的名义奋起捍卫宗教"③。在重视理性这一点上，马丁·路德等人其实与培根和笛卡尔没什么两样，只是前者将"上帝之光"与"理性之光"交相辉映得更为灿烂罢了。理性是启蒙的基本标准和核心概念，"启蒙运动常常以理性时代而著称，理性实际上成为衡量一切观念、学说和现实计划的标准"，启蒙运动"承认理性有局限性，但认为采取适当手段即可最大限度地减少这些局限性的负面影响"，即使批判理性主义，也是在运用理性追求真理，因为"理性意指一种普遍的探究和

---

① ［美］赖尔、威尔逊：《启蒙运动百科全书》，刘北成、王皖强编译，上海人民出版社2004年版，第126—128页。

② 《不列颠百科全书》（国际中文版），中国大百科全书出版社1999年版，第76页。

③ ［美］赖尔、威尔逊：《启蒙运动百科全书》，刘北成、王皖强编译，上海人民出版社2004年版，第44—126页。

怀疑心态"①。

也正是出于对理性的深刻思考，康德的《对这个问题的一个回答：什么是启蒙》成为理解启蒙运动或启蒙的一个经典文本。启蒙"就是人类脱离自我招致的不成熟。不成熟就是不经别人的引导，就不能运用自己的理智。如果不成熟的原因不在于缺乏理智，而在于不经别人的引导就缺乏运用自己理智的决心和勇气，那么这种不成熟就是自我招致的。Sapereaude！（敢于知道）要有勇气运用你自己的理智！这就是启蒙的座右铭"②。从这段话可以看出以康德为首的西方先哲对启蒙的两个基本的意义解读：一是强调理性，所以呼唤"要有勇气运用你自己的理智"；二是认为启蒙最终是自我启蒙，所以要运用理性脱离自己所招致的不成熟状态。法国启蒙主义思想大师卢梭深有同感：学习的目的"就是为了认识自己，而不是教育别人"③。哈贝马斯也大声疾呼："启蒙是一种自我反思的主体性原则。"④ 因为在西方文化语境下的"启蒙"一词，是人对"光明"的自我寻找，强调主体自我的思辨能力，而非"智者"对"愚者"的思想教化，这是因为在信奉基督教文明的民族意识里，人与人之间的关系是绝对平等的，人并不具备对"他者"施教的权力与义务，只有万能的上帝才是指引光明的智慧源泉⑤。所以，以上说英文的启蒙词汇"Enlightenment"（照亮）是源自《圣经》法典"上帝之光"，就是这个道理。

二　中国现代文学的"启蒙"使用内涵及其成因

与西方启蒙主义思想大师不同，中国现代作家由于深刻的私塾教

①　[美]赖尔、威尔逊：《启蒙运动百科全书》，刘北成、王皖强编译，上海人民出版社2004年版，第43—44页。

②　[美]詹姆斯·施密特编：《启蒙运动与现代性》，徐向东等译，上海人民出版社2005年版，第61页。

③　[美]詹姆斯·施密特编：《启蒙运动与现代性》，徐向东等译，上海人民出版社2005年版，第20页。

④　[德]哈贝马斯：《公共领域的结构转型》，曹卫东等译，学林出版社1999年版，第122页。

⑤　宋剑华、张冀：《启蒙主义与中国现代文学》，《贵州社会科学》2007年第1期。

育根底和传统文化的熏陶，他们往往更强调"教化意识"，而不是"自我启蒙"。故此，中国现代作家往往在中国传统的意义上去运用"启蒙"一词。如鲁迅在《连环图画琐谈》中提到"'启蒙'之意居多"，"借图画以启蒙"，"但要启蒙，即必须能懂"；在《门外文谈》中谈到"在开首的启蒙时期，和地方各写它的土话……启蒙时候用方言"。郁达夫在 1922 年的《艺文私见》中提及"文艺批评……在庸人的堆里，究竟是启蒙的指针"①。沈从文 1933 年的《知识阶级与进步》在谈及一则古代故事之时，说它可以"为后世启蒙发愚之用"。

　　而对于西方意义上的"启蒙"，不少学者都认为这一概念在五四时期十分陌生，但据现有资料，五四时期提到西方意义上的"启蒙"的作家不少，至少有傅斯年、郑振铎、郁达夫、缪凤林、吴宓等人。傅斯年 1918 年 11 月写作、1919 年 1 月发表在《新潮》第 1 卷第 1 号的《人生问题发端》，就提到"这类的人生观念，是科学哲学的集粹，是昌明时期的理想思潮和十九世纪物质思潮的混合品"，其中的"昌明时期"乃"启蒙时期"之意。1921 年郑振铎在译文《俄国文学的启源时代》中谈及 16 世纪俄国文学"启明运动的最初一线光明也是从基辅与波兰那方面来"②。1922 年 8 月缪凤林刊登在《学衡》第 8 期的《希腊之精神》中，提及"雅典之发扬，以开明时代（Greek En-lightenment，在纪元前五世纪）为极则，本论多以雅典之后启蒙时代为根据"。郁达夫 1923 年 6 月的《艺术与国家》中提到"因文艺复兴而惹起的宗教战争，因启蒙哲学而发动的革命战争"③，在 1923 年 7 月的《赫尔岑》一文中提到影响赫尔岑思想的人物"尤以法国启蒙哲学家和百科辞典编纂诸家如提特洛、达兰倍尔辈的感化为最深"④，1926 年 1 月的《小说论》中谈及"启蒙哲学者提特洛和卢骚"⑤。1925 年 2 月吴宓在《学衡》第 38 期发表译作《白璧德论欧亚两洲文化》，

①　郁达夫：《郁达夫全集》第 10 卷，浙江大学出版社 2007 年版，第 23 页。

②　郑振铎：《俄国文学的启源时代》，《小说月报》1921 年第 12 卷增刊号。

③　郁达夫：《郁达夫全集》第 10 卷，浙江大学出版社 2007 年版，第 59 页。

④　郁达夫：《郁达夫全集》第 10 卷，浙江大学出版社 2007 年版，第 73 页。

⑤　郁达夫：《郁达夫全集》第 10 卷，浙江大学出版社 2007 年版，第 138 页。

其中有"十八世纪以知识之'启蒙时代'称""十八世纪之所谓'启蒙运动'者，其起源实在中世"等语。而五四之后提及西方意义上的"启蒙"的作家则相对较多。如瞿秋白 1931 年指出在欧洲和俄国，创造新的言语，"是资产阶级的文艺复兴运动和启蒙运动做了这件事"①。如郁达夫在 1932 年 1 月的《文学漫谈》中提及"法国在大革命之先，有启蒙哲学家一流的人先出来空喊"。如果说前述"启蒙"言论只是西方知识的点拨，那么以下"启蒙"言论就是对中国现代文学启蒙的评价：例如 1936 年王统照在《春花·自序》中提及五四是一个"启蒙运动的时代"。1928 年成仿吾在《从文学革命到革命文学》中认为五四新文化运动是"启蒙的民主主义的思想运动"，是"智识阶级一心努力于启蒙思想的运动"，是"一种浅薄的启蒙"，以"革命"来否定新文化运动的价值。而新启蒙运动理论家如陈伯达在 1936 年《读书生活》第 4 卷第 9 期发表了《哲学的国防动员——新哲学者的自己批判和关于新启蒙运动的建议》，艾思奇在 1937 年 3 月《文化食粮》创刊号上发表了《新启蒙运动和中国的自觉运动》，1937 年何干之在上海生活书店出版了《近代中国启蒙运动史》，只不过他们在宣传知识的同时，更重视启蒙的政治向度，批判五四新文化运动的民主、科学、个人主义、怀疑的批判精神和人的解放，要以政治视野来打造"新启蒙"，也的确掀起了一系列的学生运动。而 1943 年陈铨写作了《五四运动与狂飙运动》，将西方启蒙运动称为"光明运动"，但是否定五四的个人主义，要求从个人狂飙发展到政治狂飙。这一切都反映了传统教化的重集体、重实用的特征。故此，虽然 1941 年胡风在《民族革命战争与新文艺传统》中认为"五四运动，一般地被称做中国底启蒙运动"②，但也在《如果现在他还活着》中不得不承认"在落后的东方，特别是这落后的中国，启蒙的思想斗争总是在一种'赶路'的过程上面"③。

而鲁迅则在 1933 年的《我怎么做起小说来》中对中国现代启蒙

---

① 罗新璋编：《翻译论集》，商务印书馆 1984 年版，第 266 页。

② 胡风：《胡风评论集》中册，人民文学出版社 1984 年版，第 135、165 页。

③ 胡风：《胡风评论集》中册，人民文学出版社 1984 年版，第 165 页。

运动进行了总结，并无意中将"启蒙运动"理论化为"启蒙主义"：

> 自然，做起小说来，总不免自己有些主见的。例如，说到
> "为什么"做小说罢，我仍抱着十多年前的"启蒙主义"，以为必
> 须是"为人生"，而且要改良这人生。我深恶先前的称小说为
> "闲书"，……所以我的取材，多采自病态社会的不幸的人们中，
> 意思是在揭出病苦，引起疗救的注意。①

在这段话中，至少包含了"启蒙"的几方面的内涵：一，鲁迅借用"启蒙主义"一词既是对自我创作和五四文学的反思，也是对此二者的整合、总结或命名，命名意味着确认和自信。二，厌恶把小说（文学）作为"闲书"的游戏的态度，倡导一种严肃认真、有补于世的文学态度。三，鲁迅式的启蒙主义是一个近似递进式的命题，他不仅要以文学来"为人生"（有目的），还要改良人生（有理想），更要揭出精神的病苦来呼唤疗救的注意（有忧患），因此，他可以说是兼人生的教师与精神文化的医生的多重身份于一体的。而且，"启蒙主义"一语加上引号，或者是强调，强调其作为一种主义、一种思潮而存在；或者是引用，鲁迅很可能留日时期受到福泽谕吉等日本启蒙主义思想家的思想概念的影响，故引用之，但引用恰恰证明鲁迅对这种主义与思潮的认同。而无论是强调还是引用，都表明"启蒙"有着一定的社会基础。四，"主见"一词说明鲁迅的启蒙是主动的，并非被动的。

然而从鲁迅的夫子自道中，我们不难发现他的"为人生"思想中包含的"教化意识"与"功利意识"，与传统"启蒙"思想的血肉联系，以及与西方"启蒙"的天壤之别，而这也是中国现代文学启蒙思潮的共同点（上述成仿吾、何干之、胡风等人对启蒙的评价亦同此理）。中国文化以儒家文化为基础，在这种源远流长、深入人心的传统影响之下，中国现代文学的"启蒙"饱含着教化意识，从一开始就类乎"发蒙"和"我给你启蒙"，"其本质则在于'教化'"，而不是

---

① 《鲁迅全集》第4卷，人民文学出版社1981年版，第512页。

西方以宽容为根基的"对话"①。因为第一,中国的"启蒙"缺乏西方的信仰维度,而是像梁漱溟《中国文化要义》所说的"以道德代宗教"。第二,中国的"启蒙"理性与西方的理性存在较大差距,后者表现为人文理性与科学理性,前者则更多表现为道德理性,或如梁漱溟《中国文化要义》所言西方是"物理",中国是"情理"。究其原因,除了受传统文化的深刻影响外,中国现代作家由于不精通西文而对西方的"启蒙"思潮精义所知甚少,产生误读②,或者貌合神离,或者知其然而不知其所以然,此为语言维度所造成的差异。还有一个原因是现代中国的启蒙与西方的启蒙存在着极大的时间差距和文化差异,如果从启蒙运动算起是三百年的差距,如蔡元培所言"欧洲的复兴,普遍分为初盛晚三期……人才辈出,凡三百年。我国的复兴,自五四运动以来不过十五年,新文学的成绩,当然不敢自诩为成熟"③。如果从文艺复兴算起则是五百年的距离,如周扬的文章说"把五四称为人的发现的运动,而比之于欧洲的文艺复兴,这个比拟,在两者同属资产阶级文化的开花期这一点上,是正确的。但是从文艺复兴到十九世纪末,西欧资产阶级文化有近五百年的繁荣的历史,因此各方面达到了辉煌的成就,树立了深广坚实的基础",但中国在欧战结束后,民主主义的文化停滞退后,"不但没有树立下根基,连运动开始时的那股'浮躁凌厉之气'也很快地消失"④。所以,现代中国的启蒙一方面可以说是狂飙突进、急功近利,"以十年的工作抵欧洲各国的百年"⑤ 的飞快速度去进行启蒙的"赶路"(胡风);另一方面则委实是"欲速而不达"(理论传递大于扎根、融合)以及"欲速而不达"后的回归传统。这是因为我们缺乏宗教神学的文化传统,而民众也缺乏启蒙悟性的精神基础,不像西方有五百年的人文主义传统,加上新教伦

---

① 韩毓海:《新文学的本体与形式》,辽宁教育出版社 1993 年版,第 40 页。

② 宋剑华:《五四文学精神资源新论》,《中国社会科学》2006 年第 1 期。

③ 蔡元培:《中国新文学大系·建设理论卷·总序》,上海文艺出版社 2003 年版,第 10—11 页。

④ 《文学运动史料选》第 4 册,上海教育出版社 1979 年版,第 99—100 页。

⑤ 蔡元培:《中国新文学大系·建设理论卷·总序》,上海文艺出版社 2003 年版,第 11 页。

理的存在与浸润，使得欧洲启蒙主义先驱者们"向之讲道的欧洲，是一个已做好了一半准备来听他们讲道的欧洲……他们所在进行的战争是一场在他们参战之前已取得一半胜利的战争"①。换言之，无论是从词源学与文化源流（"启蒙"更多是智者对愚者的教化），抑或从中国现代文学启蒙思潮的发展历史，都可深味汉语"启蒙"的教化意识与功利意识，及其与西语 Enlightenment 的信仰和理性维度的差异。这不仅是语言的差异，也是文化的差异。

因此，中国现代文学的"启蒙"是西方的"启蒙"之名与中国的"启蒙"之实的结合。鉴于此，我们可以断言：把西方的 Enlightenment 翻译为中国的"启蒙"在一定程度上是貌合神离、不够恰当的，这两个词内涵相距较大。

其实早在新文化运动的初期，就有学者指出新文化运动诸人重西方之名而轻西方之实。吴宓指出："盖吾国言新学者，于西洋文明之精要，鲜有贯通而彻悟者"，"吾见今年国中报章论述西洋文学之文，多皆不免以人名、地名、书名等拉杂堆积之病。……此通人所不屑为也"②。冯友兰也在 20 年代初提出质疑，认为新文化运动者"切实研究，既一时不能有效，所以具体的事实，都没有清理出来，而发表意见的人，都是从他们个人的主观的直觉，去下些判断"③。就对"启蒙运动"的认识而言，在某种程度上的确存在以上弊端。例如在五四时期，除了上述的傅斯年、郑振铎、郁达夫等新文化运动参加者和缪凤林、吴宓等新文化运动反对者提到类似"启蒙"的术语，当时新文化运动的中坚一般在该说"启蒙运动"的地方，称其为"欧洲近世"或"近代欧洲"，并且陈述启蒙运动所内含的民主、科学、法兰西革命、宗教改革、个人主义、人道主义、自由平等之类观念。但是，他们忽略了占据启蒙运动的基础与核心的理性、宗教、自然、自然法（自然

---

① 韩毓海：《锁链上的花环》，时代文艺出版社 1993 年版，第 16 页。
② 孙尚扬、郭兰芳：《国故新知论：学衡派文化论著辑要》，中国广播电视出版社 1995 年版，第 82—87 页。
③ 王中江、苑淑娅：《新青年》，中州古籍出版社 1999 年版，第 5 页。

与法）等的重大意义，也忽略了启蒙运动的重要概念——"宽容"。就理性而言，中国现代作家关注理性中的怀疑与批判，而忽视理性中的自我启蒙、宽容与最高理性亦最高感性即信仰。就"民主"来说，也存在着认识偏颇，因为"民主"主要受罗伯斯庇尔等激进革命者拥护，"在启蒙运动的启蒙哲学家中，很少有人赞同直接民主"，"大多数法国革命者倾向于建立一种间接的民主制或共和制，推行代议制政体"，民主"其含义褒贬参半"，在某些欧洲国家，民主"几乎一直带有贬义"①。就"个人"而言，也很快从个人的发现走到重视集体主义否定个人主义。这种对西方启蒙的认知程度与兴趣，彰显了当时新文化运动知识分子"在启蒙性与学理性之间，他们更关注的是观念的启蒙功能和作用，对于复杂的义理探求兴趣不高"。例如从整体上说，陈独秀等人把"民主"作为《新青年》的一面旗帜，但对民主理论本身显然缺乏系统研究，大都没有意识到"自由"比政治"民主"更重要②。而重功能轻义理也折射出传统教化的实用理性色彩。

　　而当代的中国启蒙文学文化思潮研究者，对中国现代文学"启蒙"内涵的认识，就代表性观点而言，或注重其理性，认为启蒙是以"现代知识"来"重新估定一切传统价值"的一种新态度（李慎之《重新点燃启蒙的火炬》）；或注重理性、自由、民主、人权等（资中筠《启蒙与中国社会转型》）；或重视自由、法制、理性（张光芒《中国近现代启蒙文学思潮论》）；或注重启蒙与救亡的互相促进到救亡压倒启蒙的演变趋势（李泽厚《中国现代思想史论》）；或将启蒙分为思想方面的"启蒙的文学"和艺术方面的"文学的启蒙"（陈思和《中国新文学发展中的两种启蒙传统》）；或指出启蒙、救亡和翻身（革命）的复杂关联，认为启蒙的目标是人的解放即立人，重视人的解放、个性解放（李新宇《鲁迅启蒙之路再思考》、秦弓《论五四启蒙运动的动因与性质》）；或认为五四启蒙主体对理性的强调远未达到欧

----

① ［美］赖尔、威尔逊：《启蒙运动百科全书》，刘北成、王皖强编译，上海人民出版社2004年版，第54页。

② 王中江、苑淑娅：《新青年》，中州古籍出版社1999年版，第14页。

洲启蒙运动的程度（倪婷婷《"五四"启蒙主义话语的形态与思维性质》）；或主张中国现代文学启蒙主义并未遵循西方的原则，而是以民主、科学、为人生等大量西方语汇遮蔽着中国文人士大夫的"入世"理想（宋剑华《"启蒙主义"与中国现代文学》）。但是，他们或多或少忽略了占据西方启蒙话语基础与核心的宗教、自然、自然法（自然与法）、宽容，也忽视了理性在中国现代文学启蒙运动中其实地位不稳甚至被边缘化，当现代作家从整体上反传统、反个人主义的时候不仅很少提及"理性"，其态度本身就不够理性；而法治更是被忽略，这从现代文学作品中律师形象的缺乏就可略知一二。这一切大概是重入世轻信仰的传统教化精神的曲折体现，只是强烈的"现代"心态或多或少地遮蔽了这种"传统"精神罢了（到目前为止，一般人心目中的"启蒙"含义就是传统的含义，在人文学者中，西方意义的"启蒙"中信仰的重要地位却往往被忽略），故此，启蒙—教化的文学史意义之研究便显得尤为必要。

三　中国现代文学启蒙—教化的文学史意义

　　根据现有资料，学术界热衷于讨论中国古代文学的"教化"特征，但对中国现代启蒙文学"教化"色彩的探讨则少之又少。这大概是因为学界过于注重中国现代文学的"现代"（西方）色彩，而或多或少忽略其"中国"（传统）内涵。而关于启蒙与教化的联系，除了如上一样从词源、传统教育、功利意识略述之外，更应当申论之。如果说第一部分解决"为什么中国启蒙是教化"的根源问题与中西差异问题，第二部分解决"现代文学启蒙还有教化特征吗"的问题，那么本部分则承接前两部分，解决"现代文学启蒙怎样和教化联系"的问题。

　　中国教化的传统，按其特征而言，不外有三：历史源流，实用理性和精英意识。究其历史源流而言，按照朱熹的《大学章句序》，从夏商周开始，就以君师"行其政教"化育万民。教化是以政治礼教为目的内容，以文艺（文学）教化为手段，让君师对"民"实行教化："非礼勿视，非礼勿听，非礼勿言，非礼勿动"（《论语·颜渊》），"子以四教：文，行，忠，信"（《论语·述而》），"有天爵者，有人爵者。仁义忠信，乐善不倦，此天爵也；公卿大夫，此人爵也。古之人修其天爵，而人爵从之"（《孟子·告子章句上》）。而以文艺文学为教化手段，目的不变，例如"诗可以兴，可以观，可以群，可以怨"，目的在于"迩之事父，远之事君"（《论语·阳货》），而"游于艺"也必须以"志于道，据于德，依于仁"为先（《论语·述而》）。简言之是"尝谓文者，礼教治政云尔。其书诸策而传之人，大体归然而已。……且所谓文者，务为有补于世而已矣"（王安石《上人书》）。长此以往，便形成了源远流长、影响深远的教化传统：文以载道，诗以言志，志与道谐，入世精神。就其精英意识而言，朱熹于《大学章句序》有言：生民"其气质之禀，或不能齐，是以不能皆有以知其性之所有而全之也。一有聪明睿智能尽其性者出于其间，则天必命之以为亿兆之君师，使之治而教之，以复其性"①。可知师的精英地位与精英禀赋，故此使之或多或少形成一种精英意识，"使先知觉后知，使先觉觉后觉"（《孟子·万章章句上》）。古有士农工商四民，士为四民之首，立德于心，建功于世，宣德功于言，泽被后人；而天地君亲师的崇拜，则在自然崇拜（天地）、君权崇拜（君）、祖先崇拜（亲）之外，特列圣贤崇拜（师），祭师即祭圣人，源于祭圣贤的传统（师因此具有权威性质），具体指作为万世师表的孔子，也泛指孔子所开创的儒学传统，"古之学者必有师。师者，所以传道授业解惑者也"。师者，不仅是民之师，也可作君之师，所谓"王者师"即此之谓。而就其实用理性而言，执行教化的"士"（知识分子）连接上层阶级与下层阶级，而"学而优则仕"，士一旦当官，便进入统治阶级，修身齐家是为了治国平天下，充分体现了一种济世入世情怀，达则兼济天下，穷则独善其身。教化的内容如上所言强调伦理性，"小学是事，如事君、事父兄等事，大学是发明此事之理"；或"教之以穷理、正心、修己、治人之道。……皆本之人君躬行心得之余，不待求之民生日用彝伦之外"，摒弃一切"无用""无实"之道，以求"化民成俗"，即使"不得

---

① 朱熹：《四书集注》，中国书店1994年版，第1页。

君师之位以行其政教"，也要将王道圣道"诵而传之以昭后世"①。

可以说这种教化传统、教化意识对中国现代文学启蒙思潮影响甚巨。

首先是中国现代作家的教化身份。他们从小进入私塾接受教育，并且熟读古代经典，深明教化之理。本来，作家（士）就是教化者，况且中国现代作家中很多人都是教师：鲁迅曾任教于浙江两级师范学堂、绍兴府中学堂、绍兴师范学校、北京女子高等师范学校、北京大学、北京师大、厦门大学、中山大学；胡适曾任教于北京大学、中国公学；陈独秀、李大钊都任教于北京大学；钱玄同曾任教于嘉兴府中学堂、海宁中学、北京高等师范附中、北京大学、北京师大；周作人曾任教于北京大学、燕京大学、北京女子师范大学、中法大学、孔德学校；刘半农曾任教于北京大学、北平大学、辅仁大学；林语堂曾任教于清华大学、北京大学、北京女子师范大学；郭沫若曾任教于中山大学；茅盾、蒋光慈曾任教于上海大学；闻一多曾任教于北京艺术专科学校、国立第四中山大学、武汉大学、青岛大学、清华大学、西南联大；郑振铎曾任教于上海大学、燕京大学、暨南大学；梁实秋曾任教于东南大学、暨南大学、复旦大学、青岛大学、北京大学；老舍曾任教于南开中学、伦敦大学、齐鲁大学、山东大学；曹禺曾任教于河北女子师范学院、国立戏剧专科学校；沈从文曾任教于中国公学、武汉大学、青岛大学、西南联大、北京大学；钱钟书曾任教于西南联大、暨南大学、上海震旦女子文理学院；郁达夫曾任教于安徽公立法政专门学校、北京大学、武昌师大、中山大学；夏衍曾任教于立达学园、上海劳动大学、暨南大学。不一而足。如此，中国现代作家便无形中形成了一种"先生意识"，故此把"民主"称为"德先生"，把"科学"称为"赛先生"便不足为奇了。如有的学者所言，Science 来到中国，由"赛因斯"的音译而成为汉语文化的"赛先生"；中文"先生"的基本定义是"老师"，并且潜藏着"师道尊严""劳心者治人"式的权威与神圣②。换言之，先生意识是与权威意识、精英意识和话语权

---

① 朱熹：《四书集注》，中国书店 1994 年版，第 1—2 页。

② 刘为民：《科学与现代中国文学》，安徽教育出版社 2000 年版，第 13 页。

力紧密联系的。

对于中国现代文学启蒙思潮，除了关注作家的教化身份之外，我们还须注意其教化心态，简言之是实用理性与精英意识。所谓实用理性，综合上述蔡元培、胡风的话是"以十年的工作抵欧洲各国的百年"，以飞快的速度进行急功近利的"启蒙的赶路"。按照傅斯年的说法，当时中国学界"去西洋人现在的地步，差不多有四百年上下的距离。但是我们赶上它，……若真能加紧的追，只须几十年的光阴，就可同在一个文化的海里洗浴了。……不必全抄，只抄它最后一层的效果。它们发明，我们摹仿"①。其中的"赶""追""抄""摹仿"就是实用理性的显著证明。在文学革命时期如此实用功利，在随后的革命文学和抗战文学时期更是变本加厉。五四新文化运动短短几年就迅速退潮，以狂飙突进的力量攻击传统、宣扬西化的人文启蒙效果不大，由是更加激进地崇尚政治启蒙。这很明显是积极入世、经世致用的儒家教化精神的体现，故此，以西方来遮蔽传统的启蒙最终还是回归传统。而所谓精英意识，有意无意倾向于"使先知觉后知，使先觉觉后觉"，现代启蒙作家是先知先觉，大众与落后知识分子是后知后觉，前者有必要对后者进行启蒙教化，类似传统"大学之道"的"亲民"（新民）。五四新文化运动时期是化大众，以精英意识来改造国民性，同时以精英意识来反传统，批评保守主义知识分子，高举"德先生"与"赛先生"旗帜，简言之，同时视民众和知识分子为被教化、改造的对象（学生），一副"会当凌绝顶，一览众山小"的精英姿态，但落得"高处不胜寒"的寂寞悲凉，而这种寂寞悲凉却正是精英意识（高处）的反衬。而30年代革命文学时期是大众化，但大众化只是表面现象或者口号，实质上革命文学作家在经济上和教育上很多都是精英（资产阶级、小资产阶级），而倡导革命文学的作家对五四那一代作家的"革命"教育与"文学"改造，表现出一种盛气凌人的精英架势，与集体主义革命理念比个人主义人道主义高人一等的优越感。40年代抗战时期是战士化，将文人的教化特征与战士的救亡责任结合，在老舍的《国家至上》、陈铨的

① 傅斯年：《傅斯年全集》第1卷，湖南教育出版社2003年版，第189页。

《野玫瑰》、郁茹的《遥远的爱》、夏衍的《法西斯细菌》等作品中都有表现，也因此排斥自由主义的文艺，彰显出一种唯我独尊的气势。

另外，我们必须关注中国现代启蒙作家的教化方式，这是教化传统、教化身份和教化心态的外在表现。这一方面体现为教化的话语方式，出现一系列包含"告""怎样""质问"之类词语的题目，如《敬告青年》《告恐怖白话文的人们》《告研究文学的青年》《为抗日救国告全体同胞书》，如《怎样做白话文?》《我们现在怎样做父亲?》《现代的中国怎样要孔子?》，如《质问〈东方杂志〉记者》等。这种话语方式在正文中更多，轻一点的是言必称"必须""务必"，发挥到严重地步就是语言暴力，陈独秀在《文学革命论》中叫嚷着"革命""打倒""推翻"，甚至满纸杀气，有如好斗之士："有不顾迂儒之毁誉，明目张胆以与十八妖魔宣战者乎? 予愿拖四十二生的大炮，为之前驱。"坚决主张"独至改良中国文学当以白话为正宗之说，其是非甚明，必不容反对者有讨论之余地；必以吾辈所主张者为绝对之是，而不容他人之匡正也"。而钱玄同则在《中国今后之文字问题》中大骂"选学妖孽，桐城谬种"，高声宣言："欲使中国不亡，欲使中国民族为 20 世纪文明之民族，必以废孔学、灭道教为根本之解决。"骂声之响亮，态度之武断，用词之毒辣，与陈独秀不相上下。30 年代革命文学也伴随着火药味十足的语言暴力：如郭沫若在《文艺战线上的封建余孽》中骂鲁迅为"封建余孽""二重反革命""不得志的法西斯蒂"，李初梨在《请看我们中国的 DonQuixote 的乱舞》中骂鲁迅为"狂吠""放屁""神经错乱"的"最恶的煽动家"。革命文学理论家这种"用十万两无烟火药炸开"文坛的"乌烟瘴气"的语言暴力和"唯我独革"的霸道让非左翼作家非常反感，他们将之总结为"用狭窄的理论来限制作家的自由"的"理论专制"，和"借革命来压服人，处处摆出一副'朕即革命'的架子来"的"革命压制"，以及武断、曲解，动不动就攻击别人为"狗屁""狗羊"，要"毒死""闷死""饿死"其他作家的"语言暴力"①。简言之，这种话语方式体现出教

---

① 《文学运动史料选》第 3 册，上海教育出版社 1979 年版，第 168—170 页。

化的权威意识和专断意识。另一方面，教化方式则体现为缺乏对话的教化的姿态，这是教化的话语方式（语言暴力）的根源所在。中国现代文学的"启蒙"饱含着教化意识，从一开始就类乎"发蒙"和"我给你启蒙"，"其本质则在于'教化'"，而不是西方以宽容为根基的"对话"；正如胡适所说，当时的先驱者都十分喜欢讲，而没有人喜欢听别人的意见，所以个个都变得很偏执；甚至走到"启蒙的末路"，就是"以一种主义或主张去教化别人，而不懂得帮助人们形成一种独立思考的能力和自觉自重之精神"①。按照陈独秀《近代西洋教育》的说法，当时的启蒙—教化是被动的、灌输的，而非主动的、启发的。按照学衡派吴宓的说法则是当时的启蒙精英"到处鼓吹宣布，又握教育之权柄"，使得"群情激扰"，"少年学子误以此一派之宗师……尽成盲从"②，而这正因对话精神之缺乏。例如鲁迅的《狂人日记》《药》《长明灯》《孤独者》《伤逝》等之所以教化者与被教化者难以对话，每一时代的"新"知识分子对"旧"知识分子的盛气凌人，大概就是缺乏对话精神的深刻表现，而这也正是当时时代苦闷孤独的原因之一。正因此，有学者指出中国现代作家的启蒙存在着"启蒙的专横"，"他们的启蒙并不是真正立足于唤醒对象的自觉，以求达到对象的独立自主，而是以一个领袖和导师的身份出现，居高临下地把自己的主观思想灌输到对象中去，而灌输本身就带有强制性。这种启蒙是干预式的，而非启发式的。这种干预式的启蒙显然带有专制的特征。……这是崇高的理想和道德追求目标下的手段的专制，人们往往为了目标的崇高，而自觉或半自觉地接受这种专制"③。而这就是中国现代文学启蒙的教化意识之明显表现。正因为这种启蒙（教化）缺乏对话的专横，导致了启蒙的逆转或悖论，却更彰显了启蒙的教化性质：如提倡民主自由，却不够民主自由；提倡大众化，却彰显精英意识；

---

① 韩毓海：《新文学的本体与形式》，辽宁教育出版社1993年版，第40—135页。
② 孙尚扬、郭兰芳：《国故新知论：学衡派文化论著辑要》，中国广播电视出版社1995年版，第78页。
③ 钱理群：《我的回顾与反思》，台北行人出版社2008年版，第177—178页。

提倡科学，"试图把世界从神话和迷信的支配中解放出来"，却走向其对立面"神话"，"启蒙本身返回了神话，助长了种种新的支配"①（科学"化为济私助焰之具"），正因此教化的主体由知识分子（圣贤）变成了 40 年代的政治家（王者），但这却恰恰体现了教化的特征，因为汉代郑玄重"王者设教"②，宋代程颐重"圣人设教"③。

虽然中国现代文学的启蒙（教化）内容与古有异，但不可否认作为中国现代文学启蒙重要内容的"为人生"，"以'言志'诗学的'诗教'传统为底蕴，构成了现代启蒙文学理论的中心话语，它一直维系着中国作家救亡图存的战斗精神"④；虽然中国现代文学的启蒙（教化）的价值目标从立人走向立国，与古代教化做顺民尊朝廷的政治目标不同，但是不可否认"从梁启超把文学革新推崇为实现政治目的直接的根本的途径，到毛泽东把文学视为革命的重要一翼……几乎一个世纪，就其主流而言，文学都是作为工具的存在而服膺于政治使命"⑤。换言之，现代的启蒙与古代的教化是貌合神似，血脉相连，从现代作家的教化身份、心态和方式等就可知究竟。胡适 1933 年在芝加哥大学的讲座发言更是掷地有声，难以辩驳：带着"西方色彩"的中国现代文学，"剥开它的表层，你就可以看出，构成这个结晶的材料，在本质上正是那个饱经风雨侵蚀而可以看得更加明白透彻的中国根底"⑥。揭开西方的遮蔽，还原传统的本真，这就是启蒙的复杂性，即"中国式的启蒙运动"⑦。明乎此，意义甚大！

原载《文学评论》2013 年第 1 期

---

①　[美]詹姆斯·施密特编：《启蒙运动与现代性》，徐向东等译，上海人民出版社 2005 年版，第 20 页。

②　程树德：《论语集释》，中华书局 1990 年版，第 532 页。

③　朱熹：《四书集注》，中国书店 1994 年版，第 95 页。

④　宋剑华：《"言志"诗学对中国现代文学的内在影响》，《中国社会科学》2010 年第 6 期。

⑤　孔范今主编：《20 世纪中国文学史》，山东文艺出版社 1997 年版，第 41 页。

⑥　宋剑华、张冀：《启蒙主义与中国现代文学》，《贵州社会科学》2007 年第 1 期。

⑦　[美]周策纵：《五四运动：现代中国的思想革命》，周子平等译，江苏人民出版社 1999 年版，第 345 页。对此，笔者的广东省哲学社会科学"十一五"规划项目"暴力与启蒙"有深入探讨。

民国经济危机与30年代经济题材小说

邬冬梅

内容提要： 30年代资本主义世界的经济危机使中国陷入1932—1935年的民国经济危机，民国经济危机主要集中于农业破产，同时影响到其他行业，中国经济在1935年开始走向复苏。经济的巨大变化使作家关注到经济题材，创作了大量的经济题材小说，而社会性质大讨论、共产党人，以及左联等左翼文化团体从理论倡导、创作、文艺批评方面对经济题材小说发挥了影响及引导作用。使这类小说表现出了一定的政治倾向，在都市经济题材小说中反映帝国主义经济侵略，在农村经济题材小说中突出经济破产、下层苦难与阶级矛盾，并指向反抗与革命。经济题材小说丰富了30年代文学的题材与主题，促进了左翼文学的发展，而模式化的创作限制了经济题材小说的持续发展。

  1929—1933年资本主义世界爆发了以全面紧缩为特点的世界范围的经济危机，西方各国购买力的下降影响到中国的对外贸易。英、日、美1931年秋到1933年的货币制度改革有效地缓解了危机但也影响到中国的汇率，使中国陷入了1932—1935年的民国经济危机。20年代中期已开始的全世界农业萧条、中国工农业生产力低下、30年代初的自然灾害、日本侵略、持续的内乱、赋税较重等又加剧了危机的程度。而美国1933年的白银政策客观上大幅提高了以白银为主要货币的中国的汇率，导致中国经济进入寒冬。民国经济危机主要表现为农业破产，而农村购买力的消失影响到商业、工业。危机中的南京政府从关税、

工业、农业、货币制度改革等各方面采取了保护性措施和政策，1935
年的货币制度改革增加了货币供应量、降低了汇率，使中国在 1935 年
开始走向复苏。30 年代经济的巨大变化使作家开始大量关注经济题
材，从 1931 年到抗战爆发前出现了大量经济题材的小说、戏剧、散文
等文学作品，成为 30 年代独特的文学现象，其中以左翼作家的作品最
为引人注目。社会性质大讨论、左联等左翼文化团体对经济题材小说
起着引导作用，尤其左联从理论倡导、创作及文艺批评等方面都主动
进行了引导，瞿秋白等共产党人也对茅盾等人的创作有所影响。经济
题材小说创作时间大量集中于民国经济危机时期，采用社会科学的创
作方法，反映各类经济破产现象及社会下层苦难，矛头指向官僚腐败、
商人及地主剥削等阶级矛盾及美日帝国主义经济侵略，最终指向反抗，
使小说呈现出政治化主题。而对世界经济危机的影响、生产力低下、南
京政府的积极政策以及危机前后相对繁荣时期的经济表现有所忽视。30
年代的经济题材小说创作丰富了文学的内容与主题，促进了左翼文学的
发展，同时政治化的主题也限制了经济题材在小说领域更丰富的表现和
持久的生命力。本文试图还原民国经济危机中工业、农业、商业、对外
贸易、英美日中外经济关系、南京政府的政策等历史场景，探讨共产党
人、左翼社会文化团体对经济题材小说的指导及影响，都市及农村经济
题材小说的阶级矛盾，反帝等政治化主题，同时对经济题材小说对于左
翼文学的贡献及其政治化主题造成的发展局限进行探讨。

一　民国经济危机与 30 年代经济题材小说的兴起

1929—1933 年资本主义世界爆发了以通货紧缩为特点的世界范围
的经济危机。危机起源于美国 1929 年 10 月的股票市场暴跌，很快波
及全世界范围，美、欧、日、法等国及其周边国家均陷入了危机当中。
"危机期间，资本主义世界工业生产缩减了 36%，世界贸易额缩减近
三分之二，失业工人达三千多万，几百万小农破产，上万家银行倒闭。
整个资本主义世界遭到沉重打击。"① 危机导致社会矛盾激化，罢工此

---

① 徐天新、许平：《世界通史（现代卷）》，人民出版社 1997 年版，第 461 页。

起彼伏，共产党及社会党的力量在各国得到发展。对挽救这次经济起到关键作用的是各国的货币制度改革。这种措施影响了国家之间的汇率。在世界经济危机的背景之下，整个中国经济经历了 1929—1931 年秋的轻度繁荣、1932—1935 年的民国经济危机和 1935—1936 年的经济复苏几个阶段。

　　1929—1931 年秋，中国的工业发展和对外贸易与危机中的西方各国相比相对繁荣，主要原因就是茅盾在《子夜》中提到的"金贵银贱"。危机中，发达国家通货紧缩造成了白银价格的大幅下跌。中国在 30 年代是唯一一个银本位制大国，白银占到货币总量的 60% 左右，国外市场的下跌带来了中国货币在对外贸易中的汇率优势，白银大量流入带来货币供应量的增多，从而促进了经济和出口的增长，这与危机中金本位制的西方各国通货紧缩的困境是相反的。"金贵银贱"让中国在世界经济危机之初独善其身。汇率的大幅降低提高了外国商品进入中国的成本而降低了西方国家购买中国产品的成本，起到了与提高进口关税和降低出口关税相同的效果，使中国的工业发展和对外贸易在 1929—1931 年与西方各国相比相对繁荣。从对经济最为敏感的投机市场就可以看出中外经济的不同表现。投机市场能够敏锐地反映经济的变化，危机中美国等西方国家的股票市场都受到重创，美国股市 1930—1931 年都处于暴跌当中。从 1929 年 10 月的最高点到 1933 年的最低点，美国股市大约六分之五的财富蒸发，经济开始复苏后，股票才开始停止下跌。而茅盾在《子夜》和《交易所速写》等散文中对同期中国的投机市场进行了描写，尽管茅盾对投机市场持贬抑的态度，但还是能从中看出 1930 年中国流动资金的充裕和公债市场的繁荣。而茅盾《子夜》所反映的 1930 年中国的出口有所减少则主要是受到西方各国购买力下降及部分行业生产技术落后的影响，而购买力的减少相比汇率带来的优势而言是比较轻微的，当时也有一些行业的出口是获得较大发展的，如一些化工业的产品在国际上是具有较强竞争力的。

　　1932—1935 年中国卷入了民国经济危机，民国经济危机主要开始于 1931 年秋，受到各国货币制度改革的影响。为了摆脱经济危机，各国展开了扩张性的货币政策。英、日、美等国相继脱离了金本位制，增加了纸币供应量，这是一种以纸币贬值来扩大出口限制进口的货币政策。其中，英镑贬值约三分之一，日元贬值约 40%。到 1933 年，最终形成了以英国为中心的英镑集团、以美国为中心的美元集团、坚守金本位制的以法国为中心的金本位集团。世界经济从 1933 年美国实施货币制度改革后开始走向复苏。这种扩张性货币政策带来的复苏是以牺牲货币的信誉为代价，也是以牺牲外贸对手经济利益为前提的。在中国的对外贸易中，英、美、日有着重要的地位，如 1933 年，英、美、日三国占到了中国对外贸易比例的 64.6%[①]。因此，英、美、日的经济状况及经济政策，直接影响到了中国的对外贸易和工业的状况。1931 年秋开始的各国货币贬值让"金贵银贱"的局势发生了变化，1933 年美国通过白银收购政策人为推动白银价格大涨，这一政策改变了中国的汇率，使中国进入危机的寒冬。这次民国经济危机使中国经济尤其是农村经济受到严重打击。外部市场的货币贬值使中国的汇率优势开始消失，美国的白银政策人为地提高了白银价格，导致了中国的主要货币白银大量外流，流通货币大量减少的结果是造成了以物价下跌为特征的通货紧缩，物价尤其是农产品价格连续四年下跌，农村经济走向破产，而 20 年代已开始的世界农业萧条、中国生产力低下、自然灾害、日本入侵、持续的内乱、赋税较重等因素又加剧了危机的程度。30 年代农村人口占到全国总人口的八至九成，农村经济破产导致了农民购买力的消失，从而影响到主要依靠内部市场的商业和大部分轻工业。如茅盾小说《林家铺子》所反映的中小商业破产现象的主要原因就是农村经济破产带来的农民购买力的消失。

　　1935 年中国实施了货币制度改革，进入了经济复苏的两年，直到抗战全面爆发。货币制度改革的主要内容是脱离银本位制，发行法币为流通货币，增加纸币供应量，同时有一定幅度的贬值。中国经济通缩的局面得到改变，经济开始走向复苏。在货币制度改革的过程中，

---

　　① 数据来源于阿瑟·恩·杨格《1921—1937 年对外贸易的比例分配》，《一九二七至一九三七年中国财政经济状况》，陈泽宪、陈霞飞译，中国社会科学出版社 1981 年版，第 553 页。

英美等国反对基于白银基础上的纸币贬值，因此不得不依靠外汇以稳定币值，英美日展开争斗出借外汇以获得附加利益，最终国民政府选择了与英美合作与日本抗衡，从而放弃了一些国家利益。

在世界经济危机中，中国和英美、中国和日本是影响中国政治、经济、军事较大的两种国际关系。在30年代的对外关系上，南京政府与英美关系是比较复杂的。两者有着合作，如1935年在英美指导下实施货币制度改革，依靠美国的农产品实物借款救灾、修缮堤岸及缓解经济压力。英美对于中国也有着利益的撷取，如在1933年的白银政策，有着打开中印用银大国市场的潜在意图。同时通过中国的货币制度改革取得大量利益。而两次对中国借款都以生产过剩的农产品交付，将危机转嫁给中国，损害了中国的农业发展。日本在二三十年代先后经历了大地震、海啸和经济危机，为了摆脱自身困境对外扩张，在1931年开始军事入侵中国东北，建立伪满洲国，抢占中国大面积土地和战略资源，并发动一·二八事变进攻上海，一步步实施入侵。经济方面在东北对日货采取进口零关税等政策，在其势力范围阻挠中国货币统一、公开组织走私等。中国1929年收回不平等条约实施关税自主时，日本是唯一阻挠并通过谈判拖延三年的国家，导致1933年前日本商品在中国大面积倾销，茅盾的小说《林家铺子》就从侧面展现了日货倾销的严重性。1935年在中国货币制度改革撷取利益的企图被英美的介入破坏后，日本在1937年直接发动了中日战争。因此，在30年代的中外关系中，中日关系成为主要矛盾。

经济危机前后南京政府也采取过保护性措施。包括继续实施关税自主，大幅度地提高外国商品的进口关税、发展交通、工业、农业、积极救灾和修缮长江堤岸等。工业和外贸等措施取得了积极效果，工业生产总体处于增长状态，整个抗战前十年左右被经济学家称为中国资本主义发展的黄金时期。但农业由于各种原因政策效果不佳，加上1929—1931年几次严重的自然灾害，经济危机中的中国经济呈现了工业轻度繁荣和农业破产并存的面貌。

经济生活的巨大变化引起了作家的关注。作家的创作视域和创作视角发生了变化，"小说家开始意识到用经济视角或经济—政治视角去看取人生，去表现破产现实"①。30 年代初的报刊大量刊载了世界经济危机及民国经济的巨大变化，尤其是 1932 年 "丰收灾" 现象。"丰收" 与 "成灾" 这两种看似矛盾的事物同时发生引起了小说家广泛的关注，带动了小说家对于农村经济破产现象的思考，形成了农村经济破产小说的热潮。茅盾在介绍《子夜》的创作过程时提到了政治经济的变化和人们的关注："一九三□年秋，我眼疾、胃病、神经衰弱并作，医生嘱我少用眼多休息。闲来无事，我就常到卢表叔公馆去，跟一些同乡故旧晤谈。他们是卢公馆的常客，他们中有开工厂的，有银行家，有公务员，有商人，也有正在交易所中投机的。从他们那里我听到了很多，对于当时的社会现象也看得更清楚了。那时，正是蒋介石与冯玉祥、阎锡山在津浦线上大战，而世界经济危机又波及到上海的时候。中国的民族工业在外资的压迫和农村动乱、经济破产的影响下，正面临绝境。为了转嫁本身的危机，资本家加紧了对工人的剥削。而工人阶级的斗争也正方兴未艾。翻开报纸，满版是经济不振、市场萧条、工厂倒闭、工人罢工的消息。……这些消息虽只片段，但使我鼓舞。当时我就有积累这些材料，加以消化，写一部白色的都市和赤色的农村的交响曲的小说的想法。"② 在民国经济危机的四五年里出现了大量经济题材的作品，尤其以反映农村经济破产的小说居多。据 1933 年《现代》杂志四卷一期编者的 "告读者" 称："近来以农村经济破产为题材的创作，自从茅盾先生的《春蚕》发表以来，屡见不鲜，以去年丰收成灾为描写重心的，更特别的多，在许多文艺刊物上常见发表。本刊近来所收到的这一方面的稿件，虽未曾经过精密的统计，但至少也有二三十篇。"③ 从一份刊物就收到二三十篇看来，经济题材文学的创作在当时达到了兴盛的状况。洪深的戏剧《香稻米》，茅盾的小说《子夜》《林家铺子》《春蚕》《秋收》《残冬》，以及经济

① 金宏宇：《文学的经济关怀——中国 30 年代破产题材小说综论》，《武汉大学学报》（哲学社会科学版）1998 年第 1 期。

② 茅盾：《〈子夜〉写作的前前后后》，《我走过的道路（中）》，人民文学出版社 1984 年版，第 91 页。

③ 《四卷狂大号告读者》，《现代》第 4 卷第 1 期，现代书局，1934 年 11 月。

题材散文叶圣陶的《多收了三五斗》，叶紫的《丰收》，蒋牧良的《高定祥》，吴组缃的《一千八百担》，夏征农的《禾场上》，草明的《倾跌》等，这些影响较大的经济题材作品大都发表于民国经济危机的四五年。民国经济走向复苏后，随着经济的好转，经济题材小说的数量又相应减少。

二　共产党人、左翼文化团体对经济题材小说的指导与推动

经济生活的巨大变化使作家开始大量关注经济题材，而左翼思潮又推动了这种题材的创作。共产党领导的社会性质大论战、留苏归国的沈泽民、与共产国际关系密切的瞿秋白等共产党人，以及左联等左翼文化团体从理论、创作、评论方面对经济题材小说起着推动和引导作用。使 30 年代经济题材小说大量呈现出反帝和革命的主题。

茅盾的小说《子夜》是工商业破产小说的代表作品，小说的写作意图受到社会性质大论战及沈泽民、瞿秋白等共产党人的影响。《子夜》创作于 1931 年 10 月—1932 年 12 月，反映了 1930 年的中国经济现象。1930 年中国经济尤其是工业相对于其他大部分资本主义国家处于相对繁荣状态，但出口尤其是缫丝业受到了外部市场萎缩和技术落后的影响。《子夜》在对这一现象进行表现时，回避了经济危机的叙述，小说主题表现为帝国主义对民族工业的压迫及吞并、资产阶级与工人的阶级矛盾、工人在共产党领导下的罢工反抗，同时对农村和乡镇经济进行了侧面表现。茅盾在后来的文字中谈到了社会性质大论战和瞿秋白等共产党人对小说主题的影响："一九三〇年夏秋间进行得很热闹的关于中国社会性质的论战，对于确定我这部小说的写作意图，也颇有关系。当时的论战者提出了三种论点：一、中国社会依旧是半封建半殖民地的社会，推翻代表帝国主义、封建势力、官僚买办资产阶级的蒋介石政权，是当前革命的任务，领导这一革命的是无产阶级。这是革命派的观点。二、中国已经走上了资本主义道路，反帝反封建的任务应由中国资产阶级来担承。这是托派的观点。三、中国的民族资产阶级可以在既反对共产党又反对帝国主义和官僚买办阶级的夹缝中求得生存和发展，建立欧美式的资产阶级政权。这是一些资产阶级

学者的观点。我写这部小说，就是想用形象的表现来回答托派和资产阶级学者：中国没有走向资本主义发展的道路，中国在帝国主义、封建势力和官僚买办阶级的压迫下，是更加半封建半殖民地化了。……中国民族资产阶级的前途是非常暗淡的。它们软弱而且动摇。当时，它们的出路只有两条：投降帝国主义，走向买办化，或者与封建势力妥协。"①

　　这次社会性质的讨论是在中国共产党的领导下进行的。茅盾的弟弟沈泽民参加了论战。"泽民是一九二六年随同刘少奇等去苏联的，参加在莫斯科召开的国际职工（赤色）代表大会，担任代表团的英文翻译。……国际职工代表大会后，泽民就留在莫斯科，先在中山大学学习，后来考上了红色教授学院，学习哲学，约两年。……他在莫斯科学的完全是政治，但他也不忘情于文学。"② 沈泽民发表于1931年2月的《第三期的中国经济》是社会性质论战的重要文献。日本学者桑岛由美子曾将芸夫1933年发表的《〈子夜〉中所表现中国现阶段的经济的性质》③ 的分析角度和沈泽民的论文标题进行了对比（前者为沈泽民论文标题）：

　　　　一、农业经济崩溃的新趋势〈——〉农民运动前途的素描。

　　　　二、民族工业的破产〈——〉中国民族工业的命运的描述

　　　　三、手工业工厂与手工业〈——〉产业工人力量的估量

　　　　四、国内市场

　　　　五、货币资本的支配与国家财政〈——〉国内金融资本的现状的刻露

　　　　六、帝国主义对中国的第三期经济政策〈——〉帝国主义对于中国经济的影响的说明

---

　　① 茅盾：《〈子夜〉写作的前前后后》，《我走过的道路（中）》，人民文学出版社1984年版，第91—92页。

　　② 茅盾：《左联前期》，《我走过的道路（中）》，人民文学出版社1984年版，第61页。

　　③ 芸夫：《〈子夜〉中所表现中国现阶段的经济的性质》，见唐金海、孔海珠编《茅盾专集》第2卷，下册，福建人民出版社1985年版。

　　七、苏维埃区域的经济〈——〉中国土地问题的检讨、中国将来革命性质的暗示①

　　茅盾《子夜》对于 30 年代初经济表现的角度与沈泽民社会性质分析大论战中的角度和观点大部分吻合，而根据"我在日本时，他曾用'罗美'的假名给我来信，对我的小说《幻灭》提意见"② 来看，即使相隔异国，对于文学的讨论都是两人交流的重要内容。沈泽民夫妇是 1930 年 9 月结束五年左右的苏联学习回到茅盾所在的上海的，而根据《茅盾年谱》记载，茅盾是在 1930 年 10 月开始写作《子夜》的大纲，确立《子夜》主体内容的，这些内容恰好又以小说的形式验证了沈泽民论文中关于国内经济的大部分观点。因此，社会性质大论战及论战中沈泽民的观点对于《子夜》的创作产生了重要影响。

　　共产党人瞿秋白也通过与茅盾的交流和对左联的领导对经济题材小说的创作发挥了指导作用。瞿秋白曾参与筹备和领导中共于 1928 年春在莫斯科召开的六大，参与了重要文件的起草，与周恩来等人受到斯大林的接见。同时，瞿秋白作为中共驻共产国际代表团团长、共产国际政治书记处成员参加了同年在莫斯科举行的共产国际六大、青年共产国际五大和红色职工国际第五次代表大会，在 1930 年的归国途中又参加了柏林失业工人的示威大会。1930 年 7 月从苏联回国后同周恩来主持了中国共产党六届三中全会。在 1931 年 5 月开始左联的领导活动，对于共产国际和中国共产党的斗争情形和政策非常熟悉。茅盾在《我走过的道路》中回忆，1931 年 4 月茅盾在对瞿秋白的一次拜访中，按瞿秋白要求带去了《子夜》的几章原稿及整个大纲，两人对此进行了较多的讨论。5 月瞿秋白又到茅盾住处避难，在茅盾家住了一两个星期，天天谈《子夜》。瞿秋白对《子夜》看得很仔细，连民族资本家的汽车品牌等细节都提出了修改意见。在这些接触中，两人共同讨

　　① ［日］桑岛由美子：《茅盾的政治与文学的侧面观 ——〈子夜〉的国际环境背景》，袁暧译，《中国现代文学研究丛刊》1995 年第 3 期。

　　② 茅盾：《左联前期》，《我走过的道路（中）》，人民文学出版社 1984 年版，第 61 页。

论了农民暴动、工人罢工等章节。瞿秋白详细"介绍了当时红军及各苏区的发展情形，并解释党的政策，何者是成功的，何者是失败的，建议我据以修改农民暴动的一章，并据以写后来的有关农村及工人罢工的章节"①。瞿秋白建议改变资本家握手言和的结局，而改为一胜一败，"强烈地突出工业资本家斗不过金融买办资本家，中国民族资产阶级是没有出路的"②，尽管茅盾不愿以耳食的材料写作乡村部分，但对城市部分及资本家生活细节等建议予以了采纳。从大纲到小说出版，《子夜》进行了大量的修改，主要集中于标题、行业、罢工处理、斗争的性质、斗争结果、资本家个人形象等。大部分修改都将资本主义制度走向没落的主题改变了，有意识地突出了以美国为首的帝国主义的经济侵略、政府软弱无能和表现革命形势发展的政治化主题。而这些修改最重要的部分就是和瞿秋白交流后的结果。《子夜》出版后，瞿秋白在领导左联工作期间又先后发表《〈子夜〉与国货年》和《读〈子夜〉》等评论，称赞《子夜》是第一部写实主义的成功的长篇小说。对于《子夜》的创作及介绍，瞿秋白显然起到了非常重要的影响作用。随着茅盾的《子夜》以及"农村三部曲"的出现和成功，茅盾的这些小说也成了经济题材小说的范本。

在30年代经济题材小说兴起的过程中，左联等左翼文化团体对于经济题材小说的理论倡导和推广也发挥了重要的作用。左联等左翼团体的指导和推广主要通过理论倡导、成员创作、作品评论等几个方面来实现。而这些指导往往回避了经济危机的影响，表现出一定的政治倾向性。

首先，左联通过重要文件等对左翼文学的主题、题材做出规定，对于经济题材小说的影响较为深远。1931年11月，左联执委会通过了"冯雪峰根据秋白意见起草的，最后由秋白修改定稿"③的决议

① 茅盾：《〈子夜〉写作的前前后后》，《我走过的道路（中）》，人民文学出版社1984年版，第110页。

② 茅盾：《〈子夜〉写作的前前后后》，《我走过的道路（中）》，人民文学出版社1984年版，第110页。

③ 刘小中：《瞿秋白与中国现代文学运动》，南京大学出版社2002年版，第83页。

《中国无产阶级革命文学的新任务》，作为理论和行动的纲领。决议确立了左翼文学的主题、题材、人物、形式等，"它提出的一些根本原则，指导了'左联'后来相当长一段时期的活动"①。决议提到的左翼文学题材范围便包括了农村经济衰败及与经济生活相关的反帝反军阀地主资本家、劳资矛盾、地主剥削等阶级压迫及土地革命等题材。这些主张，丰富了30年代左翼文学的内容，纠正了早期概念化的写作弊端，极大地促进了左翼小说的发展。与此同时，左联领导及成员也发表了理论和批评文章，内容也涉及经济或农村题材的创作。同时，茅盾在左联重要刊物《北斗》第2卷第2期上发表了《我们所必须创造的文艺作品》，做出了理论方面的贡献。指出"文艺家的任务不仅在分析现实，描写现实，而尤重在于分析现实描写现实中指示了未来的途径"②。同时指出抗日和反帝的主题，又在同一时期写了《〈地泉〉读后感》，指出"要用形象的言语、艺术的手腕来表现社会现象的各方面，从这些现象中指示出未来的途径"③。此后半年时间茅盾便发表了《故乡杂记》《林家铺子》《春蚕》等经济题材的小说和散文，《子夜》也于第二年初出版。由于左联的理论倡导，茅盾的文学作品扩大了经济题材小说的影响，此后写作经济题材小说的作家开始增多。

　　左联等左翼文化团体除了在题材和主题方面做出引导外，在创作方法上则积极倡导社会科学理论，培养作家用社会科学的眼光去分析和表现社会。根据许涤新的《忆社联》④回忆，左联与社联（中国社会科学家联盟）、剧联等八个左翼文化团体共同由共产党的文化委员会领导。左联成立之初就有不少哲学社会科学的革命学者参加，社会科学理论在作家中间有着重要的影响。左联通过刊物积极介绍社会科学理论，民国经济危机中引导作家用"经济—政治"的视角去观察社会和表现社会，同时还通过刊物积极推荐相关的社会科学书籍，如

---

① 茅盾：《左联前期》，《我走过的道路（中）》，人民文学出版社1984年版，第86页。
② 茅盾：《我们所必须创造的文艺作品》，《北斗》1932年第2卷第2期。
③ 茅盾：《〈地泉〉读后感》，《茅盾全集》第19卷，人民文学出版社1991年版。
④ 引自许涤新《忆社联》，《左联回忆录（上）》，中国社会科学出版社1982年版。

1932 年左联刊物《文学月报》第 1 卷第 5—6 期刊登启事向读者"介绍三部社会科学入门书",分别为《现代社会学理论大纲》《现代经济学的基本知识》《现代财政学》,其中两本都是经济学书籍。剧作家洪深曾谈到社会科学理论对剧作"农村三部曲"的影响:"我已阅读社会科学的书;而因参加左翼作家联盟,友人们不断予以教导,我个人的思想,对政治的认识,开始有若干改变。"① 此外,经济题材小说作家的评论中也使用"社会科学"的方法分析作品,如吴组缃对茅盾小说《霜叶红似二月花》的评论,以及瞿秋白在《〈子夜〉与国货年》中提到:"应用真正的社会科学,在文艺上表现中国的社会阶级关系,这在《子夜》不能够说不是很大的、成绩。"② 这些举措客观上引导了作家"经济—政治"的创作方式并提高了读者对经济题材文学作品的接受能力。这对于 30 年代经济题材小说的兴盛也起到了推波助澜的作用。

其次,从 30 年代经济题材小说的创作者和指导者来看,茅盾、瞿秋白都是担任左联领导工作的共产党员,草明、叶紫、沙汀、蒋牧良等作家大部分是左联成员,而吴组缃是反帝大同盟和社研成员,这些组织与左联同样是共产党领导的左翼文化团体,相互也联系密切。据《茅盾年谱》记载,1930 年 4 月,茅盾从日本回到中国便受到共产党员冯乃超的邀请加入了左联,并于 1931 年 5 月开始担任左联的行政书记,而《子夜》则是在同年 10 月开始写作的。瞿秋白也在 1931 年转向了文化方面的领导工作,开始发挥对左联的领导作用。当时担任左联党团书记的冯雪峰在《回忆鲁迅》中提到,瞿秋白在 1931 年 5 月"就开始和左联发生关系,并且比较直接地领导我们工作了……从这时到他离开上海时(一九三四年一月)为止的两年半之间,秋白同志的工作与领导对于当时左联和革命文学运动的影响……是非常大的"③。据茅

---

① 《洪深选集·自序》,《洪深文集》(一),中国戏剧出版社 1957 年版,第 493 页。

② 瞿秋白:《〈子夜〉与国货年》,转引自茅盾《〈子夜〉写作的前前后后》,《我走过的道路(中)》,人民文学出版社 1984 年版,第 117 页。

③ 冯雪峰:《回忆鲁迅》,人民文学出版社 1957 年版,第 52 页。

盾在《我走过的道路》中记载，同样写"丰收灾"表现帝国主义经济侵略和粮商勾结压价的叶圣陶与茅盾和左联也都联系紧密，与茅盾相邻并常帮助左联做事。

最后，左联通过作品的评论对经济题材小说的创作做出引导。如1932 年第 2 卷第 1 期的左联重要刊物《北斗》发表了左联领导钱杏邨对于 1931 年文坛作出的总结《一九三一年中国文坛的回顾》，指出了1931 年小说创作中出现了水灾、反帝等重要题材。对于丁玲描写农村大水灾、灾民反抗及统治者高压的《水》做出了肯定，但指出小说在政治指向上的不明确："作者虽描写了统治者对饥饿大众的高压，却没有指示出堤决并不完全是由于'天灾'，而也是由于官府吞没了农民的血汗，筑堤疏河工作没有做，以及做的不强固，指示出谁是洪水灾难的责任者，使农民大众对统治阶级有更进一步的理解。"① 从而引导作家将农村经济与自然灾害的题材指向腐败、剥削、反抗等主题。同时，瞿秋白、茅盾、吴组缃、叶紫、草明、夏征农等左联成员或左翼作家之间还对经济题材的小说相互评论和推荐。《子夜》出版后，瞿秋白发表了《〈子夜〉与国货年》《读〈子夜〉》的评论文章，对《子夜》的成就进行了高度的赞扬，同时指出了小说在意识形态上也存在着表达的错误。茅盾发表了《关于〈禾场上〉》《〈文学季刊〉第二期内的创作》《几种纯文艺的刊物《〈清华周刊〉文艺创作专号》等评论赞扬了夏征农、吴组缃、叶紫等作家的经济题材小说。吴组缃写作了《评〈子夜〉》《谈〈春蚕〉——兼谈茅盾的创作方法及其艺术特点》，评论及赞扬了茅盾的《子夜》《春蚕》，鲁迅的《叶紫作〈丰收〉序》推荐了叶紫"丰收成灾"题材的小说《丰收》，叶紫的《新作家草明女士》则对草明反映中国缫丝业破产后乡镇农民和女工悲惨命运的小说进行了赞扬。而除左翼作家以外，也有其他人士对于这些经济题材小说进行了评论，客观上也扩大了小说的影响。如据茅盾在《我走过的道路》中介绍，吴宓对茅盾的《子夜》《春蚕》也从艺术技巧方面进行分析，发表了两篇评论。左联的理论倡导、茅盾的

---

① 钱杏邨：《一九三一年中国文坛的回顾》，《北斗》1932 年第 2 卷第 1 期。

小说、作家之间的交流及评论，扩大了经济题材小说的影响。经济题材小说尤其是农村经济题材小说达到了兴盛的状况。

　　在创作经济题材小说和进行理论指导时，共产党人及左联的这些指导是带有一定的政治倾向性的。从当时的文字可以看到，茅盾、钱杏邨等左联领导是知道经济危机的背景的，瞿秋白也参加过危机引起的柏林工人示威运动。如茅盾在《我走过的道路》中介绍《子夜》的创作背景时提到世界经济危机波及上海，而左联领导人钱杏邨在总结 1931 年文学创作时也描绘了世界经济危机的情景："资本主义社会第三期总崩溃的潮流，在一九三一年已呈现了愈演愈烈的状态。全世界的经济危机，是在一天一天的深入。大量工人的失业，农村经济的破产，金元国家整百银行的倒闭，在在的证明了从工业恐慌，一直到农业恐慌，金融恐慌的加剧。"① 钱杏邨对于世界经济危机对中国工商业和农业经济的影响没有提及，而是直接由经济指向了政治，"全世界革命运动普遍的发展，也昭示了这一恐慌已由经济的危机转变到了政治危机的形态"②。进行创作和评论时，左翼人士对于经济破产和下层苦难，往往回避了经济危机的正常影响，而将破产和苦难的原因归结到帝国主义侵略和政府腐败无能的政治原因上，最终由经济指向政治和反抗，从而验证了革命的合法性、必然性。30 年代经济题材小说的创作时间集中于经济动荡的民国经济危机时期，但在表现经济危机现象时，这些小说没有充分展示出丰富复杂的经济生活，而是将表现重点放在了帝国主义经济侵略和政府无能、资产阶级与工人、乡绅地主与农民的阶级矛盾，以及地方政府的腐败和苛捐杂税上，最终指向了工人罢工和农民反抗的政治化主题。

三　都市与农村经济题材小说的政治化主题

（一）都市经济题材小说的反帝主题

　　在 30 年代经济题材小说对经济生活进行呈现时，有意识地展现了

---

① 钱杏邨：《一九三一年中国文坛的回顾》，《北斗》1932 年第 2 卷第 1 期。
② 钱杏邨：《一九三一年中国文坛的回顾》，《北斗》1932 年第 2 卷第 1 期。

日货充斥、美麦倾销、棉麦借款等现象。反映帝国主义经济侵略成为经济题材作品的重要主题之一。但表达反对帝国主义经济侵略的主题时，对中日关系和中美关系的表达有所偏重。两种矛盾中，小说家突出地表现了美国的经济侵略及南京政府的软弱或对外勾结。如茅盾的《子夜》虽然也提到了日本产品对国际国内市场的抢占，但小说主要还是突出表现美国资本对中国民族工业的吞并。吴组缃的《黄昏》提到了政府与美国的第二次棉麦借款，而他的小说对于用于救灾的第一次实物借款没有提及，其他作家的小说中也有着美国农产品倾销的经济背景。较为明显地提到日货倾销的是《林家铺子》和一些散文，能够侧面反映出 30 年代初日货充斥对中国民族工业的打击。而《林家铺子》表现的重点没有放在这一点，而是反映官府敲诈、拘押、官员好色、同行倾轧等造成的乡镇商业的破产。林家铺子的破产并未与销售日货产生直接关系，甚至一·二八事变上海人逃难还成为林老板卖"一元货"的商机。而茅盾在 30 年代初经济题材的散文中对日本的经济势力是有着清醒认识的："全上海各工厂的资本总数大约有三万二千万元，其中华商所办工厂资本只有一万万多，日商工厂的资本却有一万五千万；日本人在上海的经济势力超过了中国人一半。"①《子夜》和其他经济题材小说的创作显然受到了其他因素的影响，没有对日本经济侵略、中美关系中的积极面和南京政府在国际关系中的复杂处境做出客观真实的呈现。这些小说在阶级矛盾及对美国经济侵略的揭露上都明显体现了对国民党政府和美国的批判。这些小说的主题恰好与共产党领导的社会性质论战中革命派的主张保持了一致："推翻代表帝国主义、封建势力、官僚买办资产阶级的蒋介石政权，是当前革命的任务。"②

茅盾的《子夜》建立了都市经济题材小说的典范。《子夜》的写

---

① 茅盾：《上海——大都市之一》，《茅盾全集》第 11 卷，人民文学出版社 1986 年版，第 364 页。

② 茅盾：《〈子夜〉写作的前前后后》，《我走过的道路（中）》，人民文学出版社 1984 年版，第 91 页。

作时间从 1931 年 10 月延续到 1932 年 12 月，从大纲到出版，茅盾进行了大量的修改。根据茅盾在《我走过的道路》中完整的《子夜》大纲与最终出版的作品比较，笔者将作品主要的修改及主题相应的变化总结如下：

标题：《夕阳》（或《野火》《燎原》）（资本主义的没落）

——《子夜》（黑暗；革命形势发展，光明即将到来）

行业：棉纱（资本主义衰落、外贸破产）

——生丝、火柴业等（外销、内销均受到帝国主义经济侵略）

罢工：自发、挑拨（社会矛盾、资本家个人矛盾）

——共产党发动（阶级矛盾及无产阶级革命浪潮）

资本家斗争：个人斗争（企业家之间的正常斗争）

——资本主义买办与民族资本家斗争（美帝国主义对民族工业的倾轧）

资本家个人形象：民族资本家与女仆有染，交换情人（资产阶级生活糜烂）

——拒绝交际花，但失败后强奸女仆（形象更为正面，但失败后的强奸行为说明民族资产阶级的道德仍有受到指责的一面）

斗争结果：握手言和，交换情人（资本主义走向衰落、资本家生活糜烂）

——外国资本家获胜，民族资本家破产（美帝国主义经济侵略，吞并民族工业）

从这些修改来看，大部分的修改都有意识地突出以美国为首的帝国主义的经济侵略、政府软弱无能，以及革命形势发展的政治化主题。

在对行业的选择上，《子夜》最后选择了外贸损失严重的丝业和国内大面积破产的火柴业。30 年代的世界经济危机在工业范围对轻工业的损伤超过了重工业，这是 30 年代的普遍现象。丝业是中国主要出口之一，"丝业关系中国民族的前途尤大"①。而 30 年代初中国的丝业、火柴业都在国际竞争中陷入了破产境地。小说表现出内外销的同

---

① 茅盾：《子夜》，《茅盾全集》第 3 卷，人民文学出版社 1984 年版，第 64 页。

时破产，更能表现帝国主义的经济侵略与压迫，增强了反帝主题的表达效果。而实际上，1930 年中国的工业发展与资本主义各国相比是处于相对繁荣阶段的，尤其是小说展现的 1930 年，世界经济危机带来的银价下跌让中国的货币贬值，起到了外贸保护的作用，促进了工业的轻度繁荣，当时也有一些行业在国际竞争中发展得较好。《子夜》也提到了当时流行的观点："大家都说金贵银贱是中国振兴实业推广国货的好机会。"① 丝业与火柴业的破产在当时具有特殊性，其失败更多的是由于生产力低、质量低带来的。日本缫丝业在 30 年代初已经大面积使用新技术，成本大幅度降低、质量却超过中国生丝，而中国只有少量工厂进行了技术革新。日本政策的优厚、外部市场尤其是中国生丝最为重要的法国市场的萎缩及萧条也加重了这种状况。茅盾在散文中曾指出两国生丝在成本上的巨大差异："日本丝在纽约抛售，每包合关平银五百两都不到，而据说中国丝成本少算亦在一千两左右。"② 价格的极大劣势导致了中国以出口为主的缫丝业在国际竞争中失败，从而大面积破产，丝业的破产又带来了国内蚕农的破产，茅盾《春蚕》中所表现的蚕农破产主要来自这个原因，而并非是单一的丝厂和茧行压价剥削。火柴业的破产也主要在于生产力的落后。生产力和质量是经济竞争获胜的决定因素，《子夜》中提到中国火柴原料依赖进口、捐税重，造成成本过高，又借唐云山之口说出了国产火柴质量差的事实："贵厂的出品当真还得改良。安全火柴是不用说了，就是红头火柴也不能'到处一擦就着'。"③ 因此，生产技术落后和质量差是国产火柴业竞争失败的主要原因。而曾抢占中国市场的日本火柴业最终也是由于生产技术被后起之秀瑞典超越而被取代。瑞典不仅抢占了日本的海外市场，还进入了日本国内市场。南京政府在 1931 年将火柴的进口关税由 7.5% 提高到 40%④，阻止了瑞典火柴进入与国产火柴业

---

① 茅盾：《子夜》，《茅盾全集》第 3 卷，人民文学出版社 1984 年版，第 42 页。

② 茅盾：《故乡杂记》，《茅盾全集》第 11 卷，人民文学出版社 1984 年版，第 116 页。

③ 茅盾：《子夜》，《茅盾全集》第 3 卷，人民文学出版社 1984 年版，第 431 页。

④ 引自许涤新、吴承明《中国资本主义发展史》第三卷，社会科学文献出版社 2007 年版，第 155 页。

竞争。从这一点来看，火柴业的破产更多原因在于生产技术，而政府对于民族工业的保护是有着积极的态度的。

再如小说揭露的美国资本对民族工业的吞并也表现出了主题先行的概念化描写。小说将两大资本家的斗争体现为美国资本支持的买办资本家与民族资本家斗争，两者的结局原本是两个资本家握手言和、交换情人，共同感慨资本主义的衰落。而修改后的结局为买办资本家的胜利和民族资本家的破产。突出了美帝国主义金融资本对民族工业的绞杀和吞并，并表现了政府的对外勾结。美国资本的侵略在小说中没有太多事实。小说只在几处由旁人的话语提到赵伯韬有美国资本支持，指出美国金融资本吞并民族工业的大计划，"大计画的主动者中间，没有你；可是大计画的对象中间，你也在内"①，"有美国的经验和金钱做后台老板"②，这些语言的简单描写对于验证美国资本吞并民族工业是比较单薄的。而"背后有美国金融资本家撑腰。听说第一步的计画是由政府用救济实业的名义发一笔数目很大的实业公债。这就是金融资本支配工业资本的开始"③ 及赵伯韬勾结政府提高保证金等叙述又指向了政府的对外勾结。而从企业和金融活动的事实来看，吴荪甫的失败其实更多的源于自身的盲目投资和刚愎自用的性格。吴荪甫的商业决策和刚愎自用的性格即使放在和平年代，也同样会使其遭到失败。同时，提高投机市场保证金的做法也是正常的金融市场整顿，危机中美国政府也出台过类似政策。因此，小说对美国的经济侵略与政府对外勾结的展示具有一定程度的主题先行。

乡镇经济活动也是 30 年代经济题材小说表现的重要内容。在对 30 年代商业活动的描写上，这些小说没有选择大都市的商业活动，而是大多选择受危机冲击较大的乡镇经济，通过乡镇商业的破产来表现政府腐败和农民破产等革命主题。乡镇商业活动的主要对象是农民，

---

① 茅盾：《子夜》，《茅盾全集》第 3 卷，人民文学出版社 1984 年版，第 200 页。
② 茅盾：《子夜》，《茅盾全集》第 3 卷，人民文学出版社 1984 年版，第 201 页。
③ 茅盾：《子夜》，《茅盾全集》第 3 卷，人民文学出版社 1984 年版，第 201 页。

30 年代中国商业的破产主要原因在于经济危机造成的农村购买力的消失。30 年代经济题材小说大都选择乡镇商业来表现。茅盾在《子夜》的创作过程中写作了《林家铺子》和"农村三部曲"（《春蚕》《秋收》《残冬》）及大量农村题材的散文，作为《子夜》城乡结合大规模展现中国社会意图的补充。《林家铺子》在表现商业经济的破产过程中，虽然也展现了日货充斥的现实，但小说重点却展现为农村购买力消失、同行倾轧、官府拘押、官员好色腐败等是导致林老板破产的直接原因。都市和乡镇经济题材小说涉及经济侵略的时候，中日经济矛盾表现得不太明显。在茅盾的《子夜》和《林家铺子》发表以后，30 年代的文坛还相继出现了其他反映乡镇经济生活的小说。如草明的《倾跌》反映了丝织业破产带来的失业女工的悲惨命运及丝业带动的乡镇经济的破产。吴组缃的《黄昏》反映了市镇经济生活的破败，《樊家铺》则反映了农业破产后小乡镇消费萧条、难民遍布的场景。这些小说也都不是经济生活的客观反映，都有着一定的政治或伦理指向。

（二）农村经济题材小说的阶级矛盾和革命主题

农村经济题材小说和都市经济题材小说一样，也表现出政治化的主题，尤其是通过农村经济的破产来揭示阶级矛盾与革命主题。由于农业占到了全国产值的百分之六七十，而农业是破产最厉害的产业，因此，农村经济的破产成为 30 年代经济题材作品的重要主题。尤其是 1932 年的"丰收成灾"是最为引人注目、文学作品中表现最多的经济现象。1932 年"丰收成灾"的主要原因是经济危机中通货紧缩物价下跌，而粮食下跌最为剧烈。其次是 30 年代初的自然灾害。此外，田赋归属地方也有影响，在政府的政策控制下，全国的田赋较低，但地方的附加税较重。

从 1932 年前后的上海华北批发物价指数的变动可以看出这次物价下跌的基本情况，如指数变动如下图所示：

根据当时"华北批发物价"的具体价格来看，除了 1928 年，从 1925 年到 1930 年粮食经历过通货膨胀，粮食价格高涨，农民的生产收入增加，这也与茅盾《子夜》中 1930 年的物价飞涨的现象吻合。而

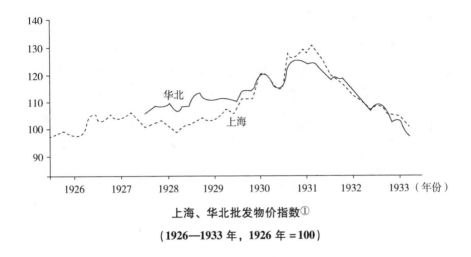

上海、华北批发物价指数①

（1926—1933 年，1926 年 = 100）

1932 年的稻米批发价格在农民出卖粮食的 9、10 月平均为 14.88 元，实际上与 1928 年粮价 14.98 元② 接近。但秋季价格下跌，低于生产成本。这是农业破产的主要原因，而前两年的自然灾害和田赋地方附加税过多起了加剧破产的作用。同时 20 年代之后的世界农业一直陷于萧条状态，农产品的价格与工业产品的价格存在着较大的差距。导致了农民卖出所得少，买入生产生活资料昂贵，不利于农业的发展。30 年代中国与世界经济的联系紧密，农产品价格、生丝价格基本上是跟随欧美市场波动的。世界农业的停滞决定了中国农业的萧条。而欧美资本主义国家已经大面积地实现了农场的规模化生产，并广泛运用了拖拉机、收割机等现代机械，生产成本较低，因此可以低价获得利润，而中国由于人均耕地少和传统的生产方式，粮食成本远高于欧美国家及其东南亚殖民地。据王询、于秋华所编《中国近现代经济史》记载，当时农业亩产量与历史相差不大，小麦的亩产量远低于欧美和日本、玉米亩产量则仅为美国的一半，农业生产力不仅低于发达国家，甚至低于当时的发展中国家。粮食价格在中外经济联系紧密的情况下却不得不与世界同步，加上经济危机、自然灾害、土地附加税重，就

---

① 《上海华北物价批发指数》，《经济统计季刊》1933 年第 2 卷第 4 期。

② 《华北批发物价》，《经济统计季刊》1933 年第 2 卷第 4 期。

造成了中国农业的破产。

　　影响 30 年代农业破产的主要原因是经济危机中的物价下跌和生产力低下。世界农业的萧条、危机造成的粮价下跌、生产方式和观念的落后、生产力低下等均是农业破产的原因。但以 1932 年农业破产为背景的农村经济破产小说都是通过"丰收成灾"的现实去揭露苛捐杂税、政治腐败、乡绅及地主剥削、帝国主义经济侵略等，并最终指向反抗。对于经济危机的主因，政府的工业、农业及关税保护政策及积极救灾等措施，这些小说都基本上没有反映。在对国内外矛盾的处理上，30 年代经济题材作品体现出了左翼文学的特点。南京政府对于农业和工业一样有着保护措施，如推广技术、改良粮种、兴修水利等。如 1931 年中国发生了一次极为严重的长江水灾，大量房屋倒塌、农田冲毁、几百万人受灾流离失所，南京政府向美国赊购大量小麦及面粉实施工赈，即以粮食为报酬安排上百万灾民修缮水利，灾后水利修建中，工赈完成的部分就有七千多公里堤岸、两至三百公里隧道及范围广泛的砖石结构沟渠等。水利修建避免了此后的灾害，粮食工赈的方式既安置了上百万灾民，又避免了灾后粮食的投机。这一工程带来了此后的粮食丰收。这次大水灾和前两年的旱灾都成为农村经济小说的题材。左联对于这些创作进行了总结和指导，如 1932 年左联领导钱杏邨的《一九三一年中国文坛的回顾》对 1931 年的文学做出总结，肯定作家描写天灾，同时引导作家将天灾指向"官府腐败"的政治化主题。而农业丰收后经济危机中粮价下跌造成的农业破产也同样如此处理。如夏征农的《禾场上》、叶紫的《丰收》都叙述丰收后粮食跌价继而被乡绅地主抢夺的情节。叶圣陶的《多收了三五斗》反映了即使粮食有剩，也会遇到外国经济侵略及粮商勾结压价，对于经济层面的原因、政府的保护政策和积极态度都有所回避。这些农村经济题材的小说将农民悲惨的命运归结为帝国主义经济侵略、赋税沉重、乡绅地主的剥削，最终主题指向了农民自发或有组织的反抗。如《春蚕》展现了丝业破产带来了农民副业的破产。小说提到了到处关闭的茧厂，却并未指明经济危机背景中的海外市场萎缩、生产力低下带来的丝业破产原因。小说将重点放在描述老通宝一家勤劳养蚕反而丰收成灾，老通宝大病一场。而《秋收》和《残冬》又展现了粮食"丰收成灾"的现象并将主题指向了反抗。在《秋收》《残冬》中，经历了家庭养蚕和粮食丰收却都成灾的多多头参与抢粮，最后进入了武装反抗的组织。《丰收》中丰收后粮食被地主和官府夺走，泰生有了反抗意识，在《火》的描写中他走向了反抗。吴组缃的《一千八百担》中农民遇到饥荒，而乡绅地主阶级对于一千八百担的积粮上演利益争夺战，最终农民抢粮打破了他们的美梦。作家通过"丰收成灾"的故事展现了农民遭受的阶级剥削，最终验证了反抗及革命的必然性，由经济的破产现象最终指向了政治斗争。

　　30年代经济题材小说受到民国经济危机的影响，作家的审美自觉使经济破产现象进入了创作视野，共产党人、左翼文化团体对这一题材从政治指向、文艺理论、创作、文艺批评等方面进行了引导。经济题材小说的出现丰富和发展了30年代的文学创作。伴随着左联创作在1931年11月后走向成熟的，便是大量经济题材小说的出现，它们对于左翼文学的发展有着重要的作用。但这些小说也有着自身的局限性，在表现经济危机现象时，没有真实呈现客观的经济层面的原因和更为丰富的经济生活，而将表现重点放在了帝国主义经济侵略和政府无能、资产阶级与工人、乡绅地主与农民的阶级矛盾，以及地方政府的腐败和苛捐杂税上，最终指向了工人罢工、农民反抗的反帝及革命主题。"经济—政治"的创作方式对于文学的发展既有着推动作用，又有着限制性。这种创作方式将与经济相关的社会现实纳入了文学创作，丰富了文学的题材与内容，使左翼文学在早期概念化写作之后具有了更为丰富的内容。同时也以文学的方式形象地验证了30年代初中国"半殖民地半封建"的社会性质。但民国经济破产的原因，主要仍在于世界经济危机和汇率变化的影响。"经济破产—剥削及反抗"的创作模式使经济题材小说的主题过于狭窄和模式化，妨碍了经济生活在文学作品中更为丰富的表现。因此，在1935年民国经济走向复苏后，这种"经济—政治"的革命主题失去了经济破产现象的支撑，经济题材作品的数量便开始大量减少。而随着1936年左联解散和抗日主题的兴起，经济题材的文学创作更是走向了衰落。只有抗战出现严重的通货膨胀时这一模式才又找到现实依托，而出现了沙汀表现战时内地通货膨胀及乡绅地主丑恶面目的《淘金记》等少量经济题材小说。

原载《文学评论》2012 年第 3 期

论文总表

作者	论文
李怡	1. 《郭沫若〈女神〉时期佚诗的文献价值——以〈《女神》及佚诗〉为中心》，《湘潭大学学报》2011 年第 1 期 2. 《十七年文学研究"热"的几个问题》，《重庆大学学报》2011 年第 1 期 3. 《回归文学本身——"中国现代文学史"新思考》，《中国社会科学文摘》2011 年第 2 期 4. Raoul David Findeisen，Zai Napoli de butong li *Zhongguo Xiandai Wenxue Lunji*〔In the butong of Naples，Collecterd Essays on Modern Chinese Literature〕Studia orientalia slovaca 10·2（2011）（《斯洛伐克东方研究》2011 年第 10 卷第 2 期） 5. 《艾青的警戒与中国新诗的隐忧——重新审视艾青在"朦胧诗论争"中的姿态》，《北京师范大学学报》2011 年第 3 期 6. 《胡风与中国现代文学的"鲁迅传统"》，中国人民大学复印资料《中国现代、当代文学研究》2011 年第 3 期 7. 《不仅是"匕首"，不仅是"投枪"——杂文与鲁迅对人生和文学定位》，《首都师范大学学报》2011 年第 4 期 8. 《"新诗现代化"及其中国意义》，《文学评论》2011 年第 5 期 9. 《痛感：鲁迅现代思想的催化剂》，《武汉大学学报》2011 年第 5 期 10. 《辛亥革命与中国文学的"民国机制"》，《郑州大学学报》2011 年第 5 期 11. 《穆旦抗战时期诗歌的基本主题及其文学史意义》，《人文杂志》2011 年第 6 期 12. 《辛亥革命与中国文学的"民国机制"》，中国人民大学复印资料《中国现代、当代文学研究》2011 年第 12 期 13. 《从历史命名的辩正到文化机制的发掘——我们怎样讨论中国现代文学的"民国意义"》，《文艺争鸣》2011 年第 13 期 14. 《中国现代文学史的叙述范式》，《中国社会科学》2012 年第 1 期 15. 《〈女神〉与中国"浪漫主义"问题》，《中国现代文学研究丛刊》2012 年第 1 期 16. 《文学的"民国机制"答问》，《文艺争鸣》2012 年第 3 期（合著） 17. 《宪政理想与民国文学空间》，《郑州大学学报》2012 年第 5 期 18. 《文学研究如何"辩证"》，《中国现代文学研究丛刊》2012 年第 9 期 19. 《左右难辨的胡风》，《鲁迅研究月刊》2012 年第 12 期 20. 《是"本土化"问题还是"主体性"问题？——兼谈"民国机制"与中国现代文学研究》，《南京师范大学学报》2013 年第 1 期 21. 《"民国文学"与"民国机制"三个追问》，《理论学刊》2013 年第 5 期

作者	论文
李怡	22.《重写文学史视域下的民国文学研究》,《河北学刊》2013 年第 5 期
	23.《命运共同体的文学表述》,《社会科学研究》2013 年第 6 期
	24.《隔岸的对望——台湾的郭沫若研究》,《中国现代文学研究丛刊》2013 年第 9 期
	25.《"民国文学"与"民国机制"三个追问》,中国人民大学复印资料《中国现代、当代文学研究》2013 年第 9 期
	26.《"民国热"与民国文学研究》,《华夏文化研究》2013 年第 2 期
	27.《中学生如何读鲁迅小说》,《语文建设》2013 年第 31 期
	28.《战时复杂生态与中国现代文学的成熟》,《北京师范大学学报》2014 年第 3 期
	29.《民国文学:阐释优先,史著缓行》,《学术月刊》2014 年第 3 期
	30.《"远取譬"与鲁迅对冯至的评价问题》,《华南师范大学学报》2014 年第 4 期
	31.《民国热与民国文学研究》,中国人民大学复印资料《中国现代、当代文学研究》2014 年第 4 期
	32.《多重文化传统的融会冲撞与中国新诗的诞生》,《现代中国文化与文学》第 14 辑
	33.《大文学视野下的鲁迅杂文》,《鲁迅研究月刊》2014 年第 9 期
	34.《我的文学阅读历程》,《名作欣赏》2014 年第 11 期
	35.《飘零的民国——我读〈民国素人志〉》,《中国图书评论》2014 年第 11 期
	36.《"传统"与中国新诗的艰难性》,《江苏师范大学学报》2015 年第 1 期
	37.《大文学视野下的鲁迅杂文》,中国人民大学复印资料《中国现代、当代文学研究》2015 年第 1 期
	38.《开拓中国"革命文学"研究的新空间——建构现代大文学史观》,《探索与争鸣》2015 年第 2 期
	39.《国家与革命——大文学视野下的郭沫若思想转变》,《学术月刊》2015 年第 2 期
	40.《大文学视野下的吴宓日记》,《文学评论》2015 年第 3 期
	41.《国家与革命——大文学视野下的郭沫若思想转变》,中国人民大学复印资料《中国现代、当代文学研究》2015 年第 7 期
	42.《抗战文学的补遗:作为七月诗派的"平原诗人"》,《文艺争鸣》2015 年第 7 期
	43.《骚动的"松"与"梅"——留日郭沫若的自然视野》,《兰州学刊》2015 年第 8 期
	44.《骚动的"松"与"梅"——留日郭沫若的自然视野》,中国人民大学复印资料《中国现当代文学》2015 年第 10 期
	45.《作为方法的〈民国〉》,《新华文摘》2015 年第 11 期
	46.《宪政理想与民国文学空间》,中国人民大学复印资料《中国现代、当代文学研究》2015 年第 12 期
	47.《大文学视野下的巴金——重读〈随想录〉》,《西北师大学报》2016 年第 1 期
	48.《胡风:新文学进入"腹地"之后的探求——抗战文学的意义再思》,《现代中国文化与文学》第 17 辑
	49.《〈从军日记〉与民国"大文学"写作》,《首都师范大学学报》2016 年第 1 期
	50.《文史对话与中国现当代文学研究》,《中国社会科学》2016 年第 3 期
	51.《郭沫若"文化复兴"思想》,《中国现代文学研究丛刊》2016 年第 3 期
	52.《从史料还原、文本解读到诗学建构——民国诗歌研究的三个方法论案例》,《四川大学学报》2016 年第 4 期
	53.《"选边站"与"五四"的历史机制》,《文艺研究》2016 年第 5 期
	54.《大文学视野下的近现代中国文学》,《社会科学研究》2016 年第 5 期
	55.《五四文学运动的"革命"话语》,《中国社会科学》2016 年第 6 期

作者	论文
李怡	56.《新语文：如何在传统与现代间"拿来"》，《探索与争鸣》2016 年第 6 期 57.《中国现代文学史研究中的"民国文学"概念——在美国普林斯顿大学的演讲》，《文艺争鸣》2017 年第 1 期 58.《在民国历史中重新发现现代文学》，《中山大学学报》2017 年第 1 期 59.《发现现代中国文学史料的意义与限度》，《现代中国文化与文学》2017 年第 1 期 60.《构建中国现代文学研究"川大群落"的雏形》，《现代中国文化与文学》2017 年第 2 期 61.《百年中国新文学史料的保存、整理与研究》，《新文学史料》2017 年第 2 期 62.《孤绝启蒙：持续与深化——王富仁先生的精神面相》，《文艺争鸣》2017 年第 7 期 63.《鲁迅的语文：有难度的跨越——兼及鲁迅之于当代基础语文教育的价值》，《创作与评论》2017 年第 10 期 64.《巴金，反什么"封建"与如何"反封建"？——重述〈家〉到〈寒夜〉的精神脉络》，《四川大学学报》2018 年第 3 期 65.《从"民国文学机制"到"大文学"观——在山东师范大学的演讲》，《当代文坛》2018 年第 3 期 66.《国家观念与民族情怀的龃龉——陈铨的文学追求及其历史命运》，《文学评论》2018 年第 6 期 67.《"吃人"与作为文学的〈狂人日记〉》，《中国现代文学研究丛刊》2018 年第 7 期 68.《多种书写语言的交融与冲突——再审中国新诗的诞生》，《文艺研究》2018 年第 9 期 69.《"立人"与现代民族复兴问题——鲁迅留日时期的思考和警觉》，《首都师范大学学报》2019 年第 1 期 70.《日本艺术资源与近现代中国戏剧改革》，澳门大学《南国学术》2019 年第 4 期 71.《新中国成立以来的中国现代文学研究》，《广州大学学报》2019 年第 5 期（合著） 72.《从"纯文学"到"大文学"：重述我们的"文学"传统——从一个角度看"五四"的文学取向》，《文艺争鸣》2019 年第 5 期 73.《边缘性、地方性与现代文献的着力方向》，《四川大学学报》2019 年第 6 期 74.《近现代私人日记与中国现代文学文献研究》，《文艺争鸣》2019 年第 11 期 75.《五四：在论争中确立现代思想广阔平台》，《新华文摘》2019 年第 13 期 76.《"地方路径"如何通达"现代中国"》，《当代文坛》2020 年第 1 期 77.《成都与中国现代文学发生的地方路径问题》，《文学评论》2020 年第 4 期 78.《现代中国文学发展中的权力话语》，《学术月刊》2020 年第 7 期 79.《抗战文学研究的关键词》，《文艺争鸣》2020 年第 7 期（合著） 80.《场边、门边与街边——徐訏诗歌创作论》，《中国现代文学研究丛刊》2020 年第 11 期 81.《中国早期新诗探索的四川氛围与地方路径》，《文艺争鸣》2020 年第 11 期 82.《成都与中国现代文学发生的地方路径问题》，《新华文摘》2020 年第 19 期
李哲	1.《经济·文学·历史——〈春蚕〉文本的三个维度》，《文学评论》2012 年第 3 期 2.《从政治宣泄到文学叙事——论〈家〉之于巴金创作转型的特殊意义》，《中国现代文学研究丛刊》2012 年第 8 期 3.《"分科"视域中的北京大学与新文化运动》，《文学评论》2013 年第 2 期 4.《清末公共舆论中的权力运作机制管窥——"木瓜之役"的"事件"与"风潮"》，《社会科学研究》2016 年第 5 期

续表

作者	论文
李哲	5.《"雨雪之辩"与精神重生——鲁迅〈雪〉笺释》,《文学评论》2017 年第 1 期 6.《伦理世界的技术魅影——以〈创业史〉中的"农技员"形象为中心》,《上海大学学报》2018 年第 4 期 7.《"晚清鲁迅"经验与二十世纪中国》,《文艺理论与批评》2019 年第 5 期 8.《电影〈祝福〉与 1956 年的中国形象建构》,《文艺研究》2019 年第 10 期 9.《〈离婚〉:"城乡交错"的空间与乡民的"个人"自觉》,《中国现代文学研究丛刊》2020 年第 4 期
张武军	1.《民国语境下的左翼文学》,《郑州大学学报》2012 年第 5 期 2.《〈鲁迅全集〉编辑出版史中的〈几个重要问题〉》,《出版发行研究》2012 年第 10 期 3.《最终的无聊和最后的坚守——鲁迅临终前心态之剖析》,《社会科学研究》2013 年第 1 期 4.《民国历史文学形态与文学民族话语考释——兼论民国文学和现代文学两个概念的相辅相成》,《理论学刊》2013 年第 5 期 5.《民国机制与郭沫若创作及评介》,《文艺争鸣》2013 年第 5 期 6.《民国结社机制与文学的演进》,《文学评论》2014 年第 1 期 7.《民国机制与延安文学》,《社会科学辑刊》2014 年第 3 期 8.《红与黑交织中的摩登》,《文学评论》2015 年第 1 期 9.《国民革命与革命文学、左翼文学的历史检视》,《中国现代文学研究丛刊》2015 年第 3 期 10.《半殖民性与解殖民书写——革命文学、抗战文学的历史重构》,《天津社会科学》2015 年第 3 期（高等学校文科学术文摘） 11.《〈中央日报〉、〈新华日报〉副刊与抗战文学的发生》,《首都师范大学学报》2015 年第 3 期 12.《1936：20 世纪中国文学发展道路的转捩点》,《东岳论丛》2016 年第 5 期 13.《训政理念下的革命文学——南京〈中央日报〉（1929—1930 文艺副刊之考察）》,《中山大学学报》（社会科学版）2017 年第 1 期 14.《文学革命到革命文学的另一种叙述》,《文学评论》2017 年第 2 期 15.《国家与革命：中间党派的文学观照》,《现代中国文化与文学》2018 年第 4 期 16.《中国现代文学研究中的"正名"》,《西南民族大学学报》（人文社会科学版）2019 年第 1 期 17.《言论空间机制的探求与重返"五四"的可能——从王玉春的〈五四报刊通信栏与言论空间建设研究〉谈起》,《现代中国文化与文学》2019 年第 3 期（与邱迁益合著,第一作者） 18.《作家南下与国家革命》,《文学评论》2019 年第 4 期 19.《从民国报纸副刊探寻现代文学新的历史叙述》,《四川大学学报》2019 年第 6 期 20.《民国历史形态与革命文学经验》,《文艺理论与批评》2019 年第 10 期（中国人民大学报刊复印资料转载） 21.《十四年抗战史观与中国现代文学三十年阐述框架新议》,《文艺争鸣》2020 年第 2 期 22.《五四新文化的运动逻辑》,《现代中文学刊》2020 年第 2 期（中国人民大学报刊复印资料转载）
周维东	1.《"统一战线"战略与延安时期的鲁迅文化》,《社会科学研究》2011 年第 1 期 2.《"民国视野"与大陆中国现代文学研究的新趋向》,《国文天地》（台湾）2012 年第 5 期

作者	论文
周维东	3.《中国现代文学研究中"民国视野"述评》，《文艺争鸣》2012 年第 5 期 4.《"青年必读书"：文化错位与鲁迅的侧击》，《中山大学学报》（社会科学版）2012 年第 6 期 5.《解放区的天是明朗的天》，《文学评论》2013 年第 4 期 6.《"民国空间"与"人的文学"——以新文学发生的"语言空间"为中心》，《理论学刊》2013 年第 6 期（与邱月合作，第一作者） 7.《史料学研究的典范之作——评〈"文协"与抗战时期文艺运动〉》，《社会科学研究》2013 年第 6 期 8.《再谈"民国"的文学史意义——以延安时期文学研究为例》，《学术月刊》2014 年第 3 期 9.《被"真人真事"改写的历史——论解放区文艺运动中的"真人真事"创作》，《中山大学学报》2014 年第 4 期 10.《革命与乡土——晋察冀边区的乡村建设与孙犁的小说创作》，《文学评论》2014 年第 6 期 11.《"下乡"的制度化——"下乡"何以成为落实〈讲话〉的重要举措?》，《中国现代文学研究丛刊》2014 年第 7 期 12.《"文武双全"与"延安文学"——"统一战线"与"延安文学圈"的形成》，《现代中国文化与文学》2014 年第 7 期 13.《抗战文艺的分野与联动》，《北京师范大学学报》2015 年第 5 期 14.《抗战文学的"正面战场"与"正面形象"》，《文艺争鸣》2015 年第 7 期 15.《文学是一个过程》，《现代中国文化与文学》2015 年第 9 期 16. Reflections on the Pursuit of "Objectivity" in the Narrative of Literary Historiography, Studia Orientalla Slovaca, 2015.11.15. 17.《"英模制度"的生成：历史塑造与文学书写》，《励耘学刊》（文学卷）2015 年 18.《在"民国"重识"现代"》，《民国文学与文化研究》（台湾）2015 年 19.《一种态度：关于中国文学、翻译及诗》，《扬子江评论》2016 年第 2 期 20.《"民国文学"到底研究什么?——澄清关于民国文学的三个误解》，《四川大学学报》（哲学社会科学版）2016 年第 3 期 21.《"反传统"话语的形成及其问题——重新认识鲁迅的反传统思想》，《中国文学批评》2017 年第 1 期 22.《红色经典不应成为"左"的代名词——由〈红色经典导论〉说开去》，《现代中国文化与文学》2017 年第 3 期 23.《民国学术的"热"与"冷"》，《中国社会科学报》2017 年 3 月 27 日 24.《中国共产党的文化战略与延安文艺》，《现代中国文化与文学》2017 年第 4 辑 25.《论"剧曲"之于〈女神〉的意义》，《中山大学学报》2018 年第 1 期 26.《"中国式启蒙"的三个关键词——解读〈风筝〉》，《当代文坛》2018 年第 3 期 27.《边缘处的表达——再谈〈在酒楼上〉的"鲁迅气氛"》，《学术月刊》2018 年第 4 期 28.《"大欢喜"的现代意义与鲁迅意义——以〈复仇〉为中心》，《西南民族大学学报》2018 年第 6 期 29.《革命文艺的"形式逻辑"——论延安时期的"民族形式"论争》，《文艺研究》2019 年第 8 期 30.《延安文学研究的"空间"视野》，《中国现当代文学研究》2020 年第 3 期 31.《"区域间"与抗战文学的空间想象》，《文艺争鸣》2020 年第 7 期

续表

作者	论文
颜同林	1.《上海方言与马凡陀的山歌》,《贵州师范大学学报》2012 年第 2 期 2.《〈女神〉版本校释与普通话写作》,《广东社会科学》2012 年第 3 期 3.《论新诗的形式探索与绘画之关系》,《文艺评论》2012 年第 4 期 4.《从新时期到新世纪:贵州新诗 30 年》,《贵州民族学院学报》2012 年第 4 期 5.《自我突围与方言自觉》,《武陵学刊》2012 年第 4 期。中国人民大学复印资料《中国现代、当代文学研究》2012 年第 10 期转载 6.《经济叙事与现代左翼小说的偏至》,《社会科学研究》2012 年第 5 期 7.《法外权势的失落与村落秩序的重建》,《文学评论》2012 年第 6 期 8.《创造机制与文学传统的嬗变》,《社会科学辑刊》2013 年第 1 期 9.《白话为诗与新诗正统的确立》,《长沙理工大学学报》2013 年第 1 期 10.《杜宇化鹃神话与巴蜀文学》,《郭沫若学刊》2013 年第 2 期 11.《中国现代文学中的方言入诗》,《中国社会科学报》2013 年 2 月 8 日文学第 B01 版 12.《档案学视野下的贵州抗战诗歌略论——以"解密贵阳档案丛书"为中心》,《山西档案》2013 年第 5 期 13.《新诗:在通向白话的途中——以早期新诗四个流派为中心》,《武陵学刊》2013 年第 6 期 14.《"以诗为文"传统与现代小说的诗化》,《甘肃社会科学》2013 年第 6 期。中国人民大学复印资料《中国现代、当代文学研究》2014 年第 4 期全文转载 15.《文化生态洼地与新诗地理的精神瓶颈——以贵州现代诗歌为例》,《文学评论丛刊》第 15 卷第 1 期,南京大学出版社 2013 年版 16.《苏联经验与普通话写作》,《福建论坛》2013 年第 12 期。中国人民大学复印资料《中国现代、当代文学研究》2014 年第 3 期转载 17.《大后方文化卫星城与贵阳抗战诗歌的兴衰》,《南京政治学院学报》2014 年第 2 期。中国人民大学复印资料《历史学文摘》2014 年第 3 期转载 18.《〈王贵与李香香〉版本校释与普通话写作》,《晋阳学刊》2014 年第 5 期 19.《从粤语入诗到填词为曲——论粤语诗人符公望》,《中国现代文学研究丛刊》2014 年第 7 期 20.《从教体验与鲁迅现代小说的教育书写》,《北京社会科学》2014 年第 8 期 21.《读者意识与马克思主义经典作家的群众观》,《理论与当代》2014 年第 11 期 22.《〈虎符版本〉校释与普通话写作》,《郭沫若学刊》2015 年第 1 期 23.《抗战文学研究的重大突破——读张中良〈抗战文学与正面战场〉》,《中国现代文学研究丛刊》2015 年第 1 期 24.《"南腔北调":语言和思想的分歧与沟通——从鲁迅〈南腔北调集〉谈起》,《北京社会科学》2015 年第 4 期 25.《普通话写作与当代文学的确立》,《现代中国文化与文学》第 16 辑,巴蜀书社 2015 年版 26.《思想的迂回与统一——从文艺思想谈起》,《理论与当代》2015 年第 11 期 27.《出版禁令法律与民国作家的生存空间》,《福建论坛》2015 年第 12 期。《新华文摘》2016 年第 6 期"篇目辑览·文艺"收录 28.《大革命文学的"下半旗"——茅盾〈蚀〉的三部曲重读》,《贵州师范大学学报》2016 年第 1 期。中国人民大学复印资料《中国现代、当代文学研究》2016 年第 7 期转载 29.《新文学传统的面具:从革命论到后现代性》,《晋阳学刊》2016 年第 4 期 30.《〈蕙的风〉版本校释与普通话写作》,《长沙理工大学学报》2016 年第 4 期 31.《对话与建构——论王兆胜的林语堂散文研究(第一)》,《石河子大学学报》2016 年第 5 期

作者	论文
颜同林	32. 《"民国机制"与翻译文学的兴盛》,《山东社会科学》2016 年第 5 期
	33. 《土地法令与现代作家的乡土书写》,《广东社会科学》2016 年第 6 期。中国人民大学复印资料《中国现代、当代文学研究》2017 年第 4 期转载
	34. 《方言入诗与〈新华日报〉副刊》,《宜宾学院学报》2016 年第 8 期
	35. 《语言规训与作家思想改造》,《兰州学刊》2016 年第 11 期
	36. 《"诗人毛泽东"与中国新诗道路》,《求索》2017 年第 1 期
	37. 《"讲话"散播与"非解放区"方言诗潮的勃兴》,《福建论坛》2017 年第 1 期
	38. 《方言入诗:诗歌传统及意义》,《诗歌月刊》2017 年第 4 期
	39. 《文学传统与"大文学"史观的兴起》,《当代文坛》2017 年第 4 期
	40. 《方言入诗的书写形式与语言试验》,《广东社会科学》2017 年第 6 期
	41. 《新诗自身传统的再发现》,《甘肃社会科学》2017 年第 6 期
	42. 《诗歌地理的诗学建构及其呈现》,《广西民族师范学院学报》2017 年第 6 期
	43. 《抗日语境下民族意识的另类建构——以郭沫若历史剧〈孔雀胆〉为例（第二）》,《现代中国文化与文学》第 21 辑,巴蜀书社 2017 年版
	44. 《百年新诗选本的地域化呈现——论贵州新诗的选本现象》,《北方论丛》2018 年第 2 期
	45. 《郑小琼诗歌:打工者的生命烙印》,《肇庆学院学报》2018 年第 3 期
	46. 《家庭叙事与郭沫若早期小说研究》,《贵州师范大学学报》2018 年第 2 期。中国人民大学复印资料《中国现代、当代文学研究》2018 年第 6 期转载
	47. 《黔东地域的诗歌书写》,《贵州日报》2018 年 11 月 30 日第 11 版
	48. 《重塑贵州诗歌新形象——改革开放 40 年的贵州诗歌》,《贵州民族报》2018 年 12 月 17 日"民族文学周刊"第 B4 版
	49. 《郭沫若与 1950 年代文学语言规范》,《郭沫若研究》2019 年第 1 辑（总第 15 辑）
	50. 《精准扶贫主战场的文艺轻骑兵》,《山花》2019 年第 2 期
	51. 《群众口语与"十七年新诗"的语言基座》,《福建论坛》2019 年第 2 期。中国人民大学复印资料《中国现代、当代文学研究》2019 年第 7 期转载
	52. 《〈华商报〉副刊与 1940 年代港粤文艺运动》,《广东社会科学》2019 年第 3 期
	53. 《〈绝地逢生〉:脱贫攻坚的文学书写与时代影像》,《现代中国文化与文学》第 30 辑,巴蜀书社 2019 年版
	54. 《伟大的转折:见证智慧燃烧的长征岁月》,《贵州日报》2019 年 11 月 15 日第 10 版
	55. 《文艺作品中的大学生村官形象》,《理论与当代》2019 年第 12 期
	56. 《"变体链"与现代作家传统的再认识》,《东南学术》2020 年第 2 期
	57. 《万紫千红总是春——贵州省第三届金贵奖获奖作品漫评》,《贵州民族报》2020 年 2 月 3 日"文学中国"副刊
	58. 《新中国 70 年贵州长诗创作的回顾与展望》,《艺术评鉴》2020 年第 3 期
	59. 《中国气派与传统民族风格——欧阳黔森的诗歌创作综论》,《山花》2020 年第 4 期
	60. 《〈花繁叶茂〉:新时代农村精准扶贫的历史影像》,《文艺报》2020 年 6 月 3 日第 4 版
王永祥	1. 《由文化商品到学术经典的转化——以〈中国新文学大系〉（1917—1927）为例》,《社会科学研究》2012 年第 5 期
	2. 《"民国视野"的问题与方法意识——"民国社会历史与中国现代文学"学术研讨会综述》,《文艺争鸣》2013 年第 1 期

续表

作者	论文
王永祥	3. 《〈新青年〉前期国家文化的建构与新文学的发生》，《文学评论》2013 年第 5 期 4. 《"朝华"而"夕拾"中欢欣与悲怆相交织的童心之歌》，《红岩》2015 年第 3 期 5. 《超轶政治的政治性——民初的政治困局与新文化的历史出场》，《文艺争鸣》2015 年第 9 期 6. 《西方现代艺术视野中的 20 世纪中国文学——评〈20 世纪中国文学与西方现代艺术论稿〉》，《中国现代文学研究丛刊》2017 年第 5 期
胡安定	1. 《鸳鸯蝴蝶：如何成派——论鸳鸯蝴蝶派群体意识的形成》，《首都师范大学学报》2009 年第 2 期；《新华文摘》2009 年第 13 期观点摘录 2. 《论鸳鸯蝴蝶派的形象谱系与自我认同》，《文学评论》2011 年第 4 期 3. 《图像中的域外——民初鸳鸯蝴蝶派对西方的译介》，《新文学史料》2011 年第 4 期 4. 《跨越新旧的"第三文学空间"》，《中国现代文学研究丛刊》2012 年第 6 期；《中国社会科学文摘》2012 年第 9 期转载，《新华文摘》2012 年第 22 期观点摘录 5. 《〈玉梨魂〉版权之争与职业作家的形成》，《中国现代文学研究丛刊》2013 年第 12 期 6. 《张恨水〈八十一梦〉的戏仿策略与鸳鸯蝴蝶派阅读共同体》，《西南大学学报》2014 年第 3 期；中国人民大学复印《中国现代、当代文学研究》2014 年第 10 期全文转载 7. 《老舍的"幽默"作家形象与〈论语〉杂志之关系》，《中国现代文学研究丛刊》2016 年第 12 期 8. 《论鸳鸯蝴蝶派的文学趣味嬗变机制》，《现代中国文化与文学》2016 年第 19 辑 9. 《"外史"中的革命：鸳鸯蝴蝶派的另类革命书写》，《文学评论》2018 年第 3 期 10. 《民国"时事型"历史演义小说的创作机制与传播效应》，《西南大学学报》2018 年第 6 期；中国人民大学复印资料《中国现代、当代文学研究》2019 年第 4 期转载
杨华丽	1. 《现代文学研究的民国经济视野：有效性及其限度》，《社会科学研究》2012 年第 5 期 2. 《论郭沫若两篇历史小说与新生活运动的关系》，《现代中文学刊》2012 年第 5 期 3. 《吴虞"艳体诗"事件中的"XY"考论》，《中国现代文学研究丛刊》2012 年第 7 期 4. 《国民党治下的文网与鲁迅的钻网术——以 1933—1935 年为核心》，《鲁迅研究月刊》2013 年第 12 期 5. 《论"五四"新思潮中的"赵五贞自杀事件"》，《中国现代文学论丛》2014 年第 1 期 6. 《国民党的文化统制政策与中国新文学大系的诞生》，《学术月刊》2014 年第 8 期 7. 《国民党治下的文网与茅盾的文学活动——以 1933—1935 年为中心》，《鲁迅研究月刊》2014 年第 10 期 8. 《吴虞与〈新青年〉：意义如何相互生成——以反孔非儒为中心的考察》，《文艺研究》2014 年第 11 期 9. 《"打倒孔家店"话语：研究历史、现状与拓展路径》，《中国现代文学论丛》2015 年第 2 期 10. 《国民党抗战时期的文化统制与进步作家的"钻网术"——以茅盾为中心》，《中国现代文学研究丛刊》2015 年第 7 期 11. 《茅盾〈精神食粮〉的三个译本考论》，《鲁迅研究月刊》2015 年第 8 期 12. 《郭沫若"五四"时期尊孔崇儒的特质》，《中国现代文学研究丛刊》2016 年第 4 期

作者	论文
杨华丽	13.《〈青年杂志〉改名原因：误读与重释》，《湘潭大学学报》（哲学社会科学版）2016 年第 6 期 14.《郭沫若"五四"时期小说的家庭伦理叙事》，《现代中国文化与文学》2017 年第 4 期 15.《茅盾与斯特林堡——从〈茅盾全集〉的两条注释谈起》，《鲁迅研究月刊》2017 年第 6 期 16.《"周作人事件"与"何其芳道路"》，中国人民大学复印资料《中国现代、当代文学研究》2018 年第 1 期 17.《"五四"新文化思潮中的〈非孝〉事件考论》，《中国现代文学论丛》2018 年第 2 期 18.《茅盾与〈呐喊〉〈烽火〉杂志相关史实辨正》，《现代中文学刊》2019 年第 1 期 19.《梅兰芳与〈一缕麻〉的早期传播》，《现代中文学刊》2019 年第 6 期 20.《鲁迅："平生功业尤拉化"——郭沫若对鲁迅的盖棺之论及其认知价值》，《鲁迅研究月刊》2020 年第 6 期（与王静合著，第一作者）
谢君兰	1.《晚清"诗"与"歌"中的句法与意象——以传统诗歌的句法原理为分析基础》，《文学评论》2015 年第 3 期 2.《"韵"的突破与"音"的效应——论晚清时期中国诗歌的音韵嬗变》，《现代中国文化与文学》2016 年第 1 期 3.《自媒体时代的"实证主义"诗学——论〈阿库乌雾微博断片选：生命格言（2011—2014）〉》，《阿来研究》2016 年第 2 期 4.《从音乐到格律——论白话新诗视野下的学堂乐歌》，《文艺研究》2017 年第 3 期 5.《外来词、古词语与生造词——论初期白话诗中的词语构成》，《现代中国文化与文学》2017 年第 4 期 6.《四川大学成立"中国诗歌研究院"的宗旨与愿景》，《民国文学与文化研究集刊》2018 年第 4 期 7.《在"新变"与"旧序"之间——论白话新诗中的"欧化"和"传统"句法》，《现代中国文化与文学》2019 年第 2 期
妥佳宁	1.《〈儿女英雄传〉旧序辨伪综考》，《民族文学研究》2013 年第 4 期 2.《"进化"链条上的"革命中间物"》，《鲁迅研究月刊》2013 年第 11 期 3.《争取自我的自由与尊重他人的自由：试与周作人对话》，《励耘学刊》2014 年第 2 期 4.《作为〈子夜〉"左翼"创作视野的黄色工会》，《文学评论》2015 年第 3 期 5.《伪蒙疆沦陷区与绥远国统区文坛对民族主义话语的争夺》，《哈尔滨工业大学学报》2015 年第 6 期 6.《从汪蒋之争到"回答托派"：茅盾对〈子夜〉主题的改写》，《中山大学学报》2017 年第 1 期 7.《伪蒙疆沦陷区文学中的"故国"之思》，《文学评论》2017 年第 3 期 8.《殖民与专制：中国现代文学的双重言说语境》，《鲁迅研究月刊》2018 年第 3 期 9.《"高级形式的社会文件"何以妨害审美》，《当代文坛》2018 年第 4 期 10.《〈子夜〉对国民革命的"留别"》，《文学评论》2019 年第 5 期 11.《局部抗战与少数民族汉语文学》，《当代文坛》2020 年第 4 期

作者	论文
罗维斯	1.《"民族形式"论争中国民党及右翼文人的态度——民国机制下"民族形式"论争新识之一》,《海南师范大学学报》(社会科学版) 2012 年第 6 期 2.《抗战期间关于文艺民族形式的讨论》,《郑州大学学报》(哲学社会科学版) 2012 年第 5 期 3.《"绅"的嬗变——〈动摇〉的一种解读》,《文学评论》2014 年第 2 期 4.《精英的离散与困守——〈霜叶红似二月花〉的绅缙世界》,《文学与文化》2017 年第 1 期 5.《新媒体时代如何回溯"大文学"》,《当代文坛》2017 年第 4 期 6.《〈动摇〉与国民革命中的商民运动》,《现代中国文化与文学》2017 年第 22 辑 7.《躁动的社会阶层与绵延的再造文明之梦——〈子夜〉新论》,《励耘学刊》2019 年第 1 期
邹冬梅	1.《民国经济危机与 30 年代经济题材小说》,《文学评论》2012 年第 3 期 2.《1930 年前后的中国经济背景与〈子夜〉的创作》,《茅盾研究》第 15 辑 3.《"新的人民的文艺"——论中国共产党对第一次文代会的组织与思想领导》,《绵阳师范学院学报》2012 年第 10 期
熊权	1.《论时代思潮中的"恋爱与革命问题"》,《中国现代文学研究丛刊》2015 年第 3 期 2.《从苦难突围:论陈应松对底层文学的拓展》,《中国文学研究》2015 年第 3 期 3.《民国视野:走出"现代性"研究范式的方法》,《首都师范大学学报》2016 年第 1 期 4.《〈动摇〉再解读:国民革命中的"左稚病"问题》,《励耘学刊》2017 年第 1 期 5.《郭沫若对河上肇的接受和修改》,《中国现代文学研究丛刊》2017 年第 1 期 6.《"自杀意象"与丁玲的无政府主义思想之探寻》,《文学评论》2017 年第 1 期 7.《左翼文学发生语境下的鲁迅批判吴稚晖问题》,《文学评论》2018 年第 3 期 8.《"革命人"孙犁:"优美"的历史与意识形态》,《文艺研究》2019 年第 2 期 9.《新文化运动的"主义"对话——以青年张闻天的文学和思想为中心》,《鲁迅研究月刊》2019 年第 5 期 10.《革命的思想逻辑:郭沫若〈中国古代社会研究〉再解读》,《现代中国文化与文学》2020 年第 1 期 11.《彷徨"家""国":土改与孙犁的"文变"》,《文艺理论与批评》2020 年第 3 期
李扬	1. 孙晓娅、李扬:《理想同构中的裂隙——论革新后〈小说月报〉三位主编对于翻译诗歌的选刊》,《现代中国文化与文学》2017 年第 1 期 2. 李扬、孙晓娅:《"失败"的经验与"拯救"的智慧——从天蓝诗歌的修改谈起》,《汉语言文学研究》2017 年第 2 期 3.《在闭锁与敞开之间写作——路也新世纪以来诗歌研究》,《诗探索》2017 年第 4 辑 4. 孙晓娅、李扬:《"鹦鹉救火":抗战时期胡适的和战观辨析》,《中国现代文学研究丛刊》2017 年第 11 期 5. 孙晓娅、李扬:《"鹦鹉救火":抗战时期胡适的和战观辨析》,《中国现代、当代文学研究》(中国人民大学复印资料) 2018 年第 2 期 6.《"多元史观"的"通关密语"——评〈"文"的传统与现代中国文学〉》,《民国文学与文化研究集刊》2019 年第 5 期 7.《语言·文学·历史——"文本内外:语言形式与中国现代文学"学术论坛综述》,《学术月刊》2020 年第 2 期

作者	论文
李扬	8. 《"成都模式"与文学研究视野的地方化》,《当代文坛》2020 年第 2 期 9. 李怡、李扬:《抗战文学研究的关键词》,《文艺争鸣》2020 年第 7 期
孙伟	1. 《鲁迅喜爱浮世绘的原因》,《齐鲁学刊》2015 年第 2 期 2. 《国民革命对现代文学发展路向的影响》,《现代中国文化与文学》2015 年第 16 辑 3. 《如何保存"国粹"——论鲁迅对文人画的摄取》,《中国现代文学研究丛刊》2015 年第 12 期 4. 《启蒙、革命和抒情的循环圈——以蒋光慈"革命加恋爱"小说为例》,《文学评论》2016 年第 2 期 5. 《影的告别——重读〈孤独者〉与〈颓败线的颤动〉》,《鲁迅研究月刊》2017 年第 2 期 6. 《文学爱情的一曲挽歌——重析〈伤逝〉的创作主题》,《福建论坛》(人文社会科学版) 2017 年第 4 期 7. 《向谁复仇,如何复仇?——重读鲁迅〈复仇〉〈复仇(其二)〉》,《西南民族大学学报》(人文社会科学版) 2017 年第 7 期 8. 《〈铸剑〉创作时间地点新考》,《现代中国文化与文学》2017 年第 21 辑 9. 《被冰结的亲情——重读〈雪〉〈死火〉》,《鲁迅研究月刊》2017 年第 12 期 10. 《文化重建的起点——论鲁迅笔下的故乡》,《文艺研究》2018 年第 1 期 11. 《家庭伦理崩溃后的自我反省——重识路翎〈财主底儿女们〉的文学史意义》,《文艺研究》2018 年第 11 期 12. 《诗教传统的现代叙事——宗璞小说创作论》,《扬子江评论》2019 年第 10 期
肖宁遥	1. 《重评新诗的"诗"与"文"》,《钦州师范高等专科学校校报》2015 年第 1 期 2. 《抗战文化氛围中的〈野玫瑰〉》,《西南民族大学学报》2015 年第 9 期 3. 《抗战文学补遗:沙磁文化区文学概貌》,《重庆评论》2019 年第 2 期 4. 《论初级汉语教材生活语言场言语材料的选编及运用》,《重庆与世界》(学术版) 2019 年第 3 期
彭冠龙	1. 《"革命人做出东西来,才是革命文学"——托洛茨基文论对鲁迅文学思想的影响》,《鲁迅研究月刊》2015 年第 5 期 2. 《"革命人做出东西来,才是革命文学"——托洛茨基文论对鲁迅文学思想的影响》,中国人民大学复印报刊资料《中国现代、当代文学研究》2015 年第 10 期 3. 《摆脱窠臼后的学术探索》,《现代中国文化与文学》2015 年第 16 辑 4. 《〈女神〉是"五四时代精神"的诗化吗?——从接受史角度重审〈女神〉的文学史形象》,《现代中文学刊》2016 年第 2 期 5. 《树欲静而风不止——从 1936 年鲁迅的处境与心态看〈答托洛斯基派的信〉事件》,《暨南学报》(哲学社会科学版) 2016 年第 9 期 6. 《评魏建主编〈20 世纪中国文学主流·历史档案书系〉》,《中国现代文学研究丛刊》2017 年第 11 期 7. 《诗是独立而鲜活的生命——巴黎第七大学宇乐文教授访谈》,《现代中国文化与文学》2018 年第 25 辑 8. 《思想相遇与观点误读——从前期思想的角度看鲁迅如何接受"同路人"概念》,《现代中国文化与文学》2019 年第 30 辑

续表

作者	论文
李乐乐	1. ［美］邓洛安：《欧洲艺术与中世纪蒙古之关联：文化译介的两个案例》，李乐乐、吴键译，《美育学刊》2015 年第 6 期 2. 《旧诗新解、回返与精神界战士——就王富仁先生去世访谈姜飞教授》，《现代中国文化与文学》2017 年第 2 期 3. 《荒诞时代的小说书写》，《红岩》2017 年第 3 期 4. 《近现代"散文"来路寻踪：从一个名词的"误认"说起》，《励耘学刊》2018 年第 1 辑 5. 《〈域外小说集〉：作为方法的"东西瓯脱间"》，《中国现代文学研究丛刊》2019 年第 12 期
黎保荣	1. 《试论中国现代文学的"暴力叙事"现象》，《中国社会科学文摘》2010 年转载（第二作者） 2. 《也说〈中国现代文学三十年〉（修订本）中作品与史料复述瑕疵》，中国人民大学复印报刊资料《中国现代、当代文学研究》2013 年转载 3. 《何为启蒙：中国现代文学启蒙内涵及其演变新论》，《新华文摘》2013 年第 9 期转载 4. 《反抗文学商业化——论鲁迅思想的一个重要侧面》，中国人民大学复印报刊资料《中国现代、当代文学研究》2016 年转载 5. 《张爱玲小说中密闭空间的叙事艺术》，《新华文摘》2017 年第 15 期论点摘编，新华文摘（网刊）2017 年第 16 期转载 6. 《中国现代文学"科学"内涵及其演变》，《新华文摘》2017 年第 17 期论点摘编
马绍玺	1. 《"我实在不能告诉你，她甜蜜的神秘"——施茂盛诗歌阅读之一种》，《诗探索》（理论卷）2012 年第 4 辑 2. 《边地风景与少数民族诗歌的民族国家想象》，《民族文学研究》2012 年第 5 期 3. 《中国现代文学史料建设的重要收获——评李光荣有关西南联大文学的两本新书》，《成都大学学报》2013 年第 1 期 4. 《边地风景体验与现代诗歌的诗性生成——以 1950 年代云南军旅诗人为例》，《现代中国文化与文学》2014 年第 14 辑 5. 《对抗与找寻——蓝野诗歌论》，《诗探索》（理论卷）2014 年第 4 辑 6. 《边地风景体验与西南联大诗歌》，《文学评论》2015 年第 1 期 7. 《张长小说〈空谷兰〉的意识形态解读》，《大理学院学报》2015 年第 3 期 8. 《西南联大时期冯至随笔写作的现代性新追求》，《中国现代文学研究丛刊》2017 年第 5 期 9. 《发现与会通：于坚、雷平阳诗歌的风景体验》，《现代中国文化与文学》2019 年第 26 辑 10. 《诗歌的任务就是对人生进行有意义的发现》，《名作欣赏》2019 年第 8 期 11. 《陆晶清文学年谱简编》，《新文学史料》2020 年第 2 期
李金凤	1. 《郭沫若的经济生活与他的文学创作——以早期创作（1918—1926 年）为例》，《海南师范大学学报》（社会科学版）2012 年第 4 期 2. 《我也想和这个世界谈谈：且说"80 后写作"》，《红岩》2012 年第 5 期 3. 《中国现代文学发展进程中的文艺大众化问题论争》，《求索》2013 年第 4 期 4. 《民国 30 年代关于创作不振的讨论》，《文艺争鸣》2013 年第 10 期

续表

作者	论文
李金凤	5.《符号学视野下的明星制解读——从〈一代宗师〉说起》,《当代电影》2014 年第 1 期 6.《〈阿凡达〉：一场符号大战——从符号学角度解读〈阿凡达〉》,《临沂大学学报》2014 年第 1 期 7.《民国新闻管制研究》,《东方论坛》2014 年第 5 期 8.《战国策派研究的历史现场与基本史实》,《中华文化论坛》2016 年第 1 期 9.《战国策派核心成员考论》,《现代中国文化与文学》2016 年第 18 辑 10.《日伪时期南京的社会面貌——以吴浊流的〈南京杂感〉为考察中心》,《民国文学与文化研究集刊》（台湾）2017 年第 1 期 11.《批判与继承：战国策派论五四新文化运动》,《文艺争鸣》2017 年第 3 期 12.《"大政治"与"大文学"——陈铨主编的〈民族文学〉》,《新文学史料》2017 年第 3 期 13.《创意写作的"关键词"联想方法研究》,《写作》2019 年第 6 期
王琦	1.《花落无声——谢冕先生访谈录》,《新文学评论》2015 年第 4 期 2.《跨越时间的身份之旅——读弥唱〈复调〉》,《河北师范学院学报》2016 年第 2 期 3.《"曲线救人"——评话剧〈驴得水〉》,《宜宾学院学报》2016 年第 9 期 4.《"民国"的文学与"文学"的民国》,《现代中国文化与文学》2016 年第 19 辑 5.《"父权制"游魂下的〈原野〉》,《现代中国文化与文学》2017 年第 1 期 6.《"家庭"是如何进步的？——试析赵树理早期小说中的"家庭"叙事》,《现代中国文化与文学》2018 年第 1 期 7.《逃亡即抗争——立体战与〈火〉三部曲的日常生活书写》,《中国现代文学研究丛刊》2018 年第 4 期
谭梅	1.《民国机制下的"女性文学"研究》,《江汉论坛》2014 年第 6 期 2.《反思与发现：中国现代女性文学研究中的男性文本》,《现代中国文化与文学》2017 年第 21 期 3.《〈儿童世界〉对现代中国儿童文学本土化发展的影响》,《现代中国文化与文学》2019 年第 31 期 4.《民国四川女性报刊与女性文学创作：1912—1936》,《四川师范大学学报》（社会科学版）2020 年 3 月
段绪懿	1.《抗战时国立剧专在江安的戏剧活动》,《西南民族大学学报》2005 年第 9 期 2.《七十七年前张骏祥对〈蜕变〉的导演》,《四川戏剧》2008 年第 1 期 3.《抗战时期话剧〈凤凰城〉流行原因初探》,《四川戏剧》2008 年第 4 期 4.《曹禺在国立戏剧专科学校（江安时期）的从教活动》,《四川戏剧》2009 年第 2 期 5.《〈蜕变〉之"变"原因探究》,《西南民族大学学报》2009 年第 11 期 6.《论余上沅表演理论研究》,《民族艺术研究》2013 年第 5 期 7.《论余上沅的戏剧导演艺术理论》,《中华文化论坛》2013 年第 11 期 8.《论国立剧校之演剧类型》,《四川戏剧》2015 年第 2 期 9.《自然主义戏剧〈群鸦〉在中国的首演、宣传与论争》,《民族艺术研究》2014 年第 3 期 10.《中国现代话剧史上的一次莎剧舞台实践——1937 年 6 月〈威尼斯商人演出评述〉》,《民族艺术研究》2015 年第 2 期 11.《国立剧校的话剧史价值》,《戏剧（中央戏剧学院学报）》2016 年第 1 期

续表

作者	论文
段绪懿	12.《近现代川剧改良运动中的武戏改良》,《戏曲研究》2019 年第 3 期 13.《论川剧"冉本"里的高腔唱词艺术》,《现代文学与文化》2020 年第 33 辑
肖智成	1.《论中国现当代文学精品视频公开课程教材建设的对策性要求》,《教书育人》2013 年第 11 期 2.《热情的恬淡,入世的隐逸——论汪曾祺创作中的隐逸情怀》,《文教资料》2013 年第 16 期 3.《论中国现当代文学课程教学的去史化倾向》,《社科纵横》2015 年第 11 期 4.《唤起审美思维的对话——中国现当代文学课堂教学改革的借力点与突破法》,《文教资料》2016 年第 8 期 5.《诗满竹林 梦想桃源——论废名隐逸倾向的文学表达及其意义》,《关东学刊》2016 年第 7 期 6.《大道低回 至美玄淡——论孙犁的隐逸倾向》,《青海社会科学》2016 年第 11 期 7.《浮世背后与孤独私语——现代隐士张爱玲的人与文（之一）》,《文教资料》2017 年第 24 期 8.《走到楼上与隐于都市——论现代隐士张爱玲的人与文（之二）》,《文教资料》2017 年第 25 期 9.《论晚年孙犁的隐逸倾向》,《现代中国文化与文学》2017 年第 4 期 10.《"新文科"建设下的"问题共同体对话"——论中国现代文学教学中的关系重构与人才培养》,《社科纵横》2020 年第 5 期
刘海洲	1.《时代的反讽,人生的反思——论郭沫若的〈李白与杜甫〉》,《文艺评论》2011 年第 12 期 2.《20 世纪中国文学的政治文化传统》,《社会科学家》2012 年第 4 期 3.《郭沫若的人格反思及其当下意义》,《文艺评论》2012 年第 6 期 4.《郭沫若抗战历史剧的悲剧叙事与现实关怀》,《重庆社会科学》2013 年第 1 期 5.《20 世纪 40 年代抗战历史剧的文化救国策略》,《河南社会科学》2013 年第 10 期 6.《论五四现代作家独立意识的生成》,《社会科学家》2013 年第 10 期 7.《论郭沫若政治文化思想的发展历程》,《商丘师范学院学报》2016 年第 4 期 8.《郭沫若人生中的"三座高峰"及其历史评价》,《许昌学院学报》2017 年第 1 期 9.《郭沫若研究中的非议及批评话语的演变》,《郭沫若学刊》2017 年第 1 期
吕洁宇	1.《个体精神的时代书写——读王了一〈龙虫并雕斋琐语〉》,《名作欣赏》2013 年第 31 期 2.《共和国时期吴宓的政治思想——以〈吴宓日记续编〉为中心》,《三峡论坛》2015 年第 1 期 3.《纡缓的突围者——论创造社时期郑伯奇文学观的转变》,《三峡论坛》2016 年第 1 期 4.《民国时期的家庭形态的嬗变与中国现代小说——以吴组缃的破产小说为例》,《长江师范学院学报》2017 年第 3 期 5.《论〈天行者〉中神圣空间的建构》,《曲靖师范学院学报》2018 年第 4 期 6.《论抗战时期〈新华日报〉翻译文学的时代特性》,《诗学》2019 年第 11 辑 7.《论抗战时期〈新华日报〉的改版及翻译文学转向》,《曲靖师范学院学报》2020 年第 1 期

作者	论文
袁少冲	1.《另类的封建家庭与别样的假道学（上）——〈肥皂〉新解兼及对研究史的几点反思》，《鲁迅研究月刊》2013 年第 11 期 2.《另类的封建家庭与别样的假道学（下）——〈肥皂〉新解兼及对研究史的几点反思》，《鲁迅研究月刊》2013 年第 12 期 3.《1930 年代"京派"美学追求的经济前提》，《商洛学院学报》2014 年第 1 期 4.《论周作人文学批评理论的开拓性贡献》，《山西师大学报》（社会科学版）2014 年第 2 期 5.《大后方"军绅"社会权力制衡下的戏剧活动空间》，《中国现代文学研究丛刊》2014 年第 7 期 6.《"复仇"：作为更高生命意义的实现方式——鲁迅〈复仇〉再解析》，《鲁迅研究月刊》2015 年第 2 期 7.《距离有多远：从现代知识分子到农民——重读王西彦小说〈乡下朋友〉》，《现代文化与文学》2016 年第 2 期 8.《〈讲话〉与中国现代文学启蒙的新阶段及新路向》，《中国现代文学研究丛刊》2018 年第 6 期 9.《追寻"自我"：〈倾城之恋〉细读及重释（上）》，《运城学院学报》2019 年第 1 期 10.《追寻"自我"：〈倾城之恋〉细读及重释（下）》，《运城学院学报》2019 年第 2 期 11.《〈倾城之恋〉与张爱玲的自我追寻及自我困囿》，《中国现代文学研究丛刊》2019 年第 4 期 12.《论鲁迅厦门广州时期对"学院"的体验与诀别》，《鲁迅研究月刊》2019 年第 6 期
王学东	1.《庞德〈在地铁站〉鉴赏》，《文学鉴赏》，教育科学出版社 2011 年版 2.《普鲁斯特〈追忆逝水年华〉鉴赏》，《文学鉴赏》，教育科学出版社 2011 年版 3.《奥尼尔〈琼斯皇〉鉴赏》，《文学鉴赏》，教育科学出版社 2011 年版 4.《贝克特〈等待戈多〉鉴赏》，《文学鉴赏》，教育科学出版社 2011 年版 5.《周亚平与中国当代语言诗》，《2011 诗探索·中国年度诗人》，漓江出版社 2011 年版 6.《奏鸣生命和大地的声音——评李跃平诗集〈最后一片落叶〉》，《国际诗词》2011 年夏季号 7.《"新摩罗诗人"与文革地下诗歌的诗学特质》，《重庆三峡学院学报》2011 年第 2 期 8.《"民国文学"的理论维度及其文学史编写》，《中国现代文学研究丛刊》2011 年第 4 期 9.《文革地下诗歌的诗歌质态及其意义》，《孝感学院学报》2011 年第 4 期 10.《被抛的生命——论李斌的诗》，《凉山文学》2011 年第 3 期 11.《当代诗歌的"空间感"》，《星星》2011 年第 6 期 12.《"情感革命"与文革地下诗歌的现代精神》，《绵阳师范学院学报》2011 年第 6 期 13.《多多的诗学观念探析》，《海南师范大学学报》2011 年第 3 期 14.《文革"地下诗歌"的研究及其问题》，《现代中国文化与文学》2011 年第 9 辑 15.《女性的深渊与人的命运——细读〈女人·预感〉兼论翟永明》，《名作欣赏》2011 年第 8 期 16.《邓均吾与四川新诗的现代追求》，《蜀学》2011 年第 6 辑 17.《荒诞世界中的自由精神——加缪〈局外人〉导读》，《现代文学经典导读》，高等教育出版社 2012 年版

续表

作者	论文
王学东	18.《"垮掉的一代"与信任的大门——金斯伯格〈嚎叫〉导读》,《现代文学经典导读》,高等教育出版社 2012 年版 19.《魔幻与现实交织的大地——马尔克斯〈百年孤独〉导读》,《现代文学经典导读》,高等教育出版社 2012 年版 20.《成都:诗在大地上的居所——2010—2011 成都新诗述评》,《文学成都》,四川师范大学电子出版社 2012 年版 21.《何其芳与当代"诗歌鉴赏学"》,《百年中华何其芳》,金城出版社 2012 年版 22.《民国时期作家的"经济意识"——以鲁迅为例》,《中华读书报》2012 年 3 月 7 日 23.《建设世界现代田园城市与当代四川文化的精神特征》,《地方文化研究辑刊》2012 年第 5 辑 24.《"口语"与中国新诗的"诗本身"》,《诗探索》2012 年第 2 辑 25.《目前"新诗教育"存在的问题及对策》,《高等教育研究》2012 年第 2 期 26.《校园诗歌带来了什么?》,《星星》2012 年第 12 期 27.《当代四川诗歌的精神向度——以成都野草诗群为例》,《蜀学》2012 年第 7 辑 28.《底层命运与我们的命运——评王学忠诗集〈挑战命运〉》,《底层书写与时代记录》,线装书局 2013 年版 29.《论冰心在"民国文学"中的地位》,《冰心论集 2012》,上海交通大学出版社 2013 年版(后收入《民国历史文化与中国现代经典作家》,台湾花木兰出版社 2014 年版) 30.《论当代"新边塞诗"的特征和意义——以亚楠的散文诗创作为例》,《我们散文诗群研究》,线装书局 2013 年版 31.《诗歌之栖居地——成都》,《江南时报》2013 年 4 月 3 日 32.《简论亚楠的散文诗创作》,《诗潮》2013 年第 4 期 33.《四川当代新诗的几副面孔》,《江南时报》2013 年 5 月 1 日 34.《在童心的世界里——梁小斌论》,《星星》2013 年第 4 期 35.《"文学地理学"视野下的李劼人文学思想》,《成都大学学报》2013 年第 7 期 36.《当下"都市诗"写作的诗学追求》,《星星》2013 年第 12 期 37.《新诗可贵的品质是自由(王学东)》,《心香:当代诗歌访谈》,重庆大学出版社 2014 年版 38.《蒋蓝的非虚构写作》,《四川日报》2014 年 2 月 28 日 39.《当代诗学"命名"的操作、意义及反思——以"中生代"为例》,《诗探索》2014 年第 2 辑 40.《"荒诞现实主义"的艺术追求》,《四川文学》2014 年第 3 期 41.《羌族当代新诗的发展及特征》,《阿来研究》2014 年第 1 期 42.(参与):《"时间马厩"中的罪与非罪——关于张庆国中篇小说〈马厩之夜〉的讨论(笔谈)》,《南方文坛》2014 年第 4 期 43.《当代乡土诗学的另一种向度》,《星星》2014 年第 4 期 44.《"新咏史诗":诗歌与历史的新融合》,《星星》2014 年第 11 期 45.《古诗今译与中国现代文学——以郭沫若〈卷耳集〉为考察中心》,《现代中国文化与文学》2014 年第 14 期 46.《法律意识与中国现代新诗——从奥登的影响谈穆旦后期诗歌》,《民国政治经济形态与文学》,花城出版社 2014 年版 47.《关于反对抒情与反对抒情诗》,《四川诗歌》2015 年第 3 期 48.《谁能成为当代李白?——首届"李白诗歌奖"印象》,《绵阳日报》2015 年 5 月 22 日

作者	论文
王学东	49.《写作是对自由的依赖和卫护——蒋蓝访谈》,《山花》2015 年第 5 期（收入《霜语：蒋蓝诗选 1986—2014》,北岳文艺出版社 2015 年版） 50.《新世纪"民间诗刊"何为?》,《屏风》2015 年总第 16 期 51. On the Italian Drama in China, the Italian Menthod of la Drammatica: Its Legacy and Reception, Edited by Anna Sica, Mimesis Edizioni, 2015.8.28 52.《守住词语的力量——〈梦想中的蔚蓝〉读后》,《诗歌阅读》2016 年第 2 卷 53.《四川诗歌百年第一人》,《四川诗歌》2016 年第 5 期 54.《从"介入"走向公民文学》,《非非》2016 年总第 13 卷 55.《周伦佑地下诗歌的体制外维度》,《非非》2016 年总第 13 卷 56.《巴蜀文艺思想的复兴——郭沫若》,《巴蜀文艺思想史论：一种区域文化视阈下的考察》,商务印书馆 2016 年版 57.《巴蜀文艺思想的复兴——巴金》,《巴蜀文艺思想史论：一种区域文化视阈下的考察》,商务印书馆 2016 年版 58.《巴蜀文艺思想的复兴——何其芳》,《巴蜀文艺思想史论：一种区域文化视阈下的考察》,商务印书馆 2016 年版 59.《四川：百年中国新诗的"半壁江山"》,《蜀学》2017 年第 1 期（后收入《四川诗歌地理》,四川文艺出版社 2017 年版） 60.《当代诗歌的"诗意生成机制"》,《星星》2017 年第 6 期 61.《"别立新宗"——王富仁的中国现代文学研究》,《中国语言文学研究》2017 年总第 22 卷 62.《诗歌与钢铁——谈龚学敏〈钢的城〉的"钢铁诗学"》,《当代文坛》2017 年第 1 期 63.《当下"自然中心"主义的诗学建构及反思——以黄恩鹏的散文诗创作为例》,《北方论丛》2018 年第 4 期 64.《略论夏志清的"革命观"》,《现代中国文化与文学》2018 年总第 25 期 65.《新一代人的写作与困境》,《诗刊》2018 年第 8 期 66.《海外郭沫若研究的历史与现状——访中国郭沫若研究会执行会长蔡震》,《西华大学学报》2018 年第 6 期 67.《康若文琴的诗、女性及现代性》,《阿来研究》2018 年总第 9 期 68.《一份"八十年代校园诗歌"的重要历史档案——简评姜红伟〈诗歌年代〉》,《大兴安岭日报》2019 年 7 月 6 日 69.《呼唤新工业抒情诗》,《诗刊》2019 年第 7 期 70.《我和诗与思》,《阿来研究》2019 年总第 11 期 71.《〈星星〉诗刊创刊始末》,《诗探索》2019 年第 4 辑 72.《〈星星〉诗刊为何停刊》,《诗探索》2020 年第 2 辑 73.《今生今世的光和热——简论李铣的诗》,《四川诗歌》2020 年第 2 期 74.《恒久的自然事物的壮烈歌唱——简论江非的诗歌近作》,《草堂》2020 年第 3 期 75.《"活着,同时拥抱死亡"——简论韩东的诗歌》,《星星》2020 年第 5 期 76.（第二）：《孙文波诗歌的"任性叙事"及其诗性》,《星星》2020 年第 7 期 77.《巴蜀一脉相传,成渝一代诗风——简论"成渝双城诗歌大展"》,《四川日报》2020 年 8 月 28 日
王琳	1.《论双重"边缘"身份与王德威晚清文学书写》,《四川大学学报》（哲学社会科学版）2013 年第 1 期 2.《新儒学思潮与美国汉学界的现代文学研究路向——兼论"被压抑的现代性"命题的提出》,《当代文坛》2013 年第 2 期

作者	论文
王琳	3.《从"冲击"到"激活"——论海外汉学与晚清通俗小说研究热》,《西南民族大学学报》(人文社会科学版)2013 年第 9 期 4.《苦难·分担·文学——从罗伟章小说创作看当代底层文学》,《现代中国文化与文学》第 23 辑 5.《"第二空间":50—60 年代台湾文学与美国的中国现代文学研究的诞生》,《现代中国文化与文学》第 23 辑 6.《去神化:夏志清、夏济安的鲁迅研究之比较》,《西南民族大学学报》(人文社会科学版)2018 年第 3 期 7.《走向经典:美国汉学视域下的张爱玲研究——以夏志清、李欧梵、王德威为考察对象》,《中国文学研究》2019 年第 3 期 8. 王琳、李若男:《论西部文学视域下的石舒清小说创作》,《中外文化与文论》第 42 辑
王婉如	1.《最柔软的秘密花园》,《台湾现代诗》2011 年第 26 期 2.(第一作者)张志荣、王婉如:《关于孩童增高实践操作之可行性教学》,《都市家教》2012 年第 4 期总第 7 期(上) 3.(散文)《我在北大的第四个年头》,《邂逅北京:台湾学生北京求学记》,中国人民大学出版社 2012 年版 4.(散文)《我在北京的日子》,中国经济出版社 2013 年版 5.(随笔)《新闻插曲》,台湾《自由时报——花边副刊》2014 年 10 月 5 日 6.《从意象关联视角谈清平〈神秘诗〉》,《青年文学家》2015 年总第 535 期 7.《晚清小说读者阅读取向对近代出版业的影响》,《唐山学院学报》2015 年第 28 卷第 2 期 8.《张爱玲研究的再研究》,《励耘学刊》(文学卷)2016 年第 1 辑总第 23 辑 9.《民国时期的南京〈中央日报〉》(〈中央日报〉副刊与民国文学专题)》,《民国文学与文化研究》2016 年第 2 辑 10.《论 1930 年代抗战后上海知识分子的分化》,《民国文学与文化研究》2016 年第 3 辑 11.《民国时期的南京〈中央日报〉》,《西川评论》2016 年总第 7 期 12.《神话中的图腾崇拜:谈巴蜀"虎"崇拜》,《西川评论》2016 年总第 7 期 13.《文学史如何可能[〈民国文学十五讲〉三人谈(笔谈)]》,《现代中国文化与文学》2016 年总第 19 辑 14.《台湾古典诗创作的未来可能性——以(从)台北文学奖"台北经验"视角出发》,《武陵学刊》2018 年第 3 期总第 190 期 15.《历史史观的差异——以陈芳明〈台湾新文学史〉引发的争论》,《着眼未来:两岸青年文化及教育交流合作学术研讨会论文集》(ISBN:9787510874796) 16. "The state of Eileen Chang's Literary Production", *Journal of East Asian Studies*,2018 年第 1 期 17. 王婉如、张学谦:《民国"进步"思想组成的一环:论傅兰雅与清末民初时新小说征文活动》,《民国文学与文化研究集刊》(半年刊)2020 年第 7 期 18.《后疫情时代:走出品牌"狼性文化"的误区》,《国际品牌观察》2020 年第 8 期
左存文	1.《无人地带的鼓声:辨认绿原》,《文艺报》2020 年 1 月 10 日 2. 李怡、左存文:《在"西川"展开我们的论述:我的学术理想——李怡教授访录》,《当代文坛》2020 年第 2 期

作者	论文
左存文	3. 《"今天,我们如何讲鲁迅?"——中国鲁迅研究会基础教育分会 2020 年会综述》,《鲁迅研究月刊》2020 年第 7 期
丁晓妮	1. 《触摸历史的方式》,《现代中国文化与文学》2016 年第 2 期 2. 《鲁迅 20 世纪 30 年代创作旧体诗原因探析——兼谈旧体诗之于新文学作家的功能》,《鲁迅研究月刊》2018 年第 3 期 3. 《〈自题小像〉与鲁迅早期的民族国家意识》,《现代中国文化与文学》2018 年第 2 期
陶永莉	1. 《〈留美学生季报〉第四卷与文学革命的发生》,《名作欣赏》2013 年第 31 期 2. 陶永莉、周毅:《英语世界的虹影研究》,《当代文坛》2014 年第 9 期 3. 《成长之重——从〈北极村童话〉说起》,《红岩》2015 年第 2 期 4. 《青春状态下的诗歌创作——以郭沫若及其〈女神〉为例》,《现代中国文化与文学》2015 年第 15 辑 5. 《胡适与新诗的发生——从美国大学教育的角度考察》,《宜宾学院学报》2016 年第 4 期。《高等学校文科学术文摘》2016 年第 4 期,文摘 6. 《慕课与高校人文素质课的契合问题探讨——以"互联网 + 教育"为背景》,《重庆文理学院学报》(社会科学版)2016 年 4 月 7. 《透过蝴蝶的眼睛来观望现实——论李瑾〈北园敩〉》,《当代文坛》2016 年增刊 8. 《〈新青年〉与白话诗运动——以胡适等北大教师为中心》,《长江师范学院学报》2017 年第 1 期 9. 《教育视域下的郭沫若早期诗歌创作》,《郭沫若学刊》2019 年第 6 期
卓玛	1. 《低河:精神原乡的价值与建构(评论)——马海轶诗歌浅论》,《青海湖》2012 年第 1 期 2. 《茶马互市经济视域下的湟源新学诗》,《青海社会科学》2012 年第 3 期 3. 《另一种声音——藏诗汉译的翻译原则与伦理》,《青海日报》2012 年 7 月 20 日第 010 版江河源副刊 4. 《三重境界:龙仁青系列小说印象》,《上海青年报》2012 年第 4 版:新青年周刊 5. 《一页轻风动心旌——王文泸散文近作叙事特征探微》,《青海湖》2013 年第 5 期 6. 《情调叙事中的文学加减法——江洋才让短篇小说简论》,《青海湖》2013 年第 11 期 7. 《生命的律动:藏族汉语诗歌的协畅化音韵追求——以新时期以来的诗歌为例》,《青藏高原论坛》2014 年第 2 期(第二卷总第六期) 8. 《愿为黄鹄兮归故乡——秋夫诗歌简论》,《青海湖》2014 年第 7 期 9. 《独白中的挽歌——〈放生羊〉中的独白式单声话语》,《当代作家评论》2015 年第 4 期 10. 《伊丹才让"七行诗"的韵律建构 ——兼论新时期藏族汉语诗歌的韵律意识》,《青藏高原论坛》2015 年第 4 期(第 3 卷总第 12 期) 11. 《遥望那一片动人的风景——青海少数民族青年作家与文学生态》,《文艺报》2014 年第 6 版。转载于《遥望星宿海那片动人的风景——青海少数民族青年作家与文学生态》,《青海日报》2016 年 1 月 22 日第 010 版江河源副刊 12. 《藏族汉语诗歌的韵律传统与变革》,《文艺报》2016 年 6 月 3 日第 6 版 13. 《可观的精神容量——试论龙仁青的创作风格》,《光明日报》2016 年 7 月 18 日:文艺评论周刊·文学评论

作者	论文
卓玛	14.《汉字累积的火焰（评论）——衣郎诗歌的发生学断想》，《青海湖》2016 年第 12 期 15.《勇守精神沙渚——刚杰·索木东诗歌的抒情品质》，《兰州文理学院学报》（社会科学版）2017 年第 2 期 16.《人性观念的现代重构——以阿来〈格萨尔王〉为例》，《阿来研究》2016 年第 5 辑 17.《格绒追美的村落叙事与诗化传统》，《阿来研究》2017 年第 2 辑 18.《叶舟驶向何方？——〈羊群入城〉细读》，《兰州文理学院学报》（社会科学版）2018 年第 4 期 19.《藏地生活样貌变迁》，《中国新闻出版广电报》2019 年 5 月 17 日综合书评版 20.《多元共生的青藏多民族文学》，《西藏当代文学研究》第一辑 2019 年，西藏人民出版社 2011 年版 21.《新世纪藏族汉语小说的叙事表情——以万玛才旦、龙仁青的汉语小说为例》，《青海湖》2011 年
陈瑜	1. 胡余龙、陈瑜：《"文学研究中的跨域对话"学术研讨会暨 2018 年度〈文学评论〉编委会综述》，《文学评论》2018 年第 5 期 2. 李怡、陈瑜：《改革开放以来的诗歌流变》，《京师文化评论》2018 年第 2 期 3.《穆木天诗集〈旅心〉中的定语用法研究》，《宜宾学院学报》2018 年第 9 期 4.《论话剧〈年青的一代〉"老干部"形象评价的焦虑》，《现代中国文化与文学》2019 年第 1 期
付海鸿	1.《从"蛮夷"到"原住民"——汉语文献中的"土著"辨析》，《北方民族大学学报》（哲学社会科学版）2012 年第 2 期 2.《在文学与人类学之间——简论〈文化人类学笔记丛书〉》，《世界民族》2012 年第 2 期 3.《中国高校多民族文学教育现状考察——以西南民族大学为个案》，《中外文化与文论》2013 年第 3 期/第 24 辑 4.《表演和现实——简析 2011 年"春晚"与第九届全国少数民族传统体育运动会开、闭幕式》，《重庆文理学院学报》2013 年第 4 期 5.《文化绘图：文明对话与自我表述——"从江文化绘图"的人类学意义》，《世界民族》2014 年第 1 期 6.《"地理知识"、"识字教育"与"国家认同"——从民国时期小学堂国文教科书谈起》，《广西民族师范学院学报》2014 年第 1 期 7.《简论中国少数民族语言文学学科的创建及教学》，《民族文学研究》2014 年第 5 期 8.《地景象征与国家认同——"长江"国族化的"跨边界"之旅》，《中外文化与文论》2015 年第 1 期 9.《美国高校的中国多民族文学教育——以俄亥俄州立大学为个案的实证考察》，《教育学术月刊》2016 年第 4 期 10.《简论文学人类学的"大文学观"》，《励耘学刊》（文学卷）2016 年第 2 辑 11.《在国家与民族之间——中国语言文学的学科设置》，《教育学术月刊》2017 年第 2 期 12.《英语文献中的三江源生态移民研究述评》，《凯里学院学报》2017 年第 1 期 13.《表述中国：文学史教材的三种写作套语》，《大学人文教育》2018 年第 5 辑 14.《诗歌地理与族群文化表述——康若文琴和她的〈马尔康 马尔康〉》，《阿来研究》第 9 辑

作者	论文
付海鸿	15.《恋地甘南、中年写作与乡土记忆——刚杰·索木东与他的〈故乡是甘南〉》，《文学人类学研究》2019 年第 2 期
高博涵	1.《抒情方式的多样呈现与探索——评诗集〈行走的阳光：新诗五人行〉》，见诗集《行走的阳光》，中国文联出版社 2013 年版 2.《小说之忧，散文之虑——〈那山·那人·那狗〉与〈我的湘西〉比较》，《文学界（文学风）》2013 年 5 月号下旬刊 3.《〈水边书〉艺术论》，《文学界（文学风）》2013 年 9 月号下旬刊 4.《徐訏诗观初探》，《名作欣赏》2013 年第 11 期 5.《底层平民的歌者——关注王学忠诗歌现象》，《云梦学刊》2013 年第 6 期 6.《从宏观视野到微观问题——"民国历史文化与中国现代经典作家"学术研讨会述评》，《鲁迅研究月刊》2013 年第 11 期 7.《关于散文诗》，《散文诗》2014 年第 4 期上半月 8. 高博涵、程龙：《文本译介与国族身份双重视域下的海外阿来研究——以 Red Poppies 为中心》，《当代文坛》2014 年第 5 期 9.《"感觉"与"感觉"的张力——徐訏晚期诗作解读》，《励耘学刊》2014 年第 1 辑 10.《论卞之琳 1930—1934 年间的创作心态及其诗歌》，《文艺争鸣》2014 年第 10 期 11.《复杂的人生地带——戴望舒早期经历及其诗歌创作》，《现代中国文化与文学》2015 年第 15 期 12.《生命复归于生命——评卜寸丹〈象形〉》，《散文诗》2015 年第 7 期上半月 13.《徐訏个体思想与"社会使命"追求的复杂关系》，《广播电视大学学报》（哲学社会科学版）2016 年第 2 期 14.《时间与生命的多棱体现》，《星星》（理论版）2016 年第 26 期 15.《高校儿童文学图画书授课方法谈——以〈活了 100 万次的猫〉为例》，《牡丹江教育学院学报》2019 年第 4 期 16.《高校儿童文学教学的五维空间》，《牡丹江大学学报》2019 年第 7 期 17.《寄宿学校体验与"游离"诗人徐訏》，《现代中国文化与文学》2019 年第 29 辑 18.《"游而未离"：诗人徐訏的"个体"与"中华"》，《区域文化与文学研究集刊》2019 年第 6 辑 19.《语感、市井与碎片化传奇——〈繁花〉的三重阅读空间》，《网络文学评论》2019 年第 6 期
王晓瑜	1. 王晓瑜、王利娥：《被叙述围困的窘境——重读〈孔乙己〉》，《名作欣赏》2013 年第 10 期 2.《〈讲话〉·新启蒙·赵树理方向——作为一种文学新样式的〈小二黑结婚〉》，《文艺理论与批评》2013 年第 2 期 3.《霍艳近作论析》，《百家评论》2014 年第 6 期 4.《人的生存困境与思想者的精神困境——〈张马丁的第八天〉简析》，《现代中国文化与文学》2015 年第 17 辑 5.《关于"大连会议"及"中间人物"论问题的思考》，《文艺评论》2015 年第 6 期 6.《用悲悯拥抱文本》，《文艺报》2015 年 12 月 25 日 7.《〈组织部新来的青年人〉中"官僚主义"的再思考》，《太原师范学院学报》（社会科学版）2016 年第 6 期

续表

作者	论文
王晓瑜	8.《现场的同步批评也是一种历史建构》,《文艺报》2017 年 4 月 28 日 9.《新质在质疑中产生——重读〈狂人日记〉》,《名作欣赏》2017 年第 10 期 10.《赵树理与"山药蛋派"的关系及"十七年"文学流派论析》,《中国当代文学研究》2019 年第 6 期 11.《〈抗战日报〉文艺副刊与解放区文学的形成——以〈文艺之页〉的叙事性作品为中心》,《文艺评论》2020 年第 3 期
黄爱华	1.《新发现的田汉独幕剧〈陆沉之夜〉》,《新文学史料》2019 年第 4 期 2.《抗战时期国民政府教育部剧教队史实考述》,《现代中国文化与文学》2020 年第 32 辑
黄菊	1.《抗战时期文协经济状况考察》,《成都大学学报》(哲学社会科学版)2012 年第 3 期 2.《从〈春云〉看地方文艺在抗战语境下的期待和困惑》,《现代中国文化与文学》2017 年第 22 辑 3.《从新发现的两则史料看"吴宓赠书"》,《现代中国文化与文学》2019 年第 29 辑
康斌	1.《词语的历史变迁与现代文学学科的生长——评李怡〈词语的历史与思想的嬗变〉》,《现代中国文化与文学》2014 年第 15 辑 2.《华忱之的现代文学研究》,《中国现代文学研究丛刊》2015 年第 9 期 3.《张默生与"流沙河事件"——以〈人民川大〉为中心》,《扬子江评论》2016 年第 6 期 4.《评李怡〈作为方法的民国〉》,《中国现代文学研究丛刊》2017 年第 6 期 5.《有限的分裂——论〈走出"彼得堡"!〉对上海工人作家的再评价》,《现代中国文化与文学》2018 年第 24 辑 6.《断裂与连续:1966—1971 年间的赵树理批判》,《中国现代文学研究丛刊》2018 年第 6 期 7.《"再整合"中的文化重镇——以 1966 年前后的茅盾批判为中心》,《中国文学研究》2019 年第 1 期。《茅盾研究年鉴 2018—2019》全文转载 8.《慢而不息与问题导向的"老实学问"——评李光荣〈西南联大文学社团研究〉》,《现代中国文化与文学》2019 年第 28 辑 9.《大格局中的"复杂性":重读 20 世纪 60 年代的周扬批判——以"三十年代"评价为中心》,《海南师范大学学报》(社会科学版)2019 年第 4 期。新华文摘(网络)2019 年第 23 期全文转载
康鑫	1.《被批判的娱乐——20 世纪 40 年代文艺大众化论争中的徐訏与无名氏》,《中国语言文学研究》2018 年春之卷 2.《晚清民国时期报人小说与报刊新闻的互文性》,《中国现代文学研究丛刊》2017 年第 5 期 3.《民国时期民营出版业的经济管理方式与中国现代文学生产机制》,《社会科学研究》2016 年第 5 期 4.《畅销书是如何炼成的——民国三次言情小说热的社会文化解读》,《现代中国文化与文学》2016 年 11 月 5.《浩繁而通俗的国难史:张恨水抗战文学论》,《中华文化论坛》2015 年第 1 期 6.《在法意与自由之间:民国法律视野与现代文学研究的有效性》,《文艺争鸣》2013 年第 3 期

作者	论文
康鑫	7. 纪录片《西南联大》:《历史叙述与记忆建构》,《电影评介》2018 年第 12 期 8. 《穆时英〈montage 论〉对格里菲斯蒙太奇理论的接受与创新》,《电影评介》2018 年第 7 期 9. 《百年河北新文学成就的集大成之作——评〈河北新文学大系〉》,《河北师范大学学报》2013 年第 6 期 10. 《百年河北新文学精神的溯源》,《文艺报》2016 年 11 月 11 日 11. 《民国经济形态与中国现代文学的生成》,《中国语言文学研究》2016 年秋之卷 12. 《民国文学史视野下通俗小说家"著史现象"考论——以张恨水的 1930 年为中心》,《成都大学学报》2016 年第 1 期 13. 《张恨水〈读书百宜录〉及其文学的雅俗观》,《名作欣赏》2014 年第 8 期 14. 《"民族意识"与张恨水抗战时期的创作转型》,《燕赵学术》2014 年第 1 期 15. 《以"叙述人生"为基点:论张恨水武侠小说创作的反幻想性》,《成都大学学报》2013 年第 3 期
门红丽	1. 《解放区"有奖征文":"日常民族主义"的情感认同与建构》,《社会科学研究》2016 年第 5 期(总第 226 期) 2. 《奖励机制与文艺生产的造势运动——解放区"有奖征文"解析》,《现代中国文化与文学》2016 年 11 月 3. 《在生活质感中实现价值引导——从〈中国式关系〉谈现实题材剧的主题深度与思维路径》,《中国电视》2016 年 12 月 4. 《"时新小说"征文与晚清小说观念的转变》,《成都大学学报》(社会科学版)2016 年第 1 期 5. 《"中国的一日"有奖征文与"想象共同体"的建构》,《励耘学刊(文学卷)》2015 年 12 月
彭超	1. 《沙汀文学的现实性、政治性和整体性》,《文学评论》2020 年第 3 期 2. 《区域·族群·国家认同——当代藏文学中的土司书写》,《西南民族大学学报》2018 年第 4 期,被中国人民大学复印资料转载 3. 《历史记忆·身份认同·文化认同》,《南方文坛》2019 年第 6 期 4. 《原乡依恋与现代性认同》,《民族学刊》2018 年第 5 期 5. 《从不同视野下的"蔡大嫂"们看女性意识变迁》,《当代文坛》2016 年第 3 期 6. 《从历史深处走向未来》,《当代文坛》2015 年第 3 期 7. 《民国视野下海派女性创作的"食色"人生》,《当代文坛》2014 年第 3 期 8. 《照亮历史深处的瑰丽之光》,《当代文坛》2013 年第 4 期 9. 《中国当代少数民族文学研究会成立 30 周年暨第十一届学术年会综述》,《西南民族大学》2011 年第 12 期 10. 《叶伯和与中国早期诗歌》,《名作欣赏》2011 年第 6 期 11. 《穿透岁月的眼睛》,《阿来研究》2018 年第 9 辑 12. 《从"梁生宝"到康巴汉子》,《阿来研究》2017 年第 7 辑 13. 《杜甫对新文学发生时期巴蜀诗坛的影响》,《杜甫研究学刊》2017 年第 3 期 14. 《历史的忧伤》,《阿来研究》第 8 辑 15. 《品味经典》,《阿来研究》2016 年第 2 辑 16. 《民国视野下的少数民族作家身份价值定位》,《重庆评论·红岩》(特刊)2013 年第 3 期

续表

作者	论文
汤巧巧	1. 《论翟永明的"白夜体"诗歌》，《现代中国文化与文学》2018 年 11 月 2. 《突破中国现代文学研究视域的厚重之作——评李光荣〈季节燃起的花朵——西南联大文学社团研究〉》，《社会科学研究》2013 年 2 月 3. 《〈蝴蝶〉：神圣的下降仪式》，《当代文坛》2012 年第 2 期 4. 《近二十年中国诗歌场域的变迁》，《北方论丛》2012 年第 3 期 5. 《李大钊与初期晨钟报考论》，《西南民族大学学报》2012 年 3 月 6. 《中文系本科教学改革刍议——以现当代文学教学为例》，《集腋成裘共襄杏坛——西南民族大学文学与新闻传播学院优秀教研论文选集》2018 年 11 月 7. 《隐藏在现代人心中的怪客——评小说〈动物园〉》，《四川日报》2017 年 9 月 29 日 8. 《关于"诗江湖"的几点反思》，《山花》2016 年 12 月 9. 《留学日本的时空体验与郭沫若早期诗歌的时空意识》，《桌子的跳舞——清末民初赴日中国留学生与中国现代文学日中学术研讨会论文集》2016 年 5 月 10. 《现当代诗人笔下的成都文化》，《成都大学学报》2015 年 10 月 11. 《民国文学研究的历史视野》，《红岩》2015 年 10 月 12. 《郭沫若早期诗歌的时空形式探析》，《山花》2014 年 9 月 13. 《何小竹的"小"诗歌》，《红岩》2014 年 3 月 14. 《小资本与大"创造"——泰东图书局与创造社》，《民国经济与现代文学研究丛书》2013 年 10 月 15. 《隐藏在汉语深处的"黑米"意象——从〈黑米〉看"非非"诗人何小竹的苗族意识》，《山花》2013 年 7 月 16. 《追寻诗性的重新发现——论 20 世纪 80 年代后中国重庆苗族作家（诗人）语言符号系统的更新》，韩国期刊《韩中言语文化研究》2013 年 2 月 17. 《〈蝴蝶〉与当代先锋诗歌创作》，《成都大学学报》2012 年 4 月 18. 《网络诗歌场域的"江湖化"——"诗江湖"现象初探》，《学术探索》2012 年 1 月 19. 《"民国文学"或者"民国机制"——民国话语空间推进的可行性和操作性探讨》，《现代中国文化与文学》2011 年 10 月
王平	1. 《晚清白话文运动的"认同意识"困境》，《中国社会科学文摘》2012 年第 3 期（原载《中国现代文学研究丛刊》2011 年第 11 期） 2. 《1903 年新知识阶层的崛起与民国文化空间》，《现代中国文化与文学》2017 年第 20 辑 3. 《动态的调适与融合——论晚清白话文运动的启蒙形式选择》，《理论学刊》2014 年第 3 期
王玉春	1. 《"他不是只能吹出一种单调的稻草"——郭沫若早期小说创作的审美之维》，《励耘学刊》2020 年第 1 期 2. 《通信栏与五四文学的发生》，《鲁迅研究月刊》2017 年第 9 期 3. 《五四时期报刊"通信栏"与言论空间建构》，《大连理工大学学报》2013 年第 2 期 4. 《"重述"的谬误——论〈屈原〉的发表与"弦外音"的发现》，《首都师范大学学报》2012 年第 3 期 5. 《"剧本"瓶颈：新世纪中国电影发展的困境与应对》，《当代文坛》2012 年第 1 期 6. 《诠释与自我诠释——序跋文：解读巴金的重要向度》，《宁夏社会科学》2011 年第 2 期

作者	论文
王玉春	7.《序跋媒介与中国文学的海外传播》，韩国《全南大学东亚研究学报》2020 年第 11 期 8.《通信栏与五四文学的雅俗"分赏"》，韩国《全南大学东亚研究学报》2019 年第 10 期 9.《民国文人"朋友圈"——报刊通信栏与民国文学研究》，《民国文学与文化研究集刊》2017 年第 2 期 10.《2015 年郭沫若研究述评》，《郭沫若研究年鉴 2015》，中国社会科学出版社 2017 年版 11.《"茹"锥画沙"茹"印印泥——何玉茹与她的小说世界》，《中国作家》2014 年第 11 期 12.《时空回眸中的陌生、混沌与内敛——评津子围长篇小说〈童年书〉》，《海燕》2013 年第 1 期 13. 王玉春、胡博雅：《溯源与重审：新世纪以来的〈女神〉研究》，《郭沫若学刊》2013 年第 2 期 14.《艰难的"超越"——论阿来〈空山〉史诗叙事的诠释与建构》，《文艺评论》2012 年第 1 期 15.《理性解读鲁迅的"生计问题"》，《中国社会科学报》2012 年 2 月 24 日 16.《孙伏园与〈屈原〉》，《郭沫若学刊》2012 年第 1 期 17.《关于〈新青年〉编撰的几个史料问题——也谈主撰的"引领"兼与张宝明教授商榷》，《文化学刊》2012 年第 6 期 18.《〈闯关东〉与主旋律电视剧的文化传播功能》，《文化学刊》2012 年第 6 期 19.《盛极"五四"的〈新青年〉"通信"栏》，《韩中言语文化研究》2011 年第 25 辑 20.《诠释与对话——评阎连科、张学昕〈我的现实我的主义〉》，《文汇读书周报》2011 年 6 月 24 日
周文	1.《文艺转向与"革命文学"生成——郭沫若赴广东大学考》，《四川大学学报》（哲学社会科学版）2016 年第 4 期 2.《艾芜为何"南行"？——基于艾芜早期佚作〈妻〉的考察》，《当代文坛》2020 年第 5 期 3.《〈沫若自传〉与传记文学——兼论郭沫若与胡适传记文学观之比较》，《现代中国文化与文学》第 23 辑 4.《〈北伐途次〉与"幽灵出版社"——盗版对民国作家生存与创作影响之管窥》，《中国现代文学研究丛刊》2017 年第 4 期 5.《民国文学，文学史书写观念的回归——2014—2015"民国文学"研究述评》，《现代中国文化与文学》第 19 辑 6.《郭沫若与"孤军派"——兼论其对国家主义的批判》，《新文学史料》2016 年第 2 期 7.《意气之争抑或主义之辩？——对 1926 年郭沫若、巴金论战的再考察》，《中国现代文学研究丛刊》2015 年第 2 期
朱元军	1.《历史语境中〈"丧家的""资本家的乏走狗"〉的公关意义》，《乐山师范学院学报》2018 年第 3 期 2.《论李伟深小说》，《文艺报》2018 年 11 月 19 日 3.《关汉卿的汉室梦——基于关氏戏剧文本的公共关系学之组织分析》，《牡丹江大学学报》2014 年第 2 期 4.《中国古代公共关系思想与实践管窥》，《黑龙江史志》2013 年第 12 期

续表

作者	论文
齐午月	1.《严文郁与中国国家图书馆关系探究》,《2019 年国家图书馆青年学术论坛论文集》2019 年 7 月 2.《谈国家图书馆在民国时期文献影印出版事业中的重要作用——以〈民国时期禁烟禁毒资料汇编〉的出版为例》,《2018 年国家图书馆青年学术论坛论文集》2018 年 7 月 3.《浅析中国传统文化的电视媒体传播趋势——从〈百家讲坛〉到〈中国诗词大会〉》,《2017 年国家图书馆青年学术论坛论文集》2017 年 8 月 4.《国立北平图书馆与长沙临大、西南联大图书馆合作关系之探究》,《国图与抗战(纪念中国人民抗日战争暨世界反法西斯战争胜利 70 周年国家图书馆员工文集)》2016 年 12 月
蒋德均	1. 蒋德均、肖榆慧:《回到生命与自然的本真状态——试论周苍林〈回到〉中的意象品格与生命体验》,《星星》(诗歌理论)2020 年第 2 期 2.《与时间对话——读〈伍荣祥诗选〉断想》,《星星》(诗歌理论)2019 年第 4 期 3.《返乡的白花——读诗集〈白花的白〉》,《星星》(诗歌理论)2018 年第 1 期 4.《人间真情的诗意表达》,《星星》(诗歌理论)2017 年第 6 期 5.《一本把脉当代中国小说人物塑造与批评的书——简评毛克强、袁平新著〈当代小说人格塑造与人格批评〉》,《中华文化论坛》2014 年第 1 期 6. 驻校作家:《大学人文教育的靓丽风景》,《名作欣赏》2014 年第 3 期 7.《网络与文学》,《人民日报》(海外版)2013 年 3 月 11 日 8.《"干部写作"的价值与追求》,《光明日报》(理论版)2013 年 5 月 8 日 9.《巴金编辑思想对文化出版改革与创新的启示》,《甘肃社会科学》2012 年第 1 期 10.《地方大学的使命与建设路径》,《教育评论》2011 年第 6 期 11.《文学经典阅读在高校思想政治教育中的作用》,《教育评论》2011 年第 1 期
梅健	1.《"以学为中心"的小学语文课堂:意识与路径》,《新校园》2017 年第 8 期 2.《农民工随迁未成年子女犯罪心路历程及其预防》,《大庆社会科学》2016 年第 3 期 3.《高职广告专业实践教学体系的构建与实施——以核心职业能力为导向》,《重庆第二师范学院学报》2014 年第 3 期 4.《中职生语文学习动机的培养策略》,《科学咨询》2013 年第 45 期 5.《高职专业应用写作精品课程建设的理论与实践》,《重庆第二师范学院学报》2013 年第 4 期 6.《〈落花生〉儿童情感教育价值探微》,《语文建设》2018 年第 12 期 7.《户籍制度改革对农民工改籍意愿的影响因素分析》,《湖北农业科学》2015 年第 11 期
孙拥军	1.《光复后鲁迅及其思想在台湾的承续研究》,《现代中国文化与文学》2020 年第 33 期 2.《1958 年中国新民歌作者身份探究》,《现代中国文化与文学》2016 年第 19 期 3.《冷峻叙事与灵魂审视:谈张天翼的乡土小说创作取向》,《文艺理论与批评》2014 年第 6 期 4.《坚守与执著:刘庆邦小说创作的乡土取向》,《文艺理论与批评》2012 年第 6 期

作者	论文
赵静	1.《"公馆"之家——论小说〈家〉的文学表达》,《北京社会科学》2018 年第 4 期 2.《"小"人"大"城——以〈寒夜〉为中心论 40 年代知识分子生活》,《现代中国文化与文学》2017 年第 4 期 3.《〈家〉的潜在文本论》,《现代中国文化与文学》2018 年第 1 期 4.《跨越历史的语言"转角"》,《现代中国文化与文学》2014 年第 1 期 5.《现实与孤独的"新年梦"——论蔡元培的小说〈新年梦〉》,台湾学术期刊《民国文学与文化研究》2017 年第 2 期 6.《也说"三十多年的月光"——再论〈狂人日记〉》,《赣南师范大学学报》2017 年第 5 期 7.《文学图景中的公馆生活——论现代小说中的"公馆"意象》,《广播电视大学学报》2016 年第 2 期 8.《人生如戏——论巴金小说中的"戏子"》,《郭沫若学刊》2017 年第 1 期 9.《"侠"的两副面孔——且论"武侠"小说与"仙侠"小说之关系》,《红岩》2017 年第 4 期 10.《过渡中的吴公馆——论〈子夜〉中的家族形态》,《宜宾学院学报》2015 年第 5 期 11.《人工智能将开辟新时代》,《中国证券报》2017 年第 5 期 12.《论小说〈家〉的文学表达》,《巴金研究集刊》卷 10 13.《另类的都市漫游——对〈寒夜〉的再次重读》,《巴金研究集刊》卷 11 14.《他为五四青年点亮了知识之光》,《北京晚报》2019 年 5 月 2 日 15.《"理论与方法"中国文学国际传播学术研讨会召开》,《光明日报》2019 年 6 月 26 日
罗执廷	1.《中国现代文学发展中的民国出版机制》,《文艺争鸣》2012 年第 11 期 2.《民国时期的新文学作家选集出版》,《现代中国文化与文学》2014 年第 2 期 3.《民国邮政与中国现代文学》,《励耘学刊》2018 年第 1 期
刘晓红	1.《新时期农村叙事中浩然集体主义情怀的启示》,《四川文理学院学报》2012 年第 4 期 2.《欲说不止的历史意识与李劼人创作的得失》,《成都大学学报》2012 年第 6 期（第一作者） 3.《文学边缘化：一个含混的概念》,《西南交通大学学报》2013 年第 3 期（第一作者） 4.《以"叙述人生"为基点：论张恨水武侠小说创作的"反幻想性"》,《成都大学学报》2013 年第 3 期（第二作者） 5.《文学家与杂志社之间的"文学经济"——从林译小说的两则广告谈起》,《成都大学学报》2014 年第 2 期（第二作者） 6.《论学术期刊青年编辑的培养机制问题》,《成都大学学报》2014 年第 3 期（第一作者） 7.《迟子建都市题材小说创作问题的窥探》,《四川文理学院学报》2015 年第 4 期 8.《民国文学史视野下通俗小说家"著史现象"考论——以张恨水的 1930 年为中心》,《成都大学学报》2016 年第 1 期（第二作者） 9.《一种在革命洪流中奋力搏击的女性姿态——兼论茅盾对革命知识女性的认知》,《成都大学学报》2016 年第 2 期（合著） 10.《新媒体与学报传统模式融合困境与途径》,《成都大学学报》2017 年第 6 期

作者	论文
刘晓红	11.《对绘本编辑出版策略的探索》,《内江师范学院学报》2017 年第 12 期 12.《从〈春桃〉看许地山对中国传统文化的态度》,《四川文理学院学报》2018 年第 1 期
朱幸纯	1.《鲁迅外文藏书提要（二则）》,《鲁迅研究月刊》2013 年第 7 期，2013 年第 9 期 2.《日本文学者的鲁迅阅读空间——中野重治〈鲁迅〉编译后记》,《鲁迅研究月刊》2015 年第 7 期 3.《"第一义"道路上的日本文学家——论中野重治及其鲁迅观》,《外国文学评论》2016 年第 1 期 4.《"何谓阅读鲁迅?"——中野重治〈一个秋夜〉研究》,《文学评论》2017 年第 3 期
陈夫龙	1.《当诗歌乘上网络的翅膀——中国首届网络文学大奖赛诗歌作品评述》,《山东文学》2012 年第 2 期 2.《金庸小说的情感系统及其深层意蕴》,《河南科技学院学报》（社会科学）2012 年第 3 期 3.《历史沉思和人性呼唤构筑的生命乐章——再论沈从文的小说〈边城〉》,《毕节学院学报》（综合版）2012 年第 5 期 4.《评〈中国现代成长小说研究〉》,《东方论坛》2012 年第 6 期 5.《大陆新武侠书写的独行者——沧月小说创作论》,《百家评论》2014 年第 2 期 6.《新世纪红色儿童影视剧的经典之作——评电视连续剧〈小小飞虎队〉的艺术创新》,《今日文坛》2015 年第 1 辑 7.《金庸小说经典化问题再探讨》（第一作者）,《百家评论》2015 年第 6 期 8.《朱德发的"1980 年代"》,《海南师范大学学报》（社会科学版）2015 年第 10 期 9.《湘西游侠精神：沈从文创作的精神支点》,《东岳论丛》2016 年第 1 期 10.《张恨水的侠文化观》,《文艺报》2016 年 3 月 11 日 11.《〈大刀记〉的侠文化解读》,《文艺报》2016 年 8 月 17 日 12.《中国新文学作家与侠文化研究述评与反思》,《山东师范大学学报》（人文社会科学版）2017 年第 2 期。被《高等学校文科学术文摘》2017 年第 3 期转摘 13.《金庸小说经典化之争及其反思》,《小说评论》2017 年第 5 期 14.《论渡也诗歌的家国情怀》,《百家评论》2017 年第 6 期 15.《书写现实的网络小说——读叶炜"裂变中国三部曲"》（第一作者）,《关东学刊》2017 年第 6 期 16.《文化"富矿"，文学地标；小村庄，大气象——叶炜的乡土中国三部曲印象》,《雨花·中国作家研究》2017 年第 12 期 17.《以"边地"视角重绘现代文学地图的成功尝试——评王晓文新著〈中国现代边地小说研究〉》,《东岳论丛》2017 年第 12 期 18.《侠义爱国的悲壮之音——郭沫若抗战史剧新论》,《中国现代文学论丛》2018 年第 1 期 19.《张爱玲的服饰体验和服饰书写研究》,《山东师范大学学报》（人文社会科学版）2018 年第 1 期。被中国人民大学复印报刊资料《中国现代、当代文学研究》2018 年第 7 期全文转载 20.《刘绍棠乡土小说的侠文化解读》,《中国现代文学研究丛刊》2018 年第 1 期 21.《肩住黑暗的闸门——论鲁迅的侠义人生及其意义》,《齐鲁学刊》2018 年第 3 期 22.《侠义书写中的家与国——"送别金庸"之二》,《博览群书》2018 年第 12 期

续表

作者	论文
陈夫龙	23.《地域文化精神与新文学作家侠性心态的生成》,《中国文化论衡》2019 年第 1 期 24.《论蒋光慈的革命文学创作与侠文化》,《东岳论丛》2019 年第 3 期 25.《重铸自由正义、雄强任侠的生存空间——莫言〈红高粱家族〉的侠文化解读》,《中国当代文学研究》2019 年第 3 期 26.《郭沫若的侠义观新论》,《郭沫若学刊》2019 年第 3 期 27.《"武"的历史命运反思与"侠"的现代出路探寻——从老舍作品看侠文化改造的意义》,《山东师范大学学报》(人文社会科学版)2019 年第 4 期 28.《知侠与〈铁道游击队〉的侠文化——"重读红色经典"之二》,《博览群书》2019 年第 8 期 29.《论渡也诗歌的历史意识》,《百家评论》2020 年第 4 期
李俊杰	1. 曹万生、李俊杰:《中国当代地下诗歌语言研究》(1949—1976 年),《当代文坛》2013 年第 4 期 2. 老向:《无处安放的作家?——小说〈庶务日记〉谈》,《名作欣赏》2013 年第 31 期 3.《诗性正义:周作人诗歌精神的一种追求》,《励耘学刊》2014 年第 1 期 4.《他律与自律:1949—1976 年诗歌音乐性的考察》,《广播电视大学学报》(哲学社会科学版)2014 年第 4 期 5.《当我们谈论故乡时我们在说什么——读杨方诗集〈骆驼羔一样的眼睛〉》,《诗探索》2014 年第 7 辑 6. 李怡、李俊杰:《体验的诗学与学术的道路——李怡教授访谈》,《学术月刊》2015 年第 2 期 7.《是教育还是革命——论叶圣陶的个人经验与〈倪焕之〉的关系》,《宜宾学院学报》2015 年第 5 期 8.《起点与谱系——冯至〈绿衣人〉重读》,《现代中文学刊》2016 年第 2 期 9.《"大文学史观"与中国现当代文学的"非虚构性"因素》,《当代文坛》2017 年第 4 期 10.《作为方法的"民歌"——论〈四川民歌采风录〉的学术贡献》,《中国诗歌研究动态》2018 年第 2 期 11.《百年诗史考古与知识者心灵史考据》,《文汇报》2018 年 5 月 16 日 12.《体验的真挚与表达的超越——王学东〈现代诗歌机器〉观察》,《阿来研究》2019 年第 2 期 13.《思想、旅程与记忆交错的诗篇——读华清〈形式主义的花园〉》,《当代文坛》2019 年第 5 期 14.《珍视传统 直面当下》,《文艺报》2020 年 1 月 22 日
李直飞	1.《龙门阵里面的"死水微澜"——〈死水微澜〉中龙门阵文化的探析》,《当代文坛》2011 年第 S1 期 2.《从"经济转型"到"心态转型"看现代文学的早期作者群——以早期〈小说月报〉的作者群为中心》,《现代中国文化与文学》2012 年第 1 期 3.《早期〈小说月报〉影响力中的经济因素》,《海南师范大学学报》2012 年第 4 期 4.《历史的记忆与悲壮的叙述——论中国远征军的文学书写》,《重庆师范大学学报》2012 年第 6 期 5.《文学期刊的传播力研究——以清末民初的〈小说月报〉为考查对象》,《三峡论坛》2012 年第 6 期

作者	论文
李直飞	6. 《历史夹缝中的编辑——论早期〈小说月报〉的编辑王蕴章》，《出版发行研究》2012 年第 11 期 7. 《是"本土化"问题还是"主体性"问题？——兼谈"民国机制"与中国现代文学研究》，《南师大学报》2013 年第 1 期（台著） 8. 《当代彝族文学创作与原始宗教关系初探》，《贵州民族研究》2013 年第 2 期 9. 《边缘化进程中的文学》，《重庆邮电大学学报》2013 年第 2 期 10. 刘晓红、李直飞：《文学边缘化：一个含混的概念》，《西南交通大学学报》2013 年第 3 期 11. 《探析中国文学出版传播模式转向——以莫言热为视角》，《中国出版》2013 年第 4 期 12. 《文学家与杂志社之间的"文学经济"——从林译小说的两则广告谈起》，《成都大学学报》2014 年第 2 期 13. 《"五四"研究中的焦虑》，《三峡论坛》2014 年第 3 期 14. 《一种回归文学本位的研究——评布小继的〈阐释与建构——张爱玲小说解读〉》，《红河学院学报》2015 年第 1 期 15. 《国家叙事与个人体验之间——现代文学东亚异域书写如何"重返民国史"?》，《世界华文文学论坛》2015 年第 2 期 16. 《广告硝烟中的〈新青年〉和〈小说月报〉》，《成都大学学报》2016 年第 2 期（合著） 17. 《"民国文学机制"与现代文学期刊研究的视野拓展——以〈小说月报〉研究为例》，《江汉学术》2016 年第 2 期 18. 《"从容"跑警报的"智趣"与"谐趣"——施蛰存、汪曾祺同题散文〈跑警报〉比较》，《大西南文学论坛》2018 年第 2 期 19. 《西南联大文学研究中的云南文化视角》，《成都大学学报》2019 年第 2 期
朱姝	1. 《怎样才算"大众语"？——20 世纪 30 年代中国知识界关于"大众语"的讨论》，《现代中国文化与文学》2014 年第 2 期 2. 《再谈"民族形式"论争中的"新"与"旧"、"欧"与"中"》，《中外文化与文论》2015 年第 2 期 3. 《大众化潮流与"中国普通话"》，《现代中国文化与文学》2016 年第 1 期 4. 《浅析影视作品"方言热"的文化动因》，《大学人文教育》第三辑 5. 《公共场所用字规范化与城市形象研究——以成都市为例》，《传统与现代之间——成都文化符号研究》论文集 6. 《借鉴"5W"模式培养对外汉语师资的中华文化传播能力》，《国际汉语教育人才培养论丛》论文集 7. 《国际汉语教师的专业发展与职业培训》，《第十一届国际汉语教学学术研讨会论文集》
倪海燕	1. 《民国法律形态与女性写作》，《海南师范大学学报》2012 年第 6 期 2. 《在法律正义与诗性正义之间——从一个角度谈苏青的小说》，《中国现代文学与文化》2014 年第 2 期 3. 《"民国机制"与男性作家的"女权思想"——以郭沫若〈三个叛逆女性〉为例》，《成都大学学报》2014 年第 3 期 4. 《一个女人与一座城——读严歌苓〈妈祖是座城〉》，《中国出版》2014 年 10 月 5. 《〈道德颂〉中的女性视角与两性道德书写的困境》，《肇庆学院学报》2016 年第 6 期

作者	论文
魏巍	1. 《在尴尬中叙述文学的历史——质疑"当代文学史"》,《当代文坛》2011 年第 4 期 2. 《中国现代文学研究中的"现代性"批判》,《社会科学辑刊》2012 年第 3 期 3. 《抵制记忆与遗忘书写——沈从文创作心理》,《文学评论》2014 年第 3 期 4. 《启蒙·国民性·革命:从〈呐喊〉〈彷徨〉重估鲁迅思想价值》,《兰州大学学报》2014 年第 3 期 5. 《知识分子如何启蒙?——〈阿 Q 正传〉再解读》,《兰州大学学报》2015 年第 3 期 6. 《迷茫与反思:当前鲁迅小说几个误读的检讨》,《鲁迅研究月刊》2015 年第 8 期 7. 《通过"柳青现象"反观"赵树理方向"》,《当代文坛》2016 年第 2 期 8. 《谁害死了祥林嫂?——〈祝福〉再解读》,《兰州大学学报》2017 年第 3 期 9. 《百年少数民族女性新诗与族群认同》,《文艺争鸣》2017 年第 9 期 10. 《回到鲁迅本身重新理解鲁迅》,《现代中国文化与文学》2018 年第 1 期 11. 《鲁迅的创伤记忆及其创作心理》,《齐鲁学刊》2018 年第 3 期 12. 《文学制度与当代少数民族诗歌研究》,《兰州大学学报》2018 年第 4 期 13. 《七个"无聊"与鲁迅创作的转向——重读〈在酒楼〉》,《鲁迅研究月刊》2019 年第 12 期 14. 《创伤记忆与抗争性书写——沈从文都市题材创作心理论》,《回到鲁迅本身重新理解鲁迅》,《现代中国文化与文学》2020 年第 1 期 15. 《重审"第三代"诗》,《华中师范大学学报》2020 年第 6 期
徐江	1. 《吴宓艺术美学思想新论》,《成都大学学报》(社会科学版)2014 年第 5 期 2. 《刘纳学术思想及风格论略》,《励耘学刊》2015 年第 1 期 3. 《电影剧本改编的合故事性分析——以〈金陵十三钗〉为例》,《名作欣赏》2015 年第 3 期 4. 《伯格曼的戏剧经验与电影呈现关系探究》,《电影文学》2016 年第 2 期 5. 《选择、提炼、集中——再谈从巴金〈家〉到曹禺〈家〉改编思想及路径》,《戏剧文学》2017 年第 3 期 6. 任晓楠、徐江:《十七年小说中知识分子形象的内在焦虑和忏悔情结》,《青年文学家》2017 年第 15 期 7. 徐江、任晓楠:《艺术价值的重构和再认识——新世纪戏剧文学发展刍议》,《大众文艺》2017 年第 17 期 8. 徐江、包德述:《非虚构纪录片叙述策略探析——以〈记录四川——新时期感动中国(四川)的 100 双手〉为例》,《电视研究》2018 年第 1 期 9. 《"寻水"题材的延续、偏离与超越——从两个电影剧本的比较说起》,《北方文学》2019 年第 12 期 10. 《权力话语和野性趣味下的影视剧生产——对〈绝望主妇〉创作的思考》,《参花》2020 年第 5 期
谢明香	1. 《〈新青年〉的广告运营与策略定位》,《编辑之友》2010 年第 11 期 2. 《客家文化品牌传播与媒介传播》,《客家文化与社会和谐——世界客属第 24 届恳亲大会国际客家文化学术研讨会论文集》2011 年 3. 《〈新青年〉广告的文化意蕴及其媒介价值》,《中华文化论坛》2012 年第 3 期 4. 《文化产业视域下客家文化的彰显与传播》,《赣南师范学院学报》2012 年第 5 期 5. 《〈新青年〉的广告传播及其媒介价值》,《民国文化与文学研究论丛》2012 年第 9 期

作者	论文
谢明香	6. 《论受访者心理预设障碍突破与沟通策略》，《新闻爱好者》2012 年第 12 期 7. 《微博时代公民形象构建与精神文明建设——以女性为例》，《四川戏剧》2013 年第 12 期 8. 《微博时代女性公民形象构建》，《当代文坛》2014 年第 6 期 9. 《文化产业视域下客家文化的传播与彰显》，《客家文化与文化产业发展——第三届客家文化高级论坛论文集》2014 年 10. 《文化创意产业背景下客家文化传播与展望》，《客家文化研究论文集》2015 年 11. 《〈新青年〉广告传播及其媒介价值》，《现代文学与现代历史的对话》，《现代中国大文学史论》2016 年第一辑 12. 《新媒体语境下客家文化的传播与发展》，《网络文化研究论丛》，四川大学出版社 2016 年版 13. 《中国人的一面镜子，〈名家导读《骆驼祥子》导读〉》，《部编教材配套名著丛书》2018 年 14. 《童年的河解冻了，〈名家导读《呼兰河传》导读〉》，《部编教材配套名著丛书》2018 年 15. 《新媒体视阈下客家文化的传播与建构》，《四川戏剧》2019 年第 11 期 16. 《自媒体时代构建高校校园网络文化正能量路径探析》，《成都大学学报》2020 年第 2 期
袁继锋	1. 《新诗与新诗人的时代焦虑——从艾青的〈时代〉谈起》，《东岳论丛》2010 年第 9 期。后被收入《艾青诞辰 100 周年学生研讨会论文集》，团结出版社 2011 年版 2. 《十七年文学史视野下的"风雨楼"——阿垅遗稿与潜在写作》，《重庆大学学报》（社会科学版）2011 年第 1 期 3. 《缝隙中的底层写作——廖无益散文简论》，《山花》2012 年第 B1 期 4. 《战时诗歌的地域性书写》，《重庆大学学报》（社会科学版）2013 年第 1 期 5. 《中国文学翻译与意大利汉学传统》，《现代中国文化与文学》2016 年第 2 期 6. 《在拿波里的胡同里——冯铁先生印象》，《西川风公众号》2018 年 11 月 2 日
钱晓宇	1. 《〈神话的世界〉：郭沫若早期文艺思想的一面镜子》，《湖南大学学报》2012 年第 1 期 2. 《民国版税之争的转型意义》，《文艺报》2012 年 4 月 3. 《一座待挖的富矿：中国当代煤矿文学的类型研究初探》，《现代中国文化与文学》2013 年第十二辑 4. 《当下幻想小说的一个创作区间——从"乌托邦"到"敌托邦"》，《红岩》2014 年第 1 期 5. 《郭沫若早期诗歌创作中的原始神话思维》，《现代中国文化与文学》2014 年第十三辑 6. 《影子经典——白薇创作略谈》，《成都大学学报》2014 年第 3 期 7. 《跨文化交流的多元体验与不变的底层情怀——记艾青诗歌中底层形象的生成与定型》，《艾青研究》2014 年第一辑
卢军	1. 《从书信管窥沈从文撰写张鼎和传记始末》，《文学评论》2011 年第 6 期 2. 《论张炜小说〈海客谈瀛洲〉的叙事艺术》，《理论学刊》2012 年第 1 期 3. 《邵洵美的经济生活与文学选择》，《山东师范大学学报》2012 年第 3 期 4. 《沈从文文论和书信中的鲁迅》，《聊城大学学报》2012 年第 4 期 5. 《普世精神·民间立场·先锋姿态——莫言小说世界解读》，《聊城大学学报》2013 年第 1 期

作者	论文
卢军	6.《把戏剧"变成一种现代艺术"的尝试——论汪曾祺的戏剧创作》,《文艺争鸣》2013 年第 4 期 7.《范玮先锋小说创作论——以〈穿过苹果树的月光〉、〈鸡毛信〉为例》,《聊城大学学报》2014 年第 1 期 8.《民国时期〈生活〉周刊及〈生活〉系列期刊的复杂生存因素摭谈》,《出版发行研究》2014 年第 1 期 9.《"重返"的艰难——新世纪文学与八十年代文学关系漫谈》,《时代文学》2014 年第 3 期 10.《人的存在的"解蔽"者——解读东紫的中篇小说〈白猫〉》,《时代文学》2014 年第 5 期 11.《"大乱十年成一梦"——汪曾祺小说中的"文革"记忆》,《文艺争鸣》2014 年第 6 期 12.《清末至民国民间经济生活的生动写照——论老舍小说的经济叙事》,《文艺争鸣》2014 年第 7 期 13.《启蒙性·文化性·先锋性——21 世纪山东文学中的乡土与社会转型》,《东方论坛》2015 年第 11 期 14.《民国〈生活〉传媒生存实况》,《青年记者》2015 年第 12 期 15.《极富柔情的孤独的斗士——汪曾祺眼中的鲁迅》,《鲁迅研究月刊》2015 年第 11 期 16.《有逸气,无常法——论汪曾祺的文人画》,《文艺争鸣》2016 年第 2 期 17.《济文字之穷——鲁迅的美术出版历程及思想探究》,《社会科学辑刊》2016 年第 2 期 18.《农村才子兼性情中人——汪曾祺眼中的赵树理》,《晋阳学刊》2016 年第 3 期 19.《鲁迅与孙用译作〈勇敢的约翰〉的出版》,《渤海大学学报》2016 年第 6 期 20.《西部农民生存写照和乡土文化的坚守——刘亮程散文中的狗意象解读》,《石河子大学学报》2016 年第 6 期 21.《从文协"会务报告"看老舍对抗战文艺的贡献》,《文艺评论》2016 年第 10 期 22.《百年来中国科幻文学的译介创作与出版传播》,《出版发行研究》2016 年第 11 期 23.《论〈两地书〉的结集出版过程及精彩看点》,《南京师范大学文学院学报》2017 年第 4 期 24.《追寻·拷问·救赎——西篱小说〈昼的紫 夜的白〉解读》,《网络文学评论》2017 年第 4 期 25.《一则令人啼笑皆非的农民告状故事——张继小说〈去城里受苦吧!〉解读》,《中国石油大学学报》2017 年第 5 期 26.《从薛绥之致吕元明书信管窥其鲁迅史料编写工作》,《鲁迅研究月刊》2017 年第 11 期 27.《筚路蓝缕为鲁研——薛绥之的鲁迅研究资料编辑出版历程》,《出版发行研究》2018 年第 1 期 28.《忧伤和感怀的自我剖析——汪曾祺佚作〈匹夫〉解读》,《东方论坛》2018 年第 4 期 29.《王世家〈读点鲁迅丛刊〉编辑史话》,《出版发行研究》2019 年第 7 期
周逢琴	1.《李宣龚:商务文化的守望者》,《出版科学》2012 年第 1 期 2.《新剧中兴:甲寅还是癸丑?》,《戏剧文学》2015 年第 1 期 3.《〈甲寅周刊〉:民国新闻业的孤臣孽子》,《出版科学》2017 年第 2 期 4.《论清末民初的"伶隐"群体》,《常熟理工学院学报》2017 年第 5 期

续表

作者	论文
周逢琴	5.《〈甲寅周刊〉上的宋诗遗风》,《绵阳师范学院学报》2017 年第 10 期 6.《周氏兄弟失和后的潜对话探析》,《西南科技大学学报》(哲学社会科学版)2020 年第 1 期 7.《柳亚子捧角之辨正》,《文化艺术研究》2020 年第 4 期
苟强诗	1.《多民族文学史观——怎样的"多民族"与如何"文学"》,《苏州大学学报》2011 年第 5 期 2.《文学史教育的新转变:在文学原典与生命体验的互动中感受历史》,《西华大学学报》(哲学社会科学版)2011 年第 6 期 3.《戴望舒全集·诗歌卷补证及其他》,《现代中国文化与文学》第 11 辑,2012 年第 1 期 4.《"民国文学"的多副面孔》,《当代文坛》2012 年第 3 期 5.《"民国文学"的多副面孔》,中国人民大学报刊复印资料《中国现代、当代文学研究》2012 年第 8 期 6.《翻译时代的自由拿来》,《民国文化与文学研究文丛》,台湾花木兰出版社 2013 年版 7.《全球化视野下西方动漫中的"中国书写"研究》,《红岩》2014 年第 1 期 8.《书报审查制度与民国文学研究》,《成都大学学报》(社会科学版)2014 年第 2 期 9.《民国时期国际版权保护与文学翻译自由的重要意义》,收入李怡、张中良主编《民国文学史论第一卷:民国政治经济形态与文学》,花城出版社 2014 年版 10.《民国文学研究的法律之维》,《成都大学学报》(社会科学版)2015 年第 1 期 11.《跨越文学史归根阅读史》,《红岩》2015 年第 4 辑 12.《三十年代初期国民党对上海左翼文艺书刊的检查》,《成都大学学报》(社会科学版)2016 年第 1 期 13.《跨界时代的动画理论与创作研究》,《当代电影》2017 年第 1 期 14.《论动画学建设的现实必要性》,《当代电影》2018 年第 8 期 15.《上海租界与国民党左翼文艺审查之关系探究》,《成都大学学报》(社会科学版)2019 年第 3 期 16.《关于动画学的概念与体系建构的思考》,《当代电影》2019 年第 7 期 17.《国民党的"文化剿匪"与"审查委员会"的设立》,《现代中国文化与文学》总第 29 辑,巴蜀书社 2019 年版 18.《学派·史料·方法:中国动画学派研究的再思考》,收入《文化与审美:中国动画学派的启示》,海洋出版社 2020 年版 19.《文本·酒神·自反——对今敏及其电影的一种解读》,《当代动画》2020 年第 2 期
李琴	1.《"乡关何处"的历史之问——以罗伟章小说为例》,《现代中国文化与文学》2014 年第 13 期 2.《论北岛早期诗歌的写作资源与文学精神——以〈回答〉为中心》,《南京师范大学文学院学报》2015 年第 3 期 3.《传媒时代下的"大西南文学"生态与发展——以近代四川(蜀)文学为例》,《大西南文学论坛》2016 年第 1 期 4.《身体、性别与都市空间文化——六六〈蜗居〉畅销元素再解读》,《中外文化与文论》2019 年第 1 期

作者	论文
李琴	5.《"病小孩"的战争成长史与心灵史——左昡〈纸飞机〉细读》,《重庆评论》2019年第1期 6.《多维空间视域中云中村"中间性"的现代启示》,《阿来研究》2020年第13期
张雨童	1.《大文学视野下的巴金——重读〈随想录〉》,《西北师范大学学报》2016年1月 2.《被"重塑"的经典——共和国初期对"苏联儿童红色经典"的改写》,《中国现代文学研究丛刊》2016年第12期 3.《保尔·柯察金的中国变形记——共和国初期对〈钢铁是怎样炼成的〉的改写》,《兰州大学学报》2017年第1期 4.《回到民国文学现场——从两部文史对话的学术丛书谈起》,《现代中国文化与文学》2017年第4期
傅学敏	1.《从戏剧广告看大后方戏剧的市场策略》,《文艺争鸣》2010年第5期 2.《政府规范与国家意识的强化:论抗战时期国民政府对戏剧团体的组建与管理》,《西华师范大学学报》2011年第6期 3.《论当代校园戏剧的青春意识》,《成都大学学报》(社会科学版)2011年10月 4.《抗战后期大后方戏剧运动的市场化趋势》,《文艺争鸣》2012年第7期 5.《大后方戏剧研究的困境与突破》,《成都大学学报》(社会科学版)2013年第6期 6.《新时期以来蒙古族小说的民族意识》,《西华师范大学学报》(哲学社会科学版)2013年第6期 7.《缝合与裂缝:论郭沫若历史创作之得失》,《戏剧》2016年第4期 8.《后经典时期鲁迅影像的制作与传播》,《西华师范大学学报》(哲学社会科学版)2016年第4期 9.《抗战时期国民党政府的剧本审查》,台湾《民国文学与文化研究》2017年第3辑 10.《巴蜀两地现代文学格局的变化与交融》,《大西南文学论丛》2017年第1辑 11.《1935—1937:国立戏剧学校在南京》,《戏剧》2019年第4期,中国人民大学复印资料《舞台艺术(戏剧戏曲)》2019年第6期全文转载 12.廖志翔、傅学敏:《〈青年戏剧通讯〉蜕变考》,《新文学史料》2020年第1期
黄蒙水	1.《家庭伦理剧的叙事品境与文化追求——评电视剧〈小麦进城〉》,《当代电视》2013年第1期 2.《浅议电视剧的场景叙事》,《当代电视》2014年5月 3.《电视连续剧的四种典型结构》,《现代传播》2014年第5期 4.《抗疫题材影视作品的英雄主义建构》,《人民论坛》2020年8月
张霞	1.《文本中的历史与历史中的文本》,《西华师范大学学报》2012年第3期 2.《政治权力场域与民国左翼"自由撰稿人"作家》,《海南师范大学学报》2012年第6期 3.《场域限制下的机智言说》,《西华师范大学学报》2013年第3期 4.《论民国自由撰稿人作家的人格坚守与历史贡献》,《求索》2013年第4期 5.《商业化出版运作与民国通俗小说》,《编辑之友》2014年第8期 6.《走向革命洪流的文学批评家——论茅盾文学批评生涯之1920—1927年》,《西华师范大学学报》2016年第4期 7.《〈创造十年〉的写作与新文学的场域竞争》,《西华师范大学学报》2018年第3期

续表

作者	论文
李跃力	1. 《对"现实"的规避与放逐——再论"新写实主义"》，《现代中国文化与文学》2012年第1期 2. 《革命文学的现实主义与崇高美学——由〈蚀〉三部曲所引发的论战谈起》，《文史哲》2013年第4期 3. 《论革命文学中的三个核心悖论》，《现代中国文化与文学》2015年第2期 4. 《"革命文学"的"史前史"——1928年前的革命文学观》，《中国现代文学研究丛刊》2016年第4期 5. 《〈创造〉季刊与创造社的"异军突起"》，《郭沫若研究》2017年第1辑 6. 《历史化与问题性：陕甘宁文艺研究再出发》，《现代中国文化与文学》2017年第3期 7. 《政治美学的两张面孔：论"翻身"叙事中文学与图像的互文性》，《人文杂志》2018年第8期 8. 《论革命文学论争中的无政府主义文学》，《中国现代文学研究丛刊》2019年第9期
张睿睿	1. 《巴金小说〈家〉的"激流"意象解读》，《黎明职业大学学报》2011年12月 2. 《西方动漫里的中国形象书写——以〈丁丁历险记〉之〈蓝莲花〉篇为例》，《时代漫游》2014年3月 3. 《开拓中西文化交流的空间——林语堂〈生活的艺术〉在美国的接受研究》，《现代中国文化与文学》2014年7月 4. 《1930年代上海的英文期刊环境与林语堂的创作转型》，《中国现代文学研究丛刊》2014年7月 5. 《民国上海的英文期刊环境与林语堂的创作转型》，《民国文化与文学研究文丛：民国历史文化与中国现代经典作家（上）》2014年9月 6. 《〈生活的艺术〉：一种跨文化视角的解读》，《中国现当代散文文本细读》2015年2月 7. 《抗战期间林语堂的国际文化宣传策略分析——重读林语堂在美国主流媒体的系列著述》，《现代中国文化与文学》2015年5月 8. 《叶落归根阳明山：从林语堂的晚年选择窥探其文化定论》，《蜀风论衡》2016年5月 9. 《志怪、暴力与死亡背后的写作空间》，《当代文坛2016年增刊巴金文学院作家研究专辑》2016年11月 10. 《大学国学教育的思考与教改建议——以成都大学"国学经典导论"课程的开展情况为例》，《教育与教学研究》2017年第31卷 11. 《跨文化交际视野中的东坡文化——解读林语堂〈快乐的天才〉中的苏东坡》，《中国苏轼研究》2018年6月 12. 张睿睿、毛迅：《从〈我所见到的牛津〉的译介看李科克对中国现代文化的潜在影响》，《现代中国文化与文学》2020年6月
韩明港	1. 《困境与自由：曹禺四大名剧的基本结构与独特意蕴》，《当代文坛》2012年1月 2. 《茅盾早期作品中"革命"与"自我"的纠葛》，《作家》2012年8月 3. 《从〈倾城之恋〉看张爱玲小说的空间意识和独特韵味》，《重庆交通大学学报》2016年6月
郭景华	1. 《向培良与鲁迅关系考论》，《新文学史料》2013年第4期 2. 《历史隐痛、现实感伤与诗意建构的浑融——王跃文乡土小说论》，《创作与评论》2014年第2期

作者	论文
郭景华	3.《会通与互文：饶宗颐两汉艺术史论及其当代意义》，《古代文学理论研究》2015年第40辑 4.《向培良与湖湘抗战演剧运动》，《现代中国文化与文学》2017年第21辑 5.《"艺术是情绪之物质底形式"——论向培良对俄苏文艺理论的接受》，《现代中国文化与文学》2018年第24辑
任冬梅	1.《浅析梁启超眼中的科学小说》，《现代中国文化与文学》2011年第10辑 2.《论晚清"科学小说"的定名及其影响》，《科普研究》2011年第3期 3.《从倡导"科学小说"看梁启超早期科学思想》，《五邑大学学报》（社会科学版）2011年第4期 4.《论路翎小说中的幻想成分》，《长江师范学院学报》2012年第1期 5.《民国一二十年代的农村经济对文学创作的影响——从经济角度探讨骆驼祥子背弃乡村的原因》，《成都大学学报》（社会科学版）2012年第3期 6.《马克思主义研究者为何热衷关注科幻》，《文艺报》2012年6月18日 7.《一部分裂的文学史著作》，《中国图书评论》2012年第10期 8.《清末民初出版法的变迁与社会幻想小说的想象空间》，《海南师范大学学报》（社会科学版）2012年第8期 9.《论鲁迅的科幻小说翻译》，《现代中文学刊》2012年第6期 10.《科幻文学在大陆的发展之路》，《书香两岸》2012年第1—2期 11.《民国社会幻想小说源流探析》，《新文学评论》2013年第1期 12.《〈银河启示录〉是真正的科幻巨作吗?》，《中国图书评论》2013年第7期 13.《试论台湾学运的历史沿革与演变特点》，《台湾研究》2014年第6期 14.《网络新媒体对台湾青年选民的影响》，《统一论坛》2015年第2期 15.《晚清与民国科幻小说中"未来中国"形象之比较》，《中国比较文学》2015年第3期 16.《中国科幻小说诞生探源——晚清至民国科幻简论》，《山花》2015年第21期 17.《晚清科幻小说中的"科学"——以〈新法螺先生谭〉为例》，《山东文学》2016年第9期 18.《从科幻现实主义角度解读〈北京折叠〉》，《南方文坛》2016年第6期 19."Interpreting Folding Beijing through the Prism of Science Fiction Realism"，*Chinese Literature Today*，Vol. 7，2018 20.《浅析台湾统派的现状及未来走向》，《台湾研究》2018年第1期 21.《断裂、冲突、困局——2017年台湾对外关系回顾与展望》，《台海研究》2018年第1期 22.《新世纪以来中国科幻小说的现状及前景》，《当代文坛》2018年第3期 23.《台湾"九合一"选举后，两岸关系迎来新契机?》，《世界知识》2019年第2期 24.《台湾政局回顾与展望》，《两岸关系》2019年第2期 25.《民国"科学小说"初探》，《励耘学刊》2019年第2辑 26.《中国科幻文学发展概况》，《文讯》（台湾）2020年第8期

论著选介

李 怡

《中国现代新诗与古典诗歌传统》，西南师范大学出版社 1994 年初版，1998 年再版，2002 年三版。较为全面地研讨了中国现代新诗与古典诗歌的精神及形式联系，有意象、节奏、思维方式的比照，也有重要诗人的个案分析，是这一课题国内最早的系统论述之作，多次再版修订，至 2015 年中国人民大学出版社三版增订时更为完善。

《中国新诗讲稿》，中国人民大学出版社 2014 年版。由多年课堂授课讲稿整理而成，勾勒中国新诗发展的概况，解释中国新诗经典，剖析现代诗史的关键细节。

刘福春、李怡主编:《民国文学珍稀文献集成·新诗旧集》(1—2辑),花木兰文化出版社出版。全面、系统搜集民国时期出版的现代新诗著作,分集推出,到2019年为止,已经出版两辑共80余种,2019年获四川省第十八次社会科学优秀成果奖二等奖。

《作为方法的"民国"》,山东文艺出版社2015年版。以"民国历史文化"为视角的专题性文集,涉及民国历史背景、社会制度、文化环境、精神风貌等影响文学发展的基本元素,也重点剖析了重要的民国作家的创作追求以及相关的方法论的问题。出版前主要章节在《中国社会科学》《文学评论》等杂志发表过,收入本书时又有适当的修正。本书2019年获得教育部高等学校科学研究优秀成果奖二等奖。

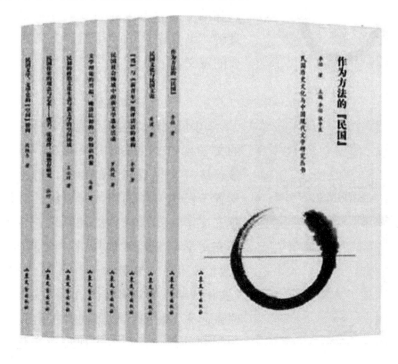

《现代文学与现代历史的对话》（与李俊杰等合著），羊城晚报出版社 2016 年版。这是一本专题性文集，展示了近年来国内学界在文学与历史对话的向度上所取得的学术成果，大部分文稿来自西川同人，少部分收录自国内学界的研究，是显示文学与历史互证研究的代表性论著。

李 哲

《"骂"与〈新青年〉批评话语的建构》（专著、独立作者），山东文艺出版社 2015 年版。该专著从具体的历史情境中撷取"骂"这一概念，进而把与"新文学"密切相关的"新旧之争"还原为一个从"骂"到"批评"再到"论争"的历史过程。这样一个总体框架打破了既有"论争"研究的叙述范式，在很大程度上呈现出"论争机制"内在的丰富性和复杂性，对学界进一步理解"新文学"的发生机制有着极为重要的意义。

周维东

《中国共产党的文化战略与延安时期的文学生产》，花城出版社 2014 年版。该著从"文化战略"的角度，将延安文学置于民国文学的宏大背景中，对传统延安文学认知形成挑战和突破。与传统延安文学研究经常使用的"文艺政策""政治文化""地缘政治"等视角相比，"文化战略"有效将社会语境与文学语境联系起来，将研究视野同时投射到延安内部和外部。正是由于视野的变化，本书对统一战线、突击文化、整风运动与延安文学联系的研究，对"真人真事"创作、"穷人乐"叙事、"下乡"运动的重新认识，能发现前人之未见，探历史之幽微。

《民国文学：文学史的"空间"转向》，山东文艺出版社 2015 年版。该著从"空间"角度阐发从"中国现代文学"向"民国文学"转变的理论基础和学术渊源。全著分为上下两个部分：上半部分主要探讨从现代文学到民国文学的转变的理论逻辑，下半部分以具体案例说明在"空间"理论下对中国现代文学具体现象的分析。著作梳理了 21 世纪以来出现的如文学性、现代性、民国文学等系列文学史思潮，同时对《新青年》封面人物、民国时期的语言、民国时期的白话文学等个案进行了深入分析。

《意识形态的焦虑：1949—1966 年间中国大陆文学的精神结构》，该著主要从对"无产阶级文学"的说法入手，梳理十七年文学史，其中涉及文学思潮、文学史现象和中外文学关系等内容，对交叉体验、自然书写等现象的关注，有助于理解"十七年文学"的内在结构。

颜同林

《方言入诗的现代轨辙》，花城出版社 2019 年版。系《民国文学史论》（第二辑）丛书之一，此丛书为 2017 年度国家出版基金资助项目。《方言入诗的现代轨辙》着力于梳理并呈现方言入诗与中国现代新诗的关联与形态，还原跨民族、跨地域视野下方言入诗的起因、过程、特征等历史原貌；理性对待不同时空的诗人们在语言形式维度上的诗学经验，为方言入诗的创造性运用之当代意义提供重要参照。

　　《多元视角下的中国现代小说》，人民出版社 2018 年版。侧重于梳理并呈现出以中华民国时期为主并前后略有延伸这一历史时段之内，中国现代小说的社会历史内涵与艺术形态，以经典作家与作品个案为主，从教育、经济、出版、法律形态、传统文化等多元视角，对中国现代小说的内涵进行新的阐释，涉及鲁迅、郭沫若、茅盾、叶圣陶、赵树理等一批经典作家及其重要作品。

　　主编《1931—1945 年东北抗日文学大系·第五卷·评论》，黑龙江大学出版社 2017 年版。系 2015 年度国家出版基金资助项目。以原始书刊为基础，着重收集和整理东北作家表现抗日的文艺评论作品，非东北籍作家对东北抗日作品的评论，以及以书话、书评、评论性随笔、文学艺术评论和论文等形式存在的各种评论。

　　《普通话写作与共和国文学的确立》，花木兰文化出版社 2014 年版。普通话写

作是共和国文学确立的显著标志，站在
共和国文学发生与确立的基点上，就普
通话写作的渊源、进程、方式、特征与
优劣等诸多问题展开剖析，既从语言资
源、作家个案、版本校释、编辑工作等
维度梳理改变共和国文学与语言的内在
脉络，又在普通话写作与非普通话写作
的对比、矛盾乃至张力中追踪主宰作家
创作、修改、评论的不同因素，从而反
省普通话写作的合法性、复杂性与边界

问题，为我们重新发现共和国文学与文化寻找新的话语空间。

《母语与现代诗》（上下两册），花木兰文化出版社 2012 年版。主
要从母语这一语言学视角来切入民国时期的现代诗，可概述为对方言入
诗的诗学考察，重点在于论述母语与现代诗的复杂关系。梳理了方言入
诗现象与史实，主要以白话诗语言为纲，以现代诗流派、诗潮、个案为
骨架，呈现了白话诗中发生、发展以及演变过程中被遮蔽的历史细节，
突出方言入诗在民国不同时期的特色、作用、意义，以及方言进入现代
诗歌的途径、效果等相关内容。对方言入诗与声音的诗学、方言入诗与
现代诗去方言化之间张力形成及其实质渊源等命题有较深入的研究。

《思想的盆地——现代诗人与文化散论》，齐鲁书社 2011 年版。本书内容以中国现代诗学论文为主，并零星收录关于现代文学与文化研究的论文。包括对海外汉学、新诗传统、方言与普通话和新诗的发生与发展之关系研究，现当代诗人郭沫若、戴望舒、穆旦、李瑛、叶延滨等十多位诗人的个案研究，以及对陆耀东、吕进、李怡等诗论家著作的书评等综合研究。

王永祥

《民初的政治文化生态与新文学的空间场域》，山东文艺出版社

2015 年版。聚焦于民初（1911—1917）政治文化势力的博弈与新文学空间场域的形成。其中特别关注教育场域和新文学发生的内在关系。认为现代文学教育场域的形成是促成新文学发生发展的重要因素，而且正是因为新文学作品成为国文教材的选编对象和教学资源，才真正促成了新文学的正典化。

妥佳宁

《殖民与专制之间——日据时期蒙疆政权华语民族主义文学》，文史哲出版社 2017 年版。首次讨论了日据时期在伪满之外另外一个傀儡政权伪蒙疆政权下的民族主义文学，呈现了其在殖民与专制之间的复杂生态，以本土专制视角补足既有后殖民论述，试图提供更切合中国本土的理论探讨。

杨华丽

　　《"打倒孔家店"研究》，人民出版社2014年初版。该著以新文化—新文学运动为中心，在对大量原始期刊及第一手资料的发掘和论析的基础上，首次从思想梳理角度探究了"打倒孔家店"这一"口号"与"五四"之间复杂幽微的关系。通过对"五四"时"打孔家店"运动的思想资源即从戊戌到《青年杂志》诞生前的反孔非儒思想的梳理，对新文化先驱们"打孔家店"的主观意图、客观情势及实际反叛内容——"非孝""非节"等——的剖析，文章还原了"五四"并无"打倒孔家店"之"实"这一历史本相。基于"打倒孔家店"之说的历史根基的缺失，论者认为，学界应重新考量"五四全盘反传统"论等的合理性与合法性。该著对我们重新认识"五四"思想革命的本质与复杂情形，对我们不再沿袭"'打倒孔家店'是'五四'时期的口号"这一欠准确的认知并以讹传讹，具有重要认知价值，在研究内容上也具有前沿性，因而受到大陆及台湾的文学、史学、哲学界学者的持续关注与充分肯定。该著及其中的部分内容先后获得四川省绵阳市哲社奖一等奖、二等奖，四川省教厅第十一届哲学社会科学优秀科研成果三等奖。

谢君兰

《古今流变与中国新诗白话传统的生成》，羊城晚报出版社 2017 年版，为"十三五"国家重点图书出版规划项目、广东省原创精品出版资金扶持项目。本书主要以多重白话资源为切入视角，分别从词汇、音韵、句法三个层面来剖析中国新诗从清末到民初复杂的生成过程：中国新诗之所以为"新"，不仅在于它和古典诗歌形态拉开了距离，也在于它与传统白话诗歌之间既有承袭也有新变的辩证关系上。"清末民初"作为中国新诗生成的关键时段，充分酝酿了其赖以生存的多重白话资源，即古典诗词的部分构词与语法形态；外语诗歌及其翻译形态的语言结构与修辞方式；民间俗调歌谣里的方言与俗语。它们为新诗白话传统的生成奠定了坚实的基础，也提供了促进其演变的丰富养分。

李金凤

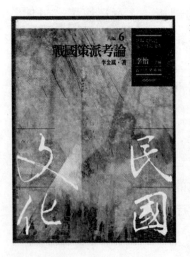

《战国策派考论》，花木兰文化出版社 2017 年版。本书主要论述了三方面的内容：一是考查战国策派的内涵与外围。这一部分主要界定了战国策派的内涵、聚合方式、核心成员、基本成员、外围刊物等。二是探究战国策派与五四新文化运动之关联。战国策派并没有否定新文化运动的价值和意义，它继承了五四"重新估定一切价值"的怀疑、批判精神，继续探讨文化重建与民族精神改造的命题，堪称"第二度新文化运动"。三是重点考察战国策派的后续刊物《民族文学》。《民族文学》是战国策派的文化观念在文学领域的反映，它呈现了战国策派尤其是陈铨的思想观念的转变。总之，本专著的核心主旨是考辨、考论，力图跳出目前研究中存在的预设框架和思维模式，从原始刊物入手还原战国策派的基本史实，再现战国策派的历史语境。

彭　超

《巴蜀作家与中国现代文学的发生》，中国社会科学出版社 2014 年版。本书以中国现代文学发生为历史背景，分析论证巴蜀作家为推动中国现代文学发生所起到的先锋引领作用。本书以史料为凭据，摈弃传统新旧文学之界定，从时代文化到文学社团再到文学经典，较为全面地展示了作为群体的巴蜀作家是如何通过其文学创作影响中国现代文学的发生，表现出其以敢为天下先的创新精神为推动中国现代文学发生所起到的"领头羊"的历史功绩。

康　斌

《再整合：1966—1976 年间的"十七年"文学评判》，花木兰出版社 2019 年版。首先，本书认为"十七年文学"并非"十七年"期间的全部文学，它不是对一个特定时间段内全部文学景观所作的某种中性命名，而是最初由"文革"期间激进政治文化力量对新中国文学进行"黑线专政"政治定性的直接产物。因此本书并不认同一般的看法——对"十七年文学"的建构，始于 20 世纪 70 年代末，是"新时期"拨乱反正的产物，而认为 1966—1976 年是此一建构的原初阶段。其次本书认为此一建构过程，除了对共和国文学主流的基本否定，也对部分作品实施了征用和改编，因此钩沉故事、铺陈因果以校订文学史流行叙述也是本书的重要着力点。

吕洁宇

《〈真美善〉的法国文学译介研究》，台湾花木兰出版社 2017 年初版。该书聚焦了三十年代前后上海文坛的《真美善》期刊，通过对史料的整理和分析，对《真美善》的法国文学译介情况进行了细致的梳理和考察，并对其翻译活动的影响进行了较为客观的评估，还原了该刊在文学史上的价值。

彭冠龙

《"托洛茨基"与中国现代革命文学思潮》，台湾花木兰文化事业有限公司 2017 年版。本书以"托洛茨基"为切入点研究中国现代革命文学思潮，一方面是中国革命文学界对托洛茨基文论的接受情况，另一方面是政治领域内的肃清托派运动对文学界的波及。通过这两方面的论述，有效丰富了中国现代革命文学研究已有格局，揭示了过去为学界所忽略的一条重要线索，是这一课题国内最早的系统论述之作，获山东省高等学校人文社科优秀成果奖三等奖、首届朱德发五四文学青年奖著作类提名奖。

《在历史与叙事之间：1946—1952 年土改小说创作研究》，四川大学出版社 2015 年版。本书发掘了伴随土地改革运动而出现的土改题材小说作品近百篇、创作讨论文章数十篇，努力还原了这一创作潮流的历史面貌，在此基础上研究了这类作品的人物塑造、核心情节、创作模式等方面。

黎保荣

《影响中国现代文学的三个关键词》，暨南大学出版社 2017 年版。本书以关键词方法来研究中国现代文学史，关键词研究不只是一种研究方法，还是一种思想方式，可以说一个关键词就意味着一种思想观念。但是这种思想观念不只是思想本身，它与历史、时代、文化、传统、体验等存在着千丝万缕的联系。中国现代文学的"启蒙""科学""人文主义"这三个关键词，既具有代表性而又

能融会中西古今，它们貌似来自异域，但实际上浸润着中国传统文化的汁液。就其逻辑关系而言，"启蒙"是总论（政治、人文），后两者是分论，"科学"是从科学、文化角度来说，"人文主义"是从人性、个体来探讨。这三个关键词有一条贯穿的红线，就是都有着被遮蔽（西方遮蔽）下的传统文化精神的底蕴，即中国现代作家如士大夫一样的精英意识以及积极入世、经世致用的实用理性，因为说到底传统不是"断裂"，而是"生长"。

高博涵

《徐訏的"游离"体验与诗歌创作》，花木兰出版社 2017 年版。本书通过徐訏人生经历的梳理，挖掘其诗歌创作与之关联的主题特征及抒情特征，并借由诗歌的分析最终呈现出徐訏独特却同时富于代表性的精神特质。在研究过程中，本书试图祛除覆于徐訏研究之上的诸多复杂概念，退还至徐訏的主体性本身，从而更有效、更深入地挖掘到真正属于徐訏的文学表达与文学意义。

蒋德均

《文学再思录》，大众文艺出版社 2013 年版。作为宜宾学院一级重点学科建设资助出版。论著者分别从文学语言的独立性、创作主体、接受主体以及文本细读与方法等方面对文学进行了再思考和论述。

《诗意成都》，大众文艺出版社 2013 年版。作为成都文学院 2012 年面向全国征集签约项目的结题成果，该书以成都

的历史、现实、文化、风俗以及风景名
胜为题材，主要以诗歌的形式呈现成都
厚重丰富的历史文化、独特的人文魅力、
别具一格的风土人情以及丰富多彩的旅
游资源。为文化之都、文学之都、诗歌
之都、休闲之都的蓉城增添了一份诗情
画意。

《李庄文化丛书》，四川民族出版社
2020 年版。这是第一套较为全面呈现中
国李庄的历史、建筑、人物、文学等的
文化丛书。由《李庄读本》《李庄古建筑》《李庄名人录》《诗咏李
庄》《永远的李庄》五册约 200 万字构成。

门红丽

《有奖征文与中国现代文学》，花木兰文化事业有限公司 2017 年
版。论著较为全面地研讨了民国时期重要的期刊报纸中"有奖征文"
这一征文栏目对现代文学的发生发展的影响，阐述了"有奖征文"如
何在文学观念的变化、民族情感认同、文艺大众化等方面发挥巨大的
作用。

谭　梅

《性别文化与现代中国男作家叙事中的女性书写》,羊城晚报出版社 2017 年初版,台湾花木兰文化事业有限公司 2019 年再版。民国时期的男女两性文化呈现出极为复杂的状况。然而,一直以来,中国现代女性文学研究固守二元对立的惯性思维模式。这导致男性文本较少出现在女性文学研究的视野之内。即使从性别的角度对男性文本进行研究,也大多起着标签式的靶子作用,并未梳理其与现代女性文学之间的复杂关系。本书突破将“女性文学”等同于“女作家论”的研究思路,将男作家笔下的女性书写纳入“女性文学”的研究范畴。一方面考察男作家在现代不同历史时段对女性问题的认识流变,分析每一个阶段的差异性特征。另一方面将男作家的女性书写放在文学、文化和思想等多个层面进行立体的勾勒和分析。中国女性文学研究只有对男作家的创作做出理性的回应才能在性别的角度下深入文学内部厘清男、女作家各自创作的美学特征,才能对中国现代文学进行深入的性别反思与研究,才能有效地参与中国当代社会文化建设。该著作 2019年获成都市第十四次哲学社会科学优秀成果三等奖。

马绍玺

《襁褓与行囊》（诗集），作家出版社
2016 年版。收入个人诗歌 89 首。中国社科
院研究员刘大先认为："马绍玺的诗是朴素
的、真诚的，写的是故乡、母亲、青春、山
川田野和最亲密的爱人。难得地保留了一颗
来自边地的赤子之心。"

汤巧巧

《近二十年中国诗歌的"诗江湖"特征
研究》，花木兰文化出版社 2014 年版。借用
诗歌场域理论提出了当代诗歌的"诗江湖"
这一新颖的概念，并据此对近二十年中国诗
坛的现象进行了较为深入的分析：既有个案
研究，也有整体现象学的分析；既有理论启
迪，也有现实意义。是一部有创新意识和现
实关怀的论著。该论著被荷兰著名汉学家柯
雷在欧洲汉学中心网站专文介绍，称其是一
部有勇气有智识的、不可多得的关注中国民
间诗歌现场的书。

贺　芒

《场域理论视角下的农民工话语》，台
湾花木兰出版社 2014 年版。将农民工文学
放在文化工业生产的背景下，以文学的生产
机制为切入点，进行农民工文学的开放式研
究。本文有两个研究视角：外部研究与内部
研究，外部研究是从文学生产机制研究农民
工文学的价值形态，内部研究注重的是它的

审美形态。内部研究是以外部研究为基点，探寻文化工业批量化生产环境下，对审美形态的影响和改变。这对当前学术界集中于内部的、静态的研究是有所突破的。

周　文

《以文入史：郭沫若的再选择——兼论1920、30 年代文学青年的转向》，花木兰文化出版社 2016 年版。该书在大量微观史实考证的基础上，通过重新审视郭沫若的"转向"问题，在民国社会历史情态和"大文学"视野下揭示左翼文人内在心灵转变的精神轨迹，呈现文学在文化核心价值建构中的参与路径和方式，以郭沫若的精神变迁来认识一个团体或者一个时代的集体心灵转变。通过社会历史情态的语境恢复，该著认为"五四"新文化运动蕴涵着普遍的"弃×从文"实践，而 1920—30 年代文学青年干预社会的路径则多以"以文入×"的方式来实现，具体于郭沫若来说，即是"以文入史"。"弃×从文"与"以文入×"是中国近现代文学、文化史上两次奇特景观，浓缩着中国社会文化寻求蜕变的集体实践和知识分子参与社会改造的抉择与信仰，是打开中国近现代思想文化史的一把钥匙。

段绪懿

《国立戏剧学校（1935—1939）》，中国社会科学出版社 2015 年版。本书全面介绍中国第一所话剧高等学府国立戏剧学校的建校及艺术教育、艺术创作、艺术规范化等一系列成就，提出国立戏剧学校的创立是中国话剧艺术教育全面成熟的标志，国立戏剧学校的话剧表演、导演、舞美艺术探索成果也是中国话剧表演、导演、舞美等艺术规范化的典型代表。

陶永莉

《校园文化与中国新诗的发生》，花
木兰文化出版社 2017 年初版。较为全面
地探讨了教育宗旨、学校制度、课程设
置、教材教法、校园文化氛围、教师、
学生以及校园刊物与新诗的发生问题，
将外部的教育制度研究与内部的个体心
灵体验研究相结合，沟通诗歌外部研究
与内部研究。

王婉如

《论"轻型知识分子"——以张爱玲
为中心》，台湾花木兰出版社 2016 年版。
本研究成果从张爱玲研究的热与冷现象
开始，探讨张爱玲在历史上从被人注释
到以往及再进入的问题，即其自身是否
秉持前后一致的政治理念，以及其研究
者是出于何种心境对张爱玲展开研究以
及追捧，此书的创新点在于清楚解答了
这些问题，并将论述向前延伸到抗战后
知识分子的分化，以当时知识分子的处
境对比当代的研究者。

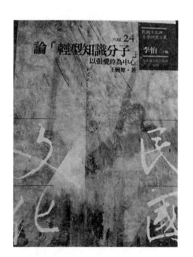

付海鸿

《三江源生态移民的文化变迁与身份认同研究》，中国社会科学出
版社 2017 年版。本书基于作者及课题组成员长期的田野考察与思考，
以青海格尔木昆仑民族文化村为个案，从饮食文化、后续产业发展、

日常宗教生活、移民子女教育四个方面入手，以民族志的方法客观记录了三江源生态移民在迁入地的生活情态，并对其中所蕴含的文化变迁与身份认同问题作了辨析。

《中国高校多民族文学教育的考察研究》，中国社会科学出版社2017 年版。本书选择中国高等院校的多民族文学教育进行考察研究，旨在探讨高校文学教育在文学理念、专业设置与课程教学等方面的设计是否符合多民族中国的文学实情，以及这样的文学教育作为国民教育的一部分，对受教育者的国情认知、身份认同与民族凝聚等方面可能产生的影响。

胡昌平

《现代感悟批评研究》，上海三联书店 2016 年版。感悟艺术、体验人生，文学批评应充满艺术魅力，蕴含富丽人性。以直观感悟思维为主导，文学批评也可以成为独立、自由、创造的艺术。王国维、周作人、李健吾、李长之、朱光潜、沈从文等人的感悟式审美批评，构成了中国现代文学批评史上细微却最为亮丽的风景线。

现代感悟批评创造性地继承传统、借鉴西方而形成了独具特色的批评形态，这对当前的文学批评是一种启示。

李　扬

《延安鲁艺诗人及其创作研究（1938—1945）》，花木兰文化出版社2019年版。本书以延安鲁艺诗人群为考察对象，围绕延安鲁艺诗人群在《讲话》前后的文学活动，重点探究了延安鲁艺作为中共的"文艺堡垒"，如何参与、影响了延安的知识生产与诗人的写作机制。

孙　伟

《美术视野中的鲁迅文学创作》，花木兰文化出版社2014年版。对鲁迅接触到的美术作品——民间美术、浮世绘、汉画像和文人画——做了简单整理，并对其与鲁迅文学创作之间的关系，进行了初步分析。

黄　菊

《"下江人"和抗战时期重庆文学》，花城出版社2019年版。本书以抗战时期生活在重庆的"下江人"为研究对象，从文学的角度考察"下江人"来到前后重庆文学生态的变化，并围绕"下江人"在战时

重庆的生活，探讨战争对作家生存、写作带来的改变，以及这些改变在战时文学的创作中的体现。

袁少冲

《抗战时期"军绅"社会与大后方文学》（上下两册），花木兰文化出版社2014年版。在考察抗战时期大后方文学之时，试图把该文学放在当时特殊社会背景中研究，尝试从以地方"军绅"政权为重要特征的近现代"军绅"社会的角度，把大后方文学放在"军绅"社会中的党、军、官、绅、商、兵、匪、农民、知识分子等复杂角色形态背景中考察，从而揭示"军绅"社会与战时大后方文学之间既冲突、又共生的奇特悖谬关系。这种新颖、别致的视角（"军绅"社会）为突破现有四十年代文学、国统区文学、大后方文学的研究格局提供了一种可能性。并且，为在这一视角观照下的大后方文学微观研究及宏观（定性）把握，提供了一定的创新或先锋特质。

《20 世纪 40 年代大西南文艺大众化运动研究》，新华出版社 2019 年版。从一个新的"启蒙"视角考察 1940 年代大西南的文艺大众化运动。该启蒙视角包括启蒙者、被启蒙者、启蒙思想资源等三个层面，以毛泽东《讲话》为代表的系列文献改写了战前的"启蒙"结构。新旧"启蒙"结构的切换与转型是贯穿本书的一条逻辑线索。首先，该运动的产生与兴起，既是源于对时代"启蒙"需求的契合，也缘于它内在的具有"启蒙"的逻辑；其次，分析了文艺大众化运动中的阻力障碍等消极因素，以及动力资源和积极因素；最后，总结了该阶段"大众化"文艺的风貌与性质。

李怡、教鹤然、李乐乐

《"文"的传统与现代中国文学》，广东高等教育出版社 2018 年版。本书以专题为统领，试图重新对一个世纪以来的中国"文学"观念提出反思和清理，追溯传统文化的基因并与当下新文学对接，以重述长期被忽略的现代"文学"传统的来龙去脉和内在结构。

康　鑫

《张恨水与民国文学的雅俗之辨》，花木兰文化出版社 2013 年版。雅俗观在民国文学阶段的表现既不同于晚清，亦不同于 1949 年之后的当代文学，尤其具有考察与研究的必要。民国文学雅俗变迁的特点在张恨水的创作实践中得到尤为集中的表现，使他成为梳理和分析民国文学雅俗之辨必须打开的一个"结"。本书采取以"个案"研究带文学史问题

的方式，以民国最具代表性的通俗小说家张恨水为研究对象，重返历史，清理出现代文学雅俗之辨复杂的历史脉络和思想线索，对不同历史时段雅俗文学的生成、流变的过程作出立体的描述和勾勒。

熊 权

《"革命加恋爱"现象与左翼文学思潮研究》，人民出版社 2013 年初版。相较已有研究集中讨论"革命加恋爱"文学造成的畅销书现象、模式化写作等，本书挖掘其"史前史"——分析国民革命期间的"恋爱与革命问题"讨论、时代摈弃"自由恋爱观念"等具体问题，在史料收集整理的基础上，借鉴社会史、文化史方法描述并阐释这一文学潮流的兴起、发展以及消解的过程。本书获得河北省社科优秀成果三等奖。

王学东

《现代诗歌机器（1997—2017）》，四川民族出版社 2017 年版。此诗集是王学东二十年来的现代诗歌精选，包括《如是我闻》《商籁体机器》《王氏家谱》《后现代启示录》《来自灵山的短诗》《苦海》《十支情歌》《一个人的成都》《十首哀歌》《没有个性的诗》《已经被毁损的青春》《罪己诏》等组诗。四川大学《阿来研究》2019 年总第 11 辑设"王学东小辑"专栏，收录的研究文章有：张叹凤《在后现代的诗兴中"劫持"自己——读王学东诗集〈现代诗歌机器〉》；何方丽、刘波《诗与思的自我中心构建——以王学东诗集〈现代诗歌机器〉为中心》；袁昊《现代处境与诗意开掘——评王学东诗集〈现代诗歌机器〉》；吴旭《机械技术时代的自我

体验与生命感悟——评王学东诗集〈现
代诗歌机器〉》；张海彬《"不"与"无"
的奥秘——评王学东诗集〈现代诗歌机
器〉》；李俊杰《体验的真挚与表达的超
越——王学东〈现代诗歌机器〉观察》；
蒋林欣《被压抑与被毁损的现代生命体
验——王学东诗歌探论》；朱西《王学东
诗集〈现代诗歌机器〉读后》；龚奎林
《外冷内热的荒诞与苦痛：地域空间的炼
金术——王学东诗集〈现代诗歌机器〉
解读》；另有魏巍评论文章《后现代预

言：读王学东〈现代诗歌机器〉》，《百家评论》2020 年第 1 期。

《文革"地下诗歌"研究》，花木兰出版社 2014 年版。对于地下
诗歌的研究，著作提出"边缘体验"这一概念，正是在于"文革"这
一特殊时期思想上、文化上、生活上的
特殊政策。也就是在文革时期，借助国
家的力量，把一种文化和文学推到中心，
把文学的理想和追求排斥在中心之外，
以至于把原来正常的文学抒情直接排斥
到了正常的表达和传播之外，乃至从地
上打入到地下，这样"边缘"与"中心"
的特征的表现是如此强烈。正是在"绝对
中心"之下，以至于原本属于正常的抒
情和表达，都不能按照正常来写作，也
不能正常地发表，甚至不能正常地思想，

并且还扭曲了原本正常的个人感受。于是，地下诗歌形成了所有边缘
状态之下的诗歌中最为独特的"边缘体验"及文化景观。

王玉春

《"五四"报刊通信栏与多重对话研究》，人民出版社 2018 年版。本书首次以"五四"报刊通信栏目为研究主体，从言论空间、对话机制、编读交往以及文体价值四个方面，对报刊通信栏进行相对系统分析与研究，从实证的角度开辟出五四文学文化研究的新空间。

卓 玛

《母语文化思维与当代藏族作家汉语创作研究》，民族出版社 2020 年版。当代藏族作家的汉语创作构成了汉语写作的一个特别面向，藏族作家的表现方式、语言风格、内在心理等诸多因素都受到母语文化思维的内在程式的驱动。该成果对当代藏族作家的汉语创作展开研究，探究这些创作中隐含的深层结构所受到的母语文化思维的潜在影响，使得这些文本构成了汉语写作一个特别的面向，呈现出鲜明的民族个性。本文力图探及藏族作家汉语创作的核心，揭示出母语文化思维对作家创作的深层影响，呈现出其创作的内在肌理，展示出其独特性。深入藏族文学汉语写作这个知识形成的特定情境，既要有对"知识学"进行把握的理性，又要具备生命体验的激情与感性。笔者运用形式主义研究范式，运用民族诗学、叙事学理论等来深入作品内部，梳理出藏族作家汉语创作的内在生成状态，希冀以此深化藏族文学研究的内涵，填补其研究的薄弱环节。该成果在今天不断加强各民族交往交流交融，铸牢中华民族共同体意识的时代背景中，具有较强的现实价值和学术意义。

罗执廷

《民国社会场域中的新文学选本活动》，山东文艺出版社 2015 年版。"民国历史文化与中国现代文学研究"丛书之一。本书从场域分析方法入手，以点带面地呈现和剖析了民国时期的几种重要的新文学选本活动，从而揭示了选本活动在新文学发展过程中的作用。主要内容包括创作引导、批评发现和经典化性质的选本活动及其新文学场域的关系，小品文、幽默文选本热潮与新文学消费场域，国家任务性质的戏剧抗战与选本活动，政党意志与解放区的文学选本运作。

《民国时期中学生的新文学接受研究》，花城出版社 2019 年版。国家出版基金项目"民国文学史论第二辑"丛书之一。本著作研究民国时期（1920—1949）中学生与以鲁迅等为代表的中国新文学的关系，全面考察、梳理了中国新文学走进中学教育和被中学生们广泛阅读、模仿试作和创造性转化的情况。主要内容，先从民国时期的文学思想、教育观念及其时代演变，中学体制、课程设置和课程标准、教科书编写使用制度等方面梳理民国中学生接受新文学的大背景，再从国文教材、课堂教学、课外阅读、校园活动等方面考察民国中学生接触和使用新文学的情况，最后从作文教学、中学生文艺这两方面考察民国中学生对于新文学的接受、利用和转化（精神转化）。

李俊杰

《诗歌教育与中国现代新诗的发展》，花城出版社 2018 年版。新文学的发生、成长与成熟的过程，与文学教育密不可分。传统的"启蒙"话语和教育方式伴随 20 世纪初剧变的政治、经济和文化发生变革，本书以"教育"与"中国现代新诗"的互动为题，探讨校园教育对新文化传播、新文学的创作及研究所起到的促进作用，视角独特，有其历史价值与现实意义。新诗作为白话文学的代表进入教育过程，借助教育的传播媒介扩大了新文化运动的影响，教育情境中的新诗创作、讲述、批评和学术研究又开拓了新诗的艺术高度和理论主张，持续开拓艺术性探索和社会性意义。这一研究将改变以往着重对诗歌本体研究的思路，以历史眼光，从现代诗歌教育的角度看新诗的发展与传播，还原教育情境中诗歌的接受语境，通过对教育过程和从教者的具体研究，分析诗歌进入教育机制产生的教学与创作的互动关系和文化意义。本论题的研究注重回到历史现场，在纷繁复杂的史料中开掘诗歌与教育的互为性，在论证新诗进入教育空间意义的同时，反观诗歌教育对于诗歌观念的影响，深刻分析教育情境对于诗歌创作、批评与文学史的特别价值。

孙拥军

《新文学的叩问与反思》，四川大学出版社 2012 年版。对五四以来中国新文学的重要的文学现象进行解读与探讨，呈现出中国新文学的内在发展规律与发展趋向。

《叩问 1958：中国新民歌研究》，花木兰文化出版社 2015 年版。对 1958 年中国新民歌这一重要的诗歌现象进行了全面的探讨，分别从作者身份、创作机制、传播方式以及文学评价等方面进行研究，以呈现出新民歌创作的历史原貌。

《中国新诗的源流》，四川大学出版社 2018 年版。以 21 世纪以来中国新诗的发展的困境为出发点，探讨中国新诗的发展历程及其与新世纪诗歌间的渊源关系。

《鲁迅思想承续研究》，河北人民出版社 2020 年版。主要探讨鲁迅国民性批判思想在台湾新文学作家中的承续情况，并探究鲁迅及其国民性批判思想对于台湾新文学创作的重要影响。

陈夫龙

《民国时期新文学作家与侠文化研究》，花木兰文化事业有限公司
2017 年初版。在侠文化理论视域观照下，探讨侠文化对民国时期新文
学作家的现实行为、人格精神和文学创作的影响。

《侠文化视野下的中国现代新文学作家》，人民出版社 2019 年初版。
以侠文化为视角来审视现代新文学作家，并通过研究新文学作家来透视

传统侠文化在现代中国语境下的传承、改
造、创造性转化和创新性发展，视角独
特，论证合理，为国内第一部系统探讨新
文学作家与侠文化关系的专著。

《侠坛巨擘——金庸与新武侠小说研
究史料辑》，人民出版社 2015 年初版。
该书由史料文献、研究文献、质疑与争
鸣三部分构成，以点带面，深入管窥新
武侠小说应有的价值意义。

编著《当代视野下的王者之言——
中国诏书文化经典文本解读》，人民出版
社 2016 年初版。立足于当代视野，提出了"诏书文化"概念，通过

解读历代帝王诏书经典文本，管窥他们的内心世界，总结其治国安邦的经验教训，寻求当前文化建设可资借鉴的精神资源，从而使诏书文化进入学理研究的轨道。

编《激情与反叛——中国新文学作家与侠文化研究资料辑》，山东人民出版社 2017 年初版。该书由史料文献、研究文献和附录三部分构成，为国内第一部关于新文学作家与侠文化研究的文献史料辑。

编《〈铁道游击队〉文献史料辑》，中国社会科学出版社 2018 年初版。该书由原始文献、研究文献、史料钩沉和附录四部分构成，为国内第一部关于《铁道游击队》研究的文献史料辑。

　　主编《灵魂的相遇——朱德发著作评论集粹》（第一位），中国社会科学出版社2019年初版。该书由"独奏的回声"、"合奏的弦音"、"交响的魅力"和"附录"四部分构成，为国内第一部关于朱德发研究的文献史料辑。

刘晓红

　　《独特的浩然现象与中国当代文学》，巴蜀书社2012年初版，独立撰著（20万字）。

　　《海燕：郑振铎作品中学生读本》，北方妇女儿童出版社2012年初版，合作撰著（18万字，本人撰著6万字）。

李直飞

　　《中国现代文学转型的政治经济学维度——以〈小说月报〉上的广告为中心》，中国社会科学出版社2018年版。以《小说月报》上的广告为切入口，透过广告来看民国政治、经济、法律、教育、传媒对《小说月报》的运行产生了何种影响，这是从民国机制来研究《小说月报》的一次尝试。2019年获得云南省社会科学优秀成果奖二等奖。

　　《民国文学机制与〈小说月报〉研究框架述略（1910—1931）》，台湾花木兰出版社 2017 年版，初步梳理了从民国文学机制来研究《小说月报》的必要性、可行性及限度。

朱　姝

　　《"语言统一"与现代中国文学运动》，台湾花木兰文化事业有限公司 2018 年版。该书从中提炼出一条贯穿语言运动的思想线索来统领那些与现代文学紧密相关的语言运动，一边是从中国现代语言运动中提炼出的思想线索，一边是鲜活的现代中国文学运动，本书让二者充分对话。在此框架之下，全书沿着三条具体的线索展开论述，即"从口语到书面语""从知识阶级到普罗大众""从国语到普通话"。

里所（李淑敏）

《星期三的珍珠船》，中国青年出版社 2019 年初版。《星期三的珍珠船》是里所首本公开出版的诗集，收录了她 2008—2019 年的 130 多首精选诗作。这些作品视域开阔，既有朝向诗人内在情感和精神世界的诗篇，如实记录了里所敏感的内心感受和她所经历的爱与痛苦；也有探索命运的必然与荒谬、生命的脆弱与强大、人之处境的变幻莫测的作品。里所是一位在血管和神经上雕刻诗意的诗人，在时间和光影中，她既能看到明晃晃的亮光，又能看到细腻、富有质感、隐秘的亚光。大胆、激烈、精神化、语言克制而自由，是里所诗歌的基本特质。她的作品充分展示了她写作时的耐心。

倪海燕

《性别优势与性别陷阱——1990 年代以来的女性小说写作》，台湾花木兰出版社 2014 年版。该书梳理了女性文学和女性主义文学概念的争议，并在此基础上探讨了女性写作的性别优势与陷阱，性别立场与人性关怀之间的矛盾与融合，性别立场与作品艺术性的问题等。该书在作者博士毕业论文的基础上修订完成，虽不够完善，却提供了性别文学研究的一个独特视角。

魏　巍

《中国当代少数民族女性诗歌研究》，人民出版社 2016 年版。较为全面地研讨了中国当代少数民族女性诗歌，从族群、地域、性别等诸多角度对当代少数民族女性诗歌进行全景扫描。获 2017 年重庆文学奖——少数民族文学奖。

《沈从文与老舍比较研究——以民族文学为视角》，人民出版社 2019 年版。从少数民族文学视角对沈从文、老舍进行比较研究。

徐　江

《〈朝霞〉双刊与"文革"后期文学的历史形态》，花木兰出版社 2014 年版。一个时代有一个时代之文学，政治、经济、文化和社会生活的变化，几乎都在当时的文学创作上得到相应的表现和折射。该书通过对"文革"时期主流文艺的创作、作家经历、文化影响等研究，希望去摸索到新时期文艺发展各种驳杂多样的文化现象的前因和理路。

谢明香

《出版传媒视角下的〈新青年〉》，四川出版集团、巴蜀书社 2010 年版。专著考察了《新青年》的出版与五四运动的发生发展关系和出版者的文化品格及出版行为所产生的社会意义及发展进程，既有对《新青年》编辑出版传播的实证分析，也有对《新青年》出版传播的历史进程的梳理；既有对《新青年》出版传播效果及传播影响力的分析，也有对《新青年》与五四新文化运动的发生发展关系的解读。是一部较早从编辑出版与传播角度研究《新青年》的著作。该专著一出版就在网上得到书籍推荐：《古籍新书报》书讯、中华古籍网"书评"推荐，2010 年第 99 期总 255 期；另有对专著的书评发表：郑红丽"简评《出版传媒视角下的〈新青年〉》"，《新闻研究导刊》2017 年第 14 期；还有部分研究者对该专著关注及引用，如迟延政《近十年〈新青年〉研究综述》，《中国现代文学研究丛刊》2016 年第 9 期中谈到近十年从新闻编辑与出版传播角度重点介绍该著

作；其他如张勇丽《〈新青年〉杂志的传播策略分析》，《传媒》2018 年第 21 期；《中国现代文学研究丛刊》2016 年第 9 期等论文的研究都有引用探讨。

袁继锋

《中国现代新诗用典研究》，重庆出版社 2015 年版。本书主要是对新诗写作中"用典"情况的研究。从分析胡适何以提出"不用典"入手，还原胡适建立在"不用典"等"八不主义"基础上的

对白话文学理论逐步修整和完善的过程，同时，对胡适写作中实际存在的大量"用典"的新诗作品进行分析，指出其在理论倡导与实践写作中存在的"影响的焦虑"。本书从"互文本"的理论角度，在诗歌作品细读分析的基础上，对从古诗文"典化"到新诗文"化典"的过程进行了整体和个案的研究，特别是对新诗从胡适提出"不用典"之后的 1920 到 1949 年代这一段历史时空中的代表诗人及代表性新诗写作中的"用典"情况做了归纳整理和分析，不仅归纳出新诗用典的类型和用典方式，更在文化转型的层面提出新诗用典不仅是一种诗学修辞手法，更是联系传统与当下的思维模式和审美类型，在根本上体现了新旧文化和思维模式的现代转换。

钱晓宇

《世纪之交玄幻风：中国当代奇幻小说现象论》，花木兰文化出版社 2014 年版，本书首次尝试对中国本土奇幻小说现象进行整体考察，将其纳入时代文化的广阔视野之中，全书将异类与人类，非科学神秘世界，"架空"奇幻世界多义性三大板块，共同归结到"科玄相遇"和科学历程的文化反思上来。

《大幻想天空下的聚首：时空交错下的中国当代幻想小说图景》，花木兰文化出版社 2015 年版，本书将科幻和奇幻纳入大幻想文学的框架，以多重语境下的中国当代幻想小说为研究对象，在"大幻想"理念下，梳理中国科幻和奇幻小说的传统，整理其创作及研究现状，追问中国幻想小说的未来，探讨整合中国当代科幻与奇幻小说的可行性，从而对本土幻想文学进行阶段性回顾与反思。

《幻想文化与当代中国的文学形象》，羊城晚报出版社 2016 年版，本书对于科玄两种思维方式在幻想文学内部的聚焦进行深度评述，结合文本细读，思考中国幻想小说的现状和未来，从具有代表性的本土科幻和奇幻文本中提取共性，结合世纪之交的文化思潮，关注幻想小说创作的实际，努力呈现幻想文化与当代中国的文学形象之间的动态关系。

周逢琴

《晚清民初宋诗思潮的流变——论宋诗运动》，四川大学出版社 2011 年版，本书对晚清以降的宋诗思潮进行了较为细致的梳理，明确了其发展流变的基本特点。

苟强诗

《民国时期上海的文学与法律（1927—1937）》，台湾花木兰文化事业有限公司 2018 年版。该著作较为全面地研讨了民国时期上海的法律——民国政府、欧美租界、法租界——与民国文学发展的相互关系与影响，重点研究了译印法制、书报审查制度、人权运动等与现代文学创作、传播、自由等问题，以当时之法律、机构、案件、运动为分析案例，既统计审查数据又描述法律的实施过程与作家的创作与思想变化，是这一课题较为系统的论述之作。

傅学敏

《1937—1945：国家意识形态与国统区戏剧运动》，中国社会科学出版社 2010年版。该书重点考察抗战时期戏剧运动与国家意识形态的互动关系，即国家意识形态以何种方式规范、制约或推动着戏剧运动的发展，戏剧运动如何阐释、支撑或偏离了意识形态的要求，同时思考艺术规律、政府调控、市场运作对战时戏剧运动的共同作用。北京师范大学博士生导师邹红教授对该书初稿的评价是"作者对这一时期国统区戏剧运动的

考察是全方位的、动态的、辩证的，其结论是客观的、科学的，有见地的，该论文超越了此前相关研究，将抗战时期国统区戏剧运动研究推向了一个高峰，其研究成果对于当代戏剧的研究有着重要的启示作用"。2012年，该书获四川省第十五次哲学社会科学优秀成果三等奖。2013年该书修订后更名为《1937—1945："抗战建国"与国统区戏剧运动》，由台湾花木兰文化出版公司重版。

黄蒙水

《为什么是浙江人》，宁波出版社 2021 年版。本书从世家文化和乡贤传统角度，去挖掘世家文化传统中的浙江精神脉络，为浙江地域的文化艺术精神寻找源头，重建浙江乡贤传统的集体记忆。

张 霞

《中国"自由撰稿人"作家研究——以民国文坛为中心》，中国社会科学出版社 2013 年版。对中国"自由撰稿人"作家展开整体性和系统性的研究，梳理中国"自由撰稿人"作家的产生背景，发展历史，探讨中国"自由撰稿人"作家群体的身份特征，生存状况和写作特征。在此基础上，《中国"自由撰稿人"作家研究——以民国文坛为中心》以民国文坛为中心，剖析场域因素与"自由撰稿人"作家的生存、写作之间的互动关系，选取民国文坛最具代表性的"自由撰稿人"作家鲁迅、张恨水、张爱玲展开个案研究，探讨商业性写作和场域制约对他们的生活、作品、文学观念及精神世界所起的作用，进而呈现民国"自由撰稿人"作家在中国文学现代化进程中的历史意义和当代启示。

李跃力

《革命与文学的深层互动——中国现代文学中的"革命话语"研究》，中国社会科学出版社 2013 年版，2015 年由花木兰文化出版社出版繁体字版。该著为研究中国现代文学中的"革命话语"的第一部学术专著。它以"革命话语"的生产与再生产为主线，深入揭示历史语境中"革命话语"生产的复杂性与矛盾性，展现作为生产者的作家与政治权力之间错综复杂的内在关系，剖析"革命话语"如何再生产"革命信仰"、"革命伦理"和"革命美学"，并挖掘其深层作用机制，由此将中国现代史上革命与文学的深层互动关系落在实处。

任冬梅

《幻想文化与现代中国的文学形象》，羊城晚报出版社 2016 年版。围绕"大文学"论提倡的"回到文学本身"的理念，探索"幻想文化"与"现代中国形象"的问题。著者把"非写实性"的社会小说称为"社会幻想小说"，认为"社会幻想小说"正是中国在由"古典性中国形象转化为现代性中国形象"过程中诞生的产物。探讨现代文学作品中数量庞大的社会幻想小说中"中国形象"的变化。探究社会幻想小说与"现代中国形象"问题，可以了解处于时代巨变中的知识分子对于民族国家前途命运的关注与选择，更重要的是，通过他们来反思当下的文学创作与文化生活，重新肩负起知识分子应该承担的历史使命。

作者	著作
李怡	1.《中国现代新诗与古典诗歌传统》，西南师范大学出版社 1994 年初版，1998 年再版，2002 年第三版 2.《中国新诗讲稿》，中国人民大学出版社 2014 年版 3.《作为方法的"民国"》，山东文艺出版社 2015 年版 4. 刘福春、李怡主编《民国文学珍稀文献集成·新诗旧集》（1—2 辑），花木兰文化出版社
李哲	《"骂"与〈新青年〉批评话语的建构》（专著、独立作者），山东文艺出版社 2015 年版
周维东	1.《中国共产党的文化战略与延安时期的文学生产》，花城出版社 2014 年版 2.《民国文学：文学史的"空间"转向》，山东文艺出版社 2015 年版 3.《意识形态的焦虑：1949—1966 年间中国大陆文学的精神结构》，花木兰出版社 2014 年版
颜同林	1.《方言入诗的现代轨辙》，花城出版社 2019 年版 2.《多元视角下的中国现代小说》，人民出版社 2018 年版 3. 主编《1931—1945 年东北抗日文学大系·第五卷·评论》，黑龙江大学出版社 2017 年版 4.《普通话写作与共和国文学的确立》，花木兰文化出版社 2014 年版 5.《母语与现代诗》（上下两册），花木兰文化出版社 2012 年版 6.《思想的盆地——现代诗人与文化散论》，齐鲁书社 2011 年版
王永祥	《民初的政治文化生态与新文学的空间场域》，山东文艺出版社 2015 年版
妥佳宁	《殖民与专制之间——日据时期蒙疆政权华语民族主义文学》，文史哲出版社 2017 年版
杨华丽	《"打倒孔家店"研究》，人民出版社 2014 年版
谢君兰	《古今流变与中国新诗白话传统的生成》，羊城晚报出版社 2017 年版
李金凤	《战国策派考论》，花木兰文化出版社 2017 年版
彭超	《巴蜀作家与中国现代文学的发生》，中国社会科学出版社 2014 年版
康斌	《再整合：1966—1976 年间的"十七年"文学评判》，花木兰出版社 2019 年版
吕洁宇	《〈真美善〉的法国文学译介研究》，台湾花木兰出版社 2017 年初版
彭冠龙	1.《"托洛茨基"与中国现代革命文学思潮》，台湾花木兰文化事业有限公司 2017 年版 2.《在历史与叙事之间：1946—1952 年土改小说创作研究》，四川大学出版社 2015 年版
黎保荣	《影响中国现代文学的三个关键词》，暨南大学出版社 2017 年版
高博涵	《徐訏的"游离"体验与诗歌创作》，花木兰出版社 2017 年版
蒋德均	1.《文学再思录》，大众文艺出版社 2013 年版 2.《诗意成都》，大众文艺出版社 2013 年版 3.《李庄文化丛书》，四川民族出版社 2020 年版
门红丽	《有奖征文与中国现代文学》，花木兰文化事业有限公司 2017 年版

续表

作者	著作
谭梅	《性别文化与现代中国男作家叙事中的女性书写》，羊城晚报出版社 2017 年初版，台湾花木兰文化事业有限公司 2019 年再版
马绍玺	《襁褓与行囊》（诗集），作家出版社 2016 年版
汤巧巧	《近二十年中国诗歌的"诗江湖"特征研究》，花木兰文化出版社 2014 年版
贺芒	《场域理论视角下的农民工话语》，台湾花木兰出版社 2014 年版
周文	《以文入史：郭沫若的再选择——兼论 1920、30 年代文学青年的转向》，花木兰文化出版社 2016 年版
段绪懿	《国立戏剧学校（1935—1939）》，中国社会科学出版社 2015 年版
陶永莉	《校园文化与中国新诗的发生》，花木兰文化出版社 2017 年初版
王婉如	《论"轻型知识分子"——以张爱玲为中心》，台湾花木兰出版社 2016 年版
付海鸿	1.《三江源生态移民的文化变迁与身份认同研究》，中国社会科学出版社 2017 年版 2.《中国高校多民族文学教育的考察研究》，中国社会科学出版社 2017 年版
胡昌平	《现代感悟批评研究》，上海三联书店 2016 年版
李扬	《延安鲁艺诗人及其创作研究（1938—1945）》，花木兰文化出版社 2019 年版
孙伟	《美术视野中的鲁迅文学创作》，花木兰文化出版社 2014 年版
黄菊	《"下江人"和抗战时期重庆文学》，花城出版社 2019 年版
袁少冲	1.《抗战时期"军绅"社会与大后方文学》（上下两册），花木兰文化出版社 2014 年版 2.《20 世纪 40 年代大西南文艺大众化运动研究》，新华出版社 2019 年版
李怡、教鹤然、李乐乐	《"文"的传统与现代中国文学》，广东高等教育出版社 2018 年版
康鑫	《张恨水与民国文学的雅俗之辨》，花木兰文化出版社 2013 年版
熊权	《"革命加恋爱"现象与左翼文学思潮研究》，人民出版社 2013 年初版
王学东	1.《现代诗歌机器（1997—2017）》，四川民族出版社 2017 年版 2.《文革"地下诗歌"研究》，花木兰出版社 2014 年版
王玉春	《"五四"报刊通信栏与多重对话研究》，人民出版社 2018 年版
卓玛	《母语文化思维与当代藏族作家汉语创作研究》，民族出版社 2020 年版
罗执廷	1.《民国时期中学生的新文学接受研究》，花城出版社 2019 年版 2.《民国社会场域中的新文学选本活动》，山东文艺出版社 2015 年版
李俊杰	《诗歌教育与中国现代新诗的发展》，花城出版社 2018 年版

作者	著作
孙拥军	1.《新文学的叩问与反思》，四川大学出版社 2012 年版 2.《叩问 1958：中国新民歌研究》，台湾花木兰出版社 2015 年版 3.《中国新诗的源流》，四川大学出版社 2018 年版 4.《鲁迅思想承续研究》，河北人民出版社 2020 年版
陈夫龙	1.《民国时期新文学作家与侠文化研究》，花木兰文化事业有限公司 2017 年初版 2.《侠文化视野下的中国现代新文学作家》，人民出版社 2019 年初版 编著： 1.《侠坛巨擘——金庸与新武侠小说研究史料辑》，人民出版社 2015 年初版 2.《当代视野下的王者之言——中国诏书文化经典文本解读》，人民出版社 2016年初版 3.《激情与反叛——中国新文学作家与侠文化研究资料辑》，山东人民出版社 2017年初版 4.《〈铁道游击队〉文献史料辑》，中国社会科学出版社 2018 年初版 5.《灵魂的相遇——朱德发著作评论集粹》（第一位），中国社会科学出版社 2019年初版
刘晓红	1.《独特的浩然现象与中国当代文学》，巴蜀书社 2012 年初版 2.《海燕：郑振铎作品中学生读本》，北方妇女儿童出版社 2012 年初版
李直飞	1.《中国现代文学转型的政治经济学维度——以〈小说月报〉上的广告为中心》，中国社会科学出版社 2018 年版 2.《民国文学机制与〈小说月报〉研究框架述略（1910—1931）》，花木兰文化出版社 2017 年版
朱姝	《"语言统一"与现代中国文学运动》，台湾花木兰文化事业有限公司 2018 年版
里所 （李淑敏）	《星期三的珍珠船》，中国青年出版社 2019 年初版
倪海燕	《性别优势与性别陷阱——1990 年代以来的女性小说写作》，台湾花木兰出版社 2014 年版
魏巍	1.《中国当代少数民族女性诗歌研究》，人民出版社 2016 年版 2.《沈从文与老舍比较研究——以民族文学为视角》，人民出版社 2019 年版
徐江	《〈朝霞〉双刊与"文革"后期文学的历史形态》，花木兰出版社 2014 年版
谢明香	《出版传媒视角下的〈新青年〉》，四川出版集团、巴蜀书社 2010 年版
袁继锋	《中国现代新诗用典研究》，重庆出版社 2015 年版
钱晓宇	1.《世纪之交玄幻风：中国当代奇幻小说现象论》，花木兰文化出版社 2014 年版 2.《大幻想天空下的聚首：时空交错下的中国当代幻想小说图景》，花木兰文化出版社 2015 年版 3.《幻想文化与当代中国的文学形象》，羊城晚报出版社 2016 年版
周逢琴	《晚清民初宋诗思潮的流变——论宋诗运动》，四川大学出版社 2011 年版

作者	著作
苟强诗	《民国时期上海的文学与法律（1927—1937）》，台湾花木兰文化事业有限公司2018 年版
傅学敏	《1937—1945：国家意识形态与国统区戏剧运动》，中国社会科学出版社 2010 年版
黄蒙水	《为什么是浙江人》，宁波出版社 2021 年版
张霞	《中国"自由撰稿人"作家研究——以民国文坛为中心》，中国社会科学出版社2013 年版
李跃力	《革命与文学的深层互动——中国现代文学中的"革命话语"研究》，中国社会科学出版社 2013 年版，2015 年由花木兰文化出版社出版繁体字版
任冬梅	《幻想文化与现代中国的文学形象》，羊城晚报出版社 2016 年版

学术承担

一　教育部重大攻关项目

李怡	中国现代新诗期刊的抢救性整理与研究（2020—2024）
周维东	"延安文艺与现代中国"子项目"中国现代革命叙事研究"（2018—）

二　国家社科基金项目

李怡	1. 民国社会历史与中国现代文学的研究框架（2012—2015），重点项目 2. 共中国现代文学中民族意识与国家观念的冲突融合研究（2018—2022），重点项目 3. 中国现代文学批评概念与中外文化交流（2008—2011），一般项目
张武军	1. 西部文化与中国抗战文化的关系研究（2012—2017），西部项目 2. "抗战文化类资料审定及数字化"子项目主持（2017—2022），国家社科重大招标子项目
周维东	抗战时期国共辖区间的文学互动研究（2015—），一般项目
颜同林	1. 社会主义建设初期文学语言研究（2017—2021），一般项目 2. 方言入诗资料整理与研究（2011—2014），西部项目
杨华丽	中国小说家庭伦理叙事的现代转型研究（1898—1927）（2014—2019），西部项目
妥佳宁	民国史视角下茅盾小说创作的精神历程研究（1927—1936）（2017—2021），西部项目
罗维斯	科举制度的革废与中国现代文学研究（2017—），青年项目
段绪懿	近现代川剧改良运动研究（2017—2020），国家社科艺术学项目
袁少冲	鲁迅评述"注解"《十三经》文献资料整理、细读及研究（2019—2023），一般项目
王琳	美国汉学界的中国现代文学研究（2010—2017），青年项目

续表

康鑫	1. 晚清民国时期报人小说与报刊新闻的互文性研究（2015—2019），青年项目 2. 晚清民初报人小说的文本形态研究（2018—2020），青年项目
熊权	1. 左翼文学内部的多重革命话语研究（2016 至今），一般项目 2. 存与博弈：左翼文学中的多重革命话语研究（2015—2019），中国博士后基金项目一等资助
王学东	《星星》诗刊与中国当代新诗的发展研究（2014—2020），西部项目
王玉春	报刊通信栏与五四文学研究（2013—2019），青年项目
陶永莉	1. 清末民初中国诗歌教育的现代转型研究（2019—2022），西部项目 2. 主持母语文化思维与当代藏族作家汉语创作研究（2012—2019），一般项目
贺芒	西部城市公共文化空间协同治理模式及实践路径（2017—2020），西部项目
马绍玺	文化抗战与西南联大散文研究（2017—2021），西部项目
汤巧巧	1980 年代西南地区民间诗歌文献的整理与研究（2019—2023），一般项目
朱幸纯	日本文学者与中国的研究（1949—1972）（2016—2021），青年项目
罗执廷	华南革命与中国红色文学（1921—1949），一般项目
李直飞	社会体制视野下的《小说月报》研究（1910—1931）（2017—2020），青年项目
朱姝	1. 中国近代国语运动研究，主研（排名第四）（2008—2015），一般项目 2. 图像文化时代的影像诗学研究，主研（排名第二）（2012—2015），一般项目
李跃力	中国左翼文学文献史料研究（2015—2020），一般项目

三　教育部人文社科项目

李怡	民国时期诗歌教育资料的整理与研究（2014—2017）
张武军	1. 西南地域文化与中国抗战文学关系研究（2011—2014） 2. 《中央日报》副刊与现代文学的历史进程考察（2019—2022）
王永祥	北洋政治文化生态与新文学的空间场域（2013—2016）
胡安定	1. 鸳鸯蝴蝶派的趣味机制研究（2016—2020） 2. 多重文化空间中的鸳鸯蝴蝶派研究（2011—2014）
杨华丽	1. "打倒孔家店""口号"的诞生与衍化研究（2011—2014） 2. 中国小说家庭伦理叙事的现代转型研究（1898—1927）（2014—2019）
谢君兰	近代学校音乐教育与中国新诗的发生研究（2019—2022）
妥佳宁	抗战时期绥远沦陷区文艺报刊与民族主义思潮研究（2013—2017）
周文	北伐政治宣传与"革命文学"的兴起研究（2018—2022）

续表

王学东	社会治理中青年就业焦虑问题研究——以民间诗刊为题材（2016—2018）
王玉春	五四报刊通信栏与言论空间建设研究（2011—2015）
付海鸿	西部与边疆发展研究（青年项目）：“青海三江源生态移民的文化变迁与身份研究”（2012—2017）
陶永莉	清末民初教育改革与中国诗歌的现代转型研究（2018—2019）
陈夫龙	中国抗战文学与侠文化研究（2019—2021）
孙拥军	台湾新文学作家对鲁迅国民性批判思想承续研究（2017—2002）
李直飞	民国经济视域中的《小说月报》研究（1910—1931）（2015—2019）
魏巍	少数民族视野下的沈从文、老舍比较研究（2013—2016）
傅学敏	清末民初文明戏话语研究（1899—1920）（2020—）
张霞	中国“自由撰稿人”作家研究（2011—2014）
李跃力	1. 中国左翼文学文献史料研究（2015—2020） 2. 陕北游记与“新中国”想象（2013—2019）
郭景华	向培良文献收集、整理与研究（2016—2020）

四　省社科项目

李怡	民国时期四川边缘作家研究（2016—2018），四川省哲学社会科学规划重点项目
张武军	1. 多元文化与渝派文化研究（2011—2014），重庆市哲学社会科学规划重点项目 2. 抗战大后方文化三坝研究（2019—2022），重庆市哲学社会科学规划重点项目 3. 阶级话语到民族话语——抗战与中国新文学的转型（2012—2015），重庆市哲学社会科学规划一般项目 4. 民国历史视野下的《中央日报》《新华日报》副刊研究（2014—2017），人社部博士后第56批一等资助项目 5.《中央日报》副刊与民国文学的历史进程考察（2015—2017），人社部第8批特别资助项目 6. 抗战时期《新华日报》副刊研究（2014—2017），重庆市博士后特别资助项目 7. 红色经典研读与大学校园文化建设（2011—2014），重庆市教改项目 8. 大文科研究生培养模式研究（2020—2023），重庆市教改项目 9. 抗战大后方民族文化复兴思潮研究（2017—2021），重庆市第5批高校优秀人才支持项目 10. 重庆市研究生导师团队建设项目（2019—2024）
周维东	抗战时期解放区、国统区间的文学交流与互动研究（2014—2015），四川省哲学社会科学规划一般项目
颜同林	1. 贵州诗歌艺术研究（2016—2017），贵州省艺术科学规划重点项目 2. 贵州省高校优秀科技创新人才支持计划项目（2012—2015）

续表

王永祥	私塾教育的革废与新文学的发生（2018—2021），河北省哲学社会科学规划一般项目
杨华丽	科学小说与中国科技城的文化软实力研究（2011—2013），四川省哲学社会科学规划一般项目
罗维斯	绅士阶层的演化与茅盾的文学创作（2016—2021），天津社会科学基金青年项目
周文	郭沫若"转向"生成机制研究（2019），四川省哲学社会科学规划一般项目
丁晓妮	1937—1945年现代文学的重庆城市形象书写研究（2015—2019），重庆市哲学社会科学规划青年项目
袁少冲	鲁迅对孔子的"误读"类型研究（2015—2020），山西省哲学社会科学规划一般项目
康鑫	1. 晚清民初时期报人小说早期形态研究（2018—2020），河北省哲学社会科学规划一般项目 2. 张恨水与民国文学的雅俗嬗变（2013—2014），河北省教育厅人文社会科学基金优秀青年项目
熊权	左翼革命话语的多重性及当下价值研究（2016—2017），河北省社会科学基金项目
王学东	1. 20世纪四川新诗史（2018—2020），四川省哲学社会科学基地重点项目 2. 四川当代新诗史（2013—2015），四川省哲学社会科学规划一般项目
黄菊	吴宓赠书的整理与研究（2018—），重庆市哲学社会科学规划一般项目
陶永莉	郭沫若新诗创作与日本大学教育关系研究（2016—2019），四川省教育厅人文社会科学一般项目
贺芒	重庆市文化强市路径研究（2013—2014），省部级重大决策咨询项目
马绍玺	风景体验与当代云南少数民族诗歌的现代书写（2014—2015），云南省哲学社会科学规划一般项目
谭梅	1. 《儿童世界》与中国现代儿童文学本土化发展历程研究（2019—2020），四川省哲学社会科学规划一般项目 2. 清末民初社会变动与现代四川女性文学的发生（2016—2017），四川省哲学社会科学规划一般项目
李直飞	诗意昆明——细读西南联大笔下的昆明书写（2017—2019），云南省社会科学普及项目
谢明香	1. 出版传媒视角下的《新青年》（2010—2012），四川省哲学社会科学规划一般项目 2. 微博生态与中国民主政治建设机制研究（2013—2018），四川网络文化中心课题
袁继锋	新诗用典研究（2014—2020），重庆市哲学社会科学规划一般项目
卢军	20世纪文学和文化视野中的沈从文书信研究（2016—2019），山东省哲学社会科学规划一般项目

续表

周逢琴	清末民初新剧剧目研究（2018—2019），四川省社会科学"十三五"规划学科建设项目
傅学敏	鲁迅影像史研究（2013—2018），四川省哲学社会科学规划一般项目
黄蒙水	浙江乡贤传统与世家文化图谱（2018—2021），浙江省哲学社会科学规划一般项目
张霞	1. 文学潮流影响下的茅盾小说创作研究（2014—2016），四川省社会科学研究2014年度项目 2. 传媒视域中的左翼小说生产研究（2019—2021），四川省社会科学研究2019年度项目
张睿睿	全球化视野下西方动漫中的"中国书写"研究（2011—2014），四川省教育厅动漫研究中心项目

五　其他项目

（教育部基地）

周维东	1. 郭沫若文学思想的生命内涵（2009—2011），四川省教育厅一般项目 2. 成都市新兴文化调查（2015—2016），成都市政策研究社委托项目
杨华丽	1. 战时体验与大后方的巴金研究（2018—2020），重庆市教委项目 2. "五四"时期"打孔家店"运动中的郭沫若研究（2015—2016），四川省教厅下属郭沫若研究中心项目 3. 郭沫若后期历史小说与初期新生活运动（2011—2013），四川省教厅下属郭沫若研究中心项目 4. 艳体诗事件与吴虞的反孔非儒思想研究（2011—2012），四川省教厅下属四川思想家研究中心项目
谢君兰	1920年代中国白话新诗的句法嬗变（2016—2019），教育部重点研究基地首都师范大学诗歌研究中心自选项目
谢明香	1. 微博生态与中国公民社会构建（2013—2015），四川省教育厅四川网络文化中心基地项目 2. 四川名人流沙河研究（2011—2014），教育厅下属基地项目 3. 《新青年》出版传播与中国新文化发生与发展（2010—2012），校级课题 4. 中青年学术带头人基金项目（2012—2014）
张武军	1. 抗战大后方研究（2016—2019），中央高校基本科研业务费专项资金资助团队项目 2. 十四年抗战文学研究（2019—2020），中央高校基本科研业务费专项资金资重大项目 3. 抗战与中国新文学转型研究（2013—2016），中央高校基本科研业务费专项资金重点项目

颜同林	郭沫若诗歌的文学史书写与文学形象研究（2012—2014），四川郭沫若研究中心重点项目
胡安定	1. 鸳鸯蝴蝶派译介活动研究（2011—2014），西南大学中央高校基本科研业务费专项项目 2. 鸳鸯蝴蝶派的文学趣味研究（2015—2018），西南大学中央高校基本科研业务费专项项目
妥佳宁	1. 伪蒙疆文学文献研究（2018—2021），四川大学中央高校基本科研业务费项目 2. 华语语系少数民族文学研究体系的构建（2019—2022），中国博士后科学基金项目 3. "后专制"与华语语系少数民族文学研究（2019—2022），四川大学哲学社会科学青年杰出人才培育项目
罗维斯	"'反绅'与新文学的革命转向"（2017—2018），中央高校基本科研项目
邬冬梅	川西北校园抗战文化活动研究（2013—2015），四川省教育厅项目
丁晓妮	1930年代前期的歌谣话语与诗人的"大众化"研究（2016—2020），重庆市教委人文社会科学研究项目
王婉如	1. 两岸当今文学话语比较（2019至今），四川大学新进教师研发基金项目 2. 两岸"民国"文学比较（2019至今），四川大学创新火花项目库 3. 两岸视域、场域下的"民国文学研究"（2017—2019），四川大学中央高校基本科研业务费项目 4. 轻型知识分子——以张爱玲为中心（2016—2019），中央高校基本科研业务费研究专项（哲学社会科学项目）
段绪懿	民国时期国立剧校研（2013—2017），文化部文化艺术项目
王琳	巴蜀文化资源与李劼人小说艺术研究（2009—2014），四川省教育厅青年项目
王学东	四川民间诗刊编年（1979—2013），四川省哲学社会科学重点研究基地项目
黄菊	1. 西南大学图书馆馆藏民国文献的文化形态研究（2017—2018），中央高校基本科研项目 2. 民国巴渝游记文献整理与研究（2020—），重庆市《巴渝文库》项目
谭梅	1. 核心素养视域下的儿童文学与小学语文教学变革研究（2018—2019），成都市哲社项目 2. 名校集团儿童阅读课程开发路径研究：以盐道街小学教育集团为例（2016—2017），教育厅下属基地项目
陈夫龙	中国新文学作家的侠文化观及其价值重构研究（2016—2020），中国博士后科学基金项目
李俊杰	1. 中国新诗教育资料的收集、整理与研究（2020—2023），浙江省教育厅一般项目 2. 教育视域下的中国现代新诗史研究（2017—2020），浙江省教育厅一般项目
卢军	民国时期作家的经济生活与文学选择（2012—2014），中国博士后科学基金项目
周逢琴	民初话剧与戏曲运动及二者之关系研究（2013—2016），四川省教育厅项目

张雨童	抗战大后方儿童报刊与爱国教育研究（2020—2023），重庆市教育委员会人文社会科学基地重点研究项目
张睿睿	1. "中加文化与文学交流研究"（2020—2021），国家留学基金委"中加交换学者"项目 2. 幽默在中加文化交流中的接受与变形（2020—2021），加拿大政府文化部资助项目
韩明港	1. 对外汉语教学中的重庆形象传播策略研究（2016—2018），重庆市教委项目 2. 工商类院校"国学"通识课的理念创新及有效教学研究（2020—），重庆市教委项目
梅健	语文学科专业的技能目标及其人文内涵研究（2013—2018），重庆市级项目
袁继锋	西方城市美学研究（2020—），中央高校重点项目
汤巧巧	1. 现当代诗人笔下的成都——诗歌与成都文化软实力探析（2011—2014），四川省教育厅基地项目 2. 诗歌吟诵与民族化诗文审美方式之关系研究（2015—2018），中央高校专项基金项目 3. 诗歌与成都文化软实力研究（2012—2015），中央高校专项基金项目

学术奖励

一 教育部奖

李 怡

1. 著作《日本体验与中国现代文学的发生》，教育部第六届高校人文社会科学二等奖（2013）

2. 论文《中国现代文学史的叙述范式》，教育部第七届高校人文社会科学三等奖（2015）

3. 著作《作为方法的"民国"》，教育部第八届高校人文社会科学二等奖（2019）

卓 玛

参编著作《青海审美文化》，教育部第六届人文社会科学哲学类三等奖（2013）

二 省社科奖

李 怡

1. 著作《词语的历史与思想的嬗变》，四川省第十六次社科二等奖（2014）

2. 主编丛书《民国文学珍稀文献集成·新诗旧集》，四川省第十八次社科二等奖（2019）

周维东

1. 著作《被召唤的传统——百年中国新文学传统的形成》，四川

省第十四次社会科学优秀成果评奖二等奖（2010）

2. 著作《词语的历史与思想的嬗变》，四川省第十六次社会科学优秀成果评奖二等奖（2014）

3. 著作《民国文学：文学史的空间转向》，四川省第十八次社会科学优秀成果评奖三等奖

颜同林

1. 贵州省"核心专家"称号，贵州省委、贵州省人民政府联合颁发（2019）

2. 贵州省文联第三届德艺双馨文艺工作者称号，贵州省委宣传部、贵州人社厅、贵州省文联联合颁发（2019）

3. 著作《多元视角下的中国现代小说》，贵州省第七届文艺奖二等奖（2018）

4. 论文《土地法令与现代作家的乡土书写》，贵州省第十二次哲学社会科学优秀成果论文类三等奖（2018）

5. 贵州省第五批高校哲学社会科学学术带头人称号（2016）

6. 贵州省"省管专家"称号，贵州省委、贵州省人民政府联合颁发（2014）

7. 论文《法外权势的失落与村落秩序的重建》，贵州省第十次哲学社会科学优秀成果论文类二等奖（2013）

8. 贵州省第二届"青年创新人才奖"（2012）

9. 论文《方言入诗与中国新诗的发生》，贵州省第九次哲学社会科学优秀成果论文类三等奖（2012）

妥佳宁

1. 论文《伪蒙疆沦陷区文学中的"故国"之思》，第七届内蒙古哲学社会科学优秀成果政府奖三等奖（2018）

2. 论文《作为〈子夜〉"左翼"创作视野的黄色工会》，第六届内蒙古哲学社会科学优秀成果政府奖二等奖（2017）

熊　权

1. 著作《"革命加恋爱"现象与左翼文学思潮研究》，第十四届河北省社科优秀成果三等奖（2014）

2. 参编著作《青海审美文化》，青海省第九次哲学社会科学优秀成果评奖三等奖（2011）

卓　玛

1. 青海省优秀教师称号（2018）

2. 入选第三批青海省"高端创新人才千人计划"拔尖人才培养计划（2018）

3. 青海省第二轮"135 高层次人才培养工程"创新教学科研骨干（2017）

4. 获得青海省高校省级骨干教师称号（2016）

5. 文学评论《低河：精神原乡的价值与建构——马海轶诗歌浅论》，第二届青海文学奖（2014）

6. 论文《等待者：〈麝香之爱〉中的女性形象原型》，青海省第二届文艺评论一等奖（2011）

马绍玺

1. 论文《边地风景体验与西南联大诗歌》，云南省第二十次哲学社会科学优秀成果一等奖（2017）

2. 论文《穆旦轶诗〈记忆底都城〉与"文聚丛刊"》，云南省第十六次哲学社会科学优秀成果奖三等奖（2013）

谭　梅

著作《性别文化与现代中国男作家叙事中的女性书写》，成都市第十四次哲学社会科学优秀成果三等奖（2019）

李俊杰

著作《中国当代诗学流变史》，四川省第十六次社会科学优秀科研成果奖（2014）

李直飞

著作《中国现代文学转型的政治经济维度——以〈小说月报〉上的广告为中心》，云南省第二十三次哲学社会科学优秀成果奖二等奖（2019）

卢　军

论文《百年来中国科幻文学的译介创作与出版传播》，山东省社

会科学优秀成果三等奖（2019）

张　霞

著作《中国"自由撰稿人"作家研究》，四川省社会科学优秀成果三等奖（2014）

袁少冲

论文《〈讲话〉与中国现代文学启蒙的新阶段及新路向》，山西省社会科学研究优秀成果三等奖（2020）

三　学会奖

张武军

1. 论文《"红与黑"交织中的摩登》，重庆市现代文学学会二等奖（2016）

2. 论文《文学革命到革命文学的另一种叙述》，重庆市现代文学学会二等奖（2018）

颜同林

1. 著作《思想的盆地》，"独山传奇杯"首届贵州诗歌节暨尹珍诗歌奖评论奖（2013）

2. 论文《法外权势的失落与村落秩序的重建》，唐弢青年文学研究奖入围奖（2013）

3. 论文《传统、本土视角与党建理论的发展》，贵州省高校党建理论研讨征文二等奖（2012）

王永祥

文学评论《〈新青年〉前期国家文化的建构与新文学的发生》，首届马识途文学奖一等奖（2014）

杨华丽

1. 论文《茅盾与斯特林堡》，重庆市现当代文学研究会第十届学术评奖三等奖（2018）

2. 著作《"打倒孔家店"研究》，四川省教厅第十一届哲学社会科学优秀科研成果三等奖（2016）

3. 著作《"打倒孔家店"研究》，绵阳市第十五届社会科学优秀

科研成果奖二等奖（2016）

4. 论文《"艳体诗"事件与吴虞的反孔非儒思想研究》，绵阳市第十四届哲学社会科学优秀成果奖三等奖（2014）

5. 论文《冯沅君〈淘沙〉及其相关问题论析》，绵阳市第十三届哲学社会科学优秀成果奖一等奖（2012）

梅　健

1. 著作《应用写作》，重庆市写作学会一等奖（2013）

2. 论文《高职广告专业实践教学体系的构建与实施——以核心职业能力为导向》，重庆市高等职业技术教育研究会三等奖（2013）

段绪懿

1. 论文《论国立剧校的办学精神》，四川省第十四届"教师优秀论文评选活动"一等奖（2014）

2. 论文《重视高校市场传播川剧经典》，四川省川剧理论研究会社会科学研究成果一等奖（2016）

康　鑫

论文《晚清民国时期报人小说与报刊新闻的互文性》，第十届河北省文艺评论奖文章类一等奖（2019）

马绍玺

论文《西南联大时期冯至随笔写作的现代性新追求》，第八届云南文学艺术奖（2020）

赵　静

1. 论文《另类的都市漫游——对〈寒夜〉的再次重读》，第12届巴金国际学术会议论文征比一等奖（2016）

2. 论文《"公馆"之家——论小说〈家〉的文学表达》，第11届巴金国际学术会议二等奖（2014）

刘晓红

1. 第三届四川省社会科学学术期刊优秀编辑（2017）

2. 主要负责的《成都大学学报》（社会科学版）口述史栏目，获"全国地方高校学报名栏"（2018）

3. 论文《新媒体时代下的学术期刊专题策划略论》，全国地方高

校学报优秀编辑学论文、论著三等奖（2018）

4. 论著《地方高校学报高被引论文生产的相关因素分析——基于〈成都大学学报〉（社会科学版）2000—2016 年的数据》，第四届四川省社会科学学术期刊协会"优秀编辑学论著"二等奖（2019）

徐　江

论文《选择、提炼、集中——再谈从巴金〈家〉到曹禺〈家〉改编思想及路径》，四川省广播影视协会论文评选三等奖（2017）

谢明香

《Livebook 电子书》，第 11 届"春晖杯"创新创业大赛预入围项目奖（2016）

钱晓宇

1. 论文"试论郭沫若与中国传统文化的交集"，第一届河北省传统文化教育优秀科研成果二等奖（2015）

2. 教研课题"高校人文社会科学专业的双语教学模式研究"，全国煤炭行业教育教学成果奖三等奖（2017）

3. 教研课题"华北科技学院综合改革方案研究"，全国煤炭行业教育教学成果奖一等奖（2017）

傅学敏

著作《1937—1945：国家意识形态与国统区戏剧运动》，四川省第十五次哲学社会科学优秀成果三等奖（2012）

李跃力

1. 论文《"革命文学"的"史前史"——1928 年前的"革命文学"观》，陕西省第十三次哲学社会科学优秀成果三等奖（2018）

2. 论文《政治美学的两张面孔——论"翻身"叙事中文学与图像的互文性》，东亚汉学会青年学者奖（2018）

张睿睿

1. 《从利科克到林语堂：幽默在中加文化交流中的接受与变形》，跨国政府合作

2. 中国国家留学基金委和加拿大政府 2019—2020 届"中加交换学者奖"（2019）

韩明港

《对外汉语教学中的城市形象传播策略研究》，重庆语委高校论文一等奖（二作）（2019）

郭景华

1. 文学评论《一部民族文化诗意建构的杰作——读李怀荪的〈湘西秘史〉》，2015 年度湖南十大文艺书评（省级，湖南省文艺评论家协会）（2016）

2. 文学评论《民族性、地方性和现代性的交响——新世纪以来新晃小说创作述评》，全国侗族文学征文大赛评论奖一等奖（国家级，中国少数民族文学学会侗族文学分会）（2016）

3. 文学评论《民族性、地方性和现代性的交响——新世纪以来新晃小说创作述评》，第二届怀化市文学艺术奖（市厅级，中共怀化市委宣传部）（2017）

4. 论文《“艺术是情绪之物质底形式”——论向培良对俄苏文艺理论的接受》，第三届怀化市文学艺术奖（市厅级，中共怀化市委宣传部）（2018）

任冬梅

1. 论文《晚清与民国科幻小说中“未来中国”形象之比较》，第七届全球华语“星云奖”最佳评论银奖（2016）

2. 论文《从科幻现实主义角度解读〈北京折叠〉》，第八届全球华语“星云奖”最佳非虚构作品银奖（2017）

历届论坛与读书会

第一届西川读书会

2011 年 5 月 23 日至 24 日，由李怡老师发起并负责的第一届西川读书会在青城山举行。本次读书会的主题为"加强学术交流，分享治学心得，欢送毕业学长"，参加本次读书会的有李怡老师、周维东老师、卢军老师、孙拥军、布小继、杨华丽、付清泉、彭超、刘晓红、汤巧巧等 2008 级的博士，2010 级博士和各年级的硕士。

在本次读书会上，经由李怡老师提议，各位同门的讨论，决定成立西川论坛，为各位同门提供一个学术交流的同人平台。会上决定了论坛的性质、未来的走向、组织机构设置、各地方的联络人、日常运行机制、经济保障及应该克服的各种困难，同时还确定了西川论坛第一届年会的举办时间和举办地点。一个充满着朝气与活力的学术论坛就在一个钟灵毓秀的地方成立了。

在读书会期间，本着分享治学的目的，2010 级的博士和 2009 级硕士、2010 级硕士分成三个小组做了读书报告，由周维东老师做主持，2008 级博士分组一一做了点评，李怡老师做总点评。通过这样的一种交流形式，让新老同学互动，达到了欢送毕业学长的目的，也让新同学受益匪浅。

第二届西川读书会

2012 年 6 月 3 日至 4 日，第二届西川读书会在成都西南的平乐古镇举行。本次读书会的主题为欢送 2008 级、2009 级毕业的博士和硕士，参加本次读书会的老师有李怡老师、张武军老师、周维东老师、蒋德均老师，杜光霞、汤巧巧、门红丽、康鑫、苟强诗等 2008 级、2009 级博士，黄菊、李直飞、王永祥、李哲、李金凤、谭梅、张玫等 2010 级、2011 级、2012 级博士，各年级硕士。

本次读书会延续第一届西川读书会的风格，融交流治学心得与增进同人情谊于一体。读书会开始前，李怡老师向毕业博士和硕士赠送了独特的纪念品，祝愿毕业的同学不论今后继续治学或从事其他工作都快乐美满。随后，2010 级、2011 级博士和硕士分成四个小组，做了读书报告，由张武军老师、蒋德均老师做主持，2008 级、2009 级博士分组点评，周维东老师对读书会做了总结，认为西川读书会已经具有一定的特色，比如从史料出发，回到历史现场，注重本土体验，西川同人的本真精神有着自己坚定的持守，交流平等真挚，气氛活跃等。

第三届西川读书会

2013 年 6 月 20 日，第三届西川读书会在三圣乡幸福梅林举行。参会人员包括：李怡老师、毛迅老师、肖伟胜老师、段从学老师、周维东老师，以及四川大学各届博士、硕士。读书会上，在美国访学归来的张睿睿博士介绍了自己在美国访学的丰富经历，王永祥博士朗诵了自己创作的送别诗《六月中的读书话别》。会后，部分同人观赏了以"民国"为题材的话剧《蒋公的面子》。

第四届西川读书会

2014 年 6 月 13—14 日：第四届西川读书会在彭山江口农家乐举行。博士、硕士及周维东、张武军、王学东、汤巧巧共 25 人参加，其间邀请王学东谈国家社科基金申报体会，邀请彭冠龙、孙伟即兴表演"特异功能"。

第五届西川读书会

2015 年 6 月 12 日，第五届西川读书会在三圣乡幸福梅林景区举行，读书会围绕与会者提交的论文进行，会后，毕业生为李老师赠送礼物表达谢意。下午进行了一些娱乐活动。

第六届西川读书会

　　2016年6月11日，在成都花舞人间举行了第六届西川读书会。李怡老师、康莉蓉老师、王学东老师和杨华丽老师及周文、谢君兰等老师，与毕业生及各年级博士生、硕士生一同参加。

第七届西川读书会

2017 年 6 月，第七届西川读书会在成都市大邑县陶巴巴农场举行，李怡老师与段从学老师、张武军老师、周维东老师参加，毕业生及在读研究生提交了报告。

第八届西川读书会

　　2018年6月27日，第八届西川读书会在成都天府创客公园举行，除毕业生和各年级博士生、硕士生、本科生外，李怡老师、刘福春老师、张武军老师、周维东老师和段绪懿、杨华丽、王琳、彭超、倪海燕、邬冬梅、周文、袁昊、李哲、谢君兰、李俊杰、康斌、王婉如等老师也参加了活动。由同学做学术报告，老师们点评。会后进行了娱乐活动。

第九届西川读书会

2019 年 6 月 15 日，第九届西川读书会在四川大学和阿坝师范学院举行，李怡老师、刘福春老师、周维东老师、周文老师和妥佳宁老师，与毕业生、在读硕博士生及阿坝师范学院的老师们一同参加读书会，大家分别做学术报告，由老师们点评。其间参观了阿坝州的山水市镇。

第十届西川读书会

　　2020 年 7 月 6 日，受疫情影响，西川读书会首次以线上方式举行，此次读书会主题为"云中谁寄锦书来"，李怡老师、刘福春老师、张武军老师、周维东老师、胡安定老师、王学东老师、王永祥老师、孙伟老师、李哲老师、妥佳宁老师、李俊杰老师、欧阳月姣老师和四川大学、西南大学、北京师范大学的 29 位硕博士研究生参加读书会并提交发言报告，由老师们点评。会后，发言报告整理为论文和摘要，收录于《大文学评论 3》，由巴蜀书社出版。

第一届西川论坛

2011 年云南的红河学院"民国经济与现代中国文学"研讨会。

第二届西川论坛

2012 年北京师范大学"民国社会历史与中国现代文学"研讨会。

第三届西川论坛

2013 年新疆阿克苏的塔里木大学"民国历史文化与中国现代经典作家"学术研讨会。

第四届西川论坛

2014 年四川宜宾学院"国民革命与中国现代文学"国际学术会议。

第五届西川论坛

2015 年日本福冈九州大学"清末民初中国留学生与现代中国文学"日中学术研讨会。

第六届西川论坛

2016 年江苏南京金陵科技学院"民国南京与中国现代文学"学术研讨会。

第七届西川论坛

2017 年山西运城学院"民国时期的红色文学与山西文学"学术研讨会。

第八届西川论坛

2018 年广东肇庆学院"民国广东与中国现代文学"学术研讨会。

西川同人

李怡，1966 年 6 月生于重庆，1984 年就读于北京师范大学中文系，2003 年获得文学博士学位。先后担任西南师范大学文学院教授，北京师范大学文学院教授，四川大学文学与新闻学院教授、院长，兼任中国现代文学研究会副会长。主要从事中国现代诗歌、鲁迅及中国现代文艺思潮研究。出版过学术专著《中国现代新诗与古典诗歌传统》《现代四川文学的巴蜀文化阐释》《七月派作家评传》《现代：繁复的中国旋律》《大西南文化与新时期诗歌》《阅读现代——论鲁迅与中国现代文学》《为了现代的人生——鲁迅阅读笔记》《中国现代诗歌欣赏》《日本体验与中国现代文学的发生》等。先后成为教育部新世纪人才支持计划人选、2005 年全国百篇优秀博士论文获奖者，享受国务院政府特殊津贴。

李金凤，女，1986 年生，江西于都人。
2004—2011 年就读于西南大学。2014 年毕
业于四川大学，获文学博士学位。2017—
2018 年在台湾东吴大学访学半年。现任
西南大学文学院教师，副教授，硕士生
导师。主要从事中国现代文学流派、杂
志和作家研究，也关注写作教学理论。
主持省级以上项目 2 项，出版专著 1 部。
在《文艺争鸣》《新文学史料》等刊物上
发表学术论文二十余篇。在《光明日报》
《中国校园文学》《四川文学》等刊物上发表作品十余篇。

杨华丽，女，1976 年生，四川武胜
人。重庆师范大学文学院教授，博士，
硕导。中国现代文学研究会、中国茅盾
研究会、中国郭沫若研究会会员，中国
郭沫若研究会理事，《区域文化与文学研
究集刊》主编。长期致力于中国现代文
学与文化研究。迄今出版专著 2 部；在
《文艺研究》《学术月刊》《文史哲》等
刊物上发表学术论文 50 余篇；独立主持完成国家级、省部级、省厅级
课题多项，主研国家社科基金重大课题多项；曾获四川省教育厅哲学
社会科学优秀成果奖等多项。

谢君兰，四川荥经人，文学博士，四川大学文学与新闻学院讲师，首都师范大学诗歌研究中心兼职研究员，CSSCI集刊《现代中国文化与文学》编辑部主任，一直致力于中国现当代诗歌的研究。出版《古今流变与中国新诗白话传统的生成》专著一部，并在《文艺研究》《文学评论》《中国现代文学研究丛刊》等刊物上发表相关学术论文多篇，曾获北京师范大学优秀博士论文，主持过教育部、市厅级、校级项目各一项。

彭超，副教授，长期从事一线教学工作，系统讲授"中国现代文学史"等本科生课程，"中国现当代文学研究前沿问题考察"等研究生课程。共主持国家级科研项目 1 项，参研国家级项目及以上共 3 项，主持厅级和校级项目 2 项，出版著作 1 部，参编《西南文献》，在《文学评论》《民族文学研究》《西南民族大学学报》等刊物上发表论文 40 余篇。

康斌，1982 年生，湖南衡阳人，四川大学中国现当代文学博士，西南民族大学文学与新闻传播学院副教授，主要从事中国现当代历史与文学研究，在《中国现代文学研究丛刊》《中国当代文学研究》《中国文学研究》等各类学术报刊发表文章 30 余篇。

妥佳宁，四川大学特聘副研究员，四川省引进海内外高层次人才"千人计划"特聘专家。获北京师范大学文学博士、硕士、学士学位和历史学双学士学位，剑桥大学访问学者，曾任内蒙古科技大学副教授，入选内蒙古"草原英才"青年创新人才计划，中国郭沫若研究会理事、中国茅盾研究会会员。获内蒙古哲学社会科学优秀成果政府奖二等奖、三等奖，四川省高校青年教师教学竞赛一等奖，以及四川大学"好未来优秀学者"二等奖等。

吕洁宇，女，1987年生，土家族，湖北长阳人，文学博士，曲靖师范学院人文学院讲师，主要从事中国现当代文学与文化研究，已公开发表相关论文十余篇。

张睿睿，副教授，毕业于北京师范大学文学院、加拿大 University of Calgary 传媒与文化学院、美国 University of New Hampshire 语言文化学院、四川大学文学与新闻学院，获文学博士学位。曾在中国驻加拿大卡尔加里领事馆、University of Calgary 国际交流中心、北京师范大学国际交流与合作中心等机构任职；任加拿大卡城2005年华语文化节领事；担任美国普林斯顿大学东亚系汉语讲师两年、北京师范大学汉语文化学院讲师两年；教学于美国新罕布什尔大学孔子学院两年。目前受加拿大政府邀请和资助，正在不列颠哥伦比亚大学亚洲研究中心研究和教学。

彭冠龙，1988年生于山东省泰安市，2016年毕业于四川大学中国现当代文学专业，获文学博士学位。现为山东师范大学文学院副教授，硕士生导师，法国巴黎第七大学访问学者，兼任山东省茅盾研究会副秘书长。主要从事中国现当代文学与现代文化研究、中国现代革命文学思潮研究。

　　李哲，1984 年生，山东兖州人。2011 年毕业于暨南大学中文系，获文学硕士学位。2014 年毕业于四川大学文学与新闻学院，获文学博士学位。现为中国社会科学院文学研究所现代文学研究室副研究员，中国鲁迅研究会理事、副秘书长，主要从事中国现当代文学研究和鲁迅研究。

黎保荣，男，1974 年生，广东肇庆人，2009 年暨南大学中文系博士毕业，师从宋剑华教授，2014 年四川大学文学与新闻学院博士后出站，合作导师为李怡教授。2015 年晋升教授，中国文艺评论家协会会员、中国鲁迅研究学会会员，学术专长为中国现代文学暴力启蒙研究、中国现代文学概念史与传统研究、鲁迅研究。出版专著三部，在《文学评论》《中国现代文学研究丛刊》等权威、核心或 CSSCI 系统期刊发表学术论文几十篇，十多篇被《新华文摘》《人大复印报刊资料》《中国社会科学文摘》等重要文摘和年鉴转载或收录。曾获中国文联第三届"啄木鸟杯"中国文艺评论年度优秀作品奖（著作类）、第十届广东省鲁迅文艺奖（文艺理论与评论）等省市级奖励。曾主持三项省部级项目。

高博涵，女，1987 年生，天津人，四川大学文学博士，重庆师范大学初等教育学院教师，重庆市作家协会会员。研究方向为中国现当代文学，教授课程为儿童文学、中国现当代文学等。

蒋德均，1966 年生，笔名文生。研究员、教授（三级）。主要研究方向为写作学、中国现当代文学与地方文化建设。主持或主研市厅级、省部级课题 12 个。已出版《诗歌语言艺术论》《文学再思录》等学术著作 5 部，文化随笔集 9 部，《与名人为伴》《一江春水》《另一种天问》等诗集 24 部，其中部分作品选作 985、211 和"双一流"工程大学通识博雅教材，发表学术论文 100 余篇，参编高校文科教材 5 部、共 9 册。系中国作家协会会员、四川省学术与技术带头人后备人选、成都文学院签约作家、校级十佳教师。

门红丽，女，1984年生，山东东营人，2012年7月毕业于四川大学，获文学博士学位。现任教于中国石油大学（华东）文法学院，主要研究方向为中国现代文学、现代传媒与文学制度。

谭梅，女，毕业于四川大学文学与新闻学院中国现当代文学专业，获文学博士学位。就职于成都大学师范学院。四川省鲁迅研究学会理事，成都市作家协会文学评论委员会委员。其专著《性别文化与现代中国男作家叙事中的女性书写》为"十三五"国家重点图书出版项目，广东省原创精品出版资金扶持项目。

马绍玺，文学博士，云南师范大学文学院教授，博士生导师。中国作家协会会员。主要研究中国现当代文学（含少数民族文学），在《文学评论》《中国现代文学研究丛刊》《新文学史料》《民族文学研究》等刊物发表论文数十篇。出版《在他者的视域中：全球化时代的少数民族诗歌》《襁褓与行囊》《秋天要我面对它》等。获第九届全国少数民族文学创作"骏马奖"、云南省哲学社会科学优秀成果奖一等奖等奖项。

汤巧巧，女，西南民族大学文新
学院副教授，四川大学中国现当代文
学专业文学博士。长期致力于中国新
诗研究，已出版专著《近二十年中国
诗歌的"诗江湖"特征研究》，主持
国家、中央高校等项目多项，在《现
代中国文化与文学》等国内外学术期
刊发表论文三十余篇，并在《青春》
等杂志和诗歌民刊发表多篇诗歌作品，
曾获得"薛涛诗歌奖"。国家留学基金
委选派访问学者。

贺芒，女，重庆大学公共管理学
院教授，博士生导师。2009 年获得四
川大学文学博士学位。重庆市宣传文
化系统首批巴渝新秀青年人才，重庆
市散文学会理事，重庆市作家协会会
员，重庆市文学院创作员。主讲《应
用文写作》《公务文书》等课程。公
开发表论文 20 多篇，其中 A 类期刊 2
篇。出版学术专著 2 部，主持国家级、
省部级项目多项，参与国家级课题、
省部级课题多项。编写《现代汉语》
等教材多部。

周文，1983 年生，文学博士，四川大学文学与新闻学院副教授，
中国闻一多研究会常务理事，中国郭沫若研究会理事，四川省郭沫若
研究会理事，四川省鲁迅研究会理事、副秘书长。近年来，一直致力
于民国文学文化与现代作家作品研究，出版专著《以文入史：郭沫若

的再选择——兼论 1920、30 年代文学青年的转向》，已在《中国现代文学研究丛刊》、《四川大学学报》（哲学社会科学版）、《新文学史料》、《鲁迅研究月刊》等 CSSCI 期刊发表相关研究领域论文十余篇。

　　王永祥，1975 年生，甘肃天水人。2014 年毕业于四川大学文学与新闻学院，获得文学博士学位，现为河北师范大学文学院副教授，研究领域主要集中在晚清民初的思想文化、鲁迅研究及新诗研究。

颜同林，1975 年生，湖南涟源人。文学博士、博士后，贵州师范大学文学院二级教授，博士生导师，博士后合作导师。贵州省核心专家、省管专家，贵州省高校哲学社会科学学术带头人。中国作家协会会员，中国文艺评论家协会会员，贵州省文联德艺双馨文艺工作者。贵州省诗歌学会副会长，贵州省中国现当代文学研究会副会长等。发表论文 150 余篇，出版著作 10 余种，获省级各类奖励和称号近 20 次，主持国家社科及省厅级基金项目 10 余项。

段绪懿，女，汉族，中共党员，中国艺术研究院戏剧影视学博士，四川师范大学戏剧影视学教授，主要从事戏剧影视文学、表演、导演等创作与研究。发表论文 30 余篇，出版专著一部，主持国家级课题两个，2012 年开始担任戏剧影视学硕士导师，指导学生创作话剧、川剧剧本多部，普通话一级乙等，曾担任 6 年省级普通话测试员。中国文艺评论家协会会员、中国话剧历史与理论研究会会员、四川省戏剧家协会会员、国立剧专史料馆学术顾问、四川省川剧理论研究会会员、成都市文艺评论家协会戏剧专业委员会副主任。

陶永莉，女，重庆万州人，西南大学文学硕士，四川大学文学博士，重庆邮电大学教师。近年来致力于中国现当代文学与现代文化研究、人文教育研究。目前已在《现代中国文化与文学》《当代文坛》《电影文学》等学术刊物发表相关学术论文十余篇。出版专著 1 部，参编著作 1 部，主持项目 4 项，其中国家社科基金 1 项。现为中国现代文学研究会成员、重庆市现当代文学研究会成员。

　　王婉如，女，1986 年生，台湾台北人，北大中文系文学博士、四川大学文学与新闻学院博士后，现为四川大学文学与新闻学院广告与传播学系讲师/助理研究员，教育部"马工程"高等学校骨干教师、全国大广赛四川赛区副秘书长，主要从事中国现当代文学、广告媒体、文化研究，在《现代中国文化与文学》、《励耘学刊》、《联合报》副刊等刊物发表数篇论文、随笔，著有《轻型知识分子——以张爱玲为中心》、《小说与戏剧的逆光飞行——新世代现代文学作品七论》（合著）。

付海鸿，女，1978 年生，四川邻水人，西南大学中国现当代文学硕士，四川大学文学人类学博士，重庆工商大学法学与社会学学院教师。研究方向为中国现当代文学、文学人类学，教授课程为影视社会学、中国传统文化概论等。

李扬，女，1993 年 6 月生于山东济南，四川大学文学与新闻学院中国现当代文学专业博士研究生。主要研究方向为中国现当代文学与现代文化。在《文艺争鸣》《中国现代文学研究丛刊》《当代文坛》等刊物发表论文数十篇，并被《人大复印资料》转载，出版专著《延安鲁艺诗人及其创作研究（1938—1945）》。

孙伟，山东曹县人，南京大学文学博士，暨南大学文学院中国现当代文学教研室教师。

　　黄菊，女，1976 年生，重庆合川人。四川大学文学博士，西南大学图书馆副研究馆员，研究方向为抗战时期中国文学、民国文献等。

　　袁少冲，1981 年生，汉族。运城学院中文系教授，文学博士，硕士研究生导师，北京大学访问学者。发表学术论文 20 余篇；主持国家社科基金 1 项，山西省高校哲学社科项目 1 项；出版专著 2 部，参编教材 2 部。荣获山西省本科院校青年教师教学竞赛三等奖、二等奖各 1 次；被山西省劳动竞赛委员会记个人二等功 1 次；荣获"山西省模范教师"荣誉称号及"山西省教科文卫体系统五一劳动奖章"。

　　刘海洲，河南商丘人，副教授，文学博士，中国郭沫若研究会理事，河南省青年骨干教师，先后在《中国现代文学研究丛刊》《当代文坛》等刊物发表论文四十多篇，出版学术专著一部《乔忠延散文探论》（合著）；先后主持完成河南省哲学社会科学规划项目和河南省软科学项目各一项，完成四川郭沫若研究中心重点项目一项和河南省教育厅人文社科规划项目两项，完成河南省教师教育课程改革研究项目一项。

王琦，女，1989 年 12 月出生，汉族，河北馆陶人。2018 年 6 月毕业于四川大学文学与新闻学院，获文学博士学位，现为河北大学文学院讲师，主讲《中国现代文学史》。目前主要研究领域是四十年代文学研究。

王平，2007 年毕业于四川大学文学与新闻学院，获博士学位。2013—2014 年在美国亚利桑那大学东亚系做访问学者，现为中国海洋大学文学与新闻传播学院副教授、硕士生导师。在《中国现代文学研究丛刊》《现代中国文化与文学》等刊物发表论文十余篇，部分论文被《中国社会科学文摘》《人大复印资料》转载。主持国家社会科学基金项目一项，获得山东省高等学校优秀科研成果奖、中国海洋大学天泰优秀人才奖等奖励。

　　黄爱华，山东临沂人，四川大学 2013 级硕士研究生，于南京大学读博，主要研究方向为现代中国文化与文学、现代文学史料研究。

　　肖智成，1974 年生，汉族，湖南衡阳人，北京师范大学 2014 级博士生，湖南科技学院副教授，湖南省普通高校青年骨干教师，湖南省普通高校青年教师教学能手，主要从事现代中国文学及文化有关内容的教学与研究工作。先后主持过部、省、市、校科研或教改项目共 9 项，发表论文 20 多篇。

胡余龙，汉族，1992 年出生，湖北潜江人，中共党员，文学博士，四川大学文学与新闻学院讲师，研究方向为现代中国文学与文化、马克思主义理论与思想政治教育实践，在《文学评论》《当代文坛》《现代中国文化与文学》等学术刊物上公开发表论文十余篇，出版专著《诗歌与教育的历史互动：闻一多与西南联大诗人群的关系研究》，作为主要参加人之一完成国家社科基金西部项目《新疆当代多民族文学比较研究》等科研项目。

肖宁遥，女，厦门大学讲师，2015 年获厦门大学"第十届青年教师教学技能大赛"一等奖和"最佳课件奖"，2017 年获厦门大学"鹭燕奖"，2019 年获"厦门市优秀教师"、厦门大学"2019 我最喜爱的十位老师"称号。出版国际汉语系列阅读教材《"轻松猫"中文分级读物》（北京语言大学出版社，合 80 册）。曾于德国创建中国话剧俱乐部，导演德国学生演出曹禺名作《雷雨》全剧，公演三场，在德国尚属首次，而获中国驻德国大使馆嘉奖。

邬冬梅，女，四川德阳人，绵阳师范学院教师。

丁晓妮，女，山东烟台人，2001 年考入西南师范大学，大三得以聆听李怡老师的《鲁迅研究》选修课，2005 年西南大学文学院读研，2015 年在四川大学读博，导师李怡教授，博士论文为《旧体诗创作与鲁迅精神世界研究》，2008 年至今在重庆工商大学工作。

布小继，红河学院教授，四川大学文学博士，云南大学硕士研究生导师，红河学院云南边疆文学与文化研究中心负责人，主要研究方向为中国现当代文学与云南地方文化。出版专著 3 部、编著 3 部，发表论文 40 余篇。主持并完成各级各类项目多项。

梅健，女，1971 年生，硕士，教授，供职于重庆第二师范学院文学与传媒学院。担任重庆第二师范学院语文教育研究所负责人、文学与传媒学院教师教育教研室主任，主要研究方向为语文教育、基础教育。在《语文建设》等杂志发表论文多篇，出版《应用写作》等著作，主持"语文学科专业的技能目标及其人文内涵研究（项目号2013ZDWX20）"等 3 项省级项目和多项校级项目，主研"农民工随迁子女进城读书引发的社会新问题研究（项目号 12XSH005）"等 4 项国家级项目。

齐午月，女，1990 年生人。自 2014 年从北京师范大学硕士毕业后，入职国家图书馆缩微文献部，从事大型资料性文献汇编出版工作。在民国文献整理方面，目前已主持出版《民国时期禁烟禁毒资料汇编》（50 册）、《民国时期社会救济资料汇编》（32 册）等。对古籍出版也有所涉足，曾参与筹划出版《史记文献选辑》（全 16 册）、《王阳明珍本文献丛刊（明刻本）》（全 15 册）等古籍影印文献汇编。

左存文，1984 年生，甘肃陇西人。习诗、旅行。曾骑行川藏线、香格里拉大环线、新藏线，徒步鳌太线、安纳普尔纳大环线等。出版诗集《在陇西车站》，独立出版小说《葬身之地》。《零度诗刊》副主编。江南大学 2010 级比较文学与世界文学专业硕士，四川大学 2018 级中国现当代文学专业博士生。

周维东，文学博士，四川大学文学与新闻学院教授、博士生导师，教育部"长江学者奖励计划"青年学者。学术集刊《大学人文教育》主编、《现代中国文化与文学》副主编，学术公众号《西川风》主编，中国郭沫若学会理事，四川鲁迅研究会常务理事。主要研究领域为中国现当代文学，出版有《民国文学：文学史的"空间"转向》《中国共产党的文化战略与延安文艺生产》《清末民初的青年文化与新文学》《意识形态的焦虑：

1949—1966 年间中国大陆文学的精神结构》等学术专著，在《文学评论》《文艺研究》《中国现代文学研究丛刊》《文艺争鸣》《学术月刊》等刊物发表论文 100 余篇，主持国家社科基金各类项目 3 项、四川省社科规划项目 2 项、四川省教学改革重点项目 1 项，获四川省哲学社会科学优秀成果二等奖 2 项、三等奖 1 项。主讲慕课《中国现代文学》《巴蜀文化》分别获 2018 年中国最美慕课二等奖、三等奖。

李乐乐，女，山东淄博人，关注周氏兄弟、近现代散文研究。论文见于《中国现代文学研究丛刊》《现代中国文化与文学》《励耘语言学刊》等，评论文章见于《中国图书评论》《北京日报》等。

王琳，女，四川师范大学文学院副教授、硕士生导师。现主持完成国家社科基金青年项目 1 项，四川省教育厅项目 1 项；在各类刊物上发表论文多篇。研究领域包括现代文学与海外汉学、现代文学与地域文化、革命文学与文化等。

　　朱元军，四川遂宁人，北京师范大学 2015 级博士研究生，西北师范大学文学院讲师，研究方向为中国现代文学。

　　陈瑜，女，籍贯湖北恩施，1985 年出生，本科就读于西南大学，硕士研究生就读于武汉大学，2017 级四川大学博士研究生。研究方向为诗歌、抗战文学、十七年文学。

　　张武军，1977 年生，2009 年毕业于四川大学，获文学博士学位。任职于西南大学文学院，2014 年破格晋升为教授，并担任博士生导师，台湾政治大学客座教授（2014—2015），重庆中国抗战大后方研究中心教授。主要从事抗战文学、革命文学研究。在《文学评论》等刊物共计发表论文 40 余篇，出版有《从阶级话语到民族话语——抗战与左翼文学话语转型》等学术专著 5 部，主持国家项目两项、教育部项目两项、重庆重大招标等省部级以上项目 13 项。

胡安定，1975 年生，安徽桐城人，文学博士，西南大学文学院副教授，硕士研究生导师，奥地利克拉根福大学访问学者。

卓玛，女，藏族，1973 年 7 月出生，青海省天峻县人，文学博士、教授、博士生导师。现为青海民族大学研究生院院长。科研方向为青藏多民族文学。主讲《中国现代文学史》《中国少数民族文学》《文学人类学》等课程。先后在《光明日报》《民族文学研究》《民间文化论坛》等刊物上发表学术论文 30 余篇，出版《母语文化思维与当代藏族作家汉语创作研究》等著作。

王玉春，女，山东威海人，文学博士，大连理工大学人文与社会科学学部副教授，硕士生导师，主要从事中国现当代文学与文化研究，主持国家社科基金、教育部人文社科项目等多项，发表论文 30 余篇，出版专著 3 部。

　　王学东（1979—），教授、博士、硕导，西华大学文学与新闻传播学院副院长。兼任四川省作家协会全委会委员、四川省校园文联副主席、四川省写作学会副会长、四川省鲁迅研究会常务理事，成都市作家协会评论委员会主任，《蜀学》《李冰研究学刊》副主编。主要研究当代诗歌、巴蜀文化。发表论文 90 多篇，出版著作《第三代诗论稿》《文革地下诗歌研究》等 2 部，主持国家社科基金项目等 9 项。出版有诗集《现代诗歌机器》。

　　罗维斯，1986 年 6 月生，广西钦州人，2015 年毕业于北京师范大学，获得文学博士学位，现任教于南开大学文学院，主要研究方向为中国现代文学。曾在《文学评论》《当代文坛》等刊物发表论文，已出版学术专著《绅士阶层与中国现代文学》（花城出版社 2019 年版）。主持国家社科基金青年项目"科举制度的革废与中国现代文学研究"，天津社科基金青年项目"绅士阶层的演化与茅盾的文学创作"。曾获得北京师范大学优秀

博士学位论文、南开大学优秀青年教师奖、天津市第十四届高校青年教师教学竞赛文科组特等奖第一名、天津市五一劳动奖章、第四届全

国高校青年教师教学竞赛决赛文科组一等奖第三名。

康鑫，女，1981 年生，河北石家庄人。2012 年毕业于四川大学中国现当代文学专业，获文学博士学位。现为河北师范大学文学院副教授，硕士生导师。主要研究方向为中国现代文学与文化、中国现代通俗文学。

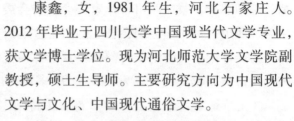

熊权，女，河北大学文学院教授、博士生导师，主要研究领域为左翼文学、20 世纪中国革命文学与文化。湖南师范大学学士、硕士，北京大学博士，北京师范大学博士后。主持国家社科基金项目 1 项、省部级社科基金项目 3 项以及市厅级课题多项。《文学评论》《文艺研究》《中国现代文学研究丛刊》等刊物发表论文数篇，出版《"革命加恋爱"现象与左翼文学思潮研究》等论著 5 部，参编教材 2 种。

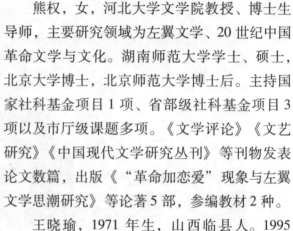

王晓瑜，1971 年生，山西临县人。1995 年起在山西临县任中学教师，2002 年考取西南师范大学现当代文学研究生，2005 年起在太原师范学院文学院任教。2012 年评为副教授，2014 年起担任硕士生导师。

李俊杰，1985 年生，江苏扬州人，四川师范大学中国现当代文学专业硕士研究生毕业，北京师范大学文学院现代文学专业博士。

罗执廷，1975 年生于湖北荆门，1994 年毕业于华中师范大学文学院，获文学学士学位；2001 年毕业于华中师范大学中国现代文学专业，获文学硕士学位；2008 年毕业于暨南大学文艺学专业，获得文艺学博士学位。2001 年起任教于

暨南大学文学院。四川大学文学与新闻学院在站博士后。发表专业论文 50 余篇，出版有专著《文选运作与当代文学生产》和其他编著。主要研究领域为民国文学史、中国当代文学。

魏巍，重庆酉阳人，土家族与苗族的混血汉子，西南大学中国新诗研究所副教授，四川大学文学与新闻学院博士后。在《文学评论》《中国现代文学研究丛刊》《兰州大学学报》《社会科学辑刊》《当代文坛》《文艺评论》等刊物发表论文 30 余篇，在《新诗刊》《酉水》等发表诗歌多首。主持教育部青年项目一项，主持并完成中央高校项目一项，参与国家社科基金重大招标项目一项。

朱幸纯，女，1986 年生于湖北荆州，本科毕业于华中科技大学，硕士就读于厦门大学，博士就读于中国社会科学院研究生院，四川大学文学与新闻学院博士后。2014 年毕业于中国社科院研究生院，2014—2016 年在四川大学中国语言文学博士后流动站工作，2016 年至今，任职于湖南大学文学院（比较文学与世界文学教研室）。曾在《鲁迅研究月刊》等刊物发表论文多篇。

张雨童，女，1988 年生，重庆人，兰州大学文学院本科，四川大学文学与新闻学院硕士、博士，中国现当代文学专业，师从李怡老师，现供职于重庆师范大学。

郭景华，侗族，1971 年 4 月出生，湖南省新晃侗族自治县人，文学博士，怀化学院文学与新闻传播学院教师。湖南省作家协会会员，中国文学理论学会会员，中国少数民族文学学会会员，怀化市作协文学评论学会会长。主要研究方向为文学理论、艺术史论、沅水流域文学与文化批评。自 2009 年以来，已承担省部级科研项目 5 项，完成专著 1 部，在省级以上刊物发表论文 40 多篇。

孙拥军，副教授，现任职河南理工大学中文系。2011 年毕业于四川大学文学与新闻学院中国现当代文学专业，获文学博士学位。主要从事中国现当代作家、作品研究，已发表学术论文 40 余篇，出版学术专著 4 部。

倪海燕，女，1978 年生，四川郫县人。2004 年毕业于西南大学文学院，获文学硕士学位，同年进入肇庆学院任教。2011 年获华南师范大学中国现当代文学博士学位，2015 年 10 月—2016 年 7 月在美国莫尔豪斯学院访学，任访问教授。现居美国。先后在《中国出版》《中国现代文学研究丛刊》《现代中国文化与文学》《当代文坛》《郭沫若学刊》《名作欣赏》等刊物发表论文 20 余篇，出版有学术专著《性别优势与性别陷阱——1990 年代以来的女性小说写作》。

袁娟，女，1974 年 9 月，四川成都人，1997 年毕业于西南师范大学（现西南大学）汉语言文学本科专业，随即入伍，执教于武警本科院校整整 21 年，历任教研室主任、学科负责人、学术委员会委员、课程与教材委员会委员，中国现当代文学研究会会员，副教授。工作之余继续学习，先后获得了四川大学文学与新闻学院全日制硕士、博士学位。2017 年 9 月副师级退役，就职于四川城市职业学院校党建办，任副主任主管宣传，后转为专职教师。长期从事文学、文化、演讲等教学工作，多次代表单位参加部队各类教学竞赛并获奖，多次被评为优秀教师，荣立三等功，武警四川总队优秀党员等。发表论文 37 篇，其中核心 9 篇，CSSCI 论文 6 篇，学术著作 3 部，课题 3 项，文学

类著作 3 部，横向课题 1 项，教材 1 项。四
川省创新创业在线精品课程《中国传统文化
传承与创意》负责人，审定教材、著作、课
题等 200 余部。

韩明港，1974 年生于河北唐山。文学
博士，重庆交通大学人文学院讲师。在
《重庆大学学报》《求索》《当代文坛》等刊
物发表论文数篇。

周逢琴，女，1973 年 10 月生于安徽无为，文学博士。现为西南
科技大学文艺学院讲师。加入中国现代文学研究会、四川鲁迅研究会
等学术团体，主要从事中国现代诗歌、台港澳及海外华文文学研究。

胡昌平，1972 年 4 月出生于四川德阳，
文学博士，现为新疆塔里木大学人文学院副
教授。曾先后求学于阿坝师专、四川师范大
学、西南大学、四川大学等院校。主要从事
中国现代文学批评与新疆多民族文学研究，
发表论文十余篇。

徐江，女，1981 年 10 月生于四川万源，文学博士。现为四川音乐学院传播艺术系讲师，中国现代文学研究会会员，网络编辑师。主要从事中国现当代文学、文化与传媒、网络编辑等方面的教学与科研工作。参编《中国文学史》《现代汉语文学史》等书，在学术刊物上发表相关论文数篇。

陈夫龙，山东枣庄人，生于 1975 年 4 月。文学博士，博士后。山东师范大学文学院教授、博士生导师。中国郭沫若研究会理事，中国

老舍研究会理事，中国作家协会会员，山东省当代文学研究会常务理事，山东省中国现代文学学会理事。主要研究方向为中国现当代文学与文化、人文教育与传统文化。独立主持并完成国家社科基金项目 1 项，独立主持中国博士后科学基金项目和教育部项目各 1 项。已出版专著 3 部、编著 5 部。在 CSSCI 等各类学术期刊发表论文 60 余篇。

刘佳，女，1983 年出生于重庆，2001年进入北京师范大学文学院学习，2005 年获得学士学位，2008 年获得文艺学硕士学位，成为北京师范大学文学院现当代文学专业博士生。尽管硕士期间攻习

"理论"，然而研究兴趣主要在于文学语言面对"现代"这一命题时的种种表征，并且选择了废名小说的跨文体实践作为硕士论文的研究对象。攻博期间由论转史，现主要研究领域为民国文学场域、国民党文艺政策、书报检查，以及文学与政治的机制性关系。2010 年 9 月—2011 年 9 月访学于得克萨斯大学奥斯汀校区亚洲研究中心。

任冬梅，女，重庆人。资深科幻研究者、评论家。现为中国社会科学院台湾研究所副研究员。中国科普作家协会科幻专业委员会会员、世界华人科幻协会会员。第一届、第二届全球华语"星云奖"评委。主要研究方向为科幻文学、现代文学。在 Chinese Literature Today、《当代文坛》、《中国比较文学》、《南方文坛》等核心期刊发表论文多篇。出版专著《幻想文化与现代中国的文学形象》，为"十三五"国家重点图书出版规划项目，获第七届全球华语"星云奖"最佳原创图书金奖。2016 年曾为时任国家副主席李源潮讲解中国科幻史。

白贞淑，女，1982 年 4 月生于韩国金海，曾为中国北京师范大学文学院博士研究生，2012 年 1 月毕业。现任教于韩国东亚大学。主要从事中国现当代文学诗歌研究，2009 年在中国发表《论林莽〈我流过这片土地〉》。

袁莉，女，1978 年 6 月生于山西，文学博士。现为四川师范大学文学院教师。

　　付清泉，女，1973 年 9 月生于重庆丰都。2008 年 9 月—2011 年 6 月就读于四川大学文学与新闻学院，获文学博士学位。现任职于长江师范学院文学与新闻学院。

　　张霞，女，四川邛崃人。西华师范大学文学院教授，博士。主要从事中国现当代文学研究。

　　肖严，女，1982 年生于河南邓州，本科毕业于河南大学。2003 年起在西南大学学习中国现代文学专业，受业于李怡老师。现为中国人民大学文学院博士研究生。

　　李跃力，南京大学文学博士，美国马萨诸塞大学波士顿分校访问学者，北京师范大学访问学者，加拿大英属哥伦比亚大学访问学者，现为陕西师范大学文学院教授，副院长，中国现当代文学专业博士生导师，兼任陕西师范大学人文社科高等研究院研究员，中国现代文学研究会理事。出版专著《革命与文学的深层互动：中国现代文学中的"革命话语"研究》等3部，在《中国现代文学研究丛刊》《文史哲》《新文学史料》等刊物发表学术论文二十余篇，主持国家社科基金项目、国家社科基金重大项目子项目、教育部人文社科青年基金项目等多项课题，学术成果获陕西省哲学社会科学优秀成果奖、东亚汉学会青年学者奖等。

　　张立群，1973年生于辽宁沈阳。2006年毕业于首都师范大学文学院，师从吴思敬教授，获文学博士学位。同年任职于辽宁大学文学院，2013年晋升为教授。曾于2011—2014年在山东师范大学博士后流动站工作，合作导师吴义勤教授；2015—2019年在四川大学博士后流动站工作，合作导师李怡教授。2018—2019年任职于汕头大学文学院。现为山东大学人文社科青岛研究院教授，博士生导师，山东大学中青年杰出学者。另有中国现代文学馆特邀研究员、辽宁文学院特邀评论家等学术兼职。迄今为止出版个人学术专著12部，在南京大学规定核心期刊发表论文百余篇。主要研究方向为中国新诗与新诗理论，中国现当代文学史料学与作家传记研究。

杜光霞，女，1982 年 3 月生于四川越西，现为四川大学文学与新闻学院现当代文学 2009 级博士生。主要从事鲁迅及现当代诗歌研究。

苟强诗，1982 年 11 月生于青岛，2009 年获得西南大学文学硕士学位，现为四川大学文学与新闻学院中国现当代文学专业博士生，主要从事中国现代文学与思想文化研究，目前在各类刊物已发表学术论文多篇，参加省级课题一项，2009—2010 年四川大学优秀博士。

　　任晓兵，1978 年 8 月生于太原。2008 年 9 月—2011 年 6 月就读于四川大学，获文学博士学位。现为内蒙古财经学院中文系教师。先后发表《沈从文湘西小说民俗审美缘起的三重因素》《沈从文原乡神话的民俗写作与审美表现》《沈从文湘西世界中民俗叙事的建构向度》等多篇 CSSCI 论文。

　　刘晓红，女，1981 年 9 月生于成都，文学博士。任职于《成都大学学报》，主要从事写作、现当代文学教学。研究方向为中国当代文学，发表论文十余篇。

卢军，1970 年 11 月生于山西忻州，文学博士。现为聊城大学文学院副教授、中国现当代文学专业硕士生导师。兼任中国老舍研究会理事、中国鲁迅研究会会员。主要关注中国现当代自由主义知识分子的生存境遇和文学实践的研究。出版学术专著《汪曾祺小说创作论》《救赎与超越——中国现当代作家直面苦难精神解读》两部。

朱献贞，1973 年 8 月生于山东临沂，文学博士。现为曲阜师范大学文学院中国现当代文学专业教授，硕士生导师，北京师范大学文学院博士后；主要从事现代中国文学与文化关系研究、鲁迅接受史研究。

霍俊明，1975 年 3 月生于河北丰润农村，诗人、诗评家、文学博

士，北京师范大学文学院博士后。现任教于北京教育学院人文学院中文系，现当代文学教研室主任、学科带头人、学院首批风采名师。首都师范大学中国诗歌研究中心兼职研究员、中国现代文学馆客座研究员、台湾"国立"屏东教育大学客座教授。任《新诗界》执行主编、《星星诗刊》理论刊编委、《明天》编委、《诗歌月刊》特约主持、《延河》学术顾问，"80后"年度诗歌专项奖"汉江·安康诗歌奖"评委会主任、复旦大学光华诗歌奖评委、河北青年诗人学会副会长、《中国当代诗歌导读》编委。主要从事现代诗歌以及现当代文学文化研究。著有专著《尴尬的一代：中国70后先锋诗歌》《红色末班车》《批评家的诗》等。在《文学评论》等中文核心期刊发表论文70余篇，在其他刊物发表论文及随笔400余篇。在《诗刊》等发表诗作几百首，入选三十余种诗歌选本。

　　钱晓宇，女，1975年出生，祖籍江苏吴中区，副教授，文学博士，中国郭沫若研究学会理事，国际郭沫若研究学会会员，中国艾青研究学会会员，四川省鲁迅研究学会理事，毕业于四川大学，研究方向为中国现当代文学。参与编写《词语的历史与思想的嬗变——追问中国现代文学的批评概念》等著作及教材三部，出版《幻想文化与当代中国的文学形象》等专著三部，在《文艺报》《湖南大学学报》等CSSCI、中文核心及其他各类报纸期刊上发表学术论文二十余篇。

黄蒙水，1976年生，湖南溆浦人，土家族。渤海大学艺术与传媒学院硕士生导师，四川大学中国语言文学博士后流动站博士后。研究方向为影视美学、广播电视艺术学。先后在《现代传播》《中国电视》《当代电视》等核心期刊发表论文十余篇。

袁昊，1984年生，四川广元人。南京大学文学博士，现为四川大学文学与新闻学院在站博士后。曾在《学术月刊》《扬子江评论》等刊物发表论文多篇。

　　赵静，女，1989 年生，河南省新乡市人。北京师范大学中国现当代文学专业硕士研究生毕业，北京师范大学中国现代文学 2015 级博士研究生。

西川大事记

2011 年以前

2007 年 6 月初，在成都南延线的一次聚会上，李怡老师提出关于读书会网上联络的设想，并即兴命名"西川会馆"。

2007 年 6 月 9 日，张武军建立"西川会馆巴蜀学派"QQ 群，目前有成员 91 人。

2007 年 6 月 12 日，刘子琦建立"李教授门下的兄弟姐妹"QQ 群，目前有成员 24 人。

2007 年 8 月 19 日，张武军在 www.chinaren.com 网站上建立了同学录。

2007 年 11 月 24 日，北京师范大学硕士任冬梅在"天涯网"上建立"西川会馆"博客，可惜此博客未正式使用。

2008 年，李怡老师"中国现代文学批评概念与中外文化交流（2008—2011）"立项为国家社科基金一般项目。

2008 年，朱姝"中国近代国语运动研究"立项为国家社科基金项目，主研（排名第四）。

2009 年，周维东"延安时期（1936—1948）党的文化战略与文学生产研究"获批国家社科基金项目。

2009 年，李琴"'皮书'与中国当代文学"获批国家社科基金青年项目。

2010 年，王琳"美国汉学界的中国现代文学研究"获批国家社科基金项目。

2011 年

5 月 23 日，在青城山召开了第一届西川读书会。参会的有李怡老师，周维东老师，四川大学博士生孙拥军、布小继、杨华丽、彭超、傅清泉、刘晓红、祝光明、汤巧巧、李直飞、黄菊、阳晓玲，硕士生魏小平、罗维斯、马凤、胡琰、许永宁、钦佩、张雨童、王锡靓，博士后卢军，北京师范大学博士生谢君兰。在此次读书会上，大家还讨论了：①设立"西川论坛"的意义；②论坛的内容和板块；③第一届"西川论坛"研讨会的主题和举办的时间、地点。

6 月 5 日，李怡老师、周维东、王学东、黄菊、罗维斯在成都三圣乡开会，议定：①将"西川会馆"论坛的板块进一步细化；②由王学东负责《西川论坛（电子期刊）》的编辑；③"西川论坛"第一届研讨会的主题为"民国经济与中国现代文学"。

6 月 11 日，黄菊设立"西川会馆论坛"，网址 http：//xichuan. 5d6d. com。同日，"西川会馆"博客落户新浪网，网址 http//blog. sina. com. cn/xichuanhuiguan。

8 月 2 日，美国得州大学奥斯汀校区张诵圣教授访问成都，张诵圣教授与李怡教授展开讨论，其中讨论到西川论坛有关情况。他们讨论了"西川论坛"的意义，提出电子杂志与网站进一步交流问题。

10 月 12—18 日，美国加州大学戴维斯校区奚密教授访问北京师范大学，与李怡老师展开讨论，其中讨论到"西川论坛"的意义，提出将来合作举办这一民间论坛的可能性。

10 月 15 日，在北京师范大学召开杏坛读书会，主题为"辛亥革命与现代文学之关系"，讨论一至四卷《新青年》相关问题，李怡老师、陈悦老师和各年级博士、硕士生参加读书会。

10 月 23 日，在望江楼公园举行四川大学望江读书会，主题为"革命、家书与性别"，讨论《与妻书》等，李怡老师、蒋德均老师、姜飞老师和各年级博士、硕士生参加读书会。

10 月 28 日，著名汉学家、维也纳大学冯铁教授与李怡老师在成都—南充的动车上深入探讨"西川论坛"的意义和形式，29 日晚，冯铁教授参加南充大榕和茶楼的"夜谈"，与在南充参加郭沫若学术会议的 10 余位西川同人畅叙，关于"论坛"主题，电子杂志的内容他都发表了诸多建设性的意见，次日，他为论坛设计别名"怡倾"并题词。同日，出席郭沫若学术会议的日本著名汉学家岩佐教授也为论坛题词。

11 月 26 日，在成都望江公园举行四川大学望江读书会，主题为"我们今天如何读《废都》"，讨论新旧版《废都》等，李怡老师、陈思广老师和各年级博士、硕士生参加读书会。

12 月 14 日，在成都望江公园举行四川大学望江读书会，主题为"静夜有思与鸟鸣在涧"，讨论《经验、艺术作品与价值》《王右丞集》《李太白集》等，李怡老师和各年级博士、硕士生参加读书会。

12 月 17—21 日，筹备半年有余的西川论坛第一届年会在云南蒙自红河学院成功召开，会议主题为"民国经济与现代中国文学"，出席论坛的有 30 余位同人，《文学评论》董之林、范智红，《北京师范大学学报》宋媛，《社会科学研究》尹富，《成都大学学报》刘小红等杂志编辑应邀到会。中国社会科学院文学研究所刘福春研究员作为论坛嘉宾发表讲话并担任点评。18 日会议在红河学院进行一天，19 日上午转移至五里冲茶场继续进行并举行闭幕式，学术讨论热烈。19 日下午与会者参观西南联合大学遗址、游览南湖，20 日游览历史文化名城建水。会议期间还举行了西川论坛理事会，为下一届年会出谋划策。

2011 年，颜同林"方言入诗资料整理与研究（2011—2014）"立项为国家社科基金项目。

2011 年，张武军"西南地域文化与中国抗战文学关系研究（2011—2014）"立项为教育部人文社科项目。

2011 年，胡安定"多重文化空间中的鸳鸯蝴蝶派研究（2011—2014）"立项为教育部人文社科项目。

2011 年，杨华丽"'打倒孔家店''口号'的诞生与衍化研究（2011—2014）"立项为教育部人文社科项目。

2011 年，王玉春"五四报刊通信栏与言论空间建设研究（2011—

2015)"立项为教育部人文社科项目。

2011年，张霞"中国'自由撰稿人'作家研究（2011—2014）"立项为教育部人文社科项目。

2012 年

1月15日，《西川论坛》电子期刊创刊号问世，由李怡老师任主编，王学东担任执行主编。该期系"民国机制"研究专号，收录了西川同人对"民国机制"的研究论文多篇。

3月18日，在成都望江公园举行四川大学望江读书会，主题为"当代女性文学批评话语建构"，讨论《浮出历史地表》等，李怡老师、马睿老师和各年级博士、硕士生参加读书会。

4月25日，《西川论坛》电子期刊第2期在成都出刊，由李怡老师主编，王学东担任执行主编。该期系"民国经济与现代中国文学"研究专号，设有"问题与方法""经济生活体验与文学书写""经济危机与创作转型""出版传媒、文化市场与文学生产"等栏目。

6月3—4日，第二届西川读书会在成都西南的平乐古镇举行。本次读书会的主题为欢送2008级、2009级博士、硕士毕业生，参加本次读书会的有李怡老师、张武军老师、周维东老师，蒋德均老师，08级和09级博士杜光霞、汤巧巧、门红丽、康鑫、苟强诗等，10级、11级、12级博士以及各年级硕士黄菊、王永祥、李哲、李金凤、谭梅、张玫等。本次读书会延续第一届西川读书会的风格，融交流治学心得与增进同人情谊于一体，会议中，在校各同人就"民国文学"诸多热点问题展开讨论，08级博士作了精彩点评。

6月18日，《西川论坛通讯》正式问世，李怡老师任主编，朱姝任执行主编。通讯每年发行一期，主要报道西川论坛包括年会在内的学术活动。

9月25日，在北京师范大学举行杏坛读书会，主题为"学术研究的视野与情怀"，讨论《叫魂——1768年中国妖术大恐慌》《走向世界文学——中国现代作家与外国文学》等，李怡老师、颜同林老师和各年级博士、硕士生参加读书会。

　　10 月 17 日，在北京师范大学举行杏坛读书会，主题为"百川竞进终到海"，讨论《嬗变——辛亥革命时期至五四时期的中国文学》《"文协"与抗战时期文艺运动》等，李怡老师、颜同林老师、李倩老师、贾小瑞老师和各年级博士、硕士生参加读书会。

　　10 月 25 日，在成都望江公园举办四川大学望江读书会，主题为"中西之间"，讨论《二十世纪中国文学史》等，李怡老师、郑怡老师和各年级博士、硕士生参加读书会。

　　12 月 1 日，第二届西川论坛暨"民国社会历史与中国现代文学"研讨会在北京师范大学举行，在本次会议上，来自全国各地的现代文学研究者围绕"民国文学"这一话题进行了专题讨论，这也是中国学界对"民国文学"这一问题的首次正式讨论。

　　12 月 2 日，《民国文化与文学研究文丛》在北京师范大学举行图书首发式，这套图书由北京师范大学民国文化与文学研究中心、四川大学民国文学暨海外汉学研究中心策划，由台湾著名的花木兰出版社出版，李怡老师任主编，多名"西川同人"积极参与。

　　2012 年，李怡"民国社会历史与中国现代文学的研究框架（2012—2015）"获批国家社科基金项目。

　　2012 年，张武军"西部文化与中国抗战文化的关系研究（2012—

2017）”获批国家社科基金项目。

2012 年，陶永莉“母语文化思维与当代藏族作家汉语创作研究”获批国家社科基金一般项目。

2012 年，朱姝“图像文化时代的影像诗学研究”获批国家社科基金项目（主研排名第二）。

2012 年，付海鸿“青海三江源生态移民的文化变迁与身份研究”获批教育部人文社科项目“西部与边疆发展研究”（青年项目）。

2013 年

1 月 26 日，李怡老师、段丛学老师、张武军、王琳、李哲等在成都三圣乡聚会，在聚会中讨论了“西川论坛”进一步发展的诸多问题，包括：①西川论坛基金的使用；②西川友人的加入方式；③“西川会馆”实体化的可能性等。

1 月 30 日，《西川论坛》电子期刊第 3 期出刊，由李怡主编，颜同林担任执行主编。该期主要刊登 2012 年 12 月初北京师范大学“民国经济与中国现代文学”学术会议论文。据悉，此次学术会议与相关论著受到学界广泛关注。

5 月，北京师范大学任冬梅与卓玛通过博士答辩。

6 月 20 日，第三届西川读书会在三圣乡幸福梅林举行。

参会人员包括：李怡老师、毛迅老师、肖伟胜老师、段从学老师、周维东老师，以及四川大学各届博士、硕士。读书会上，在美国访学归来的张睿睿博士介绍了自己在美国访学的丰富经历，王永祥博士朗诵了自己创作的送别诗《六月中的读书话别》。会后，部分同人观赏了以“民国”为题材的话剧《蒋公的面子》。

7 月 12—20 日，西川同人王永祥、谭梅、李哲、陶永莉、谢力哲抵达台湾，参加了由台湾“国立”政治大学举办的“民国人物与档案两岸研究生史学营”活动。在此期间，各位同人聆听了张玉法、吕芳上、黄克武等台湾史学家的讲座，参观了国使馆、“中央研究院”、台湾大学图书馆等重要的学术机构。

10 月 13 日，在成都望江公园举办四川大学望江读书会，主题为

"论从史出的典范之作"，讨论《"文协"与抗战时期文艺运动》等，李怡老师、段从学老师和各年级博士、硕士生参加读书会。

10月23—26日，第三届西川论坛暨"民国历史文化与中国现代经典作家学术研讨会"在塔里木大学南疆干部培训中心举行。来自海峡两岸的现代文学研究者以"民国历史文"的新视角，展开了对中国现代文学的研究，获得了多家学术刊物的高度关注。

11月30日，《西川论坛》电子期刊第4期出刊，由李怡主编，李俊杰、妥佳宁担任执行主编。本期主要刊登2013年10月塔里木大学"民国历史文化与中国现代经典作家学术研讨会"参会论文。

12月，《现代中国文化与文学》列入2014—2015年CSSCI来源期刊。

2013年，王玉春"报刊通信栏与五四文学研究"获批国家社科基金项目。

2013年，陶永莉"《甘青川藏族口传文化汇典》"（负责人：阿来）获批国家社科基金重大项目，主持青海子课题。

2013年，王永祥"北洋政治文化生态与新文学的空间场域"获批教育部人文社科项目。

2013年，妥佳宁"抗战时期绥远沦陷区文艺报刊与民族主义思潮研究"获批教育部人文社科项目。

2013年，魏巍"少数民族视野下的沈从文、老舍比较研究"获批教育部人文社科项目。

2013年，李跃力"陕北游记与'新中国'想象"获批教育部人文社科项目。

2014年

5月，四川大学王永祥、李哲、谭梅、李金凤、袁继锋等5人通过博士答辩，卢军、黎保荣2位博士后顺利出站。北京师范大学谢君兰通过博士答辩。

6月，西川同人布小继、李本东、杨华丽、王学东获得2014年国家社科基金项目4项立项。

6月13—14日，第四届西川读书会在彭山江口农家乐举行，李怡、周维东、张武军、王学东、汤巧巧和各年级博士、硕士共25人参加。

6月28—29日，中国郭沫若研究会第六次会员代表大会在贵阳学院举行，会议选举产生了第六届理事会。颜同林、张武军、周维东、钱晓宇、杨华丽、刘海洲等当选理事。

7月，西川同人黄群英获得2014年教育部人文社会科学研究规划基金项目立项。

7月12—15日，第四届西川论坛"国民革命与中国现代文学"国际学术对话与研讨活动在宜宾学院召开，来自中国大陆、中国台湾、韩国、澳大利亚、蒙古的60余名专家学者展开了热烈的讨论。此次国际学术对话与研讨活动由北京师范大学民国历史文化与文学研究中心、四川大学现代中国文化与文学研究中心、上海《学术月刊》杂志社、台湾政治大学民国历史文化与文学研究中心、中华全国文学史料学学会和西川论坛等学术机构主办。

10月26日，在川大望江校区绿水桥水吧举行四川大学望江读书会，主题为"当文学触摸历史与政治的时候"，讨论《革命的张力——"大革命"前后新文学知识分子的历史处境与思想探求（1924—1930）》《二十世纪中国历史视野下的抗美援朝战争》《以论代史的尴尬》《也谈"去政治化"问题》。李怡老师、孙伟老师、陈思广老师和各年级博士、硕士生参加读书会。

11月7—9日，在南京召开的第11届中国现代文学年会上，李怡老师当选为中国现代文学学会副会长。

11月29日，在四川大学望江校区绿水桥水吧举行四川大学望江读书会，主题为"中国研究之方法与学理"，讨论《作为方法的中国》和两次论争：秦晖、汪晖与温铁军之间的论争；刘小枫与邓晓芒之间的论争。李怡老师、周维东老师和各年级博士、硕士生参加读书会。

12月6日，北京师范大学民国历史文化与文学研究中心与中央民族大学文学与新闻传播学院联合举行"民国历史文化与中国现代文学"学术研讨会，李怡、颜同林、张武军、周维东、钱晓宇、李哲、王永祥、康鑫、谢君兰、罗维斯、李俊杰、妥佳宁、肖智成、赵静、马晗敏、杨佳韵等同人出席。

12 月 7 日，部分西川同人在北京师范大学文学院聚会，与高等教育出版社相关编辑共同探讨当前中国现当代文学史教程编写的现状和问题，李怡、颜同林、张武军、周维东、钱晓宇、李哲、王永祥、康鑫、罗维斯、李俊杰、妥佳宁、肖智成等出席。

同日，《西川论坛》电子期刊第 5 期出刊，由李怡主编，康斌、彭冠龙担任执行主编。本期主要刊登 2014 年 7 月在宜宾学院召开的"国民革命与中国现代文学"国际学术对话与研讨活动的参会论文。

12 月 23 日，在四川大学望江校区绿水桥水吧举行四川大学望江读书会，主题为"重构历史的可能与限度"，讨论《再解读：革命文艺与意识形态》《逃避自由》《健全的社会》等，李怡老师和各年级博士、硕士生参加读书会。

2014 年，杨华丽"中国小说家庭伦理叙事的现代转型研究（1898—1927）"获批国家社科基金项目。

2014 年，李怡"民国时期诗歌教育资料的整理与研究"获批教育部人文社科项目。

2014 年，王学东"《星星》诗刊与中国当代新诗的发展研究"获批国家社科基金西部项目。

2015 年

1 月，周维东老师赴奥地利维也纳大学访问一年。

3 月 24—26 日，作为第五届西川论坛，日本九州大学召开"清末民初中国留学生与现代中国文学"日中学术研讨会，研讨会由李怡老师与日本学者岩佐昌暲教授共同筹办，西川同人颜同林、张武军、钱晓宇、王学东、李哲、李俊杰等参加。会议就留日中国学生的经历、创作及对中国现代文学的重要贡献等问题展开讨论，并探访了郭沫若的文学故址，包括九州大学医学部前、箱崎神社、太宰府天满宫等。

4 月 25 日，在四川大学望江校区绿水桥水吧举行四川大学望江读书会，主题为"革命能否告别"，讨论《告别革命》《"革命"的现代性：中国革命话语考论》等，李怡老师、唐小林老师和各年级博士、硕士生参加读书会。

5月，四川大学陶永莉、高博涵、朱姝3人通过博士论文答辩，孙伟、罗执廷2位博士后顺利出站，北京师范大学罗维斯通过博士论文答辩。

6月，西川同人肖伟胜、周维东、康鑫获得2015年国家社会科学基金项目立项。

6月，由李怡老师与张中良老师主编的"民国历史文化与中国现代文学研究"丛书由山东文艺出版社出版，该丛书为国家社会科学基金研究项目重点项目阶段性成果，是国内第一套从民国历史文化的角度重新研究中国现代文学发展的系列丛书。王永祥、李哲等西川同人的著作收录其中。

6月12日，第五届西川读书会在三圣乡幸福梅林举行，李怡、张武军、朱姝、孙伟、朱幸纯、徐江和各年级博士、硕士生共24人参加。会上，李怡老师与张武军老师就建立"西川论坛"微信公众号的具体措施进行了探讨。

6月13—14日，"民族复兴视野中的郭沫若"学术研讨会在成都大学举行。西川同人李怡、周文等参加此次研讨会。

7月，西川同人李直飞、李金凤获得2015年教育部人文社会科学研究青年基金项目立项。

9月22日，经过周维东老师等人长期的努力与准备，"西川论坛"微信公众号正式启用，宣传口号为"学术研究，探求新知"。同日，公众号发布第一篇推送文章，著名汉学家冯铁的访谈《文学是一个过程》，这标志着"西川论坛"在社交媒体上有了自己的宣传发声平台。

10月25日，在四川大学望江校区绿水桥水吧举行四川大学望江读书会，主题为"当代中国论证的学理困境"，讨论《"民族形式"建构与当代文学对五四现代性的超克》《启蒙主义"伦理自觉"与当代中国文化政治——反思〈新青年〉早期论述中的文化与国家概念》等，李怡老师、姜飞老师、周文老师和各年级博士、硕士生参加读书会。

11 月 27—28 日，"郭沫若与新文化运动——中国郭沫若研究会首届青年论坛"在北京社科博源宾馆召开，西川同人颜同林、钱晓宇、杨华丽、孙伟、周文等参加会议。

12 月 12 日，中国鲁迅研究会基础教育专业委员会 2015 年年会暨"鲁迅作品教学的理念与实践"学术研讨会在北京工业大学附中隆重召开，来自全国各地的中学语文一线教师共 150 余人与会。西川同人李怡、张武军、肖伟胜、王永祥等参加此次研讨会。

2015 年，康鑫"晚清民国时期报人小说与报刊新闻的互文性研究"获批国家社科基金项目。

2015 年，熊权"共存与博弈：左翼文学中的多重革命话语研究"获批中国博士后基金项目一等资助。

2015 年，李跃力"中国左翼文学文献史料研究"获批国家社科基金一般项目。

2015 年，李直飞"民国经济视域中的《小说月报》研究（1910—1931）"获批教育部人文社科项目。

2015 年，周维东"抗战时期国共辖区间的文学互动研究"获批国家社科基金项目。

2015 年，王学东"社会治理中青年就业焦虑问题研究——以民间诗刊为题材"获批教育部人文社科项目。

2016 年

4 月，第六届西川论坛"民国南京与中国现代文学"学术研讨会在江苏南京金陵科技学院举行。

6 月，北京师范大学博士生妥佳宁、李俊杰通过博士论文答辩，获得博士学位。

6 月，四川大学博士生黄菊、彭冠龙通过博士论文答辩，获得博士学位。

10 月 1—8 日，应香港教育大学之邀，李怡教授前往访问，发表"民国文学研究的意义和方法"主题演讲，与陈国球教授交流对话。

2016 年，熊权"左翼文学内部的多重革命话语研究"获批国家社科基金项目。

2016 年，朱幸纯"日本文学者与中国的研究（1949—1972）"获批国家社科基金一般项目（青年项目）。

2016 年，胡安定"鸳鸯蝴蝶派的趣味机制研究"获批教育部人文社科项目。

2016 年，郭景华"向培良文献收集、整理与研究"获批教育部人文社科项目。

2017 年

2017 年 4 月 3—6 日，应美国普林斯顿大学、罗格斯大学东亚系之邀，李怡教授、钱晓宇老师赴美演讲。演讲题目是《民国文学：概念和意义》，钱晓宇担任现场翻译。

5 月，由李怡老师与张堂锜老师主编的"民国文学与文化系列论丛"由文史哲出版社出版，王永祥、李哲、妥佳宁等西川同人的专著收录其中。

6 月 11 日，第七届西川论坛"民国时期的红色文学与山西文学"学术研讨会在山西运城学院举办。

9 月 21 日，李怡老师获聘四川大学文学与新闻学院院长。

　　10月2—7日，应澳大利亚新南威尔士大学之邀，李怡教授赴澳访问，发表"民国文学与中国现代文学"主旨演讲，与郑怡教授、寇志明教授交流对话。

11 月 14—16 日，四川省鲁迅研究会第五届年会暨"鲁迅、郭沫若与近代以来的民族复兴运动"学术研讨会在四川乐山师范学院召开，多位西川同人参会。

12 月 12 日下午，第四届"马识途文学奖"颁奖典礼在四川大学望江校区文科楼阶梯教室成功举行。

12 月 23—24 日，由四川大学文学与新闻学院、《现代中国文化与文学》杂志社主办的"新问题与新方法：中国现当代文学研究生工作坊"在四川大学文科楼二楼阶梯教室顺利召开。来自中国社科院、北京师范大学、中国人民大学、上海交通大学、四川大学等 20 余所高校的 20 余名学者，以及来自中国社会科学院、北京大学、中国人民大学、北京师范大学、南京大学、上海交通大学、武汉大学、中山大学、浙江大学、四川大学、苏州大学、西南交通大学、西南大学、陕西师范大学、华中科技大学、华中师范大学、西北大学等高校的 50 余名研究生参加了此次论坛。

2017 年，张武军"抗战文化类资料审定及数字化"获批国家社科重大招标项目（负责子项目主持）。

2017 年，颜同林"社会主义建设初期文学语言研究"获批国家社科基金项目。

2017 年，妥佳宁"民国史视角下茅盾小说创作的精神历程研究（1927—1936）"获批国家社科基金项目。

2017 年，段绪懿"近现代川剧改良运动研究"获批国家社科基金项目。

2017 年，贺芒"西部城市公共文化空间协同治理模式及实践路径"获批国家社科基金项目。

2017 年，马绍玺"文化抗战与西南联大散文研究"获批国家社科基金项目。

2017 年，李直飞"社会体制视野下的《小说月报》研究（1910—1931）"获批国家社科基金项目。

2017 年，孙拥军"台湾新文学作家对鲁迅国民性批判思想承续研究"获批国家社科基金项目。

2017 年，罗维斯"科举制度的革废与中国现代文学研究"获批国家社科基金青年项目。

2018 年

5 月，罗维斯参加天津市第十四届高校青年教师教学竞赛，荣获文科组特等奖第一名。8 月，罗维斯参加第四届全国高校青年教师教学竞赛，荣获文科组一等奖。并荣获天津市五一劳动奖章。

5 月 29 日，李怡教授赴四川新华发行集团参加出版融合发展（四川新华）重点实验室关于深化共建全民阅读研究基地的会议，就全民阅读研究基地建设的申报及基地建设后的构架、运行模式及项目设想进行了介绍。

　　6月，刘福春老师获聘四川大学二级教授，在四川大学建设"刘福春新诗文献馆"。

　　10月10日，"四川大学中国诗歌研究院成立揭幕式暨中国新诗高峰论坛"于四川大学江安校区文科楼一区召开。会上，四川大学中国诗歌研究院决定设立年度诗歌奖——"金沙诗歌奖"。同时日本著名汉学家、日本九州大学荣誉教授岩佐昌暲先生宣布，将毕生藏书无偿捐献给四川大学，作为当代学人文库之"岩佐文库"的基础。10—18日，中国诗歌研究院举办了"中国新诗百年珍稀文献展"。

10 月 10—18 日，四川大学中国诗歌研究院举办"中国新诗百年珍稀文献展"，吸引各地学者参观展览。14 日，诗人王家新访问中国诗歌研究院并参观"中国新诗百年珍稀文献展"和"刘福春中国新诗文献馆"。

10 月 12 日"诗诗诗"公众号注册成立。四川大学中国诗歌研究院正式开始在社交媒体上发声。

10 月 19—21 日，"民国广东与中国现代文学"全国学术研讨会暨第八届"西川论坛"于广东肇庆学院举行。

11 月 5 日，意大利汉学家朱西女士访问中国诗歌研究院，在刘福春教授陪同下参观刘福春中国新诗文献馆。

11 月 17 日，诗人耿国彪、艾若访问中国诗歌研究院，参观刘福春中国新诗文献馆。同日下午，台湾大学台湾文学研究所助理教授张俐璇来到四川大学江安校区，参观刘福春中国新诗文献馆。

　　11 月 20—21 日，由四川大学文学与新闻学院、四川大学现代中国文化与文学研究中心主办的"现代文体学与中国新文学百年"学术研讨会在四川大学望江校区成功举办。21 日，"现代文体学与中国新文学百年"学术研讨会多名与会学者来到江安校区参观刘福春中国新诗文献馆，并就诗歌文献的搜集整理工作展开深入交流。

　　12 月 10 日，西川同人举行了以王富仁先生《鲁迅与顾颉刚》为主题的读书会，线上线下同步进行，李怡老师、王东杰老师、刘福春

老师、周文老师、妥佳宁和各年级博士生硕士生老师参加。

　　12 月 27 日，首届金沙诗歌奖评选结果揭晓。霍俊明、鄂复明二位先生分别获金沙诗歌批评奖、金沙诗歌文献贡献奖，金沙诗歌创作奖空缺。

　　2018 年，李怡"中国现代文学中民族意识与国家观念的冲突融合研究"获批国家社科基金重点项目。

　　2018 年，康鑫"晚清民初报人小说的文本形态研究"获批国家社科基金项目。

　　2018 年，陶永莉"清末民初教育改革与中国诗歌的现代转型研究"获批教育部人文社科项目。

　　2018 年，周文"北伐政治宣传与'革命文学'的兴起研究"获批国家社科基金项目。

　　2018 年，周维东"延安文艺与现代中国"获批教育部重大攻关项目，负责子项目"中国现代革命叙事研究"。

2019 年

　　2019 年 2 月 1 日，由封面新闻举办的"名人堂·2018 四川十大年度文化大事件"评选活动结果揭晓。"刘福春中国新诗文献馆开馆"
上榜"2018 四川十大年度文化大事件"。

3 月 30 日,"走进艾芜文学小镇"读书会在艾芜故乡成都市清流
镇举办,李怡老师、刘福春老师、周维东老师、周文老师、妥佳宁老
师和各年级本科硕士、博士同学参加,西南大学张武军老师及硕士、
博士同学等通过线上形式参加,会后参观艾芜故居等地。

　　4月12日下午，川大文新学院诗歌研究专家、诗集版本收藏家刘福春教授主持的"春天诗歌节系列活动"学术讲座第二场于江安校区文科楼一区526会议室举行。首届金沙诗歌批评奖获得者，著名诗人、评论家霍俊明老师为大家带来了题为"诗性正义与当代经验"的讲座。

　　4月13日，川大文新学院"2019春天诗歌节系列活动"压轴讲座——"诗心、诗情与境界"在江安校区文科楼1区526会议室举行。本次讲座由川大文新学院刘福春教授主持，主讲人为《诗刊》主编、一级作家李少君先生。同日，中国作家协会《诗刊》社主编李少君、中国作协创研部研究员霍俊明，及方旭导演在活动间隙造访四川大学中国新诗研究院参观"刘福春新诗文献馆"。同日下午，四川大学春天诗会暨首届金沙诗歌奖颁奖典礼在江安校区文学与新闻学院演播厅举行。

　　4月30日下午，法籍华裔诗人张如凌女士访问中国诗歌研究院并参观了刘福春中国新诗文献馆。

　　5月9—10日，李怡教授赴香港科技大学参加纪念五四运动一百周年学术研讨会，在大会发表"被误读的五四"学术报告。

　　5月14日开始，澳大利亚新南威尔士大学郑怡教授应邀在四川大学文学与新闻学院进行了系列讲座和学术交流。访问期间，郑怡教授

在刘福春教授陪同下参观刘福春中国新诗文献馆。

　　5 月 14 日晚，哈佛大学东亚语言文明系讲座教授、"中央研究院"院士王德威在四川大学文学与新闻学院举办《"世界中"的中国文学：哈佛新编中国现代史》主题讲座。会前，与会人一同参观刘福春中国新诗文献馆。

　　6 月 10 日下午，新西兰维多利亚大学王一燕教授访问四川大学中

国诗歌研究院，并在李怡、刘福春二位教授的陪同下参观刘福春中国新诗文献馆。

6月11日，在艾芜诞辰115周年之际，"艾芜与文化中国·第一届国际学术研讨会"于成都市新都区举行。西川众同人参会。会后，在方旭的艺术指导下，四川大学"雷雨话剧社"上演了苏玥祺、方雨等同学导演的话剧《山峡中》，改编自艾芜同名小说。

6月21—23日，四川大学文新学院联合西南大学研究生院、西南大学文学院在重庆举办了青年学者（青年博士生）论坛"文学、革命与中国经验"。来自中国社科院和国内各高校的众多学者和西川同人一同参会。

7月26日—8月26日，受日本学术振兴会资助，李怡教授赴日本大学访问。在日期间，为日本大学研究生演讲"日本体验与中国现代文学"，和日本学者山口守教授、藤井省三教授、岩佐昌暲教授、藤田梨那教授、武继平教授等进行了深入的交流，还参加了日本闻一多研究会学术年会。

　　9 月 18 日上午，意大利汉学家朱西女士来访四川大学中国诗歌研究院，并参观"刘福春中国新诗文献馆"。

　　9 月 22 日—10 月 5 日，由四川大学"中国语言文学与中华文化全球传播"学科群首席科学家曹顺庆教授带队、周维东教授等人组成的代表团，前往美国宾夕法尼亚州立大学进行学术访问，参加"第 8 届中美双边比较文学论坛""变异学与变异性工作坊"等学术交流活动。

　　10 月 11 日上午，李怡老师、赵敏俐教授、张弘教授等数十名专

家学者以及媒体代表，以"在历史中发现问题：重印中国文学研究论著的学术价值"为议题，就《中国文学研究论著汇编》进行了深度学术交流。

10月11日下午，诗人马兴访问中国诗歌研究院，并参观"刘福春新诗文献馆"。

11月22日，第五届中国（成都）国际科幻大会在成都东郊记忆园区举行开幕仪式，李怡教授出席并进行高峰对谈。

11月18日，美国弗吉尼亚大学东亚语言文学系教授罗福林（Charles A. Laughin），在四川大学就茅盾的《腐蚀》开展讲座，并参观"刘福春新诗文献馆"。

11 月 28 日，由国务院侨务办公室、中国海外联谊会主办，四川省侨务办公室、四川海外联谊会承办的 2019 年"外国政府官员中文学习班"往届学员访华团（以下简称"访华团"）莅临四川进行文化交流。周维东老师受四川省侨务办公室、四川海外联谊会邀请，为访华团开设题为《何处是巴蜀》的专题讲座。

11 月 30 日，"文本内外：语言形式与中国现代文学"学术论坛于四川大学科华苑宾馆举行。来自北京大学和国内各高校的学者与《学术月刊》编辑部同人一同参会。

12月11日，李怡老师领衔的西川学人科研团队在四川大学举行的第五届"德渥群芳"育人文化建设先进科研团队评选活动中获标兵科研团队表彰。本次活动共有32个来自川大各学院、中心、研究所的科研团队参与评选。

12月24日，李怡老师与刘福春老师捐书仪式在四川大学文理图书馆会议室举行，周文老师等参加了捐书仪式。

2019 年，袁少冲"鲁迅评述'注解'《十三经》文献资料整理、细读及研究"获批国家社科基金项目。

2019 年，陶永莉"清末民初中国诗歌教育的现代转型研究"获批国家社科基金项目。

2019 年，汤巧巧"1980 年代西南地区民间诗歌文献的整理与研究"获批国家社科基金项目。

2019 年，张武军"《中央日报》副刊与现代文学的历史进程考察"获批教育部人文社科项目。

2019 年，谢君兰"近代学校音乐教育与中国新诗的发生研究"获批教育部人文社科项目。

2019 年，陈夫龙"中国抗战文学与侠文化研究"获批教育部人文社科项目。

2020 年

5 月 19 日，华西都市报——封面新闻策划并推出"成渝双城志·文化同源"专题报道，细数那些在巴蜀文化共同滋养下闪耀的群星，并就成渝两地文化的新发展对话李怡老师。

6 月 20 日，妥佳宁参加第五届四川省高校青年教师教学竞赛，获得文科组一等奖。

6 月 27 日，由中国鲁迅研究会基础教育分会、四川大学文学与新闻学院主办，北京市顺义区仁和中学承办的"中国鲁迅研究会基础教育分会 2020 年会"在线上举行，中国鲁迅研究会基础教育分会会长李怡老师致开幕词。周维东老师、姜飞老师、欧阳月姣老师和部分研究生参加会议。

7 月 6 日，2020 年西川读书会"云中谁寄锦书来"在线上举行。来自四川大学、北京师范大学、西南大学的 29 位硕博士研究生做了学术报告。李俊杰老师、李哲老师、王永祥老师、欧阳月姣老师、王学东老师、妥佳宁老师、胡安定老师、孙伟老师担任评议人。

　　11月3日上午，新诗研究专家骆寒超教授与《星河》执行主编兼诗人骆苡来访四川大学中国诗歌研究院，并参观了刘福春中国新诗文献馆。李怡老师、刘福春老师、毛迅老师给予了亲切接待。

　　12月23日下午，由四川大学中国诗歌研究院和四川大学文学与新闻学院联合举办的"70—80年代校园诗歌群落"学术座谈会在四川大学江安校区顺利召开。会议开始之前，与会人员一同参观了四川大学中国诗歌研究院为本次会议特别开设的展览："中国新诗百年珍稀

文献展——'新诗潮'特别文献",其中多数藏品出自刘福春教授的
中国新诗文献馆。

2020年,罗执廷"华南革命与中国红色文学(1921—1949)"获
批国家社科基金一般项目。

2020年,李怡"中国现代新诗期刊的抢救性整理与研究"获批教
育部重大攻关项目。

2020年,傅学敏"清末民初文明戏话语研究(1899—1920)"获
批教育部人文社科项目。

2021 年

3月8日,"徐志摩诗歌文献的收集、整理和研究"学术对谈暨罗
烈洪先生《徐志摩墨迹(增补本)》捐赠仪式在四川大学文学与新闻
学院顺利举行。此次活动由杭州徐志摩纪念馆馆长、徐志摩文献收藏
人罗烈洪先生,四川师范大学教授、著名文献学家龚明德先生参与对
谈,姜飞老师担任主持,李怡老师、刘福春老师、毛迅老师、周文老
师、谢君兰老师、妥佳宁老师、欧阳月姣老师、康宇辰老师作为与谈
人列席谈话。

3月28日，"艾芜故里文学寻访系列活动——《李金髪诗全编》发布暨品读会"在清流镇举办。活动由四川大学中国诗歌研究院、四川文艺出版社和清流镇艾芜纪念馆主办。李怡老师、刘福春老师、周维东老师、姜飞老师、妥佳宁老师、周文老师、欧阳月姣老师、康宇辰老师等多名老师和硕博士生参加。会上大家就李金髪诗歌展开了讨论。

　　5 月 11 日，于文科楼举行西川读书会。李怡老师、刘福春老师、周维东老师、妥佳宁老师、李俊杰老师、欧阳月姣老师等多名老师与硕博士生参加。会上讨论了《世界的中国："东方弱小民族"与左翼视野的重构——以胡风译〈山灵〉为中心《〈新青年〉与五四文明论》《民族形式与革命的"文明"论》《世界主义：重估"五四式反传统思想"的一个维度》等论著。

　　6 月 26 日，西川举行毕业茶话会，李怡老师、刘福春老师、康莉蓉老师、徐丽松老师以及众多硕博士生参加。老师们为毕业生赠送了纪念品，同学们表演了精彩的节目，留下了美好的回忆。

　　2021 年 8 月 3 日，朱姝、黄菊、肖宁遥三人获批教育部人文社科基金项目。

后　记

　　《行走》一书记录了西川论坛从 2011 年到 2020 年十年间的发展过程。这十年是西川同人共同经历的成长过程，出版这样一本书是对这十年的一个记录，也是对未来的一个期许。

　　在本书的整理与编辑过程中，近两年的时间里，谢君兰、黄菊、赵静等同人为此义务地做了许多辛劳的工作，任美潼、励依妍、贾婷婷、纪旭、王奕朋、李曼蓉等同学长时间整理编排具体信息和文字。感谢这些同人和同学的付出，也感谢每一位提供信息的西川同人的支持。同时感谢中国社会科学出版社郭晓鸿老师。

　　作为一个纪念，或许这样一本书仍旧是不完整的。希望下一个十年，西川同人能够有更好的成长，期待下一次纪念。

妥佳宁